魔符

〔美〕斯蒂芬·金 彼得·斯陶伯 著 王诗琪 译

THE TALISMAN

斯蒂芬·金作品系列
STEPHEN KING

人民文学出版社
PEOPLE'S LITERATURE PUBLISHING HOUSE

著作权合同登记号　图字 01-2016-9828

THE TALISMAN
by Stephen King and Peter Straub
Copyright © Stephen King and Peter Straub, 1984
This edition arranged with The Lotts Agency, Ltd.
through Andrew Nurnberg Associates International Limited
Simplified Chinese edition copyright ©
Shanghai 99 Readers' Culture Co., Ltd., 2019
All rights reserved.

图书在版编目(CIP)数据

魔符 /(美)斯蒂芬·金，(美)彼得·斯陶伯著；王诗琪译. —北京：人民文学出版社，2018
（斯蒂芬·金作品系列）
ISBN 978-7-02-014563-8

Ⅰ.①魔… Ⅱ.①斯… ②彼… ③王… Ⅲ.①长篇小说-美国-现代 Ⅳ.①I712.45

中国版本图书馆 CIP 数据核字(2018)第 189750 号

出 品 人	黄育海
责任编辑	朱卫净　张玉贞
封面设计	陈　晔

出版发行　人民文学出版社
社　　址　北京市朝内大街 166 号
邮政编码　100705
网　　址　http://www.rw-cn.com

印　　刷　上海盛通时代印刷有限公司
经　　销　全国新华书店等

字　　数　630 千字
开　　本　890 毫米×1240 毫米　1/32
印　　张　26.125
版　　次　2013 年 1 月北京第 1 版
印　　次　2019 年 8 月第 1 次印刷

书　　号　978-7-02-014563-8
定　　价　89.00 元

如有印装质量问题，请与本社图书销售中心调换。电话：010－65233595

谨以此书献给
我们的母亲
露丝·金
与
伊芙娜·斯陶伯

我和汤姆来到山顶的边沿,向下面的村子望去,看见有三四处灯火闪烁,也许那里有人得了病。

我们头上的星星闪着清亮的光,村子旁边是条河,河面足有一英里宽,看起来那么宁静,浩荡。

——马克·吐温《哈克贝利·费恩历险记》

我的新衣已经变得又皱又黏,而且我累得像条狗。

——马克·吐温《哈克贝利·费恩历险记》

目 录

第一部　天涯浪迹 /1

　　一　阿兰布拉花园饭店 /3

　　二　罅隙开启 /14

　　三　斯皮迪·帕克 /31

　　四　初探魔域 /53

　　五　杰克与莉莉 /73

　　过门之一·摩根其人 /89

第二部　西行险途 /101

　　六　女王夏宫 /103

　　七　费朗队长 /114

　　八　奥特莱隧道 /153

　　九　误蹈陷阱 /165

　　十　埃尔罗伊 /192

　　十一　杰瑞·布雷索之死 /207

　　十二　杰克赶集 /224

　　十三　天空中的人 /231

　　十四　巴迪·帕金斯 /253

　　十五　盲人之歌 /268

　　十六　阿狼 /286

　　过门之二·摩根之钥 /294

　　十七　阿狼与牲口 /296

　　十八　阿狼看电影 /309

　　十九　阿狼变身 /331

第三部　善恶之争　/359

　二十　落难被捕　/361

　二十一　阳光之家　/376

　二十二　布道　/389

　二十三　费尔德·詹克洛　/410

　二十四　严刑逼供　/427

　二十五　杰克与阿狼误闯地狱　/438

　二十六　阿狼禁闭　/451

　二十七　重登旅程　/483

　二十八　杰克之梦　/487

　二十九　寻访理查德　/495

　三十　异象出现　/509

　三十一　塞耶炼狱　/514

　三十二　"交出旅客!"　/520

　三十三　黑暗中的理查德　/532

　过门之三·摩根在美国/奥列斯在魔域　/551

第四部　魔符　/563

　三十四　安德斯　/565

　过门之四·摩根逼宫　/584

　三十五　焦枯平原　/589

　三十六　杰克与理查德并肩作战　/623

　三十七　理查德记得……　/644

　三十八　旅途尽头　/676

　三十九　文都岬　/683

　四十　重遇斯皮迪　/699

　过门之五·最后挣扎　/715

　四十一　暗黑旅店　/722

四十二　杰克与魔符　/739

四十三　善恶有报　/757

四十四　地震　/766

四十五　滩头对决　/781

四十六　另一趟旅程　/800

四十七　旅途终点　/814

尾声　/826

句点　/827

第一部 天涯浪迹

一

阿兰布拉花园饭店

1

一九八一年九月十五日,一个名叫杰克·索亚的男孩,驻足于浪花与陆地相接的滩口,双手插在牛仔裤口袋里,眺望着平静的大西洋。杰克才十二岁,身材已经比同龄男孩高大。海风掠过他清秀的额头,拨开额上那也许已经留得太长的棕发。他伫立着,怀着数月以来累积的困惑与苦闷——三个月前,母亲锁上他们位于洛杉矶市罗迪欧大道的家门,宛如卷入一场小型风暴,穿过一阵家具、支票、房地产中介商的疾风混战,然后在纽约市中央公园西侧租下一间公寓。不久,又带着他飞到这里,新罕布什尔州海滨一个静谧的度假小镇。规律与秩序已从杰克的世界消失,他的生活如同面前奔忙的浪涛,变幻不定,无法掌控。是母亲带着他跑遍各地,不断迁徙,然而,又是什么力量驱赶着他的母亲?

他的母亲马不停蹄,一再奔逃,奔逃。

他环顾空荡荡的海滩,往左望去是阿卡迪亚游乐园,这里从阵亡将士纪念日①起直到劳工节②之间总是热闹喧腾。此时,这个游乐园却空无一人,像颗介于两次心跳之间暂时静止的心脏。云霄飞车的轨道划过平淡阴郁的天空,笔直而棱角分明的支架看起来宛如早已熄灭的深灰色炭火。杰克在游乐园里交了个新朋

---

① 阵亡将士纪念日,每年五月的最后一个星期一。
② 劳工节,每年九月的第一个星期一。

友,叫作斯皮迪·帕克,不过他此时腾不出多余的心思来想这个新朋友。右边是阿兰布拉花园饭店,这里才是令杰克心绪纠结的所在。他们抵达饭店那天,有那么一瞬间,杰克以为自己会看见一道彩虹,悬挂在多角形的屋顶上方,好似某种象征,许诺更美好的生活。然而彩虹不过是道不存在的幻影,屋顶上有的只是只风信鸡,被风吹得左右摇摆。当时他跨出租来的车子,无视母亲要他动手抬出行李的期望,只顾着往上瞧。旋转中的金属公鸡头上,徒然张着一片空白的天空。

"打开后车厢,把行李都拿出来,乖宝贝,"母亲对他嚷道,"我这虚弱的老明星想赶快进饭店里找点东西喝喝。"

"来杯马丁尼吧。"杰克接口。

"你该接的是:'你还不老啊'。"她吃力地爬出车座。

"你还不老啊。"

她对杰克粲然一笑——这是行将就木的莉莉·卡瓦诺·索亚,这位走红将近二十年的B级片[①]天后所绽放的一抹微光。她伸了伸腰,"到了这儿就没事了,杰克。"她说,"一切都会没事的。这儿是个好地方。"

一只海鸥滑翔过饭店上空,一时间杰克有种错觉,以为屋顶的风信鸡飞起来了。

"到了这儿就不会有那些烦人的电话了,你说是吧?"

"当然。"杰克这么回答。母亲想要远离摩根叔叔,她不愿再跟亡夫的事业合伙人唇枪舌剑了,她只想捧着一杯马丁尼,钻进被窝里,用棉被盖住脑袋……

妈,你究竟怎么了?

死亡的气味太过浓厚,世界的一半是由死亡构成的。头顶上的海鸥在凄厉地叫喊。

---

① B级片,指低预算影片,剧情常跟牛仔、黑帮、恐怖题材有关。

"快点儿,孩子,快点儿。"母亲催促杰克,"我们快走进这舒坦的地方吧。"

当时,杰克心里暗想:就算情况再糟,至少我们总有汤米叔叔撑腰。

然而汤米叔叔已经不在人世,只不过这消息还搁置在盘杂错综的电话线路彼端,尚未传进他们耳里。

2

阿兰布拉饭店凸悬在海面上,这座维多利亚式建筑一整落堆叠在低矮的花岗岩岬岸边缘,两者天衣无缝地彼此交融,犹如新罕布什尔州少数几英里海岸线上一块突出的锁骨。这会儿杰克站在海边,从他的角度望去,几乎完全看不见饭店面向陆地那侧井然有序的花园,触目所及,只有一片黑压压的树墙。风信鸡顶着天空,指着西北方向。饭店大厅竖着一块牌子,标明一八三八年,北卫理公会在此地召开新英格兰的首届废止蓄奴联合大会。当时丹尼尔·韦伯斯特[①]发表了一场铿锵有力、激动人心的演说。牌示内文引述了一段当时韦伯斯特所说的话:"从今而后,全美各州,蓄奴作为美国的一种习俗将日渐衰弱,并迅速在美国领土上绝迹。"

3

总之,上周的那一天,他们到了这地方安顿下来,终结了短暂而混乱的纽约生活。阿卡迪亚海滩上没有受雇于摩根·斯洛特

---

① 丹尼尔·韦伯斯特(1782—1852),美国著名政治家,曾任众议员、参议员,并两度出任国务卿,以倡议废止蓄奴闻名。

的律师突然从汽车里蹦出来，挥舞着一堆文件要求莉莉签字，并叮嘱她，这手续一定要办，索亚太太。这儿的电话也不会从中午开始就不停地响，直到半夜三点（摩根叔叔似乎忘了纽约中央公园和加州是有时差的）。事实上，阿卡迪亚海滩这儿的电话从来也没响过。

母亲眯着眼睛，全神贯注地开进这个度假小镇，沿路杰克只看见一个人——一个老人沿着人行道蹒跚行走，手里推着一辆空着的购物车。他们的头上同样顶着荒凉苍灰的天空——令人开心不起来的天空。截然不同于纽约，这里有的只是呼呼的风不间断地吹着，卷进空荡荡的街道；路上罕见车辆行人，因而显得太过宽阔。无人的商店门上挂着告示牌，说明"周末营业"，更有甚者，直接写上"六月再相见"。阿兰布拉饭店前的那条路上，空着上百个停车位，隔壁的阿卡迪亚果酱茶行同样门可罗雀。

还有模样邋遢的糟老头推着购物车，走在荒凉的街上。

"我曾经在这可爱的小地方度过了这辈子最开心的三个星期。"莉莉这么告诉杰克，车子与老人擦身而过（杰克看见他回过头来，狐疑而惊恐地注视着他们，嘴里念念有词，可是看不出他在念叨什么），接着一拐弯，穿过前庭花园，来到饭店入口。

就冲着这个理由，母子二人把生活中缺少不得的东西统统塞进行李箱、手提包和塑料袋里，锁上公寓大门（完全不理会屋里仍在尖声怪叫的电话铃声，这铃声仿佛要顺着钥匙孔钻出来，一路追着他们到楼下）；就冲着这个理由，他们将那些塞得快满出来的箱子和塑料袋堆进租来的汽车后座和后车厢，开上95号州际公路，经历漫长的旅程，风尘仆仆地来到这里——就因为莉莉·卡瓦诺·索亚曾在这儿享受过一段好时光。一九六八年，也就是杰克出生前一年，莉莉曾因《烈火》这部电影入围奥斯卡最佳女配角，这部电影比莉莉演过的其他电影都要优秀许多，电影里的角色让莉莉有机会摆脱过往的坏女孩形象，真正展露她的表演才能。没人期望莉莉能拿下这个奖,莉莉本人更是压根也没想过,然而对她来说,"能被提名就是极大的荣幸"这种陈腔滥调,却是她发自肺腑的真心话——她确确实实为了这一刻感到光荣。为了庆祝她演艺生涯中头一次在专业上受到肯定,菲尔·索亚非常明智地带着她横越整个美国,远到国家的另一边,到阿兰布拉花园饭店度假三个星期。他们躺在饭店的床上,一面啜饮香槟,一面看着电视上转播的奥斯卡颁奖典礼(要是杰克年龄再大一些,又碰巧对这件事感兴趣,也许就会往前推算,然后发现阿兰布拉饭店正是他这个小生命最初孕育的地方)。

当颁发最佳女配角奖项的时刻来临时,莉莉对着菲尔大发娇嗔:"要是我赢了那座小金人却不在现场,我就用我的高跟鞋在你胸口凿出个小金人来。"

然而当颁奖人宣布得奖者是露丝·戈登①,莉莉又说了:"该是她的,她是个好孩子。"接着马上用手指戳戳丈夫的胸口说,"你最好也弄个那样的角色给我演,你这个大经纪人。"

不过再也没有这种机会了。菲尔过世两年后,莉莉在《飞车狂人》这部电影里出任她演员生涯的最后一个角色,饰演了一个谈吐尖酸的退休妓女。

杰克心里明白,而今莉莉正是来此凭吊那段美好时光的。他动手将行李一个个从后座与后车厢里拖出来,扯破了一个德阿戈斯蒂诺超市的纸袋,袋子上的商标字样裂成两半,结果一堆卷成团的袜子、一叠没有装进相册的照片、棋子和棋盘以及漫画书四散在后车厢里。杰克花了一番功夫,才把大部分东西硬塞进其他袋子里。莉莉爬上饭店楼梯时脚步迟缓,吃力地扶着栏杆,流露出一副老态。"我去叫服务生来帮忙。"她头也不回地说。

---

① 露丝·戈登(1896—1985),美国影视及舞台剧演员,也是著名剧作家,一九六八年以《失婴记》赢得奥斯卡奖与金球奖最佳女配角。不过,本书中的演员莉莉·卡瓦诺及其演出电影皆为作者虚构。

杰克在鼓胀的行李袋簇拥下站直身子，又一次抬头望向天空，他确信自己在那儿看到过彩虹。然而彩虹并不存在，有的只是一片令人难受、游移不定的天空。

这时候：

"到我这儿来吧。"一个微弱的声音在他背后响起，声音虽小，却让人听得一清二楚。

"什么？"他回过头，然而在他面前铺展开的只是空无一人的花园和车道。

"有什么事吗？"他母亲问道。她倚在饭店高耸厚实的木制大门上，看起来老态龙钟。

"没事，大概听错了。"他说。没有人在背后叫他，天上也没半点彩虹。望着正在与沉重门扉奋战的母亲，杰克将那声音和彩虹一起抛到脑后。"等一会儿，我上去帮忙。"他大叫道，同时抓起巨大的行李箱和几乎要被毛衣撑破的纸袋，踉跄着快步踏上台阶。

4

遇上斯皮迪·帕克之前，杰克在饭店里的日子过得就像条沉睡的野狗，任时间糊里糊涂流淌而去。这些天来，他的生活就像一场梦境，梦里的世界布满阴影和难以言喻的转变。甚至连前一天晚上，汤米叔叔过世的噩耗通过电话筒传入耳中时，也没能使他彻底清醒过来。如果杰克相信怪力乱神，那么他也许会认为某种神秘力量已经控制了他，正在操纵着他和母亲的人生。杰克·索亚十二岁，像他这年纪的男孩，需要的就是些能发泄精力的事情。体验过曼哈顿的喧嚣热闹之后，这地方安静消极的生活，似乎让他逐渐瓦解，越来越困惑。

杰克曾发现自己站在海滩上，但他是怎么走到那儿的，竟是一点印象也没有，他压根不知道自己到那里做什么。他猜想自己是为了汤米叔叔过世而感伤,但实际的感觉却像是脑袋瓜躲起来沉睡去了,放任身体自行活动。晚上和莉莉一起看电视上的喜剧节目时,他也无法集中精神。画面中的情节仿佛一闪即逝,他连理解都来不及,更别提记住故事的铺陈转折了。

"这阵子东奔西跑,你一定累坏了。"母亲开口说道。她吸了好大一口香烟,透过云雾,眯着眼睛凝视他。"你唯一该做的事,就是好好放松一段时间,杰克。这地方很好,趁我们还能待在这儿的时候享受一番吧。"

他们面前的电视机屏幕颜色有些偏红,上面的鲍伯·纽哈①正傻愣愣地指着右手握着的一只鞋子。

"就像我这样啊,杰克,"母亲对他微笑,"放松自己,好好享受。"

杰克偷瞄手表一眼。他们母子俩坐在电视机前已经两小时了,电视上演过些什么,他却一丁点也记不得。

他站起来,正想回床睡觉时,电话铃响了起来。他们家的世交摩根·斯洛特叔叔终于追上来了。摩根叔叔打来的电话向来没什么好事,不过这回显然是坏消息中的坏消息。杰克站在房间中央,看着母亲的脸色越来越白、越来越白。她一手圈住自己的脖子,轻轻按住;这几个月来,那上头又出现了一些新的皱纹。这通电话从头到尾,莉莉几乎没有开口回应只字片语,直到最后,才轻轻说了句:"谢谢你,摩根。"然后挂上电话,转身面对杰克。杰克第一次觉得她看起来是那么老、那么衰弱。

"杰克,以后得坚强一点了,懂吗?"

但他感觉不到什么叫坚强。

她拉起他的手,将他拥入怀中。

---

① 鲍伯·纽哈(1929—),美国二十世纪六十至八十年代著名的脱口秀明星与影视喜剧演员。

"今天下午,汤米叔叔被一辆车撞倒,不幸过世了。"

他猛喘一口大气,觉得身体里的空气都被抽干了。

"那时候他在拉辛纳加大道上,正要过马路,有辆小货车撞了他后逃跑了。目击证人说,撞他的车是黑色的,车上漆着'野孩子'这几个字,不过……除此之外就没别的线索了。"

莉莉说完哭了起来,过了半晌,杰克才像突然醒悟似的跟着一块儿哭泣。这一切不过才三天前的事,但在杰克心里,却像永远一样恒久。

5

一九八一年九月十五日,一个名叫杰克·索亚的男孩,伫立在一片不知名的海滩上,凝视着平静的大海,身后那座饭店宛如司各特①小说笔下的城堡。他欲哭无泪,只觉得周身被死亡环绕着。死亡构成这世界的一半,天上没有彩虹。那辆叫"野孩子"的小货车夺走了汤米叔叔的性命。事发地点在洛杉矶,距离东岸太过遥远,即便是杰克这年仅十二岁的男孩都能明白,汤米叔叔不属于那地方;一个连去阿比汉堡店买个烤牛肉三明治都非得在出门前打上领带的男人,怎么会跟西岸扯上任何关系。

父亲死了,汤米叔叔死了,母亲或许正命在旦夕。杰克在这里,在阿卡迪亚海滩上,也感受到了死亡的气息。死亡借由摩根叔叔的声音,沿着电话线路传进他耳里。不同于淡季时旅店那种浅显粗劣的沮丧气氛,里头的人们苦苦执着于逝去的夏季兴旺景象;死亡更像是存在于所有事物的质地里,宛如海风吹来的一抹气味。他好害怕……这股恐惧的感觉已经在他心头萦绕了好久。待在这地方,一个如此安静的地方,只不过让他更加明白这一

---

① 司各特(1771—1832),苏格兰著名历史小说家与诗人,著有《艾凡赫》等作品。

切——也许打从在纽约开始,沿着95号州际公路,睥睨的视线穿透香烟云雾,要杰克在电台里找点咆勃爵士乐,开着车一路将他们带到这地方来的,不是别人,正是死神。

他依稀记得,父亲曾说过他有个老成的脑袋,可是这会儿他一点也不这么觉得。此时此刻,他只觉得自己好嫩,我怕死了,他这么觉得。我真他妈怕得要命。世界末日就要来了,是不是?

头顶上的海鸥诅咒着灰色的天空,寂静与空气同样黯淡——就像母亲眼底越来越深的眼圈那样,毫无生气。

6

在他无意间漫步走进游乐园,遇上莱斯特·斯皮迪·帕克之前,杰克根本搞不清自己浑浑噩噩地混过了多少时间。相遇以后,他那种动弹不得的消极心态,顿时莫名地消失了。斯皮迪·帕克是个黑人,一头鬈曲的白发,两颊布满深深的皱纹。尽管他曾是个四处漂泊的蓝调乐手,不知早些年曾干过些什么,如今看来却只是个再平凡不过的老头子,开口说的话也没什么与众不同之处。然而,就当杰克漫无目的地走进游乐场的长廊,迎上斯皮迪·帕克那双苍白的眼睛时,他心里那团迷雾竟就烟消云散了。他又变回原先的自己,仿佛这老人身上放出一股神奇的电流,直接流向杰克的体内。当时帕克脸上堆起微笑,冲着杰克说:"看来我给自己找到一个伴儿了,有个小流浪汉正走过来呢。"

真的,他的心再也不会悬浮不安了。上一分钟,感觉好像还被困在濡湿的毛线团与棉花糖里,而这一刻,他已得到解脱。刹那间,这位老先生浑身犹如绽放出一团银色光芒,但杰克才一眨眼,那道光晕旋即消失无踪。这时,他才注意到,老人手上握着一把很大的扫帚。

"你还好吗,孩子?"这个干粗活的老人一手撑在自己细瘦的腰杆上,向后伸了伸背脊。"这世界变得越来越糟,还是变得更好了?"

"嗯,好点儿了。"杰克答道。

"那么你就来对地方了。别人都管你叫什么啊?"

小流浪汉,斯皮迪打从第一次见面就这么叫他,小流浪汉杰克。当时斯皮迪骨瘦如柴的身子倚在滚球游戏机上,双手环抱着扫帚的握把,仿佛正搂着派对上的舞伴。现在登场的是莱斯特·斯皮迪·帕克,他也曾云游四方呢,孩子,嘻嘻——噢,没错,斯皮迪可是识途老马,过去风光的时候,该去的地方他全去过。他也玩过乐队哪,小流浪汉杰克,斯皮迪也会演奏几曲蓝调,录过几张唱片,不过帕克可不会那么不知趣,问你这小毛头有没有听过那些唱片。斯皮迪说话的语调抑扬顿挫,每个字眼都敲击出充满韵律的节奏;他手里拿的虽是扫帚而非吉他,却一点也未减损音乐家的风采。才和斯皮迪交谈不过五秒钟,杰克就已经知道,他那热爱爵士乐的父亲,肯定会喜欢与这老人为伍。

杰克跟在斯皮迪屁股后头晃了好些天,看他工作,可以的时候就帮帮手。斯皮迪让他帮着敲了几枚钉子,打磨了些需要重新上漆的木桩。这些简单的活儿都是在斯皮迪的指导下完成的,也是他来到这里之后唯一学会的事,但至少让他好过多了。现在,杰克将初抵阿卡迪亚海滩的那段日子视作无人闻问的悲惨时光,而这个新朋友将他从那团泥淖中拯救出来了。斯皮迪·帕克是真正的朋友,毋庸置疑——但究竟何以能够如此笃定,其中倒有几分神秘。自从杰克摆脱心中的困惑(或者说,自从斯皮迪用他的淡色眼珠看了杰克一眼,从此驱逐了杰克心中的困惑)之后,斯皮迪·帕克就成了他最亲近的朋友,唯一的例外,大概就是杰克打从襁褓时就认识的理查德·斯洛特。此时此刻,杰克感受到的是斯皮迪·帕克温暖而充满智慧的力量强烈地吸引着他,舒缓了他面对汤米叔叔死讯的恐惧,与母亲即将不久人世的忧虑。

又来了，那种不舒服的感觉。杰克觉得自己冥冥中好像被某种力量支配着、操纵着；似乎有条看不见的绳索，大老远将他和母亲拖到这荒凉的滨海小镇。

是他们想要他来到这里的，无论这个他们是谁。

难道这只是他一时精神错乱？脑海中那画面又浮上来，杰克看见一个老人，背脊佝偻，疯子般的模样，推着一辆空空的购物车，在人行道上自言自语。

盘旋天际的海鸥尖叫着，杰克暗自下定决心，他一定要强迫自己，将藏在心里的这番感受告诉斯皮迪·帕克。就算帕克会觉得他脑袋坏了，就算帕克会因此嘲笑他，他也要说。然而杰克就是知道，帕克一定不会笑他。他们的交情已经足够深厚，而且还有一件事情杰克心里清楚，那就是在这位老先生面前，没有什么话是不能说的。

偏偏他自己还没准备好。毕竟这一切太过疯狂，连他自己都还弄不明白。几乎是带点勉强的心情，杰克掉过头去，背对游乐场，跋涉过沙滩，朝饭店的方向走回去。

二
罅隙开启

1

又一天过去了,杰克·索亚的思绪也没理得更清楚些。不过前一晚,他倒是做了一个梦,一个有史以来最可怕的噩梦。梦境里,一头可怕的怪兽袭向他的母亲,怪兽矮若侏儒,歪脸斜眼,腐烂的皮肤发出恶臭,低沉粗哑的嗓音对他说道:"你老妈就要升天了,杰克,你晓得怎么向上帝祷告吧?"杰克还知道——就算你做梦的时候都会知道——那头怪兽身上有辐射,一旦被它碰着,杰克自己也将小命不保。他惊醒过来,浑身被汗水浸透,差点惊叫出声。听见岸边平稳的浪涛声,他才回过神来,想起自己身在何方,却从此久久难以入眠。

到了早上,他本想告诉妈妈关于噩梦的事,可是莉莉一早便一脸暴躁,不太想说话的模样,只顾着自己猛抽烟,只在她随口提出一件无关紧要的差事,将杰克从饭店咖啡厅支开时,才稍微对他露出一点点笑颜。

"想想今天晚餐要吃什么吧。"

"我决定吗?"

"是啊。什么都好,就是别吃快餐。我可不是大老远从洛杉矶跑到新罕布什尔来用热狗污染我的胃口的。"

"那我们到汉普顿海滩的餐厅去试试海鲜吧。"杰克说。

"都好。现在你自己去玩吧。"

你自己去玩吧,杰克默想着这句话,心中酸楚,这完全不像平时的他。是啊,妈妈,太棒了。酷毙了。我自己去玩。跟谁玩?妈妈,为什么你要来这里?为什么我们要来这里?你到底病得多重?为什么你从来不跟我谈汤米叔叔的事?摩根叔叔到底想要怎样?为什么——

疑问、疑问、满肚子该死的不值一提的疑问,因为根本没人会为他解答。

除非斯皮迪他——

但这不是很荒谬吗?一个才刚认识的黑人老头,怎么可能解决杰克的任何问题?

然而这念头仍隐约盘桓在他意识的边缘。带着这想法,杰克漫步穿过木板道,往下走向那空旷得令人绝望的海滩。

2

这里就是世界的尽头,是不是?杰克又冒出这个想法了。

头顶上的海鸥诅咒着灰色天空。日历上,夏天还没结束,不过在这阿卡迪亚海滩上,夏日老早就在劳工节那天画下了句号。周围的寂静与空气同样苍白。

他低头看自己的运动鞋,发现上头沾着类似柏油般黏乎乎的东西。海滩上的脏东西,他想道。可能是某种污染吧。究竟是在哪儿踩到的,杰克已经没有印象,只是不太舒服地从海水边退开。

鸥群盘踞天际,俯冲回旋,厉声嘶吼,其中一只就在他头上尖叫。接着,他听见一个尖锐的声响,几乎像是金属撞击声。他一转头,正好看见那只海鸥扑着翅膀,以奇怪的角度往下冲到一块岩石上。那海鸥急急忙忙,机器人似的扭动头颅,东张西望,像在确认岩石上只有它自己。接着,它往下跳,寻找那颗从天上掉下来的蚌壳,蚌壳已经摔破,像个摔碎的鸡蛋,杰克看见里头的蚌肉还活生生地蠕动着……但这也可能只是自己的幻想吧。

真不想看见这一幕。

他还来不及撇开视线,就看见海鸥鲜黄的鸟喙已经啄出蚌壳里的肉。那肉被拉得老长,像条橡皮筋似的,杰克觉得自己的胃纠结成一块石头。他的心底似乎听得见那块肉的哭喊——断断续续、痛苦万分的哀号。

他又一次试着将视线从海鸥身上移开,却办不到。鸟喙张开来,杰克瞥见它混浊的粉红色喉咙,蚌肉弹缩回破碎的壳里。海鸥目光一转,有那么一瞬间,它直瞪着杰克,漆黑的眼珠宛如在告诫他一则骇人的真理:父亲也好,母亲也好,叔叔伯伯也好,所有人终究难逃一死;即便他们曾经上过耶鲁大学,身上穿着萨维尔街[1]订制的名贵三件式西装,可靠的模样宛如一堵厚实的高墙,也逃不过这件事。小孩也会死,是吧,也许……最终的那一刻来临时,剩下的只会是毫无思想的肉身那愚蠢的尖叫声。

"嘿!"杰克脱口大叫,没有察觉自己下意识喊出了心里的想法,"行行好,饶过我吧。"

海鸥的利爪压在自己的猎物上,用它锐利的黑眼珠打量了一下杰克,接着继续埋头啄食蚌肉。要不要来一点啊,杰克?还活蹦乱跳的哦!我跟你保证,新鲜得不得了,它连自己已经死了都不知道呢!

强而有力的鲜黄鸟喙再次勾进蚌壳里,叼出蚌肉,用力拉扯、拉扯、拉扯——

啪的一声,蚌肉被扯断,海鸥的头往上一扬,昂向九月铅灰的天空,蠕动喉头吞下猎物。然后又来了,它的眼睛再次盯住杰克,就像那种眼神似乎总盯着你的肖像画,无论你怎么走动,画里那对眼睛就是凝视着你。它那对眼珠子……杰克认得那种眼神。

---

[1] 萨维尔街,英国伦敦市内因许多手工订制高级裁缝店及服装设计工作室集于此而闻名的街道。

突然间他渴望看见母亲，渴望看见她那双深蓝色的眼睛。自从他不再是襁褓中的婴儿之后，他已经记不得自己何时曾如此强烈而绝望地渴求她。啦啦啦——她的歌声浮现在脑海里，就像掺杂在海风中，转瞬间吹送而来。啦——啦，睡吧，杰克，摇篮里的宝贝乖乖睡，爸爸出门去打猎。一切都好。他记起躺在摇篮里，妈妈推着他摇晃的感觉，妈妈手上的赫伯特·泰瑞登香烟一支接一支，也许还一边背着剧本——这叫蓝皮书，她都这么叫它，杰克还记得，蓝皮书。啦——啦，杰克，一切都好，我爱你，杰克乖，嘘……乖乖睡，啦——啦啦。

海鸥正看着他。

他看见了，它确确实实正盯着他，恐惧犹如一股又热又咸的盐水，霎时间涨满他的咽喉。那对黑色的双眼（谁的双眼？）正观察着他。他认得那种眼神。

海鸥的嘴角还挂着一块残余的蚌肉，在那里晃荡不停，就在杰克看过去的时候，海鸥张嘴将残肉吸进嘴里。它的嘴咧开来，露出诡异的微笑。

于是他转身拔腿狂奔，埋着头，眨掉眼角咸热的泪水，运动鞋用力踩蹬在沙滩上。倘若有条道路可以带着人不断往上、往上，直到与海鸥视线齐高之处，在这苍灰的天幕之上俯瞰，人们将只看见他孑然的身影，与他身后长长的足迹。杰克·索亚，孤单的十二岁少年，奔往返回饭店的方向，将斯皮迪·帕克弃诸脑后，径自绝望地哭喊：不、不、不、不……海风与泪水交错，吞没了他的嘶喊。

3

他跑到沙滩高处，停下脚步，上气不接下气，一阵灼热刺痛的感觉从他左边胸口的正中央直往外窜，一路窜到他的腋窝深处。

他随便找了张镇上为老年人设置的长椅,坐下来,拨开黏在眼睛上的刘海。

控制好自己。要是连弗烈中士都被送去第八区①了,谁来率领咆哮突击队②?

想到这里,他笑了出来,心里觉得好过了些。从这离海水五十英尺远的地方,看起来感觉并没那么糟。可能是这里的气压之类的东西不一样吧。发生在汤米叔叔身上的事情太过可怕,但杰克认为自己总有一天会克服,会慢慢学习接受这件事,反正就像妈妈说的那样。摩根叔叔最近似乎变得特别烦人,不过话说回来,摩根叔叔向来都有点讨人厌。

至于妈妈……这才是最重要的事,不是吗?

事实上……他用脚趾拨弄着覆在木板道边缘的海沙想道,事实上妈妈应该会没事的。她应该会没事,这是绝对有可能的吧,毕竟从头到尾,也没见到真有哪个人跳出来,斩钉截铁地说出口,说妈妈得了癌症,不是吗?不对,要是莉莉真的得了不治之症,她就不会把杰克带到这里来了,是不是?他们更有可能到瑞士去,一起泡在清凉的矿泉里,大啖山羊内脏什么的。真要如此,她一定会这么做。

所以说,也许……

一阵低沉喑哑的声响闯进了他的思绪。杰克低下头一看,不禁睁大了双眼。只见他左脚运动鞋内侧细白的沙子环绕着直径约一个指节宽的中心点转动起来,很快地,这个漩涡的中心向下塌落,形成一个两英寸深的凹口,凹口周围的沙子还在不停转动,以逆时针方向疾速飞卷着。

---

① 第八区,美国军队用语,用来指称因为精神状态不适任而遭强制除役。
② 《弗烈中士与咆哮突击队》,是二十世纪六十年代由《蝙蝠侠》与《美国队长》的作者斯坦·李(Stan Lee)与杰克·柯比(Jack Kirby)合作,背景设在二战时期欧洲的超级英雄漫画。主角是率领一支美军精英突击队的尼克·弗烈中士。

这不是真的,他连忙告诫自己,心却禁不住又猛烈鼓动起来,呼吸也变得越来越急促。这不是真的,只是白日梦而已,没什么,也可能是沙子里头有只小螃蟹也说不定……

偏偏那既非小螃蟹,也不是什么白日梦——这不是那个当他感到无聊或害怕时,用来逃避现实的梦乡,他甚至敢对天发誓,那里头绝对没有半只螃蟹。

漩涡越转越快,发出枯燥干瘪的声响,让他联想起去年在科学课上用莱顿电瓶①做实验时产生的静电。但那声音又不只是沙子或静电,它更像一长声疯狂的喘息,像垂死之人吐出的最后一口空气。

更多沙子往漩涡中心坍了进去,随之团团旋转,凹口变得更深更大,像漏斗状的逆向龙卷风。有张鲜黄色的口香糖包装纸卷在漩涡里,时隐时现。漩涡越卷越大,包装纸每露出一回,上面印刷的字样就多露出一点:热、热带、热带水;覆在上面的沙子一次次被漩涡带走,就像一只粗暴无礼的手在蛮横地扯掉铺好的床单。终于,杰克看清楚了上面的字:热带水果口味,接着,包装纸往上一翻,飞走了。

沙子旋转的速度越来越快、越来越快,像是在愤怒嘶吼。嘶嘶嘶嘶嘶嘶嘶嘶——沙子发出巨大的声音。杰克凝视着,一开始觉得有些目眩神迷,旋即感到万分恐惧。沙子中心的缺口宛如一只巨大阴沉的眼睛:它正是那只将蚌壳摔碎在岩石上,将蚌肉像条橡皮筋般扯出来吞食的海鸥的眼睛。

嘶嘶嘶嘶嘶嘶嘶嘶——沙子持续旋转,毫无生气的干枯声响从未间断。这不是杰克脑中的声音。无论杰克多么希望这只是脑海中的幻觉,它却依旧是真实存在的巨响。他的假牙飞了,杰克,当"野孩子"小货车撞上汤米叔叔的时候,他被撞得连假牙都

---

① 莱顿电瓶,一种能聚集电荷的容器,就是现在电容器的前身。

飞了出来,砰——唰!管你有没有上过耶鲁大学,"野孩子"货车把你假牙撞飞的时候,杰克,你就得乖乖上天堂,至于你妈呢——

杰克再度拔腿狂奔,盲目地,头也不回,前额的头发披散开来,惊恐的双眼圆睁。

4

杰克穿过暗淡的饭店大厅,在可能的范围内尽全力快步行走,因为这整个地方弥漫着一股严禁奔跑的肃穆气氛,安静得宛如图书馆,微弱的光线穿过高耸的玻璃窗射入室内,落在地上,让原已褪色的地毯看起来越发模糊。经过前台时,杰克的步伐禁不住变成小跑步,偏偏那面色死灰、驼背的早班职员选在这个时刻从一个木造拱道里走了出来,他虽然没说什么,然而那张老是板着的脸孔嘴角又往下垂了几分。这里感觉活像在教堂里跑步被逮到似的。杰克用袖口抹了抹额头,放缓脚步,强迫自己慢慢走向电梯。他按下电梯按钮,觉得那个前台职员不悦的目光正灼烧着他的背脊。这一周来,杰克唯一一次见到这名饭店职员露出微笑,是当他认出杰克那个明星老妈的时候。不过那抹笑容,只达到所谓亲切表情的最低标准而已。

"看来要像他那么大年纪的人,才会记得莉莉·卡瓦诺是何方神圣吧。"一进房间后,只剩莉莉与杰克两人时,她立刻这么说。有段时间,其实也才不久前,当莉莉被人认出来,无论是因为她五六十年代演过的五十部电影中的任何一部("B级片女王",一般人都这么叫她,不过她给自己的封号则是"露天汽车电影院甜心"),也无论认出她的是出租车司机、餐厅服务生,或是在维尔什尔大道的萨克斯百货公司里卖衬衣的女售货员,都会让她心情好上个大半天。然而,如今这单纯的乐趣对莉莉而言也不复存在了。

杰克局促不安地等在纹风不动的电梯门前,又听见沙子漩涡那熟悉而诡异的声响。有一瞬间,他看见了托马斯·伍德拜恩,令人感到温暖可靠的汤米叔叔,他本来也应该是杰克的保护者之一——像是一堵将麻烦与混乱挡在外面的高墙——最终竟然在拉辛纳加大道上倒下了,丧命了,假牙像爆米花似的散落在二十英尺外的阴沟里。杰克又用力戳了戳电梯按钮。

快点啊!

接着他看见更可怕的景象——两个面无表情的男人,拉着他的母亲,进入一辆等待的汽车里。突然间,杰克觉得自己就快尿裤子了。他摊开手,用掌心拍着电梯按钮,前台后面驼背的饭店职员发出夹杂痰音的咳嗽声,警告杰克不许这么做。杰克用另一只手按着下腹部,帮助自己忍住尿急。这时他总算听见电梯缓缓降下的声音。他闭起眼睛,夹紧双腿。他母亲的脸上流露出茫然迷失的困惑表情,那两个男人轻而易举地将她拉进车里,就像拖着一条病弱无力的牧羊犬。这不是现实的场景,杰克知道,这是存在他记忆中的某个片段——一部分来自他的梦魇——而且其实那个被掳走的人不是莉莉,而是杰克自己。

电梯门开了,露出门后那个幽暗的小空间。杰克看见自己映照在斑驳模糊的镜子上的脸,七岁那年的场景再度将他包围。他看见那个男人的瞳孔转变成鲜艳的黄色,另一个男人的手指幻化成兽爪,强硬且毫无人性……杰克像被叉子戳到似的,惊跳进电梯里。

不可能。那场梦魇不可能真的发生过。他没有看到那个人的眼睛从蓝色变成黄色,他母亲也还好好的,像平常一样风姿绰约;没什么好怕的,没有人会死掉,而所谓的危险,不过是海鸥带给蚌壳的威胁。他闭上双眼,电梯缓缓上升。

沙里的东西嘲笑着他。

电梯门才开了一道小缝,杰克就赶忙挤了出去。他步伐仓促地经过其他紧闭的电梯门前，往右一拐，转进一道镶着木框的走廊，然后跑步穿过走廊墙面上钉着的烛台与挂画，直奔向他们的房间。在这里跑步似乎比较不会产生罪恶感。他们住在407号和408号房，里头包括两间卧室、一个小型厨房，以及一个能让他们眺望平缓海滩与辽阔海洋的客厅。杰克的妈妈不知从哪儿弄来许多鲜花，插在花瓶里，恰如其分地装饰在房间各处，花瓶旁边摆了不少相框，里头是他们一系列的生活照。五岁的杰克、十一岁的杰克、婴儿时期的杰克安然躺在妈妈臂弯里。还有父亲的照片。菲利普·索亚坐在那辆老迪索托的驾驶座上。如今回首那段时光，已变得难以想象，菲利普·索亚与摩根·斯洛特就是开着那辆迪索托一路到加州，当时他们都还很穷，经常得睡在车上。

　　杰克猛然推开408号房正对着客厅的房门，大声呼叫："妈妈，你在哪儿？"

　　客厅里的鲜花迎接他，照片里的人对他微笑，但房里没有人声回应。"妈妈！"房门在背后关上，杰克的腹部感到一阵冰冷，他焦急地穿过客厅，跑进右手边的大卧房。"妈妈！"迎接他的又是一瓶鲜艳的花束。床上没人，床单平整得仿佛浆烫过，那么硬挺，好像朝它丢个硬币，硬币都会弹回来似的。床边的茶几上排列着一瓶瓶褐色药罐，里头装的是维生素或其他药片。杰克退出卧室。妈妈房间的窗户里，一阵又一阵的黑色浪潮正冲着他扑来。

　　两个男人从一辆样貌难辨的车里走出，他们的长相也同样毫无特征可言，他们正逐步接近她……

　　"妈妈！"他尖叫。

　　"我听见了，杰克。"母亲的声音从浴室传出，"怎么回事……？"

　　"噢，"他应声，觉得全身肌肉顿时放松下来，"噢，抱歉。我只是不知道你在哪里。"

　　"我在洗澡，"她说，"正准备去吃晚餐呢。他们还供餐吗？"

杰克明白自己没必要走进浴室确认了,他跌坐进一张椅垫又厚又软的椅子里,闭上眼睛,放下心里的大石头。她平安无事——只是暂时没事,一个黑暗的声音悄悄耳语道。杰克又看见沙滩上那个漩涡了,海沙不停地旋转、旋转。

5

沿着海滨的公路往外走个七八英里路,刚好就在汉普顿镇边缘之外,他们找到一家叫"龙虾堡"的餐馆。杰克非常简略地交代了这天的经过——这时他已从海滩上的恐怖经历中抽离出来,任其在记忆中消散。不久来了位服务生,红色外套背上印着一只黄色大龙虾,将他们领到一张靠在雕花玻璃长窗旁的桌子前。

"夫人喝点什么吗?"服务生脸上挂着淡季时的冷漠表情,新英格兰人的轮廓,一双水蓝色眼睛狐疑地打量着杰克身上的拉尔夫·劳伦运动外套和莉莉漫不经心的老旧候司顿洋装,一阵更熟悉的痛楚刺进杰克心底——单纯的思乡病。妈妈,如果你真的病得很重,那我们到底来这地方干什么?这地方什么都没有!它让我全身发毛!老天!

"给我来杯马丁尼吧。"她答道。

服务生挑起眉毛。"夫人?"

"杯里先放冰块,"她说,"橄榄放在冰上,再把天加利杜松子酒盖过橄榄,然后——你在听吗?"

妈妈,看在老天分上,你难道看不出他脸上的表情吗?你以为自己这样很迷人——他觉得你在开他玩笑!你看不出来吗?

她真的毫无知觉。过去的她何其敏锐,总能体察他人的感受,而今竟变得如此迟钝,这对杰克又是个沉重的打击。她正逐渐与现实世界脱轨……在生活的各个方面。

"是,夫人。"

"接着呢,"她往下说,"拿瓶苦艾酒——什么牌子都行——沿着杯子边缘倒进去,然后把苦艾酒放回柜子,再把酒送来给我,行吧?"

"是,夫人。"冰冷的新英格兰人盯着他母亲,眼底没有一丝情感。我们在这里无依无靠,杰克心想,这还是他第一次真切地体会到这个事实。天啊,我们无依无靠。"少爷喝点什么呢?"

"给我可乐吧。"杰克垂头丧气地说。

服务生转身离去。莉莉在皮包里摸索,翻出一包"塔里通"(杰克还很小的时候,她就会这样故意把泰瑞登香烟叫成"塔里通"。例如,她会说:"杰克,帮我把柜子上的'塔里通'拿来。"所以杰克至今还是沿用这个叫法),点了一支,马上猛咳几下,吸进的烟全呛了出来。

这是压在杰克心头的另一块大石头。两年前,他母亲早已完全戒除了抽烟的习惯。杰克心里不像一般孩子那样单纯无邪,轻易认定母亲就此不会再抽烟,因为毕竟妈妈一直以来都有抽烟的习惯,于是他等着,以为很快她便会故态复萌。然而她没有⋯⋯直到三个月前,到了纽约后,她才又开始抽起烟来。卡尔顿牌香烟。莉莉在他们位于中央公园西侧的公寓客厅里四处踱步,一面像个蒸汽火车头般吞云吐雾,一面站在唱片柜前眯着眼胡乱翻弄她的老摇滚唱片,或是亡夫收藏的老爵士唱片。

"妈妈,你又开始抽烟了吗?"当时他问她。

"没这回事,妈妈抽的只是卷心菜叶。"她这么回答。

"我希望你别抽了。"

"你要不要打开电视看看有什么节目?"她转向他,嘴唇线条僵硬,语调平板却尖锐。"搞不好有吉米·斯瓦格特[①]或艾克牧

[①] 吉米·斯瓦格特,基督教五旬节派传教士,是利用电视传教的先驱之一,人气于二十世纪八十年代达到巅峰。

师①的电视布道大会呢,去旁边沙发上待着,跟着他们喊哈利路亚吧。"

"抱歉。"他咕哝一声。

好吧——不过是卡尔顿香烟而已。卷心菜叶嘛。可是这会儿她抽起塔里通来了——蓝白两色老式包装,烟嘴处的印刷方式会让你误以为烟里包着滤嘴,但其实根本没有。杰克模模糊糊记得,有回爸爸跟人聊天,说自己抽的不过是云斯顿,他老婆抽的可是黑肺牌。

"哪儿不对劲吗,杰克?"这时的她关心起他来,一双异常明亮的眸子盯紧杰克,香烟夹在右手食指和中指间有些奇怪的位置。他哪敢说什么呢。他哪敢问她:"妈,我发现你又开始抽塔里通了——这是不是表示你豁出去了,什么都不在乎了?"

"没事。"他答道。凄惨的、令人惶恐的思乡病再度袭来,他的眼泪差点夺眶而出。"只是这个地方。我觉得这地方有点诡异。"

她环顾四周,笑了一下。旁边还有另两个服务生,也都穿着印有龙虾图案的红色外套,他们站在厨房门口,正在低声交谈。从杰克和母亲坐的雅座再往内走,是间宽大的餐室,入口处挂着一块绒布围幔,餐室里光线阴暗,椅子全倒过来,堆挂在餐桌上,状似远古祭坛。最深处的落地玻璃墙正对着诡谲的海岸线,这使杰克联想起一部母亲主演过的电影,叫《死神的新娘》。电影里莉莉是个家世显赫的千金小姐,不顾双亲反对,嫁给一个英俊但邪气的陌生男子,婚后丈夫将她带到一幢靠海的大宅里,最后一步步将她逼疯。这部电影或多或少可以算是莉莉·卡瓦诺职业生涯的典型——莉莉曾主演过无数部黑白电影,然而电影里与她对戏的男主角老是些头戴高帽、开着福特敞篷车,尽管容貌俊俏,却难以给人留下深刻印象的男星。

---

① 艾克牧师,美国知名福音传教士,曾任公职、教师,后从事神职相关工作逾五十年。

挂在绒布幔外的告示,轻描淡写得有些可笑:此区不开放。

"这地方确实有点阴森,是不是?"她说。

"就像电视剧《阴阳魔界》的感觉。"杰克这么一说,莉莉跟着扬起她尖糙而有感染力,却莫名有些可爱的笑声。

"可不是嘛,我的宝贝儿。"她一面微笑,一面倾身向前,伸手摩挲杰克已经有些太长的头发。

他推开她的手,脸上也带着微笑(可是天哪,她的手简直是皮包骨,她剩下的日子不多了,杰克……)。"别动我的货。"

"少管我。"

"以一个老家伙来说你还挺时髦的。"

"小鬼头,你行行好,这星期就别拿老掉牙的电影来寻我开心了。"

"好啦。"

他们相视而笑。从来没有一个时刻能像现在,让杰克这么想放声大哭一场,也从来没有一个时刻像现在一样,让他体悟自己是如此深爱妈妈。如今的莉莉似乎已身陷绝境……重拾黑肺牌香烟就是征兆之一。

饮料送上来,她举杯敬他。"敬我们俩。"

"敬我们俩。"

他们喝下饮料,服务生接着递上菜单。

"杰克,刚才我对他是不是有点坏?"

"或许有一点吧。"他说。

她想了想,然后耸耸肩,把这件事抛在脑后。"你想吃什么?"

"鲽鱼吧,我想。"

"那就来两份。"

于是他替两人向服务生点餐,心里为了自己的笨拙觉得有些困窘,但他知道这是母亲的期许——服务生离去后,他可以从她的眼神里看出来,方才自己的表现其实还过得去。以前,这件差事大多由汤米叔叔负责。有回大家一起去哈迪汉堡店吃饭,汤米叔叔开他玩笑:"杰克,我觉得你的前途还有希望,只是你得先戒掉对加工过的黄奶酪那种莫名其妙的迷恋。"

食物上桌,杰克狼吞虎咽吃着,热腾腾的鱼肉带着柠檬香气,非常鲜美。莉莉用叉子摆弄盘里的鲽鱼,吃了几颗青豆,然后便只管将食物在盘里拨来翻去。

"这里的学校两星期前就开学了。"吃到一半,杰克开口说道。在街上看见黄色的校车,车上印着斗大的字体"阿卡迪亚公立学校"让杰克有些罪恶感——虽说在这种情况下自己这念头显得有些愚蠢可笑,但事实如此,现在的他是个逃学的孩子。

她盯着他看,脸上挂着询问的神情。莉莉已经喝干了第二杯马丁尼,这时服务生又送上第三杯。

杰克耸耸肩。"我以为我跟你提过了。"

"你想上学吗?"

"我?当然不想!我不想上这里的学校!"

"那就好。"她说,"因为我没把你的预防接种文件带来。要是没有证明文件,他们是不会接受你入学的,小宝贝。"

"别叫我小宝贝。"杰克回嘴,可是莉莉没像以前那样,把这种对话当成两个人间的亲昵玩笑。

孩子,你怎么没上学呢?

他颤抖了一下,仿佛这问题不只浮现在脑海中,而是有人大声对他提出质疑。

"怎么了?"她问道。

"没什么。呃……我在游乐园遇到一个人,他是那里的管理员,或是看门人什么的。一个老黑人。他问我为什么没去上学。"

她把脸凑近杰克,先前的幽默感已经消失,转变成近乎狰狞的可怕神情。"那你怎么跟他说的?"

杰克耸耸肩。"我跟他说我长了水痘。你记不记得理查德出水痘那次？那时候医生跟摩根叔叔说，理查德得休息一个半月，不能上学，可是他可以在外头散步，随他做什么都可以。"杰克笑了一下，"那时候我觉得他好幸运。"

莉莉稍微放松了点。"我不喜欢你跟陌生人说话，杰克。"

"妈妈，他只是个——"

"他是什么人我不管，总之我不许你跟陌生人说话。"

杰克想起那位老先生，白发粗硬，黝黑的皮肤布满深深的皱纹，一双眼睛饱经风霜、神采奕奕。当时他正在码头边开阔的长廊上，使劲挥着扫把——每年的这个时节，那条长廊便是阿卡迪亚游乐园唯一开放的地方，不过那时候长廊上照旧杳无人迹，除了杰克与那老人，就只剩远处长廊后头另外两位老先生，兴致不高地玩着滚球游戏机，彼此沉默不语。

然而这一刻，与母亲一起坐在这气氛阴郁的餐厅里，对杰克提出这疑问的并非那位老先生，而是杰克自己。

为什么我没去上学？

不就像她说的那样嘛，小伙子。你身上没有出过水痘的疤痕，也没有接种证明文件。难不成你以为她会随身带着你的出生证明吗？你真这么想？她可是在逃命呢，小子，你是跟着她逃到这儿来的。你啊——

"最近有理查德的消息吗？"她突然问起。这么一说，杰克才想起——不对，说想起太客气了，应该说杰克陡然间明白了一件事，这顿悟就像一棒打在头上，杰克手一颤，杯子落在地上，摔得粉碎。

她的死期不远了，杰克。

海沙漩涡里传来的声音。杰克脑海里听见的那个声音。

那是摩根叔叔的声音。并非也许，不是接近，也不是有点相似。那是个真真实实的声音，是理查德爸爸的嗓音。

6

返回饭店途中,莉莉在车上问杰克:"刚才在餐厅里,你是怎么了?"

"没事。只是刚才我的心脏乱打一阵吉恩·克鲁帕①的节奏。"他在仪表板上迅速敲打一阵,以证明自己的话。"快给我氧气罩,就像在《综合医院》②里面那样。"

"少敷衍我,杰克。"莉莉脸上映着仪表板微弱的光晕,看起来苍白而憔悴。她手上夹着烟,车开得很慢——时速绝不超过四十英里——每次她喝多了,总会开得特别慢。她将驾驶座椅拉到最前面,裙摆往上撩起,膝盖分开,像鹳鸟的长腿夹在方向盘转轴两侧,下巴挂在方向盘上,一瞬间看起来活像个丑陋的老巫婆。杰克赶紧将视线转开。

"我没有。"他咕哝一声。

"什么?"

"我没敷衍你,"他答道,"刚才只是手滑了一下,没怎么样。我向你道歉。"

"没关系。"她说,"我还以为你想起理查德什么事了。"

"没有。"只不过理查德爸爸的声音从沙滩上一个漩涡洞里传出来跟我说话而已,没怎么样。他在我脑袋里对我说话,就像电影旁白那样。他跟我说,你就快死了,妈妈。

"你想念他吗,杰克?"

"谁?理查德?"

---

① 吉恩·克鲁帕(1909—1973),美国知名爵士乐鼓手。
② 《综合医院》,始于二十世纪六十年代的电视剧集,为美国史上播映最久的剧集,至今仍在持续制作中。

"不是,是斯皮罗·阿格纽①——当然是理查德,不然我还能指谁?"

"有时候吧。"这会儿理查德·斯洛特正在伊利诺伊州那种每星期一定得做礼拜,而且没人脸上长青春痘的私立学校里乖乖上学呢。

"迟早会见面的。"她摸摸他的头。

"妈妈,你还好吧?"这句话脱口而出时,杰克感觉到自己的指尖掐进大腿的疼痛。

"当然好啊,"她说着,点起另一支烟(点烟时,她将时速降到二十英里,一辆小货车从旁边擦过,喇叭震天响)。"再好不过了。"

"你瘦了几公斤?"

"杰克,永远没人会嫌自己太瘦,或是钱赚得太多的。"她说完顿了一下,对杰克露出微笑。那笑容如此疲惫伤感,道尽一切杰克渴望探究的答案。

"妈——"

"别再说了,"她说,"一切都很好,相信我。帮我调调看收音机里有没有爵士乐吧。"

"可是——"

"帮我找音乐,杰克,别说了。"

他在某个波士顿电台找到了——中音萨克斯管正演奏着《你一切的一切》,与这乐音应和的,是平稳而无意义的浪涛声。不久后,杰克的视野中出现了云霄飞车伸向天际的支架和凌乱的阿兰布拉饭店侧翼。如果这也算个家,那么,他们到家了。

---

① 斯皮罗·阿格纽,美国政治人物,曾任马里兰州州长和第三十九任美国副总统。

三
斯皮迪·帕克

1

隔天,又恢复了原来晴朗的天气——从杰克房间的窗口望出去,炽烈的阳光宛如厚重的油漆,泼洒在平坦的海滩与屋顶倾斜排列的红瓦上。远处一道平缓的长浪似乎凝结在阳光中,反射出一束利刃般的光芒,刺向杰克的双眼。对他来说,这里的阳光和加州截然不同,似乎更单薄,更冰冷,无法润泽大地。浪涛在沉郁的海洋远方消解,不久再度升起,令人目眩的金光跳跃其上。杰克转身离开窗边。他已梳洗完毕,换好衣服,生理时钟告诉他,这时候应该出门去等校车了。现在是早上七点十五分。当然,他今天不会去上学,他的生活早已脱离常轨,接下来的十二小时,他只会跟妈妈一起,像个孤魂野鬼般无所事事,打发一整天。没有预定行程,没有责任,没有家庭作业……除了时间到了就吃饭,其他便无任何秩序可言。

今天星期几了?是要上学的日子吗?杰克在床边停下脚步,对于自己的生活变得这样乱无章法,突然感到一丝恐慌……他觉得今天应该不是星期六吧。他向记忆里摸索,找出自己还能辨认是星期几的日子,记得是上星期天吧;然后挨着数过来,才发现今天已经星期四了。以前的星期四,他得去上巴尔戈先生的电脑课,接着还有体育课。至少这是在他生活还正常时得干的事,那段时光如今看来——虽说不过是几个月前的事——却已无可挽回地离他远去了。

他漫步走出卧房,来到客厅,扯开窗帘拉绳,强烈的阳光顿时洒满整个房间,家具在强光中浸成一片白。接着他打开电视,慵懒地坐在沙发上。妈妈至少还要过个十五分钟才会起床,也许还要再晚些,因为昨晚吃饭时她喝了三杯马丁尼。

杰克的视线飘向妈妈的房门。

二十分钟过后,他轻轻敲门。"妈妈?"结果只听见一声睡意浓重的嘟囔。于是杰克将门推开一道小缝朝里望。莉莉只将头从枕上抬起,睡眼惺忪地望着杰克。

"早啊,杰克。几点了?"

"大概八点。"

"老天。你饿了吧?"她坐起来,用双手掌心按着眼睛。

"有点。一直在屋里坐着有点无聊,所以我想看看你是不是快起床了。"

"可以的话我想再睡一会儿。你不介意吧?你自己到楼下餐厅吃点东西,然后到海边玩玩什么的,好吗?再给我一小时,你就会有个精神更好的妈妈了。"

"当然,"他说,"好吧,晚点见。"

话没说完,莉莉已经躺回被窝里了。

杰克关掉电视,确定钥匙已经摆在牛仔裤口袋里,便走出房间。

电梯里满是樟脑丸和氨水的气味——看来是某个女服务生把清洁车上的某个瓶子摔破了。电梯门打开,那阴沉的前台职员一见他便蹙起眉头,夸张地别过头去。在这地方,别以为你是个电影明星的孩子,人家就会特别厚待你,小鬼……还有,你怎么没去上学?杰克拐过转角,走进通往餐厅的走廊。餐厅名叫"羊鞍",杰克看见阴暗宽敞的餐厅里罗列着成排无人的餐桌,大约只有六张桌子预先摆好餐具。一名穿着白色上衣、红色百褶裙的女侍看了杰克一眼,马上又移开视线。餐厅尽头,一对满脸疲倦的老夫妻面对面坐着,除此之外,就没有其他来吃早餐的人了。杰克抬头望去,只见那位老先生往前倾身,表情木然地把妻子餐盘里的煎蛋切成四平方英寸的几块。

"一个人吗?"不知何时,值日班的女侍已经来到杰克身边,正伸手从订位登记簿旁的一叠菜单中抽出一本来。

"我改变主意了,抱歉。"杰克连忙开溜。

阿兰布拉饭店里的咖啡厅叫做"滨海浪人厅",范围横过整个饭店大堂,然后延伸进一条阴惨的走道,走道旁摆满空空的展示柜。光是想象自己一人坐在这儿,看着满脸百无聊赖的厨子将熏肉甩在锅里煎烤的画面,杰克便觉得胃口尽失。算了,他可以等到妈妈起床,或者更好,他可以在往城里的路上自己买些甜甜圈和牛奶。

他推开饭店高耸沉重的大门,走进户外的阳光里。突如其来的光亮刺得他睁不开眼——外面的世界光辉璀璨,令人目眩。杰克眯起眼睛,心想刚才要是记得把太阳眼镜带出来就好了。他跨过红砖砌成的台阶往下走,踏上饭店正前方穿过花园的主要通道。

要是她死了会怎么样?

他会变成怎样——他将何去何从?谁来照顾他?要是这天底下最糟糕的事情真的发生了,她真的就在这饭店房间里长眠,一去不返了,该怎么办?

他摇摇头,想趁埋伏在阿兰布拉井然有序的花园间的恐慌感突然冒出来将他撕裂之前,摆脱这荒诞的念头。他不会哭的,他不会让这种事发生——他决心不再想她抽烟的事,不去担心她越来越瘦弱的身体;他要忘记那偶尔涌上心头的感觉,不要认为她已陷入迷惘,太过无助。杰克脚步飞快,双手插在口袋里,一个箭步跨出花园里弯曲的小径,走上饭店的汽车通道。她正在逃命呢,小子,你可是跟着她在逃命呀。这是趟亡命之旅,然而,他们要逃离什么呢？要逃到哪里去？就逃到这地方吗？这凄惨寂寥的饭店？

他走到大马路上，循着海岸线往城里走，眼前空旷而辽阔的风景恍若巨大的漩涡，要将他吞吃入腹，然后推弃到另一个黑暗之境，一个从未存在过平静与安全的地方。一只海鸥飞过空荡荡的马路上空，绕了好大一圈，又返回海滩方向。杰克的视线追踪着海鸥的身影，看着它渐渐缩小，终于成为云霄飞车倏乎起伏的轨道上空中，一个白色的小小斑点。

那位黑人老先生，莱斯特·斯皮迪·帕克，灰扑扑的鬈发，两颊刻划着深深的皱纹，现下正在游乐园的某个角落，而这个人，是杰克此时此刻必须见上一面的人，这点杰克心中再清楚不过，就像他陡然明白那幽冥之音正是理查德父亲的声音那般肯定。

海鸥凄厉长鸣，波涛将太阳的金色光芒反射回杰克身上。杰克看见了摩根叔叔与他的新朋友斯皮迪两相对峙的形象，仿佛一则警世预言，如同黑夜之于白昼，月亮之于太阳——黑暗与光明相抗。就在杰克感觉到父亲一定会喜欢斯皮迪·帕克的那一刻，他明白的其实是，这个老蓝调乐手无论如何不会伤害他。至于摩根叔叔……就是截然不同的另一种人了。摩根叔叔是个天生的生意人，工于心计，老谋深算。他野心勃勃，即便在网球场上，遇上稍微模糊的判决时也一定会斤斤计较，争个输赢。偶尔，理查德会邀请杰克加入他们父子的牌局，而摩根叔叔好胜到连在这样的游戏里也要作弊——至少，杰克觉得摩根叔叔在某几次牌局里偷偷动了手脚……他对失败者会赶尽杀绝，毫不留情。

黑夜与白昼，月亮与太阳，黑暗与光明。在这对立的两极，那老黑人归属于光明那端。想到这里，杰克先前在花园里极力抵挡的恐慌感又蠢蠢欲动，朝他蜂拥而来。他迈开脚步，开始用力奔跑。

2

等到杰克看见斯皮迪蹲跪在游乐场斑驳老旧的长廊边——他正拿着一卷绝缘胶带把一条电缆捆扎起来,头几乎埋在长廊的柱子间,臀部高高翘起,凸显出那条绿色工作裤底部磨损的程度;双脚脚尖朝下,露出满是灰尘的靴底,竖直的靴底看起来像两块直立的冲浪板——他才明白,其实他也弄不清楚自己一直思索着要告诉这个工友的究竟是什么事,甚至连自己是不是真的有话要说也不敢肯定。斯皮迪用手上的黑色胶带在电缆上又绕一圈,然后点点头,从上衣口袋里抽出一把扁平的帕尔默牌折刀割断胶带,手法利落得犹如外科医生。要是办得到,杰克一定会转身就逃——他打扰了老人的工作,而且不管怎么说,光是认为斯皮迪能够帮他这个念头就够荒唐的了。一个荒凉游乐园里的老工友,能帮得上什么忙呢?

接着,斯皮迪转过头,认出是杰克,露出满脸温暖的欢迎之意——尽管那抹微笑深不过他脸上的皱纹,但最起码,杰克知道自己不是惹人厌的不速之客。

"小流浪汉杰克,"斯皮迪叫他,"我还担心你不会再来了呢。我们才刚刚变成朋友,不是吗?很高兴再见到你,小伙子。"

"是啊,"杰克回答,"我也很高兴再见到你。"

斯皮迪将刀子放回衬衫口袋,轻轻松松站了起来,动作轻盈敏捷得仿佛他消瘦的身体没有半点重量。"这整个地方的设备都老旧了,吵得我难受。"他说,"我每天一点一点修理,至少想办法让它们像样点。"他说到一半停了下来,仔细打量着杰克的脸。"你看起来不太开心,小流浪汉杰克的肩上似乎扛了很多烦恼,是不是?"

"嗯,有点吧。"杰克开口道——其实,他对于要怎么把心里的困扰倾吐出来,还是没一点头绪,因为那不是普通言语所能表达的。平常的话语只能将事情描述得简单合理,就像一、二、三……而杰克的世界已不再像算数那样平凡线性。那些说不出口的话,沉甸甸压在他胸口上。

杰克满面愁容地望着面前瘦骨嶙峋的老人。斯皮迪双手深深插在口袋里,浓密的灰色眉毛紧蹙着,在眉心推出两道深沟。他那双淡得几乎看不出颜色的眼珠将视线从油漆斑驳的廊柱移向杰克,直到两人四目相接——突然间,杰克的忧愁又被化解了。杰克并不明白个中缘由,然而斯皮迪似乎有种能与他心灵相通的能力,仿佛两人已经相识多年,而不是上星期才在游乐场里相遇,他们共享的,绝不只是空荡游乐场长廊上的寥寥数语。

"工作也做得够多了,"斯皮迪说道,目光飘往阿兰布拉的方向。"再做下去只会越弄越糟。还没带你看过我的工作间吧?"

杰克摇摇头。

"该是休息一下,吃些点心的时候了,小子。现在正是时候。"

他一双长腿迈开大步,朝码头方向走去,杰克半跑半走地跟在后头。两人走下码头阶梯,踩着黄土与蔓生的杂草,正要走向游乐场远端的建筑时,杰克惊讶地听见斯皮迪唱起歌来。

流浪汉杰克,哦流浪汉杰克,
前程漫漫路遥遥,
回家旅途却更长。

说是唱歌,又不太像,杰克心想,像是某种介于说话与唱歌间的调子。要不是他吟诵的内容,杰克会更专心享受斯皮迪那充满自信与磁性的嗓音。

男孩的道路远又远,

回家旅途却更长。

斯皮迪回头对杰克使了个眼色,一双眼睛几乎闪闪发着亮光。

"你为什么这样叫我?"杰克问他,"为什么叫我小流浪汉?因为我从很远的加州来吗?"

他们已经走到云霄飞车褪色的售票亭边,斯皮迪又将双手插进绿色工作裤的口袋,脚步一转,将肩膀靠在云霄飞车入口处小小的蓝色栅栏上。他转身的动作流畅快速,几乎像在演舞台剧——杰克觉得,斯皮迪似乎早就算准他会在什么时候问什么问题。

他说来自加州,
不知又要旧地重游……

斯皮迪哼唱着,沧桑的面容充满感情,杰克觉得那几乎像是某种心有不甘的表情。

他说跑了大老远,
可怜的流浪汉杰克,马上又要重回旧地……

"什么?"杰克说,"你说我要回去?我想我妈大概连房子都已经卖了——或是租出去什么的。我实在不知道你是什么意思,斯皮迪。"

"我猜你大概忘了,其实我们见过,杰克。你记不得了,对不对?"斯皮迪用普通的语调回答,不再哼哼唱唱,让杰克松了口气。

"我们见过?在哪里?"

"加州——至少,我认为我们是在那里见的面。可能你不记得了,杰克。那一面见得仓促,不过几分钟的事。那是多久前呢……我想想……大概四五年前的事了。一九七六年。"

杰克抬眼看着他,满头雾水。一九七六年?那时候他才七岁。

"先去我的工作室再说吧。"斯皮迪说,然后像刚才那样轻松优雅地挺起身子,离开了售票亭。

杰克跟着他,在高耸入云的云霄飞车轨道底下迂回前进,荒凉的地面满布尘埃,空啤酒罐和糖果纸四散各处,云霄飞车轨道黑色的阴影烙印其上,宛如井字游戏的格线,仰头望去,那轨道仿佛一道尚未筑成的天梯。杰克注视着斯皮迪,只见他昂首阔步,两臂随着走路的韵律摆荡,眼观四面的模样如同篮球选手般矫捷。穿梭在轨道交错的阴影下,斯皮迪的体态看来异常年轻,简直就是个二十来岁的年轻小伙子。

不久后,这位领路人再度钻进凌厉的烈日底下,五十个年头的岁月陡然加诸在他的灰发上,凿入他的颈背里。杰克来到云霄飞车的最后一排支柱边,暂时停下脚步,油然升起一种感觉,刚才看见斯皮迪・帕克返老还童的错觉,是他们之间的一道关键,他儿时在白日梦中见过的景象似乎随侍在侧,将他整个人包围。

一九七六年?在加州?游乐园的尽头,铁丝网围成的墙边,有间漆成红色的小木屋,斯皮迪正往那屋子走去。杰克一面思索,一面继续跟上。他很肯定自己在加州时从来没见过斯皮迪……然而刚才那逼真的错觉突然让他记起一段那年的往事,鲜明的画面浮现出来。某个接近傍晚的下午,七岁的杰克在爸爸办公室沙发后面,玩着一辆黑色玩具小汽车……那天,父亲和摩根叔叔出人意料地讨论起关于白日梦境的话题。那边有魔法,就像我们这边有物理学,不是吗?一个农耕国家,用的却是魔法而不是科学。能不能拜托你用脑袋思考一下,要是我们能供给他们电力,或是把现代化武器卖给对的人,我们会有他妈的多少油水可捞？你懂吗？

先别心急,摩根。我心里有很多想法,显然是你还没想过的……

杰克觉得父亲的声音近在耳边。古怪而令人不安的白日梦境仿佛在云霄飞车下方暗影罩顶的荒地上旋转。他不禁加快脚步,跑着赶上斯皮迪。斯皮迪已经打开小木屋的门,倚在门边,脸上的表情似笑非笑。

"你有心事,小流浪汉。那心事像只蜜蜂一样在你脑袋里嗡嗡叫个不停。进屋里来吧,把你的烦恼告诉我。"

假如斯皮迪微笑的嘴角再咧开一点,杰克可能会立刻头也不回地拔腿开溜,因为担忧被嘲笑的阴影仍不死心地紧跟着他。然而斯皮迪全身上下散发出一股温暖的关怀——那个讯息夹带在他脸上深深的皱纹间——于是杰克经过斯皮迪身边,走进小木屋。

斯皮迪所谓的"工作室"只是一小块长方形空间,内侧木墙板漆成和外观同样的红色,里面没有办公桌,也没有电话。两个装橘子的木箱竖直靠着一边墙面,左右包夹着一台没插电的暖炉,暖炉的造型像是五十年代中期庞蒂亚克车头的散热器铁格。房间中央摆着两张椅子,一张木制圆背学生椅,一张灰扑扑的褪色单人沙发。

单人沙发的扶手看来被好几代猫爪抓过,里面的填充物跑了出来,一道道脏兮兮地垂挂着,像一绺绺头发;学生椅的椅背则像一幅用指甲刻出来的复杂壁画。这些家具就像垃圾场捡来的破烂。两摞平装书整齐地堆在一个角落,还有一个角落放着一台廉价收音机。斯皮迪朝暖炉撇撇头说:"小子,要是你一、二月来,就晓得为什么我要摆那东西了。冷得要命呢!"然而这时杰克注视的不是暖炉,而是暖炉上方,用胶带贴在墙上的照片。

那些全是从成人杂志上剪下来的裸女图片。胸部几乎跟脑袋一样大的美女,慵懒地靠在粗糙的树干上,张开结实的双腿。在杰克眼里,她们的面容看起来既迷人又饥渴——仿佛这些女人吻过他后,还会顺道咬上一口。她们之中年纪大的不比他母亲小多少,年纪小的又比杰克大不了多少。杰克放纵自己的视线游走在这些胴体之间——或稚气或成熟,粉嫩的、棕色的或蜜糖般的各种肤色,全都一起迎向他的视线,而他知道斯皮迪·帕克就站在身边看着他,这让他心里更发窘。接着他看见一堆裸女图中间的那张图,有一瞬间,他几乎忘了呼吸。

那是张照片,照片里景色逼真,仿佛就要跳出来包围他。平缓的山峦前方,一片绿草如茵的原野铺展开来,山野上方顶着湛蓝无瑕的天空。杰克简直可以闻到风景里鲜甜的气味。他知道那地方。他从来没去过,却认得那块土地。因为他在梦里见过。

"照片很吸引人,对吧?"斯皮迪开口说道,杰克这才回过神来,想起自己究竟身在何方。有张照片上的欧亚混血女郎背对镜头,翘起她的心形俏臀,回头对他抛了个媚眼。是啊,杰克心想。"很漂亮的地方,"斯皮迪说,"那张照片是我自己贴上去的。女孩们的照片在我搬进来前就有了,我也没想过要把她们撕下来,她们多少能让我回想起以前四处流浪的生活。"

杰克抬头注视斯皮迪,一脸惊奇,斯皮迪对他眨眨眼。

"你知道那是什么地方吗,斯皮迪?"杰克问道,"我是说,你知道那地方在哪里吗?"

"或许知道,或许不知道。可能在非洲——肯尼亚的某个地方吧。也可能只是我这么记得。坐下吧,流浪汉杰克。坐那张舒服的沙发吧。"

杰克挪动沙发,好让自己能一直看见那张描绘出梦境的照片。"你说它在非洲?"

"也可能是离我们更近的地方。一个到得了的地方——想去的时候随时都能去,我的意思是,要是有人真心渴望过去的话。"

蓦然间,杰克察觉自己正在颤抖,已经不知抖了多久。他双手握拳,感觉身体的颤抖转移到胃部。

他不确定自己是不是真的想去看看那梦境中的地方。他疑惑地转头注视斯皮迪,斯皮迪已拉了另一张椅子坐下。"那地方其实不在非洲,对不对?"

"呃,不知道噢。有可能吧。不过我自己给它取了个名字,孩子。我管它叫魔域。"

杰克再次抬头注视那张照片——广袤辽阔的原野、起伏平缓的棕色山丘。魔域。没错。就是这名字。

那边有魔法,就像我们这边有物理学,不是吗?一个农业国家……把现代化武器卖给对的人……摩根叔叔滔滔不绝,他父亲在一旁回应着,不时提醒他要冷静:对于进入那地方的方式,我们必须很小心,搭档……别忘了,我们欠他们人情,说真的,我们亏欠他们……

"魔域。"杰克试着确认开口说出这名字的感觉,同时也是对斯皮迪提问。

"空气甘醇,就像富翁酒窖里最上等的葡萄酒。雨水轻柔。就是那样的地方,孩子。"

"你去过吗,斯皮迪?"杰克极度希望得到直截了当的答复,斯皮迪却让他失望了,虽说他早就料到可能会是这结果。老先生笑而不语,这是个真正的笑容,而不只是单纯亲切的善意。

过了半晌,斯皮迪说:"老天,我从来没离开过美国的土地,流浪汉杰克。就算战争期间也没有。从来没去过比德州或阿拉巴马州更远的地方。"

"那你怎么会知道关于……魔域的事?"杰克再次说出这地名,渐渐觉得没那么别扭了。

"像我这种人,形形色色的故事全都听过。双头鹦鹉、长了翅膀会飞的人、会变成狼的人、还有女王。生病的女王。"

……魔法,就像我们的物理学,对不对?

天使与狼人。"我也听说过狼人的故事,"杰克说,"漫画里也有。但那不代表什么,斯皮迪。"

"可能吧。不过我还听说,在那里,半英里外就能闻到有人从土里拔出萝卜的气味——空气既干净又甜美。"

"那天使……"

"是长了翅膀的人。"

"还有生病的女王。"杰克说道,把整件事当成一个玩笑——拜托,这一定是你凭空捏造的蠢地方,吹牛大王。可是就在他想说出这些话的当下,自己却感到一阵不舒服。他想起海鸥用漆黑的眼睛紧盯着他,一边将蚌肉扯出来吞食的画面,他还听见摩根叔叔急躁的声音,问他能不能叫莉莉女王接听他的电话。

B级片女王。莉莉·卡瓦诺女王。

"是啊,"斯皮迪轻声说,"麻烦事到处都有,孩子。生病的女王……可能不久于人世了。她快死了,孩子。整个世界的人都等着,等着看是不是有人能够挽救她的生命。"

杰克瞪着斯皮迪,惊得嘴都合不拢,好像这老人刚才踹了他肚子一脚。挽救她的性命?救他的母亲?惊恐的感觉再次像潮水般席卷而来——他要怎么救她?难道刚才那番一点都不合理的讨论,只是意味着母亲躺在那房间里,很快就要死了?

"你有件任务得完成,流浪汉杰克。"斯皮迪告诉他,"一件你摆脱不了的任务。但这是上天的旨意,我爱莫能助。"

"我听不懂你在说什么。"杰克的呼吸好像被锁在喉咙底部一个滚烫的小袋子里。他转开视线,看着房间另一角,看见一把老旧不堪的吉他,倚着墙伫立在黑暗中。吉他旁边有一捆卷起来的床垫。原来斯皮迪就睡在吉他旁边。

"我想,"斯皮迪接着说,"等时候到了,你就明白我的意思了。你知道的事比自己想象的多。多得多了。"

"可是我不——"话才到嘴边,杰克又收了回来。他又想起一件事。这下他更害怕了——又一股回忆的暗流陡然涌现,要求他正视过去。顿时,他全身渗出汗水,皮肤却无比冰冷——简直就像有人用水管在他周遭喷出一道水雾。他记起来的,是和昨天早上在电梯前佯装自己并不尿急时,拼命想压抑的同一段记忆。

"我刚才不是说该吃些点心了吗?"斯皮迪问道,一边动手掀开一块松动的地板。

那画面又出现了。杰克看见两个相貌平庸的男人将母亲推进车里。他们头上那棵大树的叶子低垂下来,压在车顶。

斯皮迪小心翼翼地从地板沟槽中取出一个一品脱大小的瓶子。深绿色玻璃瓶,里面的液体看起来是黑色的。"这玩意喝了对你有好处,孩子。只消喝上一小口——它会送你到一个新天地,帮助你展开这项任务。"

"我得走了,斯皮迪,"这句话冲口而出,杰克突然有股立刻逃回阿兰布拉的冲动。老黑人毫不掩饰地审视着杰克脸上的惊惧,然后慢慢将瓶子放回松脱的地板下。杰克已经站了起来。"我有点担心。"他说。

"担心妈妈?"

他点点头,一边倒退着走向敞开的门边。

"那么,你最好静下心来,回去看看她。这里你随时都能来,流浪汉杰克。"

"好。"男孩应声答道,却在拔腿跑出去前迟疑了一下。"我好像……我好像想起来我们什么时候见过了。"

"没有,没有,是我老糊涂了,"斯皮迪说着,一面摇头,一面来来回回挥手。"你说得没错。我们上星期才认识的。回去找你妈妈,别想太多。"

杰克冲到门外。户外的世界在烈阳下显得扁平,杰克奔向游乐园的大拱门,仰头看着拱门上斗大的字体"园乐游亚迪卡阿"高高悬挂在半空中；入夜后，彩色的灯泡将从拱门正反两面点亮这些字体。尘土在他的耐克运动鞋下扬起。杰克绷紧全身肌肉，希望能跑得再用力、再快一点，当他冲过拱门那一刻，觉得自己几乎要飞起来了。

一九七六年。六月？还是七月？……总之还不到大家开始担心山林野火的时节。那个季节的某个午后，杰克在罗迪欧大道上漫步，现在他连那天自己要走去哪儿都想不起来了。去朋友家玩？好像不是什么很重要的事。他只记得，那天他总算调适过来了，终于不会在脑袋有空隙的每一刻就想起父亲——菲利普·索亚在出门打猎意外丧生后好几个月，他的光芒、他的阴影，总趁杰克的心里最没有防备时陡然出现，占据这男孩的思考。杰克那时才七岁，但他明白自己某部分的童年已被父亲带走——六岁的自己当时在他眼里单纯天真得不可思议——于是他学会信任母亲的力量。家中阴暗的角落、门扉半掩的衣柜与无人的房间之中，似乎不再隐藏着无形而残酷的神秘威胁。

发生在一九七六年那个夏日午后的事件，摧毁了这短暂的宁静。从那之后长达半年间，杰克就寝从不熄灯，夜夜忍受梦魇侵扰。

那天，一辆汽车在索亚家斜对面停下，与他们家那栋三层楼殖民式建筑隔了不到几间屋子远。车是绿色的，而且不是奔驰，杰克对它的认识仅止于此——在那年纪，杰克认得的车子就只有奔驰。开车的男人把车窗摇下，冲着杰克微笑。小杰克当时心里第一个反应是自己认识这位先生——这男人一定是菲尔[①]·索亚的朋友，想对他儿子打声招呼。因为他的微笑看来如此亲切自然，有种熟悉的气味。副驾驶座上另一个男人身体前倾，透过墨镜打量杰克——那对圆形镜片颜色很深，几近全黑，而他身上穿

---

① 菲尔是菲利普的昵称。

的是一整套纯白色西装。有一段时间,开车的男人只是微笑,并不特别说什么。

后来他开口了:"小朋友,你知不知道贝弗利山饭店怎么走?"这么说来,他其实是个陌生人。小杰克心里闪过一股奇怪的失望。

他伸出手指往前一比划。饭店就在那儿,近得足以让他父亲每天早上走路去饭店的咖啡厅参加早餐会议。

"一直走?"开车的人脸上仍然挂着微笑。

小杰克点点头。

"你真是个聪明又可爱的小家伙。"开车的人这么说,另一个男人笑了出来。"你知道要走多远吗?"小杰克摇头。"过几个路口就到了?"

"对。"小杰克开始感到一丝不安。开车的男人还在微笑,但那笑容鲜明锐利,而且空洞。戴墨镜男人的咯咯笑声夹杂着痰音和气喘,听起来像在吸吮某种湿湿的东西。

"过几个路口? 五个,还是六个?"

"就差不多五六个路口,大概是。"小杰克说着,往后退了几步。

"嗯,我想好好谢谢你,小朋友。"开车的男人说,"你应该喜欢吃糖吧?"他从车窗内伸出一只拳头,往上一翻,摊开手掌:掌心放着一颗巧克力牛奶糖。"这是你的了。拿去吧。"

小杰克试探性地往前踏出一步,尽管几千个关于陌生人与糖果的教训在脑中警告着他。可是这个人还坐在车里,要是他想干什么,小杰克在他开门下车前就能跑到半条街外了;而假如不接受他的好意,似乎就显得有些不礼貌。小杰克又往前走了一步。他盯着男人的双眼,那对蓝色眼睛跟他的笑容一样鲜明犀利。直觉告诉小杰克,别拿了,快走开吧,可他的手仍往前移动了几英寸,接近那颗巧克力牛奶糖,想用指尖捏起那块糖果。

这时开车的男人趁势捉住小杰克的手,戴墨镜的忍不住大笑起来。小杰克惊慌地瞪着抓住他的那个男人的眼睛,发现那对眼珠竟起了变化——他觉得自己看到那对眼睛变了——从蓝色变成黄色。

不久后就完全变成黄色了。

另一个男人推开车门,快步绕过车尾跑过来。他的丝质西装外套翻领上别着一个小小的金色十字架。小杰克慌张地想推开那男人,可是那人将他抓得更紧,笑容更加锐利、空洞。"不要!"小杰克尖叫,"救命啊!"

戴墨镜的男人拉开靠近小杰克的后座车门。

"救救我!"小杰克大喊。

戴墨镜的男人开始动手将杰克往下压,试着将他塞进车里。小杰克拼命抵抗,连声尖叫,只是那男人轻轻松松便将他捉得更紧。小杰克用力捶打抓住自己的手,想把它们推开。惊恐之中,他发现自己触摸到的并非普通人类的皮肤,猛一转头,这才看清楚从黑色衣袖中伸出来扣住他的,是只硬邦邦的兽爪。小杰克又开始尖叫。

忽然间,街上有人大喊:"嘿!别欺负那孩子!你们两个!快放开他!"

小杰克倒抽一口气,心里稍微放松了些,接着使出全身力气挣扎。路口跑来一个瘦高的黑人,仍在大声叫喊。戴墨镜的男人这下赶紧松手,将小杰克丢回人行道上,绕过车尾往回跑。同时,杰克身后的房子大门打开——又多了个目击证人。

"走,快走!"开车的男人说道,接着踩足油门。另一个人连跑带跳冲回副驾驶座,轮胎发出一声尖锐的吼叫,旋即斜冲上罗迪欧大道,险些撞上一辆加长白色兑莱涅,克莱涅的车主皮肤晒成古铜色,穿着白色网球装,吓得猛按喇叭。

小杰克头昏脑涨,慢慢从人行道上站起来。一个身穿褐色猎装的秃头男人走到他身边:"他们是谁? 你知道他们的名字吗?"

小杰克摇摇头。

"现在觉得怎么样? 我们应该报警。"

"我想坐下来。"小杰克说,于是那男人往旁边让开一步。

"要不要我帮你叫警察?"他问,小杰克又摇摇头。

"真不敢相信。"那人说,"你住附近吗? 我以前见过你,是不是?"

"我叫杰克·索亚。我家就在旁边。"

"那栋白色的房子。"那人点点头说,"你是莉莉·卡瓦诺的孩子。如果你想要,我陪你走回去。"

"另外一个人呢?"小杰克问他,"那个黑人——大叫的那个。"

小杰克不安地从男人旁边又退开一步,发现街上空空荡荡,除了他们俩,什么人也没有。

莱斯特·斯皮迪·帕克就是当时大喊着跑上前的黑人。杰克这才明白过来,斯皮迪曾救过他一命。他更卖力地跑向阿兰布拉饭店。

3

"早餐吃了吗?"妈妈问他,同时嘴里吐出一口烟,在嘴边形成一团云雾。她把围巾披在头上,头发藏了起来,只露出皮包骨似的脸蛋,这么一来,杰克觉得她看起来更是憔悴。一支香烟夹在莉莉的食指与中指间,烧得几乎只剩烟屁股,她看见杰克瞅着那支烟,便连忙将它在梳妆台上的烟灰缸里捻熄。

"呃,没吃,不算吃过。"他答道,在妈妈房门口举棋不定。

"吃了还是没吃,说清楚,"她说道,将脸转回镜子前。"含含糊糊的真叫人受不了。"镜子里的人影忙着将化妆品涂在脸上,双手仿佛树枝一样干细。

"没吃。"他说。

"好吧,再等一会儿,等你妈妈打扮漂亮了,她会带你到楼下,让你爱吃什么就吃什么。"

"好,"他应声,"我只是觉得一个人待在那里很沮丧。"

"相信我,你唯一应该感到沮丧的是……"她贴向镜子,检查自己的妆容。"我猜你应该不介意到客厅等我吧,杰克?我想自己一个人打扮。女人家的秘密时间。"

杰克一言不发,乖乖地走回客厅。

这时电话忽然响起,杰克吓得跳了起来。

"要我接吗?"他高声问道。

"麻烦你。"她的声音恢复了先前的冷漠。

"小鬼头,终于让我找到你了。"电话是摩根叔叔打来的,"你妈妈的脑袋究竟怎么想的?老天,一大堆事情,再不处理,我们的麻烦可就大了。她在吧?叫她一定得跟我谈谈——我才不管她说什么,总之她一定得接电话。听我的就是了,小鬼。"

杰克任凭话筒无力地垂在手上,他很想就这么切断电话,跟妈妈钻进车里,随便开往另一个地方,住进另一家酒店。可是他没挂断。他对着房里大叫:"妈妈,摩根叔叔打电话来,他叫你一定要接。"

她沉默了一段时间,杰克真希望此刻能看见她脸上的表情。终于,她说话了:"杰克,我从房里接电话。"

杰克已经知道自己必须怎么做了。莉莉轻轻关上房门,他听见她走回梳妆台边的脚步声。她接起房里的电话。"好了,杰克。"她往外喊道。接着杰克将电话放回耳边,用手掩住话筒,这样便没人会听见他呼吸的声音。

"真有你的,莉莉。"摩根叔叔说,"好样的。要是你还没息影,八成可以靠这招搏到不少新闻版面,标题大概会是'B级片天后神秘失踪'之类的。可是难道你不觉得,该是时候表现得像个正常理智的大人了吗?"

"你怎么知道我在这里?"她问。

"你以为你躲起来,我就找不到了是吗？省省吧,莉莉,我要你给我滚回纽约。别想再避而不见。"

"你以为我在躲你,摩根?"

"你躲得了一时,躲不了一世,莉莉。而且我可没那么多闲工夫,老追在你屁股后面。嘿,慢点儿,你儿子在偷听我们说话。"

"他没有偷听。"

杰克的心跳漏了一拍。

"快把电话挂了,小鬼。"摩根·斯洛特的声音对着杰克说。

"别闹了,摩根。"他的母亲说道。

"我倒要跟你说说什么叫胡闹,大小姐。你不乖乖待在医院里,擅自跑去那什么三流饭店,这才叫胡闹。拜托,你不知道我们这边有一大堆生意等着处理吗？我也担心你儿子的教育！我他妈简直就像在做善事！我看你这个人连自己儿子都不顾了。"

"我不想再跟你谈下去了。"莉莉说。

"你不想谈也得谈。如果有必要,我会亲自去一趟,把你送进医院。我们一定得做点安排,莉莉。我努力经营的这份事业有一半股份在你手上——要是你走了,那些股份就是杰克的了。我要确定有人可以好好照料杰克。还有,如果你认为自己把杰克带到新罕布什尔那鸟不生蛋的地方就叫照顾他,我看你真是连脑袋也全都烧坏了。"

"你究竟想要什么,摩根?"莉莉问得意兴阑珊。

"你知道我想要什么——我要每个人都得到照顾。我要公平。我会好好照顾杰克,莉莉。我会每年给他五万块——你仔细考虑一下,莉莉。我会让他上好大学。跟着你,他甚至连学校都去不成了。"

"还真高尚啊,摩根。"杰克的母亲说。

"这就是你给我的答案？莉莉，你现在处境困难，而我是唯一对你伸出援手的人。"

"你图的是什么，斯洛特？"莉莉问。

"你他妈的心里一清二楚。我要拿到我应得的，该我得的那份一定要拿到。你从'索亚与斯洛特公司'得到的利润——为这家公司做牛做马的人是我，那些钱应该属于我。莉莉，我们把该办的文件签一签，处理这些事用不了一上午。然后我们只要专心想接下来怎么照料你们母子俩就好了。"

"照料我们？像你照料汤米·伍德拜恩那样吗？"她说，"摩根，有时候，我觉得你和菲尔的事业就是太成功了。你们还没开始搞房地产和筹资制片之前，公司经营得有条理多了。记不记得一开始的时候，你们的客户只有几个过气谐星、满怀希望的新演员跟编剧？我倒比较喜欢公司还没赚大钱的时候。"

"有条理？你在开什么玩笑？"摩根叔叔大吼，"你连自己都管不好！"

接着他忍住，让自己冷静下来。"你拿汤米·伍德拜恩说嘴的事，我就不计较了，你说这话实在太恶劣了，莉莉。"

"我要挂电话了，摩根。我要你离我远远的，你也休想接近杰克一步。"

"我一定要把你送进医院，莉莉。还有，不许你再跟我玩这种捉迷藏的把戏——"

摩根叔叔话没说完，妈妈就把电话挂了，杰克轻轻把话筒搁回，然后走了几步，移向窗边，装出自己一直不在客厅电话旁的样子。母亲的房门没有丝毫动静。

"妈妈？"他问。

"什么事，杰克？"他在她的声音里听见一丝丝哽咽。

"你没事吧？都还好吗？"

"我？当然好啊。"她的脚步声轻轻来到门边，门开了一道小缝,两对蓝色的双眼四目交接,接着莉莉将房门完全敞开。他们的视线再次相对,气氛一度紧张起来。"当然没事啊。有什么理由不好吗?"两对眼睛分开了。它们已经传递了某项讯息,什么讯息呢? 杰克猜想莉莉是否察觉到他偷听电话,接着又想,两人心照不宣地在彼此对望时,第一次承认了母亲的确生病的事实。

"呃,"他尴尬起来。母亲的病,这禁忌的话题大剌剌地横在两人之间。"我不知道。摩根叔叔好像……"他耸耸肩。

莉莉在发抖,杰克顿时又明白了另一件事。他的母亲在害怕——至少跟他一样害怕。

她塞了支烟到嘴里,点上火,深邃的双眼又射出一道刺人的目光。"别理那老王八蛋,杰克。我不高兴只是因为觉得自己大概摆脱不了那混账。你那摩根叔叔老爱缠着我。"她吐出灰色的烟雾,"我恐怕没有吃早餐的胃口了。你何不下楼去自己好好吃顿早餐?"

"一起去嘛。"杰克央求她。

"我想一个人静静,杰克。请你体谅我。"

请你体谅我。

相信我。

大人说这些话时,实际上通常都是完全不同的意思。

"等你回来以后,我一定好好陪你。"她说,"我跟你保证。"

而她心里真正想说的,应该是我想要尖叫,我受不了了,快滚出去,出去!

"要替你带点吃的回来吗?"

她摇摇头,给了他一个干涩的微笑,杰克明白自己不能继续待在这房间里,而他也已失去了吃早餐的兴致。他漫不经心地穿过走廊,走向电梯。再一次,他终于又只剩一个地方可去。不过这次,他在还没走到阴暗的大堂,看见那苍白刻薄的前台职员之前,就明白了这点。

4

斯皮迪·帕克不在他称为工作室的那间红色小木屋里；他不在两个老人一脸必输的模样默默玩着滚球游戏机的长廊里；他甚至不在云霄飞车底下脏兮兮的空地上。杰克·索亚漫无目的地在强烈的阳光下搜寻，眺望着游乐场无人的走道与空旷的广场。杰克心中的忧虑集结凝聚。斯皮迪出事了吗？不可能。但要是摩根叔叔发现斯皮迪的事（什么事呢？），然后……杰克仿佛看见一辆印着"野孩子"字样的小货车，咆哮着冲出街角，加速奔驰。

尽管他已没了主意，不知还能上哪儿找斯皮迪，杰克仍强迫自己继续寻找。在强烈的恐慌中，杰克看见摩根叔叔跑过一排扭曲的镜子，镜中映照出他怪物般变形的身影。他的秃头长出犄角，肥厚的肩膀隆起一个驼峰，他的手指变成了铁锹。杰克猛然朝右一转，发现一座接近圆形，像是用白色百叶窗立着围起来的奇怪建筑物。

建筑物里传来规律的敲击声，锵、锵、锵，杰克朝声音的来处飞奔而去——可能是扳手敲击水管，或铁锤敲打铁砧，总之，那是有人在工作的声音。他在那百叶窗似的木板条中央找到一个门把，推开一扇脆弱的门，走了进去。

室内光线微弱，敲击声逐渐增强。包围杰克的黑暗似乎改变了周遭的空间感。他伸出手，摸到一块帆布，帆布掀开，黄色光线瞬间落到他身旁。"流浪汉杰克。"斯皮迪的声音唤他。

杰克看见斯皮迪坐在一座半拆开的旋转木马旁边的地上。他手中握着扳手，面前躺着一匹马尾蓬松的白马，马体从马鞍到腹部的位置，钉着一根银色铁桩。斯皮迪轻轻放下扳手。"准备好跟我聊聊了吗，孩子？"

四
初探魔域

1

"准备好了。"杰克回答的语调无比平静,却随即哭了起来。

"说吧,小流浪汉,"斯皮迪将扳手放在地上,走近杰克。"说出来吧,孩子。现在,放轻松点,先别在意……"

杰克怎么能够不在意。蓦然间,一切都显得太过沉重,这一切的一切,太沉重了。要不就纵声大哭,不然便是沉沦在无边的黑暗里——那是任何光辉都无法穿透的黑暗。泪水令他痛苦,然而若忍住不哭,心头的恐惧也会把他逼死。

"尽情哭吧,流浪汉杰克。"斯皮迪搂住他的肩膀。杰克将发热肿胀的脸蛋贴向他单薄的上衣,闻到他身上的气味——陈年香料的味道,像是肉桂,又像一本图书馆里多年无人借阅的旧书。很好闻的味道。抚慰人心的味道。他伸手环抱斯皮迪,感觉他背上脊骨凸出,瘦得好像只包着一层皮。

"哭出来会舒服点。"斯皮迪说着,轻轻摇晃着他。"有时候就是这样。我明白。斯皮迪知道你走了多远,流浪汉杰克,也知道你的路途还很长,知道你累。所以哭吧,让自己好过点。"

杰克其实不太明白这些话的意思——然而那些字句语音如此温柔,让他渐渐平静下来。

"我妈真的病得很重。"倚在斯皮迪胸前,他终于说话了。"我猜她跑来这里,是想逃避爸爸以前的合伙人,摩根·斯洛特先生。"他用力吸了吸鼻子,放开斯皮迪,后退一步,然后伸手揉揉浮肿的眼睛。他很惊讶自己竟然一点都不害羞——以往,掉眼泪是件令他嫌恶、引以为耻的事……几乎就像尿裤子一样使他难堪。是因为他母亲向来都强悍吗?那可能是其中一部分原因吧;莉莉·卡瓦诺几乎不曾在人前拭泪。

"但这不是她来这里唯一的理由,对吗?"

"对,"杰克声音低沉,"我觉得……她是来这里等死的。"杰克的语尾声调不自然地上扬,宛如没上油的铰链发出尖响。

"也许吧,"斯皮迪稳重的眼神看着杰克,"不过,也许你是来这里拯救她的。救她……还有一个几乎和她一样的女人。"

"谁?"杰克嘴唇发麻。他知道是谁。他不知道她的名字,但知道她是谁。

"女王。"斯皮迪答道,"劳拉·德罗希安,魔域女王。"

2

"帮个忙吧。"斯皮迪哼声,"抓住银仙子尾巴下面。如果你能帮我把她抬回原来的地方,我想她不会介意让你吃点豆腐。"

"你替它取了名字?银仙子?"

"是啊,老弟。"斯皮迪笑了,露出满口白牙。"每匹旋转木马都取了名字,你不知道吗?好好弄清楚。流浪汉杰克!"

杰克将手放在木制马尾下方,牢牢握住。接着,斯皮迪乌黑的大手捏住银仙子的前脚,两人一同抬起木马,移往旋转木马倾斜的底座,木马铁桩的末端已经抹上一层厚厚的机油。

"往左边一点……"斯皮迪喘着粗气说道,"对了……现在把桩子安进去,杰克。把她装好!"

他们安妥木马,后退一步,杰克气喘吁吁,斯皮迪则边喘边笑。老黑人抬手抹去额上的汗水,将笑脸转向杰克。

"你看,我们酷不酷?"

"你说了算。"杰克答道,同时回他一个微笑。

"那当然!酷毙了!"斯皮迪从长裤后面的口袋抽出那个深绿色的玻璃瓶,扭开瓶盖,啜了一口——霎时间,杰克的视线似乎穿透了斯皮迪;很奇怪,但杰克肯定自己没看错。斯皮迪变透明了。这场景就像洛杉矶地方电视台的电视剧《托佩尔秀①》里面的幽灵现身似的。斯皮迪正在消失。消失了,杰克心想,还是去了别的地方?然而这又是个荒唐的念头,一点道理都没有。

斯皮迪又恢复原状了。肯定是他的眼睛出了问题,一时眼花——

不对。他没有眼花。有那么一刻斯皮迪几乎消失不见了!

——只是幻觉而已。

斯皮迪凝神注视着杰克,将瓶子伸向杰克面前,后来又微微摇头,盖上瓶盖,把瓶子收回裤袋。他转身打量已经装回旋转座的银仙子,现在只差用螺丝锁好固定了。他正在微笑。"你看我们这工作干得多好,流浪汉杰克。"

"斯皮迪——"

"它们每一个都有名字。"斯皮迪说。他绕着旋转木马漫步,脚步声在这座挑高的建筑物里激起回音。头顶幽微交错的光束中,几只燕子在轻声啼啭。杰克跟着他走。"银仙子……午夜……这匹棕色花马是侦察兵……那匹母的是埃拉·斯皮德。"

老黑人扭过头唱起歌来,燕群惊动,振翅飞起。

"'埃拉正在销魂快活……我告诉你后来老比尔·马丁干了啥……②'哟呼!看它们飞的!"他大笑起来……不过等他转身面对杰克时,又换回了严肃的神情。"你想试试看拯救母亲的性命

---

① 《托佩尔秀》,美国二十世纪五十年代的电视剧,描述主角科斯莫·托佩尔迁入新居后,受到因意外丧生的前任房客幽灵纠缠的故事。
② 美国蓝调歌手利德·贝利(1888—1949)的作品《比尔·马丁与埃拉·斯皮德》的歌词。

吗,杰克?救她的命,还有另一个女人的命?"

"我……"不知道怎么救啊,杰克想这么回答,可是心底有个声音强烈地发出抗议——这声音来自一个上锁的回忆盒子,跟那年夏天险些被绑架的回忆锁在一起,而这道锁,今天早上被解开了:你明明知道!虽然需要斯皮迪帮你开头,可是你知道该怎么做。杰克,你知道的。

这声音再熟悉不过了。那是父亲的声音。

"如果你肯教我,我愿意去做。"他的语调不稳定地上下起伏。

斯皮迪走向另一边——这栋圆形建筑的墙面由一根根长条木板拼接而成,墙上画着一匹奔腾的骏马。在杰克眼里,这种墙很像父亲办公桌上那面可以拉下来盖住桌面的盖子。杰克突然想起,上回和母亲见到摩根·斯洛特时,那张桌子已经成为摩根的办公桌了,一时间,他的心头涌上一丝憎恨。

斯皮迪掏出一大串钥匙,仔细翻拣,找到他要的那把,用它打开一道挂锁。他取下挂锁,扣好之后收进上衣口袋,然后顺着滑轨将整道墙推开。辉煌耀眼的阳光倾泻而入,杰克不禁眯起眼睛。水面涟漪映照在天花板上,推出一圈圈光轮。他们正面对着一片壮丽的海景,所有造访阿卡迪亚游乐园的游客,当木马带着他们旋转时,都会看见这片海景。一阵海风轻轻吹开杰克额前的头发。

"要聊的话,最好在阳光底下聊。"斯皮迪说,"跟我来吧,流浪汉杰克。我会把能告诉你的都说出来……但这不是我所知道的全部。但愿上帝保佑,你不用窥得事情的全貌。"

3

斯皮迪用他轻柔的声音说着——语调敦厚,抚慰人心,就像鞣过的皮革一样柔软。杰克静静聆听,时而蹙眉,时而目瞪口呆。

"你知道那些你叫做白日梦的东西?"

杰克点头。

"那些事情不是做梦,流浪汉杰克。既不是白日梦,也不是噩梦。那是个真实存在的地方。千真万确。那地方和这里有天壤之别,不过都是真实的。"

"斯皮迪,我妈说——"

"先别管那些。她不知道关于魔域的事……不过,从某方面来说,你也能说她知道。因为你爸爸的关系,他知道魔域。还有另外一个人——"

"摩根·斯洛特?"

"对,他也知道。"接着,斯皮迪神秘兮兮地加了句,"我还知道他在魔域里是什么身份。可不是嘛!哈!"

"你工作室墙上那张照片……不是非洲吧?"

"不是非洲。"

"没耍花样?"

"没耍花样。"

"我爸爸去过那地方?"他嘴上这么问,其实心里已经知道答案——那答案澄清了太多不该是事实的事实。然而,无论真假,杰克并不确定自己愿意相信到什么程度。魔幻国度?卧病在床的女王?这让他十分不安。他担心自己神志出了问题。从他还小的时候,母亲不就一再告诉他,不该将梦境与现实混为一谈吗?母亲对这点的强烈坚持,甚至令杰克有些畏惧。也许,如今杰克回想,当时的她也感到害怕。她怎么可能与杰克的父亲一起生活那么多年,却什么也不知情?杰克不这么认为。有可能,杰克又想,她知道的并不多,但已足够让她恐惧。

疯子。她是这么说的。那些分不清真实与虚幻的都是疯子。

可是他父亲知道另一种真相,不是吗?他和摩根·斯洛特都知道。

他们有魔法,就像我们有物理学,不是吗?

"没错,你父亲经常去那里。还有那个什么葛洛特——"

"斯洛特。"

"对啦,就是他。他也常去。不过我告诉你,杰克,你父亲去那里,是观察和学习。至于另一个家伙,只是想去那里捞油水。"

"汤米叔叔是被摩根·斯洛特杀死的吗?"杰克问道。

"这我就不知道了。好好听我说,流浪汉杰克。我们所剩的时间不多了。如果你真的认为那个叫斯洛特的会来这里——"

"他听起来非常生气。"杰克说。光是想到摩根叔叔会出现在阿卡迪亚海滩上这个念头,就让他紧张不已。

"——那我们的时间就更紧迫了。因为你妈是死是活,摩根或许不太在意,但他的分身却肯定很乐意替劳拉女王送终。"

"分身?"

"这个世界上,有些人在魔域里有分身,"斯皮迪解释,"但不是很多,因为魔域的人口远比这里要少——大概十万个人里才有一个在魔域有分身。有分身的人要来去两地最容易。"

"那个女王……我妈妈……是她的分身?"

"是啊,看来是这样没错。"

"可是我妈妈她从来没——"

"没有。从来没有。她没理由。"

"我爸爸他……也有分身?"

"没错,他有,而且是个很好的人。"

杰克舔了舔嘴唇——这段对话太疯狂了!什么分身!什么魔域!"我爸爸在这边过世的时候,那边的分身也过世了吗?"

"是的。不是一模一样的时刻,但相差不远。"

"斯皮迪?"

"怎么了?"

"我在魔域里也有分身吗?"

斯皮迪凝视他的神情如此严肃,杰克的背脊不由窜起一阵寒意。"没有,孩子。天底下只有一个你。你很特别。那个什么史毛特——"

"斯洛特。"杰克再次纠正,微微笑了一下。

"——好吧,随便,总之他也清楚这点。这也是他很快就要赶来这里的其中一个理由,同时也是你必须尽快动身的理由之一。"

"为什么?"他的问题冲口而出,"如果我妈妈得了癌症,我还能干些什么?要真的是癌症,那就没救了。如果她来到这里,你懂吗,那就表示——"眼泪又在眼眶里打转了,杰克奋力将泪水眨回去。"那就表示她已经病入膏肓了。"

病入膏肓。没错。这是他心底明白的另一个真相:何以她体重迅速减轻、黑眼圈不断加深的真相。她病入膏肓了,可是上帝啊,上帝啊,拜托,求求你,她可是我的母亲哪——

"我是说,"他的声音变得粗哑,"那个梦里的地方对我妈妈的病有什么好处?"

"我想我们废话说得太多了,"斯皮迪说,"相信我,流浪汉杰克,如果你去了对她不会有帮助,我打从一开始就不会告诉你这些事。"

"可是——"

"先听我说,流浪汉杰克。在我让你看些东西、向你证明之前,我说再多都没用。跟我来吧。"

斯皮迪将手搭在杰克肩上,领着他绕过旋转木马。他们走入户外,钻进游乐场里一条无人小径。他们左手边是碰碰车游乐场,外面已经围上一圈隔板关闭了。右手边依次是套圈游戏、比萨摊和射击游戏,也全都围着隔板,隔板上欢乐行进的动物图案早已褪色——看看那些狮子、老虎还有熊,我的天!

两人来到游乐园的主要通道,这里隐约有些模仿大西洋城的味道,还取了名字叫板老汇大道——其实阿卡迪亚游乐园里虽有长廊,但并未铺设真正的木板道。左手边长廊上的建筑现在已经距离他们至少百码开外,而游乐园入口的大拱门目前则位于右方两百码外。杰克听见规律起伏的浪涛与孤独的海鸥凄吼。

杰克望着斯皮迪,脸上的表情糅杂了各种疑问:如今他何去何从?刚才那番话究竟有多少真实性?难道它其实只是个残忍的笑话……

"那是——"杰克开口。

"它会带你到那里去,"斯皮迪说,"很多要去那边的人用不着这玩意,不过,你已经好一阵子没去了,是不是,杰克?"

"是吧。"上回他在这世界合上眼皮,睁开眼后发现自己置身梦境中的奇幻世界,嗅闻那丰盈、充满生命力的空气,瞭望清朗深邃的天空,是多久以前的事了?去年?不对,是更久以前……在加州……在他父亲死后。所以那是大约……

杰克的眼睛睁得斗大。他九岁那年?那么久了?三年前了?

杰克急忙接过瓶子,差点把它摔落地上。他满心惶恐。有些梦境确实有点扰人,加上母亲一而再、再而三地告诫,不许混淆真实与虚幻的强硬态度(说白点就是,少发疯了,杰克,当个安分的乖孩子,好吗?)也使他畏惧,然而到头来,杰克明白自己终究不愿失去眼前的现实世界。

他凝视斯皮迪的双眼,心中自言自语:我现在想的这些,他一定也知道。我心里的任何想法他都摸得一清二楚。斯皮迪,你到底是什么人?

"太久没去,你多少会忘了怎么靠自己的力量过去。"斯皮迪说着,对着瓶子点了点头。"所以我才替你准备了些魔汁。这玩意很特别。"斯皮迪说这话的口气近乎虔诚。

"这是魔域里的东西吗?"

"不。这个世界也有些魔法,流浪汉杰克。不很多,但的确有。你手上的东西是从加州来的。"

杰克一脸怀疑。

"试试吧。喝一小口,看它能不能带你云游四方。"斯皮迪咧嘴笑了,"喝得够多,你就能到任何想去的地方。你面前这个人不会骗你。"

"老天,斯皮迪,可是——"他开始害怕,突然间觉得口干舌燥,阳光似乎变得太刺眼,太阳穴的脉搏加速跳动,舌头底下涌上一股铜味。他暗想:那"魔汁"喝起来大概就是这种可怕的味道。

"如果你不安心,想回来了,就再喝一口。"斯皮迪告诉他。

"这瓶子也会跟着过去?你保证?"光是想到妈妈在生病,摩根那个讨厌鬼可能跑来这里,结果自己却被卡在某个神秘的鬼地方,杰克便浑身难受。

"我保证。"

"好吧。"杰克将瓶口凑近嘴边……接着又推开一点。那味道实在太难闻了——腥臭得令人作呕。"我不想喝,斯皮迪。"他嘟囔道。

斯皮迪·帕克凝视着他,嘴角虽挂着微笑,眼底却没半点笑意——那眼神异常执著,毫不妥协,令人生畏。漆黑的眼睛又浮现在杰克脑际:那是海鸥的眼睛,漩涡的眼睛。杰克浑身战栗。

他把瓶子推回给斯皮迪。"你收回去吧。"他央求着,语气软弱无力。"求求你,好吗?"

斯皮迪无动于衷。他并不提醒杰克,他母亲命在旦夕,而摩根·斯洛特正步步进逼。他也不曾嘲笑杰克是胆小鬼。然而这是杰克这辈子觉得自己最像个胆小鬼的时刻,就连他在跳水台上吓得往后退,夏令营里其他孩子对他嘘声四起时,都不曾认为自己是个胆小鬼。而斯皮迪只是别过头,对着天上的云彩吹起了口哨。

如今恐惧中更增添了寂寞的心情,两者无助地交织在杰克心底。斯皮迪已经转过身去,杰克只能望着他的背影。

"好吧,"杰克突然说,"好吧,如果你真的要我这么做的话。"

他再度举起瓶子,趁自己来不及改变心意前,喝了一口。

这是他这辈子喝过的最难喝的东西。他以前也喝过酒,甚至对酒也略微养成一点品位(他尤其喜欢和母亲共进晚餐时,搭配比目鱼、鲷鱼或剑鱼的干白葡萄酒)。这东西喝起来有点像葡萄酒……不过却是他尝过最劣质、最糟糕的冒牌葡萄酒。那味道又烈又腻,带着股腐臭味,一点都不像新鲜葡萄,而像是用腐坏而且本身长得就不好的葡萄酿出的劣酒。

他整个口腔沾黏着那可怕甜腻的味道,他甚至觉得自己看见了用来酿这东西的葡萄——肮脏肥大、布满尘埃、毫无生气。它的藤蔓在糖浆似的厚重阳光下,沿着灰泥墙边的棚架向上攀爬,周围除了大群苍蝇的嗡嗡声响,便是一片死寂。

他好不容易才吞咽下去,慢慢地,一道烈火像蜗牛爬行般钻进喉咙深处。

他合上双眼,五官皱成一团,胃部翻搅。他没有呕吐,可是他想,要是吃过早餐,可能早就吐出来了。

"斯皮迪——"

他睁开眼,原本要说的话卡在嘴里。他忘了要将那恐怖的劣酒呕出来的念头,也忘了母亲,忘了摩根叔叔,忘了父亲,刹那间所有事情都被他抛诸脑后。

斯皮迪已经不见。高耸入云的云霄飞车不见了,连板老汇大道也不见踪影。

他来到另一个地方了。他来到——

"……魔域里了。"杰克喃喃自语,恐惧与愉悦交杂的无名亢奋爬满他的身躯。他感到颈背上汗毛直竖,嘴角肌肉不由自主地拉开笑容。"斯皮迪,我到了,上帝啊,我来到魔域了!我——"

好奇心征服了他的意志,他一手捂住嘴,缓缓转了一整圈,环顾着斯皮迪的"魔汁"带领他进入的世界。

4

海洋还在,只是色泽更深、更蓝了——那是杰克见过最真实的靛蓝色。海风掀动他的头发,杰克傻傻地伫立了半晌,呆望着远方仿佛褪色牛仔裤的天空与海水相接的水平线。

那是一道模糊又真实的曲线。

他摇摇头,皱着眉头,转向其他方向。一分钟前旋转木马还在的地方,已经成了长满杂乱海草的岬角。游乐场的长廊也不见了,取而代之的是巨大岩块,向下陡直探入海中。浪潮隆隆拍打着岩脚,冲刷进岩石古老的裂缝与隧道里。鲜奶油般绵密的浪花飞溅至清澈的空中,转眼就被海风吹散而去。

杰克猛地用手指捏住脸颊,使劲一拧,痛得眼泪差点流下来,眼前的景物却没有改变。

"这是真的。"他低语道。又一波海浪拍上岬角,激起滚滚雪白浪花。

稍微适应之后,杰克才发现原来板老汇大道还在。一条印着马车车辙的马路从岬角顶端开始向下铺展——在杰克心中仍顽固地认定是"真实世界"的地方,这条马路的起点原来是板老汇大道通往游乐场长廊的终点——直到杰克脚下站立的地点,然后继续往北延伸,正如同北向的板老汇大道,在穿出游乐场的大拱门后接续成为阿卡迪亚大道。马路中间海草丛生,不过已被车轮压得弯曲纠结,所以杰克认为这条马路并未荒弃,偶尔还有人使用。

他往北走,右手还握着那绿色酒瓶。他突然想起,酒瓶的瓶盖还在另一个世界中斯皮迪的手里。

我就在他面前眼睁睁地消失了吗?一定是。我的天!

循路走了四十步光景,眼前出现了一丛丛蔓生的黑莓,枝头上结着杰克见过最饱满、最黑亮的果实。经过"魔汁"的一番摧残后,这时杰克的肚子大声咕噜叫了起来。

都已经九月了,还有黑莓?

管它呢。经历了一整天怪事后(其实现在还不到早上十点),还计较黑莓应该长在什么季节,简直就像吞下一个门把之后,还不肯去看医生一样荒唐。

杰克走向黑莓丛,抓了一大把莓果丢进嘴里。黑莓异常鲜甜,美味得出奇。他一边笑着(他一定满嘴都是莓果深蓝色的汁液),一边觉得自己八成已经精神错乱了,然后又抓了一大把果实……然后又一把,吃了又吃。他从来不曾尝过这么美味的东西——虽然,他事后回想,那么美味的道理绝对不只是果实本身好吃,还要加上干净得不可思议的空气。

他第四次要摘下黑莓时,手上被荆棘划破了几道小口——仿佛黑莓丛在对他发出警告,够了就该收手,不要贪心。最深的一道划口在大拇指根部的肉丘上,他放进嘴里吸吮,接着便沿着车辙继续往北进发。他步伐缓慢,希望能一下就将这奇境景象尽收眼底。

走到离黑莓丛有点距离的地方,他抬头仰望太阳,太阳似乎缩小了,却更加炽烈。它的周围也会有那些橘色光剑,就像老式风景画那样吗?应该有吧,杰克心想。而且——

忽然右边传来一阵尖锐难听的叫声,活像一根生锈的钉子慢慢从木板里被拔出来,杰克吓得肩膀紧缩,双眼圆睁。

那是只海鸥——巨大无比的海鸥,大得令人错愕(但杰克亲眼看见了,这个事实和一块石头一样坚固,和一栋房子一样真实)。要比喻的话,可以说它大得像只老鹰。它子弹般光滑的头侧向一边,鸟喙一张一合,当它拍动巨大的翅膀时,掀动的气流在海草上激起阵阵涟漪。

紧接着,它似乎毫无畏惧地对准杰克飞扑而来。

紧张之中,杰克清楚地听见许多号角齐鸣的乐音,不知怎么竟没来由地想起母亲。

他被号角声吸引,向原来正步行前往的北方瞄了一眼——号角声莫名激起了一种急迫的感觉,那感觉,他想道(当他有空思考时),就好像突然很想吃某种很久没吃的东西,但又说不出那是什么——可能是冰淇淋、薯片,或是墨西哥卷饼,要等到看见那东西你才会想起名字,然而在那之前,那种渴望吃到却又叫不出名字的欲望却令你紧张,使你坐立难安。

他看见许多三角旗帜,飘扬在一座尖顶建筑物——也可能是个大帐篷——的最高处,矗直伸向天际。

那是原来阿兰布拉饭店所在之处,他才想到,便听见海鸥对着他尖叫,一转头,惊讶地发现它已距离他不到六英尺远。它张大嘴,杰克看见它污浊的粉红色口腔,不禁回想起昨天那只将蚌壳摔碎在岩石上、猛瞪着他看的海鸥,长相几乎就和眼前这只一模一样。巨鸥张嘴冲着他狞笑——杰克很确定它在笑。它越跳越近,杰克闻见它嘴里那股死鱼和腐烂海草的臭味。

海鸥嘶嘶怪叫,又扑动了几下翅膀。

"滚开!"杰克大吼道。他心跳急促,舌根燥热,但他可不想被只海鸥吓破胆,就算是只奇大无比的海鸥。"快滚!"

海鸥再次张开嘴……它的喉头出现一连串诡异的蠕动,接着,它说话了——听起来像在说话。

"咿妈歪死天啊……咭咖……咿咿咿——"

你妈快死掉了,杰克……

海鸥歪歪扭扭,又往前朝杰克跳近一步,爪子抓着杂乱的海草,大嘴一张一合,漆黑的双眼紧紧勾住杰克的视线。杰克下意识地举起瓶子,又喝了一口。

那可怕的味道让他忍不住又闭上眼睛——等他再睁开眼时,发现自己正愚蠢地盯着一块黄色的标示牌,上面画着一男一女两个小孩正在奔跑的黑色轮廓,斗大的标语写着"当心儿童"。有只海鸥——这只的大小绝对正常——吱嘎叫着从标示牌上振翅飞走,无疑是被突然出现的杰克吓跑的。

杰克晕头转向,四处张望,斯皮迪的"魔汁"和那堆黑莓在他肚子里翻滚,咕噜作响。他两腿的肌肉开始不受控制地颤抖,随即一软,席地坐在标示牌下的人行道边,一阵颤栗沿着脊椎往上蹿,震得他两排牙齿格格打架。

他身子向前一倒,将脸埋在两膝之间,张大嘴巴,觉得自己就要吐了,结果只是稍微反胃,打了两个响嗝后,渐渐觉得舒坦多了。

是黑莓的关系,他暗忖。要是没吃那些黑莓,我现在铁定吐出来了。

他抬起头来,不真实的感觉再度来袭。他在魔域沿着车辙走的路程不超过六十步,他很肯定。如果说,他一步大约两英尺长——不,保险一点算两英尺半好了,那就表示他前进的距离大概只有一百五十英尺。然而——

他回头搜寻游乐场的大拱门。虽然他两眼视力都是二点零,可是拱门上标示"阿卡迪亚游乐园"的红色字母现在看起来如此渺小,难以辨识。而他的右方,已是那幢幢叠叠、面向花园、背向海洋的阿兰布拉饭店了。

在魔域里,他步行了一百五十英尺。

在这边的世界里,他竟移动了半英里(约两千六百英尺)。

"耶稣基督。"杰克·索亚暗自惊奇,抬手遮住眼睛。

5

"杰克!杰克!孩子!流浪汉杰克!"

斯皮迪的呼唤穿透六汽缸引擎的吼叫声传来。杰克抬起头——他的脑袋沉重无比,四肢疲倦得像铅铸似的——看见一辆非常老旧的国际收割机牌卡车缓缓开来。卡车后方自制的栏杆前后晃动,宛如松动的牙齿。开车的是斯皮迪。

他在路边停住,又踩了几下引擎(轰!轰!轰—轰—轰!),然后熄火(嘎答答答答……),敏捷地爬下车来。

"你没事吧,杰克?"

杰克交出瓶子,让斯皮迪接过。"斯皮迪,你的魔汁难喝死了。"他有气无力地说。

斯皮迪一脸受伤的表情,然后露出微笑。"良药苦口,你没听说过吗?"

"没有。"杰克觉得身体渐渐恢复力气,那种不知身在何方的感觉也像潮水般退去了。

"现在你相信了吧,杰克?"

杰克点点头。

"不对,"斯皮迪说,"这样不够,我要你大声说出来。"

"魔域是真的。"杰克说,"真的存在。我看见一只大鸟——"他停住,浑身发抖。

"什么样的大鸟?"斯皮迪问。

"海鸥。我所见过天杀的最大的海鸥——"杰克摇摇头,"你一定不会相信的。"他想了想,又立刻改口,"不对,你会相信。别人可能不会,可是你会。"

"它对你说话了吗?那边很多鸟都会说话,不过多半是些没意义的蠢话。还有一些,说的话听起来似乎有点道理……可是其实不怀好意,而且通常是谎话。"

杰克频频点头。聆听斯皮迪说这些事情,好像谈论的不过是些稀松平常、一点也不超现实的话题,让他心里好过许多。

"它说话了。它的声音听起来——"杰克努力思索,"以前我和理查德在洛杉矶一起上学的时候,学校里有个同学,叫布兰登·刘易斯,他有点大舌头,说话的时候咬字很不清楚。那只鸟说话的样子就像他那样。不过我知道它说了什么。它说我妈妈快死了。"

斯皮迪揽住杰克的肩头,两人安静地在路边坐了一会儿。阿兰布拉饭店的前台职员,那个面无血色、对全世界的生物都疑神疑鬼的尖酸男人,手里拿着一大叠邮件,走出饭店大门。斯皮迪和杰克看着他拐过阿卡迪亚大道和海滩路交叉口,将邮件投入邮筒。他扫视了杰克与斯皮迪一眼,然后转进阿兰布拉的主要步道,隔着浓密的树篱看去,他的头顶忽隐忽现。

饭店大门打开又关上,声音尖锐嘹亮,不愉快地提醒杰克此地的秋日何等萧瑟。空旷寂寥的街道。绵长海岸上空无一人的浅褐色沙丘。荒凉的游乐场。云霄飞车盖着防水帆布,所有游乐设施全都上了锁。杰克不禁觉得,妈妈带他到了一个宛如世界尽头的地方。

斯皮迪仰头拉开嗓门,用真挚醇厚的嗓音唱起来:"这古老的小镇……我终日闲晃……我整日放荡……已经太久……夏日即将道别,啊,冬天就要接上……我有种感觉,我得背上行囊——"

他止住歌声,凝视杰克。

"你觉得自己准备好要上路了吗,流浪汉杰克?"

颓软恐惧的感受渗入杰克的骨髓。

"大概吧,"他说,"如果真有帮助的话。斯皮迪,我救得了她吗?"

"当然可以。"斯皮迪回答得郑重而确定。

"可是——"

"别可是了,"斯皮迪说,"你已经说了太多可是,流浪汉杰克。我不能向你保证这是趟轻松愉快的旅程。我不能保证一定成功。我甚至不能保证你能活着回来,但倘若你办到了,自然会平平安安、快快乐乐地回来。

"你在魔域中,势必要经过一番摸索。那地方比这边的世界小得多,你注意到了吗?"

"注意到了。"

"就猜你会发现。你在那路上晃了一阵子,是吧?"

一时间,刚才的问题又浮上脑海,虽然有些岔题,杰克还是忍不住想问。"我刚才消失了吗,斯皮迪?你看见我消失了吗?"

"你啊,"斯皮迪说着,两掌一拍,啪的一声,"就像这样。"

杰克忍俊不禁,斯皮迪也回他一个微笑。

"有机会的话,我要在巴尔戈老师的电脑课上露一手。"杰克说,斯皮迪听了,咯咯笑得像个小孩,杰克也跟着一起笑——这笑声感觉很好,跟那些黑莓尝起来的味道一样好。

过了一会儿,斯皮迪敛起笑容说:"有个理由让你非去那里不可。有样东西你必须取得。一样拥有无比力量的东西。"

"那东西在魔域里?"

"是的。"

"它可以救我妈的命?"

"她……还有另一个女人。"

"女王?"

斯皮迪点点头。

"是什么东西?它在哪里?我什么时候——"

"慢着!别急!"斯皮迪抬手阻止杰克说话。微笑仍挂在嘴边,他的眼神却是严肃的,甚至透着点忧伤。"一件一件来,杰克。我不知道的事,我也没办法告诉你……而且,有些事情我不能说。"

"不能说?"杰克满脸困惑,"谁管——"

"又来了,"斯皮迪说,"你听好,流浪汉杰克。总之,你要尽快动身,在那个什么布洛特来这里逮住你之前——"

"斯洛特。"

"对,就是他。你得在他出现之前离开。"

"可是他会欺负我妈妈,"杰克说着,纳闷自己为什么要提这件事——因为这是事实,还是因为他隐约想逃避斯皮迪为他安排的这趟旅程,就像担心面前的晚餐被下了毒?"你不知道他有多坏!他——"

"我认识他,"斯皮迪低声说,"认识得太久了。他也认识我。他身上刻着我的记号。那记号藏起来了——但确实在他身上。你妈妈能照顾自己。她一定得照顾自己,就这一阵子。因为你该上路了。"

"去哪儿?"

"朝西方走,"斯皮迪说,"从这个海岸走到另一个海岸。"

"什么?"杰克大叫,被如此遥远的距离吓坏了。他想起三天前在电视上看到的一个广告——一个男人从三千五百英尺的高空中伸手抓了一把自助餐盘里的食物,轻松自在得不得了。杰克跟着妈妈,在东西岸间来回飞过几百次,他心里总是暗自窃喜,因为如果从纽约飞到洛杉矶,他的白天就能长达十六小时。好像在玩一种欺骗时间的把戏。而且很容易。

"我可以坐飞机吗?"他问。

"不行!"斯皮迪几近尖叫,他紧张地睁大眼睛,用力抓住杰克的肩膀。"千万别让任何东西把你弄上天去!绝对不行!要是你进入魔域的时候刚好在半空中——"

他没往下说,也没必要。杰克已经想象出那骇人的场景:一个穿着牛仔裤、红白条纹上衣的男孩,穿透清澈无云的天空,飞射出来,翱翔天空,身上却没有降落伞。

"你得走路去,"斯皮迪说,"可以的时候就搭便车……不过一定要当心,路上有许多陌生人。有些疯子,想碰你身体的性变态,或是抢劫你的流氓。不过,还有些是真正的'陌生人',流浪汉杰克。他们是跨越两界的人——他们简直就像罗马神话里的两面神①。我担心他们很快就会察觉你的行动。他们会随时监视

---

① 两面神,罗马神话中的门神,有两张脸,一个年轻,一个年老,一个看向过去,一个看向未来。

着你。"

"他们是——"杰克搜索着适当的词汇——"拥有分身的人?"

"有些是,有些不是,我不能透露更多了。你要试着走完这趟路程。横越这片国土,到另一边的海岸。情况允许的时候,就在魔域里走,这样会快一点。你把魔汁带着——"

"我讨厌那东西!"

"不管你喜不喜欢,"斯皮迪坚持,"等你到了那里,你会发现一个地方——另一个阿兰布拉。你得进去。那是个吓人的地方,一个不好的地方,但你非进去不可。"

"我要怎么找到那里呢?"

"它会呼唤你。你自然会听得清清楚楚,孩子。"

"为什么?"杰克舔舔嘴唇,"如果那里很糟糕,为什么我非去不可?"

"因为,"斯皮迪说,"因为那正是魔符所在的地方。在'另一个阿兰布拉'里的某个地方。"

"我听不懂你在说什么!"

"你会的。"斯皮迪站起身,拉住杰克的双手,杰克跟着站起来。此刻两人面对面静静伫立,一个上了年纪的黑人,与一个年幼的白人小孩。

"听好,"斯皮迪用低缓、颂歌般的韵律说道,"魔符将会交到你手上。它不太大,也不太小,看起来就像颗水晶球。流浪汉啊,小流浪汉,你要去加州将魔符取回来。可是千万记住,别把它弄丢了,这是你的重担,是你的磨难,如果弄丢了,一切就全完了。"

"我真的听不懂你说的话,"杰克露出惊吓过度者的固执,"你解释——"

"不,"斯皮迪拒绝了,但并不冷酷。"中午之前我得回去把旋转木马搞定。杰克,那才是我的工作。没时间再说下去了。我得回去,而你得出发。我不能说得更多了。我想我们后会有期。在这边……或是那边。"

"可是我不知道该怎么做!"杰克对着斯皮迪爬上卡车驾驶座的背影大喊。

"光是知道这些,就够你上路了。"斯皮迪说,"你会走到魔符身边的,杰克。它会指引你。"

"我甚至连魔符是什么都不知道!"

斯皮迪笑了,发动引擎,卡车喷出一股青蓝色废气。"去查字典吧!"他大叫,将排挡推进倒车挡。

大卡车倒退着转了方向,转眼便驶向阿卡迪亚游乐园。杰克站在人行道边,目送它远去。他这一生从来不曾感觉如此孤独。

五
杰克与莉莉

1

当斯皮迪的卡车驶离街道，消失在游乐园拱门下方后，杰克也开始朝饭店走回去。有个魔符。在另一个阿兰布拉饭店里。在远方的另一道海岸边。他的心里很不踏实，斯皮迪不在身边，这个任务显得那么巨大而且模糊——斯皮迪对他说过的那番话，就像一盘糊糊的通心粉，里面包含着各种暗示、征兆与指示，当时杰克觉得自己几乎都懂；可现在斯皮迪不在了，那盘通心粉看起来又只是一盘糊糊的通心粉了。但起码有件事情是肯定的，就是魔域真的存在。他紧紧抓住这念头不放，这个事实既温暖了他的心头，同时又令他不寒而栗。那是个真的地方，而且他得再去一次，就算每件事情依旧让他满头雾水——即便他只是个无知的朝圣者，他还是要去。眼下唯一得做的，就是说服他母亲。"魔符。"他自言自语，仿佛说出这个字，就真的能够得到它的庇佑。他穿过板老汇大道，跳上被篱笆包围的小径。阿兰布拉饭店的大门在背后关上，室内的黑暗令杰克心中惊惶不已。饭店大堂是个幽深的洞穴——你需要一把火炬来阻隔里面的暗影。前台职员惨白的面容在柜台后头摇荡，用他的眼神戳刺杰克。那双眼睛有话要说。杰克吞吞口水，别过头去。那目光令他鼓起勇气，变得更加强壮，尽管它们透露的是意图讥讽的讯息。

他抬头挺胸、步伐沉稳地走向电梯。和老黑出去鬼混，呃？还勾肩搭背，呃？电梯缓缓下降，像只笨重的大鸟，门打开后，杰克走进去,转身按下发亮的四楼按钮。那职员还像个幽灵似的在柜台后方摆态,对杰克做出嘲弄的表情。爱黑鬼的、爱黑鬼的、爱黑鬼的。(你喜欢跟黑鬼做朋友是不是,小家伙?又黑又热,合你的胃口,呃?)仁慈的电梯门终于关上,杰克觉得自己的胃已经沉到脚底,电梯开始往上爬升。

电梯离开一楼后,杰克感觉畅快多了。就让那股恨意滞留在大厅里吧,此刻他只剩一件事,就是告诉母亲,他必须单独动身前往加州。

千千万万别让摩根叔叔替你签任何文件……

杰克走出电梯,一个从未有过的念头突然涌现心头:理查德·斯洛特明白自己的父亲是什么样的人吗?

2

走过沿廊那些缺了蜡烛的烛台与画着浪花上风帆的挂画,杰克发现408房的门未掩上,露出地毯一角,客厅里的阳光透过门缝,在沿廊墙上映出一条长长的光带。"妈妈,"杰克唤着,走进房里。"你没关门,发生什么——"房里空无一人。"事了?"他对着家具吐出最后两个字。"妈妈?"井然有序的房间里透出一股骚乱的气氛——烟屁股多到从烟灰缸满出来,喝剩的半杯水放在茶几上。

这回,杰克暗自允诺,他不会再像上次那样惊慌失措了。

他慢慢转了一圈。她的房门也开着,里头跟楼下大堂一样阴暗,因为莉莉从来不把房里的窗帘拉开。

"嘿,我知道你在里面。"他走进她的卧室,敲敲浴室门。没有回应。拉开门,洗脸台边上放着一支粉红色牙刷,梳妆台上只有孤零零的一把梳子。劳拉·德罗希安,这名字在他脑中响起,他心里一震,连忙从浴室里退出来。

"噢,又来了,"他自言自语,"她上哪儿去了?"

他看见了。

当他走进自己的卧室,扫视凌乱的床铺、干瘪的背包、衣柜上卷成一球球的袜子时,他看见了;当他检查浴室,看着丢得到处都是的浴巾时,他看见了。

他看见摩根·斯洛特冲破房门,拽住母亲的手臂,将她拖下楼去⋯⋯

杰克急忙跑回客厅,检查沙发背面。

⋯⋯摩根将她从侧门拉出去,推进车里,他的眼珠逐渐变成黄色⋯⋯

他提起电话筒,拨给总机。"我是,呃,杰克·索亚,这里是,呃,408房。我妈妈有留话给我吗?她应该在这里才对⋯⋯不知道为什么⋯⋯呃⋯⋯"

"我替你看看,"总机小姐说。在她答复前,杰克紧紧抓着话筒,熬过一阵灼热的等待。"没有408房的留言,抱歉。"

"那407房呢?"

"这两个房间是一起的,没有。"女孩告诉他。

"那,刚才半小时内,她有任何访客吗?今天早上有谁来过吗?我是说,有人来看她吗?"

"这你要问前台了。"女孩说,"我不知道。要我替你查一查吗?"

"麻烦你。"杰克说。

"噢,我很高兴终于有点事可以忙了。"她告诉他,"别挂断。"

又是一阵灼热的等待。而她带回来的答案是:"没有访客。也许她在房里留了字条,你找找吧。"

"好,我会的。"杰克可怜兮兮地挂断电话。总机小姐没说谎吧?会不会是摩根·斯洛特拿了张折得像邮票大小的二十元钞票,不着痕迹地塞进她软嫩的手心里吧?杰克连这样的画面都看见了。

他跌坐在沙发上,竭力按捺那股连沙发椅垫都掀开来看看的冲动。摩根叔叔当然不可能突然闯进来绑架妈妈——他人还在加州。话说回来,这种事也不用他亲自动手。他可以雇人,像斯皮迪对杰克提过的那种人,跨越两界,真正的"陌生人"。

杰克无法忍受继续呆坐在房里。他跳起来,跑回走廊,将房门在背后关上。走了几步又突然打住,走回门口用自己的钥匙打开门,留了道小缝,然后才转身小跑向电梯。她有可能没带钥匙就出门了——可能只是下楼到大厅的店里买东西,或到报亭买些杂志报纸。

最好是。打从夏天来了之后,杰克就没见过她读报纸了。她只听房里的收音机。

也可能是去散步了。

是啦,她出去运动深呼吸了。搞不好是去跑步啦。莉莉·卡瓦诺突然间对百米短跑产生了兴趣,已经在海滩边设置好跑道,正为了下一届奥运会积极练习……

电梯降到一楼,杰克朝大堂里的商店张望,柜台后有个金发老太太目光越过鼻梁上的镜片瞅了他一眼。店里陈列着动物玩偶、一小叠地方报纸,还有一个小货架,上面摆满各种口味的俏唇牌护唇膏。杂志架上放的是《人物》、《我们》和《新罕布什尔杂志》。

"不好意思。"杰克说道,赶忙别开视线。

接着,他发现自己正盯着一大盆垂头丧气的盆栽旁边的黄铜饰牌……越病越重,就快要没命了……

商店里的老太太清清喉咙。杰克猜想,自己一定盯着丹尼尔·韦伯斯特那句话好几分钟了。"有什么事吗?"老太太从背后问他。

"不好意思。"杰克又说了一次,然后移步到大厅中间。惹人厌的前台职员见状,挑挑眉毛,转头改看着空荡荡的楼梯。杰克勉为其难地走向那男人。

"先生。"杰克站到柜台前叫他。前台职员装出一副正努力思考北卡罗来纳州首府在哪里,或是秘鲁最重要的出口物是什么的模样。"先生。"杰克又叫了一声。前台职员的脸皱成一团,似乎在说"我快想出来了,别打扰我"。

杰克知道他只是装模作样。杰克问他:"有件事想请教您。"

前台职员终究还是正眼看了杰克。"看你问的是什么事,小朋友。"

杰克决意忽视对方语气里隐含的轻蔑。"刚才您有没有看见我妈妈出门?"

"刚才是指多久以前?"现在这轻蔑俨然呼之欲出。

"我只是想请问,您有没有看见她出去了?"

"怎么?怕她撞见你跟你的老黑甜心手牵手?"

"天哪,你真是个恶心的小人。"话一出口,连杰克自己都感到吃惊。"我才不怕这种事,只是想问有没有看到她出去,如果你不是这种小人,就快跟我说。"他脸颊发烫,双手不禁握紧拳头。

"好啦,她出去了,"前台职员说道,眼神瞟向背后的档案柜。"不过我警告你,最好小心你那张嘴,而且最好向我道歉,小少爷。我长眼睛了。你干什么我都看到了。"

"我们井水不犯河水,谁也别碍着谁。"杰克突然用上一张父亲老唱片里的歌名①,虽说在这种场合,这么做或许不太恰当,杰克却觉得很顺口。他很满意地看到前台职员眨了眨眼。

"她可能在花园,我不确定。"前台职员怏怏答道,这时杰克已经转身走向大门了。

花园里没有"汽车电影院甜心"或是"B级片天后"的踪影,其

---

① 《我们井水不犯河水,谁也别碍谁》,美国蓝调与爵士乐歌手兼作曲家路易斯·乔丹一九四〇年的作品。

实杰克一走出饭店大门就看得出来——就算不看,也知道她不在花园里,否则先前他走回饭店时就会遇见她。更何况莉莉·卡瓦诺对花花草草不感兴趣,去花园跟她在海边练习百米赛跑的几率一样低。

几辆汽车驶过板老汇大道。远处天边有只海鸥长鸣,杰克的心揪了起来。

杰克望着亮晃晃的马路,伸手扒了扒头发。或许她对斯皮迪感到好奇——她想看看儿子那个不寻常的新朋友,所以散步到游乐园去了。可是莉莉出现在游乐园的画面,跟她在花园里漫步的模样同样难以想象,于是杰克转往较不熟悉的方向,朝镇上走去。

一排高大茂密的树篱将阿兰布拉与街道区隔开来,街上整排外观明亮的商店中,头一家就是阿卡迪亚果酱茶行,劳工节过后,街上还继续营业的,除了这家茶行,就只剩"新英格兰药局"了。杰克在布满裂痕的红砖道上迟疑了一阵,毕竟茶行也不像"汽车电影院甜心"会出没的场所,但这终究是第一个有机会找到她的地方,所以杰克还是走过红砖道,从窗外往茶行里瞧。

收银机旁坐着一个女人,扎着高高的发髻,正在抽烟。穿着粉红人造丝裙子的女侍倚在远远的墙边。没有客人。接着他才注意到店里靠近阿兰布拉那侧的一张桌子旁边,有个老太婆正端起茶杯。她独自坐在离店员有段距离的地方。杰克看着她优雅地将茶杯放回碟子上,从皮包里掏出香烟,这才惊恐地察觉这老太婆原来是他母亲。下一秒钟,老太婆的形象消失了,又变回母亲原来的样子。

然而那影像还残存在眼中,他似乎能看见两个不同的形象交叠——莉莉·卡瓦诺·索亚和一个老态龙钟的女人——同时出现在一个女人体内。

杰克轻轻打开店门,却仍免不了将挂在门上的铃铛弄得叮当响。收银机旁的金发女子对他微笑点头,女侍也挺直腰杆,理了理裙摆。母亲凝望着他,毫不掩饰脸上的惊奇,接着送给他一抹灿烂的微笑。

"哇,浪子杰克,你长得好高了。走进那扇门的时候,你看起来简直和你爸一个样。"她说,"有时候我都忘了你才十二岁。"

3

"你刚叫我'浪子杰克'。"他拉了张椅子在莉莉身旁坐下。

她的脸色十分苍白,两只黑眼圈深得几乎像淤血。

"你爸不都这样叫你的吗?我只是突然想起来——今天你一整个早上都在东奔西跑。"

"你说他叫我浪子杰克?"

"类似的叫法……他都这样叫你啊。你很小的时候。流浪汉杰克。"她的语气笃定,"对了,他以前都叫你流浪汉杰克——当我们看见你把草皮都跑破的时候。只是觉得这样很有趣,我猜。噢,我房门没关。因为不知道你出门有没有带钥匙。"

"我看见了。"他说,心中仍为因母亲一句无心之言而发现的事实感到激动。

"吃过早餐了吗?饭店的东西实在都吃腻了。"

女侍来到桌边。她举起点菜单问道:"先生?"

"你不怕我找不到你吗?"

"我还能上哪儿去?"莉莉反问,接着转头告诉女侍,"给他一份三星早餐吧。他现在一天能长一英寸呢。"

杰克靠着椅背,心想,该怎么开口才好?

母亲好奇地打量着他。他说出口了——现在他一定得说了。"妈妈,如果我必须离开一阵子,你一个人没问题吧?"

"没问题是什么意思?离开一阵子又是什么意思?"

"你会不会——呃,摩根叔叔不会找你麻烦吧?"

"我能应付那个死老头,"她的笑容紧绷,"撑个一阵子没问题。不过你这话什么意思,杰克?你哪儿也不会去。"

"我一定得走,"他说,"真的。"他发现自己听起来活像吵着要玩具的小孩。女侍适时出现,端来一叠吐司和一杯番茄汁。杰克往旁边看,回过头时,母亲已经替他把果酱抹上吐司一角。

"我非走不可。"他说。母亲把吐司递给他;她的脸抽搐了一下,但没说什么。

"你可能会有一阵子看不到我,妈妈。"他说,"我这趟出去,是为了救你,所以才非走不可。"

"救我?"她冰冷的质疑听在杰克耳里,觉得大概只有七成五的真心。

"我想救你一命。"他说。

"就这样?"

"我办得到。"

"你可以救我一命?这太有趣了,杰克。这笑话迟早会被改拍成八点档连续剧。你考虑过进演艺圈吗?"她放下被果酱染红的奶油刀,睁大嘲弄的双眼。然而,在那对眼珠尽头,杰克看见两样东西:一簇熊熊窜起的恐惧之火,与一抹微弱到几乎难以辨识的希望之光。

"就算你不让我走,我还是会走。你不如干脆答应了吧。"

"噢,真是个好结论,尤其是我连你在说什么都还搞不懂呢。"

"你懂的——我觉得其实你懂,妈妈。因为要换作是爸爸,他一定明白我的意思。"

她双颊泛红,双唇抿成一线。"你不能拿什么你爸爸可能会明白的事当武器来压我,这样太不公平、太卑鄙了,杰克。"

"我不是说爸爸可能会理解,而是他真的都知道。"

"你满嘴胡说八道,孩子。"

女侍将炒蛋、薯块和一碟香肠摆到杰克面前,明显地叹了口气。

女侍走开后,莉莉耸耸肩。"无论如何我都看不出你这些话有什么道理。借用格特鲁德·斯泰因的说法,狗屁就是狗屁就是狗屁。①"

"妈妈,我要救你的命。"杰克又说,"我必须走很长一段路,去找一样东西,把它带回来救你。这就是我要离开的理由。"

"希望我能明白你在说些什么。"

这只是一段很普通的对话,杰克告诉自己,就跟请求母亲允许他到朋友家住几天一样普通。他把香肠对切,将其中一半塞进嘴里。她在一旁默默看着。吞下香肠后,杰克又舀了一勺炒蛋吃起来。斯皮迪的酒瓶藏在口袋里,沉甸甸地像块大石头。

"就算再怎么不情愿,我希望你至少能表现得像把我的话听进去的样子。"

杰克木然吞下炒蛋,改吃起松软的薯块。

莉莉将双手放在膝头。杰克心想,她沉默得越久,越有可能听得进他刚才说的话。他假装专心吃早餐,炒蛋香肠薯块,香肠薯块炒蛋,然后薯块炒蛋香肠,直到觉得她快忍不住对他尖叫为止。

爸爸以前都叫我流浪汉杰克,他在心中自言自语,这就对了,没什么比这更对的事了。

"杰克——"

"妈妈,"他说,"以前有没有发生过你明知爸爸进城办事去,却听到他在很远的地方叫你的状况?"

---

① 格特鲁德·斯泰因(1874—1946),美国作家与诗人,长居法国,是启发现代主义文学与艺术风潮的重要人物之一。她在一九一三年的诗作《神圣的埃米莉》中,曾写下"Rose is a rose is a rose is a rose",这几乎已成为她最常被引用的文句。此处原文为:But horseshit is still horseshit is still horseshit,是套用同样句法以强调语气。

她扬起眉毛。

"还有,有时候你走进房间里,因为你以为,呃,你确定爸爸在里面——结果却找不到他?"

给她点时间想想。

"没有过。"她说。

两人一同让这句否认在空气中渐渐淡去。

"几乎没有。"

"妈妈,这些状况我都遇到过。"杰克说。

"凡事都有合理的解释,你应该知道这个道理。"

"爸爸他——这点你一定比我清楚——从来都是个解释道理的高手,特别是对于那些很难解释的事。这方面他很有本事。这也是他能成为那么优秀的经纪人的一部分原因。"

她再度陷入沉默。

"妈妈,我知道爸爸去了哪里。"杰克说,"我也去过那地方,就在今天早上。假如我能再去一次,就能想办法救你的命。"

"我的命不需要你救,不用任何人费事。"他母亲对此嗤之以鼻。杰克低头看着餐盘,咕哝了一句。"你说什么?"她逼问他。

"我说,我觉得需要。"杰克回答。

莉莉两眼直视着儿子。"既然你这么说,我倒想听听你打算怎么救我。"

"我说不上来。因为我自己也还没完全弄清楚。妈妈,反正我现在也不去上学了……给我一次机会。我也许出去一两个星期就回来了。"

她睁大双眼。

"也可能更久。"他承认。

"你根本就是疯了。"她说。然而杰克看出她体内有一部分渴望相信他;她接下来说的话,证实了杰克的想法。"如果——只是如果——我真的发神经了,答应让你去干这神秘兮兮的差事,起码我要确定你不会有危险才行。"

"爸爸每次最后都会回家。"杰克指出。

"我宁愿赌上自己的命也不要你冒险。"她说。这是真心话。而且这句话杵在中间,又让他们尴尬地沉默了一阵子。

"有机会的话,我会打电话回来。不过就算我几个星期没联络,你也别太担心。我一定会回来,就跟爸爸一样。"

"这整件事疯狂到家了。"她说,"连我都是。你要怎么去你说的那地方?它在哪里?身上的钱够用吗?"

"该有的东西都有了。"他暗自祈祷她不要特别追问前两个问题。沉默不断扩张,最后杰克说:"可能大部分路程得走着去。我不能再说下去了,妈妈。"

"流浪汉杰克,"她说,"我几乎就要相信了……"

"我明白。"杰克说,"我明白。"他对她点点头。有可能,杰克心想,你里明白某些魔域女王才知道的事,所以才会这么轻易就让步。"这样才对。我也相信,这样才能让事情往正确的方向发展。"

"反正……既然你都说了,不管我说什么,你都要走……"

"我一定会走。"

"……那我想,我说什么都无所谓了。"她鼓起勇气注视着他,"其实有所谓,我知道。总之,我要你尽快回来,越快越好,小宝贝。你不是马上就要走了吧,是吗?"

"我必须马上就走。"他深吸一口气,"没错。一走出这里,我立刻就动身。"

"我几乎都要相信这一大篇鬼话了。怎么说你都是菲尔·索亚的儿子,你该不是在这里遇上喜欢的女孩了吧……?"她的目光锐利。"不,不是为了女孩。好吧,你说要救我的命。我不烦你了。"她摇摇头。杰克似乎在她眼底看见一抹额外的光芒。"你要走就快走吧,杰克。明天打电话给我。"

"有机会的话。"他站起来。

"有机会的话,当然了。别理我。"她低头出神,杰克看到她的眼神失焦,双颊泛起两圈红晕。

杰克靠过去亲吻她,但她只挥挥手要他走开。女侍看戏似的盯着这两个人。无论刚才她说了什么,杰克认为自己至少将她心中的不信任消除了一半,但这也表示,她再也不知道自己能相信什么。最后她凝神注视杰克好一阵子,他又看见她眼中闪动的亢奋光芒。是愤怒?还是泪水?"保重。"她说完,抬手呼叫女侍。

"我爱你。"杰克说。

"千万别用这句话当道别的台词。"她脸上挂着一丝看不见的微笑,"上路吧,杰克,趁我还没改变心意之前。"

"我走了。"他说完,转身走出茶行。他头皮发麻,仿佛头骨一瞬间长得太大,头皮就快装不下了。艳黄空洞的日光螫痛他的眼睛,杰克听见阿卡迪亚果酱茶行门上小铃铛的声响,接着大门啪地在身后关上。他用力眨眼,看也不看街上的车子就跑着穿过板老汇大道。跑到对面,他才想到自己应该先回饭店带几件衣服。直到他拉开饭店大门的那一刻,他母亲都还留在茶行里。

前台职员绷着脸,倒退一步。杰克感觉到他浑身散发着不悦的情绪,有一刻竟忘了为什么他看见自己会有这么大反应。刚才与母亲的对话——事实上比他最初的预期简短太多——仿佛已在他脑中盘旋数日之久。然而跨过那道隔开他和母亲在茶行共处片刻的时间鸿沟,不久前他才在饭店大堂里骂前台职员是个小人。他该道歉吗?杰克早已不记得当时对他发火的理由。

母亲同意了——她已允许杰克踏上这趟旅程。走过前台职员怒火熊熊的目光前时,他终于想起为什么。他没对母亲提到魔符(没有明确说出这个字眼),不过就算说了——就算说出这趟任务最光怪陆离的一面——她也只有接受的份。即便他说的是他要去带回一只一英尺长的大蝴蝶放进烤箱,她也只能乖乖答应吃下那只烤蝴蝶。这是个无比讽刺但又真心真意的应允。就某方面来说,这显示出她内心深处的恐惧,表明她愿意抓住任何一根代表希望的稻草。

然而,她的意愿某种程度上代表她知道那也许不是根稻草,而是一艘方舟。母亲同意他离开,是因为冥冥中她也知道魔域的存在。

她是否也曾在夜深人静时醒来,听见脑中回荡着劳拉·德罗希安这名字?

回到房间,杰克几乎是漫无章法地收拾行李,凡是抽屉里摸到的、看起来不太占空间的,统统丢进背包里:衬衫、袜子、毛衣、内裤。他把一条牛仔裤卷起来用力塞进背包,这才发现背包已经太重,于是又把大部分上衣和袜子抽出来。毛衣也不要了。最后一刻,他想起了牙刷。他背起行囊,掂掂肩上的重量——差不多了。就这几磅重,他可以背着走上一整天。杰克就这么在客厅中间呆站了一阵子,强烈感受到此地没有任何事物值得他道别。母亲要确定他已经离开后才会回到饭店。倘若此时见到他,她一定会求他留下。他无法像挥别心爱家园那样挥别这几个房间,毕竟饭店的房间向来不需为了离开的人伤感。终于,他走到电话旁,用印着饭店图样的铅笔和便条纸写下该说的最后几句话:

谢谢
我爱你
我一定会回来

4

杰克面对北方稀薄的日头,沿着板老汇大道向前走去,他思索着,哪里才是适合⋯⋯"腾"进魔域的地点。"腾",就是这个字。

此外，在他"腾"进魔域前，有必要再和斯皮迪见一次面吗？他认为自己几乎有必要与斯皮迪再见一面，毕竟他对目的地的认识少得可怜。他会遇上谁？又该从何找起？……它看起来就像颗水晶球。关于魔符的线索就这么多？它长得像颗水晶球，还有，千万别弄丢了，斯皮迪告诉他的只有这些。杰克厌恶这种毫无准备的心情——简直就像要去参加一门从来没上过的课的期末考试。

另一方面，他又觉得可以当场就在这里"腾"，他迫不及待地想要出发，想要开始，想要行动。他顿时豁然开朗：他一定得再去魔域一回。在他翻滚的情绪与欲望中，这念头熠熠发光。他迫切渴望再次呼吸那里的空气。魔域在呼唤他，广大的原野与低缓连绵的山峦，还有满原的长草和穿流而过的溪水全在对他招手。杰克的身体从头到脚都渴求着那片风景。要不是看见魔汁的前任主人坐在一旁的树下，他可能早就强迫自己灌下那可怕的汁液。斯皮迪弓着双腿，十指交叠揽在膝头，身旁放着一个牛皮纸袋，纸袋上搁着一份巨大的肝肠洋葱三明治。

"你要出发了。"斯皮迪说，"我看得出来。和妈妈道别了吗？她知道你会好一阵子不在家吗？"

杰克点头。斯皮迪摇摇手上的三明治。"饿了吧？这给你，我吃不下了。"

"我吃过了。"杰克回答，"很高兴有机会跟你说再见。"

"流浪汉杰克加满油，准备好要走喽。"斯皮迪侧着头说，"小伙子要上路喽。"

"斯皮迪？"

"我带了些小东西给你，就在袋子里，要看看吗？"

"斯皮迪？"

老黑人坐在树下，眯眼瞧着杰克。

"你知道我小时候爸爸就常叫我流浪汉杰克吗？"

"噢，可能我在什么地方听说过吧。"斯皮迪笑着说，"过来，看看我替你带了什么。而且,我总得先告诉你该往哪里走,不是吗?"

杰克松了口气,穿过人行道走到树下。老人将三明治搁在膝上,然后把纸袋往身旁拖近一些。"圣诞快乐。"斯皮迪从袋中掏出一本外皮破烂的旧书。杰克看见书名写着:《兰德·麦克纳利公路地图集》。

"谢了。"杰克说着接过那本书。

"那边没有地图,所以尽可能照着老麦克纳利书里告诉你的路走,这么一来你自然会走上该去的方向。"

"好。"杰克解开背带,把地图集装进背包里。

"接下来这东西就别放进背上的时髦袋子里了。"斯皮迪说着,把三明治放回扁掉的纸袋上,利落地站起身。"我的意思是,把这东西收在你的口袋里。"他的手指在工作服口袋里捞了捞,像莉莉夹着烟那样用食指和中指拈出一个小东西。杰克看了一会儿,才认出那小小的白色三角形物体是个吉他拨片。"带着,收好它。不久你会把它拿给一个男人看,那个人会帮你。"

杰克把拨片放在手里翻看。他从来没见过这样的拨片——象牙做的,以精细的手工在边缘嵌上金线,斜斜的花纹看起来宛如某种外星文字。抽象的图案虽然美丽,但真要拿来弹吉他,又显得太重了。

"那个人是谁?"杰克问道,顺手将拨片收进长裤口袋里。

"他脸上有道很大的疤痕——进入魔域之后,你很快就会见到他。他是个军官。事实上,他是护城队的队长,他会带你去见个你必须见的女人,一个你应该要见的女人。然后你自然会明白,为什么这项任务会落到你头上。我那个朋友,他会明白你要做的事,也会想办法让你见到那个女人。"

"那个女人……"杰克开口。

"没错。"斯皮迪说,"你猜对了。"

"她就是女王。"

"你用心看看她,杰克。你会看见该看见的东西。好好看看她是什么人,懂吗?看完后就动身前往西方。"斯皮迪神情凝重地端详着杰克,仿佛这次一别,两人或许就不再相见。过了半晌,他脸上的皱纹抽动一下,说道:"离那个什么鬼布洛特远一点。要注意他,还有他的分身。只要你一大意,那个鬼布洛特就会发现你。万一让他发现了,他就会像狐狸追猎物一样追杀你。"斯皮迪将手插进口袋,又细看杰克一回,简直就像但愿自己有更多话可说的样子。"把魔符带回来,孩子。"他说出最后一句话,"拿到它,然后平安回来。它会是你的重担,而你必须比你的重担更强壮。"

杰克极度专注地听着斯皮迪所说的话,眼神钻进他脸上的皱纹里。脸上有疤的护城队队长、女王、摩根·斯洛特将会像追杀猎物一样对他穷追不舍。这个国土另一边有个邪恶的地方。他的重担。"好吧。"这时,他突然有个念头,祈祷自己和妈妈正一起坐在茶行里。

斯皮迪露出温暖的笑容。"好。流浪汉杰克蓄势待发喽。"笑容更深了,"该是喝口魔汁的时候了,是吧?"

"我猜是的。"杰克说着,从屁股后的口袋里抽出酒瓶,打开瓶盖。他又看了斯皮迪一眼,斯皮迪的目光亦深深探入他眼底。

"有必要的时候,斯皮迪会帮助你。"

杰克点点头,眨了眨眼,接着举起瓶子凑近嘴边。瓶口溢出的腐臭味几乎让他的喉咙抗拒大脑的指令而自动关上。他倾斜瓶身,让那味道侵入口腔。他的胃一阵痉挛。咽下去后,热辣的液体沿着咽喉一英寸一英寸地往下爬。

杰克睁开眼睛前的许久许久,光凭周遭甘醇清澈的气味,他就知道,自己已经"腾"进魔域了。他闻到了。马群、绿草、令人晕眩的生肉及尘土,还有清净空气的味道。

过门之一·摩根其人

"我知道我工作太忙，"那天傍晚，摩根·斯洛特这么对儿子理查德说。他们在通电话，理查德站在宿舍楼下走廊上的公用电话前，他的父亲则在贝弗利山上，"索亚与斯洛特公司"买下的第一栋大厦顶楼的办公室里。"孩子，你要明白，很多时候有些工作你总要亲自动手才做得好，尤其这些事情关系到前合伙人家人的时候。我只要去新罕布什尔短短几天而已，或许一星期内我就能把事情搞定。工作结束后，我再打电话给你。到时候我们再一起去加州搭小火车，就像以前那样。我迟早会伸张我的正义，相信你老爸。"

出租公司那栋大楼能赚到那么多利润，就是斯洛特凡事不假他人的成果。他和索亚费了番功夫，先是取得大楼土地的短期租约，再经过一长串惨烈的官司诉讼，将之转成长期租约之后，他们对大楼进行了必要的改装，订出每平方英尺的楼面租金，然后贴出广告，招徕新的房客。唯一占着不走的旧房客，是一楼的中国餐馆，他们付的租金只值当时该地段价格的三分之一。斯洛特曾试着好好和那些中国人讲道理，但当他们发现斯洛特企图说服他们付出更高的租金时，便突然丧失了用英文沟通的能力。斯洛特在谈判碰壁几天后，碰巧撞见一个餐厅助手提着一桶厨余垃圾从厨房后门走出去。斯洛特喜出望外，跟踪那名助手钻进一条阴暗狭窄的死胡同，看见他将厨余倒进垃圾桶里。光是知道这些事就够了。隔天，餐厅与死胡同间搭起一道铁栅。又过一天，一名卫生局调查员递给餐厅老板一张申诉单和一张传票。如今，餐厅助手必须抱着厨余垃圾桶经过客人用餐区域，然后将厨余倒在斯洛特搭建的那道铁栅旁边。餐厅生意开始下滑，顾客对附近的垃圾臭味抱怨连连。这下子餐厅老板又懂得如何说英语了,而且自愿将每月租金提高为现有的两倍。斯洛特假惺惺地道谢,并不明确答复。当晚,在犒赏了自己三大杯马丁尼后,斯洛特从家里开着车子前去餐厅,拎起放在后车厢里的球棒,砸碎了餐厅的落地长窗。以往,这扇长窗替客人提供了美妙的街景,现在它面对的只是一长排尽头摆着凌乱垃圾箱的铁格围篱。

那是他亲手干的……尽管做下这些勾当时,他并非完全是斯洛特……

次日早上,中餐店老板再次要求与斯洛特谈判,这回他将租金提高到四倍。"现在你终于会说点人话了。"斯洛特告诉那个表情死板的中国人,"这样好了,既然我们朋友一场,我很乐意替你们负担一半的窗户修理费用。"

索亚与斯洛特公司取得整栋大楼后不出九个月,租金大幅提高,也显得两人最初对这门生意的投资回报率实在太过小觑。如今回顾,这栋大楼和索亚与斯洛特公司投资在市中心的摩天大楼相比,简直保守得不值一提,然而,斯洛特却同样为它感到骄傲。每天早晨,光是进办公室前走过他搭起的那道铁栅,就能日复一日使他想起,他对索亚与斯洛特公司的贡献有多伟大,他的要求有多合理!

每当他和理查德说话,讨回公道的终极欲望便会高涨到顶点——毕竟,理查德才是他想夺回菲尔·索亚名下半数股份的原动力。因为某种意义上来说,理查德可以视为他生命的延续。他儿子将会上最顶尖的商学院,而且在进入公司前先取得律师资格,这么一来,摩根便如虎添翼;尔后理查德·斯洛特将担起最庞杂精细的重任,带领索亚与斯洛特公司走进下一个世纪。摩根决心扼杀儿子立志成为化学家的荒唐愿望——聪明如理查德,他迟早会明白端着试管在酒精灯前工作,远远不如父亲的工作有趣,更别提丰厚的报酬了。一旦体验到现实社会的滋味,他对化学研究的狗屁兴趣很快就会消失殆尽。倘若理查德担心他们对杰克·索亚的待遇不甚公平,摩根也会让他了解,一年五万元的大学教育基金不只合理,更称得上优渥,简直就是王子般的待遇。谁能肯定杰克对这份事业也有兴趣参与?或者说,谁敢说他有经营的天资?

更何况,人有旦夕祸福,谁又能保证,杰克·索亚能活着见到二十岁的太阳?

"我得尽快将所有文件和产权弄清楚,这事很重要。"斯洛特告诉儿子。

"莉莉一直躲着我,这女人脑袋里装的净是些垃圾,相信我。她最多只剩一年好活了。所以如果我不亲自去一趟,把这女人搞定,她可能会拖到把所有东西都放进遗嘱,或是成立信托基金,偏偏我认为你朋友的妈妈不可能让我经手管理那些基金。嘿,我不想拿我的问题烦你,只是想让你知道我得出门几天,免得你打电话来找不到我。写写信给我什么的吧,别忘了我们的约定,好吗?我们一定会再去搭小火车玩的。"

理查德答应了,他会好好用功,写信给父亲,而且不去担心爸爸和莉莉·卡瓦诺或杰克的事。

等到他的乖儿子升上大学,斯坦福或耶鲁都好,到他毕业那年,斯洛特便要安排他去魔域见识见识。届时理查德第一次与魔域接触的经验,可比自己的父亲早了六七岁呢。斯洛特自己的第一次是在北好莱坞那间办公室里,当时菲尔·索亚用了大麻,情绪亢奋得莫名其妙,言行先是令他的伙伴困惑,继而是愤怒(因为斯洛特很肯定菲尔在嘲笑他),最后变成神往着迷(因为嗑了药的菲尔不可能有那能耐掰出这么一个科幻传奇的异世界怪谈)。而当理查德见识过魔域,一切就搞定了——假使理查德终究没想通,魔域也会帮助斯洛特改变理查德的想法。只消朝魔域看上一眼,便能轻易动摇人们对科学的信仰。

斯洛特用手掌摩挲他发亮的秃顶，然后捻捻浓密的胡须。听见儿子的声音，总能异常使他安心：只要理查德恭敬地追随他，整个世界的运作也就如此理所当然地美好。此时伊利诺伊州的斯普林菲尔德已经入夜，理查德在塞耶中学的纳尔逊馆里，正穿过绿色走廊走回书桌前，也许正缅怀着父子俩曾一起在加州海岸边，搭乘摩根私人小火车的愉快时光。等到父亲的飞机在高空上前往几百英里外的北方时，理查德则已经入睡，而摩根·斯洛特将拉开他头等舱的窗户，向下俯瞰儿子所在的方向，心中祈求着明亮的月光以及没有云层的遮蔽。

摩根想立刻回家——家里和公司距离只有三十分钟车程——这样在前往机场前还可以换件衣服，吃点东西，也许再来点古柯碱。可惜他必须先开车去趟马里纳，见个因为接拍的电影工作而情绪濒临失控的客户，接着还得安抚一群声称索亚与斯洛特公司的工程计划污染马里纳—德雷港区海滩的抗议者——这些事情一刻拖延不得。摩根下定决心，一旦他处理完莉莉·卡瓦诺母子这对眼中钉，就要立刻着手删减手上客户的数量——以后他要集中心思在更大的肥羊身上。从现在开始，整个世界都是他做生意的对象，未来他的报酬可就不仅仅是现在的一成佣金而已。回首过往，他简直不明白自己如何能够忍受菲尔·索亚那么多个年头。他这个事业伙伴从来没有求胜的决心，也不够积极；他的行动受制于崇尚忠诚与荣誉的妇人之仁。那套把年轻孩子哄得一愣一愣的鬼话，以教养之名蒙蔽着他们的双眼，直到残酷的现实世界扯下这块护目镜；就连菲尔本身也被这套狗屁腐化了。就当他庸俗好了，但光想到如今他为了这一切扛起多大风险，斯洛特实在无法原谅菲尔对他的种种亏欠——想到这里，一阵消化不良的感觉堵住胸口，像是突然来袭的心脏病。他一边走向大楼旁边阳光洒落的停车场，一边将手探进口袋，捞出一包皱巴巴的制酸胃锭。

　　菲尔·索亚一直以来都低估了摩根，这点至今仍令他气愤难平。在菲尔眼里，他只是条被驯服的响尾蛇，只在条件受控的情况下才放他出笼，其他人也都这么看他。停车场管理员，乡下老粗一个，戴顶破烂牛仔帽，这时看见斯洛特走来，便忙着检查他车上有没有擦伤或刮痕。溶化的药片似乎在胸口燃烧，斯洛特感到领口逐渐因汗水而黏湿。自从几个星期前，斯洛特在他的宝马车门上发现一道小擦痕，狠狠骂了这老粗一顿之后，他学乖了，不敢再对斯洛特没大没小。那天，斯洛特气急败坏地破口大骂了老半天，骂着骂着，他发现管理员眼眸里逐渐涌上暴戾之气，突然一股莫名的兴奋促使他走向管理员，口中仍在咒骂，心中甚至祈祷管理员出手揍他一拳。偏偏一转眼，管理员的气势消失了，他软弱地用道歉的口吻提醒斯洛特：那点小伤，会不会是在别的地方刮的？说不定是餐厅泊车小弟弄的？你也知道，那些小伙子都怎么开车的，而且晚上的光线也不太好，为何……

　　"闭上你的臭嘴。"斯洛特说，"你说这没什么是吗？光这点小擦伤，就要花上你两周的薪水。我现在就该开除你，瘪三，我没开除你的唯一理由，就是你他妈的有那么一点微乎其微的机会是对的。昨天晚上我从雀森①吃完饭出来，也许我没注意车门——可能我看了，也可能没有。总而言之，以后除了'你好，斯洛特先生'和'再见，斯洛特先生'这两句话，你要是还敢拿那张臭嘴跟我啰嗦的话，我就马上让你丢饭碗。"于是管理员在旁看着斯洛特检查车子，心里明白，要是被挑出任何毛病，恐怕工作就会不保，他唯唯诺诺，连声再见都不敢说。有时候，斯洛特会从办公室窗户俯瞰停车场，望着管理员疯狂地擦拭宝马上的小瑕疵、鸟屎或泥斑，

---

① 雀森，贝弗利山上的知名餐厅，一九三六年十二月开张，是影视名人和富豪权贵经常出入的热门场所。

斯洛特得意扬扬地想着,这才叫管理啊,老兄。

今晚,斯洛特开出停车场时,从后视镜看了一眼管理员的表情,发现像极了菲尔·索亚在犹他州断气前最后几秒钟的神情。他开向快车道,脸上始终挂着微笑。

打从他们初识的那一刻起,菲尔·索亚就低估了摩根·斯洛特。那年他们都是耶鲁校园内的新鲜人。斯洛特日后深思,觉得当时的自己确实容易受人轻视——一个出身阿克伦市、五短身材的十八岁胖小子,生平第一次离开俄亥俄州,举止还不入流,满脑子躁进野心。听着同学轻松地谈论纽约、谈论"二一"与鹳鸟俱乐部①、谈论他们在贝森街遇见戴夫·布鲁贝克②或在先锋村③碰上埃罗尔·加纳④的经历,斯洛特冒着汗,努力掩饰自己的无知。"我也很喜欢闹区,"他尽可能装作不在意地加入话局,手指握进汗湿的掌心(早晨醒来,斯洛特经常发现自己手心嵌着乌紫的指甲印)。"哪里的闹区呀,摩根?"汤米·伍德拜恩问他。其他人在一旁讪笑。"呃,就是啊,百老汇和格林威治村那一带。"这话掀起更多、更尖刻的笑声。斯洛特打扮拙劣,外表毫无吸引人之处;他的衣柜里只有两套西装,不仅颜色晦暗,剪裁也不合身。从中学时代起,斯洛特顶上的毛发便日渐稀疏,剪短的平头上看得见粉红色头皮。

是啊,斯洛特向来其貌不扬,这也是他们瞧不起他的原因之一。那些人,总是令斯洛特捏紧拳头——早晨掌心里那些指甲瘀

---

① 鹳鸟俱乐部,一九二九至一九六五年间纽约市极负盛名的夜总会,是影视红人、富豪名流汇聚之地。
② 戴夫·布鲁贝克(1920—),美国知名爵士乐钢琴演奏家,是史上第一个登上《时代杂志》封面的爵士乐手。
③ 前卫村,纽约市格林威治村的爵士乐表演圣地,有超过百张著名爵士乐现场演奏专辑在此地演奏录制。
④ 埃罗尔·加纳(1921—1977),美国知名爵士乐钢琴家、作曲家。

青是蒙上他灵魂的斑影。那些人,跟他和索亚一样,都对戏剧感兴趣,他们都拥有姣好的面孔、平坦的肚皮,还有优雅自若的仪态。有时候,在他们位于达文波特区的公寓里,大家慵懒地斜躺在沙发上,肩上搭挂着开司米羊毛衣,宛如群聚一堂的年轻希腊神祇,此时的斯洛特却还直挺挺站着,生怕弄皱了衣服,不能多穿上几天。那群人都是明日之星,未来的名演员、剧作家、作曲家。斯洛特将自己定位为导演:他要织造一张最错综纠葛、唯有他能解开的网,将这些人统统网罗在内。

菲尔·索亚与托马斯·伍德拜恩这对室友在斯洛特眼里,阔绰得不可思议。伍德拜恩对戏剧的兴致不高,他会和他们一起在大学的剧场里鬼混,只是为了他和菲尔的交情。他也是个含着金汤匙出生的天之骄子,若说他与其他人有什么不同,那是因为他为人格外严谨率直。他志愿当个律师,学生时期就已展露法官公正廉洁的架势。事实上,伍德拜恩的大多数同学都认定他迟早会坐上最高法院的法官席,这令他有些难为情。伍德拜恩的性格缺乏斯洛特心目中所谓的野心,认为正直的生活远比舒适富裕来得重要。当然,他的环境天生不虞匮乏,偶尔意外缺少的东西,也很快有人供应:一个先天上各方面都如此受宠的年轻孩子,怎么可能拥有野心?斯洛特下意识里几乎是憎恨他的,连亲昵地叫他一声"汤米"都说不出口。

斯洛特在耶鲁求学期间执导过两部作品:其一是《逃生无门》,结果被校刊评为"完全搞不清楚状况";另一出是《福尔蓬奈》,得到的评价则是"含糊、犬儒、一场不可思议的混乱灾难",并且认为斯洛特应为这些恶评负起全部责任。也许他终究不是块当导演的料——他的观点太过激烈、拥挤,但他的野心并未因此消减,只是转移了方向。倘若他不适合站在摄影机后,那么他可以选择站在镜头前的明星背后。菲尔·索亚也逐渐朝这个方向思考——以往菲尔并不确定自己对戏剧的热爱应该投注在什么地方,后来他认为自己也许拥有替演员或作家斡旋的天赋。"我们去洛杉矶开家经纪公司吧。"即将毕业那年,菲尔这么告诉他。"这想法非常大胆,父母一定不会赞同,可是说不定我们能成功。所以,我们先去饿个几年吧。"

菲尔·索亚家境并不富裕,斯洛特大一那年就发现这个事实了。他只是看起来很有钱。

"等负担得起,就聘请汤米当我们的律师。到时他也该从法学院毕业了。"

"好啊,当然。"斯洛特嘴上应着,心里却想迟早要阻止这件事。"那我们的公司要取什么名字?"

"随你喜欢吧。'斯洛特—索亚'?还是照字母顺序排列①?"

"那就叫'索亚—斯洛特'吧,好啊,这样不错,就按字母顺序吧。"斯洛特虽然答应,心里其实怒火中烧,认为菲尔用这种狡猾的手段间接暗示了斯洛特的地位永远矮索亚一截。

如同菲尔·索亚预料,两人的家长都反对这桩事业,然而这对初出茅庐的菜鸟拍档,还是开着摩根那辆老迪索托,一路前往洛杉矶了(这又是另一桩索亚亏欠斯洛特的事证)。他们在北好莱坞一间老鼠跳蚤成群的公寓设立办公室,开始出入酒吧、夜总会,四处发放他们花哨的新名片。但四个月过后,他们仍然一无所获,失败得彻底。他们只签下一个因酗酒而失去喜感的喜剧演员、一个无法写作的作家和一个坚持薪水只收现金的脱衣舞娘,以便领到薪水时可以当场给经纪人一点微薄的小费。终于有天下午,酒过三巡加上一点大麻助兴后,晕乎乎的菲尔·索亚呵呵笑着对斯洛特说出关于魔域的事。

"你知道我有什么本事吗,你这野心勃勃的浑小子?告诉你,我能穿越时空,到很远很远的地方。"

---

① 斯洛特的英文为 Sloat,按字母顺序排在索亚 Sawyer 之后。

那天过后不久,两人都已熟谙穿越时空的伎俩,菲尔·索亚在片厂宴会上遇到一个正在蹿红的女演员,不出一小时,"索亚—斯洛特"便得到了他们的第一个重要客户,而这女演员碰巧又有三个朋友也对原来的经纪人不满,这三人之一的男友写了一部有模有样的剧本,正好也需要经纪人,这男友又还有其他朋友……在公司即将迈入第四个年头之际,他们终于有了新的办公室和新的公寓,在好莱坞占有一席之地。所谓的魔域,这个斯洛特已然接受却未尝理解的概念,似乎在冥冥中帮助他们。

索亚负责与客户沟通,斯洛特则专责公司的财务、投资等经营层面。索亚负责花钱,报账吃饭、买飞机票等;斯洛特负责省钱,他只要抬出这个理由,就足够他正正当当将公司的进账暗渡一点到自己的口袋里。斯洛特同时也是真正让公司一步步扩张的推手,他陆续投资土地、房地产、电影制片,等汤米·伍德拜恩抵达洛杉矶的那一刻,索亚与斯洛特公司已经坐拥数百万美元的资产了。

斯洛特发现,这位老同学依旧让他看不顺眼。汤米·伍德拜恩发福不下三十磅,身穿三件式西装,举手投足更像个法官了。他的脸颊永远泛着红晕(斯洛特怀疑他贪好杯中物),待人接物依旧和善而正经八百。社会已在他脸上留下痕迹——眼角精明的小细纹和那双极度严谨的眼眸,比起当年还在念耶鲁大学的公子哥,早已不可同日而语。斯洛特几乎一眼就看穿了,汤米·伍德拜恩藏着一个不为人知的大秘密(他也知道,这件事如果没人戳破,菲尔永远不会知情)——无论这个公子哥过去如何,汤米现在是个同性恋者。搞不好他甚至会以同志自称。这样一来,事情就更好办了——他要摆脱汤米的计划就更容易达成了。

因为同性恋死于非命不足为奇,不是吗?难不成真有人愿意让个两百一十磅重的娘娘腔养育一个十来岁的小男孩?你可以说斯洛特是在挽救菲尔·索亚因为生前判断失误所酿成的错误。

早先要是菲尔将遗产交给斯洛特托管,并让他当孩子的监护人,就不会搞出这么多麻烦了。那两个他从魔域找来的杀手——也是那两个绑架杰克未遂的蠢材——也用不着在撞倒伍德拜恩之后,慌忙中闯了红灯,差点被逮捕而回不了魔域。

斯洛特反复思考过千百回,要是当初菲尔没有结婚,一切都会简单多了。要是没有莉莉,就不会有杰克;要是没有杰克,就什么问题都没有。很有可能,斯洛特替菲尔准备的那份调查报告,菲尔连翻都没翻过——那份报告记载着莉莉·卡瓦诺过去的交游情况,详细列出莉莉交往的对象、出入场所与约会频率,结果却没有与那辆将汤米·伍德拜恩碾成肉泥的黑色小货车发挥同等杀伤力,摧毁两人间的恋情。反过来,如果菲尔曾经看过那份巨细靡遗的报告,那他还真他妈的意志坚定,终究还是娶了莉莉·卡瓦诺。他该死的分身也和劳拉女王结为连理。这些人又看轻他了。用同样的方式回敬他们怎么说也不为过吧。

也就是说,斯洛特有点得意地想,等一些细节料理好后,一切终究都会安定下来。经过那么多年的漫长努力——等他从阿卡迪亚海滩返家时,整个索亚与斯洛特公司就会完全在他掌握之中。至于魔域那边,几乎已万事俱备,就等着落入摩根口袋里。只等女王一死,国王生前的副手就会接管整个国家,随心所欲地将魔域改造成他和斯洛特理想中的样子。然后,他们会看着钱财滚滚而来。斯洛特一边想着,一边开下快车道,转进马里纳—德雷港区。然后我们就看着一切滚滚而来!

艾瑟·唐铎夫这个客户的住处离马里纳海滩不远,在一条狭小巷弄里一幢新建成的公寓底楼。唐铎夫是个老演员,他曾靠着在电视连续剧里饰演一对小夫妻的房东角色,在二十世纪七十年代末大红大紫,成为家喻户晓的人物(虽说那对长相甜美讨喜的小夫妻——也是对私家侦探——才是剧中真正的主角)。唐铎夫起先只演了开头几集,却得到热烈回响,于是编剧决定加重他的戏份，让他成为宛如慈父的角色，照顾主角夫妻，有时让他解决一两个谋杀案，偶尔也让他身陷险境，演出一些刺激场景。他的身价水涨船高，两倍、三倍、四倍，直到六年后剧集结束，他才重回电影事业。这时问题来了。唐铎夫已经以明星自居，然而片厂与制作人仍然认定他是配角型实力派演员——人气够旺，但当主角还不够。唐铎夫要求更衣室里要摆上鲜花，要求私人化妆师和语言指导，他要更高的片酬、更多的尊重、更多的爱和更多的一切。说穿了，唐铎夫是个大猪头。

当斯洛特将车子驶进停车格，下车时小心注意不让路砖刮伤车门。他突然想通了一件事：接下来这几天，要是让他发现杰克·索亚已经知道，或是疑似知道魔域的存在，他就要杀了他。世上还是存有不能承受的风险的。

斯洛特自顾自地微笑，又丢了片胃锭进嘴里，然后伸手拍拍公寓大门。接下来结果如何，他已经知道了：艾瑟·唐铎夫将结束自己的生命。事发地点将在客厅，以便将现场布置得更凌乱些。像他这种情绪失控的蠢蛋，大有可能为了银行没收他的抵押品而轻生泄愤。当这位"即将成为前合作对象"、脸色苍白的唐铎夫颤抖着前来应门时，摩根·斯洛特脸上温暖的问候，看起来倒是挺真心的。

第二部 西行险途

六
女王夏宫

1

杰克面前的锯齿状草丛高大硬挺,活像一把把军刀,它们似乎能斩断气流,而非为风势折腰。他抬起头,呻吟了一阵。顾不得面子了,他感觉额头和眼睛灼热,胃里的液体还在咕噜作响。杰克勉强用膝盖撑起身体,强迫自己站起来。一辆马车喀啦喀啦沿着尘土飞扬的小路朝他驶来,驾车的是个红光满面的大胡子,块头大得跟他车上载的木桶差不多。他盯着杰克猛瞧,杰克对他点头致意,努力表现得若无其事,虽然他知道自己看起来就像个偷溜出来放风的小滑头。站直以后,不舒服的感觉消失了。事实上,这是打从他离开洛杉矶以后,全身上下最舒畅的一次,不只觉得神清气爽,还有种难以言喻的协调感。魔域里温暖的清风拂在脸上,是他从未有过的温柔、芬芳的触感——它夹带的浓重生肉味不提,空气本身的味道无比雅致,宛如花香。杰克伸手摸摸自己的脸,顺便偷瞄那驾车的人,这是他在魔域遇上的第一个人。

假如那个车夫叫他,他该怎么回应?这里的人跟他一样说英语吗?杰克幻想自己尽可能低调地在这世界中穿梭,人人用他难以理解的语言沟通,搞不好车夫会这样问他:"汝欲何往乎?"要真这样的话,他就决定假装哑巴。

终于车夫不再盯着杰克,然后大声对着马匹吆喝:"斯拉夏!斯拉夏!"这肯定不是杰克惯用的英语,当然也有可能只是当地人平常策马驱车的术语。杰克默默退到草丛边,但愿自己刚才早几分钟爬起来就好了。车夫又瞥了杰克一眼,点点头,杰克心中吃惊——这动作既不友善,也无敌意,看来仅是两个平辈间的招呼方式,像是在说:等今天工作结束,就可以轻松一下了,兄弟。杰克点头回礼,原想把手伸进口袋,却忍不住因惊讶而露出蠢蛋般的表情,车夫见状,笑了起来。

杰克的衣服变了——原来的牛仔裤变成粗糙宽大的毛料长裤,上半身则变成蓝色的软布合身夹克。杰克推想,上衣的样式很像十六、十七世纪那种无袖背心外套,原来的扣子不见了,变成一排布钩;衣裤很明显都是手工制作的。他的耐克球鞋也消失了,变成了平底皮凉鞋。他的背包变成皮制的袋子,背带变成一条细绳。车夫的穿着和杰克差不多,只不过他的背心外套是皮的,晕着一圈圈色渍,仿佛老树的年轮。

马车辚辚辘辘经过杰克身边,扬起许多灰尘。车上的木桶飘散着啤酒发酵的香气。木桶后堆着一叠三个圆饼状的东西,起初杰克不假思索地以为是车胎,继而发现那"车胎"的外表光滑无瑕,弥漫出浓郁诱人的神秘香气,顿时令他饿了起来。是乳酪吧。不过是他从未见过的乳酪。接在乳酪堆后,靠近车尾处,是一座堆得像小山的生肉——长条状,还带着肋骨的牛肉,又厚又大的牛排,一堆外观滑腻、看不出是什么的内脏,还有一大堆闪亮的苍蝇在上头飞着。生肉浓重的气味冲击着杰克,瓦解了他方才被乳酪勾起的食欲。马车驶离后,杰克走到路中央,看着它一路颠簸地驶向一座小山丘。过了一会儿,他才举步尾随马车的方向,步行前往北方。

走到半山腰,杰克又看见那座大帐篷的尖顶,正中央一整列细长的旗帜迎风飘扬。杰克猜想,那应该就是他要去的地方。又走了几步,来到他上回经过的黑莓丛(由于实在无法忘怀那美味,杰克忍不住又抓了两把来吃),这时他已能看见大帐篷的全貌。它其实是座舒敞的宫殿,两翼厢房左右延伸,有围墙大门,也有庭园。这幢样貌奇特的建筑物——杰克的直觉告诉他,这是座避暑离宫——和阿兰布拉饭店一样,耸立在海岸上方。成群的人穿进穿出,或是围绕着宫殿外环移动,宛如受到磁力牵引的铁粉。人群或聚合或离散,川流不息。

大多数人的装束与杰克相去不远,少数人身着明艳的华服。有些女人穿着闪亮的白色长袍或礼服在庭园中行进,如同平民百姓般为了各自的事情奔忙。宫殿外围,许多小型帐篷和零星的小木屋聚集在一起。这里的人潮同样熙熙攘攘,人们走动、吃喝、买卖、交谈,不过气氛较为随性轻松。就在一片人海中,杰克必须找出那个脸上有疤的男人。

正式开始之前,他转身回顾,顺着那条印着车辙的马路,望向原来阿卡迪亚游乐园的所在地。

一开始,他看见五十码外有两匹小黑马拖着犁走,以为游乐园成了一座农场。后来,他注意到一群人在田地高处观看,才明白原来那是一场比赛。旋即他的目光被一个红发大块头占据,那人上半身赤裸,正像颗陀螺似的打转。他伸直手臂,手里抓着重物,接着突然停住,手一松,重物飞得老远,落在草地上,杰克才看清那东西是根大槌。游乐场变成了市集,而不是农场——杰克这才注意到许多堆满食物的摊子,还有跨坐在父亲肩头的小孩。

在那座市集的正中心,会不会也有个斯皮迪·帕克,正忙着确认摊位的绳索是否牢靠、炉子上的食物充分与否呢?但愿如此,杰克心想。

还有,他母亲呢?是不是还坐在茶行里,纳闷自己为什么要答应让他出远门?

杰克转过身,远眺那辆马车钻进宫殿大门,向左转,分开原本聚集在附近的人群,就像看着一辆汽车拐过曼哈顿的第五大道,路上行人匆忙让道。杰克沉吟了半晌,沿着马车的路线走去。

2

一开始,杰克生怕宫殿附近的人群全都会盯着他,察觉他与他们之间的差别。他低着头,佯装自己是个被指派一项复杂采买任务的小厮,脸上做出拼命想记住该买的东西的表情——一把铲子、两把锄头、一捆麻线、一瓶鹅油……渐渐地,他察觉到根本没半个人在注意他。他们有人行色匆匆,也有人悠哉晃荡,有人浏览小帐篷摊头上的商品——毯子、铁壶、手镯——有人喝着木杯里的饮料,有人拉住别人的衣袖发表意见或闲话家常,还有人忙着与大门守卫争论,总之,每个人都专注在自己的事情上。杰克不必要的掩饰显得多余而可笑。于是他挺起胸膛,沿着这条大致呈半圆形的弯曲道路前往宫殿大门。

杰克一眼便能察觉,他无法任意走进宫殿大门——两名守卫镇守着大门两侧,几乎所有要入宫的人都必须经过他们盘查。那些能够进去的人要不就出示文件,要不就是露出身上的徽章。杰克手边只有斯皮迪·帕克送他的吉他拨片,但他不认为那东西可以让他得到守卫的准许。这时有个男人走到门边,亮出一块圆形的银色徽章,守卫挥挥手让他进去了,跟在他后头的人却被拦了下来。那人起先争得面红耳赤,后来态度一软,改为苦苦哀求。守卫对他摇头,命令他走开。

"跟他一伙的,都能通行无阻。"杰克右边有个人这么说。这句话瞬间消除了杰克先前对语言沟通的疑虑,他转过头,想确认这句话的对象是不是自己。

然而这句话是对另一个人说的,说话的中年人跟宫殿外大多数男男女女一样,一身朴素的平民打扮。"他们最好收敛一点,"另一个人接腔,"他就要来了——大概今天就会到了,我猜。"

杰克于是尾随他们走向城门。

见到他们走近，两名守卫往前站出一步，那两人同时走向其中一个守卫，另一个守卫见状，转而对离他较近的那人招手。杰克赶忙后退。目前为止，他还没发现任何脸上有疤的人，也没看到任何军官模样的人。眼下就只有这两个卫兵，都很年轻土气——一身精致的制服上顶着张红扑扑的大脸，看起来活像穿着花哨衣服的乡巴佬。刚才说话的两人似乎通过了盘查，不出几分钟，询问他们的守卫便退开一步，让他们通过。有个守卫目光严厉地瞅着杰克，杰克只好掉头往回走。

除非找到脸上有疤的护城队长，否则他要进入宫殿内铁定是不可能的事。

有群人走到先前打量杰克的守卫面前，没多久便大呼小叫起来，吵着说他们有个很重要的会面，非得进去不可，这事关系着大笔金额，偏偏他们没有通行文件。守卫一个劲儿地摇头，下巴磨蹭着围着脖子的那圈白色襞襟。杰克待在附近，心里还摸不定要怎样才能找到护城队长，就看见那群人的首领两手开始挥舞，一只手的拳头猛击另一只手掌，脸色涨得和守卫一样红。最后，他用手指戳着守卫，于是另一个守卫跑来助阵，两名守卫的表情尽是愤怒与不耐烦。

这时有个身材高大的男人无声无息地出现在争论的人群旁边，他也穿着制服，不过和守卫的制服有着很难分辨的差异——可能是穿法不同，而且看来制服的主人曾穿着它出入战场。过了一会儿，杰克才看出来，他脖子上没有围着襞襟，头上的帽子也不像守卫的三角帽，而是尖顶鸭舌帽。他对守卫说了几句话，接着转身面对吵闹的人群。所有叫嚣和拉扯全都平息下来。他低声说话，那群人的气焰渐渐消退，不安地交换两腿重心，肩膀低垂，终于纷纷四散离去。那名军官目送人群走开后，才转向守卫，传达他的指示。

当军官解决纷争时，正巧面向杰克，于是杰克看见了，那人的右边脸颊上,从眼角直到下巴,有一道闪电状的伤疤。军官对守卫点点头,便神采奕奕地走开了。他穿过人群时从不左顾右盼,显然正朝着宫殿旁某个特定的目标前进。杰克拔腿追了上去。

"长官!"他大叫着,然而那名军官在缓慢移动的人潮中兀自前进。

杰克绕着跑过一群拉着一头猪朝帐篷区走去的男女,接着飞快钻过两队朝宫殿大门移动的人群间的空隙,好不容易才追得够近,伸手碰了碰军官的手肘。"队长?"

军官转过身来,杰克吓得呆立在原地。近看时,那道疤痕仿佛拥有独立的生命,盘踞在军官脸上。就算他脸上没有疤,杰克心想,那副不耐烦的表情也够吓人了。"什么事,孩子?"军官问他。

"队长,我必须跟你谈谈——我必须去见女王,可是我猜我没办法进入宫殿。对了,有个东西该给你看看。"他在陌生裤子宽大的口袋里摸索,掏出那个三角形物体。

摊开手心,杰克心里又是一阵惊讶——那东西已经不是吉他拨片,而是变成一颗牙齿,也许是鲨鱼的牙齿,上面嵌着弯弯曲曲、图样复杂的金线。

杰克抬头看队长的反应,多少以为自己会挨揍,结果看见的是同样惊讶的神情。不耐烦的表情蓦然消失,怀疑和恐惧短暂地扭曲了队长脸部刚硬的线条。队长举起手,杰克认定他会拿走这颗华丽的牙齿,然而他只是用他的大手包住杰克的小手,要杰克将牙齿收起来,然后说:"跟我来。"

他们来到宫殿外的一侧,队长带着杰克走进一个用帆布搭成的帆船状帐篷。门帘内闷热的阴影中,军官的脸色犹如用粉红色蜡笔画出来的。"那个信物,"他冷冷地说,"你从哪里拿到的?"

"斯皮迪·帕克给我的。他要我找到你,把东西给你看。"

队长摇摇头。"没听过这名字。我要你把信物给我。现在。"

他用力拽住杰克的手腕,"快交出来。说,你是从哪里偷来的?"

"我说的全是实话,"杰克说,"给我东西的人叫莱斯特·斯皮迪·帕克。他在游乐场工作。可是他给我的时候并不是一颗牙齿,而是吉他拨片。"

"你真是不知天高地厚,小子。"

"你认识他。"杰克哀求道,"是他告诉我你是谁——他说你是护城队的队长。是斯皮迪叫我来找你的。"

队长继续摇头,手上的力道更大了。"跟我说他长什么样子。别以为我看不出你说谎,小鬼,给我老实招来。"

"斯皮迪很老了。"杰克说,"他以前当过乐手。"他似乎看见队长眼中闪过一丝相识的光芒。"他是黑人。白头发。脸上皱纹很多。而且很瘦,不过实际上比看起来强壮多了。"

"黑人。你的意思是,棕色皮肤的人?"

"黑人的皮肤又不是真的黑色,就像白人的皮肤也不是真的白色啊。"

"一个棕色皮肤的人,叫做帕克。"队长轻轻放开杰克的手腕,"他在这里的名字叫巴卡。所以说,你是从……"他朝远方地平线某个看不见的地方撇了撇头。

"对。"杰克说。

"然后巴卡……帕克……他派你来见女王。"

"他要我去看看女王。他还说你会带我去见她。"

"那我们动作要快了。"队长说,"这点我应该办得到,不过我们不能再浪费时间了。"他的态度迅速转变,展现出军人随机应变的果断气魄。"现在听好。这附近有一大票麻烦人物,所以一旦我们掀开这道门帘,你就要装成我儿子。你为了一件小事不听我的话,我正在对你发脾气。我想,如果演得够逼真,没有人会阻止我们。起码能让你混进去——真正麻烦的,是进去之后。你觉得你办得到吗?让别人相信你是我儿子?"

"我妈妈是个演员。"杰克骄傲地说。

"那好,我们就看看你学了哪些本领。"队长对杰克眨眨眼,让他有些诧异。"我会试着不要弄疼你。"接着他伸出强壮的大手,捉住杰克的上臂。"走吧。"他说道,同时半拖半拉地把杰克带出帐篷。

"叫你洗厨房后面的地板,就给我乖乖地洗地板,"队长没有正眼瞧他,只顾大声责骂,"听懂没?你给我乖乖干活!要是敢不听话,看我不教训你!"

"我已经洗一半了……"杰克哀号。

"我可没有叫你洗一半的地板!"队长大叫,拖着杰克往前走。周围的人群自动散开,让队长通过。有些人对杰克投以同情的微笑。

"我正要去洗,我发誓,我本来就要去洗了……"

队长拉着杰克,连守卫的脸都不看,就拖着他走进宫殿大门。"不要啊,爸爸!"杰克哇哇大叫,"你抓得我好痛!"

"待会还有得你受的,"队长继续往前,拉着杰克穿过前庭,杰克曾在小丘上眺望过这块地方。走到庭院尽头,队长拖着他爬上木造阶梯,这一刻,杰克终于真正进入这座宏伟的殿堂。"从现在起,你的演技最好再逼真一点。"队长低声说完,毫不迟疑地把杰克拉进一条幽深的通道,他的手劲之大,几乎要把杰克的手臂捏得瘀青了。

"我保证以后不敢了!"杰克尖叫。

不久,杰克又被拽进另一条更窄的回廊。他发现,宫殿内部和普通的帐篷简直有着天壤之别,层层叠叠的密室和通道交错纵横,宛如一座迷宫,此外宫殿里还弥漫着烟熏和油脂的气味。

"你发誓!"队长大吼。

"我发誓!真的!"

他们又钻出另一条通道,碰上一群衣冠楚楚的男人,或站或卧,有些倚在墙边,有些慵懒地躺在沙发上。他们转头注视杰克这对喧闹的父子。其中一人,原先正使唤着两个手里抱着一叠床单的婢女取乐,这时满脸狐疑地打量起杰克和队长。

"我要好好修理你一顿。"队长大声说。

其中一两个男人笑了。这群男人足蹬丝绒长靴,头上的宽边帽缀着兽毛。他们的眼神冷酷无情。与婢女说话的男人身材很高、瘦骨嶙峋,似乎是这群人的领袖,冒牌父子匆匆经过时,他阴险的眼神紧盯在后。

"不要嘛!"杰克哀求道,"求求你!"

"再吵我打得更凶!"队长大声咆哮,那群男人又咯咯笑了一阵。瘦男人嘴角牵动,露出一个刀锋似的锐利浅笑,然后回头继续和婢女说话。

直到队长把杰克拉进一间布满尘埃、堆着木制家具的小房间,才松开杰克发疼的手臂。"那些人都是他的走狗。"他悄声说,"到时候魔域会变成什么样子,要是——"他摇着头,仿佛一时忘了原先要说的话。"《好农经》里说过:'仁者传承大地',可是那群人骨子里一丁点仁义道德都没有。他们只晓得掠夺。他们只想发财,他们只想要——"他抬头盯着天花板,不知是不愿、还是无法继续说下去。接着,他的目光移回杰克身上。"我们的行动必须非常迅速,话说回来,这宫殿里还有些他们不知道的秘密。"他朝旁边点点头,指向一道陈旧的木墙。

杰克跟着他走到墙边。队长按住一块蒙尘的木板末端两颗平坦的褐色钉头,一道密门朝墙壁内侧敞开,透出一条只有棺木粗细、窄迫漆黑的通道。"你只能看她一眼,不过我想这样对你来说就足够了。况且你也没有更多时间。"

杰克顺从指示,默默走进通道。"在我没说话前,只管直走就对了。"队长悄声告诉他。当密门在身后关上,两人开始在伸手不见五指的漆黑中缓缓前行。

密道迂回曲折,偶尔才得见一丝微光,有些从其他密门的门缝渗入,有些来自头顶上的气窗。没多久,杰克便已完全丧失方向感,只能随着同伴轻声细语的指示前进。在某个地方,他闻到烤肉香,另一个地方又闻到下水道的冲天臭气。

"到了。"队长说,"现在我得把你抬上去。双手举起来。"

"我真的能看见吗?"

"上去就知道了。"队长双手插入杰克腋下,利落地往上举,杰克双脚离地。"你面前有扇小门,"他低声说,"往左推。"

杰克摸索着,碰到一片光滑的木板,滑门很松,一下就移开了,光线透了进来,他看见一只大如幼猫的蜘蛛正爬向天花板。低头俯瞰,下方是间宽敞得犹如酒店大堂的寝室,里头有许多白衣女子忙进忙出,而那些精雕细琢的家具让杰克回想起和父母参观过的许多博物馆。寝室正中央有张巨大的床铺,上面的女人将被子盖到胸前,露出肩头与脸蛋。她正睡着,也或许是失去了意识。

震惊与恐惧让杰克险些失声尖叫,因为床上躺的不是别人,正是他的母亲。那是妈妈啊,而她正在弥留之际。

"你看见了。"队长低语,将杰克抱得更紧一些。

杰克张嘴凝视母亲。她快死了,杰克再也无法否认这个事实。她病魔缠身,全无血色,连头发都光泽尽失。白衣婢女闹哄哄忙成一团,将床单拉撑或收拾桌上的书籍,似乎很高兴手头还有事情好忙,因为她们心底没人真正知道该如何帮助女王。她们明白,病重至此,已经没什么举动能帮得上忙了。只要能将死神暂时挡在门外,哪怕是一个月,甚至一星期,她们都愿用尽全力。

他再次端详那张如蜡的面庞,总算明白床上的女人并非他母亲。她的下巴比较圆润,鼻形比母亲稍微典雅一点。这个垂危的女人是劳拉·德罗希安,他母亲的分身。就算当初斯皮迪要求他再多看一些,杰克也做不到了:除了那张脸孔,他看不出任何其他关于这女人的讯息。

"好了。"他掩上滑门,低声说道。队长把他放回地上。

他在黑暗中问:"她怎么了?"

"没人知道。"队长答道,"女王已经看不见,无法说话,也不能动了……"沉默了半响,队长摸摸他的手说,"我们得回去了。"

他们从黑暗的通道回到原来的房间,队长掸掉粘在制服上的蜘蛛网,侧着头,注视了杰克好长一段时间,脸上写满忧虑。"现在,你得回答几个问题。"他说。

"好。"

"你是被派来救她的?来救女王?"

杰克点点头。"我想是吧——我想,这是我任务的一部分。告诉我,"他迟疑了一下,"为什么刚才那群人不干脆叛变?她根本没有抵抗能力。"

队长露出微笑,笑里没有半点调笑意味。"因为我。"他说,"因为我的手下。我们会阻止他们。我明白他们的势力多少已经渗透外岗,毕竟那里距离宫殿太远,我鞭长莫及——但至少在这里,我们还能保护女王。"

队长没有疤的那边脸颊,眼睛下方有条肌肉像条鱼般跳动,他两手掌心紧紧交叠。"你的方向、你的指令,随便怎么说,呃,是要……往西走,对不对?"

杰克感觉得到队长的激动,他正用维持了一生的纪律锻炼来压抑逐渐高涨的情绪。"没错。"他回答,"我应该往西走。难道不是吗?我不是该朝西走,去找另一个阿兰布拉吗?"

"不,我不能说。"队长冲口而出,往后退了一步。"我们得快点把你弄出这地方。我不能告诉你怎么做。"他甚至无法正视杰克,"总之,你一秒钟都不能多留——我们,呃,我们得想办法在摩根抵达这里之前把你送走。"

"摩根?"杰克以为自己听错了,"你是说摩根·斯洛特?他要来这里?"

七
费朗队长

1

队长似乎没听见杰克的问话,他的视线落在这无人使用的废弃房间一角,仿佛那里有什么值得注意的东西。杰克看得出来,他正专注而急促地思考。汤米叔叔教过他,打扰一个正在专心思考的大人,跟打断他说话一样不礼貌。然而——离那个什么布洛特远一点。注意他的行踪——他,和他的分身……他会像狐狸追逐猎物那样追杀你。

杰克花了太多心思在寻找魔符,差点忘了斯皮迪的叮咛。现在这番话突然阴险地涌上来,他感觉仿佛被人从背后偷袭了一拳。

"那人长什么样子?"他急着问队长。

"摩根?"队长反问,好像被人从梦中惊醒。

"他胖不胖?是不是有点秃头?他生气的时候是不是像这样?"杰克天生善于模仿——每逢父亲疲倦或心烦时,这项天赋都能派上用场,逗得他哈哈大笑——杰克正在"演"摩根·斯洛特。他学摩根叔叔发脾气的时候,堆起眉头,然后吸进脸颊,低头挤出双下巴,接着像条鱼似的撅起嘴唇,眉毛快速上下摆动:"是不是像这样?"

"不,"队长说,但是他的眼神闪烁,就像杰克告诉他斯皮迪很老的时候那样。"摩根个子很高。长头发。"队长用手在肩头比了比,让杰克知道有多长。"而且他跛脚。有条腿废了,穿着特制的靴子,不过——"他耸耸肩。

"我刚才学他的时候,你看起来像是认识他的样子!你——"

"嘘!天杀的,别那么大声,孩子!"

杰克压低声音。"我想我认识你说的人。"——杰克第一次认为,恐惧不是一种未知的情绪……他能够领会这种情绪,先于他对这个世界的理解。摩根叔叔也在这儿?天哪!

"摩根就是摩根。不是可以随便开玩笑的人物,孩子。走吧,我们快点离开这里。"

他再度握住杰克的手臂。杰克缩手抗拒。

帕克变成了巴卡。现在又出现了摩根……这绝对不只是巧合!

"我还没说完。"他说,脑中又浮现出新的问题。"她有儿子吗?"

"女王?"

"对。"

"她有过一个儿子。"队长不情不愿地回答,"就这样。孩子,我们不能再逗留了,我们——"

"跟我说她儿子的事!"

"没什么好说的。"队长说,"他还是婴儿时就死了,出生还不满六周。有传言说,摩根的一个手下,可能是奥斯蒙,闷死了那孩子。我不是要偏袒奥列斯来的摩根,不过大家都知道,十来个小孩中总有一个会夭折。没人晓得为什么;他们就这么莫名其妙地死了,原因不明。俗话说——上天自有安排。就算是女王的小孩也不例外。他……孩子?你没事吧?"

杰克眼前发黑,往后一倒,队长接住他时,强壮的手臂柔软得犹如羽毛枕。

他还是婴儿的时候,也曾经差点送命。

那是母亲告诉他的——她发现他时,杰克嘴唇发紫,动也不动地躺在婴儿床上,脸色犹如葬礼过后熄灭的白色蜡烛。她还说了她是怎么抱着杰克,一面尖叫一面跑进客厅。当时他父亲和摩根已经喝了不少红酒,抽过大麻,神志恍惚地坐在地板上看摔跤节目。后来父亲粗鲁地把杰克抢过去,用力捏住他的鼻子,拉开他的小嘴做口对口人工呼吸(后来你的鼻子淤青了大概一个月,杰克,莉莉笑着告诉他),而摩根在一旁大叫:你那样没有用,菲尔,我觉得你那样行不通!

(摩根叔叔好奇怪噢,对不对,妈妈?那时杰克这么问。对啊,非常奇怪,妈妈这么回答,她脸上浮现出古怪严肃的笑容,接着从烟灰缸里拿起一根抽剩的烟屁股,继续抽了起来。)

"孩子!"队长低声唤他,一面用力摇着杰克,他的后脑勺在脖子上撞来撞去。"孩子!该死!你要是在这里昏倒……"

"我没事。"杰克说——他的声音像是从很远的地方传来,宛如在一场甜美的梦境里,漫步经过查韦斯山谷,听见道奇球场扩音器远远传来回荡不已的播报员声音。"放开我,可以吗?行行好。"

队长不再摇他,表情却依旧忧虑。

"没事。"杰克又说,然后用尽全力捆了自己一巴掌——噢!周围的世界慢慢地又恢复清晰。

他差点就死在婴儿床上。关于那间公寓的细节,他的记忆已十分模糊,只记得母亲总是昵称它为"五彩缤纷的梦中宫殿",因为从客厅可以俯瞰壮丽的好莱坞风景。他差点送命那天,父亲和摩根·斯洛特在家里饮酒作乐。一个人喝多了,总不免频频上厕所,而他还记得,从客厅要到最近的洗手间,必须穿过当时他睡的婴儿房。

他看见那画面:摩根·斯洛特故作轻松地笑笑,说了句类似"很快就好,我得替我的膀胱清点空间"的话,而他父亲毫无反应,因为他正全神贯注,等待电视上的"干草堆卡胡"[①]使出绝技,击

[①] 干草堆卡胡(1934—1989),本名威廉·迪·卡胡,美国摔跤史上超重量级摔跤手,被誉为史上五十大摔跤手之一。

溃他毫无胜算的对手。摩根的步伐穿过电视放射出的光晕,进入幽暗的婴儿房,小小的杰克·索亚,尿布干爽,穿着小熊维尼连身婴儿装,睡得温暖安详。摩根叔叔鬼鬼祟祟,回头偷瞄门口那道透着客厅光线的门缝,他扬起眉毛,额上堆出一道道皱纹,撅起的嘴唇宛如湖里的鲈鱼;他拿起椅子上的抱枕,盖住婴儿的头,动作轻缓却毫不手软,他一手按住抱枕,另一手撑住婴儿背部。直到婴儿床上一切动静完全止息,摩根叔叔将抱枕放回椅子上(平常,莉莉总是坐在那张椅子上照料小杰克),然后他才走进厕所,解决他的膀胱问题。

要不是他母亲几乎在摩根叔叔一走开后就进房里探望小杰克的话……

杰克浑身冒出冷汗。

真的如他想象的那样?有可能吗?他的直觉告诉他,事实就是那样。如果这是巧合,也未免太天衣无缝了吧。

魔域女王劳拉·德罗希安之子,六周大时,死在摇篮里。

同样六周大时,菲尔与莉莉·索亚夫妇之子,也差点死在婴儿床上……而且,当时摩根·斯洛特在场。

每回提到这件往事,莉莉总是以同一个笑话作结:她总爱取笑菲尔,当小杰克恢复呼吸后,他那慌慌张张、差点撞烂他们的克莱斯勒、冲去医院的蠢样。

还真有趣呢,是吧?哈。

2

"快走吧。"队长说。

"好啦。"杰克还是有些虚弱头晕,"好啦,我们——"

"嘘!"是有人接近的声音。队长警觉地看向声音的来处。他们右边的墙面不是木头,而是厚重的帆布,布脚离地还有四英寸高。杰克从那道缝里看见一堆穿着靴子的脚走过去。一共五双靴子。军人的靴子。

其中有个人的说话声格外明显:"……都不知道他有个儿子。"

"嗯,"有人接话,"杂种生的就是小杂种喽——看看你自己就知道了,西蒙。"

众人爆出空洞无情的笑声——这种笑声,杰克在学校也曾听过。高年级学生总爱聚在工艺教室后面,一起抽着大麻,拿"娘娘腔"、"畸形人"这类可怕的字眼嘲弄低年级学生。每当有人说出这些难听的字眼,随后一定跟着一阵爆笑,就跟现在这种笑声一样。

"控制一下!控制一下!"——第三个人说,"要是让他听见,下个月就把你流放到外岗边线驻守。"

一阵窸窸窣窣。

转眼又是哄堂大笑。

后来他们又开了个玩笑,这回杰克听不懂,但那群人的笑声更加喧哗了。

杰克看着队长,他瞪着那块帆布,嘴唇紧紧抿着。那群人讥讽的对象,不用说也知道是谁。一群人在背后开人玩笑时,总有可能被某人……最不该听见的人听见。而那个某人,想必会怀疑他们口中嘲弄的杂种是谁。就连小孩都懂这道理。

"听够了没?"队长说,"快点动身吧。"他一副急欲摆脱杰克的神态……但又似乎没有足够的勇气。

你的方向、你的指令,随便怎么说,呃,是要……往西走,对不对?

他变了,杰克想道,他的态度变了两次。

第一次是他看见杰克拿出那颗鲨鱼牙齿的时候。在杰克的世界里,鲨鱼牙齿原来是吉他拨片,就像马路上跑的是汽车,在这边却变成了马车一样。第二次是在他确定杰克要去西方的时候。从那时起,队长原来恶狠狠的态度就变成一种意愿,自愿帮他……帮他什么?

我不能说……我不能告诉你该怎么做。

仿佛冥冥中有种力量,令他敬畏……使他惧怕。

他想赶快出去,是因为怕被抓到,杰克想,但还有别的理由,对不对?他也怕我。他怕——

"走吧,"队长说,"出发了,看在杰森的分上。"

"看在谁的分上?"杰克傻愣愣地问,但队长已经推着他往外走去。他半推半拉,带着杰克进入一条走廊,走廊一边是木板墙面,另一边是霉气冲天的帆布。

"这跟原来的路不一样。"杰克小声说。

"我不想再遇到刚才看到的那群人。"队长也低声回答,"他们都是摩根的手下。你注意到那个高个儿了?那个瘦得像张纸片的人?"

"看到了。"杰克记得那人锋利的微笑与他冰冷的目光。其他人看起来相对温和,那个瘦男人则显得格外强硬。他看起来很疯狂,还有,他令杰克隐约有股似曾相识的感觉。

"他是奥斯蒙。"队长说道,拉着杰克往右转。

烤肉味越来越浓烈,充斥了整个空间,杰克这辈子从来不曾这么渴望吃肉,他感到害怕,觉得自己的精神与情绪紧绷无比,也许已经濒临疯狂的边缘……而他嘴里正疯狂流着口水。"奥斯蒙是摩根的左右手,"队长咕哝了一句,"他注意到你了,我得想办法别让他再一次遇上你,孩子。"

"什么意思?"

"嘘!"杰克疼痛的手臂又被握得更紧。他们正接近一大块挂在出入口的布帘。杰克觉得它看起来活像浴帘——只不过它是块粗麻布,织法粗糙得像张网子,上方的挂钩比较像兽骨而不是铜环。"快装哭。"队长的耳语温热地吹进杰克耳中。

掀开布幔,杰克被拉进一间偌大的厨房,湿热的雾气蒸腾,满室弥漫着食物香气(烤肉的味道仍是主角)。杰克看见许多火盆和石砌的烟囱,女人头上包着白色包巾,使他联想到修女的头罩。有些人排在一长排铁槽前,正满脸通红、汗涔涔地清洗锅子或厨具。另一群人则站在一张宽度和整座厨房差不多的工作台前,削削切切,处理各种食材。还有人端着一大盘正要送去烤的馅饼。杰克和队长进入厨房的那一刻,他们全都转过头来看。

"不准再犯了!"队长叫骂着,像猎犬晃着猎物一样摇晃杰克……同时继续快速穿过厨房,走向厨房尽头的另一扇门。"不准再犯,听到没?下回再敢偷懒,我就把你从头到脚的皮像削马铃薯一样削下来!"

队长咬着牙,从牙缝里悄悄挤出一句:"他们都会记得这一幕,而且会四处谈论,该死,快哭啊!"

就在疤面队长揪着他的领子,拽得他肩膀疼痛,两人仓促穿过厨房的当下,杰克脑中竟慢动作似的浮现出母亲躺在灵堂里的景象。他看见她穿着如波浪般翻飞的薄纱——灵柩里的母亲穿的是她一九五三年在那部电影《恋爱跑跳碰》里穿的新娘礼服。她的容颜在杰克脑海中越来越清晰,犹如一尊逼真的蜡像;她耳上挂的那对金色十字架耳环,是两年前杰克送她的圣诞礼物。不久,那张脸孔变了,下巴的弧线变圆,鼻梁变得更挺、更高贵。发丝似乎变粗了些,颜色也淡了几分。灵柩里的人变成劳拉·德罗希安——那口棺木也不再是光滑平凡的普通棺木,而像是从一大块原木上粗鲁劈砍下来的粗糙棺材——维京式棺材,如果真有这种东西的话。比起将这棺木缓缓填进墓地里挖好的墓穴,似乎更容易想象将它放在成堆淋过油的木柴上,用火炬点燃的景象。魔域女王劳拉·德罗希安,这画面鲜明得历历在目,女王正穿着他母亲的戏服,带着那对汤米叔叔陪他到贝弗利山的商店里挑的耳环,蓦然间杰克热泪盈眶——货真价实的泪水,不只为了自己的母亲,而是同时为了这两个垂死的女人;她们各自存在于不同的世界,命运却由一条看不见的绳索相系,这绳索也许会腐朽,却永远不会断裂——至少,直到她们两人的生命同时终结那天。

泪光中,杰克看见一个魁梧的身影急躁地朝他们冲来。他身穿白色衣服,头上扎着一大条红色印花手帕,而不是蓬松的主厨高帽,不过杰克猜想,两者用意应该一样——让人知道谁才是厨房里的老大。他手里还挥着一根巫师般的木制三叉戟。

"滚出去!"主厨大吼,然而从他厚实胸腔里喊出的音调竟如笛音般尖细——好像一个对着鞋店店员大肆抱怨的阴柔男同志。那三叉戟的戾气倒是毋庸置疑,它看起来就是个致命武器。

厨房里的女人犹如惊弓之鸟,端着馅饼的女人一失手,最底层的馅饼跌到地上,散裂开来,草莓果酱四溅,宛如艳红的鲜血,女人发出一声高亢绝望的惨叫。

"滚出俺底厨房,肮脏底家伙!别把俺这里当捷径!这儿不是给死耗子走底路!这里是俺底厨房,要是你们记不住俺说话,俺就他奶奶底用叉子刻在你们屁股上!"

他一边将手中的三叉戟指向他们,一边半扭过头,白眼吊得老高,眼皮几乎合上,好像虽然撂下狠话,却为自己脸红脖子粗的模样感到笨拙难堪。队长松开抓着杰克领子的手,向前一伸——在杰克眼底,队长的动作近乎若无其事。一眨眼,主厨六英尺半的庞大身躯已经瘫倒在地。他的三叉戟跌在一摊草莓酱与白色生面糊里。主厨按住自己折断的右腕,在地上前后打滚,用他笛子似的高音尖叫,惨兮兮地对整个厨房里的人嚷嚷:他要没命了,队长铁定要杀死他了(从他那奇怪的、类似条顿语的口音喊出来,"杀死"听起来很像"傻子"),就算不死,他少说也要残废了,心狠手辣的护城队长折断了他的右手,就等于折断了他的命脉,以后他就要去当个可怜的乞丐了,队长可把他害惨了,他简直痛不欲生——

"闭嘴!"队长大吼一声,主厨顿时安静下来。他像个巨大的婴孩般乖乖躺在地上,受伤的右手蜷缩在胸口,红头巾歪向一旁,露出一只耳朵(耳垂中央嵌着一颗黑珍珠),脸颊的肥肉抖动着。那群畏惧主厨犹如镇守蒸气洞穴的怪兽,在这里度过日日夜夜的厨娘,见队长弯腰睥睨主厨,全像受惊吓的小鸟,叽叽喳喳发出细小的惊叫声。杰克仍旧泪流满面,不经意瞥见最大的火盆边站着一个黑人小男孩(棕色小孩,他纠正自己),小男孩张着嘴,惊愕的脸上挂着杂耍艺人般的滑稽表情,握着铁杆的手却没停下来,悬在炭火上的火腿仍持续转动着。

"听清楚了,我现在要给你一些在《好农经》里找不到的建议。"队长说。他弯下腰,鼻尖几乎贴到主厨脸上,狠狠揪住杰克的手臂却一丁点也不曾松懈(感谢上帝,他那只手现在已经麻得没感觉了)。"从今以后,刀子也好,叉子也好,你他妈的一根针也好,除非你有本事杀了面前的人,否则别拿那些东西出来吓唬人!你要在厨房里当老大,随你,但休想在护城队长面前放肆。听明白了吗?"

主厨一边哭着,一边仍不甘心地放胆咒骂着。杰克没办法完全听清楚——主厨的口音随着哭声越来越重——不过内容大概是关于队长的母亲和宫殿外的流浪狗之类的情节。

"那敢情好,"队长说,"你说的什么女人我不认识。不过看来你没回答我的问题。"他用脏污磨损的靴子踢了主厨一脚。队长的力道不重,然而主厨呼天抢地的模样活像被狠狠踢了一脚,厨房里的女人又开始发抖。

"我刚才说的话,你到底听懂了没? 如果还不明白,我很乐意再向你解释解释。"

"俺懂了!"主厨喘着气说,"俺懂了! 俺懂了! 俺——"

"好极了。今天等着我教训的人已经太多了。"他拎着杰克的领子晃了晃,"是不是啊,儿子?"他又晃了一下,杰克真的哀号起来。"哼……就只知道哭。我这儿子是个蠢材,跟他妈一样。"

队长犀利的目光扫视整个厨房。

"再会,女士们。愿女王福泽降临你们身上。"

"也祝福您,长官。"最年长的厨娘笨拙地行礼,其他女人也纷纷遵行。

队长拖着杰克穿过厨房。杰克的屁股狠狠撞上洗碗槽边缘,他又大声惨叫起来。碗槽里是滚烫的热水,冒着热气的水珠喷溅到地上,发出嘶嘶声响。那些女人的手泡在这里面,杰克暗自诧异,她们怎么受得了?队长几乎是将杰克整个人提起来,胡乱塞进一道麻布门帘,进入了另一条走道。

"呼!"队长小声说,"我实在很讨厌经过这里,味道太差了。"

左转、右转,然后再右转。杰克开始感觉他们就快接近宫殿外墙了。正当他纳闷,为什么宫殿内部感觉比外观大上好几倍时,队长推他穿出一道门帘,他们又回到户外的阳光下了——在宫殿暗处穿梭一段时间后,即使是接近傍晚的阳光也显得太过刺眼,杰克痛得闭上眼睛。

队长的脚步没有丝毫停歇。靴底挤压着脚下的烂泥,空气里是干草、马匹与粪便的气味。杰克睁开眼,发现他们正穿过一处草皮,可能是小型饲马场,也可能只是谷仓旁边的一块空地。他看见一条帆布搭起的走道,棚顶不知何处传来咕咕的鸡叫声。有个消瘦的男人,除了一条短裙和系带凉鞋外什么都没穿,手里拿着木制干草叉,正忙着将干草堆进马厩里。马厩里有匹小马,体型比谢德兰矮马大不了多少,正用闷闷不乐的眼神注视他们。他们经过马厩一段距离后,杰克的理智才终于接受方才他亲眼所见的景象:那是匹双头马。

"嘿!"他问,"可以回到刚才的马厩看看吗——"

"没时间。"

"可是刚刚那匹马——"

"我说了,没时间。"他提高声调吼道,"要是再让我逮到你摸鱼打混,我一定加倍处罚你!"

"我不会啦!"杰克尖叫(事实上他觉得这戏码已经有点老套了),"我跟你保证!我说过我会听话!"

就在他们面前不远,耸立着一道未削皮的木桩排列成的围墙,像极了老西部片里的那种栅栏(杰克的母亲也演过几部西部片)。高大的木门上拴着用来挂上门闩的厚重托架,然而用来闩门的横木却不在托架上,而是摆在左侧柴堆边,粗壮的门闩几乎和铁轨上的枕木没什么两样。大门敞开一道近六英寸宽的门缝。晕头转向的杰克推测,他们绕了一大圈,现在应该到了宫殿反面最远的一端。

"谢天谢地。"队长恢复正常的语调,"现在——"

"队长。"背后传来某人的叫声。疤面队长才刚伸出手,正要推开左边的门,他的动作应声打住。叫唤的音量不大,带着虚假的随兴,仿佛声音的主人在一旁观察已久,就为了等待这一刻。

"我想你应该会很乐意替我介绍这位……呃……你的儿子。"

队长拉着杰克一起转过身。半个草坪外,站着一个瘦骨嶙峋、和周遭环境格格不入的身影,而这个人,正是费朗队长一心躲避的对象——奥斯蒙。他深灰色的阴沉双眼打量着两人。杰克在那对眸子深处看见漩涡暗涌。他的恐惧陡然化成锐利的针尖,刺进他体内。他是疯子——直觉如脱缰野马——比任何疯子都要疯。

奥斯蒙利落地向前走了两步,靠近他们。他左手握着一条皮鞭。皮鞭的握柄用生皮包裹起来,深色的柔软鞭身几乎和响尾蛇一样粗壮,绕了三圈,挂在他的肩膀上。接近末端处,皮鞭岔成至少一打以上的分枝,分枝也是生皮织成的,末梢全镶上粗糙的铁刺。

奥斯蒙拉了拉皮鞭握柄,挂在身上的鞭子滑下来,嘶地一响。他摆动鞭柄,带刺的皮鞭末梢随之在散落着干草的泥地上缓缓蠕动。

"你儿子?"奥斯蒙问道,又往前走了一步。杰克突然间明白了,为什么这男人让他觉得眼熟。他想起险些被绑架的那天——这个人,不就是那个穿白西装的人吗?

也许真的就是他。

3

队长握起一只拳头,将拳头贴在前额,鞠躬行礼。杰克犹豫了一秒,也有样学样弯腰作揖。

"我儿子,路易斯。"队长僵硬地说。杰克往左偷瞄,发现队长还弯着腰,于是也不敢直起身来,心跳更是加速。

"谢谢你啊,队长。谢谢你,路易斯。愿女王的福泽降临两位。"奥斯蒙用鞭柄碰了碰杰克,杰克险些叫出来,他站直身子,努力将尖叫吞回去。

奥斯蒙现在相距不过两步之远,正用他疯狂凌厉的眼神上下打量杰克。他身穿皮外套,上面缀着状似钻石的饰纽。他的上衣车满了奢华的花边,右腕戴着一大串手环,招摇地喀啦作响(从他持鞭的样子推断,杰克猜他是个左撇子)。奥斯蒙的头发梳向脑后,用一条白色宽缎带系住。他身上散发着两种气味,浮在表面的是莉莉口中说的"那些男人的味道",也就是须后水或古龙水之类的芳香剂,奥斯蒙身上这股香气厚重且充满粉味,让杰克联想到英国的老黑白电影中,某些可怜家伙在中央刑事法庭接受审判的场景。电影里的那些法官和律师总是戴着假发,杰克觉得用来装假发的箱子味道一定和现在奥斯蒙身上的粉味一样——干燥酥松的甜味,简直就像世上最古老的风化甜甜圈。然而,在这股香味底层,则是种宛如活物、令人不悦的味道,它似乎会随着奥斯蒙的脉搏涌出。那是一层层汗水与灰尘重复交叠产生的气味,仿佛这个人从来不曾入浴洗澡。

就是他。奥斯蒙就是那天想要绑架小杰克的男人之一。

杰克的肠胃打结,翻腾不止。

"都不知道你有个儿子呢,费朗队长。"奥斯蒙说。这话虽是对着队长说的,他的眼神却紧咬着杰克不放。路易斯,杰克告诉自己,我叫路易斯,千万别忘了——

"不敢不敢。"队长答道,露出愤怒与轻蔑的目光盯着杰克。"承蒙女王陛下恩赐,小犬才有机会进入皇宫,结果他竟然像条狗一样开溜,让我逮到他在偷懒——"

"是啊,是啊。"奥斯蒙脸上挂起淡漠的微笑。他根本就不信,杰克开始胡思乱想,觉得自己紧张到快爆炸了。一个字都不信!"男孩子都很顽皮。全天下的男孩都是。天经地义。"

他拿鞭子的握柄在杰克手腕上轻轻点了一下。杰克全身神经抽紧,控制不住地尖叫出声……顿时羞得满脸通红。

奥斯蒙咯咯笑着。"坏死了,是不是,这天经地义啊,天下的男孩子都很顽皮;我小时候也是。而且我看,你小时候也很顽皮,费朗队长。是不是?呃?你小时候也很坏吗?"

"是的,奥斯蒙。"队长说。

"非常坏?"奥斯蒙问道。出乎意料地,他竟突然开始在泥地上蹦蹦跳跳。然而他的举止并不带任何阴柔的意味;他虽然身段柔软,甚至称得上雅致,却看不出半点断袖之癖的迹象。如果真要形容,杰克觉得这个男人无情空妄。不,他给人的感觉中,最强烈的特质莫过于那股阴毒……以及疯狂。"非常非常坏?坏到骨子里的坏?"

"是的,奥斯蒙。"费朗队长呆板地回答。他脸上的疤痕在傍晚的阳光下放着光芒,颜色更深了。

奥斯蒙和开始时一样突然停下舞步。他冷冷地看着队长。

"没人知道你有个儿子,队长。"

"他是个没用的东西。"队长说,"又笨又懒散,现在你们看到了。"他伸手掴了杰克一巴掌。其实力道不大,可是他的手掌又厚又硬,于是杰克惨叫一声,捂着脸倒在泥地上。

"坏透了,坏到骨子里去了。"奥斯蒙说,他面无表情,冷酷而神秘。"起来啊,坏孩子。不听话的孩子都该受罚。坏孩子都得让我拷问一下。"他朝一旁甩了一下鞭子。啪的一声。杰克几近崩溃的脑袋又冒出奇怪的联想——奥斯蒙鞭子甩动的声音,就像他八岁时那把玩具空气枪的枪响。理查德·斯洛特也有一把。事后回想,杰克认为当时是自己的潜意识在无所不用其极地将所有能与家产生关联的事物结合在一起。

奥斯蒙伸出一只蜘蛛般惨白的手,捉住杰克泥泞的手臂,拖向自己身边。他身上的味道混合着甜腻的粉味与陈年的油臭味,诡异的灰色眼珠正用庄严的神态直直逼视杰克的蓝眼。杰克觉得下腹沉重,他拼命忍住,不让自己尿湿裤子。

"你是谁?"奥斯蒙质问他。

4

这问题回荡在三人之间的空气中。

杰克意识到队长望着他的目光里有一抹掩不住的绝望。他听见母鸡啼叫;他听见狗吠;他听见某处马车颠簸驶来的声响。

从实招来。说谎会被我看穿的。奥斯蒙的双眼这么说,你长得很像我在加州见过的一个孩子——你就是那个孩子吧?

有那么一瞬间,自白的话就在杰克的唇边颤抖:

杰克。我叫杰克·索亚,对,我就是你在加州见过的那个孩子。这个世界的女王是我妈妈,而且这边的我已经死了。还有,我认识你的老大,我认识摩根——我叫他摩根叔叔——只要你别再用那可怕的眼睛瞪着我,你想知道什么,我统统都告诉你,真的,因为我还是个孩子,孩子什么都会说出来——

接着他听见母亲的声音,强悍的口气近乎奚落:

这男人看你一眼,你就吓得屁滚尿流了,杰克?就凭他?一身大特卖时买来的穷酸古龙水味,还有那副古装版查尔斯·曼森①的长相……算了,随便你。你可以骗得过他——没开玩笑——不过,随便你吧。

"你到底是什么人?"奥斯蒙又逼近一步,无比的信心写在脸上——他想知道的事,从来没有得不到的答案……他可不只会吓唬十二岁的小孩。

杰克颤抖着,深深吸进一口气(当你想唱出最洪亮的声音——当你要声音传到剧院最后一排时——一定要从丹田使力,杰克),然后大吼:

"我本来马上就要回去干活了!我对天发誓!"

奥斯蒙原先几乎贴在杰克面前,以为自己会听到杰克破碎无力的回答,经过这么一吼,仿佛突然被杰克赏了一个耳光。他吓得一脚踩上鞭子末梢,差点被自己绊倒。

"你这个天杀的、该死的小兔崽——"

"我说真的!求求你不要打我,奥斯蒙我真的本来就马上要回去了!我不是故意跑来这里的真的真的真的我不是故意——"

费朗队长冲上前,在杰克背上用力一拍。杰克扑倒在泥地上,嘴里还在嚷嚷。

"这孩子脑筋不好,我刚刚就说过了。"杰克听见队长说,"我向你道歉,奥斯蒙。我一定好好修理他。他——"

---

① 查尔斯·曼森(1934—),美国著名罪犯。于二十世纪六十年代末组成"曼森家族",发动以披头士歌曲《螺旋滑梯》为名的犯罪计划,杀害白人,嫁祸黑人,意图策动种族与阶级动乱。目前仍在狱中服刑。

"他究竟是来这里做什么的?"奥斯蒙尖声质问。拔高的音调犹如泼妇骂街。"这乳臭未干的混账小杂种到底来这里干什么?别想拿他的通行证给我看!我知道他没有通行证!你让他混进来好偷吃女王桌上的食物……你让他进来偷女王的银币……我知道,他很坏……光看一眼就知道了,他让人无法忍受、不可饶恕地坏透了!"

鞭子噼啪作响,这回可不像玩具空气枪那种咳嗽似的呼声,而是.22手枪笃实嘹亮的枪响。杰克甚至还有时间想到:鞭子要打过来了,旋即仿佛被一只滚烫的大手烙在背上。疼痛嵌入他的皮肉,不但没有消失,还变得越来越痛。热辣得令人抓狂。他惨叫不已,在泥地上扭动。

"坏孩子!坏到骨子里去!毫无疑问,坏透了!"

奥斯蒙的每句咒骂都伴着一次鞭打,那是一次次灼热的烙印,与杰克声声的哭喊。他的背在燃烧,他不知道这把火已经烧了多久——奥斯蒙的鞭子似乎越抽越带劲——直到后来有人大声叫喊:"奥斯蒙!奥斯蒙!终于找到你了!谢天谢地!"

一阵骚乱的跑步声。

奥斯蒙些微喘不过气,愤怒地问:"怎么?怎么?什么东西?"

有只手握住杰克的手肘,扶他站了起来。杰克摇摇晃晃,那只手又连忙撑住他的腰,扶着他站稳。杰克实在很难相信,刚才在宫殿里那么专横的队长,现在竟对他如此温柔。

杰克的脚底仍在动摇。整个世界不断飘向焦点之外。温热的鲜血在背上流淌。他瞪着奥斯蒙的目光中涌现出一股急速蹿升的恨意,而恨意令他感到畅快,这是消灭恐惧与慌乱的最佳良药。

你看你干的好事——你鞭打我,伤害我。等着瞧,你这怪胎,让我逮到机会报仇的话——

"你没事吧?"队长悄悄问他。

"还好。"

"搞什么?"奥斯蒙对着打断他的两个男人尖叫。

第一个人是杰克与队长前往密室途中曾经遇到的那群男人之一,另一个则有几分神似杰克这次刚进入魔域时遇见的车夫。这人满脸惊惶,而且受了伤——他左边头顶有一道伤口,鲜血汩汩涌出,染红了半张脸。他的上衣裂开,左臂擦伤。"混账东西,你说什么?"

"我的货车在全手村边界的弯道上翻了。"车夫说话的速度极慢,像是受了太深的惊吓而变得呆滞。"我儿子死了,大人。他被酒桶压死了。上个五月农耕节过后,他才刚满十六岁。他妈妈——"

"什么?"奥斯蒙尖叫。"酒桶翻了?麦酒?不是金斯兰麦酒吧?你不是特地来告诉我,你打翻了一卡车金斯兰麦酒吧,你这脑袋长在屁眼上的蠢蛋?你他妈的不是来告诉我这种事的吧,啊?"

奥斯蒙的尾音拔升,像恶意模仿嘲弄歌剧女伶的泼辣腔调,语音高亢颤抖。他又开始扭动……这回是愤怒之舞。这举止实在太过诡异,杰克忍不住想笑,又连忙捂住嘴,结果扯动了背上贴着鞭痕的上衣,那疼痛比队长的警告还能令他清醒。

车夫很有耐心地继续说,仿佛刚才奥斯蒙没将他话里最重要的部分听进去(显然这部分对车夫自己来说最重要):"过完上个五月农耕节,他才刚满十六岁。他妈妈根本不想让他跟我一起出门。我不敢想象——"

奥斯蒙扬起鞭子,接着往下一甩,速度快得出奇,几乎看不见鞭子的踪影。前一秒鞭子还轻松握在左手,生皮制成的鞭尾拖在泥地上蛇行,下一秒钟,鞭子已经甩击在地上,发出猎枪般的巨响。车夫哆嗦着往后退,双手护脸,尖声叫喊,新鲜的血液沿着他肮脏的手指缓缓流下。他倒在地上,哽咽着哀求:"大人啊!大人啊！大人啊！"

杰克低喃："趁现在溜走吧。快！"

"再等等。"队长脸上严峻的线条隐约软化了些,眼神里隐约透出一点希望。

奥斯蒙猛然转向另一个男人,对方倒退一步,鲜红的厚唇颤抖着。

"是金斯兰吗？"奥斯蒙咆哮道。

"奥斯蒙,你不该给自己那么大压力——"

奥斯蒙高举左手,镶了铁片的皮鞭末梢甩在那人的皮靴上,他又倒退一步。

"少告诉我该怎样不该怎样,"他说,"回答我的问题。我心情不好,斯蒂芬。我的心情难以忍受,不可原谅得差劲透顶。快说,打翻的是金斯兰吗？"

"是。"斯蒂芬回答,"我也很遗憾,可是——"

"在外岗路上？"

"奥斯蒙——"

"是不是在外岗路上,你这个猪脑袋？"

"是。"斯蒂芬缩了一下。

"那当然了。"奥斯蒙刻薄的脸上藏着一抹尖酸的嘲笑,"车翻在全手村,怎么会不在外岗路上？难不成村子会飞啊？啊？一个好好的村子会从一条路飞到另一条路去吗？会吗？会吗？"

"不会,当然不会。"

"所以说,现在外岗路上到处都是酒桶,是不是？现在外岗路上,翻倒的马车和酒桶到处都是,堵住马路,还让全魔域最上等的麦酒流了满地,便宜了土里那些虫子高兴得大喝特喝,是不是？啊？我说的是不是啊？"

"是的……是的。可是——"

"摩根马上就要经过外岗路了！"奥斯蒙怒吼着,"摩根要来了,而且你又不是不知道他骑马的时候是什么样子！要是他的马车过来,碰上那堆烂摊子,他的马夫可能连刹车都来不及！他可能会翻车！会出事！"

"噢！上帝啊！"斯蒂芬的脸色更加惨白了。

奥斯蒙慢慢点着头。"我在想,倘若摩根的马车真的出事,你最好祈祷,他没那条命活着回来找你算账。"

"可是——可是——"

奥斯蒙不再理睬他,转身走回护城队长和他的"儿子"所在的地方。奥斯蒙背后,那可怜的车夫还倒在地上抽搐,呻吟着"大人啊"。

奥斯蒙瞥了杰克一眼,立刻移开视线,仿佛他已不存在。"费朗队长。"他说,"刚才的话你都听见了？"

"是的,奥斯蒙。"

"听得一清二楚？听进心里去了？"

"是的,都听清楚了。"

"你十分肯定？真是优秀的队长！我回头会再找你谈谈,毕竟,我挺想知道这么一个优秀的队长,怎么能生出这愚蠢的小杂碎！"

他冰冷的目光短暂停留在杰克身上。

"可惜我们现在没时间聊这档事了,对不对？我要你马上召集最好的人手,要他们快马加鞭,越快越好,赶到外岗路去。我想,你光用鼻子闻,就能找到翻车的地点了,是吧？"

"是的,奥斯蒙。"

奥斯蒙对天望了一眼。"摩根预计六点钟抵达——可能还会早些。现在是……两点。我说是两点,你说呢,队长？"

"是的,奥斯蒙。"

"那你说现在几点钟呢,小蠢蛋？十三点钟？二十三点钟？还是八十一点钟？"

杰克抽了口气。奥斯蒙眼底尽是轻蔑,杰克胸口恨意的浪潮又涌上来。

"你打伤我,要是我有机会——!"

奥斯蒙再看着队长。"五点钟前,我要你把完整的酒桶收拾好。五点钟后,我要你尽快将马路清扫干净。明白了吗?"

"是的,奥斯蒙。"

"快滚吧。"

费朗队长再度举手触额,对奥斯蒙鞠躬。杰克还在抽抽噎噎,心中的忿恨却汹涌难平,理智几乎暂停运作。他下意识地跟着行礼,但奥斯蒙理都不理。他朝车夫倒地的方向走去,手里的皮鞭又发出空气枪般的声响。

车夫听见奥斯蒙接近,又发出惨叫。

"我们走吧。"队长最后一次拉住杰克的手臂,"你不会想看这场面的。"

"不。"杰克勉强说道,"天哪,不要。"

当费朗队长推开右手边的闸门,他们终于离开宫殿时,杰克还是听见了——直到那天夜里,他在梦中仍忘不了的叫声:鞭子一下下落在车夫身上,伴随着车夫临死前的凄厉叫喊。奥斯蒙上气不接下气,嘴里发出奇怪的嘶吼,若是不回头看着奥斯蒙的脸,实在很难分辨那吼声的意涵——而杰克宁可不要看到。

但就算不看,他也明白那是什么声音。

那是奥斯蒙的笑声。

5

他们来到宫殿的广场上。附近的人群只敢偷偷用眼角观察费朗队长……而且纷纷让出空间给他们。队长步伐急促,沉思的面容阴郁严肃。杰克必须小跑步才追得上。

"我们很幸运。"队长突然开口,"太幸运了。我本来以为他会杀了你。"

杰克的喉咙又干又热。

"他是个疯子,跟争抢糕饼的人一样疯。"

杰克听不懂这比喻,但他同意奥斯蒙是个疯子。

"什么——"

"等一下。"这时他们已回到队长先前带他进去过的小帐篷前面,"站在这里等我。别跟任何人讲话。"

队长走进帐篷,杰克留在原地四处张望。一个杂耍小丑经过,手里抛弄着六颗球,就算偷瞄杰克时,那复杂的抛球花式依然稳稳当当毫不紊乱。一群蓬头垢面的小孩跟在小丑后头,犹如吹笛人童话中的场景。一个丰满的年轻女子怀里抱着一个脏兮兮的婴儿向杰克乞讨,她说如果杰克能给她几个铜板,她保证让他"快活快活"。杰克扭捏地别过头,脸颊发烫。

年轻女子哈哈大笑:"哦——这个漂亮的小伙子挺害羞呢!过来这里呀,小帅哥!来嘛——"

"走开,臭婊子,不然就把你丢到厨房后头干活!"

说话的人是队长。他带着另一个男人走出来。这人又肥又老,不过有一点和队长一样——看起来是个真正的军人,可不像吉尔伯特与沙利文①歌剧里的丑角那样。他一手夹着一把弯弯的号角(看起来也像个乐器),一边忙着扣好大肚腩上的制服扣子。

年轻女子抱着婴儿落荒而逃,不敢多看杰克一眼。队长接过胖男人的号角,好让他专心扣扣子,又对他说了句话。胖男人点点头,穿好衣服,拿回号角吹起来,然后走开了。这跟杰克第一次进入魔域时听见的音色不同,当时的号角阵势较大,引人注目,是

---

① 吉尔伯特与沙利文,十九世纪末英国极受欢迎的歌剧音乐家,两人联手写下多部歌剧,一改传统歌剧的沉重艰深,开创出通俗易懂、明快幽默的喜剧轻歌剧。

报信者的奏鸣,这支号角的鸣法则类似工厂哨音,像在督促大家开始工作。

队长转向杰克。

"跟我来。"他说。

"去哪里?"

"外岗路。"费朗队长说着,对杰克·索亚投以犹豫而又带点惧怕的眼神。"我爷爷都叫它西方路。它沿路经过的村落会越来越小,直到最后来到外岗。过了外岗,就什么也没有了……或者就是地狱所在。孩子,如果你要往西走,你得祈祷上帝与你同行。不过我听说过,就连上帝自己都不曾走出外岗之外。走吧。"

杰克心中不解——他有成千上万个疑问——然而队长脚步匆匆,他无法喘口气来提出问题。他们面朝宫殿高耸的南面行进,经过杰克第一次离开魔域时的地点。这时市集已在不远处——杰克听见一个贩子大声招徕顾客,看谁愿意试试手气,要是能在他摊头上那头发狂的驴背上骑两分钟不被甩下来,就是今天的赢家。他的吆喝乘着海风而来,格外清晰。海风还吹来令人垂涎的食物香气——不只是烤肉,这回还有烤玉米的气味。杰克的肚子咕噜作响,平安远离恐怖的奥斯蒙之后,他不禁饿了起来。

将近市集时,他们右转上一条路,这条路比通往宫殿的小径宽广许多。这就是外岗路了,杰克心想。但他一转念,带着既期待又有些惧怕的心情,告诉自己:不……这是西方路。是通往魔符之路。

他赶忙加快步伐,追上费朗队长。

6

奥斯蒙说得没错。他们光用鼻子就能找到事发地点。那名字奇怪的村庄尚在一英里开外,微风就已将翻倒的麦酒气味送到他们面前。

这条路上东行的车马杂沓,大多是由汗水淋漓的马队所拉的货车(但已不再见到双头马)。杰克推想,这些马车在他原来的世界里,大概就像钻石里欧和彼得毕茨之类的大货车吧。有些车上堆着一捆捆货物,有些堆着生肉,有些哐啷啷载着一笼笼鸡。到了全手村外缘,一辆敞篷马车呼啸而过,车上载满了女人,她们又笑又闹,其中一个女人站了起来,裙摆撩得老高,露出毛茸茸的下体,醉醺醺地扭腰摆臀。要不是同伴从背后拉住她的裙子,她可能早被马车颠得甩到路上,也许就此折断了脖子。

杰克又脸红了:他想起刚才那个年轻女人雪白的胸脯,那个脏兮兮的婴儿吸吮着她的乳头。哦——这个漂亮的小伙子挺害羞呢!

"老天!"费朗咒骂着,加速赶路。"他们喝了翻倒的金斯兰麦酒!全都喝醉了!那堆妓女醉了!车夫也醉了!他八成会把她们都摔进阴沟,不然就是直接开进海里去——无所谓。只是群该死的臭婊子!"

"最起码,"杰克喘气说,"这些马车都还过得来,表示这条路上的东西应该都清干净了,不是吗?"

终于进入全手村。为了防止扬起烟尘,宽阔的西方路上已经泼过水。马车来来去去,人群在街上漫游,每个人说话的声音都异常洪亮。杰克在一家看似餐馆的屋舍外头看见两个男人大声争论,其中一人突然出拳,没多久,两人便在地上扭打起来。看来喝醉的不只那些妓女,杰克心想,这村里的每个人都喝了地上的金斯兰酒。

"所有经过我们的大马车,都是从这里出发的。"费朗队长说,"前面事发地点比较小的马车也许能够通过,不过摩根的座车可不小,孩子。"

"摩根——"

"先别管摩根了。"

过了村子中央,继续朝另一半前进,麦酒的气味逐渐增强。杰克两腿发酸,但仍旧努力跟上队长的脚步。他估算这一路大约已经走了三英里。这在我的世界里大概是多远呢?这问题继而使他想起斯皮迪的魔汁。他慌忙在上衣里摸索,以为魔汁一定已经掉了——结果那瓶子竟然还在,正安然无恙地藏在他的魔域衬衣里。

他们抵达了全手村西侧,车辆渐渐稀少,步行往东的人潮却出奇地增加许多。走路的人多半笑嘻嘻地摇来晃去、步履蹒跚。他们满身酒气,甚至有人从头到脚湿漉漉的,看来之前是全身摊平地泡进了地上的酒洼里,像狗一样趴着舔麦酒。杰克觉得一定是这样。这时有个男人牵着一个约莫八岁大的小孩走过,两人一同大笑。男人的长相和阿兰布拉饭店的前台职员相似得简直就像噩梦一场,杰克毫不怀疑,此人定是他的分身没错。这对大人小孩都醉了,杰克转过头注视,看见小孩开始呕吐,他的父亲——杰克认为他们应该是父子——用力揪着他的手臂,小孩挣扎着想躲到路边的水沟呕吐,却像条上了锁链的狗被拖了回去,结果全吐在一个醉倒在路上、鼾声大作的老头身上。

费朗队长的脸色越来越阴沉。"愿上帝惩罚他们所有人。"他说。

但就连醉得最彻底的人,看见疤面队长时也会识相地保持距离。先前在宫殿门口守卫站哨的地方,杰克已经注意到队长腰上系着一个皮鞘。杰克推测(这推测不无道理)皮鞘里放的是队长执勤用的短剑。每当有醉鬼靠得太近,队长就将手放在刀鞘上,醉鬼便会连忙绕道闪开。

十分钟后——杰克确信自己再也跟不上队长的脚步了——他们终于抵达了翻车现场。马车在颠簸的路面上倾斜时,恰好正要转过一个弯道,于是控制不住地翻覆了,车上的酒桶倾泻而出,散落各处。大半酒桶都砸碎了,马车方圆二十英尺内淹成一片麦酒沼泽。有匹马被压死在车底,只看得见车底伸出两条后腿。另一匹马倒在沟渠里,脑门上插着一块木桶碎片。杰克认为这不是意外所致,或许马匹伤得太重,有人随手拿了身边最方便的材料,想趁早助它结束痛苦。其他的马早已四散,不见踪迹。

车夫的儿子就躺在两匹马尸中间的路上,四肢摊开,半张脸朝上,仰望魔域湛蓝无瑕的天空,惊骇的表情凝结在脸上,另外半张脸而今已是一片破碎的颅骨和脑浆,殷红地涂在地上。

死者身上的口袋全被翻了开来。

附近还有十来个人流连不去,他们缓步徘徊,不时弯下腰,双手掬饮路面坑洞里的麦酒,有人则掏出手帕,或扯下衬衣一角,吸取洼里的酒汁。大部分人脚步摇晃,哄然大笑叫嚷。杰克想起以前在洛杉矶时,经过一番苦苦哀求,母亲才准他和理查德一起到西坞看半夜两部连映的《活死人之夜》和《活死人黎明》[1],而眼前这堆摇摇晃晃的醉汉,模样就像电影里的僵尸一样。

费朗队长拔出佩剑,剑的样子和杰克的想象相去不远,完全不像冒险故事里的骑士宝剑,短短的刀刃只比肉贩的屠刀稍长一点,剑身满是伤口擦痕,剑柄的皮革色泽因汗渍而变深。剑身除了刃口外也是深色,剑刃锋芒闪烁,看起来锐利无比。

"全都让开!"费朗喝令,"不准碰女王的麦酒,你们这些死老百姓!不许放肆!统统滚开!"

众人不情不愿地咕哝着,渐渐散开——除了一个巨汉之外,他的顶毛稀疏,头发一簇簇狂乱地从头皮上冒出。杰克估计他体重大约三百磅,身高将近七英尺。

"你喜欢以一当百是吗,老兄?"巨汉大手一挥,指了指听从队

---

[1] 《活死人之夜》与《活死人黎明》,由乔治·罗梅罗分别于一九六八年与一九七八年执导的恐怖电影,《活死人之夜》并于二〇〇四年由查克·史奈德重新拍摄为《活人生吃》。

长命令而纷纷离开酒洼与木桶残骸的村民。

"那有什么问题,"费朗队长冷笑回应,"就让我先拿你开刀吧,你这坨醉醺醺的狗屎。"费朗的笑容加深,巨汉却感受到队长的威胁,连连向后退缩。"有种的就上来。揍扁你会是今天第一件让我爽快的事。"

巨汉像只斗败的公鸡,嘟囔着走开了。

"所有人听着!"费朗大吼,"快离开!我的手下已经从女王的宫殿出发,马上就要抵达!这趟差事他们干得不太开心,到时候会做出什么事,我可不管!你们最好趁他们来之前,赶快回家躲到自己的地窖里。这才是聪明的选择。快离开吧!"

人潮往全手村方向退去,方才挑衅的巨汉也在其中。费朗骂了几句,走回翻车处。他脱下外套,盖住车夫儿子的脸。

"什么人这么狠心,连死人都要抢劫。"费朗沉吟道,"要是让我抓到,今晚就把他们吊死在十字架上!"

杰克缄默不语。

队长站在死者身旁,凝神注视了好长一段时间,一手抚着脸上凸起的细滑伤疤。直到他抬起视线看见杰克,才像突然想起似的说:

"你得快走了,孩子。要在奥斯蒙决心开始调查我的蠢儿子之前马上走。"

"我走了之后,你怎么办?"杰克问。

队长露出浅笑。"如果你走了,我就没事了。我可以说,我送你回妈妈身边了。或者说我太生气,失手把你打死了,怎么说奥斯蒙都会买账。他现在一心忙着别的事情。他们全都是。他们都在等她驾崩。再等也要不了多久了。除非⋯⋯"

他没把话说完。

"走啊。"费朗说,"事不宜迟。要是听见摩根的马车接近,别待在路上,赶快躲进森林里。越远越好。否则他会发现你,就像猫闻到老鼠的味道一样。如果有人不守规矩——他的规矩,他会马上察觉的。他是个恶魔。"

"我真的听得见吗?他的马车声?"杰克怯怯地问。他的视线越过满地木桶残骸,投向路的远方,外岗路平缓地向上延伸出去,直直深入一座蓊郁的森林。里面一定很黑吧。杰克心想……而且摩根会从他对面方向出现。恐惧与孤独结合成一道史无前例的骇浪,侵袭杰克的意志。斯皮迪,我办不到!你该明白吧?我只是个小孩啊!

"摩根的马车是由六对马拉的,前面还有匹领路马。"费朗告诉他,"全速赶路的时候,那恶魔的座车听起来就像平地上的雷声,你一定会听见的。挖个洞都来得及。总之一定要躲起来。"

杰克又喃喃说了些话。

"你说什么?"费朗问。

"我不想走。"杰克说,音量只大了一点点,泪水在眼底打转。他明白,要是让眼泪滴下来,他就再也无力自制,先前的武装也将彻底瓦解,他会哀求费朗队长解救他、保护他、替他——

"现在说这些已经太迟了。"费朗队长说,"孩子,我不知道你的来历,也不想知道。我甚至连你的名字都不想知道。"

杰克垂头丧气地望着他,他的双眼灼热,嘴角颤抖。

"挺起胸来!"费朗突然对他怒吼,"想想你要救的是什么人!你要去的是什么地方!少在那儿畏畏缩缩,一副事不干己的死样子!你还太年轻,当不了男子汉,但你至少可以假装,懂吗?你现在看起来就像条流浪狗!"

惊愕之下,杰克打起精神,把眼泪吞了回去。他的目光落在车夫儿子的尸骨上,想道:至少我没落得那个下场,还没有。他说得对。自艾自怜太奢侈了,这不是我现在该做的事。这是事实。然而同时间,他却又无法控制自己讨厌这个疤面队长那么轻易就将他看穿、毫不留情地打击他最软弱的地方。

"这样好多了。"费朗僵硬地说,"还不够好,但好多了。"

"谢了。"杰克有些挖苦地说。

"你不能哭,孩子。奥斯蒙已经盯上你了。很快地摩根也会盯上你。或许……不论你打哪儿来,或许你来的地方也会出问题。可是听好,既然巴卡要你来找我,他一定希望我给你这东西。拿去吧,然后出发。"

他手里放着一枚硬币。杰克犹豫片刻,然后收下。硬币大小如同有肯尼迪像的五角银币,却沉重许多——虽然看起来是枚银币,却重得像金币一样。银币上雕着劳拉·德罗希安女王的肖像——那酷似母亲的容貌再次冲击杰克。不,不只是相似——即使她下巴较圆、鼻梁更挺,她就是他妈妈。杰克知道。他将硬币翻转过来,背面图案是只鹰头狮身的猛兽,羽翼展开,两眼似乎正盯着他。杰克有些紧张,他将银币收进口袋,和斯皮迪的魔汁放在一起。

"这有什么用?"他问费朗。

"时候到了,你自然就会知道。"队长回答,"当然你也可能不会知道。无论如何,我对你的责任已了。等你再遇上巴卡,就这么告诉他吧。"

一股不真实感再度流过杰克全身。

"去吧,孩子。"费朗语调虽然放缓,却并未变得温柔。"去完成你的任务……至少,尽你所能去做吧。"

最终,还是那股不真实感——那种认为自己或许只是存在于别人幻想中的虚构事物的感受——敦促他踏上旅程。左脚、右脚,前进、前进。他踢开一块被麦酒浸湿的木片,踩过一片车轮残骸。他绕过翻覆的马车,不为所动地经过将干的血迹、营营兜圈的苍蝇。既然身在梦里,血迹与苍蝇又算什么?

他终于走到车骸与木桶破片堆积的泥泞尽头,转身回顾……费朗队长早已离开,也许是去找他的部属了,也许因为这么一来,他就不用再看着杰克。不管怎样,杰克心想,结果都一样。走了就是走了。没什么好看的。

他将手伸进衣袋,抚摸队长给他的银币,然后紧紧握住,心中似乎好过了些。他握着这枚银币,犹如一个孩童握着一枚二十五分钱的硬币,开心地出发到糖果店去。杰克启程了。

7

不知道走了多久,也许短如两小时,也许长达四小时,杰克才听见费朗队长形容为"平地雷声"的马车声。一旦太阳消失在西侧林梢(事实上杰克进入森林不久后,天就暗了下来),时间的掌握就更难拿捏了。

偶尔,西边有些马车驶来,应该都是往宫殿去的。每一回听见(在这里,从很远就能听见马蹄声,十分清晰,总令杰克想起斯皮迪告诉过他,这里的人从土里拔出萝卜时,半英里外就能闻到气味)都让他想到摩根,于是急急忙忙跳进路旁的沟里,再翻上另一边,钻进森林。他一点都不喜欢待在漆黑的林子里——就算只躲在林子边缘,还能偷偷看见路上情况的地方都难以忍受。他紧绷的神经一刻也放松不了。不过,他更不愿意在路上让摩根叔叔逮到(虽然不管费朗队长怎么说,他还是认为奥斯蒙比较可怕)。

总之,只要听见马蹄声,无论是马车还是货车,他都会立刻躲起来,等马车一过,他又回到路上。有一次,正当他要爬过马路右边潮湿且杂草丛生的水沟时,某个东西踩过——还是滑过——他的脚背,杰克还吓得尖叫起来。

这么来来回回,煞是折腾,杰克也未因此变得越来越利落熟练,不过至少,间或出现的马车隐约带给他一丝安慰——最起码他知道,森林里的他并非孤单一人。

他多想干脆离开魔域,一走了之。

斯皮迪给他的魔汁是他毕生喝过最难入口的东西,但此刻如果某人——例如斯皮迪——出现在他面前,向他保证,当他再度睁开眼,第一个看见的就会是金黄色的麦当劳招牌(那招牌字母的形状总被妈妈戏称为"美国巨乳"),他倒十分乐意大灌一口。迫切的危机感在体内膨胀——他觉得森林充满危险,仿佛林中有东西知道他正在经过,或许是森林本身知道杰克正在经过。夹道的树木越逼越近了,是不是?确实。起初,树木最多只到水沟边缘,而现在就连沟渠里都长满了树。原来森林里似乎只有松树和杉木,如今其他树种掺杂而入,有些漆黑的树干扭曲交缠,好似腐烂结瘤的绳索,还有些看起来像是冷杉与蕨类交合生出的奇怪产物——它们恶心的灰色树根宛如黏糊的手指,紧紧抓住地面。我们的孩子?这些令人作呕的东西似乎在他脑中低语。是我们的孩子吗?

只是你的幻想罢了,杰克。你只是有点吓坏了。

真的只是这样而已吗?

森林确实在改变。空气中沉重的压迫感——那种被监视的感觉——就像真实存在的重量。他开始觉得,这摆脱不了、令人毛骨悚然的念头,简直是他从森林里接收到的信号……仿佛那些树木正在对他发送某种恐怖的短波。

偏偏魔汁只剩下半瓶了。毕竟他得横越整个美国,要是每次感到害怕就喝上一口,那么不出新英格兰,瓶里就会一滴不剩了。

另一个重复出现的想法,便是距离在魔域与他原来世界之间的神奇差异。这边的一百五十英尺等于那边的半英里。依此推算——除非这边的移动距离是浮动的,杰克认为不无可能——他在魔域走上十英里路,在那边就几乎出了新罕布什尔州。简直就像穿上七里格靴①似的。

可是,那些树……那些灰色的、黏糊的树根……

等到天真的黑了——当天空从蓝色变成深紫色——我就立

---

① 七里格靴,"里格"是欧洲与拉丁美洲的非官方距离单位,用来表示一个人一小时内所走的距离,通常是三英里左右。七里格靴是欧洲民间传说中经常出现的元素,穿上七里格靴,一步便能跨越七里格远。

刻闪人回去。够了,到此为止。我可不要在天黑之后穿过这座森林。假如我在印第安纳州之类的地方把魔汁喝光了,就叫斯皮迪老兄找联合包裹公司再快递一瓶新的给我好了。

当这些想法还在盘盘绕绕——同时也想着订定计划能带来多大的安慰时(即便这计划只预定了接下来两小时内的事)——杰克忽然意识到又来了辆马车,以及一大群马匹的声音。

他侧着头,在路中间停下脚步。他双眼圆睁,两个画面迅速闪过脑际:那年夏天想要绑架他的那辆车——那辆不是奔驰的汽车——以及一部印着"野孩子"字样的小货车,加速驶离汤米叔叔的陈尸地点,鲜血沿着车头破裂的保险杆往下滑落。他看见握着方向盘的手……不是人类的手。是双诡异的兽爪。

全速赶路的时候,那恶魔的座车听起来就好比平地的雷声。

这一刻他听见了——声音还很遥远,在这澄澈的空气中却清晰无比——杰克简直不敢相信自己刚才怎么会把其他马车误认为摩根的座车。他再也不可能认错了。这阵马车声不祥至极,充满妖氛之气——那是幽灵马车的声音,魔鬼乘坐的幽灵马车。

他被催眠似的呆立在路中间,像只被车灯吓得动弹不得的兔子。马车的声响渐次增强——轰隆的车轮与马蹄雷霆万钧,驱车的鞭响厉厉。此时他已能听见车夫吆喝:"咿哈!咿—哈!咿咿咿——哈!"

他就这么站着不动,恐惧在他脑中敲锣打鼓:动不了,噢亲爱的上帝亲爱的耶稣基督我动不了了妈啊妈妈啊妈妈啊妈妈啊——!

他杵在那儿,想象中不断地画面翻涌:他看见,一辆乌黑庞大的马车沿路疾驰而来,拉车的与其说是马匹,更像是狮群。他看见黑色的帘子翻飞,拍打着车窗。他看见车夫站在踏板上,暗棕色的头发往后飞扬,暴烈的目光犹如挥舞弹簧刀的狂人。

他看见马车冲向他,速度丝毫未减。

他看见马车把他撞倒在地。

这使他惊醒过来。他往右狂奔，滑下马路边缘，一脚踢上树根，仆倒；翻滚。这几个小时来暂时和缓的背伤，一瞬间全数出笼，杰克紧咬嘴唇，忍住剧痛。

他爬起来，缩着身子，仓皇跑进林中。

一开始，他躲向一棵黑树后头，可是那瘿瘤密布的树干——有点像前年他到夏威夷度假时看过的榕树——油滑黏腻，教人惧怕。杰克又往左跑，躲到一棵松树背面。

雷霆似的马车声与车夫的吆喝声越来越近。每分每秒，杰克都巴望它会一闪而过，直向全手村。杰克紧咬牙关，抓住松树皮的手指绷紧又放松。

杰克面前的树叶、蕨草和松针正好透出一道细缝，视野虽窄，但仍能使他清楚地观察路上的情况。正当杰克暗忖摩根的马车也许永远不会出现时，一组十多人的骑兵极速飞驰而过。领先的士兵手擎旗帜，杰克看不清楚上面的图案……他也不确定自己想不想看清楚。紧接着，马车的形影从杰克细小的视野中一闪而逝。

那一瞬间极度短暂——不到一秒钟，也许更短——然而它已在杰克眼里留下了清晰完整的印象。摩根的座车巨大无比，高度足有十二英尺。车顶用粗绳扎捆的箱子和货品又再添高了三英尺。每一匹拉车的马，头上都戴着羽饰，羽毛在高速前进的疾风中被吹得与地面接近平行。后来杰克想，摩根的马车每出动一回，必定要换上一批新马，因为这种跑法逼近极限，马匹疯狂地翻着白眼，嘴里鲜血与唾沫齐飞。

如同他的想象——或说如他亲眼所见——车厢的窗户未嵌玻璃，黑色的绉绸窗帘里里外外翻飞拍动。突然间，其中一个椭圆形漆黑窗洞中浮现出一张白皙的脸孔，衬着诡异扭曲的木雕窗棂。那骇人的景象如同在闹鬼房屋的破窗里看见幽灵的脸孔。不是摩根·斯洛特的脸……但又的确是摩根。

那张脸的主人知道杰克——或是同样惹人厌、同样跟他有过节的其他威胁就在那里。杰克看得出来。马车经过的瞬间,那张脸上的双眼陡然睁大,嘴角下垂成恶毒的弧度。

费朗队长说过,摩根会发现他,就像猫闻到老鼠的味道一样。杰克郁闷地想:我被闻到了,好吧。他知道我在这里,接下来会怎样?他铁定会停下那辆大马车,派手下到森林里追捕我。

又一队骑兵疾驰而过——那是跟在摩根的马车后压阵的队伍。杰克等候着,手指冻结在松树皮上,心中断定摩根势必会命令车队停下。然而车队马不停蹄,转眼雷霆般的隆隆巨响与那些包围马车的骑士都已经远去。

就是那双眼睛。证明他和摩根是同一个人的眼睛。苍白脸上漆黑的眼睛。还有——

我们的孩子来了?太棒啦!

有个东西滑过他的脚……缓缓地,爬上他的脚踝。杰克大叫一声,跌跌撞撞倒退,以为是条蛇,低头一看,才发现是灰色的树根圈住了他的小腿。

不可能啊,杰克傻傻地想,树根怎么会动——

他慌乱地往后扯,想将小腿抽出来,接着脚上传来一阵刺痛,类似被粗糙的绳索磨出的擦伤。他瞪着天空,烦乱的恐惧感趁势滑进心底。他现在觉得自己明白为什么摩根明明察觉到他在林子里,却没有停下来了:因为摩根很清楚,走进这座森林,就等于走进住着食人鱼的丛林小溪里。当初费朗队长为什么不事先警告他?杰克唯一能想到的解释是,费朗队长自己也不知情,他一定从未如此深入西方。

杉树和蕨类的诡异混种现在全动起来了——它们灰色的树根上下舞动,在披覆青苔的地面急躁地向杰克移动。树人和树妻①,杰克疯狂乱想,邪恶的树人和树妻。有根特别粗壮的树根,

---

① 树人和树妻,奇幻小说《魔戒》中的角色。

末梢六英寸漆黑潮湿,还沾着泥土,它站立起来,在杰克面前摇摇摆摆,好像从苦行僧的篮子里冒出来的眼镜蛇。我们的孩子呀!太棒啦!

树根猛冲向杰克,他向后闪躲,同时察觉到这树根阻挡了他回到马路的去路。倒退的杰克背贴上另一棵树……立刻又尖叫着跳开,因为抵在背上的树皮也开始蠕动——活像接触到严重痉挛的肌肉。杰克转头四顾,看见其中一棵满是树瘤的黑树开始移动,树干东摇西扭,树皮上的结瘤逐渐变形,成为皱痕密布的树干上的两只眼睛;可怖的脸孔睁着一只乌黑的大眼,另一只眼丑陋地下垂,像在眨动。树干底部裂开,发出刺耳的声响,发白的黄色汁液从裂缝中流淌出来。我们的!噢,太棒啦!

手指般的树根溜进杰克的手臂和胸部之间,仿佛要搔他痒。

他连忙扯开,用最后一丝理智采取行动,将手探进上衣里寻找魔汁的瓶子。慌忙之余,他隐约注意到一连串巨大的撕裂声。他猜想那是妖树想将自己从土里拔出的声音。《魔戒》里可没有这样。

他摸索到瓶颈,将瓶子抽了出来,慌乱地扒开瓶盖,这时一条灰色树根轻巧地绕住他的脖子。一转眼,树根抽紧,犹如执行绞刑的刽子手。

杰克喘不过气来。他挣扎着抓扯脖子上的树根,酒瓶便从指缝跌落。好不容易,他把手指塞进树根底下。树根摸起来并不冷硬,反而温暖而柔软,就像人的肌肉一样。他拼命与树根搏斗,被勒住的喉咙嗝嗝呻吟,滑溜的唾沫流向下巴。

他使出全身最后一股力气,奋力扯开树根。树根转向,想要缠住他的手腕,他大叫一声,挥动手臂躲避。他低头看见酒瓶弹跳着滚向别处,有根灰色树根缠上瓶颈。

杰克冲向酒瓶。树根抓住他的脚,将他的两腿环绕起来。他重重跌在地上,奋力伸展身体,两手拼命向前伸,手指深深抠进黑色的泥地里——

他摸到酒瓶光滑的绿色瓶身……然后总算抓住了。他用尽全力把酒瓶往回拉,模糊地意识到这时树根已经几乎完全包住他的腿,像是交缠的绷带般紧紧扣住他。他扭开酒瓶,另一条树根飘下来,像蜘蛛网般轻盈,企图夺走他手中的酒瓶。杰克举起酒瓶,凑向嘴边。恶心的烂葡萄味瞬间包覆住,宛如拥有生命的薄膜。

斯皮迪,求求你让它生效吧!

越来越多的树根滑向他的背脊,纠缠他的手腕,杰克无助地被树根翻来转去。他吞下魔汁,腐臭的酒汁洒了满脸。他呻吟着,祈祷着,却没有用,魔汁并未发生功效,他仍闭着眼睛,他仍感觉得到,树根紧紧攥住他的手脚,他感觉得到

8

水渗进他的牛仔裤与衬衫,他闻得到

水?泥浆的潮气,他听得到

牛仔裤?衬衫?一声声规律的蛙鸣,然后

杰克睁开眼睛。他看见夕阳的橙红余晖倒映在宽广的河面上。河东岸是一片完整的树林,他在西岸,傍晚的雾霭降落岸边,半掩住这片绵长的野地。杰克躺在水边,这片地面潮湿软泞,是整个河岸最接近沼泽的地方。此处仍长着浓密的野草——距离百草凋零的严冬还有大约一个月——它们缠卷在杰克身上,如同一个从噩梦中惊醒的人,身上缠着床单的模样。

他跌跌撞撞地爬起来,浑身湿透,裹着泥巴,背包滑了下来,背带勾在手臂上。他惊魂未定,忙着抹去一头一脸沾着水草的泥浆,正要朝岸上走,转头看见斯皮迪的酒瓶还躺在泥泞里,瓶盖就在旁边。有些"魔汁"要不是喝掉了,就是跟魔域中的妖树缠斗时

洒了。现在瓶子里只剩不到三分之一了。

裹上淤泥的运动鞋还陷在湿软的河沼地里,杰克就这么伫立片刻,浏览整片河景。这是他的世界;是他最熟悉亲切的美国土地。他没有如愿看见金黄色的麦当劳招牌和擎天的高楼大厦,渐次昏黄的天空中也没有人造卫星如星辰般闪烁,但他知道这是哪里,就跟知道自己的名字一样肯定。问题是,他真的去过另一个世界吗?

他环顾这条不熟悉的溪流,张望这片同样不熟悉的乡间景致,耳里听见远方低沉温柔的牛鸣。他告诉自己:你到别的地方了。这里铁定不是什么阿卡迪亚海滩,杰克。

没错,这里不是阿卡迪亚海滩,但他对阿卡迪亚海滩近郊的认识,还不够让他有把握认定自己已经离海滩不止四五英里远——最多只能说他已经离得够远,远到再也闻不到大西洋的气味。回来的感觉犹如从一场噩梦中醒来——只是一场噩梦。难道事实真相不可能只是这样?这一切,从载着爬满苍蝇的生肉的车夫,到会动的妖树,不能只是他梦游时经历的恐怖梦境吗?这样才合理吧。母亲病危的事实,他觉得自己已经知道好一阵子了——迹象始终存在,早在理智还在否认之前,他的潜意识便已做出了正确的定论。于是他的潜意识推波助澜地创造出恰当的氛围,让他接受那疯子老酒鬼的暗示,做出这些自我催眠般的举动。一定是这样,他们全都是共犯。

摩根叔叔肯定会喜欢这一着。

杰克打了个寒颤,困难地吞下口水。吞咽时他感到疼痛,倒不是感冒时的那种喉咙痛,而是过度使用肌肉的酸痛。

右手还握着酒瓶,他举起空着的左手,用手掌轻轻抚摸喉咙,动作好像女人在检查脖子上松弛的皮肤或皱纹,让他看来有些怪里怪气。他在喉结上方找到一道擦伤。血流得不多,但痛到他不敢用手摸伤口。这是勒住他脖子的树根弄伤的。

"这是真的。"伴着橙色的河面,牛蛙的呱呱叫声,以及遥远的牛鸣,杰克低声自语,"全是真的。"

9

杰克迈步离开倾斜的湿地,将河水——以及东方——留在背后。走了约莫半英里,背包规律地摩擦着他隐隐抽痛的背部,使他联想到一件事(同时也提醒他,奥斯蒙送给他的鞭伤还在):他拒绝了斯皮迪的巨大三明治,可是在他细看吉他拨片时,斯皮迪把吃剩的三明治塞进他的背包里了,对不对?

咕噜叫的肚子催促着他确认这件事。

杰克解下背包,披着夜晚的星辰,站在地面凝结的雾露中,解开扣带,掀开袋口,看见三明治好端端地摆在那儿,不是吃剩的一半或一小片面包什么的,而是一整套完整的三明治,用一张报纸包着。杰克眼角溢出温暖的泪水,多希望斯皮迪就在身边,这样就可以紧紧抱住他。

十分钟前你还暗骂他是个老酒鬼咧。

他羞愧得脸颊涨红,但歉疚感阻止不了他狼吞虎咽地解决那份三明治。扣好背包,重新背上肩,杰克感觉好多了,因为填饱肚子后,杰克又觉得自己比较像个人样了。

没过多久,灯光在逐渐昏暗的天色中亮起来。是间农舍,狗开始吠叫——大型犬的低沉咆哮——杰克停顿了半晌。

在屋子里吧,他想,或是拴了链子。希望是这样。

他往右转,没多久狗吠声停止了。杰克循着农舍的灯光,很快钻出草丛,走上一条狭窄的柏油路。他的目光左右游移,拿不定主意该往哪边走。

哟,各位看官,为您们介绍快抓狂的杰克·索亚,他浑身湿透,鞋子泡了泥水。干得好呀,保持下去,杰克!

孤寂与乡愁再度联手攻击杰克。他奋力摆脱,在左手食指上吐了口唾沫,接着两手用力一拍,分成两半的口水中较大的那团往右边飞射出去——至少杰克的观察是这样——于是他决定往右,继续前进。四十分钟过去了,疲惫逐渐使杰克消沉下来(而且他又饿了,这让情况变得更糟)。他走到一处采石场,场边有间小屋,通往小屋的路用铁链围了起来。

杰克从铁链底下钻过去,走向小屋,小屋的门用挂锁锁着,不过他发现右边墙面的底部泥土已经侵蚀凹陷。他三两下便脱掉背包,挤进墙角凹洞,再从里面将背包拉进屋里。门上了锁,这倒令他安心不少。

进去之后,杰克发现自己置身非常老旧的机器堆中——这屋子显然经年未用,这正合杰克的意。他剥光一身满是泥泞的湿黏衣服。摸摸长裤口袋,费朗队长送给他的银币还在,被包围在几个杰克原来的硬币中,宛如鹤立鸡群的巨人。杰克取出那枚雕有女王肖像的银币——它已经变成一枚一九二一年的银元。他对着银元上的自由女神像专注地端详了好一会儿,又把它塞回牛仔裤口袋里。

杰克掏出干净的衣服,打算明早再把脏衣服收进背包——到时候应该已经干了——或许等遇上洗衣店,要么到附近的小河里再清洗干净。

正在翻找袜子时,杰克摸到一个细长坚硬的物体,取出一看,才明白那是自己的牙刷。转瞬间,关于家庭、安全及常理的意象——一支牙刷所能代表的所有事物猛然涌现,占据他所有心思。这回他再也无力击退或暂时忽视这种情绪了。牙刷本来就该出现在一间明亮干净的浴室里。用牙刷的人应该身穿睡衣,脚底套着暖烘烘的拖鞋。杵在这连名字都叫不出的乡下小镇一间采石场边缘的破仓库中,从背包底挖出一支牙刷,怎么说都不该是这种情况。

孤独感排山倒海而来。杰克终于完完全全认定自己是被世界遗弃的孩子。他哭了起来,但不是用泪水宣泄愤怒的人那种歇斯底里的尖叫哭泣。他只是规律地抽噎着,仿佛一个人突然间察觉到自己有多孤独,而且会一直这么孤独下去。世界失序了,杰克的安全感瓦解了,只剩孤独的感觉真真切切地存在。毕竟那么多证据摆在眼前,实在很难推说是自己精神错乱。

杰克哭着哭着,不觉间沉沉入睡。他抱着背包蜷缩成一团,身上的衣服只有干净的底裤和袜子。泪水在他脏兮兮的脸上爬出两道干净的痕迹,牙刷松松地握在手心。

八
奥特莱隧道

1

六天过去，杰克终于完全走出绝望的幽谷。经过旅程开始至今的这段时间，他似乎跳过了青春期，直接变成大人——一个自立自主的大人。自上回从河岸边醒来后，他确实没再去过魔域，连带地减缓了西行的进程，不过他给自己找了一个很合理的借口，认定这样是为了节省魔汁，留待真正需要时再使用。

当艳阳高照，路上的汽车以三四十英里的时速从他身边川流而过，加上肚皮满足的时候，魔域的种种便显得分外遥远，仿佛只是梦境一场：它就像一部逐渐淡出杰克记忆的电影，一段短暂的幻想曲。有些时候，比如当杰克坐在某位学校教师的车里，沉入副驾驶座，回答着搭便车时依例会出现的问题时，他是真的将魔域忘得一干二净。魔域远去，而他又重新成为——或几乎是——初夏时那个未经世事的天真少年。

在规模较大的城市，当他走在州际公路上，前一个驾驶者才在出口坡道将他放下，而他再度将大拇指高举到空中时，通常不出十五分钟，便能看见另一辆车在他跟前停下。此时他已来到巴达维亚近郊，远远深入纽约州西侧，在90号州际公路上逆向行进，同时竖起大拇指，想搭车朝水牛城前进，然后转往南方。杰克想，这整件事无非就是尽可能找出解决事情最有效的办法，然后贯彻执行。兰德·麦克纳利地图集和他自己编造的身家故事好不容易带着他走过那么长的路程，如今他只需要一点运气，遇上一个碰巧要前往芝加哥或丹佛的司机（如果要妄想这种好运的话，还不如直接祈祷遇上一个要去洛杉矶的人呢，杰克宝贝），这么一来，到了十月中旬，他就会在返家的路上了。

他晒黑了，口袋里装着上个工作赚来的十五块钱——是在奥本市的金匙餐馆当洗碗工——他的肌肉也结实了不少。偶尔他也有想哭的欲望，但自从回到这世界的第一晚痛哭一场之后，他便不曾向泪水屈服。差别在于他已掌控情况。经过一番苦心挣扎，现在他已经知道要如何让自己继续前进，他站在际遇的制高点，觉得自己能预见旅程的终点，即便面前要走的路程还相当漫长。假如尽可能由这边的世界取径，他就能节省更多时间，早些带着魔符回到新罕布什尔。这方法一定行得通，也能避开许多意外的麻烦。

如此种种，最起码，是当时盘绕在杰克·索亚脑中的想法，那时一辆布满灰尘的蓝色福特突然扭转方向，在路肩上停下来等待，杰克向着即将沉落的夕阳半眯起眼，迈开脚步跑上前。再三四十英里路，他回忆着早上研究过的老地图页面，决定了下个目的地：奥特莱。它看起来是个单调无聊却安全的小地方——他正在他的旅途上，任何事物都伤害不了他。

2

打开车门前，杰克弯下腰朝车窗里瞧。后座凌乱地摆着一大堆厚重的样书和传单，两个巨大的公文包占据了副驾驶座。车主是个啤酒肚微凸的黑发推销员，他仿佛在模仿杰克的姿势，弯腰趴在方向盘上，往窗户外瞧着杰克。他脖子上的领带松开，衬衫袖口卷起，蓝色的西装外套挂在后方的一个钩子上。一个三十五岁左右的男人，在他的国土上轻松悠哉地旅行。他会很乐意聊天，就像所有推销员一样。男人对他微笑，举起其中一个公文包，越过椅背塞到后座凌乱的纸堆旁边,紧接着另一个公文包也加入后座的行列。"腾点空间出来就行了。"他说。

杰克知道这个人一定会先问他为什么没去上学。

他打开车门,招呼一声:"嘿,谢了。"然后爬进车里。

"出远门?"推销员问,一边注意着后视镜的来车,将车子开回车道上。

"到奥特莱。"杰克说,"离这里大概三十英里吧。"

"地理概念不太好哦。"推销员说,"奥特莱离这里还要四十五英里。"他转过头,对杰克眨了一下眼睛,杰克有些意外。"无意冒犯,"他说,"可是我实在不喜欢看到小孩搭便车。所以每次在路上碰到年轻孩子,我都会让他们上车。坐在我车上,至少还能确定他们的安全。我不是存心教训你,懂我意思吗?外头有太多坏人,孩子。你看不看新闻?我说的是那种吃人的坏蛋。一不小心,你可能会让自己惹上很大的麻烦。"

"你说得对。"杰克说,"我会尽量小心。"

"你住那附近吗?"

推销员仍在打量他,不时像小鸟般快速转过头瞄一眼,然后回头去看前方车况。杰克慌乱地回想上一个离开的小镇名字:"巴密拉。我从巴密拉来。"

推销员点点头,"挺不错的地方。"又回头注意路况。杰克这才安稳地坐定,靠在副驾驶座舒服的绒毛椅背上。"你应该没有逃学吧?"搬出身家故事的时候到了。

西行路上,这套故事杰克说了不下数百遍,每回只须代换故事中人名和地名之类的关键字,早已成了一出熟练的独角戏。"不,先生。我只是得去奥特莱和海伦阿姨住一阵子。你知道海伦·沃恩吗?她是我妈妈的妹妹,在学校教书。我爸去年冬天过世了,从那之后,我们家的日子就不太好过——前两个星期,妈妈咳嗽更严重了,她几乎连楼梯都爬不动。医生说她得长期静养,所以她才问阿姨能不能让我过去住一阵子。海伦阿姨是个学校老师,所以我猜她一定会要我在奥特莱的学校上学。想也知道,她不可能让任何小孩荒废学业的。"

"你是说,你妈妈要你一路从巴密拉搭便车到奥特莱去?"推销员问。

"噢,没有,不是这样——她没这么说。她给了我搭巴士的钱,但我决定把钱存起来。我只是想,之后家里不可能给我钱了,海伦阿姨也不是什么有钱人。妈妈要是知道我搭便车,一定会生气的。可是我觉得花钱坐车太浪费了。我是说,好好的五块钱,干吗这么轻易就让巴士司机赚走?"

推销员斜眼看着他。"你想你会在奥特莱待多久?"

"很难说。当然我也希望妈妈快点好起来。"

"那至少回家的时候别再搭便车了,好吗?"

"我们家的车没了。"杰克替他的独角戏又添上一笔情节。他已渐渐能够以此为乐了。"你相信吗?那些人竟然半夜跑来我们家没收车子。卑鄙的胆小鬼。他们知道大家都在睡觉,所以趁半夜的时候直接从车库把车拖走。先生,要不是这样,我会为了车子跟他们拼命的——而且我现在也犯不着在路边搭便车了。后来,妈妈去看医生的时候,得走很长一段下坡路,然后再多走五条街,才能到巴士站。他们应该不能这样做吧?竟然直接闯进来把车偷走。只要有钱,我们一定会马上付汽车贷款啊。我的意思是,你说他们这样跟抢劫有什么不一样。"

"要是这事儿发生在我头上,我应该也会这么想吧。"推销员回答,"呃,但愿你妈妈早日康复。"

"我也这么希望。"杰克打心底这么想。

话题到此为止,直到通往奥特莱的路标开始出现。一过出口坡道,推销员便将车停在路肩,对杰克笑了笑说:"祝你好运,孩子。"

杰克对他点点头,打开车门。

"不管怎么说,我希望你别在奥特莱停留太久。"

杰克投来一个询问的眼神。

"嗯,你知道那是什么样的地方吧?"

"一点点。不算真的知道。"

"那地方怪可怕的。有点像是那种连路上撞死的东西都煮来吃的地方。野蛮人。吃干抹净,连骨头都不留。类似这样。"

"谢谢你的提醒。"杰克说完,走出车外。推销员挥挥手,将福特的排挡打到前进挡,没多久,整辆车就化成一个向着低垂夕阳逐渐缩小的黑点了。

3

步行了约莫一英里,公路带着杰克穿越平坦沉闷的乡间风景。远方,田野边缘坐落着小小的两层楼房。棕褐色的土地光秃荒芜,那些间距遥远的房舍并非农家,它们彼此相伴,伫立在阻滞阴郁的寂静中,偶尔,只有90号州际公路上呼啸而过的车声,才能划破这片静穆。没有牛群哞叫、没有嘶嘶马鸣——没有牲口,也没有农具。小房子外面弃置着半打生锈腐朽的废车。也许房舍里的居民十分嫌恶自己的同类,对他们来说,就连奥特莱这种地方都嫌太过拥挤。荒凉的旷野也就成为他们光秃秃的"城堡"周围用来阻绝彼此的护城河。

过了好久,他终于来到一个十字路口。这里宛如卡通里才会出现的路口,两条狭窄空荡的道路,在一个完完全全不知名的地点彼此交汇。杰克担心起自己的方向感,他调整了一下肩上的背包,走向那根生锈斑驳、标示着路名的灰黑路牌。刚才下了坡道后,他其实应该左转,而不是右转吗?路牌指着一条与州际公路平行的小路,上面写着:"狗镇路"。狗镇?杰克顺着这条路远望,只看见野草丛生的平坦原野和无止尽向前延伸的黑色柏油路。另一条他比较感兴趣的叫磨坊路,再往前一英里,磨坊路便没入隧道中,隧道口几乎完全被路旁茂盛的树木和藤蔓掩盖,上面还有块白色告示牌,藤蔓缠绕着,仿佛是它们撑着不让告示牌掉下来。距离太远,杰克看不清上面的字,他将手伸进口袋,握住费朗队长送他的银币。

他的肚子正提醒他:再不久晚餐时间就要到了,他必须赶紧离开这里,找个有人烟的小镇,想办法弄到食物。狗镇路上空无一物,至于磨坊路——起码杰克还能穿过隧道,看看另一头有些什么。杰克催促自己前进,每走一步,那被树群包围的漆黑洞口便随之扩大一点。

潮湿阴凉的隧道,弥漫着掘松的泥地与砖块的尘土味,似乎一英寸一英寸地将杰克吞入腹中,收束围拢。杰克有种错觉,怀疑隧道会将他带到地底——前方看不见一丝出口的光亮——后来才慢慢明白,脚下的柏油路仍是平坦的。"请开大灯",隧道口的告示牌上写的是这四个字。杰克撞上砖墙,松浮的砖块窸窸窣窣落下一大把粉末。"灯啊,"他自言自语,但愿自己真有一盏能够点亮的灯。随后,他才意识到,这隧道一定是在什么地方转向了。他一路进来,像个盲人似的伸着手向前摸索,小心翼翼地缓慢前进,最终碰上了墙壁。他扶着墙,继续沿着墙面走下去。每当卡通里的大野狼像这样追着哔哔鸟的时候,最后总会倒霉撞上大卡车。

某个东西慌慌张张窜过隧道路面,杰克一惊,忙止住脚步。

可能是老鼠吧,他想,也可能是在两片田地间抄捷径赶路的兔子。但脚步声听起来比老鼠或兔子都要庞大。

他又听见了。这次出现在较远处的黑暗中,于是他继续前进一步。倏地,他听见吸气声,只响了一声,就在正前方。他又停下来,纳闷着:那是动物的声音吗?杰克的指尖停在湿润的砖墙上,等待吐气的声音。那肯定不是小动物——老鼠或兔子不可能有那么深长的呼吸。无论黑暗中隐藏着什么,杰克也不愿承认自己的畏惧,他挣扎着往前移动了几英寸。

黑暗中,杰克前方又传出类似粗哑窃笑的细小声响,他吓得动弹不得。下一秒钟,某种低俗的浓烈香气扑鼻而来,似曾相识,却又想不起来是什么。

杰克回头张望,现在隧道入口只看得见一半,另一半因为隧道的弯曲而被遮住,远远望去,小得像个兔子洞。

"谁在里面?"他高喊,"嘿!谁跟我一起在这里吗?有人在吗?"

杰克觉得自己听见隧道深处传来一阵低语。

他提醒自己,现在可不在魔域里——最糟的情况了不起就是他吵醒了一条钻进阴凉隧道里打盹的笨狗。如果是这样,他还有可能因为避免它被开进隧道的车子碾过而救了它一命。"嘿,狗狗!"他大叫,"狗狗!"

立即回应他的是爪子摩擦地面、快步疾走的声音。可是那声音……是往什么方向?喀嗒、喀嗒、喀嗒,杰克无法分辨声音究竟是正在接近,还是正要离去。他猛然想到,也许这声音是从他背后传来的,他扭过头,才发现自己已经走了那么远,这下连隧道入口都看不见了。

"你在哪里,狗狗?"他问。

就在他背后一两英尺处,冒出刮地的声音,杰克害怕得往前一跳,肩膀猛力撞上隧道墙面。

他感觉到黑暗中的形体——也许是类似狗的身形。杰克试着前进,蓦然间一种强烈的错置感又令他止住脚步,他恍然觉得自己回到了魔域。整座隧道充塞着动物的腥味,但无论前来的是什么,都断然不是一条狗。

一阵冷冽的空气夹带着油脂与酒精味朝杰克袭来。黑暗中的形体似乎越来越接近了。

　　一瞬间，杰克瞥见一张脸孔悬浮在黑暗中，发着阴森的微弱青光，那是张充满仇恨的长脸，理应年轻却满是风霜。脸孔呼出汗水、油脂和酒精交杂的气息。杰克贴在墙上，抡起双拳想对抗那张脸孔，它却逐渐在黑暗中褪去。

　　在恐惧中，他觉得自己好像听见细细的脚步声迅速踩向隧道入口，有人叫他往后看。他原地转身，迎面而来的却只是黑暗与寂静。隧道里什么都没有。杰克两手夹进腋窝，无力地往后一倒，背包撞在砖墙上。片刻之后，他再度摸索着前进。

　　一走出洞口，杰克立即反身面对隧道。一切都静悄悄的，也没有奇怪的生物扑向他。他又往前走了三步，向里窥探。刹那间，他的心脏几乎停止跳动，因为他迎上了两只硕大的橘色眼睛。短短数秒间，它们便拉近了与杰克之间的一半距离。杰克无法移动——他的双腿钉在柏油路上，不听使唤，好不容易才伸出双手，两掌撑开，做出本能的抵抗手势。那眼珠继续向前飞冲，号角轰鸣。直到汽车冲出隧道前的最后一刻，杰克才总算滚向一边闪开。

　　驾驶座上坐着一个红脸大汉，他挥舞拳头，扭曲的嘴角大吼："操你妈……"

　　杰克余悸未消，他回头望着汽车俯冲下山坡，开进那个名为奥特莱的小镇。

4

　　奥特莱镇坐落在一片狭长的洼地上，仅由两条主街贯穿，其一是磨坊路的延伸，它率先经过一座开阔的停车场，广场中央立着一幢破败的庞大建筑——应该是座工厂吧，杰克猜想——接连而至的是一长排二手车行（插着下垂的广告旗帜）、连锁速食店

（美国巨乳）、一家挂着巨型招牌的保龄球馆,然后是杂货店与加油站。经过这些,磨坊路延伸成为奥特莱镇的中心区域,范围大约五六个街区,呈带状的两层楼建筑,门前各自车尾朝外地停放着车辆。另一条干道应当是奥特莱最重要的住宅区——都是些外围环绕着露台与斜长草坪的宽大房舍。傍晚时分,交通灯在这两条街道的交汇口眨动着红色的眼睛。再往下大约八个路口,另一盏交通灯转成绿色,它挺立在一幢昏暗的建筑物前,那幢高大的建筑物有许多窗户,看起来像是个精神病院,也可能是镇上的中学。主街之外,扇形展开的镇区杂乱地错落着许多矮小房舍,还有些用途不详的建筑,被包围在高耸的铁丝围篱内。

工厂的窗户大多已经破碎,镇中心的屋舍则有些钉上了木板封条。一旁的水泥空地垃圾成堆,纸屑漫天飞舞。就连那些大户人家的房屋看起来都疏于照顾,外围的露台颓圮,油漆斑驳。那停满了卖不出去的二手车的车行,八成是这些人所有。

杰克一度考虑干脆离开奥特莱,改往狗镇试试,无论那又是个什么样的地方。偏偏这也意味着,他必须再次穿过磨坊路上的隧道。远远的闹区汽车喇叭按起一声长鸣,仿佛在对杰克倾诉一言难尽、缅怀旧日时光的苍凉与孤寂。

杰克一鼓作气走到工厂大门,将磨坊路的隧道远远抛在身后,这才松懈下来。工厂外观蒙尘污损,近三分之一的窗户已经打破,其他窗户多半也只是用瓦楞纸遮住窗洞。即使只是站在马路边,杰克也能闻到机油和润滑剂挥发的气味,还有机械齿轮与履带摩擦产生的焦臭。他将双手插进口袋,全速走下山坡。

5

走近一看,这个小镇比在山坡上所见还要加倍荒凉。二手车行的业务员倚在办公室内的窗边,无聊到连走出户外都懒得费神。破烂的广告旗帜毫无朝气地垂挂着,人行道上,排列在二手车前方的是曾经鲜艳的告示牌——只转一手!最佳选择!本周之星!——也已龟裂泛黄。上面的墨迹晕开,似乎长年承受风吹雨打。路上几乎没有行人。走向镇中心的路上,杰克看见一个脸色铁灰、双颊凹陷的老人,正艰难地将一辆空空的购物车推到人行道上。杰克一走近,惊恐的老人便发出充满敌意的尖叫,龇牙咧嘴地露出獾一般的黑色牙龈。他以为杰克要抢他的推车!"抱歉。"杰克说,心脏又扑通狂跳起来。老人整个身子趴在推车上,用身体护住推车,同时不忘继续用乌黑的牙龈对着他的敌人。"抱歉。"杰克又说了一次,"我只是想要……"

"小贼!肮脏下流的小贼!"老人尖声怪叫,两道泪水爬过脸上的皱纹。

杰克加紧脚步离开。

二十年前的六十年代[①],奥特莱这地方一定也曾风光过。那个年代,股价不断攀升,汽油便宜,没人听说过"可支配所得"[②]是什么玩意儿,因为大家都荷包满满,手头阔绰。磨坊路上那一小块闹区想必是当时遗留的产物。那时候人们投资开立连锁店,或经营自己的小店,就算后来不见得多发达,但有段时间也是能赚点小钱。这短短的几个街区仍氤氲着怀抱希望的虚妄气氛——然而实际上只有几个无所事事的青少年坐在连锁速食店里啜饮中杯可乐。无数小店玻璃窗上张贴的促销海报(一件不留!跳楼大清仓)正如二手车行前的告示,早已褪色,字迹漫漶。杰克找不到任何征人告示,只好继续往前走。

随着六十年代逝去,奥特莱镇中心就像铅华褪尽的过气小

[①] 本书写于一九八四年。
[②] 可支配所得,总所得扣除税赋支出、利息及经常性转移支出,亦即日常生活必要的固定支出,如贷款、房租、保费等费用后的所得净额。

丑,徒留凄凉的现实容貌。杰克循着建筑物熏黑的砖墙踽踽前行,背包越来越沉重,脚步越来越虚软。假如不是无力的双腿,还有横阻在路上的磨坊路隧道,他也许终究会回头走去狗镇。当然隧道里不会有什么狼人之类的怪物对他鬼吼鬼叫——他现在才醒悟过来。隧道里并不曾有人对他说话。一定是魔域带给他的震撼太大了:先是看见女王,然后又是半边脸被马车碾平的车夫之子,还有摩根和妖树。不过那里是那里。在魔域中,那些异象或许甚至不能被称为"异象",而是司空见惯的情景。然而在这里,正常的世界可容不下那些花哨的玩意。

他停在一扇污浊的长窗前,窗顶的砖块上刻着单薄的字体家具仓储,字迹模糊难辨。他用手遮在眼睛上方,窥视窗内,屋里铺着木头地板,一张椅子和沙发各据一方,距离大约十五英尺,上面都盖着白布。杰克继续往前走,开始怀疑起自己是不是要乞讨才能得到食物。

再过去一点,有家用木板封起来的小店,店门口停着一辆车,车里坐着四个男人。那是辆老得像古董的黑色迪索托,仿佛布罗德里克·克劳福德①随时会趾高气扬地走下车来。杰克花了一段时间才注意到,这辆车子没有轮胎。挡风玻璃上用胶带贴着一张五乘八英寸的黄色纸卡,上面写着:晴天俱乐部。前后座各坐着两个男人,他们正在打牌。杰克走向副驾驶座窗边。

"不好意思,"杰克说道,最靠近杰克的人死鱼般的灰色眼珠翻过来,瞟了他一眼,"请问你们知不知道哪里——"

"闪一边去。"那男人说。他夹杂痰声的嗓音干瘪,听起来像是不常说话的样子,半边对着杰克的脸上布满痘疤凹洞,面颊却异常扁平,好像有人在他婴儿时期踩过他一脚似的。

---

① 布罗德里克·克劳福德(1911—1986),美国影星,一九四九年以《一代奸雄》一片获得奥斯卡最佳男主角。

"我只想问问这附近有没有地方可以让我打几天零工。"

"去德州找吧!"驾驶座上的人这么一回,后座的两人便爆笑起来,啤酒喷在手上和纸牌上。

"跟你说了,臭小子,快滚蛋。"扁脸灰眼的男人又说,"不然我亲自动手把你打得连屎都流出来。"

他不是开玩笑的,杰克感觉得出来——要是他再多逗留一秒,这人大概会气得头顶冒烟,冲出车来痛扁他一顿,然后再回去车里打开另一罐啤酒。滚石啤酒的罐子铺满整个车内的地面,喝过的空罐四散歪倒,还没开的则用塑胶绳绑成一捆。杰克后退。死鱼眼又一翻,不再瞪着他看。"我看我还是去德州试试好了。"他说。走开时他以为会听到迪索托车门打开,结果听见的只是又一罐滚石啤酒打开的声响。

喀啦!嘶——

他继续走。

他走到这个街区的尽头,视线越过奥特莱的另一条主街,眺望一处人家的庭院,草坪上连杂草都已枯黄,他还瞥见上头有些迪斯尼卡通模样的玻璃纤维小鹿塑像。一个体型丑陋的老太婆坐在前廊摇椅上,手里握着苍蝇拍,注视着杰克。

杰克转身避开她狐疑的目光,才发现自己已经走到死寂的磨坊路上的最后一栋建筑物前。建筑物门口有三级水泥台阶,纱门敞开着。有个百威啤酒的广告灯箱挂在一扇昏暗的长窗上,灯箱右边一点,玻璃上漆着"厄普代克的奥特莱酒馆"几个大字。再往下几英寸,贴着一张五乘八英寸的黄色卡片,样式和挂在迪索托车上的相同,上面的手写字迹,奇迹似的写着杰克期待已久的两个字:"招人"。杰克扯下背包,用一手夹抱着,踏上酒馆前门的阶梯。不出一秒钟,杰克离开疲弱的阳光,进入酒馆的幽暗中,感觉犹如再次拨开茂密的藤蔓,走进磨坊路的隧道里。

九
误蹈陷阱

1

约莫六十小时后的杰克·索亚,与星期三冒险走进磨坊路隧道的杰克·索亚,在心境上已是判若两人。此时的他窝在奥特莱酒馆寒冷的储藏室里,雪山啤酒的铝制酒桶排列在角落,好像巨人的保龄球瓶,而他正将背包藏进酒桶后方。再过不到两小时,等酒馆终于打烊后,杰克决心逃之夭夭。他认为自己应该这么想——不是离开,不是踏上下一段旅程,而是逃命——这显示出他对自己现在的处境感到多么绝望。

*我六岁,六岁,约翰·本杰明·索亚*①*六岁,小杰克六岁,六岁。*

这想法当然毫无逻辑,荒谬无比,但傍晚时它就这么冒出来了,而且一直盘桓不去。他猜想它来得这么拐弯抹角,正好强调出他究竟有多害怕,而且他确定,情势会越来越险峻。他自己都搞不清楚这念头有什么意义,它只是转过来又转过去,恰似拴在轮盘上的旋转木马。

六岁。那时候我六岁。小杰克·索亚六岁。

一遍又一遍,无止境地旋绕着。

里面的储藏室与酒吧只有一墙之隔,今晚这面墙被噪音震得频频颤抖,犹如一张跳动的鼓皮。午夜刚过,二十分钟前这里还

---

① 杰克(Jack)是约翰(John)的昵称。

是星期五的夜晚,而星期五正是奥特莱成衣厂和狗镇橡胶厂的发薪日。奥特莱酒馆里的客人转眼就超过它能负荷的容量。酒馆左手边贴着一张大海报,上面注明:顾客容纳上限两百二十人。如有超过,即违反杰纳西县第三三一号消防条例。不过看来这三三一号条例每逢周末都会暂时失效,因为酒吧里早就挤进超过三百个客人,脚底随着"杰纳谷男孩乐队"演奏的乡村乐蹦跳起舞。乐队表演得很糟,不过他们会用电子踏板吉他演奏。"这些家伙简直就糟蹋了踏板吉他嘛,杰克。"斯莫基这么说过。

"杰克!"洛丽隔着储藏室的墙叫他。

洛丽是斯莫基的女人。杰克到现在都还不知道她姓什么。正逢乐队中场休息,酒馆里的人声几近沸腾,杰克很难听清楚洛丽对他喊些什么。杰克知道,五个乐队成员现在都站在墙边角落,猛灌半价的黑色俄罗斯调酒。洛丽将头探进储藏室门口,她毫无生气的金发用稚气的白色塑胶发夹扎在脑后,在日光灯的光线下微微发光。

"杰克,你再不快点把啤酒搬出来,我看他要把你的手给折了。"

"好啦。"杰克说,"跟他说我马上出去。"

他整条手臂冒起鸡皮疙瘩,但不完全是因为储藏室冰寒的湿气。斯莫基·厄普代克不是好惹的家伙——尖尖的头上始终戴着厨师纸帽的斯莫基,咬着一副邮购来的塑胶假牙的斯莫基(平整划一的硕大塑胶牙齿不知怎地看起来有些令人毛骨悚然),有一对凶狠的棕色眼珠、眼白混浊发黄的斯莫基。斯莫基·厄普代克对杰克来说,或多或少是个神秘人物——这才是最令杰克感到恐怖之处——而他似乎将杰克变成了他的阶下囚。

点唱机的音乐暂时歇止,然而群众的喧闹声又往上加了一级,仿佛在弥补点唱机的缺席。有个安大略湖牛仔醉醺醺地大吼一声:"咻——哈!"接着是女人尖叫和玻璃杯破碎的声音。随后,点唱机再度加入,气势犹如火箭急速升空。

连路上撞死的东西都会煮来吃的地方。

生吞活剥。

杰克弯下腰抱住铝制啤酒桶,将它往外拖了大约三英尺,他的嘴角因用力而痛苦地扭曲着,额上的汗珠并未因冷气的寒凉而受阻,一颗颗接连冒出。酒桶在没有打磨过的水泥地上拖行,发出一长串尖锐的摩擦声。他暂时停住,气喘吁吁,耳中嗡嗡作响。

他将折叠式手推车拉到雪山啤酒的大酒桶旁,撑开手推车,接着又走回酒桶边。他勉强捉住酒桶边缘,朝推车方向搬着走了几步,要放下时,手臂却再也支撑不住——大酒桶只比杰克的体重轻没几磅。酒桶重重跌在推车上,手推车的台面预先叠了些地毯碎料,就是为了减少这类冲击。杰克仍然卖力地想要稳住酒桶,并及时把手抽出来,可惜还是晚了一步。酒桶砸在他的手指上,他的手夹在酒桶和推车的拉杆间,剧痛难当,他勉强将阵阵抽痛、发抖的左手手指抽出来,全塞进嘴里,用力吸吮着,泪水在眼眶里打转。

比砸伤手指更可怕的是,他听见酒桶顶端的气阀缓缓传出漏气的嘶响,倘若斯莫基将酒桶装上机台时,冒出来的全是啤酒泡沫……或是,更糟的情况,如果他拉开桶盖,啤酒全喷到他脸上的话……

最好先别想这些事了。

昨晚,也就是星期四晚上,当他试着"拉一桶"啤酒给斯莫基时,酒桶翻倒在地,桶盖飞冲开来,射向房间另一头。淡金色的啤酒泡沫泉涌而出,爬过储藏室的地板,桶里的啤酒渐渐干涸。杰克呆立原地,惊恐得动弹不得,连斯莫基的吼叫都听不见。那不是雪山啤酒。那是金斯兰麦酒——属于女王的金斯兰麦酒。

那是杰克第一次挨斯莫基揍——一记猛烈的钩拳把杰克揍得飞了出去,撞上储藏室粗糙的墙板。

"这拳就当做你今天的薪水。"当时斯莫基这么说,"看你下次还敢不敢。"

真正让杰克不寒而栗的,是那句"看你下次还敢不敢",因为它代表一件事:未来要挨揍的机会还很多,好像斯莫基早已认定杰克会在这里停留很久似的。

"杰克,动作快点!"

"来了!"杰克喘着气应声。他拉着手推车穿过房间,背对着门,探手向后摸索门把,转开以后,用背把门顶开。结果门撞上一个高大柔软、会动的东西。

"该死的,小心点!"

"啊,对不起。"杰克说。

"啊你妈个头,混蛋。"对方咒骂。

杰克默默等着沉重的脚步声在储藏室外的走廊上渐渐远去,又试着开一次门。

走廊的墙板很薄,漆成墨绿色,上面布满屎尿和马桶清洁剂的污渍。木板墙面上的灰泥已经斑驳,无论是灰泥或木板都已撞得坑坑洞洞,此外还要加上走廊上等着用厕所的醉客的顺手涂鸦,整个墙面看起来张牙舞爪。最大的一个涂鸦是用黑色记号笔横扫过整片墙面,仿佛要代替奥特莱这忧郁而无望的小镇发出怒吼:把所有的黑鬼和犹太佬都赶去伊朗。

他必须离开这里。非走不可。那部死寂的电话终于出声了,仿佛要将他冻结在一块黑色的冰层里……那可不是件好事。伦道夫・斯科特[1]的出现更是糟糕。那男人并不是真正的伦道夫・斯科特,他只是长相酷似五十年代电影里的伦道夫,而斯莫基・厄普代克才是最糟的吧……不过自从杰克看见(或自以为看

---

[1] 伦道夫・斯科特(1898—1987),美国知名性格男星,以动作片闻名,为西部片英雄的代表人物之一。

见)伦道夫的眼睛颜色改变之后,他对这点就不再那么确信了。

无论如何,奥特莱这个小镇本身才真正糟糕至极……这点全然毋庸置疑。

深入纽约州杰纳西县的心脏地带,奥特莱这个小镇,如今看来就像一个为他量身打造的陷阱……一株政府建造的猪笼草。猪笼草,真是大自然最奇妙的造物。进得去,却出不来。

2

一个高大的男人粗鲁地挤到杰克面前,站在走廊上等着用厕所。他嘴里咬根塑胶牙签,从左到右滚动着,接着瞟了杰克一眼。杰克猜想,刚才自己推门撞到的想必是这人的肚子。

"混账东西。"胖男人又骂了一次。这时厕所门打开,走出另一个男人。一瞬间杰克与这男人四目相对,杰克的心跳好像漏了一拍。这人就是那个长得像伦道夫·斯科特的人。不过他并不是什么电影明星,只是一个每星期喝光自己薪水的奥特莱工人,稍后也许会开一辆付了一半车款的福特野马,或是一辆还了四分之三贷款的摩托车(一辆老哈雷,头灯引擎上贴着"爱用国货"的贴纸)离开酒馆。

他的眼睛变成黄色了。

没这回事,那是你的错觉而已,杰克,都是幻觉,那个人只不过——

——只不过是个普通工人,因为杰克是新来的才多看了他一眼。他上的八成是镇上的中学,打过美式足球,交了个信天主教的拉拉队女友,两人结为连理,婚后拉拉队长因为吃了太多巧克力和斯托福冷冻食品而身材走样;又一个平凡无奇的奥特莱镇民,没什么——

可是他的眼睛变成黄色了。

够了！没这回事！

然而那男人身上有种气质，总令杰克联想起进入奥特莱镇时发生的事……在漆黑隧道里的那段经历。

高瘦的伦道夫·斯科特穿着白上衣和李维斯牛仔裤，他走向杰克，两条青筋浮凸的粗壮手臂垂在身侧摆动，刚才咒骂杰克的胖男人缩了一下，连忙闪开。

他眼里跳动着冰冷的蓝色冷光……接着开始变化，骚动着，放出更强的光芒。

"小鬼。"他开口道。杰克笨拙地落荒而逃，用屁股顶开门扉，也不管自己会撞到谁。

噪音袭来。肯尼·罗杰斯[①]脸红脖子粗地歌颂着某个名叫鲁本·詹姆斯的人："你教我们要宽宏大量，"肯尼向这屋子里摇摇晃晃、满脸横肉的酒客证明，"因为更美好的世界，正在等待温柔的人！"在这酒馆里，杰克倒看不出来哪儿有温柔的人。杰纳谷男孩乐队正走回舞台，拾起他们的乐器。除了电子踏板吉他手，其他人都已经满脸醉意，搞不好已经分不清自己身在何处，吉他手则是一脸无聊。

杰克左手边的公共电话旁——杰克打死都不愿再碰那部电话，给他一千块钱他都不干——有个女人正在严肃地讲电话，她说话时，她喝醉的男伴将手探进她半敞开的牛仔衬衫揉弄着。大舞池里，约莫七十对男女正在跳舞，他们无视乐队的节奏，忘情地互相摸索，他们十指扣合，躯体摩挲，嘴唇紧紧相印，汗水爬过他们的脸颊，腋下衣裳濡湿成一大圈深色印记。

"感谢老天。"洛丽叫着，替他拉开吧台侧边的弹簧门。斯莫基正在吧台中央，在格洛丽亚的托盘上摆满杜松子酒和伏特加酸

[①] 肯尼·罗杰斯(1938—)，美国乡村歌手，《鲁本·詹姆斯》是他一九六九年走红一时的歌曲，歌词内容涉及种族议题。

酒,还有奥特莱镇上仅次于啤酒的热门调酒:黑色俄罗斯。

杰克隔着弹簧门看见伦道夫·斯科特走出来。他的目光射向杰克,蓝色双眼立刻抓住杰克的视线。他微微颔首,似乎在说:我们迟早要聊聊。一定会的。也许我们可以聊聊磨坊路隧道里的东西是什么。或是聊聊鞭子。还有生病的母亲。当然,我们还可以聊聊你会在奥特莱镇上待多久……很久,很久,久到你也变成推着购物车尖叫的疯老头。怎么样啊,杰克?

杰克浑身发抖。

伦道夫·斯科特微笑着,仿佛是因为看见……或是感觉到了杰克的颤抖。接着他转身走开,没入浓稠的空气与拥挤的人群中。

片刻之后,斯莫基有力的手指抠进杰克的肩头——它们总能找到抓起来最痛的地方,从不失误。那是十只训练有素、专攻要害的手指。

"杰克,你动作得再快一点。"斯莫基说话的语调近乎同情,指尖的动作却没停止,反而越掐越深。他时时不离口的粉红色加拿大薄荷糖从嘴里飘出凉凉的气味,邮购来的假牙格格作响。有时假牙松了,斯莫基会用力吸回原来的位置,发出一种恶心的咂嘴声。"再不把手脚放利落点,我就在你屁股后面放把火。听得懂我说什么吗?"

"呜——我懂。"杰克忍住呻吟。

"很好。明白就好。"下一秒斯莫基恶毒的指头掐得更深,直攻他的神经,强烈的痛楚让杰克忍不住叫了出来,这下斯莫基才心满意足地放过他。

"来帮我把这桶酒装上去,杰克。我们动作要快,大家都在等酒喝呢。"

"已经星期六凌晨了。"杰克不识相地说。

"那也一样,快干活!"

杰克勉强协助斯莫基抬起酒桶，装进吧台底下。斯莫基精瘦强壮的肌肉在他的奥特莱酒馆 T 恤底下绷紧鼓动，厨师纸帽乖乖地停在他黄鼠狼似的尖头上，帽缘贴着他的左眉，有种无视地心引力的傲气。斯莫基拔开酒桶的红色塑料气阀时，杰克在一旁看着，紧张地屏住呼吸。酒桶发出比平常大的飕飕声……但没有泡沫流出来。杰克无声地喘了口气。

斯莫基面无表情地转向杰克。"把空桶搬回储藏室。然后去扫厕所。别忘了下午我是怎么交代的。"

杰克当然记得。下午三点，一阵铃声大作，杰克还以为是空袭警报，吓得魂不附体。洛丽当场大笑，说道："斯莫基，你看杰克——我看他吓得尿在裤子上了。"斯莫基严肃地瞪了她一眼，然后招手要杰克过去。他告诉杰克，那是狗镇橡胶厂下班的铃声，那个工厂专门生产海滩玩具和充气玩偶，还有些名叫"欢愉的肋骨"之类的保险套。他还说，奥特莱酒馆再不久就要客满了。

"现在开始我们三个动作要快得跟闪电一样。"斯莫基说，"一旦星期五晚上白花花的银子开始动起来，我们就要把这家店星期天、星期一、星期二、星期三和星期四没做到的生意一口气统统赚回来。要是我叫你拉啤酒出来给我，你最好趁我话没说完就把啤酒搬到我面前。还有，每半小时就去厕所拖地，星期五晚上，男人们每十五分钟就要撒泡尿。"

"我负责女厕。"洛丽走过来说。她细细的金发烫成波浪，惨白的脸色像漫画里的吸血鬼。她要不是感冒了，就是对古柯碱上瘾，因为她总是不停地吸着鼻子。杰克觉得应该是感冒了，毕竟像奥特莱这种地方，他很怀疑谁负担得起古柯碱的瘾头。"女厕没有男生那么糟，虽然差不多，但还是稍微好点儿。"

"闭嘴，洛丽。"

"你才闭嘴。"她说。倏地，斯莫基的手掌已经像闪电般挥出。啪的一声，洛丽白皙的脸上浮现出一个红色手印，宛如小孩的涂鸦。她抽抽噎噎地哭了……然而她竟有种快乐的眼神,令杰克困惑而反胃。正是那种误将暴力当作关心的女人脸上才会出现的表情。

"只要你干活的时候动作够快,我们大家就会相安无事。"斯莫基继续说,"千万别忘了我要啤酒的时候马上拉来给我。还有,每隔三十分钟就去男厕拖地,把呕吐物清掉。"

接着,他再次向斯莫基提出离职的要求,斯莫基也再次虚情假意地承诺他星期天下午就放人……现在想这些又有什么用呢?

这时传来一阵更大声的尖叫,加上刺耳的笑声,还有椅子被砸碎的声音与痛苦的哀号。舞池里有客人闹事——今晚第三次了。斯莫基啐骂一声,推开杰克走过去。"快把酒桶弄走。"他吩咐。

杰克将空酒桶放上手推车,转回弹簧门的方向,边走边不安地注意着伦道夫·斯科特的动向。他看见伦道夫站在人群中观赏斗殴,这才放松了点。

回到储藏室,杰克在进货区将桶和其他空酒桶摆在一起——这是奥特莱酒馆今晚卖掉的第六桶啤酒。做完这件事,他又查看了背包一次。有一瞬间,他以为背包不见了,心脏恐慌得怦怦乱跳——因为魔汁和费朗队长的银币都收在里面。他额上冒出冷汗,继续往右边找,手伸进两个酒桶的夹缝间摸索。找到了——隔着绿色的尼龙布,他能摸出魔汁瓶身的曲线,心跳的速度才慢了下来,但他觉得全身酸软、脚底无力——宛如千钧一发之际逃脱后的感受。

男厕里的景象简直惨不忍睹。早先傍晚时分,杰克差点对着厕所的呕吐物吐了出来,现在他逐渐能够忍受那股恶臭了……这大概是一切之中最糟糕的一件事。他放了桶热水,加点柯美特万用去污粉,然后提着满是泡沫的拖把,开始清理地上那些难以言喻的秽物。过去几天来的情景在他脑海中轮转,心情宛如落入陷阱的野兽，忧虑着腿上的捕兽夹。

3

杰克对奥特莱酒馆的第一印象，除了肮脏昏暗，便是空无一人。点唱机、弹珠台和星际入侵者游戏机的电源全被拔掉。酒吧里唯一的光源来自吧台上方的雪山啤酒广告灯箱——两座山峰间卡着一个电子钟，形状简直像是有史以来最诡异的太空飞碟。

杰克挤出一丝微笑，走向吧台。快走到时，一个冷淡的声音从背后叫他："这里是酒吧，小孩子不准进来。你是笨蛋啊？滚出去。"

杰克的心脏差点没从嘴里跳出来。他摸摸口袋里的钱，心想也许可以把在金匙餐馆那套搬出来试试。当时他先在餐厅里坐下，点了东西，吃完后才开口问工作的事。当然，雇用他这年幼的小孩是违法的——起码他身上没有父母或监护人签署的工作同意书——然而这也意味着，他们可以用低于法定最低工资的薪水雇用他。低得多。这么一来，谈判便能展开，通常是以他的二号身家故事——"杰克与邪恶的继父"——作开场。

杰克转过身，看见一个男人独自坐在一个隔间式雅座上，轻蔑冷冽的目光正盯着自己。男人身形消瘦，然而汗衫底下和颈侧的肌肉看得出十分结实。他穿着蓬松的白色厨师裤，头上的厨师纸帽歪歪戴着，帽檐遮住左边眉毛。他头形窄小，长得像黄鼠狼，修得很短的头发发鬓已经灰白。他的两只大手间堆着一叠发票和一台德州仪器牌计算机。

"我看到窗户上的征人启事。"杰克说，心里并不抱太大希望。这男人应该不会用他，反正杰克也不确定自己想不想替他工作。他看起来很苛刻。

"是吗？"对方回答，"看来你还没逃学之前就学会了怎么认字呢。"桌上摆着一包菲利斯雪茄,他甩出一根来。

"不好意思,我不知道这里是酒吧。"杰克说着往门口退了一步。阳光穿透灰扑扑的玻璃窗,落在地上像是失去了生命,仿佛奥特莱酒馆内的空间存在着一个不同的世界。"我以为这里是……呃,餐馆……吃饭的地方之类的。我马上走。"

"过来。"男人的视线稳稳地锁住他。

"不用了,谢谢,没关系,"杰克紧张地说,"我马上就——"

"过来坐坐。"男人用大拇指指甲擦亮一根火柴,点燃雪茄。一只停在他纸帽上歇脚的苍蝇这时嗡嗡振翅,飞入暗处。他仍看着杰克。"我又不会咬你。"

杰克慢吞吞地走向雅座,滑进雅座另一边,双手整齐地交叠在前方。六十个小时后的凌晨十二点三十分,当他挥汗如雨地握着拖把清理男厕,濡湿的头发垂下来黏住眼睛时,杰克思索着——不,他明白了——是他那股愚昧的自信,才眼睁睁看着囚禁自己的陷阱之门在面前关上(关上的那一刻他正与斯莫基·厄普代克面对面坐着,只是当时他尚未领悟)。捕蝇草叶片合拢,便能咬住无助的小虫子;猪笼草散发出美味的气息,加上它内侧致命的、如玻璃般光滑的囊壁,只消静静等待,飞虫自会登门造访,滑进囊袋……终于溺死在猪笼草收集的雨水里。奥特莱酒馆这株特大号的猪笼草,里面装的是啤酒而非雨水——这是唯一的差别。

要是他当时没有留下来——

当时他没逃开。当时他只想着,只要不被那对棕色眼珠冰冷的视线打败,也许终究能为自己争取到一份工作。在奥本市的时候,金匙餐馆的女主人米内特·班贝利对他很亲切,甚至在他离开时抱了他一下,在他脸上轻轻啄了个道别之吻,送他三个厚厚的三明治,但这些愚弄不了杰克。亲切和蔼的态度并不妨碍班贝利太太对追求更高利润的兴致,那兴致甚至可用毫不顾忌的贪婪来形容。

纽约州的法定最低工资是每小时三元四十分——金匙餐馆的厨房墙上有张几乎和电影海报一样大的亮粉红色告示,依法清清楚楚标示着这项规定。然而,厨房里手脚利落的厨师来自海地,他不太会说英语,下厨时动作飞快,从来不让马铃薯或蛤蜊在油炸机里多耽搁一秒,杰克几乎可以肯定他是非法移民。另一个帮班贝利太太为客人服务的女侍长相漂亮,智商却有点问题,她是经由罗马镇的就业辅导计划才进入金匙餐馆工作的。在这种情况下,班贝利太太根本用不着支付最低薪资。智商不足的女孩甚至带着真诚的敬意,咬字不清地告诉杰克,她每个小时可以赚到一元二十五分钱,全部是她的。

杰克自己的时薪是一元五十分。这是经过一番讨价还价才挣来的,因为他知道,要不是班贝利太太急缺人手——原来的洗碗工当天早上出去喝咖啡,之后就不回来了——她根本不会给他商量余地。她只会要他接受一元二十五分的价钱,否则就去别地找工作,这可是个自由国家。

而这一刻,杰克带着一丝莫名的讥讽心理(这是他新涌现的自信心的一部分),认定他面对的不过是另一个班贝利太太。从女性变成男性,从肥胖的老奶奶变成骨瘦如柴的中年男子,从微笑变尖酸,但总之就是换汤不换药的同样情况。

"找工作,呃?"穿戴着白裤白帽的男人放下手中的雪茄,摆进一个底部印着骆驼牌香烟商标的锡制烟灰缸里。苍蝇停下来擦擦手,又飞走了。

"是的,先生,不过就像你说的,这是家酒吧,而且——"

不安的感觉又在他体内骚动。那双棕色的眼珠和浊黄的眼白困扰着他——那是盯上一群迷途老鼠、伺机而动的老猫的眼睛。

"噢,我是这儿的老板,斯莫基·厄普代克。"那人对杰克伸出手。杰克诧异地回握。他用力挤了一下杰克的手,接近会痛的程度,然后放松……但没有放手。"怎么?"他出声。

"呃?"杰克察觉到自己听起来有些愚蠢和害怕——其实他真的感到了自己的愚蠢和恐惧。他希望厄普代克放开他的手。

"你的长辈没教过你要自我介绍吗?"

这问题来得唐突,杰克一时忘了他在搭便车或在金匙餐馆时用的化名"路易斯·费朗"(他已逐渐认定这是自己的固定诨名),控制不住地差点说出自己的真实姓名。

"杰克·索——呃——索特雷。"他回答。

厄普代克目不转睛地看着杰克,手又握了一阵子才终于放开。"杰克·索呃索特雷。"他说,"真他妈的铁定是电话簿上最长的名字,是吧,小鬼?"

杰克一阵脸红,没有回话。

"你年纪挺小的吧。"厄普代克说,"你觉得自己有办法把九十磅重的啤酒桶抬起来,搬到手推车上吗?"

"应该可以。"杰克说,但其实心里并不确定。反正这看起来应该不是什么大问题——像这种鸟不生蛋的地方,八成只有啤酒机里的啤酒气都泄光了不能喝的时候才要换酒桶。

仿佛看穿了他的心思,厄普代克说:"现在这里是没什么人,不过等到四五点钟就会开始忙起来。周末的时候客人特别多。那才真的是你薪水进账的时候,杰克。"

"嗯,我不明白。"杰克说,"这里薪水怎么算?"

"每小时一块钱。"厄普代克说,"我也希望能多给一点,可是——"他耸耸肩,拍拍桌上那叠单据,隐约带着一抹微笑,仿佛在说:你也看得出来吧,小子,整个奥特莱萧条得像个忘了上发条的怀表,打从一九七一年开始就一直走下坡喽。然而那表情并非真正的微笑。他凝视着杰克,眼神犹如专注观察猎物的猫。

"嗯,这薪水实在不太高。"杰克一个字一个字慢慢说,心中却飞快盘算着。

整间奥特莱酒馆就像个墓穴——甚至连百无聊赖地坐在吧台看着《综合医院》这种剧集的老酒鬼都没有。显然奥特莱的人都坐在自己的车子里喝酒,把那里当成俱乐部。一小时一块半的薪水用来讨生活是不太容易,但换成在奥特莱的话,一小时一块钱大概也还过得去。

"说得没错。"厄普代克承认,低头回去按他的计算机。"确实不多。"说完摆出一副要不要随你,没得商量的架势。

"我应该还能接受。"杰克说。

"噢,那很好。"厄普代克说,"不过,还有个问题我们得先搞清楚。你在躲谁?还是谁在找你?"棕色眼珠再次锁定杰克,凌厉地钻进他眼底。"如果你背后有什么狗屁追兵,我可不要麻烦事找到这里来。"

这句话倒不怎么动摇杰克的信心。也许他不是天底下最聪明的男孩,但起码他有足够的头脑,知道该怎么应付一个有潜力成为雇主的对象。该是二号身家故事——杰克与邪恶的继父——登场的时候了。

"我家在佛蒙特州一个小镇,"他说,"凡德维尔。我爸妈两年前离婚了。我爸想要我的监护权,可是后来法官把监护权判给我妈。通常都是这样判吧。"

"他妈的没错。"厄普代克已经埋头继续研究账单,他腰弯得很低,鼻尖几乎贴到计算机键盘上。杰克觉得无所谓,反正他还在听。

"后来我爸跑去芝加哥,在一家工厂找到工作。"杰克接着往下说,"他大概每星期都会写信给我,可是从去年开始,他就再也不回来看我了,因为奥伯利揍了他一顿。奥伯利是——"

"你继父。"厄普代克自己接口。杰克半眯起眼睛,最初的不信任感再度涌现。厄普代克的语气中毫无同情心。相反,厄普代克的态度近乎嘲笑,仿佛在说天下惨事何其多,不差你这一桩。

"是啊。"他说,"我妈一年半前嫁给他。他常常打我。"

"真可怜,杰克。你真可怜。"这时厄普代克才抬起脸看他,表情却是狐疑与讥讽。"所以说现在你要去芝加哥投靠你老子,以后两个人可以快快乐乐生活对吧。"

"嗯,希望是这样。"杰克答道,心里突然闪过一个灵感。"我只知道至少我真正的爸爸绝对不会套住我的脖子,把我吊在衣柜里。"他把衣领往下拉,露出脖子上的伤痕。现在伤痕已经褪淡,在金匙餐馆工作期间,它们仍是鲜艳丑陋的紫红色,像一圈烙印。不过当时他没有需要露出伤痕的场合。当然,这疤痕是另一个世界的妖树树根缠住他,差点取走他性命时留下的。

斯莫基·厄普代克惊讶地瞪大眼睛,杰克见状,觉得很满意。斯莫基往前倾,手指翻动着桌上红红黄黄的单据:"真要命,小子,"他问,"你继父这样对你?"

"就是那时候,我才下定决心闪人。"

"他会不会忽然跑来这里,吵着要他的车子或皮夹还是什么他妈的别的鬼东西?"

杰克摇摇头。

斯莫基又盯着杰克看了一会儿,然后关掉计算机电源。"跟我去趟储藏室,小鬼。"他说。

"干什么?"

"我要看看你是不是真的搬得动啤酒。我要的时候,如果你能够拉一桶啤酒来给我,这工作就是你的了。"

4

杰克卖力抓住大酒桶的边缘,将它提起来走了几步,距离正好足够将酒桶摆上手推车,成功地向斯莫基·厄普代克证明他的工作能力。他甚至假装成很轻松的样子——摔倒酒桶,结果鼻子上挨了一拳是隔天才会发生的事。

"嗯,还过得去。"厄普代克说,"要搬酒桶你的块头还嫌太小,搞不好你会搬到得疝气什么的,不过那他妈的是你的事。"

他告诉杰克,中午就可以开始上工,直到隔天凌晨一点。("反正看你能撑多久就做多久。")他还说,每晚打烊时杰克就能领到当天的薪水。现金,一次付清。

他们回到外头时,洛丽已经在店里了,她穿着一条极短的深蓝色篮球短裤,人造丝内裤从短裤边缘露了出来。她的上衣是件无袖背心,可想而知是从巴达维亚镇的猛犸量贩店买来的。她嘴里叼着一根长红牌香烟,烟嘴处沾满口红,细细的金发用塑胶发夹绾在后脑,一个银色大十字架坠子在胸前晃动。

"这是杰克。"斯莫基对她说,"你可以把窗上招人的卡片拿下来了。"

"快跑吧,小弟弟。"洛丽说,"趁现在还来得及。"

"你他妈的给我闭嘴。"

"你管我。"

厄普代克的大手在洛丽屁股上狠狠一拍,毫无调情的成分,力道重得让她撞上吧台边缘。杰克一时错愕,联想到奥斯蒙的鞭子声。

"暴君。"洛丽咕哝着,眼角泪光闪烁……但脸上竟带着满足的神情,仿佛这是很正常的事。

杰克的不安感这下更分明、更具体……几乎已经变成了惧怕。

"别让我们吓到了,小弟弟。"洛丽说着,经过他身旁走向窗边。"你不会有事的。"

"他有名有姓,叫杰克,不是什么小弟弟。"斯莫基说。他已经回到先前"面试"杰克的座位,动手收拾桌上的单据。"小弟弟他妈的长在裤裆里。你他妈的没见识过啊？去弄几个汉堡给他吃。他中午就得开始上班了。"

洛丽撕下窗上的招人启事，塞进点唱机后面，轻松流畅得仿佛这动作已经重复过不知多少次。再次经过杰克时，她对他眨眨眼。

电话铃响了。

三个人被这突如其来的刺耳铃声吓了一跳，同时转过头去。在杰克眼里，那部电话就像一条被摔到墙上的黑色蚱蜢。这是诡异的一刻，时间几近冻结。他甚至有余暇注意洛丽的脸色有多苍白——她脸上唯一的颜色来自渐渐褪成淡红色的青春痘疤。他也有余暇去端详斯莫基残酷而神秘的五官和手臂上青筋浮凸的模样。他甚至还有余裕细读公共电话上的黄色标示："请将通话时间限制在三分钟内"。

静默中，电话一响再响。

杰克陡然惊恐地想到：这是找我的。长途电话……从很远很远的地方打来的长途电话。

"接电话啊，洛丽。"斯莫基说，"你是怎么回事，木头人吗？"

洛丽走向电话。

"奥特莱酒馆。"她的声音微微发抖。听了一会儿后，"喂？喂？……噢，去你妈的。"

她用力挂断电话。

"没人说话。臭小鬼。有时候会有人打来问我们有没有卖罐装的艾伯特王子牌烟草。你的汉堡肉要几分熟啊，小弟弟？"

"他叫杰克！"厄普代克对她大吼。

"好啦好啦，杰克杰克。汉堡肉要几分熟啊，杰克？"

汉堡肉煎得恰恰好，是杰克想要的五分熟，热腾腾地夹着腌过的红洋葱。他大口吞下汉堡，又喝了杯牛奶。吃饱喝足后，不安感稍微减弱了。毕竟还是个小弟弟嘛，就像洛丽说的那样。尽管如此,他的视线仍会不时飘向那部电话,惴惴不安地疑虑着。

5

四点一到,刚才的空旷便宛如一幕精巧诡诈的布景般消失了。仿佛只是为了诱骗杰克留下来的戏法,就像猪笼草无害的外表与芳甜的气味。店门打开,将近一打穿着工作服的男人鱼贯钻进酒馆。洛丽逐一插上点唱机、弹珠台和星际入侵者游戏机的插头。几个人大声对斯莫基打招呼,他露出那一大组邮购来的假牙,笑着回应招呼。大多数人都点啤酒。一两个人点了黑色俄罗斯。其中一个——杰克敢说,他是晴天俱乐部的其中一员——丢了几枚硬币到点唱机里,点了米奇·基利、埃迪·拉比特、韦伦·詹宁斯和一些其他人的歌。斯莫基要他去储藏室把水桶、拖把和橡胶刮水器拿出来,将舞台前方的舞池擦干净。这块地方直到星期五晚上,杰纳谷男孩乐队站上舞台前一直空着、等待着。他还告诉杰克,等地板干了之后,要用碧丽珠替地板上蜡。"如果你对着地板笑、地板上的倒影也会对着你笑,这工作就算完成了。"斯莫基这么说。

6

于是他在奥特莱酒馆的工作便展开了。

这里一到四五点钟,就会开始忙起来。

确实,杰克不太能说是斯莫基骗了他。直到杰克推开面前的餐盘,开始干活挣钱的那一刻,酒馆里仍空无一人。可是到了六点钟,店里可能已经坐进了五十个客人。另一个干练的女侍——格洛丽亚——走进门上工时,店里一些老主顾对着她吆喝欢呼。她加入洛丽,替客人送上一些红酒,许多黑色俄罗斯和多如汪洋的啤酒。

除了雪山啤酒的大酒桶,杰克还搬了一箱又一箱瓶装啤酒——百威啤酒,还有些当地人喜欢的杰纳西黑啤酒、犹地卡俱乐部啤酒或是滚石啤酒,不久他的手心就起了泡,开始腰酸背痛。

在无数趟瓶装啤酒和"拉一桶啤酒出来,杰克"(这已经成为一句立刻引发杰克恐惧本能的咒语)的来回搬运间,他还必须趁空回到舞池,回到拖把、水桶和一大瓶碧丽珠身边。有次一个玻璃酒瓶从他头顶飞过,差几英寸就要击中他。他及时闪过,胸口咚咚跳动,酒瓶在墙上砸得粉碎。斯莫基龇牙咧嘴地露出假牙,把喝醉的肇事者撵出酒馆。从窗户望出去,杰克看见那醉汉重重撞上计时停车收费表,几乎要把柱子撞歪了。

"拜托,杰克。"斯莫基在吧台里不耐烦地喊道,"又没打到你,不是吗?去把碎玻璃清一清!"

半小时后,斯莫基改要杰克打扫男厕。厕所里有两个小便斗,里面装满冰块,有个留着乔·派恩[①]发型的中年男人站在其中一个小便斗前,一手扶着墙,另一只手晃着他没割过包皮的巨大阴茎。他两腿岔开,中间的地面上有一摊还冒着热气的呕吐物。

"把它清干净,小鬼头。"中年男人说完,踉跄着走向门口,还顺手猛拍一下杰克的背,差点把他打昏。"男人啊,该吐的时候就要吐,该拉的时候就要拉,对吧?"

等到厕所大门关上,杰克终于再也忍不住了。

他勉强撑到厕所里唯一的坐式马桶前,低头却发现自己面对的是上一个客人没有冲水留下的恶心秽物。不管他的胃里还剩什么,他将今晚吃的东西全吐了出来,急促地喘了几口大气后,接着又开始吐。他发颤的手摸到冲水把手,然后往下压。韦伦·詹

---

① 乔·派恩(1924—1970),美国广播与电视脱口秀主持人。

宁斯与威利·尼尔森高歌着《德州卢肯巴赫城》，轰轰的乐音穿透墙壁。

蓦然间，母亲的脸庞浮现眼前，远比任何电影银幕上的她都要美丽，她的大眼深邃而悲伤。杰克看见她孤零零一个人置身阿兰布拉饭店的房间内，未抽完的香烟被遗忘在一旁的烟灰缸里兀自燃烧。她正在哭泣。为了他哭泣。他对她的爱与思念令他痛彻心扉。他多想回到过去的生活——隧道里没有怪物、没有喜欢挨揍的女人、没有会在小便时吐在自己两腿间的男人。他渴望和她在一起，他痛恨斯皮迪·帕克唆使他踏上这趟可恶的西行旅程。

这一刻，他最后残存的一点自信心也灰飞烟灭，或说荡然无存，永不复生了。理智完全被击溃，取而代之的是婴孩般原始而惨恸的哭号：我想要妈妈求求你上帝我想要我的妈妈——

他撑起虚软的双腿，踉跄着走出厕所，心里想着，好啦够了所有人都闪开操你妈的斯皮迪老子我要回家了。随便你们去说吧。这一刻他甚至不在意母亲是不是快死了。在无以复加的痛苦中，他成为彻底属于自己的杰克，就像遭受掠食者猎捕的小动物——小鹿、兔子、松鼠或花栗鼠，心思只能顾全自己的处境。这一刻只要妈妈能抱着他，亲吻他入睡，唠叨他不许大半夜还在床上玩收音机或盖着棉被拿手电筒看书，就算癌细胞从她的肺蔓延到全身、就要夺走她的性命了，他也觉得无所谓。

他将手撑在墙上，一点一点拾回自己破碎的神智。倒不是出于理性思考，而只是一种下意识的重整，某种遗传自菲尔·索亚与莉莉·卡瓦诺的特质。他犯了个错，他承认，但他不会就此走上回头路。魔域是真的，当然魔符就有可能是真的。他绝不会因为一时的懦弱而害死母亲。

杰克从储藏室的水龙头提了桶热水，将厕所打扫干净。

走出厕所时，已经十点半了，酒馆里的客人逐渐散去——奥特莱镇的居民多半是工人,平常要上班的工作日,酒客通常很早就回家了。

洛丽说:"你的脸色白得像张纸一样,杰克,你没事吧?"

"我能喝瓶姜汁汽水吗?"他问。

她拿了一瓶给他。替舞池地板上完蜡后,杰克喝下那瓶汽水。十一点四十五分,斯莫基要杰克再回储藏室"拉一桶啤酒出来",杰克将桶勉强拖了出去,差点累垮。接近凌晨一点,斯莫基开始大声吆喝,要客人快点解散回家。洛丽拔掉点唱机插头——乡村歌手迪克·柯里斯拉长的尾音戛然而止——几个客人不怎么真心地发出抗议。格洛丽亚拔掉所有游戏机插头,套上粉红色毛衣(颜色几乎就像斯莫基一天到晚吃的加拿大薄荷糖,或是他的假牙牙龈一样),回家了。斯莫基逐一关掉电灯,把最后四五个客人赶出门外。

"好了,杰克。"客人走光后,斯莫基说,"你干得还不错。虽说还有进步空间,不过今天也才第一天嘛。今晚你就睡储藏室吧。"

杰克没问起薪水的事(反正斯莫基也没提),他疲累地走回储藏室,颠簸的步伐使他看来就像儿童版的夜半醉客。

回到储藏室,他看见洛丽蹲在角落——蹲姿让她的篮球短裤往上缩,短到杰克几乎不敢盯着瞧——后来才愣愣地警觉到,也许洛丽正在偷翻他的背包。接着他看见洛丽已经在地上铺好了几个装苹果的粗麻袋,上面又加了几条毯子。她还放了个脏污的小枕头,枕头上印着"纽约世界博览会"字样。

"替你铺好一个小窝了,小弟弟。"她说。

"谢谢。"他说。这只是个简单的举手之劳,杰克却要拼命压抑才不至于痛哭流涕。他勉强挤出笑容,"我很感激,洛丽。"

"别客气。你不会有事的,杰克。斯莫基不是那么坏的人。等你跟他认识久一点,就知道他只有外表的一半坏。"她的话在下意识中透出一种期待,仿佛说出的是自己的愿望。

"可能吧。"杰克说。接着他冲动地说出口:"可是我明天就要走了。我想,奥特莱并不适合我。"

她说:"杰克,也许你会走……也许你会决定留下来待一阵子。怎么不躺躺我替你铺的床?"这句话隐约有些牵强,似乎隐藏了什么不太自然的东西,和刚才说"替你铺好一个小窝了,小弟弟"时那种真挚开朗完全不同。杰克注意到了,但他实在太累,无力多想。

"嗯,再说吧。"他说。

"好。"洛丽走向门口。她用脏兮兮的手掌对杰克吹了个飞吻。"晚安,杰克。"

"晚安。"

他动手脱掉上衣……脱到一半,决定还是穿着,于是只把运动鞋脱掉。储藏室里又阴又冷。他坐在粗麻袋上,松开鞋带,踢开一只鞋,然后是另一只。他正要倒向洛丽的"纽约世界博览会"纪念小枕头时——他八成头一沾到枕头就会睡死了——酒馆里的电话又响了起来,像只尖锐的凿子般钻入寂静,使他回想起扭动的灰色黏糊树根,想起皮鞭和双头小马。

铃、铃、铃,钻入寂静,钻入无垠的死寂。

铃、铃、铃,在那个打电话来询问罐装艾伯特王子烟草的小鬼早已入睡的深夜,电话响起。铃、铃、铃,哈啰,杰克,我是摩根,我知道你躲在我的森林里,你这个滑头小杂碎,我闻到了,你在我的森林里,你怎么会那么天真,以为溜回你的世界就没事了?那边也有我的森林呢。再给你最后一次机会,小杰克。快滚回家去,否则我就派出手下。到时候,你求我都来不及了。到时候——

杰克爬起来,只穿着袜子走过储藏室,全身渗着一层薄薄的冷汗,寒凉彻骨。

他把门打开一道小缝。

铃、铃、铃、铃。

终于:"喂,奥特莱酒馆。你最好说点中听的。"是斯莫基的声音。停顿一阵。"喂?"又停顿一阵。"操你妈!"斯莫基砰的一声猛力挂上电话。杰克听见他穿过酒馆的脚步声走上楼梯,回到他和洛丽一起睡觉的卧室。

7

杰克带着不可置信的表情,目光从左手边的绿色纸条,扫向右手边的一小叠钞票——全是一元纸钞——和一些零钱。此时是隔天上午十一点,星期四的早晨。他刚向斯莫基要了他的薪水。

"这是什么?"杰克问道,简直不敢相信自己的眼睛。

"你识字吧?"斯莫基说,"也会算数吧?杰克,你干活的速度我不太满意——至少现在还没——还好你还算聪明。"

他坐在桌前,一手握着绿色纸条,另一手握着他的薪水。郁闷的怒火像条血管,在他的前额中心跳动。纸条最顶端印着标题:"消费明细表"。这和金匙餐馆班贝利太太用的表格一模一样。内容写着:

汉堡一客:一元三十五分

汉堡一客:一元三十五分

牛奶一杯:五十五分

汽水一瓶:五十五分

消费税:三十分

加起来总共是四元十分钱,用大字写在整张清单最下方,还打了个圈。从下午四点起到凌晨一点,杰克一共赚了九元钱,斯莫基却要走了将近一半。现在他的右手里只剩下四元九十分。

"你要赖!"他尖声说。

"杰克,这么说就不公道了。你看看菜单上的价钱——"

"我不是这意思,你清楚得很!"

洛丽畏缩了一下,以为斯莫基会狠狠揍杰克一拳……然而斯莫基只用一种卑鄙的耐性看着杰克。

"我还没跟你收床铺钱呢,不是吗?"

"床铺!"杰克大吼,血气直往上冲,脸颊发烫。"好个床铺!几个麻布袋丢在水泥地上,你还好意思说那是床铺!你倒是跟我收钱试试看!下流的骗子!"

洛丽害怕地叫了一声,急忙看向斯莫基……但斯莫基只与杰克面对面坐着,谢罗方头雪茄蓝灰色的浓烟在两人之间袅袅上升。一顶新的厨师纸帽挂在他的尖头上,向前倾斜。

"我们讨论过让你住在这儿的事。"斯莫基说,"你问我这份差事包不包住,我答应你了。不过我们可没讨论过你吃的东西。要是当初谈过的话,也许我们会有些协议,也许不会。重点是,你从来没提过这档事,所以现在你只能乖乖接受我的规矩。"

杰克坐着,浑身发抖,愤怒的泪水盈满眼眶。他张嘴想说话,却吐不出半个字,只发出一点哽咽的哼声。他已经气得说不出话了。

"当然啦,如果你现在想跟我讨论员工折扣的话——"

"下地狱吧你!"杰克终于骂出口,抄起桌上的四张一元钞票和散乱的零钱。"下次再有人来应征,记得叫他当心别被坑了!我不干了!"

他穿过厅堂,走向大门,然而尽管义愤填膺,他却仍知道——他妈的就是知道——他的鞋底连外面的人行道都沾不到。

"杰克。"

他的手放在门把上,他想握紧它、转开它——偏偏那声叫唤如此难以抵挡,而且包含着某种威胁。他垂下手,转过身,怒气逐渐消散。顷刻间他觉得自己缩小了、衰老了。洛丽已经走到吧台后方,正在那里哼哼唱唱,打扫清洁。很明显,她早已认定斯莫基不会抡起拳头修理杰克,既然不会出什么状况,那就万事太平了。

"最忙的周末时段就快到了,你不会想在这种时候离开我的。"

"你骗了我。我待不下去了。"

"没这回事。"斯莫基说,"我刚才解释过了。如果要说是谁让你吃亏了,那人也是你自己啊,杰克。我们现在就来谈谈你的食物——五折,也许还可以让你喝点免费的汽水。我可从来没这么善待过在这里工作的年轻小伙子,谁教最近来了很多采收苹果的临时工,这个周末会特别忙。而且,我挺喜欢你的,杰克,所以你对我没大没小的时候我才没有出手教训你。也许我该动手的,可是这个周末,我需要你帮忙。"

杰克觉得怒火被重新点燃,但转瞬间又熄灭了。

"我走了又怎么样?"他反问,"我去别的地方随便做也有五元钱工资,能够离开这个像坨狗屎的小镇我还更开心呢!"

斯莫基的嘴角挂着奸诈的微笑,睨视着杰克说:"你记不记得昨晚扫厕所时遇到的那个吐了的客人?"

杰克点头。

"还记得他的样子吗?"

"平头,穿卡其裤。那又怎样?"

"他是挖墓人阿特韦尔。他本名叫卡尔顿·阿特韦尔,在镇上的墓园干了十年管理员,所以大家都管他叫挖墓的。那是——噢,二三十年前的事了。尼克松选上总统那阵子他改行当条子,如今可是警长了。"

斯莫基叼起雪茄,抽了几口,盯着杰克。

"我和挖墓的是老交情了。"斯莫基说,"假如现在你就这么走了,杰克,我可不敢保证挖墓的不会找你麻烦。也许最后你会被送回家去。也搞不好被送去镇上摘苹果——奥特莱镇有些挺不错的果树……我猜,大概有四十亩地吧。当然也可能会被痛扁一顿。或者……我听说,老挖墓的特别喜欢离家出走的孩子呢。尤其是男孩子。"

杰克想起那人粗得像根棍子的老二,就觉得又寒冷又反胃。

"在这里,至少你还在我的地盘上,也就是说,"斯莫基说,"一旦走出酒馆大门,我可就不敢保证了。那挖墓的成天都在街上巡逻。也许你可以安全无事地走出镇外,反过来,你也可能半路遇上他那辆普利茅斯停在你身边。挖墓的不是特别精明,不过也有他的一套,或者说……也许会有人通风报信也说不定。"

洛丽正在吧台里洗杯子。她擦干手,扭开收音机,跟着"荒野之狼"乐队的一首老歌一块唱了起来。

"听我的吧,"斯莫基继续说,"再撑一下,杰克,做完这个周末。然后我会亲自用我的小货车,载你离开奥特莱镇。这样如何?等到星期天中午离开的时候,你原本空空的口袋里还能他妈的装着将近三十块钱呢。到头来你会觉得奥特莱也不算太糟的地方。怎么样?你意下如何?"

杰克笔直看进斯莫基棕色的眼珠,看见他浊黄眼白上密布细小的红色血丝,看见他用假牙撑开的诚恳笑容,他甚至出现一阵似曾相识的诡异错觉,看见前几天那只苍蝇又停在他的厨师纸帽上,精心揉搓它细瘦如发的前脚。

杰克怀疑,斯莫基根本就知道,杰克晓得他所说的一切全是谎言,只不过他压根不在意。等到连着周五周六工作到大半夜,杰克可能会一觉睡到星期天下午两点,然后斯莫基会告诉他,他起得太晚,所以没法开车送他出城了;而他自己现在则要看爱国者队的比赛,没空理他。杰克不仅担心到时自己会累得根本没办法上路,也担心斯莫基会宁愿暂且分神,忘记看球赛这档事,去拨空打电话给他的老朋友挖墓人阿特韦尔说:"他现在走上磨坊路了,挖墓的,你何不去载他一程?接下来爱干什么随便你。我请你喝酒,不过在把那小子逮回来之前,可不许再吐在我厕所里了。"

　　故事的发展大约就是这样。杰克还能想到许多不同版本,每一个的情节都稍微不同,但归根结底结局都一样。

　　斯莫基·厄普代克的笑容更加灿烂了。

十
埃尔罗伊

1

我六岁那年……

前两夜的激情逐渐退去,最后一批酒馆常客仍在兀自喧闹,仿佛等着迎接黎明到来。杰克发现有两张桌子已经消失了——它们是他最后一次冒死进去打扫厕所前一群客人斗殴的牺牲品。空出来的地方这时已被跳舞的客人占据。

"差不多了。"正当杰克在狭窄的吧台里跌跌撞撞,将啤酒搬到冰箱门前时,斯莫基对他说,"把那箱啤酒冰进去,然后他妈的去把百威搬出来。你应该一开始就搬百威的。"

"洛丽没说——"

斯莫基狠狠踩住杰克的运动鞋,热辣、惊人的痛楚在他脚背上爆发,杰克感到眼角流出蛰人的泪水。

"少顶嘴。"斯莫基说,"洛丽屁都不懂。你应该没蠢到连这点都看不出来吧。快滚回去拉一箱百威出来。"

杰克一瘸一拐走回储藏室,怀疑自己的一根脚趾被踩断了。大有可能。沸腾的人声和烟雾与杰纳谷男孩乐队锯子般尖锐的音乐,搞得他头痛欲裂。台上有两个乐队成员已经醉得连站都站不稳。唯独一个念头再清楚不过:他可能等不到酒馆打烊的时候了。他可能真的撑不了那么久了。如果说奥特莱镇是座监狱,奥特莱酒馆是他的牢房,那么疲惫感和斯莫基·厄普代克就是联手看管他的狱卒——也许身体的疲倦还更胜一筹。

杰克担忧,假使从奥特莱酒馆进入魔域,届时抵达的不知会是什么样的地方,然而随着时间过去,他越来越肯定魔汁是唯一能带他逃离这里的方法。他可以喝一小口,然后"腾"过去……到了那边,想办法朝西走个一英里,最多两英里,然后他就可以再喝一小口,就能"腾"回美国。到时候他已经远远离开这鬼地方,搞不好已经到了纽约州的布希维尔甚至彭布罗克市了呢。

当我六岁的时候,当小杰克才六岁的时候,那时候——

他搬起百威啤酒,再一次跌跌撞撞地走出储藏室……门口站着一个高瘦的身影。那个容貌酷似伦道夫·斯科特、有双大手的牛仔伫立在门口凝视着他。

"你好啊,杰克。"他说。杰克看见他的瞳孔鲜黄得如同小鸡的脚爪,惊骇的感受瞬间高涨。"难道没人警告你快点滚蛋?你耳根子很硬,是吧?"

杰克手里还拖着那箱百威啤酒,盯着那对鲜黄的眸子,陡然间,一个恐怖的想法击中他:这男人就是当时潜伏在隧道里的妖怪——拥有一对鲜黄的双眼,外貌乔装成人形的怪物。

"离我远一点。"杰克说——但吐出的只是一串委靡的气音。

他靠得更近了。"你早就该消失。"

杰克试着后退……可是这会儿他已经贴在墙上了。当貌似伦道夫·斯科特的牛仔冲着他往前倾,杰克闻到他的鼻息里有股腐肉的味道。

2

星期四中午,杰克开始上工,直到下午四点,下班后的常客开始出现前,那部贴着"请将通话时间限制在三分钟内"标志的公共电话响了两次。

它第一次响起时,杰克全然不以为意——肯定只是某个联合基金公司的推销员。

两小时后,杰克正忙着将前一晚的空酒瓶装进垃圾袋里,电话再次响起。这一次,他仓皇地抬起头,宛如干燥的森林里闻到焦烟味的小动物……只不过他感受到的不是烈焰,而是一股寒意。电话与他的距离不过四英尺远,他望向电话,听见颈背肌腱喀啦作响。他觉得自己一定看见了,公共电话外包裹着一层冰霜,冰雪正从乌黑的塑胶机壳中渗出来,从听筒和话筒的小孔挤出来,形成一条条形似铅笔笔芯的冰蓝丝线,冰柱垂挂在圆形拨号转盘上,还有退币找零的孔洞。

然而,电话只是一部电话,真正的冰冷与死亡其实藏匿其中。

他凝望着电话,觉得浑身发麻。

"杰克!"斯莫基大叫,"去接那该死的电话!你他妈以为我付你薪水干什么的?"

杰克无助地看着斯莫基,像只被逼到绝路的小动物……斯莫基扯下苛刻的嘴角,老大不爽地回瞪,也瞪了洛丽一眼。于是他走向电话,几乎意识不到双腿的移动;一步一步,他踩进那层坚冰,手臂上寒毛直竖,鼻头的雾气结霜。

他伸出手,拿起话筒。他的手麻痹了。

他将话筒凑近耳朵。他的耳朵麻痹了。

"奥特莱酒馆。"他对死寂的黑暗开口,他的嘴麻痹了。

电话里喑哑分岔的嗓音宛如来自阴暗的冥界,是活人不得直视的魔物,只要看上一眼,就会被吓得癫痴,或遭冰雪侵蚀冻结,目盲而亡。

"杰克,"听筒传出猥琐粗哑的低音。他的脸麻痹了,就像在牙科诊疗椅坐上一整天,脸颊被注射了太多麻醉剂。"滚回家去,杰克。"

好远好远,恍如从光年之外的远方,他听见自己的语音不断重复:"奥特莱酒馆。有人吗?喂?……喂?……"

寒冷,无尽的寒冷。

他的喉咙麻痹了。他吸气,他的肺似乎要结冰了。很快地,他的心脏也将随之冻结,而他就要挥别人世。霜雪般的声音仍在低语:"不回家的坏孩子不会有好下场,杰克。大家都知道。"

他猛然把手伸直,笨拙地挂断,然后抽手,傻傻地瞪着电话。

"又是那个臭小鬼吗,杰克?"洛丽问他,她的声音听起来好遥远……不过比前一分钟他自己的声音近了一点。世界渐渐回到他身边。话筒留下他的掌痕,冰晶描绘出他手形的轮廓,闪烁微光。在他的注视下,黑色塑胶机壳外的冰霜逐渐融化、流逝。

3

就是这晚——星期四晚上——杰克首度遇上容貌神似伦道夫·斯科特的杰纳西县男子。这晚的客人比星期三晚上来得少一点——星期三的人潮几乎能和发薪日当晚媲美——但人数还是足够塞满酒吧,占据每一个座位。

他们是来自农业区的镇民,他们的农具多半遗忘在后院的仓库许久,早已生锈腐朽;他们是群想要务农,但也许早已忘记如何耕作的农人。随处都能看见有人戴着宝鹿牌农机公司的帽子,不过杰克认为,他们之中势必没人会在自己的院子驾驶曳引机。这些男人清一色穿着卡其裤,灰色的、褐色的、绿色的卡其裤;他们的蓝色衬衫用金线绣上名字;他们脚下穿的全是丁戈方头牛仔靴,或是噔噔作响的厚重工作靴。这些男人都把钥匙挂在腰带上。这些男人满脸皱纹,但没有笑纹;他们的嘴角毫无感情。这些男人头戴牛仔帽。从后排的雅座朝吧台望去,杰克觉得自己看见的是八个嚼烟广告里的查理·丹尼尔斯[①]。不过这些男人不

---

① 查理·丹尼尔斯(1936—),美国知名乡村乐与南方摇滚歌手。

嚼烟草,他们抽纸卷烟,抽很多很多纸烟。

挖墓人阿特韦尔走进酒馆时,杰克正在擦拭点唱机的圆形玻璃罩,客人们正专注于电视上扬基队的比赛。前一天,阿特韦尔还穿着奥特莱镇男性的标准休闲服(卡其裤,卡其衬衫,两个大口袋中的一个装着满满的圆珠笔,还有铁头工作靴)。今晚他穿的是蓝色警察制服,背在身上咯吱作响的皮枪套里收着一把巨大的木柄手枪。

他瞄了杰克一眼,杰克马上想起斯莫基的话:我听说,老挖墓的特别喜欢离家出走的孩子呢。尤其是男孩子。他向后退缩,宛如心虚的小偷。挖墓人阿特韦尔缓缓咧嘴露出微笑。"决定在这儿待一阵子了,小伙子?"

"是的,警官。"杰克含糊以对,忙着朝点唱机喷了更多稳洁。点唱机其实已经很干净了,他只是在等阿特韦尔走开。过了半晌,他走开了。杰克目送肥壮的警官走向吧台……正是那一刻,吧台最左边的男人回过头来盯住杰克。

伦道夫·斯科特,杰克当场这么觉得:他长得很像伦道夫·斯科特。

他拥有和伦道夫·斯科特同样消瘦与刚毅的轮廓,然而正牌的伦道夫·斯科特本身有种难以抗拒的英雄气概,英挺的容貌尽管严厉,但也存在和煦的人性。但这人的容貌却只透露出厌世与疯狂。

杰克觉得惊恐,他明白那男人看的人是他,是杰克·索亚。他并不是趁着广告空当浏览店里的人,而是特地转头盯着杰克。杰克知道。

那部电话。那部铃铃作响的公共电话。

经过一番努力,杰克才收回视线。他改看向点唱机的玻璃罩,看见自己惊恐的五官就像幽灵一样,叠映在里头的唱片封面上。

墙上的公共电话又响了起来。

吧台最左边的男人将目光投向电话……然后又回到杰克身上。杰克一手抹布、一手稳洁,惊愕地杵在点唱机旁,他汗毛直立,肌肤发冷。

"如果又是那臭小子,以后他再打来,我就拿个哨子对电话猛吹。"洛丽边走向电话,边对斯莫基说,"我对天发誓一定会这么干。"

她表现得就像舞台剧女演员,仿佛所有酒客都会配合地掏出腰包,按照美国影视演员工会的规定,额外付她每天三十五块钱薪水。而世上不在这出戏码里的真实人物就只剩杰克与那令人惧怕的牛仔,带着他那双大手,以及杰克难以直视的眼睛。

突然间,令人震惊地,那牛仔用口形无声地说出:滚回家去。他眨了一下眼睛。

洛丽正伸手要拿起话筒时,铃声戛然而止。

伦道夫·斯科特转过身,喝干杯里的酒,接着大叫:"再给我来杯凉的。"

"吓死我了。"洛丽说,"这电话一定有鬼。"

4

稍后,杰克在储藏室里问洛丽,那个看起来像伦道夫·斯科特的人是谁。

"看起来像谁的谁?"她问。

"一个老牛仔明星。他刚才坐在吧台最旁边。"

她耸耸肩。"我觉得他们每个人都长得差不多。就是一群出门找乐子的色鬼。星期四晚上他们花的通常是黄脸婆的私房钱。"

"他把啤酒说成'凉的'。"

她的眼睛一亮。"哦！他啊！他看起来很凶。"她脸上漾着倾慕的神情……似乎这句话是在称赞他的鼻梁很挺或牙齿很白。

"他是谁？"

"我不知道他的名字。"洛丽说，"他是前一两个礼拜才出现的。可能最近工厂又开始招人了。那边——"

"看在老天分上，杰克，我没叫你再拉桶啤酒出来给我吗？"

谈话时，杰克正抬起大酒桶准备走向手推车。酒桶的重量和杰克的体重几乎相同，因此这个动作必须小心翼翼地维持平衡。斯莫基的叫喊从走廊传来时，洛丽吓得尖叫，杰克吓得跳起来。酒桶顿时失去控制，倾倒在地，瓶盖像香槟开瓶一样飞了出去，淡金色的啤酒瞬间喷涌而出。斯莫基还在咆哮，杰克却只能愣愣地看着啤酒，呆若木鸡……直到斯莫基揍了他一拳。

约莫二十分钟后，当杰克鼻孔里塞着卫生纸，带着肿胀的鼻子走出储藏室时，"伦道夫·斯科特"已不见踪影。

5

我六岁。

约翰·本杰明·索亚六岁。

六岁——

杰克猛摇头，试图甩掉这反复出现的心绪。那个披着人形外衣的怪物此刻就在他跟前，高大的工人向前倾身，一步步朝他贴近。他的双眼——鲜艳的黄色，隐约闪动着磷光。他——它——的眼睛一闪，杰克发现，有一层乳白色薄膜，迅速眨过眼球。

"你早就该消失。"它发出低沉的警告，朝杰克伸出的手开始扭曲，像是一英寸一英寸地覆上盔甲，变得坚硬。

门被推开，发出砰然巨响，橡树岭男孩乐队的歌声如洪水般倾泄而入。

"杰克,你他妈的再给我浑水摸鱼,待会儿看我怎么修理你。"斯莫基的吼声越过伦道夫·斯科特冲向杰克。伦道夫后退几步,铠甲般坚硬的兽爪消失无形;他的手又是普通人的手了——巨大而强壮,爬满凸起的青筋。他的眼皮不动,眼球上的乳白色薄膜又眨了一下……下一秒,男人的眼睛不再鲜黄,变成普通的蓝灰色。他看了杰克最后一眼,然后走向男厕。

斯莫基冲向杰克,他的纸帽往前歪,黄鼠狼般的尖头偏向一边,咧嘴露出鳄鱼似的牙齿。

"别再让我提醒你该做的事。"斯莫基说,"我最后一次警告你,千万别当我开玩笑。"

就像面对奥斯蒙,杰克的怨怒顷刻间直冲脑门——这种情绪,是遭遇不公正的对待却无反抗之力的怒火,是个十二岁孩子的心灵所体验过的最强烈的绝望感受——大学生偶尔也会认为自己有这种感受,但那多半是出于知识分子的素养而衍生出的情怀。

今晚它冲破沸点了。

"我又不是你养的狗,不准你这样对我。"杰克展开反击,用他仍因恐惧而麻木的双腿向斯莫基·厄普代克挺进一步。

斯莫基没料到杰克这突如其来的怒气,错愕地倒退一步。

"杰克,我警告你——"

"不,斯莫基,是我警告你。"杰克听见自己这么说,"我不是洛丽。我可不会乖乖挨揍。如果你敢打我,我一定会打回去,我会报复你。"

斯莫基·厄普代克的惊愕只维持了一瞬间。一个大半辈子都在奥特莱度过的人,实在称不上见过世面,不过斯莫基自认为经过大风大浪——就算只是跟个弱小的敌人对峙。有时候,光是这点自信也就够了。

他出手揪住杰克的领子。

"少在我面前耍花招,杰克。"他把杰克捉得更近,"只要你还待在奥特莱一天,你就是我养的狗。我高兴什么时候揍你就揍你。"

斯莫基揪着领子的手用力一甩,杰克因此咬到舌头,痛得大叫。两团饱含怒火的红晕在斯莫基苍白的脸上扩张,像是涂了廉价腮红。

"现在你可能觉得不服气,不过事实就是这样,杰克。在奥特莱酒馆,你就是我的狗,而且你哪儿也别想去,除非我不要你了。现在,你最好开始给我搞清楚状况。"

他的拳头向后扬。狭窄的走廊上,三个没有灯罩的六十瓦灯泡,照得他马蹄形尾戒上的碎钻狂乱闪烁。接着拳头往前飞,砸进杰克的侧脸。杰克往后倒,撞上爬满涂鸦的墙壁,半边脸先像被火灼伤,接着失去知觉,嘴里尝到鲜血的腥味。

斯莫基贴近看着他——那审慎思量的凝视就像赌客正在盘算该买数字彩券还是刮刮乐。他肯定没在杰克脸上找到他期望的表情,因为他揪起这个头昏脑胀的男孩,瞄准好打算再赏他另外一拳——

就在这时,一个女人在酒吧里尖叫:"不,葛兰!不要!"一群争执中的男人发出混乱的吵闹声,每个人的嗓门都剑拔弩张。然后是另一个女人的尖叫,叫声高亢刺耳。跟着是枪声。

"操他妈的狗屎!"斯莫基发出怒吼,咬牙切齿地咒骂出每一个字,口齿清楚得如同百老汇舞台上的演员。他将杰克往墙边一甩,回头大声推门走出去。又传来一记枪响,还有痛苦的惨叫。

事到如今,杰克只领悟到一件事——该是离开的时候了。不是什么今天下班后,也不是什么星期天早上。就是现在。

外头的纷争似乎已渐平息。没有警车声,也许因为没人中枪……然而杰克不敢忘记,那个长得像伦道夫·斯科特的男人还在厕所里。

杰克走进啤酒味弥漫的冰冷储藏室,他蹲下,双手探进酒桶背后,搜索他的背包,手指接触到寒冷的空气与脏污的水泥地。他悲哀地认定,一定是他们其中一个——斯莫基或洛丽——看见他藏起的背包,然后拿走了。全是为了你好,才把你留下来,亲爱的。好不容易,他的指尖传来尼龙布料的触感,解脱的心情几乎与绝望的恐惧同样苦楚。杰克背起行囊,渴望的眼神投向储藏室末端进货用的门口。他多想从那扇门出去——他不愿经过走廊,去用大楼后面的消防逃生口,那道门离男厕太近了。可是如果他开了进货用的门,吧台里的红灯就会亮起来。就算斯莫基还在处理客人的纠纷,洛丽也会看见,然后告诉斯莫基。

所以……

他走向储藏室门边,将门拉开一道细缝,凑上一只眼睛偷瞄。通往逃生口的走道没人。好啊,酷毙啦。杰克拿背包时,伦道夫·斯科特已经撒完尿回去喝酒了。真是帅呆啦。

想清楚点,或许他还在里面。难不成你想在走廊上碰见他,杰克?你想再看一次他的眼睛变成黄色?等确定了再出去吧。

可是没时间确认了。因为斯莫基会发现他不在酒馆里帮洛丽或格洛丽亚收拾桌子,或是不在吧台后面整理洗碗机里的餐具。接着他会跑回储藏室,继续刚才未完成的"训练",教导杰克应该如何遵守奥特莱酒馆的规矩。

所以——

所以怎么样?冲啊!

也许他还在里头,等着你呢,杰克……也许他会像邪恶的惊吓盒,突然跳出来给你个大惊喜……

是美女还是老虎?斯莫基还是伦道夫·斯科特?杰克踌躇了半晌,举棋不定。黄眼男子还在厕所里,是有那个可能;不过斯莫基会回来修理他,这是绝对会发生的。

杰克开门,钻进狭窄的走道。肩上的背包越发沉重——不管谁看到都会当它是杰克企图偷溜的证据。他慢慢穿过走道,即使人声嘈杂,乐声隆隆,他还是别扭地踮着脚尖,一颗心七上八下,狂跳不已。

我六岁。小杰克六岁。

那又怎样?为什么会一直想起来?

六岁。

走道好像比平常更长。简直就像走在原地打转的跑步机上,永远抵达不了彼端的消防逃生口。他的眉毛和上唇蒙上一层汗水,目光不断飘向右方的门扉,那扇门板上画着一条狗的黑色轮廓,轮廓下方印着两个字:"男厕"。然后再飘向走道尽头那扇模糊掉漆的红色逃生门。门上贴着告示:"紧急逃生专用!警铃发报!"事实上,警铃已经故障两年了。有一回杰克要搬垃圾出去,不敢开门,洛丽才告诉他的。

总算快走到了。正对着男厕的门口。

他在里面,我知道……如果他突然跳出来,我会尖叫……我……我会……

杰克颤抖的手轻轻压下逃生门的横杆。冰凉的触感让杰克感到一阵喜悦。一时间,他真的相信自己就要这么飞出这株吃人的猪笼草,飞进夜空……飞进自由。

冷不防他后方的门猛然打开,是女厕的门,一只手攫住杰克的背包。杰克像头被捕的野兽,爆出高亢绝望的嘶吼扑向逃生门,无暇顾及背包和藏在里面的魔汁。倘若背包扯断了,他一定会失控地冲出去,撞进酒馆背后杂草凌乱、垃圾横陈的空地。

偏偏背带是坚韧的尼龙材质,没有扯断。逃生门只推开一点点,在他眼前揭开一条长形的漆黑夜色又旋即合上。杰克被拖进女厕。他被揪着转了大半圈,往后一甩。假如他撞上的是墙壁,背包里魔汁的瓶子无疑会撞得粉碎,将他少数的几件衣服和《兰德·麦克纳利公路地图集》全泡进腐臭的烂葡萄劣酒里。所幸,他的背撞上的是厕所里其中一个洗手台,撞伤处疼痛刺骨。

那男人一步步逼近杰克,勾在牛仔裤上的手开始扭曲,变成兽爪。

"你早就该消失了,臭小鬼。"他的嗓音粗得像张砂纸,一字一句越来越像野兽的低吼。

杰克往左边缓缓移动,视线始终没有离开男人的脸。他的眼珠接近透明,不只变成黄色,内部还像燃烧着熊熊火焰……宛如万圣节南瓜灯的可怕双眼。

"你可以信赖老埃尔罗伊。"打扮成牛仔的怪兽开口说话,狰狞的笑容中露出一嘴钩形牙齿,有的出现锯齿状的裂口,有的蛀蚀变黑。杰克惨叫失声。"噢,相信老埃尔罗伊吧。"与其说是说话,还比较像是野狗嘶嗥。"他不会让你太痛的。"

"你不会有事的。"他靠近杰克,"你不会有事的,相信我,你……"他的嘴不曾停下,然而杰克再也无法辨别他的话语,如今那只是一连串野兽的低吼。

杰克踢到门边的垃圾桶。怪兽的兽爪挥向他时,杰克抓起垃圾桶砸了过去。垃圾桶击中怪兽埃尔罗伊的胸口弹开来。杰克乘机打开门往左奔逃,跑向紧急逃生口。知道埃尔罗伊紧追在后,他狂乱地推开门,冲进奥特莱酒馆后方的阴暗中。

逃生门右边放着许多塞满秽物的大垃圾桶,杰克不假思索地扳倒三个,听见它们在身后撞击滚动的巨响——接着传来的是埃尔罗伊被绊倒后怒气冲天的咆哮。

杰克回头,正好看见怪兽被绊倒。同时间他发现——噢亲爱的耶稣有条尾巴他长了条尾巴——那家伙此刻已几乎完全化身成一头猛兽。它的双眼射出诡异的金色光束,像是穿透两个相同形状钥匙孔的光线。

杰克往后逃开,一边扯下肩上的背包想要解开,手指却僵硬得像根木柴,他的头脑简直像团糨糊——

——小杰克六岁上帝斯皮迪啊帮帮我小杰克才六岁求求你——

——毫无条理的思绪与哀求全搅和在一起。怪兽吼叫着,趴倒在垃圾桶上。杰克看见一只兽掌高举,接着嗖嗖作声往下一挥,将波浪纹的垃圾桶铁皮劈开一大道裂口。它又爬了起来,跌跌撞撞,脚步站立不稳,蹒跚着走向杰克,它的五官挤在一起,咆哮着,脸低垂到胸口。不知何故,穿透野兽的吼叫声,杰克忽然又听懂了他说的话:"我要先扯烂你,小家伙。然后再杀了你。"

这是他的耳朵听到的?还是脑海里的声音?

无所谓了。这两个世界的间距已从浩瀚的宇宙缩小成一片薄膜。

怪兽埃尔罗伊一面咆哮,一面接近杰克。它用后腿站立,姿势古怪颠簸,身上的衣服撑裂了,嘴里伸出长长的舌头,垂挂在獠牙之间。这里是斯莫基·厄普代克的奥特莱酒馆后方的空地,总算来到这里了,来到这块被杂草和垃圾填满的空地——这儿搁着一张生锈的弹簧床,那儿堆着一片一九五七年福特老车的废弃零件,头上还阴森森地挂着一枚弯月,像根折歪的白骨,将地上的每块玻璃碎片照耀成目光灼灼的死亡之眼,而这一切的起点并不是新罕什尔,是不是?不。一切的开端不是母亲的病,也不是因为斯皮迪·帕克的出现,而是发生在——

小杰克六岁的时候。当我们全住在加州没有人搬去别的地方而且小杰克——

他笨拙地解开背包。

怪兽又追上来了,稀疏的月光下,它暴跳如雷的模样令杰克联想起某些迪斯尼卡通里的角色。杰克癫狂地大笑起来。怪兽大吼一声扑向他。杰克往后跳,穿过垃圾和杂草,又一次在千钧一发之际逃过粗壮的兽掌攻击。怪兽埃尔罗伊绊倒在弹簧床上,似乎被铁圈缠住了。它仰天长嗥,白色唾沫喷溅空中;它扭动拉扯,向前猛扑,一只脚深陷在生锈的弹簧圈里。

杰克将手探进背包搜索酒瓶,他的手钻过袜子、肮脏的内衣和一件皱巴巴且发臭的牛仔裤。他握住酒瓶,急忙抽出来。

怪兽埃尔罗伊的怒吼划破夜空,终于将腿从弹簧床里扯了出来。

杰克跌倒在肮脏的草地上,左手的最后两只手指勾住背包背带,右手紧抓住酒瓶。他用左手大拇指和食指转动瓶盖,背包在地上拖曳滚动。瓶盖打开了。

它会追上来吗?他混乱地想着,一边凑上瓶口。我过去的时候,就像在两边的世界中间打通一个洞吗?它会跟过来,然后在另一个世界里把我解决掉吗?

杰克的嘴里全是烂葡萄的臭味。他喉头紧锁,食道像要翻转过来,充塞鼻腔的腐臭使他深深反胃。他听见怪兽埃尔罗伊的叫嚣,但叫声听起来好远,仿佛它在磨坊路隧道的对面,而杰克正迅速朝另一头坠落。坠落的感觉让他想到:噢上帝啊我该不会那么蠢,让自己"腾"进魔域里的断崖或山顶之类的地方吧?

他用力抱住背包和酒瓶,绝望地闭上眼睛,等待接下来会发生的事——有埃尔罗伊或没有埃尔罗伊的魔域,惨遭分尸或逃过一劫——纠缠了他整晚的念头这时又涌上来,如同环绕起伏的旋转木马——银仙子或是埃拉·斯皮德。他骑在木马背上,飞翔在魔汁臭气凝结成的云端。紧紧抱着木马,他等待即将发生的任何状况,感觉身上的服装开始变化。

六岁那年噢对了当我们都还六岁而且没人会变成奇怪的东西的时候在加州谁吹了萨克斯爸爸那是德克斯特·戈登吗还是还是当妈妈说我们生活在断层线上的时候那是什么意思还有爸爸你去了哪里哪里你和摩根叔叔去了哪里噢爸爸有的时候他看着你的样子好像好像他的头脑有一条断层线而且他的眼睛里面好像发生大地震而且你快要死了噢爸爸!

坠落,挣扎,在地狱边缘,在一团宛若紫色云彩的恶臭中翻转,杰克·索亚,约翰·本杰明·索亚,杰克,杰克

——当时六岁,那年是一切的开端,萨克斯是谁吹的,爸爸?谁在我六岁那年吹了萨克斯?当杰克六岁,当杰克——

十一
杰瑞·布雷索之死

1

六岁那年……那才是真正的起点,爸爸,当时引擎吱吱嘎嘎开始启动,才最终将他拉进这间奥特莱酒馆。那天,背景是大声的萨克斯吹奏的音乐。六岁。小杰克那时六岁。起初,他的注意力全放在父亲送他的玩具车上——玩具车的造型模仿伦敦出租车,沉甸甸的像砖块一样,在父亲崭新办公室光滑的木质地板上轻轻一推,就能一路滑到房间对面。夕阳渐暗,上小学是八月过完后才会发生的事,全新的出租车玩具像一台坦克车般轱辘轱辘地在沙发背后的地板上滑动,冷气吹送的办公室里洋溢着安适满足的悠闲气氛……今天的工作都已结束,没有一通电话不能明天再打。杰克顺着地板的长木条将玩具车一推,萨克斯的独奏掩盖了硬橡胶轮胎滚动的声响。黑色小车子撞上沙发一角,转向一旁,然后停住。杰克爬过去,这时摩根叔叔已坐进沙发另一头旁边的一张椅子。屋里的两个男人都捧着酒杯,再过不久,他们会放下酒杯,关掉唱机和扬声器,一起下楼去开他们的车子。

当我们都还六岁住在加州而且没人会变成奇怪的东西

"这萨克斯是谁吹的?"他听见摩根叔叔这么问。半像在做梦,摩根叔叔熟悉的嗓音似乎和以往不同,有什么沙沙的东西藏在里面。小杰克将手放在出租车玩具上,冰冷的触感仿佛冰块而非钢铁。

"德克斯特·戈登啊,就是他。"杰克父亲的嗓音一如平常慵懒友善。杰克扶着玩具车,在地上滑来滑去。

"听起来不错。"

"《老爹玩管子》,这张老唱片挺不错的,你说是吧?"

"那我得去找找了。"这时小杰克觉得自己弄懂摩根叔叔的声音哪里奇怪了——摩根叔叔其实一点都不喜欢爵士乐,他只是在爸爸面前假装喜欢而已。杰克从小就知道这件事,爸爸竟然看不出来,他觉得他有些迟钝。摩根叔叔根本不会去找什么《老爹玩管子》的唱片,他只是在讨好菲尔·索亚——但菲尔·索亚看不出来的理由也许跟其他人一样:一般人根本不会花心思多注意摩根·斯洛特一眼。头脑顶尖而野心勃勃的摩根叔叔("精明得像豺狼,狡猾得像律师",莉莉这么形容他)在世人面前缺乏存在感——你的目光很自然会忽略他。小杰克敢打赌,摩根叔叔小的时候可能连班主任老师都记不太住他的名字。

"你想想,这个吹萨克斯的到了那边会怎样。"摩根叔叔说。这是头一次杰克全神贯注地听他说话。他的声音和刚才一样虚情假意,不过倒不是这份虚假让小杰克握住玩具车的指尖绷紧僵硬——而是"到了那边"这几个字像教堂钟声似的敲进了小杰克脑袋里。因为"那边"就是小杰克做梦时会去的地方。他一听就知道了。爸爸和摩根叔叔已经忘记他还在沙发后面,他们就要开始讨论那个地方了。

爸爸也知道"白日梦国"的事。小杰克从来不曾对爸爸或妈妈提过,他做白日梦的时候都会去个地方,但是爸爸竟然知道那里,就肯定是因为他也去过——就这么简单。接下来,小杰克了解到,爸爸会帮忙维护白日梦国的安定,有什么根据他说不上来,他就是有这种感觉。

另一方面,出于某种同样无从解释的理由,将白日梦国与摩根·斯洛特联想在一起时,不知怎地就让小杰克感觉很不安。

"嘿,"摩根叔叔说,"这家伙一定会迷倒那边的人,对不对?

搞不好还会给他封个焦枯平原公爵之类的头衔呢。"

"嗯,倒不一定。"菲尔·索亚说,"除非他们像我们一样喜欢他才有可能。"

可是爸爸,摩根叔叔又不喜欢他。小杰克心想,突然明白这是件很重要的事情。他一点都不喜欢他,他是假装的,他觉得那音乐太吵了,他觉得那音乐会侵犯他⋯⋯

"噢。我已经了解了一些事情,菲尔。可是真的,你知道吗——我永远不会忘记你教我见识这些事情的恩情。"他说出"恩情"两个字时,嗓子里好像夹杂着烟雾和玻璃破碎的声音。

然而小杰克简直欣喜若狂,那些小小的警示征兆,只不过让他愉悦的心情稍微沾上污点。他们在讨论白日梦国,那就表示白日梦国里发生的事都有可能是真的,真是太神奇了。两个男人讨论的内容超越了他能理解的范围,因为大人的词汇太艰深了,然而小杰克满足于白日梦国带给他的惊奇和喜悦,何况就算不全听得懂,六岁的小杰克也大到足以了解他们谈话的方向。除此之外,另外一半让他开心的原因是,他发现,原来这是个他和父亲共享的秘密。

2

"有些事情我想先搞清楚。"摩根叔叔说。小杰克觉得"搞清楚"这三个字好像三条缠在一起的蟒蛇。"他们那边用的是魔法,就像我们这边有物理学,对不对?我们现在讨论的是个以农业为主的君主国家,使用魔法,而不是科学。"

"没错。"菲尔·索亚说。

"而且我们能够推论,他们已经这样过了好几个世纪,生活形态从来没什么改变。"

"除了政权更替,大致是这样没错。"

接着摩根叔叔的声音变紧了,他克制着兴奋的情绪,说话的尾音有些飘忽。

"咳,先别管什么政权不政权的。想想我们能造成什么改变。我知道你会说——而且我一定同意你,菲尔——我们在魔域里已经干得不错,所以对于要如何将改变引进魔域中,必须非常谨慎。我对这个观点一点意见都没有。因为我也这么想。"

小杰克感受得到父亲的沉默。

"好吧。"斯洛特往下说道,"我们这么想吧。首先,我们站在一个对自己有利的立场,然后我们可以将好处散布出去,分给跟我们站在同一阵线的人。这样不会牺牲我们的优势,但对于随之而来的利益,我们也不是贪心的人。我们欠他们人情,菲尔。看看他们为我们做了什么。我认为我们在那里能够扮演协同两个世界的重要角色。倘若将这边的能源灌注到他们的能源中,一定会产生超乎想象的壮观成果,菲尔。而且最后我们会在他们面前建立起慷慨的形象,当然我们确实也是慷慨的人——这对我们也不会有坏处。"这时的摩根叔叔很有可能扬起眉头,两只手掌叠握着。"当然啦,全盘的计划我还没想得很清楚,你也晓得。不过老实说,我觉得这种合作关系值得付出努力。菲尔——想象一下,如果我们把电力带过去,从此我们将产生多大的影响力?要是我们把现代化武器带给那边适合的对象呢?你能想象吗?我相信成果一定很了不起。非常了不起。"沙发旁传来他汗湿的手心拍挤在一起的声音。"我不愿在你还没考虑清楚前就逼你决定,不过,我认为是时候来想想刚才提的那些事了——站在魔域的角度,好好思考如何深化我们的参与。"

菲尔·索亚仍旧不发一语。摩根叔叔又拍一次手。沉默的菲尔终于开口,他不置可否地问:"你的意思是,要深化我们对魔域的参与?"

"我认为我们应该朝这方向发展。我可以巨细靡遗地跟你解释,菲尔,但我想应该没那个必要。想必你也记得跟我一样清楚,在我们还没一起去魔域前,公司惨兮兮的样子。嘿,当然,靠我们自己的努力,或许也有机会达到这种成就,不过就我自己来说,我倒很感激再也不用替那些身材走样的脱衣舞娘或是永远红不了的二线小明星当掮客。"

"慢着。"杰克的父亲说。

"例如飞机,"摩根叔叔说,"你觉得飞机怎么样?"

"等等,先冷静点,摩根。我有很多想法,显然是你还没想过的。"

"我向来乐意倾听新的意见。"摩根的语调又变得雾茫茫了。

"好。我觉得我们对自己在魔域里的行为必须非常谨慎,搭档。我认为任何大规模的行动——任何我们所造成的结构性改变——都有可能回头反咬我们一口。凡事有因必有果,而且有时候那些后果可能不是我们乐见的。"

"例如什么?"摩根叔叔问。

"例如战争。"

"太夸张了,菲尔。我们没见过任何……除非你指的是布雷索……"

"我说的就是布雷索。那难道会是巧合吗?"

布雷索?小杰克感到纳闷。他听过这名字,可是印象很模糊。

"拜托,那跟战争比起来差得远了。简单地说,我不承认那之间有任何联系。"

"这么说吧。你记不记得,很久以前,一个'陌生人'如何暗杀了魔域的老国王?你听过这件事吗?"

"大概听过。"摩根叔叔说。小杰克又感受到他假惺惺的语气了。

父亲的椅子发出磨地声——他把搁在桌上的腿放下,身体向前倾。"那次暗杀引发了一场小型战争。老国王的追随者必须想办法压制一场由几个贵族策动的叛乱。那些人在战争里看到机会,乘机接管权位,扩展势力——他们扣押土地,掠夺财富,消除异己,从中发了大财。"

"嘿,公道点。"摩根插嘴,"这件事我也听过。但那些人也是为了让混乱的政局稳定下来不是吗——有时候人不得不强势点,要有所行动。我看得出来。"

"我同意,我们没什么立场去评判他们的政治。不过,请听听我的想法。那场小战争在魔域持续了大约三个星期。战乱中大约有一百人丧生。也许没那么多。但有人告诉过你,那次战争是何时发生的吗?哪一年?哪一天?"

"没有。"摩根叔叔不服气地咕哝一声。

"一九三九年九月一日。在我们这边,正好和德国入侵波兰是同一天。"父亲的语音暂歇。沙发背后的小杰克抓着他的黑色出租车玩具,无声地打了个大大的呵欠。

"胡扯。"摩根叔叔终于回道,"他们的战争导致我们的战争?你真的相信这种鸟事?"

"没错。"杰克的父亲说,"我相信魔域里一个小小的动乱,无形中会在我们这边引发长达六年的战争,造成数百万人身亡。我确实相信。"

"呃……"小杰克感觉到摩根叔叔的恼怒和即将爆发的情绪。

"不只如此。我和魔域里很多人讨论过这件事,我的心得是,那个暗杀国王的无名刺客,是个真正的'陌生人',如果你明白我在说什么。那些看过他的人都有个感觉:那人似乎穿不惯魔域的衣服,举止也像是并不清楚魔域当地的风俗——一开始他连货币都不太会用。"

"噢。"

"是的。要不是他一剑刺穿老国王的心脏后立刻就被碎尸万段,我们可能还有机会查清他的来历。但不管怎么说,我都认为他——"

"跟我们一样。"

"对,就是这样,一个外来者。摩根,我不认为我们有权在魔域里胡作非为,因为我们不知道会造成什么效应。老实说,我感觉这里的每件事都受魔域的影响。要不要我再告诉你另一件疯狂的事?"

"有何不可?"斯洛特说。

"除了我们这里,魔域并非唯一的异世界。"

3

"少鬼扯。"斯洛特说。

"我是认真的。有一两次在魔域时,我有个感觉,自己很靠近另一个地方——魔域的魔域。"

对,小杰克心想,就是那样,肯定没错,也有白日梦国的白日梦国,一个比白日梦国更漂亮的地方,而且白日梦国的白日梦国再过去一点,还有白日梦国的白日梦国的白日梦国,还有更多更多、更漂亮的地方……小杰克开始意识到,自己变得非常困。

白日梦国的白日梦国

一眨眼,他几乎立刻沉入梦乡,黑色的小出租车还搁在大腿上,全身因睡意而沉重,他倒在木质地板上蜷缩成一团,心情却因喜悦而轻盈。

大人的对话肯定又持续了很长一段时间——一定有很多小杰克漏掉的部分。他时睡时醒,身体时而沉重时而轻盈,睡过了《老爹玩管子》一整张唱片,睡过了父亲与摩根·斯洛特的谈话。最初,摩根·斯洛特想必试图争辩他所想出的计划——用温和的语气,然而十指却是握拳,眉头堆出皱痕!——接着他一定摆出一副明理的样子,然后折服于菲尔·索亚的质疑之下。而今,这段过往辗转重现在十二岁的杰克·索亚脑海,而他正卡在奥特莱镇与某个不知名的魔域村庄的罅隙之间,不断坠落。他看见对话的最终,摩根·斯洛特不仅佯装出信服的嘴脸,甚至装模作样地感激菲尔·索亚的谆谆劝解。当小杰克醒来,他听见的第一句话是父亲在问:"嘿,杰克跑哪儿去了?"接下来是摩根叔叔说:"可恶,我猜你是对的,菲尔。你总有看透事物核心的能力,那是你的看家本领。"

"杰克到底去哪儿了?"他父亲又问。小杰克在沙发背后翻个身,这才真的醒了。黑色出租车玩具掉到地上,敲出声响。

"啊哈。"摩根叔叔说,"小家伙躲在后面偷听呢,会不会?"

"你在后面,小宝贝?"父亲问道。杰克听见椅子在木质地板上摩擦的声音,接着听见有人站起来。

他呻吟了一下,"唔嗯,"一边慢慢把出租车玩具搬回膝盖上。他两条腿僵硬得难受——要是站起来,它们一定都会发麻。

父亲笑了。脚步声朝他走来。摩根·斯洛特肥胖红润的脸蛋出现在沙发椅背上。小杰克打了个呵欠,把膝盖伸进沙发底下。接着父亲的脸出现在斯洛特旁边。父亲正在微笑。有一瞬间,两张大人的脸孔像是飘浮在沙发上空。"我们回家吧,小瞌睡虫。"父亲说道。小男孩瞧向摩根叔叔时,看见他的城府沉入五官之间,钻进肥厚的两片脸颊肉里,如同毒蛇藏进岩石背后。一眨眼,他看起来又是理查德·斯洛特的爸爸了,他恢复成慷慨的摩根叔叔,总是送给小杰克昂贵的圣诞节和生日礼物;他又变成那个不起眼的摩根叔叔,很容易被人忽略。那刚才的他看起来又像什么呢?就像他体内发生了大地震,就像他粉碎了眼底的那条断层线,就像一场蓄势待发的洪水,等待着爆发的时刻……

"回家路上顺道去吃点冰淇淋吧,杰克?"摩根叔叔对他说,"听起来不赖吧?"

"嗯。"杰克说。

"那好,我们经过大厅的时候可以停下来买一点。"父亲说。

"好吃好吃好好吃哦。"摩根叔叔逗他,"这才叫作合作关系嘛。"说着给了杰克一个微笑。

这是发生在他六岁那年的事。在他失去重量、仿佛坠落地狱边境的过程中,它又重来了一遍——魔汁可怕的味道再度冲进他嘴里,钻进鼻腔,六年前的往事逆流倒转,在他脑海中重新放映了一遍。往事历历在目,数秒之间,整个下午就在他眼前飞掠而过,是魔汁将过去带了回来,也唤回反胃的感觉,这一次,杰克觉得自己真的会呕吐出来。

摩根叔叔眼神迷蒙,而杰克的心底也有个迷茫的疑问,终于挣扎着浮上台面……

谁在操弄

什么改变了什么改变了

谁操纵了那些改变,爸爸?

是谁

杀了杰瑞·布雷索?魔汁倒灌进嘴里,恶臭不留情地刺激着鼻腔,杰克的手一碰到松软的地面,马上缴械投降,吐了起来。是什么杀了杰瑞·布雷索?杰克呕出一摊污浊的紫水,又咳又呛,两条腿纠缠在坚硬的长草丛里,他晕头转向地后退几步,抽出身子。他用双手和膝盖撑在地上,低头张着嘴,像头骡子似的耐心等待下一轮反胃。他的胃一缩,连呻吟都来不及,只觉得一阵热辣灼烧着他的胸膛与喉咙,魔汁旋即从嘴里喷了出来。他的嘴角垂下一条黏稠的粉红唾液,杰克虚弱地将它擦掉,然后将手在裤子上抹了抹。杰瑞·布雷索,噢,对了,杰瑞——他老是穿着绣上名字的衬衫,就像加油站员工一样。杰瑞是什么时候死的——杰克摇摇头,又揩了揩嘴。棕灰色的泥地上,锯齿状野草又高又长,仿佛巨人的杂乱胸毛,杰克对着草丛吐了口口水。隐约出自某种动物本能,他扒松地面,用泥土掩埋掉呕吐的痕迹,又不假思索地在牛仔裤上擦擦手掌,终于抬起视线。

在一条泥土小径的边缘,他双膝跪地,沐浴在日落前的最后一抹余晖中。恐怖的怪兽埃尔罗伊没追上来——他马上就注意到了。一旁有个木造笼子,里面的狗将鼻尖塞在栅栏的缝隙间,对着他吠叫。狗笼的另一面有间粗陋的小木屋,传出阵阵狗吠般的喧闹声,响彻浩瀚的天际。这些噪音与杰克在原来世界中奥特莱酒馆里曾听过的如出一辙:这是醉汉们互相叫嚷的喧嚣。是间酒吧——此时杰克已从魔汁的摧残中恢复过来,能够闻到麦芽和啤酒花发酵的气息浸透了空气。他不能让酒吧里的人发现他。

他能想象笼里的狗儿全被放出来,追着他又吠又咬的景象。他站起来。天空仿佛歪斜了,色调渐深。在另一边的世界,在他的故土上,现在正发生什么事?一场小型灾难正降临奥特莱酒馆?也许是一阵洪水,或是一场火灾?杰克蹑手蹑脚远离酒吧,穿过长草丛往一旁走去。除了酒吧,他只看见另一栋建筑物,与他相距约莫六十码,窗户里摇曳着烛光。右方不远处飘来猪圈的臭味。稍微远离房舍和酒吧后,狗吠声也渐渐平息。他走上西方路,往西徐徐前行。夜色浓黑,天边没有月光。

杰瑞·布雷索。

4

其实还有其他房舍,直到走近了,杰克才看见。除了酒吧里寻欢作乐的酒客,在魔域乡间,人们全遵照太阳的运作,日落而息。方正的窗户里没有燃亮的烛光。房屋外形和窗户一样端正,它们罗列在西方路两侧,令人困惑地彼此隔绝——杰克总觉得哪里看起来不太对劲,就像《儿童月刊》上"谁来找碴"的图片游戏,却又找不到解答。并没有特别突兀的陈设,或是上下颠倒的地方,大部分屋顶看起来都毛茸茸的,像是理短的干草堆,杰克猜想,那便是茅草屋顶吧——他只听过,从没亲眼见过。摩根,一个可怕的念头突然在脑海闪现,他惊恐地打了个寒噤,还有奥列斯的摩根,这两个人他都看过了:那个蓄着长发,脚蹬特制皮靴的男人,与父亲那个汗流浃背、贪好杯中物的合伙人,一瞬间,两人的形象恍然叠合——摩根·斯洛特的长发如海盗披散,走路时瘸着腿。但话说回来,摩根——这个世界的摩根——倒也不是这个"谁来找碴"游戏的解答。

杰克走过一栋外形活像放大版兔子窝的平房,房尾外围有一半乱七八糟地钉着黑色宽木板条,交叉成许多 X 形,屋顶也铺着毛茸茸的短干草。假如他正在远离奥特莱——或者更精确点说,他正"逃出"奥特莱——他会期待自己在这巨大的兔子窝乌漆抹黑的窗户里看到什么呢?答案他很清楚:电视机跳动的荧光。当然,魔域中的人家里不可能有电视机,令他困惑之处并不是因为五彩荧光的缺席。是别的什么,是任何房屋排列在一起时,门前那条路上一定会出现的东西,少了那个,整片风景就仿佛缺了个大洞。而你会注意到那个空洞,就算你说不上来该替那个空洞填上什么。

电视、电视机……杰克走过那间半边被木板条包围的房子,发现前面不远处又出现了一间像盖给小矮人住的房屋,前门离西方路的边缘只有几英寸远。那间房子的屋顶不是干草,而比较像是草皮,杰克自顾自地会心一笑——这个迷你村落使他想到霍比特村。会不会有个安装有线电视的霍比特人在路边停下马车,敲敲这茅舍(还是狗窝?)的大门,告诉女主人:"夫人,我们正在为您居住的区域装设有线电视缆线,只要每个月支付少许费用——随装随看——您就能拥有十五个额外的电视频道,您能收看经典老片《午夜蓝调》与二十四小时的运动频道、气象频道,还有……"

想到这里，他总算明白了，就是这个。这些房屋前面没有电线杆和电线！没有电视机天线杂扰苍穹，也没有电线杆入侵西方路两端的边线，因为魔域里没有电。正因为如此，他才下意识阻止自己看出西方路上少了什么。毕竟，曾经有段时间，杰瑞·布雷索服务于索亚与斯洛特公司，担任他们的水电维修技师。

5

当听见父亲和摩根·斯洛特的对话中提到布雷索这个名字，他以为自己从来没听过——现在记起来了，他才想到，他一定听过这水电工的名字一两次。只不过是他常听到的不是杰瑞·布雷索的全名，因为大家都只叫他杰瑞，就像他绣在工作服口袋上的名字。"杰瑞就不能去修一下冷气吗？""叫杰瑞去把门轴上点油，好吗？吱吱嘎嘎的，快把我吵死了。"接着杰瑞便会出现，他总穿着一身熨得平整干净的工作服，稀疏的赭红色头发梳得服服帖帖，脸上挂着老实的圆形镜框。杰瑞总是默默修好该修的地方。那身几乎不见皱痕的工作服是杰瑞太太一手打理的成果，这对夫妻还有几个小孩，每年圣诞节，索亚与斯洛特公司绝不会忘记送礼物给他们。当时年幼的杰克总是把杰瑞幻想成卡通片里汤姆猫的死对头①，他还幻想杰瑞一家人住在巨大的老鼠洞里，要钻过墙壁的拱形老鼠洞才能进去拜访他们。

然而究竟是谁杀了杰瑞·布雷索？难道会是圣诞节时总会贴心地送礼物给布雷索家小孩的父亲与摩根·斯洛特？

杰克迈入西方路上的黑夜中，情愿自己当年爬进沙发背后时就立刻沉入梦乡，彻底遗忘有关索亚与斯洛特公司水电工的任何

---

① 《猫和老鼠》，二十世纪四十年代起由米高梅公司出品的系列卡通动画，故事的主角为汤姆猫与老鼠杰瑞，由这对欢喜冤家一起制造出许多逗趣情节。

事。睡眠是他眼下最大的愿望——远远胜过思考这段尘封六年、令人不愉快的记忆。杰克答应自己,一旦走过最后一栋房屋,再多走几英里路,他就要替自己找个过夜的地方。睡在田里,甚至水沟里也行。他的腿连一步都不想再走了,他全身上下的肌肉甚至骨头,都感觉像原来的两倍重。

有好几次,小杰克尾随在父亲身后,跟着他进入某个房间,却发现菲尔·索亚莫名其妙地不见了踪影。从此之后,小杰克发现父亲会消失在卧室、饭厅和索亚与斯洛特公司的会议室里。直到那一次,父亲又在他们位于罗迪欧大道上住所旁的车库里变了这套戏法。

小杰克坐在一个小土丘上,这是贝弗利山这一带最有资格称为山丘的地点,没人注意到他坐在这里。他看着父亲走出家门,一面穿过草坪,一面伸手在口袋里翻找钱包或钥匙,接着从侧门进入车库。按理来讲,右侧的白色车库大门应该几秒钟后便会升起,但它始终顽固地紧闭着。这时杰克才发现,父亲的车从星期六早上起就一直停在同一个地方,在他们家正门口的路边。莉莉的车早就不在了——她衔了支烟到嘴里,宣布她要去看《魔鬼的新娘》导演的新片《黄土的轨迹》,就算天王老子都不能阻止她出门——所以说,车库是空的。好一阵子,小杰克等待事情发生,但侧门和大门均毫无动静。终于,小杰克滑下野草茂盛的小土丘,走向车库,自己开了门进去。偌大而熟悉的车库内空空荡荡,机油在水泥地面留下深色污渍,墙面钉着银色挂钩,上头挂着各式工具。小杰克吃惊地唤了声:"爸爸?"接着重新环视车库的一景一物,确认自己没有看走眼。这回他看见一只蟋蟀跳向阴暗的墙角,有一瞬间,小杰克差点就要相信,真的有魔法,而且某个邪恶的巫师在这里施了法术……蟋蟀跳到墙边,钻进某个看不见的缝隙。不对,爸爸没被变成蟋蟀。怎么可能。"嘿。"小男孩出声呼叫——但显然只有自己听见。他退回侧门,离开车库。阳光洒落在罗迪欧大道油亮青翠的草坪上。他应该找人求救,但能找谁呢?叫警察吗?我爸爸走进车库以后就不见了,我找不到他,我好害怕……

两小时后,菲尔·索亚出现在靠近维尔什尔大道那头的街上。他的外套披在肩头,领带已经松开——在杰克眼里,他看起来像是周游列国后返家的归人。

小杰克焦虑地从小土丘上跳下来,迈开脚步跑向父亲。"你真的很喜欢四处溜达。"父亲笑着说。小杰克靠过去,偎在父亲大腿旁。"我还以为你在睡午觉,小流浪汉杰克。"

走向家门前的小径时,两人一起听见屋内响起电话铃声,某种直觉——也许是想将父亲留在身边的本能——让小杰克暗自祈祷电话铃声已经响得够久,无论打电话的人是谁,都会在他们接近门口之前就挂断电话。父亲揉揉他的头,弄乱小杰克的头发,将他温暖的大手放在小杰克的颈背,然后打开家门。跨了五大步,父亲接起电话。"喂,摩根?"他听见父亲说。"什么?坏消息?你最好快点告诉我。"父亲沉默了好长一段时间。小杰克听得见话筒嗡嗡渗出摩根·斯洛特的声音:"噢,杰瑞。我的上帝。可怜的杰瑞。我马上过去。"接着父亲凝视着小杰克,没有微笑,没有眨眼逗他,只是将他揽进怀中。"我很快就到,摩根。我得把杰克也带去,不过他可以在车里等。"小杰克没有像平常一样好奇地追问为什么要在车里等待,他感觉到父亲的肌肉放松,似乎因此松了口气。

菲尔的车子沿着罗迪欧大道驶向贝弗利山饭店,左转进入日落大道,一路开往办公大楼。沿途始终保持沉默。

父亲左右变换车道,穿过车流,最后将车子驶入办公大楼旁的停车场。停车场里已经停着两辆警车、一辆消防车和摩根叔叔的白色迷你奔驰敞篷车。还有一辆生锈的双门普利茅斯,那是水电工的车。就在大门进去一点点的地方,摩根叔叔正在和一个警察说话,警察缓缓摇头,脸上流露同情的神色。摩根·斯洛特的右手搂着一个瘦小的女人,女人身上穿着尺寸过大的洋装。摩根用手臂挤了挤她的肩膀,她的五官垮下来,倚向斯洛特的胸膛。就算大半边脸都遮在一条用来拭泪的白色手帕底下,小杰克也晓得,那是杰瑞太太。有个戴着帽子、身穿防水衣的消防员在大厅底端清出一堆变形的金属、塑胶残块,碎玻璃和灰烬,还有一大团杂乱的残骸。"在车里乖乖等几分钟,好吗,杰克?"菲尔说完,就朝大楼门口走去。停车场尽头有个年轻女孩坐在水泥平台上,正在和警察交谈。她面前摊着一团皱巴巴的东西,过了一会儿,小杰克才看出那是一辆脚踏车。小杰克吸气,闻到苦涩的烟味。

等了二十分钟,父亲和摩根叔叔一起走出办公大楼。摩根叔叔仍然搂着杰瑞太太,他挥手向索亚父子道别。他领着杰瑞太太走向车子的副驾驶座。杰克的父亲将车子驶出停车场,再次融入日落大道的车阵中。

"杰瑞受伤了吗?"小杰克问。

"可怕的意外。"父亲说,"电线走火——本来可能整栋大楼都会烧毁的。"

"杰瑞受伤了吗?"小杰克又问。

"可怜的笨蛋杰瑞伤得太重,死翘翘了。"他父亲回答。

杰克和理查德·斯洛特耗去两个月的时间,才把他们偷听来的对话拼凑成完整的故事。杰克的妈妈和理查德的管家又替他们补充了其他细节——其中又以管家描述的情节最为血腥恐怖。

那个星期六,杰瑞·布雷索到公司维修安保系统,因为假如他在平常时间处理那复杂的线路,万一不小心搭错线,触动了警报器,可能会替大楼里的人制造不少困扰。安保系统与大楼的配电盘接在一起,安装在一楼两片可拆卸的大型胡桃木面板内部。

确认不会惊动任何人后，杰瑞放下工具，动手将面板卸了下来。接着他到地下室的小工作间里，打电话通知管区，请他们暂时忽视索亚与斯洛特公司发报的安保信号，直到他再次打电话通知为止。当他回到一楼，准备着手对付盘根错节的电路时，二十三岁的洛雷特·张小姐，恰巧骑着她的脚踏车来到大楼旁的停车场——同一条街上，再过半个月，即将有家新的餐厅开张，她是来发送传单的。

稍后，张小姐告诉警方，透过办公大楼的玻璃门，她看见一名工人从地下室走上大厅。就在工人拿起螺丝起子，接触配电盘的前一刻，停车场里的她觉得脚下的地面传来一阵颤动。她猜想，那是一场轻微地震，对于一辈子都住在洛杉矶的人来说，洛雷特·张并不害怕，毕竟地震从未真正摧毁过什么。她看见杰瑞·布雷索站稳脚步（这表示他也感觉到了，虽然此外没有其他人察觉到地震），晃晃脑袋，然后细心地将螺丝起子伸进一格格蜂窝状的电路盘里。

下一瞬间，索亚与斯洛特公司一楼的入口与走道，竟变成了骇人的灾难现场。

整个配电盘转眼化成一叠长方形火焰，透着青色的鲜黄光芒，就像一道闪电射出一条曲线，包围了水电工。电子警报器发出巨响，一声接着一声：铿——轰！铿——轰！沿着墙滚下一颗六英尺高的巨大火球，将已经丧命的杰瑞·布雷索弹到一边，然后沿着走廊滚向大厅。透明的大门粉碎成无数玻璃碎屑与变形冒烟的门框。洛雷特·张丢下脚踏车，急忙跑向对街的公共电话。在将办公大楼地址告诉消防队的同时，她注意到，她的脚踏车几乎被大门内射出的力量拦腰折断，而杰瑞·布雷索烧焦的尸体仍在毁坏的配电盘前方上下跳动。数千伏特的电力倾注到他体内，如同规律的浪涛冲刷，将他抛过来甩过去。杰瑞全身上下的衣服与体毛尽皆燃烧殆尽，皮肤变成斑驳的焦黑色。他所戴的眼镜已经熔化成一团咖啡色的塑胶黏糊,仿佛贴在脸上的狗皮膏药。

杰瑞·布雷索。是谁在操纵那些改变,爸爸?直到再也看不到任何一间茅草屋后,杰克又继续走了半小时。陌生的星群在天空中排列出陌生的星阵——那是种陌生的语言,他无法解读的讯息。

十二
杰克赶集

1

　　这一夜，他睡在魔域异香氤氲的干草堆中。他先在草堆里挖了条通道，然后辗转反身，好让自己能接触到外面的新鲜空气。他聆听细小的脚步声窸窣作响——田鼠热爱干草堆，他忘了是从哪里听来的，或是从书上读到的。要是它们闯进这个窝里，那么有只名叫杰克·索亚的大老鼠，可要把它们吓得噤若寒蝉。他一点点逐渐放松，左手手指滑过魔汁瓶子的轮廓。他曾在一条小河边停下来喝水，当时他挖了一团潮湿有弹性的水草来堵住瓶口。他认为有一部分苔藓极可能从水草团上剥落，掉进魔汁里，或者早就掉进去了。还真可惜，那样不就糟蹋了魔汁辛辣刺激的口感和娇弱细腻的韵味吗？

　　他躺在干草堆里，温暖舒适，昏昏欲睡，觉得如释重负……仿佛原来有上百磅重的石块绑在背上，而某个好心的小精灵跑来解开了扣锁，让那些石头掉在地上。他又来到魔域了，这里有那些惊心动魄的角色与他相伴，奥列斯的摩根、手执皮鞭的奥斯蒙，还有生龙活虎的怪兽埃尔罗伊，他们全以魔域为家，而魔域本身，则是个什么都有可能发生的国度。

　　当然，魔域是个好地方，这一点不在话下。他记得这些，从他最初的儿时记忆开始，当时所有人都还一起住在加州，还没有任何人迁居其他地方。此时此刻，为芬芳的干草环抱，浸淫在清洌馥郁的魔域空气中，杰克能感受到魔域的美好，心境格外平静。

倘若有一阵风意外拂过,将猪笼草吹得歪斜,正好露出足够飞走的开口,里头的苍蝇或瓢虫也会觉得松了口气吗?杰克并不知道……但至少他知道自己已经远离奥特莱,远离晴天俱乐部,远离因担忧购物推车被偷走而哭泣的疯老头……最重要的是,他远离了斯莫基·厄普代克,远离了奥特莱酒馆。

这么一想,暂时待在魔域里,先走上一段再作打算似乎是个不错的选择。

思绪还未停止,杰克便已沉沉睡去。

2

翌日早晨,杰克沿着西方路走了大约两三英里,享受着阳光与夏末待收割的田野土壤散放的芳香。这时一个蓄着络腮胡、身穿类似古罗马宽袍和粗布马裤的农人驾着马车经过,在他身边停下,大声问他:

"小伙子,你要去赶集吗?"

杰克半带着惊奇愣愣地看着他,因为他发现那人说的并不是英语——别管什么"之乎者也"或"汝欲何往?"这种文言古话了,这完完全全不是英语。

车上还有个穿着宽松衣裙的女人,坐在络腮胡车夫旁边,她膝头揽着一个约莫三岁大的小男孩。她愉快亲切地对杰克笑了笑,然后朝她丈夫翻了翻眼睛:"他是个傻人儿呢,亨利。"

他们说的不是英语……但无论他们说的是什么语言,我都听得懂。我甚至连思考都是用这种语言……还不只这样——我连看东西都是用同样的语言,我不知道怎么形容,不过就是这样。

杰克这才理解,上回他进魔域时,也是同样的情况——只不过当时他太过困惑,没有多余心思注意到这点。当时一切都发生得太快,一切都显得那么光怪陆离。

农夫身子往前探,也冲着杰克笑笑,露出一口参差不齐的牙齿。"你是不是个傻人儿呀,小伙子?"话里没有嘲笑的意思。

"不是。"杰克尽力报以最友善的微笑,同时意识到自己说出口的并非英语的"不是",而是某种魔域语言中表示否定的字眼——他连语言和思考模式都变了(总之,他拥有一套全新的形象塑成模式——他的词汇里没有切合的字眼,不过他明白那是同样的意思),就像身上装束的改变一样。"我不是傻蛋。只是妈妈教过我要小心路上的陌生人。"

这回农夫的妻子笑了。"你妈妈说得对。"她说,"你也要去市集吗?"

"对。"杰克说,"我是说,我要走这条路,到西方去。"

"那就从后面爬上车吧。"农夫亨利告诉他,"日头快下山了。我想把车上的庄稼卖一卖,趁天黑前回家。这趟收成不好,不过已经是这一季最后一次收割了。九月还能收割也算运气不错了。也许有人会买。"

"谢谢你。"杰克道过谢,爬进低矮的马车后头。车里有用粗绳捆住的成堆的玉米,看起来像柴堆一样。如果这样还叫收成不好,杰克实在难以想象什么样的玉米在魔域里才称得上好——那是他见过最巨大的玉米。此外,还有小堆的笋瓜、葫芦和看上去像南瓜一样的东西,只不过它们是淡红色而非橘色。杰克不知道那究竟是什么,但他相信尝起来肯定非常美味。他的肚子咕噜噜叫着。自从展开这场旅程后,杰克才真正体会到所谓的饥饿——不是那种在路上打打招呼的点头之交,那种放学后用几片饼干和一杯雀巢即溶奶粉冲泡的牛奶就能打发的蒙眬欲望;饥饿更像是亲密的挚友,即使他偶尔出门远行,却从来不曾完全离开你。

他背着马车头坐,套着凉鞋的两条小腿垂在车板外,脚底几乎擦到西方路坚硬的泥地。今天早晨路上车水马龙,杰克猜想,多半都是去赶集的。亨利不时大叫,跟经过的熟人打招呼。

杰克还在揣测那些苹果颜色的南瓜吃起来会是什么味道——还有,他的下一餐有没有着落——突然一双小手揪住他的头发卖力一扯,杰克的眼泪顿时冒了出来。

他回过头,看见那个三岁的小娃娃赤着脚站在他背后,脸上笑嘻嘻地,两只手上还缠着几根杰克的头发。

"杰森!"他母亲大声呵斥——然而却是那种洋溢着溺爱的叫声(看见这小宝贝拉头发的样子了吗?你瞧他壮的!)——"杰森,那样不乖!"

杰森咧嘴大笑,一点也不羞涩。那是个开朗傻气的笑脸,就像那晚杰克睡觉的干草堆的气味一样甜美。杰克不由地回他一个笑容……这笑容中没有丝毫心机与算计,杰克发现,他因此取得了小男孩母亲的友谊认同。

"坐。"杰森说话了。他不自觉地前后摇摆,像个老练的水手。他仍对着杰克微笑。

"呃?"

"坐坐。"

"我听不懂呀,杰森。"

"坐坐——呀。"

"我不——"

接着,这个比一般三岁大的小孩高大的娃娃,扑通倒在杰克膝上,脸上的笑容丝毫未减。

坐坐——呀,噢,我懂了。杰克感觉到下腹的痛楚往上扩散到胃部。

"杰森不乖!"他母亲用那种"你看他是不是很可爱"的溺爱语气又骂了一句……杰克森明白谁才是这车上当家的,他又漾起一抹甜死人不偿命的笑脸。

杰克发现,杰森尿裤子了。非常、非常惊人的湿法。

欢迎回到魔域啊,杰克。

坐在马车上,怀里抱着一个小孩,感觉温热的尿液逐渐渗透他的衣服,杰克大笑,仰头眺望湛蓝无比的天际。

3

几分钟后,亨利的妻子走向杰克,将坐在他膝头上的小杰森抱了回去。

"噢,尿湿了,坏宝宝。"她宠爱地说道。你瞧我的小杰森多会尿!杰克心里想着,又笑了起来。杰森跟着笑了,于是亨利太太也一块儿笑开来。

她替杰森换尿布时问了杰克不少事情——跟他在原来的世界里搭便车时差不多的问题。然而在这里他必须格外谨慎。他是个外来者,可能会遇上某些看不见的陷阱。他听过父亲警告摩根……一个真正的"陌生人",如果你明白我在说什么。

杰克意识到这个女人的丈夫在旁边仔细地听着。他小心地修改故事情节来回答她的问题——不是用来找工作时说的那个版本,而是搭便车时用的那套剧情。

杰克自称来自全手村——亨利太太对这个地名只有隐约听过的印象,其他就什么都不知道了。她很好奇,他真的走了那么远的路?杰克给了她肯定的答复。那么他要往哪里去?他告诉她(也在告诉默默听着的亨利),他要前往一个叫作加州的村庄。这地方她就不知道了,连在市集上跟小贩聊天时都没听过。杰克并不意外……他暗自庆幸亨利夫妻都没问他:"加州?谁会听过加州这种怪地方?你想编故事唬谁呀,小伙子?"魔域里一定有很多地方——大的地区也好、小的村庄也好——是那些生活在小小范围里的居民从来没听过的。没有电线杆。没有电力。没有电影。没有有线电视可以让他们知道加州马利布或佛罗里达州的萨拉索塔景致有多美。更没有魔域版本的美国电话电报公司对他们做广告:下午五点后,打到外岗的长途电话每三分钟含税只要五点八三元,每逢岁末佳节还有更多优惠。他们居住在神秘的世界里,杰克心想。当你住在一个神秘世界里时,你不会因为没听过的地名就怀疑它的存在。跟全手村相比,加州这名字听起来也不特别奇怪。

他们都没有质疑。杰克告诉他们,他父亲去年死了,母亲又生了重病(他本来想说,女王的差役半夜闯进家里把他们的驴子强押回去,他暗笑一下,决定还是剪掉这段剧情)。母亲把身上仅有的钱交给他(不过用魔域语言说出来时,钱这个字听起来不像钱,倒像竹子),然后要他去加州村找海伦阿姨。

"真是辛苦了。"亨利太太说。她把换好尿布的杰森又抱紧了点。

"全手村离皇宫不远,对不对,小伙子?"这是邀请杰克上车后,亨利第一次说话。

"对。"杰克说,"是挺近的,我是说——"

"你没告诉我们你爸爸是怎么过世的?"

这时亨利的头转过来了。他半睐着眼,带着审查的目光,收敛起原先的亲切,宛如被风吹熄的烛焰。看吧,总是有陷阱等着你。

"他生病了?"亨利太太问道,"这年头怪病一大堆——水痘啦、瘟疫啦——日子真不好过……"

刹那间,杰克有种疯狂的欲望想说出那个故事:不,他不是病死的,亨利太太。我爸是被高压电电死的。有个星期六他出门工作,把杰瑞太太和一堆小杰瑞——包括我——留在家里。那是当我们全家都还住在墙板下的老鼠洞、没有人搬去别的地方的时候。而且你知道吗?替理查德·斯洛特家帮佣的芬妮太太在摩根叔叔讲电话的时候听到,我爸把螺丝起子插进配电盘里,结果高压电全冲出来,把他烧焦了。他被电得好惨,惨到连脸上的眼镜都熔化了,糊满他整张脸。只可惜你不知道眼镜是什么,因为你们这里没有眼镜。你们没有眼镜……没有电……没有《午夜蓝调》……没有飞机。亨利太太,千万别落得跟杰瑞太太一样的下场啊。千万别——"

"别管他生什么病了。"满脸络腮胡的亨利说,"他搞政治吗?"

杰克看着他,嘴里嗫嚅嚅嚅,却说不出话。他不知道该回答什么才好。陷阱太多了。

亨利点点头,仿佛已经得到想要的答案。"下车吧,小子。过了这个山头,市集就到了。我想你就自己走过去,应该没问题吧?"

"可以。"杰克说,"我想没问题。"

亨利太太满头雾水的样子……不过此时她将杰森抱得离杰克远了点,好像他身上有传染病似的。

农夫回过头,视线越过肩膀落在杰克身上,他脸上的笑容混着懊恼。"很抱歉,你看起来是个很不错的小伙子,可是咱们这儿都是些单纯的人——遥远的海岸边不管出了什么状况,都是要靠大人物处置的事。不管女王会不会死……当然了,她迟早有一天会过世。上天早晚自有它的安排。像我们这种升斗小民,如果想插手大人物的事,只会招来凄凉的下场。"

"我爸爸——"

"我不想知道关于你爸爸的事!"亨利尖锐地打断他。他的妻子抱着小孩,颠簸着从杰克身旁走开。"管他是好人坏人,我不知道也不想知道。我只晓得一件事,就是他已经死了,我想你不会拿这件事说谎,还有他的小孩在路上风餐露宿,说起话来闪闪躲躲。不过,你听上去并不像这儿的人。所以你下车吧。你看到了,我自己也有个儿子。"

杰克下了车,为车上的年轻母亲脸上的恐惧感到抱歉——那是他带来的恐惧。毕竟农夫说得没错——小人物不该随便插手大人物的事,就算他们脑筋再好也一样。

十三
天空中的人

1

辛辛苦苦工作赚来的钱，竟然变成了竹子，杰克心中的震惊真是难以言喻——它们看起来就像粗制滥造的玩具蛇。然而震惊的心情并没有持续太久，接着杰克只是凄惨地自嘲了一番。怀疑什么，这些竹子当然是钱啊。当他进入魔域之后，一切都变了。银币变成了雕着鹰头狮身神兽的硬币，上衣变成了古式无袖背心，英语变成了魔域语，而美金呢——哈，变成一节一节的竹子。他来的时候，身上带了大约二十二块钱，他猜想这些竹子的价值应该等同原来的二十二块钱，不过他数数口袋里的两根竹子，发现短的有十四节，长的超过二十节。

问题倒不是这些竹子值多少钱，而是他对魔域的物价毫无概念。当杰克走过市集时，他觉得自己好像综艺节目《全能估价王》的参赛者，只不过没有热情的主持人拍手给他提示，应该把价钱猜高一点、或是往下修正一点。如果他搞错了……魔域的人会怎么对他，其实他也不知道。铁定会把他赶走吧。还是揍他一顿，把他捆起来？有可能。杀了他？应该不至于，但总之凡事都没个准。他们不搞民主政治，而他又是个外地来的陌生人。

杰克穿过喧哗繁忙的市集，从一头走向另一头，原先在脑中互相角力的问题与答案，现在已将战场向下转移——移师到饥肠辘辘的腹部。走着走着，杰克看见了亨利，他正在和卖羊的小贩讨价还价，亨利的太太站在他背后旁边一点，好让出空间给卖羊的小贩做生意。她背对杰克,小孩趴在她胸口——杰森,亨利家的小萝卜头,杰克心想——于是杰森看见他了。小娃娃挥着肥嫩的小手向杰克打招呼,杰克连忙转身走开,尽可能让人潮隔离他和亨利一家人。

烤肉的香味似乎无所不在。杰克看见肉贩将大大小小的牛肉串搁在炭火上,慢慢转动着,学徒将看起来像猪肉的厚实肉排摆到家常面包片上,送到顾客面前。他们看起来活像拍卖会场上的跑堂。顾客多半是像亨利一类的农人,买东西时,也有点像在拍卖会场——他们只是摊开手掌,高傲地举起一只手。杰克用心观察了几回交易,每一次客人掏出来付账的都是竹子……可是到底要给几节才够?他看不出所以然,但也无所谓了。无论买东西的样子会不会让人发现他是个外地人,还是得解决肚皮问题。

他经过杂耍摊子,聚在摊子前的观众不少——多半是女人和小孩——他们热烈鼓掌,笑得前仰后合,杰克却没有稍事逗留。他走向一个边上围着帆布棚的摊子,摊主是个彪形大汉,二头肌上文了刺青。摊位上挖了道壕沟,炭火在沟里闷烧,上头横架着一根大约七英尺长的铁杆,杆上串着五块巨大的肉团。摊主站在壕沟边,铁杆两侧则各站着一个汗流浃背、脏兮兮的小男孩,他们两人合力转动着铁杆。

"上等烤肉!"彪形大汉叫卖,"上等烤肉!最最上等的烤肉!来买我的上等烤肉!就在这里,最棒的烤肉!"接着他扭过头,责骂靠他较近的男孩,"认真点干活,该死的家伙。"回头又继续叫卖起来。

一个农夫带着十多岁的女儿经过,举起手,指指左边数来第二块肉团。男孩暂停转动铁杆,等候老板从肉团上割下一片烤肉,然后放到面包上。其中一个男孩将面包交给农夫,农夫掏出一根竹钱。杰克仔细观察,看见农夫折下两节竹钱交给男孩。男孩走回摊上时,农夫就像大多数男人收拾零钱那样,动作漫不经心但其实小心翼翼地将剩下的竹钱搁回口袋里,然后张大嘴咬了一口只有一层面包的烤肉三明治,再把剩下的三明治递给女儿。女儿张大嘴吃起东西的气势倒是不输给父亲。

杰克的肚子咕噜咕噜叫个不停。他知道该怎么做了……但愿如此。

"上等烤肉!上等烤肉!上等——"彪形大汉倏地停止叫喊,低头瞅着杰克,他两条粗厚的眉毛兜在一起,一双眼睛虽然细小,却不糊涂。"我听见你的肚皮在唱歌呢,小朋友。如果你口袋里有钱,我就把肉卖给你,晚上睡前再祈祷上帝保佑。如果没有,就快点移开你那张蠢脸下地狱去吧。"

两个学徒都笑了,尽管他们显得如此疲惫,仿佛已经累得连自己的声音都控制不了。

文火慢烤的香气简直令人发狂,杰克移不开他的脚步。他亮出身上比较短的那枝竹钱,也指了指左边数来第二串烤肉。他没开口。不说话似乎比较保险。彪形大汉冷冷哼了一声,再次从宽腰带上抽出刀子,切下一块肉——杰克注意到,这块肉比他给农夫的那块小多了,可是他实在太饿,顾不了那么多,现在他只狂热地期待吃到肉的那一刻。

彪形大汉将肉甩在面包上,没有交给学徒,而是亲自送到杰克面前。他拿走竹钱,毫不客气地折下三节。

母亲的声音出现在脑中,显然被逗得很乐:恭喜你呀,杰克……你刚被人坑了。

肉贩再度瞅着杰克,奸诈的笑脸上露出一口蛀得乌黑的牙齿,他料定杰克不敢回嘴,没那个胆量反抗他。我只折了三节,你该感激我才对。你要知道,我大可把整根竹钱都拿走,我可不是没那个能耐哪。你还可以挂个牌子在脖子上昭告天下:我是个外地人,我孤立无援。所以喽,小肥羊,你有种跟我争吗?

杰克怎么想当然无济于事——很显然他对这件事毫无办法,

只能任由那尖锐而无能为力的愤怒在心中翻涌。

"走啊!"大块头已经对他失去兴趣,伸出大手在杰克脸上拍了拍。他的手指满是疤痕,指甲缝里渗着血迹。"你买到肉了,可以滚蛋了。"

杰克暗想,要是我拿支手电筒照你,包你吓得拔腿逃命,像被鬼追一样。要是再让你看到飞机,我看你八成会吓成神经病。你可没有自己想的那么厉害,老兄。

杰克露出微笑,也许笑容里的某些成分惹恼了肉贩,因为他突然转过头,眼中闪过一丝不安的表情。很快地,他的眉头又锁在一起。

"我说了,快滚!"他大吼道,"滚开,天杀的臭小鬼!"这回杰克真的走开了。

2

烤肉美味至极。杰克囫囵吞下烤肉和面包,沿路漫步时仍不自觉地舔着手掌上残留的肉汁。烤肉的味道像是猪肉……又不太像。它的味道比猪肉更强烈、更浓郁。无论是什么,它都强势地填满了他身体中间的空洞。杰克觉得,如果用这种肉当作上学时带到学校的午餐,他将永远都吃不腻。

这下他的肚子总算不再抗议——至少能安静个一阵子——他终于可以好好逛逛了。虽然自己并没有意识到,但他终于融入了市集的人群中。这下他不过是另一个乡下来的土包子,呆头呆脑逛过一个又一个摊位,想要一口气看尽新奇的市集。小贩见了他,也只会把他当成另一个有机会掏钱买货的客人。他们对着他大声吆喝,等他走过,又对着任何一个走在他背后的人继续吆喝——不计男女老幼。面对四周琳琅满目、稀奇古怪的商品,杰克率直地发出赞叹,挤在逛街的人群中,杰克看起来不再像个陌生人——或许是因为他不再惺惺作态,假装凡事都见怪不怪,因为在这里,每个人都为自己的所见所闻感到惊奇。市集里人们大笑、争论、讨价还价……但没有人露出无聊的神色。

市集令杰克回想起女王的宫殿,却没有环绕宫殿周围那股太过亢奋紧张的喜庆氛围——这里同样混杂着各种不同的气味(最强烈的莫过于烤肉香和牲畜秽物的臭气),也有衣着光鲜的人穿梭来往(然而,就算这市集里打扮最光鲜的人,也难与杰克曾在宫殿里遇见的那群花花公子媲美);在这里,最平淡无奇与最光怪陆离的景象同时并存,制造出那股熙攘莫测、却又令人激动的气氛。

杰克在一个卖地毯的摊位前停下脚步。看着那些织着女王肖像的地毯,令杰克回想起汉克·斯科弗勒的妈妈。他不禁微笑起来,汉克是杰克和理查德以前在洛杉矶时常一起玩的朋友,而他妈妈热衷于收集富丽堂皇的家饰品。老天,她一定会爱死这些地毯,劳拉·德罗希安头上顶着缀饰繁复的皇冠,精细华美的肖像一针一线绣在这地毯上!这比画着阿拉斯加雄鹿的绒布画作或是他们家吧台后方的"最后的晚餐"陶瓷画好看多了……

杰克目不转睛地看着,而绣在地毯上的肖像就当着他的面起了变化。女王褪去,母亲的脸庞浮现,在杰克眼底一再反复,闪动着她太过漆黑的眼眸与太过苍白的容颜。

思乡愁绪再度出其不意地淹没了杰克,冲刷着他的意志。杰克在心中呼喊——妈妈!哦!妈妈!天哪,我在这里干什么?妈妈!——他像热恋中的情人般强烈渴望知道她此时此刻在做什么。坐在窗边,抽着烟,眺望海面,手边摆着一本翻开的书?在看电视?去看电影?睡着了?快要死了?还是……

已经死了?恶魔的声音贯穿脑中,杰克来不及阻止。她死了吗,杰克?已经死翘翘了吗?

滚烫的泪水刺痛了他的双眼。

"什么事这么伤心啊,孩子?"

杰克抬起头,诧异地发现卖地毯的小贩正盯着他瞧。他的块头和肉贩差不多,手臂上也文了刺青,但他的笑容却很开朗,充满朝气,看起来全无恶意,跟肉贩迥然不同。

"没什么。"杰克说。

"孩子,如果没想什么都让你有这种表情,那我看,你最好找些事情想想。"

"我真的看起来这么糟吗?"杰克反问,同时浅浅一笑。不知不觉间,杰克也不再羞于开口说话——至少这一刻是如此——说不定也是因为这样,卖地毯的小贩才没有特别注意他是否有什么奇怪的口音。

"漂亮的小伙子,你看起来活像在月亮这边只剩一个朋友,然后刚才又眼睁睁看着白色大野狼跑出来,当着你的面用银汤匙把它吃了下去。"

杰克又笑了笑。小贩转身走回摊头,在最大的一张地毯旁边的一个小架子上取下一个东西——一个带着短柄的椭圆形物品。他转动那东西,阳光反射出来——原来是面镜子。在杰克眼中,它看起来又小又廉价,就像在游乐场上射倒牛奶瓶赢来的便宜赠品。

"来吧,年轻人。"地毯小贩叫他,"照照镜子,看我说得对不对。"

杰克看见镜中影像时,冷不防倒抽一口气,过于惊愕的他,一时间几乎忘了该怎么呼吸。没错,那是他,但看起来却像是从迪士尼卡通《木偶奇遇记》的快乐岛上跑出来的小家伙,因为纵情玩耍、打撞球、抽雪茄而被变成驴子。盎格鲁-撒克逊血统赐予他的那双又蓝又圆的眼睛变成了棕色的杏眼。他的头发凌乱纠结,垂到额头中央,活像驴子鬃毛。他抬手想拨开头发,指尖触到的却只是额头的皮肤——从镜中看来,他的手指仿佛湮没在虚幻的头发影像中。他听见小贩愉快地呵呵笑起来。最惊人的是,他的脸颊两边垂下了一对驴子的长耳朵,长得超过下巴。他瞪着镜子,一只耳朵抽动了一下。

他陡然想起:我以前有过这样的东西!

随后他想到的是:我以前在白日梦国的时候,也有过一样的东西。如果回到原来的世界,它会变成……变成……

那时他一定还不到四岁。在他原来的世界里(他甚至没注意到,他已不再将它称作"真实的"世界),它原来是颗大弹珠,中间镶着瑰丽云彩。有天他拿着弹珠在家门口玩耍,杰克来不及追上,它就顺着水泥车道滚进了排水沟。当时他坐在路边,用沾满泥巴的小手掩着脸啜泣,伤心它再也不会回来。但现在它回来了,这个失而复得的老玩具,就跟他三四岁时一样令他开心。他喜滋滋地笑了,连嘴都合不拢。镜子里的形象也随之改变,从驴子变成了猫咪,脸上绽放出慧黠而神秘的愉悦神情。驴子般的棕色眼睛也变成了雄猫的绿色,毛茸茸的灰色小耳朵取代了驴子的长耳朵。

"好多了。"小贩说,"好多了,孩子。我最喜欢看见开开心心的孩子了。开心的孩子才是健康的孩子,健康的孩子才能在这世上找到自己的方向。《好农经》是这么告诉我们的。如果书上没说,那它就应该这么说。不然我就干脆把这句话写进我那本《好农经》里。你想要这玩意儿吗?"

"要!"杰克大叫,"要!太棒了!"他翻找衣袋里的竹钱,顾不得省吃俭用了。"多少钱?"

小贩皱起眉头,迅速环视四周,确认没人正看着这边。"把那东西拿开,孩子。好好收起来,这样才对。钱财别轻易暴露。裤袋一旦走光,保证你的钱被抢光光。市集里到处是'小手'呢!"

"什么?"

"没什么。我不收钱,你拿去吧。我把那批货批回店里的时候,有一半在马车上被撞碎,堆在那里好几个月了。许多太太带着小孩来看,试了老半天,但没有半个人想要它。"

"至少你还没抛弃它呀。"杰克说。

小贩惊奇地看着杰克,一转眼,两人一同扑哧笑出声来。

"伶牙俐齿的快乐孩子。"小贩说,"等你大一点、更有胆识点再来看我吧,孩子。到时候我带着你和你的伶牙俐齿,一起到南方沿街叫卖去。"

杰克咯咯笑了起来。这家伙可比饶舌歌手还逗呢。

"多谢了。"他说(镜中的猫绽放出一抹爽朗而奇异的笑容),"真的非常谢谢你!"

"在上帝面前谢我吧。"小贩说道。接着,他好像突然想起什么:"小心你的钱!"

杰克离开了,他将那面镜子小心收进衣袋里,就放在斯皮迪给他的酒瓶旁边。

每隔几分钟,他都会摸摸口袋,检查竹钱是否还安安稳稳地躺在里头。

他想,他知道"小手"是什么意思了。

3

离开地毯摊,再往下走两个摊位,有个戴着眼罩的独眼男子,浑身酒气,一脸心术不正的模样,正在游说一个农夫买下他的公鸡。他告诉农人,假如他把公鸡带回去,和自己家里的母鸡养在一起,接下来整整一年,母鸡都会产下双黄蛋。

杰克对公鸡兴趣缺乏,虽然独眼男子说得天花乱坠,他也没兴致听下去。他加入到一群孩子里,他们正盯着独眼龙摊位上最引人注目的东西。那是个柳条笼子,里面装着一只鹦鹉,那鹦鹉几乎和孩子里最年幼的差不多高,全身的羽毛是滑顺的深绿色,犹如喜力啤酒的瓶子。它的眼睛是明亮的金色,只不过……它有四只眼睛。就像他在宫殿马厩里看过的那匹小马一样,这只鹦鹉也有两个头。它黄色的鸟爪稳稳当当抓住笼子里的横杆,两个头分别朝向相反方向,鸟冠的羽毛几乎碰在一起。

鹦鹉自说自话,逗得孩子们嘻嘻哈哈。但即便如此,杰克仍注意到,这群专注在鹦鹉身上的孩子脸上既没有惊讶,也没有困惑的表情。他们不像那些第一次进电影院,目瞪口呆坐在位子上的小孩,反倒比较接近星期六一早打开电视机,收看固定卡通片的儿童。双头鹦鹉确实是个奇观,但对他们来说已经见怪不怪。

"咕咕咕!上面有多高啊?"东边的头问。

"跟下面一样低啊。"西边的头回答。孩子们咯咯笑成一团。

"呱呱呱!说到贵族,最伟大的真理是什么呢?"东边的头又问。

"一日为王,终生为王。"西边的头骄傲地回答。杰克浅浅一笑,几个较年长的孩子大声笑开,年幼的孩子则一脸不解。

"斯普拉特太太的橱柜里藏着什么?"东边的头继续问。

"男人不该看的东西!"西边的头回答。杰克听不懂,孩子们却笑成一团。

鹦鹉端庄地在横杆上动了动鸟爪,接着拉了一泡鸟屎到底下的草堆里。

"夜里是什么吓死了阿兰·德斯特里?"

"他看见他老婆——呱呱!——从浴缸里走出来!"

农夫走开了,公鸡还留在独眼龙手里,独眼龙转过头,迁怒在孩子们头上:"别在这儿捣乱!走开!不然就踢你们的屁股!"

孩子们一哄而散,杰克也跟着离开。他回过头,视线越过肩膀,最后一次疑惑地望了一眼那只奇异的鹦鹉。

4

杰克又在另一个摊头花去两节竹钱,买下一个苹果与一瓢牛奶——他所喝过最香甜、最浓郁的牛奶。杰克心想,假如他的家乡也有这样的牛奶,雀巢与好时不出一星期就要关门大吉了。

就快喝完时,杰克瞥见亨利一家人正缓缓朝他的方向走来。他将勺子还给摊头的老板娘,她爱惜地将杰克喝剩的牛奶倒回身旁的大木桶。杰克匆忙离去,用手背抹去沾在上唇的牛奶,一面忧心祈祷着前一个用那勺子喝奶的客人没得麻风病或疱疹之类的。然而他又或多或少相信,那样的病症也许根本不会存在于这个世界里。

他走上市集的中央干道,经过杂耍艺人、两个兜售锅碗瓢盆的胖女人(这是魔域版的特百惠①吧,杰克心中暗笑),接着又经过双头鹦鹉的摊位(独眼龙摊主现在正拿着一个陶瓶,大刺刺地喝起酒来,他抓着那只晕头转向的公鸡,从摊位一头晃到另一头,滔滔不绝地对往来行人进行推销——杰克发现,独眼龙干瘦的手臂裹了一层发黄的白色鸡屎,便忍不住做了个鬼脸),最后经过一块农人聚集的广场。他好奇地驻足半晌。许多农夫都抽着陶制烟斗,杰克还看见一大堆陶瓶——和独眼龙手上那个如出一辙——在农人间传来传去。还有一方茂密的青草地,许多男人正忙着将石头拴在一群低垂着头、眼神温和驽钝的长毛马背后。

杰克再次行经地毯摊位。小贩见了他,举手示意。杰克也抬手回应,原想对他说声:"善用它,别滥用它,老兄!"后来还是打消了主意。一股忧郁的心情蓦地袭来,身为一个局外人格格不入的感受,再一次令他沮丧。

他来到十字路口。南北向的路仅是条乡间小路,相较之下,西方路就宽阔多了。

好个流浪汉杰克,他想着,试图堆起笑容。他挺起胸膛,听见斯皮迪送他的酒瓶和镜子轻轻擦出一丁点声响。流浪汉杰克要上路喽,走上魔域里的90号州际公路。脚步可千万别停下来呀!

---

① 特百惠,美国贩卖厨具、保鲜盒等家用品的大型企业。

于是他再度迈开步伐,没多久,这梦幻之境将他吞没。

5

四小时后,这个下午已经过了一半。杰克坐在路边又高又长的草丛中,遥望着一群男人——从这个距离望去,他们只比昆虫大不了多少——爬上一座摇晃不定的高塔。杰克决定坐在这里休息,是因为此处是西方路上最接近高塔的地方。虽说两地相距起码三英里之遥(也许实际上远得多了——魔域里澄澈得不可思议的空气,让距离变得格外难以判断),但杰克已经看到高塔一个多小时了。

杰克啃着苹果,一面让疲累的双腿放松,一面思考那座矗立在波浪翻滚的草原上的高塔究竟是何种建筑。当然,他也纳闷那群男人为什么要攀上塔顶。自从杰克离开市集后,微风持续稳定地吹拂着,高塔位于杰克下风处,不过每逢风势稍微止息,杰克就能听见那群人互相叫嚷……或对彼此大笑。他们的笑声此起彼落。

离开市集后,杰克已经往西又走了五英里路,他穿过一个村落——如果五栋民宅和一间看起来已经歇业很久的商店加起来可以叫做村落的话。那是杰克最后一次经过有人烟的地方。在瞥见那座高塔之前,他正要开始怀疑自己是不是已经来到外岗而不自知。费朗队长的话,他记得很清楚:过了外岗,就什么也没有了……或者,就是地狱了。他也记得费朗队长说,就连上帝自己都不曾走出外岗之外……

杰克微微打了个冷颤。

其实他并不相信自己真的走了那么远。确实,此刻的他感觉不到逐步陷入妖树森林、努力挣扎着逃离摩根的马车时那种渐次加深的不安全感……而今回忆起来,那些杀气腾腾的妖树简直就是他后来被困在奥特莱镇的恐怖序幕。

从他在干草堆里安安稳稳睡了一觉,再暖烘烘地醒来,一直到结束与亨利一家人共度的便车之旅为止,他的心情始终如沐春风;他的感觉是,尽管魔域中可能潜藏着种种邪魔戾兽,但说到底,魔域总归是个美好的国度,只要他愿意,随时都能成为这国度的一部分……他不完全是个陌生人。

于是他体悟到,长久以来,他始终是魔域的一部分。当他从容惬意地沿着西方路信步而行,有个奇怪的想法逐渐在他心中成形,无论那想法来的时候半是英语、半是魔域语,或管它用的是什么语言:做梦时,唯有清醒过来的那一瞬间,我才知道自己在做梦。如果做梦时被闹钟吵醒,或因其他理由突然醒来——那么我自己将会是世上最惊讶的人。首先,醒过来的感觉就像一场梦。当我深深沉入梦乡,我在这里便不是个陌生人——这就是我想表达的意思吗?不是,但很接近了。我相信爸爸一定经常梦得很深,我也敢打赌,摩根叔叔从来不曾真正入梦。

他下定决心,一旦遇上任何危险……或者就算只是见到什么可怕的光景,他就要掏出魔汁,豪爽地痛饮一口,重回美国国土的怀抱。否则,在重返纽约州之前,他会在这里徒步走上一整天。实际上,他几乎已经打定主意要在魔域度过今夜,倘若在那个苹果之后,还能找到其他食物果腹的话。然而他没这么做,毕竟,站在杳无人烟而宽广的西方路上,放眼望去,可看不到任何一家7-11或其他便利商店。

过了最后一个小村落之后,原先簇拥在市集与十字路口边缘的老树,让位给一望无际的草原。杰克慢慢觉得,自己像是走在一条没有尽头的道路,穿越无垠的海洋。他在西方路上前行,碧空明媚,天气渗凉(都九月下旬了,当然天高气爽,他想道。只不过当他想到"九月"这个词时,脑中跳出的是某个魔域词汇,翻译出来的意思比较接近"第九个月")。身旁没有行人,也不见马车,空的、载货的马车都没有。风声低吟出萧索的秋意,规律地阵阵吹送,所到之处,在青草之海上推送出一圈圈广阔的涟漪。

假如有人问他:"觉得如何,杰克?"男孩会这么回答:"挺不错的,谢啦。神清气爽。"当他信步穿越这片汪洋般的草原,"神清气爽"是他第一个联想到的字眼,至于"狂喜"则会让他率先想起金发美女乐队①的同名热门金曲。他伫立在草原前方,瞭望那些涟漪波动追逐,滑向地平线,品尝他这个年纪的美国小孩几乎不曾见识的景致——空无一物的大道上方,湛蓝的苍穹开展出令人眩晕的浩瀚深邃。干净的天空既没有喷气式飞机侵扰的痕迹,低空处也没有任何云雾庇荫。倘若之前有旁人告诉杰克,当他面对这样的风景时,会数度潸然落泪,杰克势必会为之震惊。

杰克正经历着一场有生以来最剧烈的感官冲击,无论视觉、嗅觉、听觉,均是前所未有的崭新体验,就各方面来说,他原已是个世故老练的孩子——从小在洛杉矶长大,父亲是个经纪人,母亲是电影明星,若他还是个天真幼稚的孩童,反而才奇怪——但世故与否,他终究是个孩子,这对他来说绝对是个优势……至少在这样的情况下。换作一个成人独自穿过草原、与自己独处一整天,势必会让感官不堪负荷,甚至可能产生某种疯狂幻觉。若是成人在离开市集后继续西行一小时,甚至可能用不了这么久,他就会狼狈地摸索出魔汁——说不定还会因为手抖得太厉害而握不住酒瓶。

杰克的情况是,这股震撼彻底贯穿他的神志,旋即没入潜意识中。因此当他喜极而泣时,他确实对脸上的泪水浑然不察(除了泪水模糊视线的片刻,不过他认为那是汗水造成的),他心中只想着:老天,我的感觉好极了……在这种地方,没有半个人在身

---

① 金发美女乐队,美国二十世纪七十年代朋克及新浪潮摇滚乐队,文中提及的《狂喜》为该乐队曾登上畅销排行榜的名曲之一,收录于《汽车美国》专辑。

边，应该要吓得起鸡皮疙瘩才对，但我竟然觉得好极了。

正因为如此，当杰克漫步在西方路上、背后的影子渐渐拖长时，他才会将这种狂喜经验轻描淡写地形容成"感觉很好"、"神清气爽"。杰克未曾想过，这般喜悦的情绪有一部分可能是因为不到十二小时前，他仍被囚禁在厄普代克的奥特莱酒馆（最后一个酒桶压在他手指上弄出的水泡还积满了新鲜血水）；不到十二个小时前，他才千钧一发地逃出怪兽的魔掌（后来想想，他觉得埃尔罗伊像是某种山羊与狼人的合体）；而这是他人生第一次，走在一条全然空旷的大道上，触目所及，不见可口可乐的大型招牌，也不见百威啤酒举世闻名的驮马广告海报，更不见电缆在路旁延伸交错（杰克·索亚这辈子所经之地的每条路上都看得见这类东西）；远方没有飞机呼啸而过，听不到波音 747 客机降落在洛杉矶国际机场，或 F-111 轰炸机从朴茨茅斯的海军航空站出发飞向大西洋时如奥斯蒙的鞭子般飕飕作响；听得见的唯有自己的脚步声，与潮起潮落般的洁净吐息。

老天，感觉真好，杰克这么想着，心不在焉地揉揉眼睛，将这种感受定义为"神清气爽"。

6

这下子眼前却冒出一座高塔，杰克望着它，陷入沉思。

老天，打死我也不要爬上那玩意儿，杰克暗忖。苹果已经啃得只剩果核了，他想也没想，视线仍黏在高塔上，手指却在结实湿润的泥地上掘出一个凹洞，将果核埋了进去。

高塔似乎是用造马厩用的木板条筑成，杰克估计高度起码有五百英尺。它的外观约略呈方形，内部中空，四边的木板条交叉成 X 形，一个接着一个往上叠，最顶端有个平台。杰克眯起眼睛眺望，看得见有些人在平台上来回走动。

杰克坐在路边,手臂环抱弓起的双腿,膝盖贴着胸膛,微风温软,拂过他的身躯,在草原上推出另一波涟漪,吹往高塔方向。杰克想象着,高塔被风一吹,肯定摇摇欲坠,心中禁不住捏了一把冷汗。

就算给我一百万,我也绝对绝对不要上去,才这么想,他从刚才见到高塔上有人时就一直默默担心的事真的发生了:有人坠塔。

杰克惊慌失措地站起来,下巴吓得合不拢,犹如在马戏团里目睹危险特技失误的观众——就像看见翻筋斗的表演者重重摔在地上,蜷缩成一团;空中飞人失手跌落,砰的一声掉在护网之外;叠罗汉表演意外崩溃,跌落的表演者压叠在一起。

噢,该死,真要命,噢——

杰克眼睛突然睁大,下巴垂得更低,几乎贴到了胸口,倏地又猛然抬起,然后咧开一抹神魂颠倒、不敢置信的笑容。那人不是失足坠塔,也不是被风吹落。平台两侧有两块舌形突出物——就像泳池边的跳水板——那人其实是自己走到跳板尽头纵身往下跳。坠落到半途时,某个东西张开来,杰克猜想,那应该是降落伞,但它绝对没有足够的时间撑开。

那物品并非降落伞。

是对翅膀。

男人下坠的速度开始减慢,到距离草原上空五十英尺处便完全止住,接着方向一转,向上爬升。现在他变成在草原上空上下飞翔,他的翅膀高举,翼尾几乎碰在一起——如同市集里那只滑稽双头鹦鹉的两顶鸟冠——转眼又挟着巨大的力道俯冲,宛如赛道上进行最后冲刺的泳者双臂。

哇哦,彻底被震慑的杰克已经惊讶地说不出话,只能傻傻地在心中直呼,哇哦,看看他们,哇哦。

这时又有个人从塔顶跳板跃下,接着是第三个、第四个。短短五分钟内,便出现了十五个飞翔的男人,他们在空中交绕出繁复的纹路,但不难看出:他们从塔顶跳下,各自画出"8"字形轨迹,兜上去后重新落于塔顶,然后再次跃下,周而复始,循环持续。

他们在空中彼此错身、回旋飞舞。杰克开怀地笑了。这有点像在看老明星埃斯特·威廉斯①的水中芭蕾电影。那些水中芭蕾舞者——不用说,主角当然是埃斯特·威廉斯——永远展现轻松自信的表情,仿佛观众自己也能轻易做出同样的动作,在水中翻转旋舞,或是也能和几个朋友一起潜入池底,用身体编织出花团锦簇的图样。

然而正是这点不同。飞翔的男人并没有佯装出轻而易举的神态;看得出来,他们是付出极大的努力才让自己停留在空中。杰克霎时间明白,他们的举动其实痛苦万分,就像练习某些健身体操——例如抬腿或半身仰卧起坐——所必须承受的痛苦。没有痛苦,哪来收获!要是有人胆敢抱怨,教练铁定这么大喊。

杰克又回忆起另一件往事。母亲有位叫作米尔娜的朋友,米尔娜是名芭蕾舞者,也是某个舞蹈团的成员,杰克看过几次她的表演——妈妈总是逼着他一起去,然而那些表演多半十分无聊,跟上教堂或看电视上的"日出教程"②一样无趣。那一次,母亲带他去维尔什尔大道上舞蹈团工作室的顶楼看米尔娜练习,杰克从来没看过她练习……从来不曾如此贴近观赏。舞台上的芭蕾舞者,看似不费吹灰之力地用脚尖滑行跳步,然而在五英尺内的近距离看见练习的情景,不但令杰克印象深刻,甚至感到有些可怕。练习室中,炫目的阳光穿透落地玻璃,没有音乐——只有指导员

---

① 埃斯特·威廉斯(1921—),美国知名游泳选手与电影明星,曾经拍摄了许多以水中芭蕾为场景的音乐剧。
② "日出教程",一九五七至一九八二年间由美国 CBS 电视台与纽约大学合作的电视节目,将纽约大学的正式课程制作成电视节目,播送给支付课程费用的观众收看,因为东岸时间上午六点播出,故名之为"日出教程",是远程教学或电视教学的先驱之一。

有节奏地拍掌、厉声吼叫与尖刻的批评。没有赞美，只有批评。汗水犹如大雨倾盆，淋湿了舞者的脸颊与紧身衣。偌大高耸的练习室为汗臭填满。油亮的肌肉在精力耗尽的边缘抽搐颤抖；皮肤下的肌腱抽紧，犹如包覆在塑胶膜里的电缆；额头与颈部的静脉浮凸跳动。除了指导员的拍掌和毒辣的咆哮以外，练习室里只有舞者的脚尖噔噔作响的声音，与他们从一头跳到另一头的痛苦喘息。蓦然间杰克有种感觉，这群舞者不只是挣口饭吃，他们简直就在摧残自己。这段记忆中，最鲜明的部分莫过于他们的表情——那些精疲力竭的专注、那所有的痛苦……然而，超越那些痛苦之上的（或至少是绕着痛苦周围打转），杰克看见的是不容置疑的喜悦。这使杰克大感震惊，因为这种矛盾对他而言简直无从理解。究竟是什么样的人会甘愿臣服于这种无与伦比的煎熬？

他沉吟着，认为自己此刻看见的正是同样的痛苦。他们真的是长了翅膀的人，就像许久以前的漫画《闪电侠》中的鸟人，抑或者更接近希腊神话中，代达罗斯与其子伊卡洛斯的故事，背着自己做的翅膀翱翔天际？杰克觉得答案似乎没有那么重要……至少他无所谓。

喜悦。

这些人过着谜样的生活；他们的人生就是个谜。

而喜悦支撑着他们活下去。

这才是真正重要的事。是喜悦撑起他们飞向天空，无论他们是否天生就有翅膀，或只是将自制的翅膀用扣子或螺丝锁在身上。因为即便与高塔相隔遥远，但他所见的，正是那天在舞蹈团练习室里目睹的同一种努力。他们恣意挥霍精力，只为了成就一种短暂的辉煌，一种暂时违反自然法则的叛逆。他们的付出之深难以计算，求得的报偿竟只是短短的瞬间，这何尝不是一种心酸，然而那群人甘愿为此前仆后继，又何尝不是一种美好。

全是游戏一场，突然间，杰克如此认定。说不定连游戏都称不上——也许那只是一种游戏前的练习,就像舞蹈团练习室中一切的疲惫与汗水,不过是场练习。为了一出也许没有太多观众会在意、可能很快就不再演出的剧码而殷勤练习。

为了喜悦,杰克再度这么想道。他伫立着,仰着脸庞遥望远方飞翔的人们,微风拨动着他额前的头发。他的纯真岁月即将告终(倘若遭人逼问,就连杰克自己亦会不情愿地承认,他转眼就要抵达童年的终点——期望一个在外头闯荡了那么久、历经磨难、曾经有过奥特莱镇那种遭遇的男孩继续保持原有的纯朴无邪,毕竟是强人所难),然而,在他凝视苍穹的时刻,杰克恍然徜徉在天真烂漫的情怀中,恰似诗人伊丽莎白·毕肖普①所描绘的年轻渔人,在转瞬的灵启间,触目所及,一切尽是彩虹、彩虹、彩虹。

喜悦——该死,但那真是个振奋人心的可爱字眼。

从一切揭开序幕迄今——而只有上帝才知道究竟已经过了多久——杰克总算感到好过一点了,他再度在西方路上迈开步伐,他的步履轻盈,脸上洋溢着光灿傻气的微笑。偶尔,他会转头回顾,目光掠过肩膀,几乎觉得那幕景象逐渐在眼前放大。直到高塔消失在他视线范围外,喜悦的感觉仍继续存在,宛如他心中的一道彩虹。

7

日暮缓缓西垂,杰克方才领悟,自己其实是在拖延返回另一个世界——美国国土——的时间,不单因为难以下咽的魔汁,还因为他对魔域的眷恋。

草原上出现一条小溪(溪边开始出现稀疏的树丛——波浪状

---

① 伊丽莎白·毕肖普(1911—1979),美国著名女性诗人与作家,曾于一九五六年获普利策诗歌奖,文中提及的渔人典出其诗作《鱼》。

枝叶与古怪的齐平树顶,有些类似桉树),溪水朝右拐弯,傍着西方路向前流。右手边更远的前方,溪流扩张成一片辽阔的湖面。湖面如此广大,一小时前,杰克还以为那是一块颜色较深的天空,原来那不是天空,而是一座湖。好大的湖,他想着,兀自对这则双关语①会心一笑。他猜想,在美国的相对位置,那里就是安大略湖吧。

他感觉很好。他往正确的方向前进了——也许稍微偏北,不过他确信再不久西方路就会转向。早先那近乎痴狂的喜悦——即他所谓的神清气爽——已变成一种舒适的恬静,如同魔域的空气般清澈。唯有一个微小的污点在他平和的心中扰动,是那段记忆。

(六岁,六岁,杰克六岁的时候)

那段关于杰瑞·布雷索的记忆。记忆为何要这样折磨他,卖力地翻起陈年旧账?

不——不止是那段旧事……而是两段过往回忆。先是我和理查德偷听到芬妮太太在电话中告诉妹妹,说她听见斯洛特先生讲电话的内容,他说高压电将杰瑞烧焦了,熔化的眼镜焦着在他的鼻子上……然后是在沙发背后玩耍那次,我不是故意要偷听,但我听见爸爸说:"凡事都有它的后果,有时候那些后果可能不是我们乐见的。"当你的下场是熔化的眼镜糊成一片,黏在鼻梁上,我相信这便称得上某种我们不乐见的后果,是吧?……

杰克停下脚步。全身僵硬。

你想表达什么?

你很清楚我要表达什么,杰克。那天你父亲出门去了——他和摩根都是。他们来了这里。去了哪里? 这里? 我认为,那天他

---

① A great lake,意指巨大的湖泊,美国人通常将境内的五大湖称为 The Great Lakes,此处为双关语。

们都在魔域里,就在和他们加州那栋办公大楼相应的位置。而且他们做了某件事,或者,他们其中一人做了某件事。有可能是件大事,也可能是件比丢颗石头还微不足道的小事。而那个举动……无形中在另一个世界激发了某种效应,结果害死了杰瑞·布雷索。

杰克打了个寒战。这就对了。杰克总算明白,为什么他的脑袋要绕了那么远的路,才让这些记忆蹦出来——玩具出租车、男人交谈的沉郁声响、德克斯特·戈登吹奏的萨克斯乐曲。他的大脑不愿吐露这些过往。都是因为……

(是谁在操控那些变化啊爸爸)

都是因为,当他来到这里,相对地就会在另一个世界造成某些伤害。引发第三次世界大战?不,应该不至于。他最近没有暗杀任何国王,年轻的或老的都没有。可是要做到什么程度,才会造成足以让杰瑞·布雷索送命的效应?摩根叔叔射杀了杰瑞的分身吗(如果他有分身的话)?他尝试将电力的概念推销给某个魔域的大人物?或者只是某个不起眼的小动作……连在市集里买块烤肉面包都比不上的小动作?是谁造成这些改变?是什么操弄了这种变迁?

一场水灾、一把大火。

一时间杰克觉得唇干舌燥,恍如盐粒。

他踏过草地,走向路旁的小溪,双膝着地,舀了一捧水。他的手忽然变得僵硬。潺潺溪水已经染上夕照的色泽……转瞬间,整条溪水变得殷红,看来像是鲜血之河,而非平凡的路旁小溪。跟着又转变成黑色,再不久又变得透明,杰克看到——

一群头戴黑色羽饰、口沫飞溅的黑马拉着摩根的座车,在西方路上奔腾而过,杰克不禁发出一声细小的哀号。车夫的驾座高高在上,抽打马匹的皮鞭从不停歇,只不过执鞭的手不是一只手,而是野兽的兽掌。惊骇之中,杰克几近昏厥,因为他看见驾车的人正是埃尔罗伊。驱赶着那辆梦魇般的马车,埃尔罗伊狰狞的笑脸露出满口致命的毒牙,仿佛已等不及要逮住杰克·索亚,然后撕裂他的肚皮,将五脏六腑全挖出来。

杰克跪在溪边,双眼瞪凸,仓皇的嘴角因恐惧而战栗不已。他看见这骇人景象的最后一幕,并非什么了不起的大场面,但对杰克来说,却是最恐怖的光景:拉车的马匹眼珠正在发光,因为它们盛满了光线——它们反映出夕阳的光芒。

这透露了一个讯息:摩根的马车跟他同在西方路上,往西前进……它在追赶他。

就算有必要,杰克也不确定自己能不能站起来,他手脚并用,狼狈地慢慢爬回西方路。他摊平在泥地上,斯皮迪交给他的魔汁、市集小贩送他的镜子压在他的肚皮上。他侧过头,右脸与耳朵紧贴着西方路的地面。

他感觉得到,又硬又干的路面传来规律的颤动。目前仍有一段距离……不过越来越接近了。

埃尔罗伊高坐在驾车座上……而摩根就在车内。是摩根·斯洛特?还是奥列斯的摩根?不重要了。他们两个都一样。

震动的地面仿佛有催眠效果,杰克经过一番挣扎才勉强站起来。他从衣袋中掏出酒瓶——无论在魔域或在美国,它的形体都不会改变——抠出塞在瓶口的水草团,不在意有多少碎屑落入所剩不多的魔汁——如今只剩几英寸深了。他紧张地望向左边,仿佛期待那辆黑色马车会出现在地平线上,而盛满夕照的马眼,灯笼般散放出诡谲的光芒。当然,他什么也没看见。他早已注意到,魔域中的地平线距离比较近,而声音可以传得更远。摩根的马车应该还在十英里,甚至二十英里外的东边。

还是让他发现我了,杰克想着,举起酒瓶就要喝下,脑袋中却冒出一句细小的叫喊:嘿,等一下!等一下!笨蛋,你想害死自己呀?这一刻他的模样肯定很傻气,是不是?站在西方路正中央,就这样"腾"进另一个世界,跳进某条大马路中间,搞不好当街就被挂车或联合包裹公司的货车从身上碾过去。

　　杰克垂头丧气走到路边,踩进草地,又多走了十或二十步,以确保安全。他深呼吸,吸入这地方甜美的空气,紧抓住那沉静的感受……那彩虹般的心境。

　　好好记住这种感觉,他提醒自己。我或许会需要它……而且,我可能会很长一段时间后才能回到这里。

　　举目环视,东方渐层渗入的夜色让草原变得暗昧模糊。风势陡振,凉意中清香依旧,杰克的头发翻飞——已经越来越长而且乱了——如同摇曳的野草。

　　准备好了吗,杰克?

　　杰克合上双眼,强迫自己面对魔汁的苦臭与入口后的反胃。

　　"万岁。"他喃喃自语,吞下魔汁。

十四
巴迪·帕金斯

1

杰克呕吐着醒来,紫水与唾液挂在嘴角,一旁是四线道高速公路,他的脸距离覆盖路边长坡的野草仅有几英寸。他摇摇头,虚弱地用膝盖撑起身体,背顶着灰扑扑的阴沉天空。这个世界啊,这个世界,好臭。杰克往后爬,远离草尖的呕吐物,钻入鼻孔的臭味改变了,却没有消失。汽油燃烧的废弃物,还有其他诸多不知名的毒物一起悬浮在空气中;就连空气本身也散发出疲惫枯竭的臭味——就连高速公路上喧嚣的噪音都在鞭笞这将死的空气。路标背面好似一幅巨型电视屏幕,在杰克头顶俯瞰着他。杰克拖着身子站起来。公路对面粼粼水光波动,杰克看见一片没有尽头的灰色水面,颜色只比天空浅一点。水面反射出某种具有毒性的冷光,并飘散出金属锉屑的味道与疲困的气息。这是安大略湖吧,至于前方的小市镇大概是奥尔科特或肯德尔。他偏离原本该走的路径了——可能损失了一百英里左右的路程,还有四天半的时间。杰克走向路标下方,祈祷情况不会更糟。他抬头读完路标上的黑字,惊讶地张大嘴。安哥拉。安哥拉?这是什么地方?恶劣的空气已变得比较容易忍受,他穿过腾腾烟雾,检视这座小城。

他重要的旅行伴侣《兰德·麦克纳利地图集》告诉他,公路另一边的那片水色其实是伊利湖——他的行程不但没有折损,还超前了。

说穿了，一等到他确认自己的安全——意思是，等确定摩根的马车已经驶离他原来所在的位置后——他再"腾"回魔域里，终究是个比较聪明的办法。然而在他这么做之前，甚至在这个主意浮现之前，他的脚步已经移向那个烟雾蒸腾的安哥拉小镇，他想看看这一回，杰克·索亚是不是对这个世界造成了某些效应。一名年仅十二岁的男孩走下斜坡，他的身材比同龄男孩高大，穿着牛仔裤和格纹衬衫，邋遢的模样显示出乏人照料，而忧愁的面容像是短时间内装载了太多烦恼。

走到一半，杰克发现，英文又成为他思考的语言了。

2

许多日子以后，更靠近西岸的远方，有个名叫巴迪·帕金斯的男人，刚驶离俄亥俄州剑桥镇，就在40号国道上遇到一个搭便车的小男孩。这名自称路易斯·费朗的男孩满面愁容，仿佛这些忧愁就要这么一生一世融入他的五官。打起精神，孩子，就算不为任何人，也要为了你自己，巴迪很想这么告诉那孩子。照男孩的说法，他实在遭遇了不少惨事。父亲过世、母亲生病，自己则要被送去鹿眼湖投靠某个教书的阿姨……路易斯·费朗的处境也够凄凉了。他的样子就像打从上个圣诞节以来，就没再见过五块钱以上的现金。然而……巴迪隐约感到，这个姓费朗的孩子所说的故事，似乎有某些捏造成分。

首先，这孩子身上散发的是农场的气味，而非城市。巴迪·帕金斯和他的兄弟们在哥伦布市往东南大约三十英里左右的阿曼达镇近郊经营一个三百英亩的农场，所以他肯定自己的判断不会出错。这孩子身上有剑桥镇的味道，而剑桥镇是个乡下地方。巴迪从小就在农场和谷仓里长大，肥料、成长中的玉米或豌豆茎都是他再熟悉不过的气味。如今，坐在他身边的男孩那身褴褛衣裳上全都沾了巴迪熟悉的那些气味。

再来是他那身衣服。巴迪推测,费朗太太想必病得不轻,否则她不会让路易斯穿着那条裤子出门——那条牛仔裤早已破烂不堪,裤管全是干掉变硬的泥巴,裤脚踩成一圈黄褐色污渍。还有那双鞋!路易斯的运动鞋看起来随时会从脚上脱落,鞋带纠结成一团,两只鞋面的布料全都磨破了好几个大洞。

"所以说,他们把你爸的车拖走了,是吗,路易斯?"巴迪问道。

"对啊,就像我刚才说的——那些没用的懦夫半夜跑来,就这么把它从车库里偷走了。我觉得他们没有权力这么做。他们不该把车子从工作得要死要活、而且打算一有能力就赶紧付清贷款的人身边抢走。他们不可以这样,你也这么认为吧,是不是?"

男孩将因日晒而变得黝黑的真挚脸孔转向他,脸上的表情仿佛这是个自从特赦尼克松总统或猪猡湾事件以来最严肃的问题。面对任何浑身散发农场工作气味的男孩,而他提出的意见基本上不带恶意时——巴迪直觉地想要干脆赞同他的说法。"我想凡事总有一体两面。"巴迪·帕金斯回答得有些尴尬。男孩目光一闪,转过头重新望着前方。巴迪为此又紧张起来,看着男孩脸上凝结的愁云惨雾,他甚至有些后悔自己没有顺着路易斯·费朗的意思附和一下。

"你说你阿姨在鹿眼湖的小学教书?"巴迪希望至少能说些让这悲伤的孩子开心点的事,带他往前看,而不是往后看。

"是的,先生。她是小学老师,叫海伦·沃恩。"他的神情并未改变。

然而巴迪又听见了——他倒不敢拿自己跟亨利·希金斯[①]之类的语言学教授相提并论,但他绝对敢打包票,路易斯·费朗

---

① 亨利·希金斯,萧伯纳的音乐剧《卖花女》中的角色。一九六四年该剧改编成电影《窈窕淑女》,由奥黛丽·赫本饰演语言粗俗的卖花女,雷克斯·哈里森则饰演改造卖花女口音、将她塑造成上流社会人物的语言学教授亨利·希金斯。

说话的方式丝毫不像个在俄亥俄州长大的孩子。他的口音完全不对，每个音节接得太紧，抑扬顿挫的转调也都不同。压根不像俄亥俄人，更别提什么俄亥俄农家的口音了。那是外地人的口音。

或许有其他原因，让个在俄亥俄州剑桥镇长大的孩子学会这样的说话方式？无论出于什么莫名其妙的理由？巴迪觉得应该是这样。

就另一方面来看，路易斯·费朗左手肘紧紧夹着、从未松开的那份报纸，似乎又证实了巴迪最深、最负面的忧虑：他身边这个飘散出农场芳香的同伴，其实是个离家出走的孩子，他所说的一切都是谎言。巴迪尽可能不着痕迹，只稍微偏过头偷看，发现报纸是《安哥拉论坛报》。非洲有个叫安哥拉的地方，那是许多一心想赚大钱的英国人趋之若鹜之地；不过，纽约州也有个叫安哥拉的小镇，就在伊利湖旁边。他不久前才在报上看过那地方的照片，虽然记不清楚是为什么。

"我有个问题想问你，路易斯。"他清清喉咙。

"什么事？"杰克问。

"一个来自40号国道旁边纯朴小镇的孩子，为什么手上会拿着纽约州安哥拉镇的报纸？那地方非常远。我只是好奇而已，孩子。"

男孩低头瞧了被压得扁兮兮的报纸一眼，接着将它夹得更紧一些，好像生怕它会逃走。"啊，"他说，"我捡到的。"

"哦，这样啊。"巴迪说。

"是的，先生。我出门的时候在汽车站的长凳上捡到的。"

"你今天早上去了汽车站？"

"我先去了汽车站，后来才改变主意决定搭便车。帕金斯先生，如果你愿意让我在曾斯维尔的交流道下车，我就只剩一小段车程了，搞不好晚餐前就能到我阿姨家。"

"有可能。"巴迪说完,两人陷入尴尬的沉默中,驶过接下来的几英里路。最后他再也按捺不住,笔直看着前方,非常小声地问:"孩子,你是离家出走了吗?"

路易斯·费朗竟回他一个微笑,巴迪诧异不已——那既非傻笑也非伪装,是个扎扎实实的微笑,仿佛质疑他离家出走实在是个古怪的想法,令他发笑。这时的巴迪已将脸转向侧面,而路易斯瞥了巴迪一眼,两人视线相接。

经过一秒钟、两秒钟、三秒钟……管它过了几秒钟,总之巴迪·帕金斯察觉,这个坐在他身边、全身脏兮兮的小男孩非常美丽。他原以为,他不会拿这个字眼形容任何超过九个月大的男性,然而在脏污褴褛的外表下,路易斯·费朗着实是个美丽的孩子。路易斯的幽默感暂时扼杀了脸上的忧愁,而从他内在散发出来、照耀在巴迪·帕金斯——一个五十二岁的男人,家里有三个正值青春期的儿子——身上的光芒,源自他坦荡纯洁的善良,唯独某种异乎寻常的经历,让这道光芒蒙上了细微斑影。年仅十二岁的路易斯·费朗,孤苦伶仃,在人生的旅程上,似乎已走得比巴迪·帕金斯更远,见识过更广大的世界,而正是这点,令巴迪感受到他的美丽。

"不,我不是离家出走,帕金斯先生。"男孩回答他。

接着他一眨眼,闪耀的眼眸再次收敛起来,失去光泽。男孩沉入座位,靠在椅背上,他抬起一条腿,膝盖抵住仪表板,然后将报纸往上移,夹在腋下。

"嗯,我也没这么想。"巴迪·帕金斯连忙收回视线,改看着前方路况。他心中好像放下一块石头,虽然他自己也说不上为什么。"我也不认为你是那样的孩子,路易斯。不过,你有点特别。"

男孩不置一词。

"在农场上工作过,是吗?"

路易斯的目光投向巴迪,一脸诧异。"是啊,先前三天都在农场上干活,每小时两元钱。"

而且你妈妈在送你去找她妹妹之前,也舍不得从病床上爬起来,替你洗洗衣服,是不是?巴迪心里这么想,说出口的却是:"路易斯,我希望你能考虑跟我一起回家。我不是说你离家出走或什么的,但如果你真的来自剑桥镇附近任何一个地方,我保证把这辆破车吞下去,连轮胎都吃得一干二净。我自己也有三个孩子,全是男孩,最小的比利只比你大三岁。我们家可特别清楚怎么应付男孩子呢。你爱待多久就待多久,不过那得看你愿意回答多少问题了。因为至少从我们第一次共进晚餐后,我就会开始不停追问。"

他伸手搓了搓自己的灰色平头,望向副驾驶座。路易斯·费朗这时看来又像个普通男孩,而非意外的天启。"我们全家人都会欢迎你,孩子。"

男孩带着笑容回答:"我很感激你的好意,帕金斯先生。可惜我不能跟你回去,我得去找阿姨,她在……"

"鹿眼湖。"巴迪替他说完。

男孩吞了吞口水,再度转头注视前方。

"我会帮你,如果你愿意的话。"巴迪又说一次。

路易斯拍拍他壮硕黝黑的手臂。"你肯让我搭便车,就已经帮我很大的忙了,真的。"

又沉默地过了十分钟后,巴迪看着路易斯孤单的身影,独自走下曾斯维尔交流道。假如他把一个脏兮兮的陌生男孩带回家养,埃米八成会气得猛敲他脑袋,但要是她跟他说过话,埃米说不定会把妈妈传给她的上好杯碟都搬出来招待他。巴迪·帕金斯并不相信真有个叫海伦·沃恩的女人住在鹿眼湖,神秘男孩路易斯·费朗是不是真有个母亲,他也不十分有把握——这男孩看起来孑然一身,背负着重大使命独自闯荡。巴迪望着他的背影,直到购物中心招牌巨大的黄色和紫色色块渐渐将他吞没。

有一瞬间,他曾考虑干脆跳下车,追上那孩子,试着把他带回来……下一刻他却回想起一个混乱拥挤、尘烟弥漫的晚间新闻画面。纽约州的安哥拉镇。那里发生了一起微不足道的事件,小到不曾二度出现在报纸上,属于那种看过即丢、转眼就被抛进历史洪流的小型灾难新闻。巴迪残存的记忆只是个简短片段,说不定还有错漏之处。那画面中,地面裂开一个仿佛直通地狱的大洞,粗壮的钢梁突出,四处都是倒塌的梁柱,铺盖在被压扁的汽车上。巴迪·帕金斯往交流道又看了一眼,男孩已不在路上,他踩下油门,驶向夕阳。

3

巴迪·帕金斯的记忆比自己以为的要准确。谜样的男孩路易斯·费朗戒慎恐惧地将之夹在腋下、保护着的那份过期一个月的《安哥拉论坛报》,假如巴迪有机会看上一眼,他会在头版读到这样的标题:

骇人地震造成五人丧生
本报记者约瑟夫·贾根报道

预计还有六个月完工、将成为安哥拉镇上最高、最豪华的高级公寓建筑计划"雨翼大厦",昨日悲剧性地被迫中止,因为一场史无前例的地震导致建筑物意外崩塌,将数名建筑工人掩埋在断垣瓦砾下。目前已从化为废墟的公寓残骸中挖掘出五具尸体,另外仍有两名工人行踪不明,估计已经落难。七名罹难者全是斯派泽建筑公司的工人,意外发生时,他们正位于建筑物最顶端的两层楼进行线路装配与焊接作业。

发生于昨日的意外乃是安哥拉史上首次地震事件。经本报记者电话联系，今日纽约大学地质系教授亚明·范·佩特将这次致命地震形容为"泡沫式地震"。纽约州安全委员会委员表示，他们将带领研究团队，持续勘验地震现场……

死者名单如下：罗伯特·海德，二十三岁；托马斯·席柯，三十四岁；杰洛米·怀德，四十八岁；迈克·海根，二十九岁，以及布鲁斯·戴维，三十九岁。还有两名失踪人口，分别是五十四岁的阿诺德·舒尔坎和四十三岁的西奥多·拉穆森。杰克无须再翻阅报纸头版，也能将这些名字倒背如流。纽约州安哥拉镇史上头一次发生地震，事发当天，正是杰克从西方路腾回，降落在工地旁边的日子。在杰克·索亚心中，有一部分希望自己能和仁慈的巴迪·帕金斯先生回家，和他们一家人围着厨房餐桌共进晚餐——炖牛肉与厚厚的苹果派——然后在帕金斯家的客房里，舒服地窝进床上，将手织毛毯拉到头顶。然后除了吃饭时间外，动也不动，彻底休息个四五天。偏偏脑海中有个阻挠他的画面：未经打磨的松木餐桌上，奶酪碎屑堆积如山，餐桌另一头，护墙板上有个巨大的老鼠洞，穿着牛仔裤的帕金斯家三兄弟走出来，背后拖着细长的尾巴。造成诸如杰瑞·布雷索之死一类改变的是谁，爸爸？海德、席柯、怀德、海根、戴维；还有舒尔坎和拉穆森，全都走了。是不是就像害死杰瑞那样？杰克知道这变化是谁一手促成的。

4

当他绕过最后一个弯道走下交流道时，飘浮在杰克前方的巨型看板从视线齐肩的一侧转移到另一侧。看板是黄紫对比色调，上面标明"鹿眼购物中心"字样，走到这里，杰克才看清楚，这招牌竖立在购物中心的停车场内，架在一个黄色柱子的三脚架上。购物中心是由许多土黄色大楼复合成的未来主义式建筑，从外观看来似乎没有窗户——再走近些，杰克才明白，购物中心是有屋顶的，各自独立的建筑物只是错觉。他将手放进口袋，握紧一卷二十三张一元纸钞叠成的钞票，那是他身上的全部财产。

早秋微凉的午后斜阳下，杰克快步穿越街道，跑向购物中心的停车场。

若不是因为跟巴迪·帕金斯谈过话，杰克极有可能还留在40号国道上，想办法搭便车再走五十英里——他希望能在这两三天内抵达伊利诺伊州，见到理查德·斯洛特。是这份渴望与朋友相见的心情，让他在过去几天撑过在艾伯特·派拉蒙先生农场上繁重的工作：想象着斯普林菲尔德市的塞耶中学里，理查德·斯洛特戴着眼镜、正经八百坐在宿舍房间里的模样，就跟派拉蒙太太慷慨丰盛的餐点一样为杰克增添了不少元气。杰克渴望与理查德见面，越快越好，然而巴迪·帕金斯邀他回家的举动，无形中似乎松懈了他的意志。他无法再爬上另一辆车，然后搬出那套身家故事从头到尾再演一遍（不管怎么说，杰克提醒自己，这套剧情似乎也渐渐失去说服力了）。购物中心提供了一个绝佳机会，让他能暂时抽离一两个小时，如果里头碰巧有电影院就更完美了——此时此刻的杰克，也会心甘情愿坐下来，观赏最无趣、最狗血的爱情文艺片。

看电影之前（如果他够幸运，真能找到电影院的话），他还能先去处理两件至少拖延了一星期的事。杰克注意到巴迪·帕金斯打量他破烂球鞋的眼神。这双鞋不仅几乎解体，连原本柔软而有弹性的鞋底现在都变得异常坚硬，像水泥地似的。在那些他必须走上一整天路的日子里——或是当他得站着工作一整天时——他的脚就会痛得像被火灼伤一样。

另一件事，是打电话给妈妈。这让他充满了恐惧与罪恶感，因此他几乎不敢让自己想起这件事。一旦听到妈妈的声音,他不知道自己能否忍住不让眼泪掉下来。倘若她听起来很虚弱——听起来真的病得很重,那该如何是好?如果莉莉气若游丝地哀求他回新罕布什尔,他真能毫不动摇地继续前进吗?因此他连对自己都不敢承认,他也许等一下会打电话给妈妈。顷刻间他脑中出现一个清晰的画面,他看到一长排公共电话,上面装着类似美容院蒸发机的半球形塑胶罩,他惊跳开来——活像怪兽埃尔罗伊或其他魔域来的妖怪将手从话筒里探出来,企图一把掐住他的喉咙。

就在这时,一辆斯巴鲁嚣张地开进购物中心正门附近的停车格,后座蹦蹦跳跳走下三个女孩,年纪看来只比杰克大一两岁。她们先是像群模特儿,造作地摆出开心与惊奇的姿态,然后才恢复平常人走路的样子。三个女孩漠不关心地瞟了杰克一眼,接着搔首弄姿地将头发甩到背后。这三个十年级的小公主都有修长美腿,穿着紧身牛仔裤,她们大笑时会以手掩口,仿佛连笑声本身都很可笑。杰克放慢脚步,慢得犹如梦游者的漫步。其中一个小公主偷瞄杰克,接着对着身旁的棕发女孩窃窃私语。

我已经是不同世界的人了,杰克暗自沉吟,我和她们那些人再也不一样了。体认到这点,令杰克倍感孤寂。

驾驶座走下一个强壮的金发男孩,他穿着蓝色无袖羽绒背心,装作一副不在意的模样,好让女孩自动围向他。这男孩一定是高年级生,就算不是,最起码也会是足球队后卫。他瞥了杰克一眼,接着像在评判什么似的对购物中心的外观四下打量一番。"蒂米?"棕发女孩对他使使眼色。"我知道,我知道,"男孩回道,"我还在想是什么臭得跟狗屎一样呢。"他高高在上地对女孩们赐以笑容。棕发女孩皮笑肉不笑地望了杰克一眼,然后跟着朋友们跨越停车场。三名少女追随着蒂米趾高气扬的步伐,穿过玻璃门,进入购物中心。

杰克等到蒂米在嫔妃簇拥下钻进购物中心深处,隔着玻璃门看见他们的身影变得如同小狗,才踏入购物中心的自动门感应区。

空调的冷空气迎面袭来。

中庭有座大水池,四周围绕着长凳,喷泉水珠从两层楼的高处滴答落下。两层楼的开放式店铺以喷泉为中心环伺而立。天花板洒下类似青铜色的古怪灯光与枯燥无味的背景音乐。从自动门在杰克背后关上就一直刺激着他的爆米花香味,来自一楼喷泉左方沃顿连锁书店前的爆米花机,爆米花机漆成消防车似的颜色。杰克一眼便看清楚,鹿眼购物中心里没有电影院。蒂米和他的长腿公主们在购物中心另一头,正乘着自动扶梯往上移,杰克推测,他们要去的地方是扶梯顶端一家叫"船长餐桌"的速食餐厅。杰克再次将手伸进口袋,摸了摸那卷钞票。斯皮迪给他的吉他拨片与费朗队长的银币及一些零钱混在一起,静静躺在口袋最深处。

杰克所在之处,有家"薯片先生"饼干店与一间酒铺,酒铺正在促销海朗沃克牌波旁威士忌和英格努牌夏布利酒。酒铺与饼干店中间夹着飞瓦鞋店,杰克的目光被长展示台上的慢跑鞋吸引,于是朝鞋店走去。收银机旁的店员身子往前倾,盯着杰克挑鞋,显然怀疑他会偷东西。展示桌上的鞋子没有杰克认得的品牌。那上面既没有耐克也没有彪马——全是些叫"速跑"、"牛眼"或"疾风"的牌子,每双鞋都将左右两脚的鞋带绑在一起。这些都只是休闲鞋,不是真正的慢跑鞋。不过能穿就好了,杰克心想。

他买下店里合他尺寸最便宜的鞋子。蓝色的帆布鞋,两侧有红色闪电图案。找遍鞋身上下看不到任何品牌字样。跟展示台上大多数鞋子比起来,它毫不起眼。杰克告诉店员不需要袋子,然后掏出六张软趴趴的一元旧钞,到柜台付了钱。

杰克坐在喷泉前的长椅上,连鞋带都懒得解开,就用脚踢掉那双残破不堪的耐克。穿上新鞋的那一刻,他的双脚不由得发出感激的叹息。杰克走到一旁,将旧鞋丢进一个大垃圾桶。垃圾桶上印着白色大字:请勿乱丢垃圾,下面还有一排小字:地球是我们唯一的家。

接着杰克在购物中心长廊上漫无目标地四处走动,寻找公共电话。他在爆米花摊付了五十美分,店员交给他一个一夸脱的纸杯,刚爆好的爆米花在杯里闪烁着油光。爆米花店员是个中年男人,头戴圆顶礼帽,留八字胡,手臂上戴着袖套,他含糊地比了比最近的电梯,告诉杰克,公共电话就在楼上,"三一美味"转角附近。

杰克一边把爆米花送进嘴里,一面乘自动扶梯上楼,他前面站着两个穿裤装的女人,一个大约二十来岁,另一个年纪较长,她的臀部臃肿,胖到几乎塞住扶梯走道。

假设杰克就在鹿眼购物中心里面,或是在附近一两英里的地方"腾"走,购物中心会因此天摇地动,抖落砖瓦、天花板碎片、照明设备和背景音乐喇叭,然后砸在每个碰巧正在购物中心里的倒霉鬼头上吗?那几个长腿公主和傲慢的蒂米的下场会是一摊摊破碎的颅骨、散落的四肢与胸膛压成的肉泥吗?扶梯即将滑向尽头的前一秒,杰克几乎能看见大块灰泥与钢梁如阵雨落下,听见楼面夹层崩裂的恐怖巨响以及惨叫声——其实听不见,却仍铭刻在空气中。

安哥拉。雨翼大厦。

杰克觉得手心出汗发痒,于是在牛仔裤上抹了抹。

"三一美味"店面在杰克左手边,发散着冰冷的白光,他往那方向走去,发现店的另一侧有条弯曲的长廊,长廊的墙面与地板都贴着咖啡色瓷砖。拐过弯道,杰克来到这个夹层楼面没人看得到他的地方,这里有三部公共电话,电话上方还真的挂着半球形透明塑胶罩。公共电话对面有两扇门,分别标示着男厕和女厕。

杰克走向中间那部公共电话,先按下"0",接着拨了区域号码以及阿兰布拉饭店的电话。"要转到哪里?"接线员问。杰克回答:"我要打一个对方付费电话给407、408号房的索亚太太。我叫杰克。"然后饭店总机接了电话,杰克胸口一紧,等待她将电话转入套房。电话响了一声、两声、三声。

终于听见母亲的声音:"天哪,宝贝,我好高兴听见你的声音!做妈的看不到孩子在身边,对我这年纪的人还真难受。没你在旁边啰嗦我该怎么对待服务生的时候,我还真有点想念你呢。"

"对大部分服务生来说,你只是标准太高了,没什么。"杰克说着,觉得自己差点就要因为放心而哭出来。

"一切都好吗,杰克?跟我说实话。"

"我很好,真的。"他回答,"真的很好。我只是想确定你……你的情况。"

电话传出微弱的杂音,刺耳的静电声沙沙作响,宛如狂风卷动沙滩。

"我没事。"莉莉说,"我好极了。我没恶化,如果你担心的是这个。我倒想问问你现在人在哪里。"

杰克停顿片刻,静电杂音兀自嘶嘶作响。"我在俄亥俄州。很快就能见到理查德了。"

"你什么时候回来,杰克?"

"还不知道。我也希望能回去。"

"你不知道,哼,我敢发誓,孩子,要不是你爸替你取了那蠢外号——当初你要是早十分钟或晚十分钟问我……"

一阵静电干扰压过她的话声,杰克回想起在茶行时母亲形容枯槁的模样,一个衰老的女人。等杂音退去,他问:"你跟摩根叔叔没问题吗?他有没有骚扰你?"

"我臭骂他一顿,把他赶跑了。"她说。

"他去了阿兰布拉?他真的去找你了?他现在还在烦你吗?"

"你走了两天后他来过,让我给轰走了,宝贝。别浪费时间担心我了。"

"那他说了要去哪里吗?"杰克问她,话声刚落,尖锐的杂音就爆开来,仿佛要笔直钻入杰克的脑袋。杰克苦着脸急忙将话筒从耳边拉开。吓人的杂音震耳欲聋,任何走进这条长廊的人都能听见。"妈妈!"杰克大叫,尽力在耳朵能承受的范围内靠近话筒。噪音越来越大,仿佛将找不到正确电台频率的收音机音量开到最强。

下一刻,噪音唐突地消失了。杰克将听筒贴紧耳朵,只听到一片黑暗死寂。

"喂,"他说,手指按了按话筒挂钩,电话里的静默仿佛浮出现形,挤进他的耳朵。

和杂音来得一样唐突,仿佛是他按了挂钩所致,电话又恢复正常的拨号音——在这一刻,拨号音宛如某种绿洲,象征常态与理性。杰克右手焦急地探进口袋,翻找其他硬币。

搜索硬币时,他另一手正笨拙地握着话筒,于是当拨号音像被吸进外太空般倏地消失时,杰克愕然呆立。

摩根·斯洛特的话语无比清晰,仿佛相识多年的摩根叔叔就站在隔壁的电话亭。"给我滚回家去,杰克。"解剖刀似的声音划破空气,"快给我乖乖回家,省得我们亲自动手把你揪回来。"

"等等。"杰克的语气像在哀求更多时间;事实上,他已经吓得连自己在说什么都搞不清楚。

"我可没那个耐性了,臭小子。如今你是个杀人凶手了。我说的对不对呀?你杀了人。所以我们不会再给你更多机会。你给我乖乖滚回新罕布什尔的饭店去。立刻。要不然,我们也许就得把你塞进装尸袋里扛回去。"

喀的一声,电话挂断了。他放开话筒。电话机竟东摇西摆往前一倒,从墙上脱落,错综复杂的电线暂时撑住电话机,没多久,就重重砸在地上。

杰克背后的公厕门砰一声打开,有个人大叫:"真他妈该死!"

杰克回头看见一个二十来岁的年轻人正瞪着公共电话,他理着短短的平头,身穿白色围裙和领结,显然是某间商店的店员。

"不是我弄的。"杰克说,"它自己坏掉的。"

"真该死。"平头店员作势要跑,他先瞅了一眼杰克,然后摸了摸头顶。

杰克离开现场,向大厅移动。自动扶梯下到一半,他听见平头店员大叫:"奥拉福森先生!有人弄坏电话了!奥拉福森先生!"杰克慌忙开溜。

户外阳光刺眼,空气出奇湿润。杰克眼前一阵发白,缓步穿越人行道,在停车场上走了约莫半英里,然后看见一辆黑白相间的警车开向购物中心。杰克改变方向,沿着红砖道往下走。前方不远有一家人,正忙着把一张草坪躺椅弄进购物中心的另一个入口。杰克放慢脚步,看着这一家六口,年纪小的孩子吵着要坐在长椅上,年纪大的想帮忙搬,做爸妈的夫妻俩一边应付孩子的骚动,一边将躺椅打斜,好不容易才总算将躺椅塞进门内,整个画面就像硫磺岛升起星条旗那张经典的新闻照片。这时警车散漫地在停车场上兜起了圈子。

才走过刚刚那群乱哄哄的家人搬椅子的入口,杰克又看见一名年迈的黑人,他坐在一只木箱上,腿上摆着一把吉他。杰克缓缓靠近,接着看见老人脚边的铁罐。脏兮兮的毛毡帽和太阳眼镜遮住了老人的脸,他皱巴巴的牛仔夹克袖子看起来活像象鼻。

杰克绕道而行,走向红砖道边缘,让出老人所需的空间,并注意到他脖子上挂着一块脏污的白色纸板,上面潦草地用大写字母写了些字。再多走几步,他才将纸板上的字看仔细:

天生失明

愿意为您演奏任何歌曲

上帝保佑您

就在他几乎走过那抱着破旧吉他的老人面前时,杰克听见老人粗哑低沉的嗓音喃喃低语:"宾果。"

十五
盲人之歌

1

杰克猛然回头,心脏差点跳出胸口。

斯皮迪?

老黑人伸手摸到铁罐,将它举起来摇一摇。几枚铜板在罐中哐当作响。

是斯皮迪。藏在漆黑墨镜背后的人,是斯皮迪。

杰克十分肯定。但下一刻,他又感到同样肯定,那个人不是斯皮迪。斯皮迪的肩膀没那么宽,胸膛也没那么厚。斯皮迪的肩膀曲线比较圆,有些垮,总是有点驼背的样子,比较像密西西比·约翰·赫特①而不是雷·查尔斯②。

不过只要老人摘下眼镜,杰克就能确定究竟是或不是。

他大声叫出斯皮迪的名字,老人却突然弹起吉他,他皱纹满布的手指肤色很深,宛如细心上过油却没抛光的陈年胡桃木。他琴艺精湛,指尖优雅灵活地在吉他上来回移动,勾勒出阵阵旋律。又过了半晌,杰克认出那首乐曲。他在爸爸的唱片收藏里听过。那张唱片叫《今日的密西西比·约翰·赫特》。尽管老人没有开口唱歌,杰克也很清楚这段歌词:

---

① 密西西比·约翰·赫特(1893—1966),美国著名乡村蓝调歌手与吉他手。
② 雷·查尔斯(1930—2004),美国传奇盲人乐手,横跨爵士、蓝调,也是灵魂乐的先驱。

噢,亲爱的朋友,告诉我,
这难道不令人神伤?
看着老友路易斯躺进墓地
天使将他带走……

金发足球队员带着他的公主们走出购物中心大门。每个公主手上都拿着一个甜筒冰淇淋,金发健美少年则是两手各拿一个热狗。他们悠闲地朝杰克的方向走来。杰克呆若木鸡,望着老人,甚至没有留意到他们。他心中只想着一件事:这个人就是斯皮迪,他能读出杰克的心思。否则,为什么当杰克想到密西西比·约翰·赫特,老人便开始弹起他的歌?而且那段旋律的歌词中还包含了杰克的化名"路易斯"?

健美少年改将热狗全放在左手,接着全力用右手在杰克背上狠狠拍了一掌。杰克被打得咬到舌头,仿佛被捕兽夹夹到。突如其来的剧痛令他痛苦不堪。

"你们俩真是一对宝,发臭的垃圾。"他说。公主们在一旁笑得花枝乱颤。

杰克往前踉跄几步,踢翻了老人的罐子,硬币从罐中散落出来四处滚动。轻快的蓝调乐曲戛然而止。

这时健美少年和三个小公主早已头也不回地走了。杰克怨恨地瞪着他们的背影,如今这种无能为力的不平之气已不再陌生。这就是所谓的孤立无援,年幼弱小得沦为俎上鱼肉,谁都能任意宰割——从狂人奥斯蒙,到严肃的路德派教徒艾伯特·派拉蒙。在派拉蒙先生的观念里,一个工作日该有的样子就是整整十二个小时待在绵绵不尽的十月雨中,铿铿锵锵犁过又硬又黏的田地,与午餐时间直挺挺地坐在他的国际收割机牌耕耘机里,一面咀嚼洋葱三明治,一面钻研《圣经·约伯记》。

杰克并不急着"给他好看",虽说他心中有种奇怪的感觉,认为只要他想,就一定能办到——他的体内已逐渐聚积起某种能量,仿佛充饱了电。有时他觉得别人也能感受到这股力量——只要从他们看着杰克的表情就能观察出来。然而他并不想教训他们,他只希望安静不受打扰。他——

盲眼老黑人在地上摸索散落的硬币,粗短的手指宛如点字般温顺地在地砖上移动。他摸到一枚十分钱硬币,于是重新将铁罐摆正,将硬币丢进去。叮!

杰克隐隐约约听见其中一位公主说:"为什么他们不把他赶走?他很恶心哎!"

然后是更遥远的回应:"对啊,真的很恶心!"

杰克蹲下帮忙捡拾硬币,放回铁罐。蹲在地上,杰克嗅到老人身上的酸汗、霉味,还有某种类似玉米的淡淡甜味。打扮光鲜的购物中心人潮避开两人,他们周围清出了一块空间。

"托福,托福。"盲眼老人的语调无甚起伏。他的鼻息飘散出酸腐的辣肉酱味。"托你的福,保佑你,上帝保佑你,托福。"

他是斯皮迪。

他又不是斯皮迪。

最终促使杰克开口对他说话的原因——说来也不是太奇怪——是他想起所剩无几的魔汁。只剩不到两口了。在安哥拉事件发生后,杰克没有把握自己是否还有勇气进出魔域,但他拯救母亲的心意已决,这就表示,他终究还是得去那里。

无论魔符是什么东西,他总得进入魔域把它拿回来。

"斯皮迪?"

"保佑你,托你的福,上帝保佑你。我是不是听见有个硬币滚去那儿啦?"他指指某个方向。

"斯皮迪!我是杰克啊!"

"这里没有叫斯皮迪的人,孩子,没有。"老人的手已经往他刚才指的方向摸了过去。他一手摸到一个五分硬币,丢进铁罐,另一只手却摸到一个碰巧经过的女人的鞋子。那女人打扮标致,被碰到的瞬间连忙抽腿退开,漂亮空洞的五官皱在一起,不悦地露出嫌恶的表情。

杰克从水沟盖上捡起最后一枚硬币。那是一枚银币——上面镌着马车车轮与自由女神肖像。

杰克的眼泪不禁滑落脏污的脸颊,他用颤抖的手臂抹去泪水。席柯、怀德、海根、戴维、海德,他为了他们而哭,他为了母亲而哭,他还为了劳拉·德罗希安和那个死在路上、口袋全被翻开的车夫儿子而哭。然而最大的原因,仍是为了自己而哭。他受够流落街头的生活了。假如你坐在凯迪拉克里,那么道路也许就是梦想之地,然而若你得靠着自己的大拇指,还有一套越说越乏力的身家故事四处搭便车,当只任人宰割的小羊,那么这条路就只是条充满煎熬试炼的险途。杰克觉得自己早已身心俱疲……偏偏他不能哭着耍赖,要是他耍赖,癌症就会夺走母亲的性命,而摩根叔叔会夺走他的小命。

"我觉得我办不到,斯皮迪,"他哽咽着说,"我快撑不下去了,老天。"

这时老人不再摸索硬币,转而搜寻杰克的手。那些温和而善解人意的手指碰到杰克的手臂,然后握住。杰克感觉到他每个指尖都长了硬邦邦的老茧。老人将杰克拉进怀里,拉进他的酸汗与辣酱气息中。杰克将脸颊贴在斯皮迪的胸膛。

"唔,孩子,虽然我不认得什么斯皮迪,不过我听得出来,你很依赖他。你——"

"我想我妈妈,斯皮迪。"杰克继续哭,"而且斯洛特在追我。刚才公共电话里的人是他,是他啊!而且这些都还不是最糟糕的事。最糟糕的是安哥拉……那个雨翼大厦……有地震……五个人……是我,是我害的,斯皮迪,我害死那五个人,我腾回这个世界的时候,是我杀了他们,就像我爸跟摩根·斯洛特那次害死杰瑞·布雷索一样!"

全说出来了,他把最黑暗的部分全部摊开了。罪恶感是颗哽在喉咙的石头,无时无刻不在威胁着噎死他,此刻他涕泪滂沱,哭得不能自已——然而这回是因为解放,而不是恐惧。他终于说出口了。他向盲眼老人告解了。他是个杀人犯。

"哎呀。"老盲人叹了一声。他的声音听来十分快活。他用细瘦但有力的手臂搂着杰克,轻轻摇晃。"你给自己身上揽了太多重担。就是这样。也许你该放开一点。"

"是我害死他们的。"杰克低喃,"席柯、怀德、海根、戴维……"

"嗯,要是你的朋友斯皮迪在这儿,"老黑人说,"管他是何方神圣,这世界那么大,管他又身在何处,他势必也会告诉你,别把整个世界扛在自己肩上哪,孩子。你不能这么做。没有人做得到。犯得着吗?你把世界扛上去了,世界只会压垮你的脊梁,然后搞得你精神失常。"

"我杀了他们——"

"你拿枪对着他们的头,射死他们了,是这样吗?"

"不是……是地震……我腾……"

"你说的是什么,我不明白。"老黑人说。杰克的脸不再贴在他胸口,而是好奇地举目凝视老人沧桑的脸。老人的脸已经转开,望着停车场方向。倘若他真的瞎了,那么他一定是听见比先前更平顺、更快速的警车引擎声,因为他正看着警车的方向,而警车正朝他们驶来。"我只晓得你对'杀人'的定义似乎太宽了点。要是现在有个人经过我们,突然心脏病发作死了,搞不好你也会说是自己害了他。'噢,我杀了人了,因为我坐在这里,噢,哎呀惨了、哎呀完蛋了、哎呀这个哎呀那个!'"说到"这个那个"时,老人流畅地弹了三个和弦,从 G 到 C,再弹回 G 和弦。他自得其乐地笑了。

"斯皮迪——"

"这里没有斯皮迪这个人。"老黑人往后退,歪嘴笑得露出发黄的牙齿。"不过倒是有个人,抢着把别人的问题怪到自己头上。也许你在逃,孩子,也许有人在追你。"

G 和弦。

"也许你只是有些大惊小怪。"

C 和弦,中间穿插一个小小的过门,杰克禁不住笑了起来。

"也许还有别人存心找你的碴。"

又回到 G 和弦,接着老人将吉他放到一边。(这时两名警员坐在车里,正用掷硬币来决定,假如这位老斯诺波先生不肯乖乖束手就擒,谁要动手把他塞进警车里。)

"哎呀这下惨了、哎呀这下完蛋了、哎呀这个哎呀那个……"他再次大笑,仿佛杰克的烦恼是他这辈子听过最好笑的笑话。

"我不知道还会发生什么事,如果我又——"

"你做了什么事,然后又会发生什么事,这问题没人知道答案,是吧?"这个可能是也可能不是斯皮迪·帕克的黑人插嘴说,"没人知道。硬要想这种事,你可会把自己关在家里,害怕得哪儿也不敢去!我不知道你头上顶着什么麻烦事,孩子。我也不想知道。搞不好你是脑子坏了,才满嘴胡说八道什么地震不地震。不过既然你好心帮我捡钱,也没偷钱——我知道,因为每个子儿我都摸得一清二楚——我就给你些建议。有些事情强求不来。有的时候,有人会死,是因为某人做了某件事……不过如果那某个人不去做那某件事,可能有更多人会因此丧命。你听明白我这话的意思了吗,孩子?"

老人低下头,用肮脏的墨镜对着杰克。

杰克内心深处悸动,感到解脱。好吧,他明白了。这位盲眼老先生是在教导他所谓艰难的抉择。他说的是艰难的抉择和犯罪之间,或许存在一条分隔线。而或许,他不是杀人凶手。

真正的罪犯或许是那五分钟前出现在公共电话里、叫杰克滚回家的人。

"甚至有可能,"老黑人又说,他的指尖在吉他上刷出忧郁的D小调。"是因为所有事情都是为了服侍上帝,就像我妈妈教我的。你妈妈可能也对你说过同样的话,如果她也信上帝的话。有可能我们表面上看起来在做某件事,真相却不是如此。《圣经》教导我们一切应该知道的事,就算是那些表面上看起来邪恶的事,也是为了服侍上帝。这你怎么看呢,孩子?"

"我不知道。"杰克诚实回答。他全混乱了。他只要闭上双眼,就能看见公共电话从墙上崩落,电线垂吊着,看起来就像诡异的傀儡木偶。

"我闻得出来,你烦恼到跑去喝酒解闷了呢。"

"你说什么?"杰克吃惊地问。跟着他想:我才刚想到斯皮迪长得像密西西比·约翰·赫特,这位老先生就弹起他的蓝调……现在他提起魔汁了。他一直都很小心,可是我发誓,他指的就是魔汁——铁定是!

"你会读心术。"杰克低声说,"对不对?你在魔域里学到的吗,斯皮迪?"

"我可不会什么读心术。"盲眼老人说,"算一算,到了十一月,我的眼睛就瞎了四十二年,这么长的时间,鼻子和耳朵可是磨练得挺灵光的。我闻到你身上有廉价劣酒的味道,孩子。全身都是。活像你拿它来洗头似的。"

杰克恍恍惚惚涌上一阵莫名的罪恶感——每当有人指控他其实并未犯下的过错,他都有这种感觉——不管怎么说,他几乎可算是无罪。打从回到这个世界,他所做的,最多就是摸摸魔汁的瓶子,此外无他。然而光是抚摸酒瓶,就让他忧心忡忡——那种感觉就像十四世纪欧洲某个乡下农民看待沾染过耶稣鲜血的真十字架碎片,或是某个圣徒的食指指骨时的观感。你说那是巫术,好吧,但那是力量强大的巫术。有时候,甚至有人因此丧命。

"我很久没喝了，真的。"好不容易他才答道，"你一开始给我的那些，几乎都没了。那个……我……老天，我甚至不喜欢那味道！"他的胃紧张得翻搅，光是想到魔汁，就让他涌上那股作呕的感觉。"但是我需要多一点备用，以防万一。"

"多一点备用？小娃儿，你年纪多大啊？"盲眼老人大笑，一只手做了个射击的手势。"老天，你不需要那玩意儿。没人需要带那玩意儿上路。"

"可是——"

"这样吧。我唱首歌让你开心点。看来你需要来点消遣哪。"

他唱起歌来。不像说话时有那种黑人特有的韵律，他的歌声和说话方式大相径庭，深沉而充满力道，动人心弦。杰克心中赞叹，他的嗓音简直就像经过长期严格锻炼的声乐家，如今唱些通俗小调，只是为了消遣一下。厚实饱满的歌声听得杰克的手和背上冒出一粒粒鸡皮疙瘩。人行道上的行人纷纷转过头来。

"当红色知更鸟唱起歌来，啁啁啾啾，唱出甜美的古老歌曲，就不再有人哭泣——"

一种五味杂陈的熟悉感侵袭杰克，像是他曾听过这段乐曲，或是某种非常相近的感觉。当盲眼老人弹起间奏，咧嘴露出一口黄牙冲着杰克微笑时，杰克突然想通这种感觉从何而来。他知道是什么缘故使路上行人纷纷回头，这就如同一头独角兽在停车场上奔驰那般引人注目。此人歌声中蕴含的清澈质地，宛如某种不存在于这个世上的奇珍异品，好比说，就像那干净得连半英里外有人拔起萝卜都能闻见的无瑕空气。歌曲内容只是首古老的流行歌曲……但那歌喉却全然出自魔域。

"起床喽……起床，你这小瞌睡虫……快起来……起来，离开你的被窝……过日子吧，爱吧，笑吧，而且要开怀——"

吉他旋律和歌声唐突中断。本来杰克正聚精会神地注视盲眼老人的表情（也许他下意识希望视线能穿透那对漆黑的墨镜，看看能否在那后面看见斯皮迪·帕克的眼睛),这会儿才回过神来,发现两名警察站在老人身边。

"我没听见什么人说话,"盲眼老人用近乎羞赧的语气说,"不过我可闻到了,这儿似乎有人不大高兴。"

"斯诺波,你这老混球,你明知不能在购物中心卖唱!"其中一个警察怒斥道。

"上次你被抓的时候,海拉丝法官怎么说的?除了中央街和穆罗街之间的闹市区,其他地方统统不准!该死,你是老人痴呆了?难不成就像你女人把病传给你以后一走了之,让你老二烂了,脑袋也跟着一起烂了是吗?老天,我实在不——"

他的搭档将手搭上他的手臂,对杰克点点头,使了个"小孩在听"的眼色。

"回家找你妈去,孩子。"第一个警察粗暴地说。

杰克沿着人行道往下走。他不能继续逗留。就算他有能力做点什么帮助老黑人,他也不能停留。他很幸运,警察的注意力全放在那个叫斯诺波的老人身上。要是他们有时间多看杰克一眼,毫无疑问,他们就会开始盘查杰克的身份。就算脚底蹬着新鞋,其他地方也是一身破烂衣服。警察一眼就能认出在外游荡的跷家小孩,而在这个现场,杰克正是个远离家园的小孩。

他想象自己被关进曾斯维尔的拘留所,而曾斯维尔善良挺拔的年轻警察穿着蓝色制服,支持里根总统,每天准时收听保罗·哈维[①]的时事评论,正忙着查出牢里的小男孩究竟是谁。

这可不成。他不希望两位警员有机会再瞧上他一眼。

平顺的引擎声逐渐从后方靠近。

杰克将背包拉高一点,低头猛盯着新鞋,仿佛它有多大的吸引力。从眼角余光他注意到巡逻车慢慢滑过身边。

---

① 保罗·哈维(1918—2009),美国国家广播公司著名新闻评论员与专栏作家。

老黑人坐在后座,杰克还看见竖直在座位上的吉他顶端。

巡逻车驶上离开购物中心的车道,突然间,盲眼老人回过头来,朝后窗外张望,他笔直地看着杰克……

……尽管杰克终究未能看穿那对脏污的墨镜,他心中却再清楚不过:莱斯特·"斯皮迪"·帕克对他眨了一下眼睛。

2

杰克勉强克制自己,不要作太多过分想象,直到他再次来到交流道。他望着路标,它似乎是这个世界

(这些世界?)

仅存唯一明确而笃定的东西,其他一切早就全卷进越旋越快的灰暗漩涡里了。他感到阴郁的沮丧感萦绕笼罩,沉入体内,觊觎着摧毁他的决心。杰克发现,这种沮丧一部分来自乡愁,然而这种乡愁却让早先那种想家的感觉显得乳臭未干而孩子气。他就像失了根的浮萍,漂泊无依。

站在路标旁,熙来攘往的车潮在眼前奔流,杰克觉得自己只差一步就会撑不住而自我了断。先前好一段时间,他一直用和理查德·斯洛特见面的憧憬鼓励自己继续前进(此外,即便他几乎不愿承认自己有这种想法,但理查德也许有机会陪伴他一道西行的念头却不断萌芽——毕竟这不是史上头一次索亚家与斯洛特家的人携手踏上奇异旅程了,不是吗?),然而在派拉蒙家农场上工作的辛酸,加上在鹿眼购物中心的奇异遭遇,使这份憧憬看来竟像是误将玻璃当钻石,只是一抹虚妄的光芒。

回家吧,杰克,你被击溃了。有个声音低语,再不罢手,你最后的下场将是一堆白骨……而且,下一次,小命不保的可能是五十个人,或五百个人。

70号州际公路往东。

70号州际公路往西。

他突兀地将手探进口袋翻找那枚硬币——那枚到了这世界就化为银元的硬币。管他是耶稣基督还是真主阿拉,如果有上帝,就这一次,作个决定吧。他已经一败涂地,无法为自己判断了。被健美男孩攻击的背部仍在抽痛。假如掷到反面,他就走上东向的交流道,然后回家;若掷到正面,他就继续这段旅程……而且再也不回头。

他站在安静的路肩,将硬币抛向十月寒冷的空中。硬币飞上半空,转了又转,反射一束束阳光。杰克伸长脉子,视线追随它的踪迹。

一家人坐在一辆旅行车里经过,他们在嬉闹中停下,好奇地注视路边的男孩。开车的男人是个顶上日渐稀疏的会计师,他偶尔会在夜半醒来,幻想自己胸口中枪、痛楚传向左臂的场景。此时他脑中蹦出一连串古怪的字眼:冒险、危机、一场为了高贵使命的探寻之旅、关于恐惧与荣耀的梦想。他摇摇头,想清空这些念头,他从后视镜里又看了男孩一眼,碰巧男孩弯下腰,像在看着地上什么东西。拜托,快要秃头的会计师心想,别又在那想东想西,拉里,这可不是什么少年奇幻小说。

拉里油门一踩,飞快开上70号公路,将路边穿着脏兮兮牛仔裤的男孩抛在脑后。假设他们能在三点前到家,刚好可以赶上ESPN①转播的中量级拳击冠军赛。

硬币落地。杰克弯身查看。正面……不只是正面。

硬币上的肖像不再是自由女神,而是劳拉·德罗希安,魔域女王。可是上帝啊,这张脸和他在宫殿里匆匆一瞥的女王真是天

---

① 即娱乐与体育节目网。

差地别。病榻上的女王被包围在一群包着白色头巾、焦心如焚的婢女中，面容苍白、不省人事，而硬币上的女王却机敏慧黠、强悍美丽。那不是典型的美貌，硬币上的肖像下颌线条不够锐利，颧骨弧度又太娇柔。她的美丽来自一种仁慈与干练兼具的尊贵气度。

而且这张脸，噢，和他母亲多么神似。

泪水模糊了杰克的视线，他不愿让眼泪流下。今天他哭得够多了。他心中已有答案，泪水不能为他解决任何事情。

当他再度睁开双眼，劳拉·德罗希安已经消失，硬币上的肖像又变回自由女神。

他的心意依旧坚定。

杰克弯下腰，从尘土中拾起硬币，收回口袋，走上西向的交流道。

3

又过了一天，阴霾的天气预告着冷雨将至，俄亥俄州与印第安纳州的交界近在咫尺。

"这里"是70号公路上，刘易斯堡休息站后方的一片灌木丛。杰克正藏身树林中——但愿没被看见——耐心等待那个头顶光秃、讲话单调的壮汉回到他的雪佛兰，离开休息站。杰克希望他会在开始下雨前离开。还没淋湿，杰克就已经觉得够冷了，一整个早上他都鼻塞，声音沙哑。杰克心想，也许他终究还是逃不过感冒的命运。

头顶光秃、讲话单调的壮汉自我介绍时，用的是艾莫礼·莱特这名字。早上十一点左右，在岱顿市北边，杰克一坐上他的车，一股疲惫的无力感瞬间沉入他的胃里。他曾搭过好几回艾莫礼·莱特的便车。在佛蒙特州，莱特自称汤姆·弗格森，是个鞋店店长;到了宾州,他又改叫作鲍伯·达朗特(听起来很像那个歌手鲍比·达林),工作变成某公立高中督学;这回莱特是来自俄亥俄州一个叫失落天堂的小镇,他是镇上第一商业银行的分行总经理。弗格森猥琐阴沉;达朗特身材臃肿,红嫩的肌肤犹如刚泡完澡的婴儿;至于这个艾莫礼·莱特则高大严肃,脑袋瓜活像颗水煮蛋,挂着一副无框眼镜。

杰克发现,这些都只是外观上的差异而已,他们骨子里都是同一个人。他们全都屏气凝神、兴致勃勃地倾听杰克的身家故事,他们都会询问杰克在家乡有没有交过任何女朋友。迟早,杰克会发现一只手(光滑无毛的大手)搭在他大腿上,而当他瞅着弗格森/达朗特/莱特时,会在他们眼底看见一抹半疯狂的希望(混着半疯狂的罪恶感)与上唇星星点点的汗珠(就达朗特的情形来说,那些汗珠躲在深色胡髭后方闪烁,仿佛藏身在稀疏灌木丛中偷偷往外瞧的白色小眼珠)。

弗格森问他,想不想赚十块零用钱?

达朗特则把金额提高到二十块钱。

至于莱特,虽然说话单调,偶尔仍会有几个字说岔了音,他问杰克愿不愿意接受五十块钱——他说他随时都在左边鞋跟里藏着五十块,而他非常乐意将这笔钱赠送给亲爱的路易斯·费朗。他说,伦道夫市附近有个地方,一个空谷仓,他们可以一块儿过去。

莱特不断旁敲侧击,改换各种形式,利诱攻势越来越密集,然而杰克始终不为所动,也毫无不妨好奇一试的冲动——他生来不擅内省,对于自我分析也没有太大兴趣。

他很快便学会如何应对艾莫礼·莱特这种人。第一次与莱特交手的经验,当时那个人还自称汤姆·弗格森,让杰克明白,谨言慎行才是英勇作为的第一要务。当弗格森把手放到杰克的裤裆上时,在加州长大、对同性恋早已司空见惯的杰克,立刻不假思索地回复:"不了,谢谢。我是直的①。"

他当然早有过被吃豆腐的经验——多半在电影院里,不过有一次是在北好莱坞一家男装店,当时店员在试衣间里热情地表示愿意为他口交。(杰克回答店员:"不了,谢谢。"店员的反应是:"那好,现在试穿一下那条蓝色运动裤吧。")

在洛杉矶,身为面貌姣好的十二岁男孩,就得学会忍受这些扰人的经验,就像一个明艳动人的女子必须忍受偶尔在地铁里被人占便宜是同样的道理。你最终会找出一套与它和平共处的办法,好让它不至毁掉一整天的心情。要应付这类突如其来的肢体偷袭,就像弗格森把手放到杰克裤裆上那样,反而不是什么大问题,只要干脆地拒绝,事情就解决了。

至少在加州的时候可以。然而东岸的人——尤其是在这乡下地方时——在遭人拒绝的时刻,处理方式显然与西岸大相径庭。

弗格森刹车一踩,轮胎尖叫着滑行了四十码才停下来,在这辆庞蒂亚克后方留下一长条刹车痕,卷起一阵尘烟。

"你说谁是弯的?"他嚷嚷,"你说谁是同性恋?我才不是同性恋!天哪!我他妈给个臭小鬼搭趟便车,就被人说成是他妈的同性恋!"

杰克看着他,不禁傻眼。他没料到车子会突然停下,额头在仪表板上撞出一个大包。上一刻弗格森的棕色眼眸还深情款款地望着杰克,这会儿却变得杀气腾腾。

"下车!"弗格森大叫,"你才是同性恋,不是我!给我下车,你这个该死的臭玻璃!我有老婆、有小孩,而且他妈的全新英格兰到处都有我生的杂种!我不是同性恋!你才是!所以快给我滚

---

① I'm strictly A.C.,此处杰克用直流电的缩写代换一般用来表示异性恋的代词 straight。下文中则用交流电的缩写代换同性恋的代词 curve。译文则以中文常用表示法"直的"与"弯的"替代。

下车去！"

这是自从他见过奥斯蒙以来，遇到的最刺激的场面。杰克当场下了车。弗格森跟着冲出车外，捡起地上的石子直往杰克身上砸，嘴里仍在漫天咒骂。杰克狼狈地躲向一面石墙，坐在地上，咯咯笑了起来。不久，细小的笑声变成捧腹大笑，他当下便打定主意，应该替自己设计一套"同志对策"，起码得撑到他离开偏僻的乡间为止。"针对任何严肃的问题都该研拟对策，"父亲曾这么说过，虽然当时摩根叔叔也热切附和，不过杰克决定不让摩根叔叔干扰他的心情。

后来他的"对策"用在鲍伯·达朗特身上的成效就不错，当然现在他也没有理由怀疑，这招遇上艾莫礼·莱特就会失灵……但同时间他浑身发冷，鼻涕流个不停。要不是莱特对他有非分之想，否则他也希望能坐上莱特的车，离开这地方。在枝桠包围下，杰克能看见不远处的他双手插在口袋里来回踱步，白茫茫的天光下，他光秃的头顶散放朦胧微光。公路上，大挂车轰隆驶过，将柴油燃烧的废气遗留在空气中。这林子里堆满人们随手丢弃的垃圾，所有州际公路交流道附近的树林都是这德行。空的多力多滋玉米片包装袋、压扁的麦香堡纸盒、扭曲的百事可乐或百威啤酒铝罐，假如踢踢那些罐子，还能听见被塞进去的拉环在里头叮当作响。砸碎的"爱尔兰野玫瑰"水果酒和廉价杜松子酒的瓶子，前面还有条破掉的底裤，腐烂的卫生棉还黏在裤底。一只橡皮鞋套挂在断掉的树枝上。这儿的风景还真不错，好吧，嘿嘿。男厕墙上写满了字，几乎全是艾莫礼·莱特那种人感兴趣的句子：我最爱吃大鸡巴。四点见，没人比我更会吹箫。舔我的屁眼。还有一位同志诗人以豪情壮志写下：就让全人类发射在我微笑的脸上。

我好想念魔域，杰克毫不意外自己有这种想法。这时的他身在俄亥俄州西部某处，躲在70号公路休息站厕所外的树丛里，穿着在二手衣店只花了一块半买来的破毛衣，频频发抖，等待那个高大的秃头回到驾驶座上，开车离去。

杰克的"同志对策"简单明了：绝不招惹手臂光秃无毛、说话声音单调的壮汉。

杰克放心地吁了口气。他的对策奏效了。艾莫礼·莱特光秃秃的大脸浮现半是生气、半是憎恨的表情。他回到车上，倒车太快，差点撞上后面经过的一辆小货车（小货车发出刺耳急促的喇叭声，副驾驶座上的人对艾莫礼·莱特竖起中指），离开休息站。

现在要做的事，只剩走上交流道斜坡，对离开休息站、驶上州际公路的车流伸出大拇指……杰克祈祷，能在雨滴坠落前搭上便车。

动身前杰克又四下张望一番。丑恶、悲惨。看见休息站后方这块处处疙瘩的凄凉荒地，这些形容词很自然地涌上脑海。杰克陡然领悟，这里原来充满死亡的气息——不止弥漫在州际公路上的休息区，还深入所有他游历过的穷乡僻壤的核心。

新的乡愁再度来访——杰克渴望回到魔域，看看那幽深的蓝色天空，望一眼地平线微微弯曲的弧线……

可是，这样会引发伤害杰瑞·布雷索的那种可怕的效应。

你说的是什么，我不明白……我只晓得你对"杀人"的定义似乎太宽了些……

走回休息站——这时他是真的想要小便了——杰克一连打了三个喷嚏。他吞了口口水，发痛的喉咙令他眉心紧蹙。要生病了，哈，好极了。人都还没到印第安纳州、气温摄氏十度、就快下雨了、没便车可搭，而且我这会儿还——

思绪硬生生被打断。杰克瞪着停车场，嘴张得老大。在这惊惧时刻，杰克胸骨里的腑脏仿佛被钳住、用力挤压，他觉得自己差点要尿裤子了。

休息站停车场上斜斜画了大约二十个停车格，其中一个格子里停着一辆宝马,深绿色烤漆蒙上公路尘土,失去光泽——那是摩根叔叔的车。

不可能认错,绝对不可能。车牌标示这辆车在加州注册,加上车主姓名的缩写MLS,便足以证明这部车属于摩根·路德·斯洛特①。这车看起来才刚飞快地跋涉过好一段路程。

可是如果他搭飞机去了新罕布什尔,他的车怎么会出现在这里?杰克脑中发出抗议,只是巧合而已,杰克,这只是——

接着他看见公共电话前男人的背影,明白这确实不是巧合。背对杰克的男人穿着一件笨重的铺毛连帽军装外套,仿佛这里的气温是零下二十度而不是十度。就算背对着杰克,杰克也绝对不会错认那宽大的肩膀和松弛肥胖的身形。

那男人将话筒夹在耳朵与肩膀之间,转过身。

杰克缩回男厕的砖墙后方。

他看到我了吗?

不,他自问自答,不,我想没有。可是——

然而费朗队长曾告诫他,摩根——另一个摩根——会像猫嗅到老鼠一样闻到杰克,确实如此。当他躲在危险的妖树森林中,杰克看见马车里那张森冷的白脸变了表情。

只要有足够的时间,这个摩根势必也会嗅到杰克。

转角传来脚步声,逐渐接近。

害怕的杰克脸部僵硬、五官歪扭,他扯下背包,甩到地上,心知自己动作太慢,已经太迟了,摩根马上就要走过转角,一把掐住他的脖子,露出微笑。你好呀,杰克!时间到喽!躲猫猫的游戏结束了,对吧,你这小混球?

一个修长的男子走过男厕转角,他穿着千鸟格纹外套,冷淡地瞥了杰克一眼,径自走向饮水机。

---

① Morgan Luther Sloat。

回去。他要回魔域去。他没有罪恶感,起码这一刻没有,只有受困的恐惧诡异地与安心和喜悦交融。杰克胡乱扒开背包,瓶子里剩下的魔汁现在只剩不到一英寸高,紫色的液体

(你说没人需要带着那玩意儿上路可是我需要啊斯皮迪我需要!)

在瓶底摇摇晃晃。不管了。他要回去。他的心为了这个想法而鼓噪。他笑逐颜开,宛如迎接周末狂欢的到来,全然无视灰暗的日子与心中的恐惧。回去吧,好呀,就这么干。

又有脚步声接近了。那重重踩地、却又有些佯装斯文的走路方式,正是摩根叔叔的脚步声。杰克已不再惧怕。就算摩根叔叔嗅到某些蹊跷,但等他走过这个转角,迎接他的只会是空玉米片的袋子和捏扁的啤酒罐。

杰克深吸一口气——吸进汽车排放的废气油臭与冰凉的秋意。魔汁瓶已凑近嘴边。只剩两口了,他吞下其中一口。即便他的眼皮紧闭,他还是——

十六
阿狼

1

——被炽烈的阳光刺得皱起眉头。

除了满嘴黏腻的魔汁臭味,还有别的气味钻进他鼻孔……是动物温暖的气息。他也能听见它们的声音,围绕在他身旁。

杰克诧异地睁开眼睛,起初他什么也看不见——两个世界的光线差异之大,仿佛有人在伸手不见五指的斗室中突然点亮一大丛两百瓦的灯泡。

杰克正要爬起来,就被某种动物的腰肋擦过,又跌坐回去。那动物感觉起来不带威胁(希望如此),比较接近"老兄我赶时间你让让快点谢谢"的意味。

"嘿!嘿!离他远一点!此时此刻!"传来一声清亮的棍棒打击声,伴随着动物不高兴的呻吟,那叫声又像乳牛,又像绵羊。"上帝的奴才!一群蠢蛋!离远一点,不然我就把你们该死的眼睛一口吃掉!"

杰克的眼睛总算适应了魔域无瑕明亮的秋光,他看见一个年轻巨汉站在一群豢养的家畜中间,拿着棍子挥打牲口身侧,还有他类似骆驼微微拱起的背部,他的力道很轻,看样子对牲口满怀关爱。杰克坐直身体,直觉地摸索到装着最后一口珍贵魔汁的酒瓶,把它移远一点。他的视线始终停驻在巨汉身上。

他身形高大——杰克目测,至少六英尺五英寸——而且肩膀异常宽阔,即便他长得那么高,看起来仍有些宽得不成比例。乌黑油腻的长发一绺绺垂挂肩头。他被包围在一群体型娇小、外形像牛的动物之中,指挥它们的时候,他浑身肌肉紧绷跳动。他正把它们从杰克身边驱赶开,赶向西方路上。

即便只看见背影,他的外貌仍令人震慑,然而最让杰克惊奇的是他的衣着。魔域里的每个人(包括杰克自己)穿的都是类似古装的短袍、无袖外套或粗布马裤。

然而这个巨汉身上穿的竟是奥许考什牌①的连身吊带裤。

这时他回过身,杰克猛然跳起来,喉头涌上一股仓皇失措的惊骇。

是怪兽埃尔罗伊。

那个放牧的巨汉是怪兽埃尔罗伊。

2

他不是埃尔罗伊。

倘若杰克有机会预先得知后来即将发生的种种——电影院、柴房以及那地狱般的阳光之家——也许那时他会头也不回地逃走,不让自己看清楚那巨汉其实不是埃尔罗伊(当然也有可能那些经历终究仍会发生,只不过是换成全然不同的形式)。然而在极端恐惧中,杰克的双腿好像被打上钢钉,一步也动不了,就像遭猎人强光照射、吓得没有力量逃跑的小鹿。

穿着吊带裤的怪兽逐渐接近时,杰克心想:埃尔罗伊的身材没那么魁梧,而且他的眼珠是黄色的——然而这怪物的眼睛是橘色的,明亮得不可思议。注视着它们就好像注视着万圣节南瓜上的眼睛,看见火光在洞里闪耀。埃尔罗伊癫狂狰狞地笑着威胁要夺取杰克的性命,然而面前这家伙却笑得一脸爽朗,神采奕奕的

---

① 奥许考什,美国知名童装品牌。

模样看起来无心伤害任何人。

他赤着一双船形大脚,脚趾二、三相并,在粗硬卷曲的毛发覆盖下若隐若现。杰克半是惊奇、半是恐惧地看着,油然生起一丝兴味,发现他的四肢不像怪兽埃尔罗伊的兽爪,反而有点像带着肉垫的狗掌。

当他拉近与杰克之间的距离,

(他?它?)

眼中那道橘光化成鲜艳的荧光,变得更加耀眼了,犹如猎人或深夜维修道路的工人偏爱的那种夜光漆。接着橘光褪淡成迷蒙的榛木色,杰克从那眼神中看出,他的微笑掺和着困惑与亲切,顿时明白了两件事:首先,这家伙没有杀伤力,一丁点都没有;其次,他的行动缓慢,但不是软弱,只是缓慢。

"嗷呜!"这大孩子似的怪兽高叫一声,满脸笑容。他的舌头又长又尖,杰克听见这狼嗥似的叫声,陡然惊觉他的外貌正如同他的叫声,像一匹狼。不是山羊,而是野狼。杰克祈祷自己相信他不会伤人的判断没有出错。话说回来,要是我真的看错,起码,我再也不用担心自己的判断出问题……永远都不用了。

"嗷呜!嗷呜!"他伸出一只手,杰克发现,和脚一样,他的手上也布满毛发,不过比较细致丰厚——事实上挺漂亮的。手掌上的毛特别浓密,就像马的前额鬃毛,色泽较其他部分浅,是一抹柔亮的白色。

天呀我猜他想跟我握手!

他谨慎地想起汤米叔叔教过他,绝对不能拒绝别人伸出的手,即使在面对最险恶的敌人时("奋战到死,如果有必要的话;但开战之前,别忘了先和敌人握手。"汤米叔叔这么教过他)也一样。杰克伸出手,疑惑着会不会下一秒就被捏碎……或被吃掉。

"嗷呜!嗷呜!握握手,此时此刻!"穿着吊带裤、大男孩似的怪物开心地大叫,"此时此刻!好阿狼!上帝安排的!此时此刻!

嗷呜!"

虽然热情无比,他掌心绵密的绒毛加上柔软的肉垫,仍然让握手的触感格外温柔。一个长得像超大型哈士奇犬的家伙,身穿吊带裤,还热情地跟我握手,而且身上闻起来好像下雨过后的干草棚。杰克想道,接下来又会是什么?邀我星期天一起上教堂?

"好阿狼!对啦!好阿狼!此时此刻!"他双手抱胸,自己兴高采烈地大笑起来,接着他又握住杰克的手。

这次他抓着杰克的手,剧烈地上下摇晃。这时似乎应该跟他说点什么,杰克想道。否则,这个单纯的大家伙可能会抓着他的手欢天喜地摇到天黑了才肯罢休。

"好阿狼。"杰克说。这似乎是面前这位新朋友特别喜欢的词汇。

对方放开杰克的手,笑得像个孩子。真有解脱的感觉,他的手虽然没被捏碎或吃掉,却像晕船了似的。新朋友急促的握手简直比吃角子老虎机前中了大奖的玩家还要激动。

"你是'陌生人',对不对?"新朋友问道,一面把双手塞进裤兜里,毫不自觉地翻来搅去玩口袋。

"是的。"杰克回答,同时思索这问题的用意。毕竟"陌生人"一词在魔域里有独特的意义。"对,我想就像你说的,我是'陌生人'。"

"我就知道!我闻得出来!此时此刻,噢耶!知道了!不会很臭,还好,就是闻起来怪怪的。阿狼!那就是我!嗷呜!嗷呜!嗷呜!"他的头往后一甩,仰天大笑。笑声末尾拖长成令人发毛的狼嗥。

"杰克。"杰克说,"我叫杰克·索——"

杰克的手又被抓住,猛晃个不停。

"索亚。"好不容易才把最后两个字说完,他的手总算又自由了。他露出笑容,感觉上好像有人拿了根气球做的大棒槌一棒敲在他头上。五分钟前他还瑟缩在70号州际公路上的公厕墙边,这会儿却在这地方,跟一个样貌近乎野兽的大家伙对话。

这种情况下,他的感冒还不自动痊愈的话,就太可恶了。

3

"阿狼遇上杰克!杰克遇上阿狼!此时此刻!好耶!太棒啦!噢,杰森哪!牲口都在路上!它们是不是很笨哪!嗷呜!嗷呜!"

一边叫着,阿狼从小山丘大步往下跑到路上。刚才他驱赶的那群牲口现在有一半站在路上,茫然地左顾右盼,仿佛在问地上的青草都去哪儿了。这群牲畜看起来果然就像绵羊和乳牛结合后生出的新物种,杰克望着它们,想不出该怎么称呼这群四脚动物才好。一时间他脑中直觉蹦出一个词:"绵牛"——杰克打趣地想:阿狼来喽,他要来照顾那一大群"绵牛"了,好耶,此时此刻。

杰克的脑袋瓜好像又被气球棒槌敲了一记。他一屁股坐在地上,哧哧笑了出来,接着两手盖在嘴上,掩住笑声。

就算是牧群中最大的"绵牛",高度也不过四英尺。它们披着绵羊似的皮毛,混浊的橘黄色与阿狼的眼睛有些相似——最起码,看起来类似阿狼的眼睛没发出南瓜灯火光的时候。它们头上顶着一对弯曲的短角,看起来完全没有任何特别用途。阿狼把它们聚拢,驱离大路。它们驯顺地听从指令,脸上没有畏惧之色。杰克暗忖,如果在我的世界,要是哪只绵羊或乳牛给那大家伙一吼,八成会吓得宁可跳河自尽也要逃离他的狼爪。

然而杰克很喜欢阿狼——第一眼就喜欢上他,就像他第一眼看见埃尔罗伊就感到憎恶与害怕一样。这种比喻真是再恰当不过,因为这两人的对比如此鲜明,只不过,埃尔罗伊长得比较像山羊,而阿狼……呃,长得就像只狼。

阿狼将牧群安顿到一处吃草,杰克慢条斯理地走向它们。从奥特莱酒馆逃出时的险境记忆犹新:他蹑手蹑脚走过酒馆深处那条发臭的走廊,深知埃尔罗伊就藏身附近,光用嗅觉就能得知杰克的动向,也许,正如魔域里的牛只单凭嗅觉就能发现阿狼。他还记得埃尔罗伊的手是如何扭曲变化,他的颈背鼓起,张开嘴,露出那口发黑的獠牙。

"阿狼?"

阿狼闻言回过头,笑脸迎人。有一瞬间,他眼中跳动的橘光让他看起来既野蛮又明理,一转眼,锋芒散去,又恢复那抹永远迷蒙的榛木色。

"你是……那种狼人吗?"

"当然是啊。"阿狼笑着回答,"你说得没错,杰克。嗷呜!"

杰克在一块大石上坐下,他看着阿狼,沉思着。原先他相信,不会再有任何事情让他惊奇了,但阿狼的出现轻易推翻了这单纯的想法。

"你爸爸好不好啊,杰克?"他随口问道,用的是仿佛在询问过诸多亲戚的近况后,最后"顺带一提"的口气。"菲尔最近过得好不好呀?嗷呜!"

4

一瞬间,杰克产生了一种奇异的联想:他觉得脑袋里的东西仿佛一口气全被丢出去,有好一会儿,它就只是个空空的壳子,半点思绪都没有,就像个只会送出电波、此外什么内容也不播送的广播电台。接着他看见阿狼的表情起了变化。快乐而童稚的好奇心被悲伤取代。杰克还注意到,阿狼的鼻孔快速掀动着。

"他死了,对不对?嗷呜!对不起呀,杰克。上帝处罚我!我这个笨蛋！笨蛋！"阿狼用力拍了自己额头一掌，高吼一声，这回真的是狼嗥了。杰克听得血管里的血都凉了。一整群绵牛也局促不安地四处张望。

"没关系。"杰克觉得自己的话好像是从别人口中说出来的，"不过……你怎么知道？"

"你的味道变了呀。"阿狼简单地答道，"我知道他死了，因为你身上有那个味道。可怜的菲尔！他是个大好人！我告诉你，此时此刻，杰克！你爸爸是个大大大好人呀！嗷呜！"

"嗯，"杰克说，"他是好人。可你是怎么认识他的？你怎么知道他是我爸爸？"

阿狼瞅着杰克，仿佛他问的是个简单到无须回答的问题。"我记得他的味道，当然呀。狼族记得全部的味道。你闻起来跟他一样呀。"

哗！气球棒槌再度发动攻击。杰克突然有股冲动，想抱着肚子在结实有弹性的草地上来回打滚，放声大叫。人们总是告诉他，他的眼睛像爸爸，他的嘴形像爸爸，甚至连他素描的技巧都像爸爸，但是，从来没人对他说过，他身上的味道像爸爸。然而他又觉得，这种说法不无道理。

"你们怎么认识的？"杰克又问一遍。

阿狼的眼神茫然失焦。"他跟另外一个人一起来的。"他终于回答，"从奥列斯来的那个人。那时候我还小。另外一个是坏人。他偷走狼族的家人。不过你爸爸不知道。"他匆忙补上最后一句，似乎以为自己惹杰克生气了。"嗷呜！不！他是好人，你爸爸，菲尔。另外一个呀……"

阿狼缓缓地摇摇头。此刻他脸上的神情比先前的欢悦更容易解读：阿狼正在回忆一段童年梦魇。

"坏人。"阿狼说，"我爸爸说，他给自己在这世界里占了一个位置。大部分的时候，他都躲在他的分身里，不过他是从你们的世界来的。我们晓得他是坏人,我们看得出来,可是谁会听狼族的话?没有人。你爸爸也知道他不好,不过他的鼻子没我们灵光。他知道他是坏蛋,但是不知道他有多坏。"

语毕,阿狼伸长脖子,又长嗥一回,那一长声伤怀悲怆的凄冷哀鸣,回荡在深蓝色天际,久久不散。

过门之二·摩根之钥

摩根·斯洛特从他的羽绒大衣（先前他相信十月开始后，洛基山脉以东的美国会成为一片严寒大地，所以买下这件大衣——现在他身上的汗却如小溪奔流）口袋里取出一个小金属盒。扣锁下方有一排十个按钮以及一块椭圆形的雾黄色玻璃面板，大约两英寸长、四分之一英寸宽。他谨慎地用小指甲按了几个按钮，接着一串数字出现在视窗上。斯洛特在苏黎世买下这个号称全世界最小的保险箱，根据售货员的说法，就算把它丢进焚化炉里一个星期，这个碳钢合金的小盒子还是毫发无伤。

这一刻它开启了。

斯洛特将折叠起来的乌黑绒布左右摊开，一件他珍藏了超过二十年的东西出现眼前——早在那个惹尽麻烦、令人憎恨的小杂种还没出生前，他就一直保存的东西。那是一把黯淡无光的锡制钥匙，最初它是插在一个机械玩具兵背上，用来转动发条的钥匙。当年斯洛特在加州的文都岬，一个他很感兴趣的奇特小镇，经过一家二手杂货店，从橱窗里看见了那个玩具兵。出于一种无法抵抗的冲动（事实上他也无心抗拒；一直以来，摩根·斯洛特总是视冲动为美德），他走进二手店，付了五块钱，买下那个锈迹斑斑的玩具兵……反正他想要的东西其实不是玩具兵。吸引他的目光、低声召唤他付钱的，其实是这把钥匙。一走到店门外，他立刻拔下钥匙，将它藏进口袋里。至于玩具兵呢，则随手丢进"危险星球书店"门口的垃圾桶里。

此时的斯洛特在刘易斯堡的休息区，站在他的车旁，手中握着钥匙，凝神端详。就像杰克手边那些小玩意儿，这把锡钥匙到了魔域也会化成其他形体。有一回，他从魔域回来时，把它遗落在旧办公大楼的大厅里。那上头必然还残留着魔域的力量,因为不到一小时后,那个蠢蛋杰瑞·布雷索就把自己给活活烧死了。杰瑞捡起这把钥匙了吗?还是踩到它?斯洛特不知道,也不在意。斯洛特他妈的连他身上一根毛都不关心——何况这水电工竟还买了张意外身故加倍理赔的保单(偶尔斯洛特会和大楼管理员分享一支大麻烟,交流一下,这小小秘密就是管理员告诉他的),斯洛特简直就能想象他老婆妮塔高兴到跳起来的模样——他一心只惦记着弄丢的锡钥匙。后来是菲尔·索亚找到这把钥匙,他交还给斯洛特时,除了一句"拿去吧,摩根,这不是你的幸运符吗?你的口袋一定有洞。他们把可怜的杰瑞带走之后我在大厅捡到的。"之外,什么也没说。

在大厅捡到的是吗?在那个每样东西闻起来都像连续高速运转九小时后的果汁机马达味道的大厅,在那个一切都被烧得焦黑、熔解变形的大厅。

毫发无伤的只有这把卑微的小钥匙。

到了另一个世界,它可会摇身一变,变成某种奇异的电击棒——如今斯洛特用一条纯银链子将它挂在脖子上。

"摩根叔叔要来抓你喽,杰克。"斯洛特的语调几近温柔,"是时候来把这堆狗屁倒灶的烂账一口气清干净了。"

十七
阿狼与牲口

1

　　阿狼谈到很多事情。偶尔他会起身把误闯到大路上的牲口唤回草地，还有一回，他赶着牲口往西走了约莫半英里，来到一条小溪旁。杰克问他住在哪里，阿狼只含糊地用手指指北方。他说，他和家人一起住。几分钟后，杰克探听阿狼家中的具体细节，阿狼的表情略带诧异，回答杰克他没有妻子也没有小孩——这一两年，他还暂时不想进去那个"色色的月亮"。不过从他脸上那"色色的"单纯笑容看得出，阿狼也期待有天能进去那个"色色的月亮"。

　　"可是你说你跟家人一起住。"

　　"哦，家人！他们啊！嗷呜！"阿狼大笑，"对呀！他们！我们全部住在一起。我们要一起照顾牲口啊，你知道吧。她的牲口。"

　　"女王的？"

　　"对呀。祝她永远、永远不死。"说完阿狼微微向前弯身，同时伸出右手贴着额头，滑稽地行礼。

　　又多问几个问题后，杰克觉得脑袋里一团团疑云慢慢消散了……最起码，他感到自己多了解了一些。阿狼是个光棍（虽然这说法也不完全正确，但勉强过得去），他口中的"家"是个规模庞大的家族——事实上，指的就是一整个狼族。尽管他们四处游牧，但对女王永远忠心不二。他们游牧的范围是外岗以东、"定居地"以西之间的一大片旷野。而阿狼所谓的"定居地"，指的似乎是东边那些城镇与村落。

绝大多数情况下,狼族(不是"狼群"——有一次杰克用了这说法,阿狼笑到眼角渗出泪水)是团结一致、可靠的劳动者。他们的体魄远近驰名,他们的勇气无与伦比。有一部分狼族已经移居东部,进入定居地,成为士兵、守卫,甚至女王的贴身护卫。阿狼对杰克解释,狼族一生只有两件最重要的事:女王和家族。狼族大部分成员为女王效劳的方式就像阿狼一样——照顾牲口。

既像牛又像羊的牲口是魔域最主要的肉食来源,从它们身上还能取得油脂和织布原料,并能提炼灯油(阿狼没有直接告诉杰克这件事,是杰克从阿狼的谈话中推论出来的)。每一只牲口都属于女王,而自远古以来,狼族世世代代都肩负着照管牲口的责任,那是他们的使命。听到这里,杰克不禁联想起北美大草原上,印第安人与水牛的共生关系……就在白人侵入那块领土,破坏那份平衡之前。这比喻虽说有些突兀,但很有说服力。

"看哪,雄狮将在羔羊身旁躺下,而狼族与绵牛相守。"杰克微笑着,喃喃自语。他仰躺在地上,双手枕在脑后,体内充满最平静轻松的美妙感受。

"你说什么呀,杰克?"

"没事。"他说,"阿狼,满月的时候,你真的会变成大野狼吗?"

"当然会呀!"阿狼回答。他满脸诧异,仿佛刚才杰克问的是"阿狼,你撒完大条后,会记得把裤子穿起来吗?"这种蠢问题。"陌生人不会变身,对不对?菲尔好像跟我说过。"

"那,呃,那牲口呢?"杰克说,"你变身的时候,它们——"

"噢,我们变身的时候不会接近牲口。"阿狼严肃地说,"噢,杰森哪,绝对不会!不然我们会把它们吃掉,你不知道吗?而且阿狼如果吃掉自己照顾的牲口,就得被处死。《好农经》上面说的。嗷呜!嗷呜!月圆的时候我们有该去的地方。牲口也有。它们很笨,不过看到大月亮的时候也会晓得该去别的地方。嗷呜!它们最好要知道,上帝教训它们!"

"可是你们吃肉,不是吗?"杰克问。

"你满肚子问题,跟你爸爸一样。"阿狼说,"嗷呜!我不介意。对呀,我们吃肉。我们当然吃肉呀。我们是狼族呀,不是吗?"

"假如不吃那些牲口,那你们要吃什么?"

"我们吃得很好。"阿狼简略回答,之后便不愿意继续这个话题。

正如同魔域里的一切,阿狼也是个难解的神秘——一个既迷人又恐怖的谜。

阿狼认识杰克的父亲和摩根·斯洛特——最起码,他不止一次见过他们两人的分身——这事实在谜团外又加上一圈光晕,却无法完全定义阿狼的神秘。阿狼告诉杰克的每件事都引出更多问题,然而大多数问题都是阿狼无法——或不愿——回答的。关于菲利普·索特雷与奥列斯造访魔域的故事,就是个例子。

第一次遇见他们时,阿狼还在"度小月",并与母亲和两个"胞妹"住在一起。他们两人显然只是路过,就像此时的杰克一样,只不过他们是朝东走,而非往西。阿狼说:"老实跟你说,你是我头一个遇见这么靠近西边、而且还要继续往西走的人。"

他们曾是和善的访客,两人都是。只不过后来出了点状况……奥列斯搞出来的状况。那是在杰克父亲的合伙人"在这个世界里占了一个位置"之后发生的事。阿狼一而再、再而三向杰克提起这点——只不过这时他口中的人比较像是斯洛特,披着奥列斯外衣的摩根·斯洛特。阿狼还说,摩根偷走了他其中一个胞妹。"知道是他把妹妹带走之后,我妈妈一整个月都在咬自己的手和脚指头。"阿狼用一种单纯陈述事实的语气告诉杰克,而且他不时会"带走"狼族。阿狼脸上带着迷信与敬畏的神色,他压低声音告诉杰克,有些被带走的狼族还跟着"瘸腿的人"到了另一个世界,去了"陌生人的地方",那个人甚至教他们吃掉自己的牲口。

"那对你们来说是很糟糕的事,对不对?"杰克问。

"他们都会下地狱。"阿狼简短地回答。

起初,杰克误以为阿狼指的是绑架——就像说到妹妹被偷走的情形,他以为"带走"是魔域里用来表示绑架的动词。后来才慢慢了解,完全不是那么回事——除非,阿狼无意间竟展露了诗人的天赋,拿"带走"这个词来比喻摩根劫持狼族里某些成员的心智。杰克现在觉得,阿狼真正的意思,是指有些狼族成员抛弃了亘古以来对王室的忠诚,转而投效摩根……摩根·斯洛特,与奥列斯的摩根。

这番谈话自然而然使他想起埃尔罗伊。

吃掉牲口的狼族都必须处死。

他也想起坐在绿色车里那两个问路的男人,他们递给小杰克一颗巧克力牛奶糖,想要借机将他拉进车里。他们的眼睛。他们的眼睛变了。

他们都会下地狱。

他给自己在这世界里占了一个位置。

直到这一刻前,杰克感受到的只是安全和愉悦:他很高兴回到魔域,虽然天气略带凉意,不过比起俄亥俄州西部那种晦暗凛冽的寒冷可是天壤之别;而在这前不着村、后不着店的原野,有高大友善的阿狼相伴,也让杰克感到安全。

他在这世界里占了一个位置。

杰克向阿狼打听爸爸的事——他在魔域里的名字是菲利普·索特雷——阿狼却只是摇摇头。他是个非常好的大好人,而且是个有"分身"的人——因此毫无疑义是个陌生人——然而这些似乎就是阿狼全部所知。阿狼说,"分身"有点像是人类的胞兄弟,可是详情他也不太清楚,不敢多作解释。阿狼也描述不了菲利普·索特雷——因为他记不得了。只剩下味道还有印象。他告诉杰克,他只知道,尽管两个陌生人看起来都很好心,其实只有菲尔·索亚是真正的好心肠。有一次他还带了礼物送给阿狼和他的同胞兄妹。阿狼收到的就是那件连身吊带裤,衣服送他的时候就跟它在原来的世界里同一个样子,没有改变。

"我一天到晚穿着。"阿狼说,"穿了差不多五年,我妈妈想把它丢了,她说它都被我穿破了!她说我长太大,穿不下了!嗷呜!她说那个只是破布跟很多破布接在一起。可是我不想丢掉它呀。后来,她跟一个要去外岗做生意的人买了一些布。我不知道她付了多少钱,嗷呜!我老实跟你说哦,杰克,我根本不敢问多少钱。她把布染成蓝色,帮我做了六件新的,原来你爸爸送我的那件,现在我拿来垫着睡觉。嗷呜!嗷呜!在我的心中,那是最棒的枕头。"阿狼笑得如此开朗——又如此感伤——杰克感动得牵起他的手。这是往昔的杰克无论在任何情况下未尝有过的举动,如今看来却像是他的损失了。他很乐意握住阿狼温暖、强壮的双手。

"我很高兴你喜欢我爸爸,阿狼!"他说。

"我喜欢!喜欢呀!嗷呜!嗷呜!"

就在那时,地狱之门在两人面前敞开了。

2

阿狼停止说话,他四下环顾,面有惧色。

"阿狼?怎么——"

"嘘嘘嘘!"

杰克也听见了。阿狼灵敏的耳朵率先察觉到蹊跷,不过声音一下就变大了,杰克心想,要不了多久,就连聋子都听见了。牲口东张西望,紧张地挤成一团,开始朝声音的反方向移动。这情形感觉起来像是有人为了在广播剧中制造音效,拿起一条床单从中央缓缓撕开,偏偏音量失控不断提高,直到杰克认为自己即将被逼到抓狂。

阿狼跳起来,惊惶不知所措。撕裂布匹的恼人声响持续上扬,牧群的惊叫也越来越大声。有些牲口往溪边退回去,杰克望向那方向,正巧目睹一头绵牛笨拙地踩空,溅起一道水花。它是被其他牲口推挤跌倒的。跌倒的绵牛"叭"地发出一声尖锐的惨叫,这时另一头绵牛绊倒在它身上,紧接着也被其他缓慢撤退的牲口踩进溪水里。小溪对岸地势潮湿低缓,软糊的河床上遍布绿色芦苇,首先抵达对岸的牲口立刻被纠缠在沼泽般的岸边。

　　"啊,你们这些什么都不会的笨畜牲!"阿狼大声咆哮,冲下小丘,赶往第一头绵牛失足的地点。跌倒的绵牛奄奄一息地抽搐着,似乎在做死前的最后挣扎。

　　"阿狼!"杰克大叫,然而阿狼听不见他的叫喊。笼罩在刺耳的撕裂声中,杰克连自己的声音都快听不见了。他稍微往右,望向溪流这边,不觉惊愕地屏住呼吸。天空出现异状。离地三英尺高的半空中,有一块地方激烈涌动着,似乎想替自己扯开一条裂缝。隔着这片扭曲的天空,杰克还能看见西方路,但那景象模糊,光线歪折,仿佛隔着焚化炉摇曳的热气看见的光景。

　　有东西正把天空扯开,就像扯开一道伤口——有东西要过来了——从我的世界吗?噢,杰森哪,我过来的时候,也是这种情况吗?然而,即便在惊慌失措中,杰克心底仍然知道,实情并非如此。

　　究竟是谁会用这种粗暴的手段登堂入室,杰克心中有个再适合不过的人选。

　　他拔腿往山丘下狂奔。

3

　　裂帛似的噪音持续着。阿狼跪在溪水中,试图搀起第二头跌倒的绵牛。先前那头已变成一具残缺不全的尸体,软绵绵地漂向下游。

"起来！上帝处罚你，快起来！嗷呜！"

阿狼使尽全力拍打推动落水的绵牛，绵牛团团转着退向他身边，阿狼拦腰抱住它，用力往上提起。"嗷呜！此时此刻！"阿狼大吼。他的衣袖撑裂开，令杰克联想起电视上因为受到伽玛射线感染而变身绿巨人浩克的大卫·班纳。阿狼踉跄着站起身，水花四溅，他的双眼射出橘色光芒，蓝色吊带裤被溪水浸湿成黑色。阿狼如同抱着一只巨大宠物般将绵牛兜在胸前，绵牛的口鼻淌出水沫，翻白的眼珠直瞪天顶。

"阿狼！"杰克尖叫，"摩根来了！摩——"

"我的牲口！"阿狼吼回去，"嗷呜！嗷呜！上帝安排给我的牲口！杰克！不要——"

他的话被震耳欲聋的雷声吞没，而撼动天地的雷声一时间掩盖了裂帛声的单调频率。杰克几乎跟阿狼惊惶失措的牲口一样思绪纷乱，他仰头张望，平静无波的天际清澈澄蓝，只有数里外的远方安详地飘着几朵蓬松的白云。

雷声将阿狼的牲口吓得六神无主，它们亟欲逃跑，偏偏绵牛是种愚笨的生物，许多绵牛竟开始倒退着逆向撤离。它们在混乱中彼此推挤，被绊倒的牲口在水底下翻滚挣扎。杰克听见骨骼碎裂的声音，伴随着一声声凄惨的哀叫。阿狼大吼一声，放下原来要救的绵牛，气急败坏地涉水走向泥泞的对岸。

才走到一半，好几头绵牛撞上他，将他卷入水中，水面溅起细小的白色水珠，四处飞射。杰克发现阿狼身陷险境，慌乱逃窜的牲口踩过阿狼，将他围困在水中。

杰克跳进溪里，原本干净的溪水已搅动成滚滚泥浆，他竭力在湍流中保持平衡，一步步往前推进。一头绵牛双眼发狂般地乱转，尖叫着冲过杰克身边，差点将他撞倒。溪水泼上杰克的脸，他急忙将眼里的污水抹去。

而今整个世界都充满了撕裂的巨响：唧唧唧唧——

快救阿狼。别管摩根了，现在没空理他。阿狼有危险了。

阿狼全身湿透，他的脸在水面载浮载沉，这时三头绵羊压过去，杰克看见只剩他毛茸茸的手在水面挥舞。杰克继续向前跋涉，推开挤在周围的牲口，它们有些仍能行走，有些已沉入水里，在杰克脚边挣扎滚动。

"杰克！"一声叫喊穿透裂帛噪音。那是杰克认得的声音。摩根叔叔的声音。

"杰克！"

天边又传来一声巨响，滞闷的雷声仿佛沉重的大炮，隆隆滚过天际。

杰克气喘吁吁，湿漉的头发刺进眼睛，他回头一望……视线所至，竟是俄亥俄州刘易斯堡附近，70号州际公路上的休息站。画面犹如隔着一片做工粗劣、充满气泡的玻璃……但他确实看见了。透过天上那条歪曲的裂缝，杰克看见，左边是公厕的砖墙边缘，右边则传来雪佛兰小货车的声音。这怪异的景象飘浮在离地三英尺高的半空中，不过五分钟前，杰克和阿狼还在那下方的草地上惬意地谈天。而裂缝正中央有张脸，宛如电影里的临时演员，正追随海军上将拜德①远征南极，那是摩根·斯洛特的脸。他涨红的肥脸因愤怒而扭曲。愤怒，还有些别的什么。胜利感？没错，杰克相信那是得意的神色。

他站在溪流中央，溪水深及大腿，逃窜的牲口在他左右擦撞。牲口惊叫着，瞪着天上的裂缝，那道裂缝已不再是虚幻的影像，而是真实存在的实体。杰克目瞪口呆。

他找到我了，我的天啊，他找到我了。

---

① 拜德上将，全名理查德·伊夫林·拜德（1888—1957），是美国极地探险家，也是史上第一个驾机飞过南北两极之人。

"总算让我找到了，你这小杂碎！"摩根朝他大吼。他的叫喊宛如闷雷远远传来，从另一个现实世界跨越到这个现实世界，感觉像是听着一个男人关在电话亭里怒吼。"是时候让你见识我的厉害了！等着瞧吧！"

摩根向前移动，他的脸宛如松软的胶质，涟漪波动。杰克还看见他手中握着一个银色的小东西，用条链子挂在脖子上。

摩根·斯洛特挤过两个宇宙间的缝隙而来时，杰克呆立着，全身瘫痪，望着他像狼人一样逐渐变身，从地产掮客、投机者、有时还是好莱坞经纪人的摩根·斯洛特，变化成觊觎垂死女王宝座的奥列斯的摩根。他肥软的双下巴渐渐消瘦，涨红的气色也完全褪尽。他的头发向前抽长，一寸寸覆盖他的秃顶，仿佛有只看不见的手正在替他的头皮上色。斯洛特的分身有一头黑色长发，虽然在颈后扎成一束马尾，大部分仍四处披散，随风翻飞，不知怎地，竟像是尸体的枯发。

斯洛特的羽绒大衣一阵颤抖，有一瞬间消失于无形，重新浮现时，则变成一件乌黑的连帽斗篷。

摩根·斯洛特的麂皮鞋变成高过膝盖的深色长筒皮靴，皮靴上端往下折，其中一只靴口露出一支握柄，看样子似乎是把匕首。

至于他手中的银色小东西，则变成一支小权杖，顶端嘶嘶吐出蓝色火焰。

那是电击棒。噢，天啊，那是——

"杰克！"

这叫声微弱，充满漱口似的水声。

杰克蹒跚地在溪水中蜿蜒前进，一头绵牛的尸体自侧面浮起，朝杰克漂来，他勉强闪过，看见阿狼的头又沉入水中，双手挥动着。杰克尽力避开牲口的阻碍，往阿狼的方向赶去。有头绵牛撞上他的臀部，杰克向前扑倒，呛了口水。他连忙站起来，又呛又咳，一手在上衣里摸索，担心魔汁被溪水冲走，幸好还在。

"小杂碎!转过来看着我!臭小鬼!"

没空理你,摩根,不好意思,因为我现在正忙着不让阿狼的牲口把我挤到水里淹死,然后才有时间担心自己会不会被你手上那根放电的棍子烧焦。我——

蓝色火焰嘶嘶作响,画出一道弧线,越过杰克的肩膀——犹如一道致命的电光彩虹。它击中对岸一头困在湿地里的绵牛,那不幸的动物旋即爆裂,活像吞下一颗炸弹。血肉横飞,星星点点的血珠与尸体残块飞向空中,转眼如雨水在杰克周围落下。

"转过来看着我,小鬼!"

杰克觉得这句话仿佛一只看不见的手捏住他的脸,想强迫他转过头去。

阿狼再次挣扎着爬起来,一头湿发披黏在脸上,活像英国牧羊犬,茫然的双眼隔着头发往外张望。他摇摇晃晃咳嗽着,显然已分不清方向。

"阿狼!"杰克大叫,然而又一声巨雷横扫天际,淹没他的叫喊。

阿狼弯下腰,吐出一摊混着泥浆的溪水,一转眼,又一头惊慌失措的绵牛撞上他,将他推入水中。

完了,杰克绝望地想,都完了,他走了,肯定救不回来了,算了吧,自己赶紧逃命——

"杰森!"奥列斯的摩根高声咆哮,杰克突然明白,这句话并不是魔域中人平常惊讶时惯用的口头禅——摩根是在叫他,他在叫杰克的名字。只不过在魔域里他不叫杰克;在这里,他叫杰森。

可是女王的儿子还是婴儿时就死了,已经不在人世了,他——

又一道炙热充沛的电流飞射过来,这次差点削落杰克的头发。闪电再次击中对岸,这回让一头绵牛凭空蒸发了。不对,杰克发现,不完全是这样。绵牛的四条腿还在,陷在泥泞中,像四根摇摇晃晃的柱子。他望着那四条腿,它们虚软地朝四个不同的方向缓缓倒下。

"转过来看着我,你这天杀的杂碎!"

我们在水里啊,为什么他不直接把闪电击向水中?他何不一口气解决掉我、阿狼和所有牲口?

接着他回想起小学五年级的科学课程。一旦电流进入水中,会往所有方向流动……甚至流回发电的源头。

阿狼模糊的脸孔在水面下漂动,将这些杂念挤出杰克的脑袋。阿狼还活着,不过他的身体被一头绵牛踩住了,那绵牛看来平安无事,只不过吓得动弹不得。阿狼的手可怜无力地挥着,直到杰克终于到他身边,他一只手软绵绵地垂下,漂在水上,像睡莲一样。

杰克不敢稍事喘息,他重心放低,用左肩撞开踩在阿狼身上的绵牛,就像冒险故事里的男孩杰克·阿姆斯特朗①那样。

假如这是头正常大小的乳牛,而非缩小版的魔域绵牛,杰克也许无法在湍急的逆流中推动它。所幸它体形很小,杰克撞上它后,自己浮了起来,绵牛"叭"地大叫一声,跌坐水里,接着便爬起来,冲向河岸。杰克抓住阿狼的双手,使尽吃奶的力气将他拉起来。

阿狼的身体不由自主立了起来,像吸饱水的树干,他半闭的眼神涣散,水从他的耳朵和口鼻流出,嘴唇已经发紫。

杰克抱着阿狼站在水中,像一对试着在泳池里跳华尔兹的醉汉,这时两道闪电同时击发,分别射向杰克和阿狼左右两侧。彼岸又有一头绵牛被炸得四处飞散,凌空掠过的牛头仍在哀号。电光烈焰在湿地上蛇行奔窜,照亮了芦苇丛,直抵原野上的小丘,小丘上的草地燃烧起来。

---

① 杰克·阿姆斯特朗,是一九三三至一九五一年间美国一出以青少年为对象的冒险故事广播剧《美国男孩》中的主角。

"阿狼!"杰克大喊,"阿狼！我的天啊!"

"唔,"阿狼呻吟了一阵,接着将带着泥巴的温水呕在杰克肩头。"恶恶恶恶恶……"

这时摩根已经站在对岸,披着黑色斗篷的高大身影瘦骨嶙峋,帽檐在他苍白犹如吸血鬼的脸上压出一圈黑影,这景象竟有股阴气森森的情调。杰克甚至还有空想到,魔域的力量就连在那惹人厌的摩根叔叔身上也会发生效用,让他的外貌变得好看多了。进了魔域,摩根就不再是那个体重过重、随时会高血压病发、坏水满腹的龌龊模样;在这里,他的下巴变得尖瘦,脸部肌肉勾勒出的线条甚至有几分英挺。他举起手中那看起来像玩具魔杖的权杖,向前一指,蓝色焰光划破天际。

"轮到你了！还有你的蠢朋友!"摩根大吼。他两片薄唇咧开,露出胜利的笑容,凹陷的黄牙顿时扼杀了才刚在杰克脑中产生的英俊形象。

阿狼尖叫着,在杰克疼痛的双臂中疯狂扭动,他狠狠瞪着摩根,双眼绽放愤恨与恐惧的橘色光芒。

"你是魔鬼!"阿狼尖叫,"你是魔鬼！你偷走我妹妹！我的胞妹！嗷呜！嗷呜！你！恶魔!"

杰克从上衣抽出酒瓶,魔汁只剩一口了。他无法单用一只手搀扶阿狼,阿狼似乎无法靠自己的力量站稳,眼看他就快滑出杰克的臂弯。无所谓了。反正也没办法把他带回另一个世界……可以吗?

"你！恶魔!"阿狼边哭边喊,他濡湿的脸不断往下滑。他的吊带裤漂在水面,鼓出一个大气泡。

草原与牲口被火焰吞噬的气味。

雷电交加,炸出火光。

这次的闪电劈得更近了,杰克感觉似乎连鼻毛都烧焦卷曲了。

"好啊！你们两个，一起死吧！"摩根咆哮着，"我要让你们知道妨碍我的下场！碍眼的小杂碎！我要烧死你们两个！下地狱去吧！"

"阿狼，撑着点！"杰克大喊。他放弃继续支撑阿狼的体重，改而抓住他的手，死命握紧。"紧紧跟着我，听见了吗？"

"嗷呜！"

他仰头将魔汁一饮而尽，那冰寒腐臭的味道最后一次骚扰他的口腔。酒瓶已经空了。吞下的那一刻，他听见摩根的闪电击中酒瓶后瓶身粉碎的声响，不过那声音很模糊……还有电流的嘶嘶声……摩根暴怒的狂吼。

杰克感觉自己背朝下，坠入一个洞穴中。可能是个墓穴吧。接着阿狼的手用力掐了他的手，他忍不住咕哝。那种从半空中左飘右移、垂直往下坠落的感觉慢慢退去……不久，阳光也渐渐隐没，变成美国心脏地带伤感灰紫的十月微光。寒冷的雨水打在杰克脸上，恍惚之间他意识到自己站在水中，水温远比数秒前更冰冷。不远处，他又听见大货车熟悉的呼啸，奔驰在州际公路上……只不过，这声音似乎是从正上方传来。

不可能吧，他心想，但是，真的不可能吗？一时间"不可能"这三个字的边线仿佛突然有了弹性；一阵头晕目眩，他觉得自己飞了起来。迷糊之间，杰克仿佛看到背上扎着帆布翅膀的魔域飞人，驾着货车飞翔在天空中。

回来了，他对自己说，我又回来了，同样的日子、同样的公路。

他打了个喷嚏。

同样的感冒症状。

不过有两件事情不一样了。

这里不是休息站。他们在公路的高架桥下方，站在深及大腿的冰冷溪水中。

阿狼和他在一起。这是另一个改变。

还有，阿狼正大惊失色地尖叫不已。

十八
阿狼看电影

1

头顶上,又一辆卡车驶过高架桥,大型柴油引擎轰隆作响。高架桥一阵颤动。阿狼大声惨叫,抓住杰克,差点让两人一起摔进水里。

"够了!"杰克大吼,"放开我,阿狼!那只是卡车!快放手!"

尽管不愿意,他仍然出手打了阿狼一耳光——阿狼怕成这样子,实在太可怜了。但是,无论可怜与否,阿狼几乎一整条大腿挂在杰克身上,搞不好有一百五十磅重,假如阿狼把杰克压垮了,他们会一起泡进冰冷的水里,两人铁定会染上肺炎。

"嗷呜!阿狼不喜欢呀!嗷呜!不喜欢!嗷呜!嗷呜!"

他紧握的手放松了。下一刻他放开手,两只手臂安分地垂在身体两侧。直到另一辆汽车呼啸而过,阿狼瑟缩身体,但忍下抓住杰克的冲动。他无言地凝视杰克眼底,仿佛正颤抖哀求着:带我回去,求求你带我回去,我宁可死掉也不要待在这个世界里。

我也不愿这样,阿狼,可是摩根出现了。就算没有摩根,我的魔汁也全喝光了。

他低头看见自己左手还握着魔汁的瓶子,瓶身已被击碎,剩下锯齿状的玻璃尖刺,宛如酒吧里蓄势待发的斗殴者。阿狼扑到杰克身上时没有受伤,简直就是傻人有傻福。

杰克丢开瓶子。哗啦。

又有货车经过,这回同时有两辆——车声变成两倍大。阿狼惊恐地哀号,两手用力捂住耳朵。杰克注意到,阿狼手臂上的兽毛大半消失了——只是大部分,并非全部。他还看见,阿狼两手的拇指和食指长度完全相同。

"走吧,阿狼,"大卡车火箭般的呼啸声稍微减弱后,杰克说,"我们离开这里吧。我们看起来活像《赞美主俱乐部》①特别节目里面等着受洗的人。"

他牵起阿狼的手,阿狼惊恐地紧紧回握,杰克不禁皱起眉头。阿狼见状,稍微放松一点……只是一点点。

"不要离开我,杰克。"阿狼说,"求求你、求求你,不要离开我。"

"不,阿狼,我不会的。"杰克说。他暗骂自己:你这蠢蛋,怎么会把事情搞成这样?看看你,带着一个宠物狼人,站在俄亥俄州的公路高架桥下,你打算怎么办?你想过吗?啊,对了,月圆时会发生什么事呢,杰克,你还记得吧?

他当然记得。然而此时乌云罩顶,寒冷的雨丝连绵不绝,根本看不见月亮。

那么几率该怎么计算?幸运一点,三十比一对他有利?还是二十八比二?

无论几率如何,都不是件好事。这并不在原本的计划中。

"放心,我不会丢下你不管。"他又安抚了一次,领着阿狼走向远端的河岸。

浅滩处,某个孩子丢弃的洋娃娃泡得糜烂,仰天漂浮的洋娃娃睁着一双蓝色眼珠,瞪着逐渐浊重的天幕。为了将阿狼拉进这世界,杰克两条手臂几乎虚脱,他的肩膀关节酸痛得像是蛀牙。

当他们爬上杂草丛生、垃圾淤积的堤岸时,杰克又开始打喷嚏了。

---

① 亦称爱主俱乐部,由吉姆·贝克与其妻共同创立的基督教电视节目。

2

这一趟到魔域,杰克总共只往西走了半英里路——陪着阿狼将牲口往西赶了半英里到溪边喝水,没多久后阿狼险些在那里淹死。回到这边,杰克发现他们往西移动了十英里,这已是他估算中最好的状况了。他们挣扎着爬上岸——实际上大多时候阿狼拖着杰克,增加了不少阻力——在最后一道夕阳余光中,杰克看见前方五十码处,有条交流道从公路向右岔出一弯弧线。他从路标的反光漆读出:俄亥俄州阿凯纳姆最后出口/距离州界十五英里。

"我们得搭便车。"杰克说。

"便车?"阿狼困惑地问道。

"先让我瞧瞧你。"

他认为阿狼应该没问题,至少趁着黑夜应该可以蒙混过去。他身上仍穿着那条吊带裤,只不过这会儿上面真的出现了"奥许卡什"的商标。原本的手织上衣变成蓝色成衣衬衫,看来像是海军出售的剩余物资。至于光溜溜的脚板也套上一双白色袜子,还有一大双湿嗒嗒的休闲皮鞋。

最怪的地方是,阿狼的大脸上多了一副圆形金属框眼镜,就像约翰·列侬戴的那种款式。

"阿狼,你原来的视力不太好吗?在魔域里的时候?"

"我以前不知道。"阿狼说,"可能吧。嗷呜!我在这边真的看得比较清楚,因为有这个玻璃眼睛呀。嗷呜!此时此刻!"他看着发出狂吼的公路,杰克觉得现在阿狼肯定认为自己看见了无数钢铁巨兽,眼睛迸射出金黄光束,橡胶轮胎辗过路面,以不可思议的高速划破夜幕。"我宁愿不要看得这么清楚。"阿狼可怜兮兮地说。

3

两天后,一对狼狈的难兄难弟拖着困乏的脚步走在32号公路上,路的一边是10-4快餐店,另一边则是"欢迎莅临曼西市"的路标,两人就此进入印第安纳州。杰克正发着三十九度的高烧,咳嗽不止。阿狼脸部浮肿、血色尽褪,模样活像条刚斗完激烈比赛的哈巴狗。前一天,他爬到路边废弃农仓旁的树上,试着摘些晚熟的苹果。他成功地上了树,也摘到几个干巴巴的秋苹果,塞进吊带裤的胸口,却惊动了不知在屋檐何处筑巢的黄蜂。他死命爬下树,头上罩着一朵褐色蜂云,哀号连连。最后,他一只眼肿得睁不开,鼻头活像颗紫色大头菜,却仍旧坚持将最好的那个苹果让给杰克。那堆苹果味道都不好——又小又酸而且有虫——杰克其实也没什么胃口,但看在阿狼为了这些苹果所受的苦,他着实不忍拒绝。

一辆老旧的雪佛兰科迈罗,后轮用千斤顶撑着,车头正对着马路,突然对他们猛按喇叭。"嘿!小屁眼!"有人对着他们叫嚣,接着爆出一群人满是啤酒味的笑声。阿狼发出长声惨叫,捉住杰克。杰克原以为总有一天阿狼会克服对汽车的恐惧,但现在他越来越不敢肯定了。

"没事了,阿狼。"他没好气地说,一面第二十或三十次将阿狼的手从他身上剥下来。"他们走了。"

"好大声呀!"阿狼呻吟。"噢呜!噢呜!噢呜!好大声呀,杰克。我的耳朵!耳朵!"

"葛莱斯派克消音器。"杰克不耐烦地想:我保证你会爱死加州的高速公路呢,阿狼。到时候如果我们还在一起,我一定带你去见识见识,好吗?然后我们去看超级房车赛,还有越野摩托赛,保证你大呼过瘾。"有些人就喜欢那种声音。他们——"话没说完,他又咳了起来,这次咳嗽剧烈得令他直不起腰,有段时间,世界仿佛从他身边抽离,化成一片片灰黑色块,然后重新聚合,聚合的速度非常、非常缓慢。

"喜欢。"阿狼嘀嘀咕咕,"杰森!怎么可能有人喜欢那种声音,杰克?而且那个味道……"

杰克了解,对阿狼来说,气味才是最痛苦难当的。回来后不超过四小时,阿狼已经将这里命名为"臭臭国"。头一天晚上阿狼呕吐了好几次,第一次是将另一个世界的溪水泥浆吐在俄亥俄州的土地上,后来就只是不断干呕。他凄惨地解释,是因为恶臭的缘故。他无法想象为何杰克能够忍受,为何有那么多人能够忍受。

杰克也很清楚——从魔域回来后,他才察觉充斥在生活环境中、过去几乎不曾注意的种种臭味:引擎燃料、汽车废气、垃圾、污水、化学肥料,但不久后又习以为常了。如果不是习惯,那就是麻木了。唯独这情况不会发生在阿狼身上。他痛恨汽车、痛恨恶臭、痛恨这个世界。杰克觉得他永远不会有习惯的一天。要是不快点将阿狼带回魔域,杰克猜想他迟早会发疯。杰克心想:他一直这样发作下去,迟早会把我逼疯,我往后的路程也不用走下去了。

一辆载满鸡笼的卡车轱辘辘缓缓驶过,后面跟着一长排不耐烦的车阵,有些急躁的驾驶员猛按喇叭。阿狼差点跳进杰克怀里。因高烧而虚弱的杰克跌进遍地垃圾、长满灌木的水沟,一屁股坐了下去,坐下时速度太快,上下排牙齿喀地撞在一起。

"对不起,杰克。"阿狼一副可怜样,"上帝处罚我!"

"不是你的错。"杰克说,"撤退。休息五分钟吧。"

阿狼不敢作声,在杰克身旁坐下,满心焦灼地看着杰克。他知道自己带给杰克多大的重担,也知道杰克发疯般想要走得更快,一方面是要远远逃离摩根,但大部分则为了某个其他理由。

他还知道,夜里的杰克会在梦呓中呼喊妈妈,有时甚至在梦里哭泣。阿狼唯一一次见到杰克在清醒时哭泣,是在阿凯纳姆的交流道附近。那是阿狼第一次弄清楚"搭便车"这个词的意思。当时他告诉杰克,他没办法搭便车——一时还不能接受,以后可能也办不到——杰克走到公路护栏上坐下,将脸埋进手掌哭了起来。后来他止住泪水,这让阿狼感到欣慰……可是他把脸蛋从掌心里抬起来时,望着阿狼的眼神,让阿狼觉得,他肯定会把阿狼留在这个臭气冲天的国度……没了杰克,阿狼一定会承受不了而崩溃的。

4

那天,他们沿着路肩走下阿凯纳姆交流道,暮色渐深,每当车辆从身旁驶过,阿狼总会打着哆嗦,紧紧攀住杰克。背后驶来的车上有人对着他们叫嚷:"你们的车在哪儿呀,死娘炮!"杰克像狗甩掉身上水珠一样甩开讥笑,继续向前走,手里牵着阿狼,在他脚步放慢、或不自觉想朝树林靠近时拖着他走。眼前要紧的是安全离开禁止拦搭便车的车道,想办法再绕上西向交流道口。在某些州,在交流道口拦搭便车是合法的(这是某晚有个和杰克一起睡在谷仓的流浪汉告诉他的),有的州则光在路上举起大拇指就算违法,通常警察若发现交流道口有行人,就会闪灯警告。

因此目前的第一要务,就是尽快走向交流道。但愿路上别那么不巧遇上巡逻警察。州警会怎么看待阿狼,杰克根本不敢想象。对方搞不好会以为自己逮到一个戴着约翰·列侬眼镜、八十年代版的查尔斯·曼森。

他们总算走到交流道,跨过公路,来到西向车道。十分钟后,一辆老旧的克莱斯勒停下,车主是个魁梧的男人,脖子粗壮,头上的帽子后方印着"凯西农机"的商标。他弯下腰打开车门:"快上车吧,小伙子! 晚上可不好受呢,是吧?"

"谢谢你,先生。确实不好受呢。"杰克振奋地说。他的思绪快速运转,设想着如何把阿狼编进他的身家故事里,几乎没有察觉到阿狼的反应。

那男人却注意到了。

他的脸色往下一沉。

"你闻到什么臭味吗,孩子?"

他的语调和脸色一样紧绷,倏地将杰克击回现实。起初的热忱灰飞烟灭,脸上的表情仿佛在说,他大可以不管这两人,悠哉地晃进奥特莱酒馆随意喝上两杯。

杰克急忙转过头看阿狼。

阿狼的鼻孔激烈地翕张,活像一头遇上臭鼬放气的熊。不只龇牙咧嘴,他整个嘴唇往外皱缩,上唇挤在鼻孔下方,堆出一个小山脊。

"他是怎么,智障啊?"凯西农机帽子男低声问杰克。

"没有,呃,他只是——"

阿狼开始嗥叫。

完了。

"噢,搞什么啊。"帽子男用无法置信的语气说道。他猛踩油门,冲下交流道,车门砰地摔上。幽暗的雨夜中,他的尾灯在交流道尽头拖曳出一道光痕,宛如一把带着污痕的红色光箭,沿着路面射向杰克与阿狼站立之处。

"老兄,这下可好了。"杰克怒气冲天,吓得阿狼一阵畏缩,"好极了! 要是他车上有无线电,他现在八成已经拨通第十九频道,告诉警察、告诉全世界阿凯纳姆交流道上有两个神经病想搭便车! 杰森也好! 耶稣基督也好! 去他的,我不管了! 你就是喜欢看到有人倒霉是不是,阿狼? 你再这样搞个几次,马上就会有人倒大霉了! 就是我们! 我们两个就要倒大霉了!"

疲倦、困惑、沮丧，几乎已耗尽所有精力的杰克，在盛怒中逼向缩着身子的阿狼，尽管以阿狼的块头，轻轻一挥就能让杰克身首异处，但面对这样的杰克，他仍不禁倒退一步。

"别大叫，杰克，"阿狼嗫嗫嚅嚅，"那个味道……如果要坐进去……跟那个味道关在一起……"

"我什么也没闻到！"杰克怒吼。他的声音嘶哑，喉咙痛得无以复加，却无法阻止自己吼叫。如果不叫出来，他就要疯了。被雨水淋湿的头发垂落，蜇进他眼里。他甩开头发，接着一掌用力拍打在阿狼肩上，这一下劲道不小，感觉像是打在石头上，杰克自己的手立刻疼了起来。阿狼发出凄苦的嗥叫，杰克听了更加生气。然而真正令他怒气攻心的，是他知道自己说谎。尽管这次进入魔域不过短短六小时，他也闻得出那车上的气味，简直就像野生动物巢穴，陈年咖啡渍加上新鲜啤酒（帽子男两腿间就夹着一罐刚开的施特罗啤酒）混合成的恶心怪味，挂在后视镜上的空气芳香剂活像停尸间尸体脸上的粉味。还有一种别的味道，更黑暗阴湿的味道……

"我什么都没闻到！"他尖声大吼到嗓音岔裂，手掌继续打向阿狼另一侧肩膀。阿狼又开始嗥叫，转身缩成一团，背对着杰克颤抖，宛如承受盛怒父亲鞭打的小孩。杰克改打他的背，剧烈的拍打让阿狼的吊带裤喷溅起点点雨花。杰克的手掌每落下一回，阿狼便哀号一声。"你最好赶快习惯，（啪！）因为下一次再有车来，就会是辆警车，（啪！）不然就是坏蛋摩根那恶心的绿色宝马，（啪！）如果你再这样像个幼稚的小孩，我们都会死得很难看！（啪！）你到底懂不懂啊！"

阿狼什么也没说。他在雨中弓着身子，背对杰克，哆嗦着，哭泣着。杰克觉得自己的喉咙越来越肿，眼眶滚烫刺痛。这些无不继续加深他的愤怒。他心底某个丑恶的部分最渴望的就是伤害自己，而伤害阿狼则是最有效的方法。

"你转过来啊!"

阿狼依言转身。圆形镜片后方榛木色的双眼模糊,脸上爬满鼻涕泪水。

"你听懂我的话没有?"

"懂了。"阿狼哭哭啼啼,"懂了,我懂了呀。可是我就是不能坐他的车,杰克。"

"为什么不能?"杰克生气地瞪着他,拳头撑在腰际。老天,他头疼欲裂。

"因为他快死了。"阿狼声音小得像蚊子似的。

杰克瞪着他,顿时怒气全消。

"杰克,你没发现吗?"阿狼轻声问,"嗷呜! 你闻不到吗?"

"闻不到。"杰克上气不接下气地回答。他确实闻到什么,不是吗? 某种他从未闻过的味道。像是混合了……

他陡然想起来,一时间,他的力气仿佛被抽干,重重跌坐在护栏上,看着阿狼。

粪便和腐烂的葡萄。类似这样的味道。不是百分之百一样,但相似得可怕。

粪便和腐烂的葡萄。

"那是最臭最臭的味道。"阿狼说,"是人忘记怎么健康活着的时候的味道。我们叫做——嗷呜!——黑色病。我觉得他自己都没发现。而且啊……'陌生人'闻不到这种味道,对不对,杰克?"

"对。"他低声说。倘若现在能穿越时空,回到阿兰布拉饭店母亲的房间,妈妈闻起来也会是这种味道吗?

会吧。他一定会闻到从她全身毛孔散发出来的,这种粪便和烂葡萄的味道,黑色病的味道。

"我们这里叫做癌症。"杰克小声地说。我们这里叫做癌症,而且我妈就是个癌症病人。

"我真的不知道我受不受得了搭便车,"阿狼说,"如果你想,我会再试一次,杰克。可是那里面的味道……在外面的味道就已经很可怕了,嗷呜!如果在车子里面……"

正是这一刻让杰克把脸埋起来掩面痛哭,部分是因为绝望,更主要则单纯是出于疲惫。此外,阿狼没有看错,当时杰克确实露出想一走了之的表情,有那么一瞬间,抛下阿狼已不只是个企图,而是亟欲实现的决心。他能不能成功抵达加州、找到魔符——无论它在哪里——原本机会已经很渺茫,如今距离目标又更加遥远,宛如地平线上一个看不真切的小点。阿狼的所作所为不仅拖延了杰克的行动,再这样下去,迟早会害他们俩被关进牢里。大概要不了多久。更何况,他要怎么向"理性的"理查德·斯洛特解释阿狼的事?

而阿狼看见杰克脸上冰冷沉思的表情,顿时两腿失去力气,他膝盖一软,跪在杰克面前,举起十指紧扣的双手,犹如维多利亚时期音乐剧中的求婚者。

"不要走开,不要丢下我,杰克。"他哭着说,"不要离开好阿狼,不要把我留在这里,是你带我来的,求求你,求求你,不要丢下我一个……"

除了这些,他再也说不出其他有条理的话了;也许阿狼还想试着再说些什么,但嘴里吐出来的只是断断续续的哽咽。杰克觉得被沉重的无力感包围住,就像一件经常穿在身上的贴身外套。不要丢下我,是你带我来的……

就是这样。照顾阿狼是他的责任,不是吗?是啊,当然是。是他亲手拉着阿狼逃出魔域,来到俄亥俄州,肩膀上的酸痛便是这个事实的铁证。虽然说,当时他别无选择,阿狼几近灭顶,而且就算他没溺水,也会让摩根手上那个会放电的鬼东西给烤焦。所以这下他大可轻轻松松告诉阿狼:不然你要选哪一个,兄弟?在这边承受点委屈,还是在那边当个尸体?

他当然可以,不是吗?然后阿狼铁定答不出来,因为他是个脑筋迟缓的笨蛋。然而汤米叔叔不是经常对他提起一句钟爱的中国谚语:救人救到底,送佛送上西。

别再想怎么逃避了,别再管怎么用花言巧语推搪了;阿狼的确是他的责任。

"别丢下我,杰克。"阿狼抽抽噎噎,"嗷呜——嗷呜!求求你别离开我,阿狼很乖,阿狼会帮忙,阿狼会站岗守夜,会做很多其他的事,只要你不要、不要——"

"别哭哭啼啼了,快站起来。"杰克低声说,"我不会放着你不管的。总之我们得赶紧离开这地方,万一刚才那人真的通知警察就不好了。我们走吧。"

5

"你想好接下来要怎么办了吗,杰克?"阿狼怯生生地问。他们在曼西市边界附近,坐在灌木丛围绕的水沟里超过半小时了。杰克将脸转向阿狼,阿狼很高兴看见他在微笑。那是个病恹恹的笑容,阿狼不喜欢杰克那圈发黑疲惫的眼袋(他现在觉得杰克没那么好闻了——他有病人的味道),但至少,那是个微笑。

"接下来我们就这么办吧。"杰克说,"我想好几天了,我买这双新鞋的时候就开始想了。"

他弓起膝盖,阿狼和他一起端详这双鞋,沮丧无言。这双鞋早已磨损变形,脏得不成样子,左脚的鞋底还开了口。这双鞋才买了……杰克皱起眉头思考。高烧使他思绪混沌。三天。三天前他才从飞瓦鞋店的折扣区买下这双鞋。现在看起来却那么破,那么旧。

"总而言之……"杰克叹了口气,接着打起精神。"阿狼,你看到那栋房子了吗?"

那栋建筑物像是平地上炸起的一朵灰色砖云,线条呆板乏味,仿佛空旷停车场上的一座孤岛。停车场的柏油路面闻起来会是什么味道,阿狼再清楚不过:腐烂的动物死尸。那气味将令他窒息,而杰克几乎不会察觉。

"我知道你看不懂,那招牌上写的是'六片联映',"杰克向他说明,"听起来像是咖啡壶的名字,不过那是一次播六部电影的电影院。里面总会有一部我们喜欢的。"而且下午的时候,里面不会有半个人,这真是好事,因为你动不动就跑去第八区的习惯真是要人命哪,阿狼。"走吧。"他蹒跚地站起来。

"电影是什么东西,杰克?"阿狼问。他很清楚,对杰克来说,自己是个惹人厌的大麻烦——现在的他几乎不敢反对任何事,甚至连不安的情绪都不敢表现出来。偏偏他有个不祥的直觉:"看电影"和"搭便车"可能是同样糟糕的两件事。杰克把路上四个轮子、轰隆隆乱跑的东西叫作"汽车"、"雪佛兰"或是"贾特朗客运",还有"旅行车"(阿狼思索,这些字眼换到魔域里,指的应该就是载着乘客、从这个驿站到下个驿站的公共马车)。而那些吵得要命、臭烘烘的马车有时候会不会也叫做"电影"? 很有可能吧。

"嗯,"杰克说,"直接带你去看比解释给你听容易一点。我想你会喜欢的。我们走吧。"

杰克踉跄爬出水沟,一时腿软,跌跪在地。"杰克,你还好吗?"阿狼忧心地问。

杰克点头。于是他们横越停车场,而那里的味道果然和阿狼先前预想的一模一样。

6

他们从俄亥俄州的阿凯纳姆到印第安纳州的曼西市,扎扎实实走了三十五英里路,这整段路程,杰克都趴在阿狼宽大的背上让他背着走。阿狼总让小轿车、大卡车吓得七荤八素,几乎所有气味都让他不舒服,但他似乎永远不会疲倦。就目前的情况看来,连"似乎"两个字都可以省了,杰克心想,这一路走来,他真的没有丝毫倦怠。

杰克督促两人用最快速度离开阿凯纳姆交流道,强迫自己抬起疲累酸痛的两条腿僵硬地跑步。他脑门抽痛得像有双灵活狡猾的拳头在头颅里不断猛攻,热浪与寒颤交互侵袭全身。阿狼轻快地跟上,他的步伐宽阔,只是稍微加快步行脚步,简简单单就追上跑步的杰克。杰克知道自己对警察的事可能太大惊小怪,可是看那帽子男的反应确实是被吓着了,而且看起来非常生气。

他们走了不过四分之一英里,一阵火辣的痛楚深深刺入杰克体侧。他询问阿狼,能不能背着他走一段路。

"呃?"阿狼不解。

"就是啊……"杰克比手画脚示范给他看。

阿狼脸上露出灿烂的笑容。总算有件事情他能明白,总算有件事情他可以帮得上忙了。

"你要骑我!"他开心地大叫。

"对,我想……"

"哦,当然好呀!嗷呜!此时此刻!我以前也会让胞弟骑我!跳上来呀,杰克!"阿狼弯下腰,双手环在背后,准备好让杰克踩上去。

"如果我太重的话,就把我放下——"

话都没说完,阿狼已经将他提上肩膀,轻松自在地踩上雨夜黝暗的道路——健步如飞。夹杂着雨丝的冰冷空气将杰克发烫额头上的刘海吹开来。

"阿狼,你会把自己累坏的!"杰克大叫。

"我不会!嗷呜!嗷呜!阿狼跑步,此时此刻!"进入这个世界后,阿狼第一次展现快乐的心情。接下来的两小时,阿狼一直跑着,直到他们到达阿凯纳姆西边一条不知名的双线柏油路上。黑夜之中,杰克看见一间废弃的农仓,寂寥地耸立在一片荒蔓的田地上,当晚他们在那农仓里过了一夜。

对阿狼来说,闹市区的车流简直就像奔腾的洪水般震耳欲聋,翻腾的臭气凝聚成饱含剧毒的云团,他只希望离得越远越好。杰克也不愿意接近闹市区,毕竟阿狼太过显眼。只有一回,刚过印第安纳州界,靠近哈里森维尔时,杰克强迫阿狼停下来,走进路边一家商店。阿狼在路旁焦躁地等着,站站蹲蹲,掘着地上的泥土,紧张地原地打转,最后又蹲了下来。杰克买了份报纸,仔细察看气象报道。下一次满月是十月三十一日——那天是万圣节,还真凑巧。杰克又翻回第一版,检查当天的日期……那是昨天的事了。报纸上印着:十月二十六日。

7

杰克拉开玻璃门,走进电影院大厅。他严厉地盯着阿狼,不过阿狼看起来没什么大问题——至少现在没有。事实上,阿狼的表情警戒中带着乐观……起码目前是这样。他不喜欢待在室内,但至少这不是汽车。戏院里有某种香味——淡淡的、可口的味道。若不是这香味的遮掩,这里闻起来会是苦涩与接近腐臭的油脂味。阿狼往左看,发现一个装满白色东西的玻璃箱。可口的香味就是那里传来的。

"杰克。"他小声说。

"嗯?"

"我想要一些那个白白的东西,求求你。可是不要嘘嘘。"

"嘘嘘?你在说什么啊?"

阿狼搜索更正确的词汇,然后说:"尿尿。"他指着上面一盏发亮的霓虹灯,写着:奶油口味。"那是尿,对不对？一定是,闻起来就是这样。"

杰克有气无力地笑笑。"爆米花不加人造奶油,我知道了。"他说,"你先别出声,好吗？"

"遵命,杰克。"阿狼恭敬地回答,"此时此刻。"

票口的女服务生原本正嚼着一块葡萄口味的泡泡糖。这时她停下来瞅着杰克,再盯着他身旁高大笨重的同伴。她半张着嘴,停在舌头上的泡泡糖看起来像一大颗紫色肿瘤。她动也不动,只是溜着眼睛看向柜台后的男孩。

"两张票,谢谢。"杰克说。他从口袋掏出一卷脏兮兮的钞票,都是边缘接近破损的一元钱,一张孤零零的五元钱藏在最中间。

"哪一部？"她的眼睛滴溜溜地打转,在杰克和阿狼之间不停游移,活像正追踪一场激烈的网球赛。

"最接近开演的是哪一部？"杰克问她。

"呃……"她瞄了一眼用胶带贴在旁边的节目表,"四号厅的《飞龙传奇》。是部功夫片,查克·诺里斯演的。"她的眼珠转来转去,前前后后,来来回回。"六号厅有两片连放的卡通。拉尔夫·巴克西的《巫士之战》和《指环王》[①]。"

杰克心里放松了些。阿狼不过是个块头特别大的小孩,而所有小孩都爱看卡通。他的计划一定管用。也许阿狼总算能在这个"臭臭国"里找到一样让他开心的玩意,然后接下来的三小时,杰克终于可以好好睡上一觉。

"就那个吧。"他说,"卡通片。"

"四块钱。"她说,"早场优惠价只到两点。"她按下按钮,出票

---

① 拉尔夫·巴克西(1938—),美国作家、导演、制片人,二十世纪七十年代起投入动画制作,《巫士之战》与《指环王》是他分别于一九七七和一九七八年制作的动画电影,其中《指环王》即根据托尔金的小说《魔戒》拍摄的。

机发出齿轮转动的噪音,吐出两张电影票。阿狼身子抖了一下,小小哀叫了一声。

女孩盯着他,挑起眉毛。

"你发神经啊,先生?"

"我不是发神经啊先生,我是阿狼。"他笑着回答,露出满口牙齿。杰克敢发誓,这是他这两天来笑得最灿烂的一次。女孩瞪着那一口獠牙,舔舔嘴唇。

"他没事。他只是——"杰克耸耸肩膀,"他很少离开农场,你知道的。"

他把唯一一张五元钞票交给女孩。她接过钞票的模样,仿佛宁愿自己可以拿把钳子夹起那张纸钞。

"跟我来吧,阿狼!"

他们走向零食柜台,杰克将一元钞票塞回脏污的牛仔裤口袋,售票女孩不出声地用唇语告诉零食柜员工:注意他的鼻子!

杰克转过头,发现阿狼的鼻孔正规律地一张一缩。

"别那样。"他低声制止。

"别怎样,杰克?"

"鼻子别那样动来动去的。"

"哦,我尽量,杰克,可是——"

"嘘。"

"需要什么吗,孩子?"柜台的服务生说。

"麻烦你,我要一盒薄荷巧克力、一包花生糖,还有一份特大号不加奶油的爆米花。"

零食柜员将杰克点的东西放在柜台上,推到他们面前。阿狼两手捧起装爆米花的纸盒,当场不客气地埋头大嚼。

服务生在一旁默默注视着。

"他真的很少出门。"杰克又解释一次。他多少开始担心,这两位店员已经认为自己观察到足够的异状,打算叫警察来了。他思考着——已经不止一次——这种情况真的很讽刺。换作纽约或洛杉矶,大概不会有人多看阿狼一眼……最多再看一眼,然后便漠不关心了。显然在这国家的中部地区,人们对样貌奇特之人的容忍度远低于东岸或西岸。不过,当然啦,假如他们现在是在纽约或洛杉矶,阿狼包准吓得拼命跳脚。

"我想也是。"零食柜员说,"两块八。"

杰克付了钱,心里淌着血,他知道自己为了这个下午,已经在电影院里花去身上四分之一的财产。

阿狼咧开塞满爆米花的大嘴,冲着柜员微笑。杰克认得这是阿狼的"一号友善微笑",然而他很怀疑店员是不是也这么看待。他笑起来时那一口獠牙……看起来像是有上百颗牙齿。

阿狼的鼻孔又动了起来。

我不管了,要是他们真的想,就让他们报警吧,他消沉地想,与其说是稚气,不如说是一种老成的困倦。我们的进展已经那么缓慢,即便被抓也差不了多少。阿狼坐不了新车,因为他受不了催化转化器的味道;他也坐不了旧车,因为旧车上都是啤酒加汗水和体臭的骚味;他八成什么车都坐不了,因为他根本就他妈有幽闭恐惧症。说实话吧,杰克,就算只对自己承认,你还是要继续前进,然后说服自己阿狼很快就会习惯,尽管你明知那是不可能的。那我们现在该怎么办? 走路横越印第安纳州。我呢,我可要骑在别人背上走这段路。但首先,我要把阿狼带进这该死的电影院里,睡到影片结束或警察来抓人为止。我的故事说完了,各位看官。

"好吧,祝两位看得愉快。"零食柜员说。

"那当然。"杰克回答。他离开柜台,旋即发现阿狼没跟上来。阿狼正带着空洞而近乎迷信的崇拜神情,猛盯着柜员上方的一点。斯蒂芬·斯皮尔伯格《第三类接触》的海报正随着空调的对流摆荡飘摇。

"快过来,阿狼。"他说。

8

一走进放映厅,阿狼就知道自己铁定撑不过去。

阴暗的放映厅不但狭窄,还弥漫着湿气。里头的味道糟糕透顶。这一刻倘若有个诗人感受到阿狼闻到的气味,也许会将之形容为"酸楚的梦境之臭"。然而阿狼并非诗人。他只知道那尿骚似的爆米花奶油味霸占了整个空间,倏地一股反胃感涌上来。

接着光线更暗了,整个室内变成一个洞穴。

"杰克,"他发出呻吟,十指紧扣住杰克的手臂。"杰克,我们一定要出去,好不好?"

"你会喜欢的,阿狼。"杰克含糊敷衍,虽然知道阿狼不舒服,却不明白究竟有多难受。毕竟阿狼成天或多或少都有些苦恼;在这个国度里,"苦恼"几乎就是阿狼的代名词。"试试看嘛。"

"好吧。"阿狼说。杰克只听见他答应的声音,却忽视他指尖传来的颤抖,而那颤抖,意味着阿狼正努力维持最后一丝自制。他们坐下,阿狼坐在靠走道的位置,他的膝盖别扭地折叠起来,那一大盒爆米花(此时他已彻底丧失胃口)挤在胸口。

在他们前排,有根火柴闪现一朵短暂的火光。杰克闻见大麻干燥强烈的气味,这对他来说稀松平常,转眼便抛诸脑后。阿狼闻到的却像森林大火。

"杰克——!"

"嘘,电影要开始了。"

而且我要睡觉了。

杰克永远不会知道,接下来几分钟,阿狼的表现有多么英勇;可能就连阿狼自己也浑然不觉。他只知道自己要为了杰克奋力抵挡这场噩梦的煎熬。一定不会有事的,他告诉自己,阿狼,你看,杰克马上就要睡觉了,杰克要睡觉,此时此刻。而且你知道杰克不会把你带到会伤害你的地方,所以你要忍住……乖乖等着……嗷呜!……一定会没事的……

然而狼族是种周期性生物,阿狼的生理变化正攀上一个月的最顶端,他的本能正扩展到最细致敏锐的巅峰,而这段变化势不可当。理智上,他告诉自己这里很安全,杰克肯定不会伤害他。然而这种感觉活像以对上帝不敬为由,阻止一个鼻子痒的人在教堂里打喷嚏。

他坐在一片漆黑中,忍受这发臭的洞穴和森林大火的味道,每当走道有黑影经过,他总是不禁瑟缩,麻木地等待有东西会从头顶的阴暗中掉下来。不久洞穴前方打开一道魔法之窗,他双眼瞪凸,满脸惊恐,坐浴在自己冷汗淋漓的酸臭中,看着魔法之窗上一个男人追逐另一个男人、汽车撞击翻覆、房屋起火燃烧。

"预告片。"杰克咕哝,"就说了你会喜欢……"

接着是声音。禁止吸烟。禁止乱丢垃圾。团体票优惠实施中。周一到周五早场优惠价延长到下午四点。

"阿狼,我们被骗了。"杰克含含糊糊想说什么,不久就鼾声大作。

最后一个声音说道:电影即将开始放映,阿狼终于失去控制。巴克西的《指环王》采用杜比音效,而且要求放映师在每天的白天场次格外增强音量,因为那是"头头们"会晃进电影院享受一下的时刻,而"头头们"又格外喜爱磅礴的杜比音效。

首先传来一阵铜锣敲响的刺耳噪音,接着,魔法之窗再度开启,这时阿狼看见了窗外的大火——熊熊燃烧的橘色与红色火焰。他大声怒吼,拉着半睡半醒的杰克一跃而起。

"杰克!"他尖叫,"出去!快出去!嗷呜!看到大火!嗷呜!嗷呜!"

"前面的坐下!"有人吼道。

"别吵啊,神经病!"另一个人大喊。

第六厅的后门打开了。"里面怎么回事?"

"阿狼,闭嘴!"杰克嘘他,"看在老天分上——"

"啊哦哦哦哦哦—呜呜呜呜呜呜呜呜呜呜呜呜!"阿狼仰头长嗥。

大厅的光线泄进放映厅,有个女人就着微光瞥了阿狼一眼,便失声尖叫。她拽住儿子的手臂,死拖活拖想带他出去,小孩跌在地上,双膝在爆米花四散的走道地毯上拖行,一只鞋子落在一旁。

"啊哦哦哦哦—呜呜呜呜呜呜—哦哦哦哦哦呜呜哦哦哦!"

在他们前面三排,抽大麻的人恍神地回过头来张望。他手里叼着一管抽到一半的大麻烟,耳朵上还夹着另一根。"搞……什么,"他说,"他妈的狼人复活了还是怎样?"

"好吧。"杰克说,"好吧,我们出去。没问题。只要……只要你别再那样大叫了,好吗?可以吗?"

他领着阿狼走出去,感到心力交瘁。

影院大厅明亮的光线刺得他半眯起眼睛。拖着儿子逃出放映厅的女人蜷缩在大厅角落,紧紧抱着小孩。当她看见杰克推开六号厅的玻璃门、陪同仍在嗥叫的阿狼走出来时,立刻猛拉着小孩夺门而出。

零食柜员、售票小姐、放映师,还有一个高瘦男子紧紧围成一团。高瘦男子穿着一双白鞋与格纹运动外套,活像个赛马探子,杰克推测,这男人应该就是影院经理。

其他放映厅的门纷纷打开,黑暗的门缝间浮现一张张脸孔,好奇地窥探外面的骚动。在杰克眼里,那些人就像从地洞里钻出来探头探脑的獾。

"滚出去!"穿格纹运动外套的男人说,"快滚!我已经叫警察了,再过五分钟他们就到了。"

放屁,少骗人了,杰克抱着一丝希望,你才没那时间打电话,如果我们现在就闪人,搞不好——只是搞不好——你根本也懒得打电话。

"马上就走。"他说,"听着,我很抱歉。我哥哥他只是……他有癫痫,刚刚突然发作了。我们……我们忘记带药出门了。"

一听到癫痫两字,售票女孩和零食柜员倒退一步,好像杰克是麻风病人。

"走吧,阿狼。"

他注意到经理的目光向下扫,嘴角嫌恶地往外撇。杰克追随他的视线,看见阿狼连身吊带裤的裤裆有一大片深色污痕。他尿湿裤子了。

阿狼自己也看见了。即便身处这陌生的世界,显然他也能理解那轻蔑目光的涵义。他忍不住抽抽搭搭、肝肠寸断似的大声痛哭。

"杰克,对不起,阿狼真的很对不起!"

"快把他弄出去。"影院经理不屑地撂下一句,便转身走开。

杰克一手搭在阿狼肩上,带着他走向大门。"来吧,阿狼。"他轻声说,语调里满是真诚的温柔。他对阿狼从来没有过这种感受。"都是我的错,你别怪自己。我们走吧。"

"对不起呀。"阿狼哭得说起话来支离破碎,"我不乖,上帝处罚我,都是我不乖。"

"你乖极了。"杰克说,"走吧。"

他推开大门,两人走进十月底稀薄的暖意里。

带小孩的女人距离他们少说有二十码,但她看见杰克和阿狼时,急忙退到车旁,她从背后揽住小孩的模样,犹如勒着人质、被逼到墙角的绑匪。

"别让他接近我!"她厉声叫喊,"别让那怪物靠近我的孩子!听见没?别让他靠近我!"

杰克觉得自己该说点什么,帮助她冷静下来,却想不到适当的说词。他太疲倦了。

杰克和阿狼垂头丧气地走向停车场。走到一半,杰克两腿瘫软,眼前的世界转成一片灰黑。

朦胧中,他意识到阿狼将他抱进怀里,宛如抱着婴儿。隐隐约约,他听见阿狼的啜泣。

"杰克,真的对不起,求求你不要讨厌阿狼,我会当个乖阿狼,你等我,你会看到……"

"我不讨厌你。"杰克说,"我知道你是……你是个好——"

话来不及说完,他已沉入深深的梦乡。当他醒来,已是向晚时分,曼西市远远抛在背后,陪伴他的只剩阿狼与泥土小径。就算路途再怎么复杂,也缺乏路标指示,阿狼仍丝毫无误地带着两人往西方前进,宛如候鸟,全凭精确的本能。

当晚他们睡在坎麦卡北边一间空屋里,翌日早晨,杰克觉得高烧稍微退了些。

整个上午过了一大半——十月二十八日上午——杰克才发现,阿狼的手掌又长出兽毛了。

十九
阿狼变身

1

这天晚上,他们睡在一间被大火烧毁的破屋里,这残垣断壁一边是开阔的草地,另一边则是火势侵蚀过的森林残骸。田地彼端有间农舍,不过杰克认为,只要他们尽量留在屋里,保持安静,他和阿狼就应当可以相安无事。日落之后,阿狼钻进森林,低垂的脸几乎贴到地面,杰克望着他缓缓消失在视野中,觉得他的姿态好像近视的人正摸索寻找遗落的眼镜。等候阿狼返回的杰克,忐忑的情绪逐渐升高,他觉得自己好像能看见踩到捕兽夹的阿狼忍耐着不叫出声,正在扯弄腿上的兽夹。终于他看见阿狼归来,这回他抬头挺胸,握着两把植物,树茎草根从他拳头的缝隙垂下。

"你带了什么回来,阿狼?"杰克问。

"药草。"阿狼愁眉苦脸,"可是不是很好,杰克。嗷呜!你的世界里的东西都不太好!"

"药草?什么意思?"

阿狼不再多作解释。他从吊带裤的上衣口袋捞出两根火柴,生起一小堆火,然后问杰克能不能找到罐子。杰克到水沟里捡来一个啤酒罐。阿狼闻了闻,脸皱成一团。

"又是臭臭的东西。需要水,杰克。干净的水。我去找,如果你太累的话。"

"阿狼,我要先知道你想做什么。"

"我去找。"阿狼说,"草地对面就有农场。嗷呜!那里会有水。你休息。"

杰克想象某个农妇晚餐后洗着盘子,从厨房窗户望出去,竟见到双手毛茸茸的阿狼,一手拿着啤酒罐、另一手抱着堆树枝和草茎,在庭院里鬼鬼祟祟找水的光景。

"我去吧。"他说。

农舍距离他们露宿之处不到五百英尺,越过草地,农舍温暖的灯光清晰可见。杰克走去,安然无事地用农舍旁的水龙头装满啤酒罐,回程半途中,他看见自己的影子清楚地映在草地上,于是仰头张望天空。

月亮正从东方地平线升起,此时已接近满月。

带着忧虑的心情,杰克回到废墟,将装满水的罐子交给阿狼。阿狼闻了闻,又皱起眉头,但没说什么。他把罐子放到火上,再将他从树林里带回的东西碾碎,然后将细末塞进罐顶小孔。过了五分钟左右,一股恐怖的气味——某种浓烈的气味,实在称不上好闻——伴随着蒸气飘散出来。杰克五官扭曲。他十分肯定阿狼会要求他喝下那罐东西,他也毫不怀疑那东西铁定会要了他的小命。搞不好是那种慢吞吞、折磨人的死法。

他闭上眼,夸张地大声打鼾。假使阿狼认为他在睡觉,就不会打扰他。没人会故意叫醒生病的人,对吧?何况杰克真的是个病人;入夜之后,他的高烧再度来袭,侵入体内,即便全身毛孔都在出汗,他仍感到阵阵寒意。

透过眼皮的小缝,他看见阿狼将啤酒罐摆到一旁放凉。阿狼坐下,仰望天空,布满毛发的双手环抱膝头。他的脸庞荡漾着做梦般的神情,有种奇异的美感。

他正望着月亮,杰克心想,隐隐感到某种恐惧。

我们变身的时候不会接近牲口。噢,杰森哪,绝对不会!不然我们会把它们吃掉!

阿狼,告诉我:现在我变成你的牲口了吗?

杰克浑身战栗。

又过了五分钟——杰克几乎真的睡着了——阿狼弯下腰闻闻罐子,点点头,拿起罐子走向杰克。杰克倚在焦黑倒塌的梁边,脖子后面垫着一件充当枕头的衬衫。他紧紧闭着眼睛,再次假装打鼾。

"喝吧,杰克。"阿狼笑嘻嘻地说,"我知道你醒着。你骗不了阿狼。"

杰克怏怏地睁开眼睛。"你怎么知道?"

"人有睡着的味道和清醒的味道。"阿狼说,"就算是陌生人也应该闻得出来,不是吗?"

"应该闻不出来吧。"杰克说。

"反正,你得把这个喝下去。这是草药。把它喝掉,杰克,此时此刻。"

"我不想喝。"杰克说。罐子里的液体就像从沼泽捞出的臭水,令人恶心。

"杰克,"阿狼说,"你身上有生病的味道。"

杰克看着他,不发一语。

"真的,"阿狼说,"而且越来越严重。还不是真的很臭,可是——嗷呜!——如果你不喝点药,会越来越臭哦。"

"阿狼,我知道你鼻子很灵,在魔域里你能用鼻子找出好东西或药草,不过,这里是'臭臭国'啊,你忘了吗?你捡回来的可能是杂草、有毒的树枝、很苦的野菜,还有——"

"这些是好东西。"阿狼说,"只是不够强壮,上帝处罚它们。"阿狼沉吟着,"这里不是每个东西都很臭,杰克,也有好闻的东西。不过那些好闻的东西就像这些药草一样。很虚弱。我觉得它们也强壮过,很久以前。"

阿狼再次用做梦般的神情眺望着月亮,杰克先前忧心的感觉又回来了。

"我相信这里以前一定也是个好地方。"阿狼说,"干净而且充满力量……"

"阿狼?"杰克低声唤他,"阿狼,你手掌上的毛又长出来了。"

阿狼惊醒过来,看着杰克。有一瞬间——当然这也许是高烧产生的错觉,就算不是,那也只是一瞬间的事——阿狼用贪婪饥渴的眼神盯着杰克。接着他似乎想摇醒自己,仿佛做了场噩梦。

"对。"他说,"可是我不想讨论这个,我也不想要你讨论这个。这不重要,现在还不重要。嗷呜!把药喝下去,杰克,你只要管这个就好了。"

看来阿狼是不由分说硬要他喝下草药了。要是杰克继续抗拒,可能阿狼会认为自己有义务把他的嘴巴扳开,硬把药汤灌进去。

"你别忘了,如果这东西把我害死,就没人陪你了。"杰克冷酷地说完,拿起罐子,还是温的。

难以言喻的痛苦在阿狼脸上扩散开来。他把眼镜往上推。"我不会伤害你,杰克——阿狼永远不会想伤害杰克。"他脸上哀伤的表情极度夸张,若非阿狼如此真诚,这模样会显得十分可笑。

杰克放弃抵抗,喝下罐里的东西。他实在无法看着阿狼受伤的表情却还继续坚持己见。药汤的味道跟他想象的一样难喝……刚才是不是有一瞬间世界摇晃了一下?就好像他要腾回魔域的时候那样?

"阿狼!"他大叫,"阿狼,抓住我的手!"

阿狼握住他的手,又担心又兴奋。"杰克?杰克?怎么了?"

杰克口中草药的味道逐渐消散。同时,一股暖意——就像某些母亲允许的场合,他喝了点白兰地时那种热热的感觉——取而代之在胃里扩散开来。他周围飘渺的世界再度稳定成形。那短暂的动摇可能又是另一个错觉……然而杰克心底并不这么认为。

我们差点就过去了。有一瞬间,非常接近了。也许,我可以不用依靠魔汁……也许我能靠自己的力量!

"杰克?怎么回事?"

"我觉得好多了。"他堆起笑脸,"感觉好多了,就这样。"同时他发现自己确实舒服多了。

"你闻起来也好多了。"阿狼爽朗地说,"嗷呜!嗷呜!"

2

第二天,他的病情持续好转,只不过仍有些体力不济。阿狼让他"骑"在背上,两人缓缓向西方前进。天色将暗之际,他们开始寻找当晚落脚的地方。杰克在一个污秽的小峡谷中看见一间柴房,周围堆满垃圾和废轮胎。阿狼沉默地同意了。这一整天他始终很阴沉,也不太说话。

杰克几乎当场昏睡,直到十一点左右,才因尿意清醒过来。他往旁边看,发现阿狼休息的位置空空荡荡。杰克以为阿狼大概又出去找药草了,他皱皱鼻头,不过假如阿狼期望他再喝点那玩意,他也愿意。因为那确实让他好过许多。

他绕到屋外,一个体态纤瘦颀长的男孩,只穿着内裤,衬衫纽扣敞开,鞋带未系,站在墙边解起小便。他似乎尿了好长一段时间,同时,他仰头遥望穹苍,在这中西部的十月底,尽管严酷的寒冬再不久就要发动攻势,今夜吹拂的温暖微风仍短暂制造出一种近乎热带的错觉。

月亮悬浮在夜幕之上,洁白浑圆而美好。它绽放出清澈又迷魅的诡奇光晕,仿佛要照亮一切,同时又让一切暧昧不明。杰克发觉自己看得入神,像被催眠一样,却不特别在意。

我们变身的时候不会接近牲口。噢,杰森哪,绝对不会!

我变成你的牲口了吗,阿狼?

月亮上出现一张脸。杰克毫不惊讶,那是阿狼的脸……只不过那不是一张宽大爽朗、带点惊惧、单纯善良的脸孔。月亮上的脸孔尖瘦,而且晦暗;那张脸上的兽毛令整张脸孔看起来阴暗不明,然而毛发并非真正的重点。那脸上的阴沉之气源自一股热切的欲望。

我们不会接近牲口,不然我们会吃掉它们、吃掉它们,我们会吃掉它们哦,杰克,我们——

映在月亮上的是头野兽嘶吼的脸孔,暗影刻入它的五官,它张开血盆大口,下颌仰起,姿态宛如猛兽临将扑杀前的最后一秒。

我们会吃掉牲口我们会屠杀我们会屠杀、屠杀、屠杀

有只手指搭上杰克的肩膀,然后慢慢滑向他的手腕。

伫立在墙边的杰克,一只手还握着自己的阴茎,用拇指和食指轻轻夹着,仰头望月。这一刻一股温热的小便正从他体内喷射而出。

"我吓着你了。"阿狼在他背后说,"对不起,杰克。上帝处罚我。"

一时间,杰克并不认为阿狼真的觉得抱歉。

一时间,杰克觉得阿狼正在狞笑。

杰克突然觉得自己铁定会被吃掉。

什么砖盖的房子啊?他胡乱想起三只小猪的故事,大野狼来了,我连茅草盖的房子都没得躲。

这一刻,恐惧降临了,纯粹的恐惧在血管里窜流,比任何高烧都要火热。

谁怕那个大野狼大野狼坏蛋大野——

"杰克?"

我怕我怕我怕噢上帝我怕死大野狼了——

他慢慢转过身。

阿狼的脸,在他们爬下小峡谷钻进柴房睡觉时,还只是有点胡茬,现在却布满浓密的胡须,一路从太阳穴延伸到颧骨上。他

的眼眸跳动着橘红色的光芒。

"阿狼,你没事吧?"杰克喘不过气似的低声问道。这是他所能发出的最大音量了。

"没事。"阿狼说,"我跟月亮赛跑去了。月亮好漂亮。我一直跑,一直跑,一直跑。不过我很好,杰克。"阿狼咧嘴微笑,证明自己很好,露出满嘴粗大尖利的獠牙。令人麻痹的恐惧感团团包围杰克。那感觉就像看见电影里的异形朝自己张大嘴。

阿狼看见他的反应,长满胡子的脸上闪过受伤的表情。然而,在那层伤感之下——只是很浅的地方——却是另一张脸孔。那张脸孔上的雀跃笑容中露出满嘴獠牙。那张脸孔会追逐猎物,直到鲜血从猎物的口鼻淌下,害怕地挣扎哀叫。那张脸孔在把尖叫的猎物开膛破肚后,会露出满意的微笑。

他会微笑,就算杰克就是那头猎物。

或者说,尤其是在杰克变成猎物的时候。

"杰克,对不起。"他说,"时候……时候到了。我们一定要做点事。我们要……明天。我们明天要……要……"他仰望天际凝望夜空时,被催眠似的迷蒙神情扩散开来。

他伸长脖子,仰天长啸。

杰克觉得自己听见了——但非常微弱——月亮上的阿狼也仰头呼号回应。

恐惧静静渗入全身细胞。当晚,杰克再也无法成眠。

3

第二天,阿狼好一点了。只是一点点,紧绷的情绪导致他心烦意乱。当他试着告诉杰克,尽他所能解释接下来该怎么做时,头顶一架喷射机凌空而过。阿狼跳起来,冲出去对着喷射机长嗥,高举双拳冲着天空挥舞。他的脚变大了,将廉价皮鞋撑开,所以他毛茸茸的脚又恢复了赤脚。

他努力解释，但除了古老的故事与传说外，说不出别的什么。他只知道在自己的世界里，变身时是什么情况，然而他感觉到，若是发生在"陌生人"的世界，情况会变得更糟——力量更强大，而且更危险。他现在就有这种强烈的感觉。他感觉到那股力量贯穿身体，当今晚月亮升起，他相信她会将他带走。

他一而再、再而三重申，他宁愿葬送自己的性命，也绝对不愿伤害杰克。

4

戴利维尔是距离最近的小镇。镇公所外的大钟在正午时响过不久后，杰克进入镇区。他走进真值五金行，一手塞在裤袋里，抚摸那卷消瘦的钞票。

"需要什么，孩子？"

杰克回答："我想要买一个挂锁。"

"过来看看吧。这里有耶鲁、摩斯勒、洛克泰德，各种牌子应有尽有。你想买哪一种？"

"大的。"杰克阴郁的眼神看着店员，多少带点焦躁。他的面容憔悴，却未折损他慑人的俊美。

"大的。"店员玩味了一番，"你要拿它来干什么呢，介意我问吗？"

"给狗用的。"杰克沉稳地说，编着故事。人们永远想听故事。从那间他们窝了两晚的柴房赶来的路上，他早就准备好了。"我要拿来锁我的狗。他会咬人。"

5

他挑的锁花了十块钱，杰克最后的家当也只剩大约十块钱了。他舍不得这笔钱,差点就要改买更便宜的锁……接着他想起昨天晚上,阿狼的眼睛射出的橘色火光,昂首对月呼号的情景。

他终究还是付了这笔钱。

赶回柴房的路上,他对着每辆经过的汽车举起大拇指,当然,没有一辆停下来。也许是因为他的眼神太过慌乱、太过惊狂。当然,他确实感到了那份疯狂。五金行店员借他看的报纸上,载明今天的日落时间是傍晚六点整。分秒不差。月亮升起的时间报上没写,杰克猜测,最晚不超过七点。现在已经下午一点了,但是晚上应该把阿狼锁在哪里,他迟迟生不出个主意。

你一定要把我锁起来,杰克。阿狼这么告诉他,关牢一点。不然要是我逃出来,我会伤害所有被我碰到或抓到的东西。甚至是你呀,杰克。连你都不会放过。所以你要把我好好关起来,不管我做什么、说什么,都不能放我出来。整整三天哦,杰克。要等到月亮开始不圆了才行。三天……甚至四天,如果你没有把握的话。

当然好,可是要关在哪儿呢?必须在个远离人群的地方,这么一来,如果——不对,他有些不甘愿地自我纠正:当阿狼开始嗥叫时,才不会让人听见。总之,一定要找到一个比他们目前暂住的柴房更牢靠的地方。就算杰克将这把崭新的大锁扣在那柴房门上,阿狼也会破门而出的。

哪里才好呢?

他毫无概念,但他知道自己只剩六个小时……或许更短。

杰克赶路的脚步更紧凑了。

6

他们一同走来的漫长路上,曾经路过几间空屋,甚至在其中一间睡过一晚。杰克从戴利维尔返回途中,也拼命留意是否有空屋的迹象：他搜寻无人修缮的破窗、"吉屋出售"的告示牌，或者有没有哪些人家门前的草坪已经长到跟屋前台阶一样高，以及任何乏人居住的空屋征兆。倒不是说他想在阿狼变身期间把他在某个农夫的卧房里关上三天，因为阿狼有能力轻易摧毁门扉。不过农舍通常都有地窖，或许那会管用。

一扇坚实的橡木门，嵌在草坪环绕的土墩上，就像童话故事里描述的，而门后是个没有水泥砖墙、没有窗户的空间——一个地底的房间或是没有任何生物能在一个月内挖条隧道逃出去的地洞。地窖能困住阿狼，而且泥地和泥墙也能避免阿狼弄伤自己。

然而那些来时路上经过的空农舍、地窖，距离他们少说也有三四十英里。他们势必无法在月亮升起前赶那么远的路，更何况，即将变身的阿狼会愿意奔跑四十英里，只为了把自己孤单地锁进一间没有食物的牢房吗？

会不会，其实，他们已经浪费了太多时间？会不会阿狼已经到了即将变身的临界点，于是拒绝任何形式的囚禁？会不会他体内那个跃跃欲试、饥渴贪婪的性格已经破茧而出，正在环视这个陌生的新世界，纳闷着猎物都藏身何处？那个随时有可能撑裂杰克口袋缝线的大锁，也许将无用武之地。

杰克领悟到，自己大可一走了之。他可以走回戴利维尔，然后继续自己的旅程。只要再走个一两天，就能抵达拉佩尔或西塞罗，他也许可以到餐厅打一下午零工，或是到田里帮忙几个小时，借此赚个几块钱，或是换来一两餐饭，最后在接下来几天中，一路直奔伊利诺伊州边界。到了伊利诺伊州一切就好办了，杰克心想——虽然要怎么走心里还没个底，但他有十足把握，一旦进入伊利诺伊州，不出两天，他肯定能走到斯普林菲尔德市与塞耶中学。

此外，到了柴房就在前方四分之一英里处时，杰克不禁又开始疑惑，他该如何将阿狼介绍给理查德·斯洛特？他那领带端正、戴着圆框眼镜、穿着上等科尔多瓦皮鞋的老友理查德？理查德·斯洛特是个极度理性的人，虽然才智过人，却也非常固执己见。"眼见为凭"几乎是他信奉的圭臬。自小理查德就对童话故事不感兴趣，就算看见迪斯尼卡通里的仙女婆婆将南瓜变成马车，或邪恶的后母拥有会说话的魔镜时，理查德也从未因此激动。这些神奇的魔法从来无法诱惑六岁（或八岁、十岁）的小理查德——甚至比不上一张电子显微镜的图片。理查德将热情用来拥抱魔方，他可以在九十秒内解开难题，然而杰克并不认为他会愿意将这份脑力沿用到接受一个身高六英尺、年方十六岁的狼人身上。

有一小段时间，杰克在路上无助地踌躇不前——刹那间，杰克几乎认为自己有办法就这么抛下阿狼，独自去找理查德，继续他寻找魔符的旅程。

假如他把我当成牲口，该怎么办？杰克在沉默中自问。接下来他想起的是，阿狼冲进小溪，前去解救他那些惊恐牲口时奋不顾身的模样。

7

柴房空空荡荡。一见到敞开的门，杰克旋即明白，阿狼自己跑出去了。杰克踉跄着冲下小峡谷，在一片垃圾中踢开一条步道时，心中满是不可置信的心情。阿狼不可能自己跑得太远，偏偏事实正是如此。"我回来了。"杰克呼唤，"嘿，阿狼？我把锁买回来了。"他知道他在自言自语，检查过后，也越发确定了。他的背包放在一张小板凳上，一叠一九七三年发行、已经糊烂的杂志摆在旁边。这间没有窗户的小柴房一角，一堆枯柴凌乱散置，仿佛有人试图囤积冬季柴火。除此之外，柴房光秃秃地空无一物。杰克转身离开门口,绝望地看着小峡谷顶端。

杂草丛中废轮胎东一个西一个,还有一捆褪色朽烂的竞选宣传手册,上面依稀看得见候选人的名字"拉格",一块锈迹斑斑、蓝白相间的康涅狄格州车牌以及酒标褪成白色的空啤酒瓶……就是没有阿狼。杰克举起双手,在嘴边圈成杯状:"嘿,阿狼!我回来了!"他不抱期待,也确实没人回应。阿狼不见了。

"可恶。"杰克将手压在自己的唇上。恼怒、宽慰、焦虑,种种情绪奔腾,在他心中冲突交战。阿狼离开是为了保护杰克的性命——这一定是他消失的用意。杰克一出发前往戴利维尔,阿狼就偷偷溜走了。他迈开那永不疲倦的双腿逃跑了,现在也许已在数英里之外,静候月亮升起。此时此刻,阿狼有可能在任何地方。

这个发现是杰克焦虑的部分来源。小峡谷旁的田野尽头,能看见一片树林,阿狼或许去了那里,把他能找到的小动物全抓来大快朵颐,兔子、田鼠、鼹鼠或獾,甚至是《柳林风声》①里出现过的所有角色。这还算好的。阿狼也可能闻到人类饲养的家畜,不管是什么动物,而导致自己陷入险境。杰克还想到,阿狼还可能把目标放在农夫和他的家人身上。甚至更糟的是,阿狼也许会长驱直入,闯进他们北边的某个小镇。杰克无法肯定,但他猜想一个变身后的狼人应该有能力在终于被人击毙前,撕烂半打无辜的受害者。

"该死、该死、该死。"杰克咒骂着,开始爬上小峡谷另一头。他并不真的认为自己能找到阿狼——他意识到,或许永远不会再见到阿狼了。几天后,他将在某份地方小报上看见一则灾难新闻报道,叙述一头狼人闯到大街上寻找食物,导致骇人的大屠杀。报上将会出现更多受害者姓名,就像那则地震新闻里记载的:席

---

① 《柳林风声》,英国作家肯尼斯·格雷厄姆于一九〇八年出版的动物儿童文学经典。

柯、海德、海根……

首先他转往马路方向,抱着一丝希望,期待看见阿狼魁梧的背影躲躲藏藏地朝东方而去——他不会想往西走,让自己遇上从戴利维尔返回的杰克。长长的路上和柴房一样空荡。

理所当然吧。

太阳的轨迹如同杰克腕上的手表一样准确,早已滑下顶点,低垂在西方。

杰克绝望地转向田野和田野后方那片树林。四处乱窜的冷风吹来,压弯了田野上的草尖,除此之外,再也看不到其他动静。

猎杀狼人的行动依旧持续,几天后,报上将会出现这样的标题。

这时,树林边缘一块棕色的大石动了一下,杰克才发现,那石块其实是阿狼。他蹲伏在地上,凝视杰克。

"噢,你这让人头痛的麻烦精。"杰克说道,然而在这总算放心的感觉中,杰克知道自己内心深处有一小部分偷偷为了阿狼的离去而高兴。他走向阿狼。

阿狼动也不动,他的姿态感觉很紧绷,变得更敏感、更有戒心。杰克每走一步都要付出更大的勇气。

再往前走二十码,杰克看见阿狼变身的程度又增加了。他的体毛更浓密、更蓬松,宛如刚洗过吹干的头发。脸上的毛发从太阳穴蔓延到眼睛下方。即使蹲在地上仍看得出来,他的体型变得更加壮硕、更有力量,双眼像两团流动的火焰,射出万圣节的橘色光芒。

杰克勉强再走近一点。当他以为阿狼的手指已变成兽掌时,差点停下脚步,后来才看清楚,阿狼的手已完全被黝黑的粗毛覆盖。阿狼仍用火光熊熊的眼睛注视着他。自从在魔域的溪畔与放牧的阿狼相遇以来,杰克第一次感到无法解读他脸上的表情。也许阿狼已经变成迥然不同的另一个人,也或许只是因为脸上的毛发遮掩。杰克唯一能肯定的，就是阿狼正沉浸在某种强烈的情绪中。

直到距离阿狼十几英尺处，杰克再也无法走得更近了。他强迫自己直视这头狼人的眼睛。

"再一下下，杰克。"阿狼笨拙地扯出一个可怕的笑容。

"我以为你跑掉了。"杰克说。

"我一直坐在这里，看着你回来。嗷呜！"

杰克不知该怎么回答才好。怪的是，这让他想起小红帽与大灰狼的故事。阿狼的牙齿看来格外拥挤、尖锐而有力。"我买了锁。"杰克又说。他从口袋里掏出锁头亮了一下。"我出去的时候，你想到什么适合的地方了吗，阿狼？"

面对杰克，阿狼的整张脸——眼睛、牙齿、所有一切——光灿逼人。

"现在你是我的牲口了，杰克。"阿狼说完，抬起头呼号了许久、许久。

8

如果杰克·索亚没那么害怕，他可能会说："别闹了，好不好？"或是"你再叫下去，全国的野狗都要被你叫来了。"偏偏这些调侃全哽在喉咙里，因为他怕得一个字也吐不出来。阿狼再次摆出他的"一号友善微笑"，那表情看起来活像是在替金苏菜刀拍电视广告。他敏捷地起身。约翰·列侬式的眼镜几乎淹没在他的胡髭和头发中。杰克觉得，现在的阿狼看起来至少有七英尺高，而且就像奥特莱酒馆储藏室里的大酒桶那么粗壮。

"你身上有很好闻的味道，属于这个世界，杰克。"阿狼说。

杰克终于分辨出阿狼此时的心情。阿狼欣喜若狂，就像个在毫无胜算的情况之下赢得一场艰难比赛的胜利者。胜利感尽头隐约浮动的,是杰克曾经见过的神情,那是原始而雀跃的兽性。

"好香的味道!嗷呜!嗷呜!"

杰克战战兢兢,后退了一步,怀疑自己是否在阿狼的上风处。"你以前从来没称赞过这里的味道。"杰克说得断断续续。

"以前是以前,现在是现在。"阿狼说,"好东西。很多很多好东西——到处都是。阿狼会找到它们,我打包票。"

这让杰克感觉更糟了,因为这时他看见——几乎感受到——阿狼发红的眼眸中,赤裸而自信地闪动着贪欲,那是种非关道德的饥渴。凡被我抓到的我都要吃掉,那双眼睛这么说。它们渴望猎捕,期待杀戮。

"但愿你说的不是人类的味道,阿狼。"杰克悄悄说道。

阿狼昂起下巴,呼噜呼噜冒出一串半是狼嗥的笑声。

"阿狼要吃东西。"他的声音里也全是掩不住的雀跃,"噢,杰克,时辰到了狼族就一定要吃东西!吃东西!嗷呜!"

"我得把你关进柴房,"杰克说,"记得吗,阿狼?我买了锁呀。我们得祈祷它锁得住你。我们快去柴房吧,阿狼。你快把我的屎都吓出来了。"

这下逗得阿狼扯嗓大笑,洪钟般的笑声在他的胸膛嗡嗡共鸣。"你害怕!阿狼知道!阿狼知道,杰克!你有害怕的味道!"

"我不怕。"杰克说,"我们进去吧,好吗?"

"我才不会进柴房呢。"一条又尖又长的舌头垂向下巴,"不要,我不进去,杰克。阿狼不进去。阿狼不能进去柴房。"他的嘴咧得更开了,尖利的牙齿闪闪发亮。"阿狼记得呀,杰克。嗷呜!此时此刻!阿狼记得呀!"

杰克往后退。

"更多害怕的味道哦。连你的鞋子上都有,杰克。嗷呜!"

连鞋子上都有害怕的味道,也未免太滑稽了。

"你得进柴房里关着,这才是你该记住的事。"

"错了！嗷呜！是你要进柴房，杰克！杰克进柴房！我记得呀，嗷呜！"

狼人双眼中的橘红色火光收敛成一抹浑厚饱足的紫色。"是《好农经》说的，杰克。有一篇叫《狼族不可伤害牧群》。你记得吧，杰克？牲口要关进畜棚里，记得吗？然后把门锁起来。当狼族知道自己要变身的时候，他要把牲口关进畜棚、把门锁上。他不会伤害自己的牲口呀。"阿狼再次张开血盆大口，又黑又长的舌尖愉快地向上卷曲。"不会！不会！阿狼不会伤害他的牲口！嗷呜！此时此刻！"

"你要把我锁在柴房里三天？"杰克问。

"我一定要吃东西呀，杰克。"阿狼简短地回答，杰克从他直直逼视的流转眼神中感受到某种黑暗、迅猛、不祥的气息。"月亮叫我跟她一起跑的时候，我就要吃东西。这里好香呀，杰克。阿狼有好多东西可以吃。等我跟月亮跑完了，杰克就可以从柴房出来了。"

"如果我不想被锁起来三天呢？"

"那阿狼会杀死杰克。然后阿狼会被处死。"

"这全是《好农经》教你的，是吗？"

阿狼点头。"我记起来了，我及时记起来了呀，杰克。我在等你的时候想起来的。"

杰克仍在努力适应阿狼所说的话。他得关在柴房里三天，不吃不喝。阿狼在外面，恣意游荡。他成为阶下囚，而阿狼则尽情拥抱整个世界。然而这八成是他在阿狼变身期间，唯一能保全性命的办法。如今他面前摊着两个选择，要不是迅速被解决，不然就是关起来慢慢饿死。他宁可选择饿肚子。但转念一想，杰克突然又觉得，这种逆转或许只是表面上的——杰克在柴房里，依然拥有自由之身，而阿狼虽然到外面闯荡，但整个世界就是他的牢笼枷锁。只不过他的笼子比杰克的大。"那就求上帝保佑《好农经》吧。我自己打死都想不出这种办法。"

阿狼又对他笑了笑,接着仰头面对天顶,迷茫的脸上盈满思念的表情。"只剩一下下了,杰克。你是牲口。我必须把你关进去。"

"好吧。"杰克说,"我猜你非这么做不可。"

仿佛杰克说了异常有趣的笑话一样,阿狼再次发出狼嗥似的笑声,一把抱住杰克的腰,提着他一路穿过田野。"阿狼会照顾你呀,杰克。"他一边说着,一边像是要把自己的五脏六腑全吼出来般发出狼嗥。走到小峡谷顶端,他温柔地将怀里的男孩放下。

"阿狼。"杰克说。

阿狼张着嘴,正在搔自己的胯下。

"你不能杀人,阿狼。"杰克说,"你一定要记得——如果你记得住《好农经》的话,那你也一定记得住这件事。要是你杀了人,他们一定会猎捕你。不管你杀的是什么人,就算只有一个也好,接下来就会有一大群人聚集起来追杀你。阿狼,相信我,他们一定会想办法逮到你,到时候他们会把你的皮剥下来,钉在布告栏上。"

"阿狼不杀人,小杰克。动物比人类香多了。不杀人。嗷呜!"

他们沿着斜坡走下小峡谷。杰克从口袋里取出挂锁,将它解开又扣上好几次,示范如何使用钥匙。"然后你把钥匙从下面的门缝塞进来给我,懂吗?"他问,"等你变回来,我会再把钥匙塞到外面给你。"杰克看着门底下的缝隙——门板底端距离地面还有两英寸宽。

"知道了,杰克。你会把钥匙塞回来给我。"

"呃,那现在怎么办?"杰克问道,"我现在就要进去了吗?"

"坐在那里。"阿狼手指着大约门内一英尺的地上。

杰克好奇地看了他一眼,走进柴房,坐在他指定的地上。阿狼自己则蹲下来,就在柴房敞开的门外。他看也不看,就对杰克伸出手。杰克握住阿狼的手,感觉就像握住两只兔子大小的毛茸茸生物。阿狼用力回握,杰克差点叫出来——不过即使喊痛,他也不认为阿狼会听见。阿狼又直瞪着天空了,做梦般祥和而痴迷的神情停驻在脸上。过了一两秒,杰克才在阿狼手心里调整出比较舒服的握法。

"我们要一直这样坐着吗?"他问。

几乎过了一分钟,杰克才等到阿狼的回应。"直到……"他说着,再度捏紧杰克的手。

9

他们就这么坐着,分处门里门外,一连数小时,直到天色开始迷蒙。最接近的二十分钟,阿狼的身体持续细微地碎动,随着夜色越发浓重,阿狼双手的颤抖也跟着越来越强烈。杰克认为,此刻的阿狼就像最优秀的赛马,激动地在起跑线前屏息,等待着比赛开始的枪响,等待闸门开启的那一瞬间。

"她要把我带走了。"阿狼温柔地说,"很快我们就会一起赛跑。真希望你也能来,杰克。"

他扭过头凝视杰克。当他吐露这句肺腑之言时,杰克也看见了,他体内似乎还有另一个部分,正无声地告诉他:我可以和你一起赛跑,也可以猎杀你呢,小朋友。

"我猜,该是关门的时候了。"杰克试着收回自己的手,却离不开阿狼的掌握,直到阿狼有些倨傲地放开杰克。

"锁起来。杰克在里面,阿狼在外面。"阿狼的双眼迸出火光,就像怪兽埃尔罗伊眼底滚动的红色熔岩。

"别忘了,你要负责牲口的安全。"杰克往后退,走入柴房深处。

"牲口关进畜棚,大锁放在门上。阿狼不会伤害他的牲口。"

阿狼眼眸中的焰光逐渐平息，变成一抹模糊的橘色。

"把锁挂上去吧。"

"上帝有他的安排，我正在遵从他的旨意。"阿狼说，"我要把上帝安排的锁，放在上帝安排的门上，看见了吗？"他用力关上门，杰克立时被封进一片黑暗中。"听见了吗，杰克？这是上帝安排的锁的声音。"杰克听见金属锁头喀的一声，穿进门上的金属扣环，接着又是喀啦一响，阿狼已经把锁头扣上了。

"钥匙给我吧。"杰克说。

"上帝安排的钥匙，此时此刻。"阿狼说。钥匙喀啦喀啦伸入锁孔，再喀啦喀啦地抽出来。下一秒，钥匙从门口积着尘埃的泥地弹进来，几乎就要弹上柴房里的木头地板。

"谢了。"杰克用气音说道。他弯下腰，手指在木板上拨弄，直到摸到那把钥匙。好一段时间，杰克用力将钥匙握在掌心，直到钥匙几乎陷进皮肤里——钥匙在他手心留下的那道状似佛罗里达州的瘀痕将会维持五天，届时杰克会因为被警察逮捕的躁动情绪而没注意到瘀痕已经散去。松开手后，杰克小心翼翼地将钥匙收进口袋。屋外，阿狼犹如被激怒的人，发出短促规律的喘息。

"你在生我的气吗，阿狼？"他对着门口低语。

一只拳头猛然击在门上。"不会呀！不生气！嗷呜！"

"那就好。"杰克说，"不能伤害人，阿狼。千万记得。否则他们会追捕你，把你杀了。"

"阿狼不——会——伤——人——！"阿狼的尾音拖长，成为一长声狼嗥。他的身躯砰一声撞在门板上，布满黑色长毛的脚趾伸进门底缝隙。杰克知道，阿狼已经站起来，全身趴在门上。"没有生气，杰克，"阿狼轻轻回应，仿佛刚才的叫喊使他蒙羞。"阿狼没有生气。阿狼只是想吃东西，杰克。很快就要开始了。上帝安排得那么快。"

"我明白。"杰克突然感到自己必须大哭一场——他但愿道别时自己曾经拥抱他。更教他痛苦的是,但愿他们当初在那农舍里多住几天,那么这时就会是他站在地窖门外,而阿狼则安全地囚禁在地窖中。

阿狼被安全地囚禁的古怪思想,又令人心烦地冒出来了。

阿狼的脚趾从门缝底下抽开,那一瞬间,杰克觉得那双脚似乎变得更精瘦、更结实。

阿狼低吼、咕哝、喘气、再次低吟。他退离门口,发出类似"啊"的叫喊。

"阿狼?"

杰克上方传来一阵惊心动魄的长嗥:阿狼已经攀上小峡谷顶端了。

"路上小心。"杰克知道阿狼听不见他说话了,他也担心,即便阿狼还听得见他,可能也已听不懂人类的语言了。

很快地,一连串呼号阵阵袭来——那是终于得到自由的欢呼,抑或苏醒后却发现自己仍身陷枷锁的绝望呐喊,杰克无法分辨。哀怆、原始,透出一种奇诡的美感,可怜的阿狼的叫声在月光映照的空气中飘升,就像黑夜中随风甩动的披巾。直到杰克伸手环抱自己,胸膛感受到手臂的颤动,他这才发现自己正在发抖。

长长狼嗥逐渐远去,散佚在空气中。阿狼和月亮赛跑去了。

10

长达三天三夜,阿狼肆无忌惮追求所需的食物,清晨拂晓才入睡,正午便醒来。他睡在一棵倾倒的橡树树干下的凹洞中。事实显然有违杰克悲观的预感,阿狼并未感觉自己被整个世界幽禁。田野另一头那片树林幅员辽阔,足以源源不绝供应阿狼所需。田鼠、野兔、野生猫狗、松鼠——这些食物得来不费吹灰之力。他大可安然待在这片树林里,坐拥这些远超过他所需的食物,甚至足够应付他下一次的变身。

然而阿狼必须追随月亮的脚步,他无法将自己限制在森林中,正如同他无法阻止自己变身的历程。他在月亮的带领下四处漫游,穿越谷仓旁的空地和放牧的农场,行经郊区与世隔绝的屋舍。他走过尚未铺完的道路,推土机和压路机宛如沉睡中的恐龙蹲踞在道路两侧。他的智慧有半数来自准确无误的灵敏嗅觉,就算形容为天赋异禀也不为过。阿狼不仅能在距离农场五英里之外,在牛群和猪舍间分辨出一笼鸡的气味——这还是最基本的——他甚至能闻到鸡的动态。他闻得出来,睡着的猪群中有只猪的脚受伤了,而牛群中有头牛的乳房患了溃疡。

这世界不再只是个充满死亡与化学毒物恶臭的世界——毕竟,引领他的,是这个世界的月亮,不是吗?一种古老的、原生的存在秩序在阿狼的旅途中与他相遇。他呼吸着地表上残存的任何原始的甘美与力量,汲取那些也许我们曾与魔域共享的质地。即便在他接近某些人类的寓所时,在他扯开人类饲养的宠物狗的脊髓,将它大卸八块、生吞活剥时,阿狼依然感受得到,地底深处存在一道纯净凛冽的清流,遥远西方的山顶披覆着洁白明亮的霜雪。对于一个变身后的狼族,此地似乎是个完美的狩猎场域,但若他杀害任何人类,终将天诛地灭。

阿狼没有杀人。

他没有遇见任何人,或许这是原因所在。变身的三天期间,阿狼屠杀了在印第安纳州东部遇上的任何生命形式,将它们大口吞咽入腹,其中包括一只臭鼬和村外山丘上、某个穴居在石灰岩洞中的两个山猫家族。阿狼在树林中度过的第一晚,一张嘴就抓住一只低飞的蝙蝠,他咬去蝙蝠的头,它的身体仍在挣扎,就已被送进他的胃里。此外还有一大群一大群家猫家狗。另一个晚上,在狂野而专注的欢愉中,阿狼闯进一个规模几乎等同一整个街区的猪舍,手刃里头的每一头猪。

有两次，阿狼发现一股神秘力量制约着他，提醒他不能伤害自己的牲口，这也使在这个世界梭巡觅食的阿狼感觉仿佛回到了家乡。倒不是因为任何抽象的道德观念束缚，而是地点问题——虽然表面上看来，这两个地方并无特殊之处。一个是树林中的空地，阿狼追着一只兔子走进这里，另一处是某间农舍肮脏的后院，里头有条拴在柱子上的狗正躺在地上呜咽。当阿狼脚掌踏入这两个地方时，全身毛发竖立，一股电流直上背脊。这些是神圣的地方，而进入神圣之地的狼族无法杀戮。如此而已。如同其他所有圣地，它们超然独立，存在许久，久到足以用"亘古"称之——或许，"亘古"这个形容词也能贴切地用来描述阿狼踏进那两处圣地时的感受，仿佛千百万年光阴一口气被压缩进窄小的空间，让包围其中的阿狼深受浩瀚时间巨流冲击，于是他直截了当地退出圣地，径自前往其他方向。就像杰克曾目睹的飞天男子，阿狼本身就活在神秘之中，对于这种不解之谜自然也能处之泰然。

当然，他并没忘记向杰克·索亚立下的誓言。

11

幽禁在柴房中的杰克，发现他被抛进自己的内心世界，毕生第一次如此赤裸地与自己面对面。

柴房里唯一的家具是张小板凳，而唯一的消遣则是一摞过期近十年的旧杂志。事实上那叠杂志连翻开来读都有困难，毕竟柴房没有窗户，除了每天早晨从门底下溜进来的些许阳光，杰克几乎看不见上面的任何图片。页面上的字就像一列列灰色小虫般难以辨认。杰克实在无法想象要如何撑过接下来的三天。他走向小板凳，膝盖却撞了上去，带着疼痛，他坐下来思考。

他第一件感受到的，是柴房里的时间感与户外的时间感大相径庭。在柴房外，每一秒迅速奔流而去，汇聚成分钟，然后汇聚成小时。接下来是一整天，滴滴答答凝聚，不知不觉汇合成一整个星期。在柴房里，每一秒钟似乎都顽固地不肯移动——它们延伸拉长，成为巨兽般的可怕单位。当柴房里的数秒钟缓缓膨胀，窃据整个幽闭空间，室外，也许一小时已悄悄流逝。

第二件事，杰克发现，拼命想着时间过得有多缓慢实在是火上浇油的行为。仿佛一旦你专心留意时间的动向，它们就越是不肯在你面前跨出脚步。于是他站起身，在房中踱步，藉此甩开这三天内永远数算不尽的分分秒秒。他跨出左脚，再将右脚放到左脚前，一步一步，他用自己的脚印算出这座柴房的长宽，分别约略是九英尺和七英尺。这空间至少足够让他晚上可以伸直双腿，躺平下来睡个好觉。

假设他沿着柴房四壁走上一圈，那么他就大约走了三十二英尺。

所以说，假设他在柴房里走上一百六十五圈，他就足足走了一英里路。

就算没东西可吃，至少还有路可走吧。杰克摘下手表放进口袋，他规定自己，非到必要时刻，否则绝不拿出来看。

他的第一英里路走到四分之一时才想起来，柴房里没有水。没有食物也没有水。他猜想，就算渴死，也要花上超过三四天时间。只要阿狼会回来，他就不会有事——呃，可能也不是完全没事，但至少还有一条命在。那如果阿狼不回来呢？他就得想办法破门而出了。

如果是那样，他心想，最好趁着现在还有点力气时试试看。

杰克走向门口，两手用力推门。他试着再用力点，门轴发出吱吱嘎嘎的声响。杰克试探性地用肩膀冲撞门把附近的门板，他的肩膀痛得要命，门却还是好端端地纹丝不动。他鼓起更多力气，使劲再撞一次，门轴吱嘎作响，却仍未移动一丝一毫。阿狼八成一掌就能劈开这扇门，不过杰克觉得，就算把自己的肩膀撞成稀烂的汉堡肉泥,也打不开这扇门。只有耐心等待了。

到了午夜,杰克已在柴房里踱了七八英里路——他数到第一百六十五圈后,一闪神就忘了数到哪里,不过大约是七或八英里左右。他喉咙干渴,肚子咕噜叫个不停。整个柴房满是尿骚味,因为杰克不得已只好尿向墙上的裂缝,这样至少一部分的小便会流到屋外。他的身体感到疲倦,可是相信自己势必无法入眠。依据手表上的时间,他被关在柴房中还不到五小时,然而感觉上却像已被关上整整一天了。他不敢躺下。

因为奔腾的思绪不会轻易放过他——这是他现在的感觉。他试着在脑中逐一列出去年读过的书、从小到大教过他的老师的名字,还有洛杉矶道奇队每位球员的姓名……然而破碎扰人的画面不断闯进脑海,打断他的思考。他总是看见摩根·斯洛特在半空中扯开一个大洞,看见阿狼的脸孔在水底漂荡,手臂浮在水面,像一大株杂草。他看见杰瑞·布雷索的身躯在配电盘前扭曲震动,熔化的眼镜覆在他的鼻梁与双眼上。他看着某个男人的眼珠转变成黄色,双手化成兽爪,汤米叔叔的假牙在日落大道的水沟里闪闪发光。他还看见摩根·斯洛特找上母亲,而不是他。

"胖子沃勒①唱过哪些歌?"他自问自答,又开始在漆黑的柴房里兜起圈子。"《你的脚太大》、《不是没规矩》、《吉特巴华尔兹》、《不再胡搞瞎搞》。"

他看见怪兽埃尔罗伊将兽爪伸向母亲,淫秽地喃喃自语,一手覆上她的嘴。

"中美洲有哪些国家?尼加拉瓜、洪都拉斯、危地马拉、哥斯达黎加……"

终于他疲惫得不得不躺下,靠着背包充当枕头,在地上蜷缩

---

① 胖子沃勒,原名托马斯·沃勒(1904—1943),美国爵士乐大师。

成一个球,那些画面仍在脑中横冲直撞:怪兽埃尔罗伊、摩根·斯洛特、奥斯蒙的鞭子抽打在莉莉·卡瓦诺背上,他的眼珠正疯狂转动着;阿狼用后脚撑起自己庞大而不再像人的身躯,一颗子弹射过来,正中他的心脏。

清晨的第一道曙光将他唤醒,他闻见鲜血的味道。他全身的细胞都渴望着喝水,然后才感到饥饿。杰克呻吟着。要这样度过三个晚上,他一定不可能活着撑过去的。依然低斜的日光帮助他朦胧地检视柴房四壁。比他昨晚所见的感觉宽敞一些。他又想小便了,尽管他认为自己不该在这节骨眼上放弃体内任何水分。后来他才领悟,柴房看起来变大了,是因为他躺在地上。

他又嗅到鲜血的气味,转头看门口。门缝底下躺着两条剥了皮的兔子后腿。它们摊在粗糙的地面,血液汩汩流淌,反射着水光。沾在上面的泥巴和断裂的草茎表示它们是被蛮力塞进门缝。阿狼想要喂他。

"噢,天哪。"杰克咕哝道。剥了皮的兔子腿看起来跟人类的肢体像得可怕。

他的肠胃皱缩成一团。他没有呕吐,反而笑了,因为联想起一种奇怪的比喻:阿狼就像家里养的宠物,每天早晨将猎来的小鸟和挖去内脏的死老鼠献给主人。

杰克伸出两只手指,小心翼翼地拎起这骇人的供品,将它们安置在板凳下。他还是想笑,眼眶却已濡湿。阿狼平安度过变身后的第一个晚上了,杰克也是。

隔天早上,门口出现的是一团完全无法辨识来源的肉块。椭圆形生肉两端,分别冒出一小段白色骨骼。

12

到了第四天早晨,杰克听见有人走下小峡谷的脚步声。一只受惊吓的鸟儿啼叫抗议,拍动翅膀飞离柴房屋顶。沉重的脚步声朝门口前进。杰克用手肘撑起身子,对着黑暗眨眼。

一个巨大的身躯撞上门扉,接着就这么贴在门上。底下的门缝出现一双脏污裂开的廉价休闲皮鞋。

"阿狼?"杰克轻轻呼唤,"是你吧?"

"把钥匙给我,杰克。"

杰克将手伸进口袋,捞出钥匙,塞进那两只皮鞋中间。一只棕色大手垂下来,捡起钥匙。

"你带了水回来吗?"杰克问。尽管他每天都能从阿狼恐怖的献礼中得到些许滋养,但现在的杰克已接近脱水状态——他的嘴唇浮肿裂开,舌根肿大,梗在喉头。钥匙滑进锁孔,喀啦一响,杰克知道,锁被打开了。

然后是门锁取下的声响。

"带了一点。"阿狼说,"眼睛闭起来,杰克。你的眼睛现在是晚上的眼睛。"

门开启时,杰克将两手紧紧盖着眼睛,然而大摇大摆闯进门口的光线仍利落地穿透他的手指,刺痛他的双眼。杰克痛苦地呻吟。"过一下子就好了。"阿狼靠得很近。他的手臂环住杰克,将他抱起。"眼睛闭着。"阿狼一面警告,一面倒退着走出柴房。

就算杰克在提出喝水的要求,并感觉到一个旧罐子贴上嘴唇时,他也明白为何阿狼连一步都不愿在柴房中稍事停留。户外的空气不可思议地新鲜甘甜——简直就像直接从魔域输入的空气。他喝下两小口水,水的味道好比世上最美味的圣餐,也像一道清泉流入体内的荒漠,甘霖所及,一切都被滋养、灌溉,重新复苏过来。

杰克还没喝个痛快,阿狼便将罐子移开。"一下给你喝太多水,你会生病的。"阿狼告诉他,"可以睁开眼睛了,杰克——不过只能打开一点点。"

杰克听从指示。光线宛如千万颗细小的沙粒在他眼中掀起一场风暴。他喊着痛。

阿狼坐下,像抱小娃娃似的将杰克揽在怀里摇晃。"喝一小口。"他说着,再次将罐口凑近杰克嘴边。"眼睛打开,再开一点点。"

阳光不再那么刺眼。神迹般的清水灌入喉咙时,杰克透过半睁的眼皮缝隙,晕眩地往外窥看。

"啊。"杰克说,"水为什么那么好喝?"

"因为西风。"阿狼不假思索地回答。

杰克将眼皮再睁开一点点。他视线中的金星与游丝慢慢聚拢,凝固成饱经风雨摧残的柴房与小峡谷的青山绿野。他将头倚在阿狼肩上,阿狼鼓胀的肚皮挤压着他的背脊。

"你没事吧,阿狼?"他问道,"你吃饱了吗?"

"阿狼永远有办法吃饱。"阿狼简短地回答。他拍拍杰克的大腿。

"谢谢你带肉回来给我。"

"我答应过的。你是牲口呀,记得吗?"

"哦,当然记得。"杰克说,"可以再给我点水吗?"他滑下宽阔的膝头,坐到地上,好让自己能面对阿狼。

阿狼把罐子递给他。约翰·蓝列式的眼镜又回到他脸上了,脸上的长毛也变得像胡茬一样,一头乌黑长发尽管依然脏污油腻,也已缩到肩膀上方。阿狼的表情友善恬静,似乎十分疲惫。他的吊带裤外套着一件灰色长袖运动衫,尺寸小了两号,胸前印着"印第安纳州大学体育系"字样。

这是自从杰克与他相识以来,阿狼最像个普通人类的时候。虽然不像能够安分修完正常大学课程的学生,倒是能扮演出色的高中美式足球队队员。

杰克又啜了一口——阿狼担心杰克喝得太猛,连忙将手盖在锡罐上,准备随时将它抢走。"你真的没事吗?"

"此时此刻。"阿狼用另一只手搓搓肚皮,肚皮胀得老高,撑开了运动衫下摆,就像只绷紧的橡皮手套。"只是累了。没怎么睡呀,杰克,此时此刻。"

"你那件汗衫哪来的?"

"它挂在一条绳子上。"阿狼说,"这里很冷,杰克。"

"你没有伤人吧,有吗?"

"没有伤人。嗷呜!你水喝慢一点呀。"他的眼里跳出快乐的万圣节橘色火光,杰克心里一紧,觉得终究还是不能说阿狼看来像个普通人类。阿狼张开他的大嘴,打了个呵欠。"睡太少了呀。"他在斜坡上调整个更舒服的姿势,躺下来,顿时沉沉入睡。

第三部 善恶之争

二十
落难被捕

1

尽管饥饿难耐,杰克还是慢慢啜饮生锈罐子里装的水,等待阿狼睡醒。终于,阿狼翻了个身说:"我好了,杰克。"接着将杰克扛上肩膀,出发前往戴利维尔方向。到了下午两点,他们已经往西方又推进了一百英里,杰克·索亚觉得,简直就像他也跟着月亮赛跑过了似的——这一路走得飞快,轻松无比。

杰克走进戴利维尔的汉堡王速食店,阿狼坐在路边,尽可能低调地等候。杰克首先进入洗手间,脱光上半身的衣服。就算在厕所里,汉堡肉的香气仍逼得他口水直流。他洗净两条手臂、胸膛,也洗了脸,接着把整个头塞到水龙头下,用厕所里的洗手乳洗了头发。捏皱的擦手纸一张接着一张落到地板上。

总算他准备好走向柜台。点餐时,穿制服的女服务生直瞪着他——大概因为他头发是湿的吧,杰克心想。女侍等着杰克说完要的餐点,同时后退了一步,倚在汉堡架上,仍目不转睛地瞪着杰克。

杰克一离开柜台,在走向玻璃大门途中,马上剥开汉堡的包装纸咬了一大口。肉汁沿着嘴角流向下巴。他饿坏了,连嚼都懒得嚼就直接吞了下去。接连三口,巨大的面包与肉片几乎吃没了。他第四度张嘴,正想把剩下的汉堡塞进嘴里,隔着玻璃发现一群小孩团团围着阿狼。肉块还卡在他嘴里,胃口却顿时消失。

杰克急忙赶到外面,一边还忙着咽下嘴里的食物:汉堡肉、面包、酸黄瓜、生菜、番茄片和酱汁。小孩们站在街上，三方包围阿狼，一只只眼睛就像女服务生瞪着杰克那样毫不害臊地锁定在阿狼身上。阿狼竭力闪避，弓着身子蹲在路边，像只乌龟似的缩起脖子，一对耳朵没精打采地贴在头上。一整团食物宛如高尔夫球滚下杰克的喉咙，杰克痉挛着将它吞下，落进胃里，仿佛又是重重一击。

阿狼瞥见杰克走来，明显松了口气。五六英尺外停着一辆破旧的红色小货车，一名二十多岁的瘦高个年轻人打开门，走出车外，倚在驾驶座旁。他面带微笑观赏着这一幕。"吃个汉堡吧，阿狼。"杰克尽量若无其事地说。他把装着汉堡的纸盒递给阿狼，阿狼嗅了嗅，抬起头，就着盒子咬了一大口，慢条斯理地吃了起来。孩子们既惊讶又好奇，将阿狼包围得更紧了些。有几个人咯咯笑了起来。"他是什么东西？"一个金发小女孩问道，她头上的马尾扎着一条毛花花的粉红色礼盒毛线。"他是怪兽吗？"另一个七八岁模样的平头小男生挤到金发女孩前面说，"他是绿巨人浩克吧，对不对？他真的是浩克。嘿？嘿？喂？对不对？"

阿狼已经将纸盒里剩下的汉堡掏了出来，掌心一推，一口气全塞进嘴里，生菜碎末落在他弓起的膝盖间，酱汁与肉汁溢出嘴角沾在脸上。经过阿狼巨大的牙齿咀嚼，食物碾碎成一团褐色泥浆，直到阿狼终于将它吞进肚里，他开始舔起汉堡纸盒。

杰克轻轻地将纸盒从他手中抽走。"都不是，他只是我表哥。他不是怪兽，也不是什么浩克。你们这群小鬼快点走开，别来烦我们好吗？走吧，别烦我们。"

但他们紧盯不放。而阿狼正津津有味地舔着手指。

"你们再继续这样盯着他看，他可能会生气的。如果把他惹毛了，我可不知道会有什么后果。"

这个在电视上看过大卫·班纳变身的平头小男生，显然能够想象这个汉堡王怪兽生气的模样，他往后退了一步。其他孩子纷纷跟着后退。

"走开吧,拜托。"杰克请求。然而孩子们又静止不动了。

阿狼站起身,犹如一座高耸山峰,他双拳紧握。"上帝处罚你们!不要看我!"

他大声咆哮:"不要让我觉得怪怪的!每个人都让我觉得怪怪的!"

孩子顿时吓得散开了。阿狼涨红了脸,气喘吁吁,看着那群小孩跑上戴利维尔的大街,消失在转角。直到小孩终于不见踪影,阿狼双手抱胸,目光直射向杰克。他因为羞愧而哀伤。"阿狼不应该大吼大叫。"他说,"他们都只是小朋友。"

"吓吓他们才会学乖。"有个声音说道。杰克看见说话的年轻人倚在他的红色小货车上,冲着他们微笑。"我自己也没看过这种块头的人物。你们俩是亲戚?"

杰克带着狐疑,点点头。

"嘿,我不是爱管闲事的人。"头发乌黑、穿着格纹衬衫与无袖羽绒背心的年轻人举止大方,他向前走了几步。"你知道,我尤其不想让任何人'觉得怪怪的'。"他停下脚步,举起双手,掌心朝外。"真的。我只是觉得你们两个看起来好像流落街头好一阵子了。"

杰克瞥了阿狼一眼。阿狼仍旧难为情地抱着自己,视线却也没有放过这个朝他们靠近的身影。

"我也是过来人。"年轻人说,"嘿,信不信,我从戴中——呃,戴利维尔高中——毕业那年,自己一路搭便车到北加州去,然后再搭便车回来。总而言之,如果你们也要往西走,我可以载你们一程。"

"不行呀,杰克。"阿狼咕哝着,宛如低沉的雷鸣。

"往西多远?"杰克问,"我们想去斯普林菲尔德市。我在那边有个朋友。"

"哈,没问题,小子。"年轻人再次举起双掌,"我要往卡尤加的方向走,那地方就在伊利诺伊州州界附近。先等我吃点东西,然后我们就上路。一路直达。只要一个半小时,或者更快,你们到斯普林菲尔德市的路程就剩一半了。"

"不行啊。"阿狼再度抗议。

"不过有个问题,我前座放了些东西,所以你们其中一个得待在后面载货的地方。风会很大。"

"你真的帮了我们很大的忙。"杰克发自肺腑地说,"我们会在这里等你。"阿狼在旁焦急地跳脚。"真的。我们会在这里等,先生。谢谢你。"杰克说道。

一等到年轻人走进汉堡店,杰克立刻转头对阿狼低语。

于是,当这个说自己叫比尔·巴克·汤普森的年轻人带着两个汉堡回到他的货车旁时,看见神情严肃的阿狼蹲在没有帆布篷的货车后座,双手搭在护栏上,鼻头已经皱起。杰克坐在副驾驶座,挤在一堆体积庞大的塑料袋旁。塑料袋上面先是用胶带黏住袋口,然后再钉上订书针,根据塑料袋散发的气味,上面似乎洒了不少空气芳香剂。从半透明的袋子看进去,里面装的似乎是一株株形状类似蕨类的绿色植物,这些被截断的植物上面冒出一丛丛小绿芽。

"你们看起来一副还没吃饱的样子,"他说着,丢了个汉堡给阿狼,然后钻进驾驶座,隔着一堆塑料袋坐在杰克旁边。"我还以为他会用牙齿接住汉堡呢。开开玩笑,没别的意思。来吧,这个给你,你表哥已经把整个汉堡吞下去了。"

车子往西开了一百英里,一路上阿狼满心欢喜地享受疾风扑打在脸上的感觉,汽车的速度和迎面飞来的各种气味都令他着迷。他双眼发亮,在驾驶室后方左右移动,鼻头凑向高速飞驰的气流,忙着捕捉风中的精微细节。

巴克说自己是个农夫,整整七十五分钟的车程,油门几乎从头到尾直踩到底,他自顾自说个没完,从来没问杰克任何问题。最后他们抵达卡尤加边界,转上一条泥土岔路,停在一片连绵数英里的玉米田边。巴克将手伸进口袋,捞出两根皱巴巴的卷烟,单薄的白色卷烟纸看起来活像卫生纸。"我是听过拍照的时候眼睛会变成红色啦。"他说,"不过你表哥也太夸张了。"他把香烟交到杰克手里。"如果他太兴奋,就让他哈两口,好吧? 医师处方。"

杰克心不在焉地接过卷烟,塞进上衣口袋,然后爬出车外。"谢了,巴克。"他对着驾驶座喊道。

"老兄,看到他吃东西的时候我还以为自己看到什么怪物了呢。"巴克说,"你是怎么带着他四处跑的啊? 像叫狗一样,对他吹口哨?"

阿狼回过神,发现这趟车程已经结束,于是跳下后座。

红色小货车扬长而去,车尾拉出一道长长的尘烟。

"我们再坐一次!"阿狼手舞足蹈,"杰克! 我们再坐一次!"

"我也想啊。"杰克说道,"走吧,我们先走一阵子,也许还会遇上别的车。"

杰克心想,也许他真的时来运转了,他和阿狼马上就要抵达伊利诺伊州边界——他始终相信,一旦抵达斯普林菲尔德市的塞耶中学,见到理查德,往后的情况一定会更加顺利。然而此时杰克的心神还有一部分停留在那个真实与虚幻扭曲混杂的柴房里,因此当厄运再度降临,来得如此措手不及,杰克竟毫无招架之力。这是在杰克看见伊利诺伊州州界许久前发生的事,而这段厄运笼罩顶期间,杰克觉得,自己仿佛重回柴房中的幽闭时光。

2

那一连串导致两个大男孩最后被送进阳光之家的混乱事件,开端就在他们走过标明卡尤加,人口两万三千五百六十八人的路牌后十分钟。当时两人右手边是广阔的玉米田,左边是光秃秃的空地,开阔的视野让他们得以看见道路如何拐了个弯,然后直奔地平线。卡尤加还看不见半点踪影。杰克才刚想到,他们八成得这么一路走路进城,才有机会搭上另一辆便车,路上就出现一辆汽车,高速迎面而来。

"我可以坐在后面吗?"阿狼开心大叫,两手高举到头上。"阿狼坐后面!此时此刻!"

"那不是我们要去的方向,"杰克说,"冷静点,让他开过去,阿狼。把手放下,否则他会以为我们在叫他。"

阿狼不情愿地垂下手臂。那辆车已经开上弯道,马上就要与他们错身而过。"不能坐后面呀?"阿狼像个小孩似的撅起嘴。

杰克摇摇头。他盯着漆在车门板上那个披着尘埃的椭圆形徽章。可能是郡立公园委员会,或是州立野生动物保育局。这辆车可能属于伊利诺伊州任何一个农业机关,甚至是卡尤加道路养护局的公务车。然而当它驶过弯道后,杰克看清楚了,那是辆警车。

"那是条子,阿狼。就是警察。继续往前走,自然点。我们可不希望他停下来。"

"警察是什么东西?"阿狼的口气怏怏不乐,他看见那辆汽车正对着他加速驶来。"警察会杀狼族吗?"

"不,"杰克说,"他们当然不会杀狼族。"这句话起不了什么作用。阿狼捉住杰克的手,颤抖着。

"阿狼,放开我,拜托。"杰克说,"他会认为我们有问题。"

阿狼把手松开。

警车逐渐接近时,杰克借机观察方向盘后的警察长相,然后他转过身,往回走了几步,好看着阿狼。观察的结果不太乐观。开车的警察一脸盛气凌人的模样,两片生面团似的肥肉垂挂在原本该是颧骨的地方。阿狼的惊慌写在脸上。他的双眼、鼻子躁动不安,咧着嘴露出牙齿。

"你真的很喜欢坐在货车后面,对不对?"杰克问他。

这稍微安抚了阿狼的情绪,他勉强微微一笑。警车呼啸而过——杰克很清楚,警察会转过头来观察他们两人。"好了。"杰克说,"他走了,我们没事了,阿狼。"

杰克再次转身向前走,这时警车的引擎声突然增强了。

"条子回来了!"

"他可能只是要开回卡尤加。"杰克说,"转过去,学我的样子,别盯着他看。"

阿狼和杰克踽踽而行,假装不在意刻意尾随着他们的警车。阿狼咕哝了一句,半是呻吟,半是狼嗥。

警车重新开上车道,经过两人身边,闪了闪尾灯,接着岔到他们跟前停下了。警察推开车门,伸出双脚踩在地上,接着才慢慢撑起身子,走出车外。他的个头和杰克差不多,全身重量似乎都集中在脸和肚子上——他的肩膀和手臂看来都是普通身材,两条腿却瘦得像皮包骨,挺着个大肚皮,咖啡色制服底下犹如藏着一只十五磅重的火鸡,肥肉从腰带上方挤出。

"我这人没什么耐性。"他抬起一条膀子挂在敞开的车门上,"自己老实招来,快说。"

阿狼往前挪到杰克背后,缩着肩膀,两手深深收进吊带裤口袋。

"我们正要去斯普林菲尔德市,警官。"杰克说,"我们搭便车——我想可能我们不该这么做。"

"你想你们不该这么做。哼,少给我装蒜。那个躲在你背后的家伙是什么东西,《星球大战》的乌奇族啊?"

"他是我表哥。"杰克的脑筋疯狂转动——他得赶紧改写他的身家故事,把阿狼安插进去。"我负责带他回家。他住斯普林菲尔德市,跟他阿姨,不,我是说,我阿姨海伦,他们一起住。海伦阿姨在斯普林菲尔德市教书。"

"他怎么回事,从哪里逃出来了是吗?"

"不,不,不是这样的。只是——"

警察面无表情看着两人,问道:"报上姓名。"

这时杰克遇上了一个难题:就算他编了假名,阿狼还是会叫他杰克。"我是杰克·帕克,"他答道,"他是——"

"等等。我要那个傻蛋自己告诉我。你,快点,记得自己叫什么名字吧,大块头?"

阿狼在杰克身后局促不安地蠕动,下巴埋进领口,含糊地发出声音。

"我听不见你说话,小子。"

"阿狼。"他低声回答。

"阿狼。我早该猜到了。那你姓什么,还是人家就给你个编号,啊?"

阿狼闭紧眼皮,两腿夹在一起。

"走吧,菲尔。"杰克说,他猜想这起码是阿狼少数记得的名字之一。

杰克话声甫落,阿狼挺起胸膛,大叫起来:"杰克!杰克!杰克!嗷呜!"

"我们有时候也叫他杰克,"杰克连忙打圆场,心中明白已经太迟。"那是因为他太喜欢我,有时候只有我说的话他才肯听。等我把他带回斯普林菲尔德市,可能还得留下来住个几天,确定他安顿好了才能回家。"

"我受够你在一边叽叽歪歪了,小鬼头。我劝你把你那什么菲尔还是杰克的兄弟带到我车上。你们得跟我回局里,把事情好好解释清楚。"警察见杰克没有移动脚步,便将一只手搁上挂在腰带的枪套。"上车。他先上。我要弄清楚为什么你们两个孩子,在应该上学的时间,出现在离家一百英里远的地方。立刻上车。"

"呃,警官,"杰克开口。他背后的阿狼哑着嗓子:"不行,没办法。"

"我表哥有病,"杰克说,"他有幽闭恐惧症。狭小的空间会让他发狂,尤其是汽车。他只能坐在小货车后面。"

"给我滚进去。"那警察不由分说,向前一步,打开后座车门。

"不行啊!"阿狼哀号,"阿狼没办法!太臭了,杰克,那里面太臭了。"他的鼻子和嘴唇挤成一波波皱折。

"你把他弄进去,否则我就自己动手。"警察指使杰克。

"阿狼,不会太久的。"杰克伸手握住阿狼的手。阿狼勉为其难,让杰克牵着他走向警车后座,阿狼拖着腿,脚底几乎不曾离开地面。

前几秒钟,事情走向看来还算顺利。阿狼已经走到车门伸手可及之处。接着他全身颤动,两手抓住车门框,活像马戏团大力士拦腰撕破电话簿的表演,一副要把车顶扯成两半的模样。

"求求你,"杰克低声哀求,"我们一定得听话。"

然而阿狼已经被车上的气味吓得失去理智,他猛力摇头,嘴角喷出口水,滴在车顶。

警察绕过杰克身边,从腰带上的挂钩取下一个东西。杰克来不及看清楚,只知道不是手枪,直到警察挥着它用力砸向阿狼的后脑勺,杰克才明白那是根警棍。阿狼上半身趴倒在车顶,接着全身瘫软,慢慢滑到地上。

"你扛他的另一边。"警察将警棍扣回腰带上,"终于可以把这坨大屎包塞进车里了。"

过了几分钟,在他们两度将阿狼失去意识的庞大身躯摔在地上后,一行人正在前往卡尤加的路上。"我已经知道你跟你那怪里怪气的表哥会有什么下场了,如果那家伙真是你表哥,我倒挺怀疑的。"警察从后视镜瞅着杰克,一双眼珠就像浸在热柏油里的葡萄干。

杰克的心脏狂跳,全身血液似乎逐步退潮,在血管中逆流。他想起口袋里那两支卷烟。他伸手按了按口袋,在警察还没开口之前,赶忙把手移开。

"我得把他的鞋子穿回去。"杰克说,"它们快掉下来了。"

"别弄了。"警察说道。不过杰克弯下腰时,他没说什么。在后视镜的视线范围外,杰克首先将一只裂开的皮鞋套回阿狼的脚跟,接着迅速掏出口袋里的卷烟,丢进嘴里。他咬了几口,干燥酥脆的烟草散发出某种古怪的植物气味,在他口中扩散开来。杰克咀嚼起来。某个东西似乎钻进他的咽喉,在食道里搔爬着,他抽筋似的坐直身子,伸手按住嘴,试着闭嘴咳嗽,直到喉咙里的搔爬感消失,才把嘴里那团烂糊的大麻烟吞进肚子。杰克用舌头舔舔牙齿,唯恐还有大麻烟的渣滓残留在牙齿上。

"有个惊喜正等着你们呢。"警察说,"你们将会得到一些灵魂里的阳光。"

"灵魂里的阳光?"杰克一头雾水,以为警察发现他吃下大麻的事了。

"手上也会多几个水泡哦。"警察说完,开心地盯着后视镜中杰克心虚的脸。

卡尤加市政大楼是栋阴郁的红砖建筑,走廊昏暗,窄小的楼梯环绕着似乎同样狭小的房间逐步向上。水管里的水声稀里哗啦。"小鬼头,让我跟你们解释一下,"警察边说边领着他们走进右手边最后一道楼梯。"你们没有被逮捕,懂吗?我们只是暂时拘留你们,问几个问题。我可不想听到你跟我鬼扯什么你们有权打一通电话的鬼话。除非招出你们的名字,告诉法官你们想干什么,否则就一直拘留你们。"警察往下说,"听懂了吗?拘留。哪儿也不能去。我们现在要见的人是费尔柴尔德法官,他是这里的治安官,到时候如果你们再不说实话,后果可就有得瞧了!现在上楼去！动作快点！"

走到顶楼,警察推开一扇门。远端墙边坐着一个身穿黑裙子、戴着金丝眼镜的中年女人,她从打字机前抬起头来。"又逮到两个离家出走的小鬼。"警察告诉她,"通知他我们到了。"

她点头,拿起电话说了一句。"你们可以进去了。"秘书说道,打量了阿狼和杰克一眼。

警察推着两人穿过接待室,打开里面另一扇门,门后的房间是接待室的两倍大,室内有面墙上摆满书籍,另一面墙上则挂着裱了框的照片、证书和奖状。对面玻璃窗上的百叶窗帘已经垂放下来。办公桌是张凹痕处处的木桌,桌面少说有六英尺长。一个瘦高的男人从办公桌后起身,他穿着深色西装外套,白色衬衫满是折痕,系着一条没有图案的窄版领带。男人脸上的皱纹犹如波澜起伏的地势,发色异常乌黑,显然染过了。房间里悬浮着香烟经年熏烧的空气微粒。"你替我们带谁来了,弗兰克?"他的嗓音低得出奇,几乎就像歌剧演员。

"我在弗兰奇—利克路上,汤普森的农场旁边逮到这两个小家伙。"

费尔柴尔德法官脸上的皱纹扭动,慢慢形成一个笑容,他看着杰克:"身上有任何身份证件吗,孩子?"

"没有,长官。"杰克说。

"在弗兰克·威廉斯警官面前,你们乖乖说了实话吗? 看来他并不这么认为,否则两位就不会出现在这里了。"

"我们说的都是实话,长官。"杰克说。

"那好,把你们的故事说给我听听。"他绕过桌子,驱散头顶上的烟雾,半坐半倚地靠在最接近杰克的桌角。他眯着眼睛,点燃香烟——杰克望着法官隐藏在烟雾中的灰色双眼,知道那眼神中没有半点仁慈。

又是一棵猪笼草。

杰克深深吸了口气。"我叫杰克·帕克。他是我表哥,他也叫作杰克。杰克·阿狼。不过其实他本名叫菲利普。他跟我们家一起住在戴利维尔,因为他爸爸过世,妈妈生了重病。我正要带他一起去斯普林菲尔德市。"

"他的智商有问题?"

"反应比较慢一点。"杰克打量了阿狼一下,他看起来接近神志不清。

"你妈妈叫什么名字?"法官询问阿狼。阿狼没有任何反应。他的眼皮紧闭,双手埋在口袋里。

"她叫海伦,"杰克答道,"海伦·沃恩。"

法官优哉游哉地离开桌子,缓缓走向杰克。"你喝了酒吗,孩子?你看起来站不太稳。"

"没有。"

费尔柴尔德法官走到杰克面前一英尺处,弯下腰。"张开嘴来让我闻闻。"

杰克张嘴,呵了一口气。

"没有酒味。"法官站直身子,"不过,只有这件事情你没撒谎,对不对?你有事瞒着我,孩子。"

"对不起,我知道我们不该搭便车。"杰克警觉到,从这一刻起,他的每一句话都必须格外谨慎,因为他的发言将会成为他与阿狼能否顺利离开的关键。然而此时他连好好说上一句话都有点困难——眼前的一景一物全变成恍恍惚惚的慢动作,就像在柴房里,时间膨胀得脱出常轨一样。"事实上,我们很少搭便车,因为阿狼——我是说,杰克——很讨厌坐车。我们绝对不会再犯了。我们没有做别的坏事,法官,我说的都是实话。"

"你没搞懂哪,孩子。"法官眼角闪过一丝细小光芒。杰克领悟到,他简直就是乐在其中。费尔柴尔德法官慢慢踱回他的座位。"重点不是搭便车。两个未成年的孩子在路上晃荡,不知道从哪里来,也不知道要往哪里去——这才是问题所在。"他的声音宛如黑色的蜜糖,"我们这地方,有个我们认为是这国家最奇特的机构——话说回来,它可是州政府批准、用州政府的资金设立的——是专门为你们这种年轻孩子设置的。它叫阳光加德纳基督教迷途少年之家。加德纳先生对那些年轻孩子所做的事简直就是神迹。我们送过几个难缠的孩子到那地方,一进那里,他们全跪在地上,哀求耶稣基督赦免他们。真是个神奇的地方,你说是不是?"

杰克吞咽一下。他的嘴比被关在柴房里时还要干涩。"呃,长官,我们真的有很紧急的事,必须赶去斯普林菲尔德市。不然大家会开始担心——"

"我很怀疑你说的话。"法官笑起来时,满脸皱纹会随之牵动,"不如这么办吧。一旦你们出发到阳光之家,我会立刻打电话到斯普林菲尔德市,想办法查出你那个海伦阿姨的电话。她叫作海伦……什么来着?海伦·沃恩?"

"沃恩。"杰克两颊潮红,像是发了高烧一样。

"对,对。"法官说。

阿狼摇摇头,眨了眨眼睛,然后将一只手搭在杰克肩上。

"轮到你了,孩子。"法官说,"能不能告诉我你的年纪?"

阿狼又眨了眨眼睛,望着杰克。"十六岁。"杰克替他回答。

"你呢?"

"十二岁。"

"这样啊。我还以为你年龄再大一点呢。还有另一个理由,送你们到阳光之家,是想帮助你们在真正酿成大祸前矫正过来,你说是不是啊,弗兰克?"

"阿门。"警察回答。

"一个月后,你们再回来见我。"法官说,"到时候,我们再来看看你们的记性是不是变好一点了。你的眼睛怎么红通通的?"

"它们不太舒服。"杰克说,警察发出狗吠似的叫声。过了一秒,杰克才明白他在笑。

"把他们带走,弗兰克。"法官的手已经提起话筒,"三十天后,你们俩就会改头换面了。相信我。"

当他们走下市政大楼的楼梯时,杰克询问弗兰克·威廉斯,为什么法官要问他们的年龄。警察停在最后一级阶梯,半回过身,脸上似乎要冒出火来,往上瞪着杰克。"通常阳光之家收的是十二岁小孩,等到他们十九岁再放出来。"他咧嘴一笑,"你该不会从来没在广播节目上听到过他?加德纳先生可是我们这一带最出名的人物。我敢打包票,就算到了戴利维尔,人们也都知道阳光·加德纳这个名号。"他的牙齿就像变了色的细小木桩,凌乱地挤在牙床上。

3

二十分钟后,他们再次经过玉米田边。

这回阿狼上车的过程出乎意料地顺利,因为弗兰克·威廉斯抽出警棍,骂了一句:"想我再赏你几棍子吗?他妈的怪胎。天晓得,搞不好能让你学乖点。"阿狼颤抖不已,皱着鼻头,还是乖乖跟着杰克坐进车内。他一上车,立刻用手捂住鼻子,改用嘴呼吸。"我们一定会逃出去的,阿狼。"杰克悄悄安慰他,"忍耐几天就好,我们会想出办法的。"前座传来一声怒斥:"不准说话!"

杰克异常放松。他很笃定一定能想办法逃出去。他躺在塑胶皮椅背上,一手让阿狼握着,看着车窗外的田野在眼前掠过。

"到了,"弗兰克·威廉斯的声音从驾驶座传来,"前面就是你们未来的家。"

杰克眼前出现的,是两堵高墙彼此相接的尖角,毫无真实感地矗立在田野中央。环绕阳光之家的墙垣高耸,看不见墙内景色,水泥墙顶端插满碎玻璃,上头还加了三道带刺铁丝网。警车正沿着一块贫瘠的田地行驶,田地外围也加了栅栏,普通的铁网与带刺铁丝交错相接。

"那块地有六十英亩,"威廉斯告诉他们,"每一面不是盖了围墙,就是围了铁网——都是小鬼头们自己盖的,你最好相信我说的话。"

一扇宽大的铁门切断连绵不断的围篱,一旦进入铁门内,便进入阳光之家的领地。警车一转上大门前的车道,铁门仿佛有人遥控,自动敞开迎接。"监视摄影机,"警察解释道,"他们正等着你们这两条新鲜的小鱼儿呢。"

杰克向前倾,将脸贴在车窗上。那一大片田地上,许多穿着牛仔外套的男孩正在工作,有人锄地,有人拔草,还有人推着小推车。

"多亏你们这两个小瘪三,让我赚了二十块钱。"威廉斯说,"费尔柴尔德法官也因此赚了二十块,真是赚到了,对吧?"

二十一
阳光之家

1

在杰克眼中,阳光之家看起来就像用小孩的积木堆出来的——每当需要更多空间,便随意在一旁添设新的建筑。接着他注意到,窗户大都钉上栅栏,森冷的气氛顿时扫去稚气的印象。

警车经过时,田里大部分男孩纷纷放下手边的工具,停下来观察他们。

警车转进建筑物前方的圆形车道,弗兰克·威廉斯将车子停在车道尽头。警车一熄火,一名高大男子立即走出建筑物大门,他的双手交握在身体前方,站在台阶顶端,静静打量一切。虽然顶着满头波浪白发,男子的脸孔却年轻得超乎现实——仿佛那副棱角分明、充满活力与男性气概的五官,是经由整形手术打造或改良才产生的。那是张能在任何地方、无论任何对象,都能将手上的任何商品推销出去的脸孔。他的衣着和他的发丝同样雪白:白色西装、白色皮鞋、白色衬衫,脖子上还缠着条白色丝质领巾。见到杰克与阿狼走下警车,白衣男子从西装口袋抽出一副深绿色墨镜,戴上之后,似乎继续观察了两人半响,才露出微笑——那笑容犹如脸上一道拉长的皱纹。接着他摘下墨镜,重新放回口袋。

"午安,加德纳牧师。"警察向他打招呼。

"是平常的情况,还是这两个冒失的小鬼真的做了犯法的事?"

"小流浪汉。"警察答道。他两手撑在臀上,眯着眼抬头看着加德纳,仿佛那一身白衣刺痛了他的眼睛。"他们不肯把真名告诉费尔柴尔德。这个、这个大个儿,"他用大拇指指着阿狼,"他甚至话都不肯说一句。我还得先把他敲昏才能弄他上车呢。"

加德纳感伤地摇摇头。"何不把他们带上来,好让他们自我介绍一番?接下来的手续就交给我们办吧。不过可否请你先告诉我,为什么这两个孩子看起来,嗯,怎么说,'糊里糊涂'的?"

"我用警棍在大个儿的后脑勺敲了一下。"

"哦。"加德纳向后退了几步,十指指尖相触,两手在胸前形成一个尖塔。

威廉斯戳了戳两个男孩的背、催促他们走上台阶时,加德纳歪着头,细细审视阳光之家的两个新朋友。杰克与阿狼总算走到最后一阶,怯生生地登上平台。弗兰克·威廉斯抹抹额头,跟上前去,站在他们身边。加德纳笑得含蓄,眼神却不放过阿狼与杰克,在两人身上来回移动。他的目光冰冷严酷,一种似曾相识的感觉击中杰克,这时加德纳牧师再次掏出墨镜,戴了上去,精细而含蓄的笑容依然停在嘴角。然而就算包裹在一种虚幻的安全感中,杰克仍因那道目光而全身僵硬——那是他曾见过的眼神。

加德纳牧师拉下眼镜,挂在鼻梁低处,视线越过镜框上方,闹着玩似的注视两人。"什么名字?什么名字?两位绅士可否让我知道你们的姓名?"

"我叫杰克。"他在这里打住——除非必要,他不愿透露更多。有一瞬间,现实世界似乎叠合起来,紧扣在杰克身上:他觉得自己被拉回魔域,只不过此时的魔域邪恶而充满威胁,半空中充斥混浊的硝烟,火光跳跃,受折磨的人群尖叫呐喊。

一只有力的大手握住他的手肘,扶住杰克,让他站挺。像是洒了太多古龙水,浓重甜腻的香味袭来,取代了烟雾恶臭。一对忧愁的灰色眼珠与他四目相接。

"你是个坏孩子吗,杰克?你是一个很坏、很坏的小孩吗?"

"没有，我们只是在路上搭便车，而且——"

"我想你的脑筋真有些糊涂了，"加德纳牧师说，"看来，我们要格外细心照顾你了，是不是呢？"大手松开杰克的手肘，加德纳利落地退开，将墨镜推回脸上。"我说，你总有个姓吧？"

"我姓帕克。"杰克回答。

"很好。"加德纳取下脸上的墨镜，跳舞似的旋转半圈，转而细细检查阿狼。对于他是否相信杰克所言，加德纳没有任何表示。

"天哪，"他说，"你真是个健壮的孩子呢，是不是？强健的体魄是桩好事。感谢上帝，我们一定能在这地方替你找件差事，让你好好发挥强壮的体格。我可否请你像杰克·帕克先生那样，告诉我你的名字？"

杰克不安地看着阿狼。他头垂得很低，沉重地喘气，嘴角溢出的口水流向下巴，画出一条闪耀水光的细线。他那件偷来的体育系运动衫胸口晕着一大块混着泥土和油污的污渍。阿狼摇着头，不过这动作似乎没什么用意——可能只是想甩开苍蝇。

"你的名字呢，孩子？叫什么名字？什么名字？你叫比尔？保罗？亚特？还是萨米？不对——肯定是更老实的名字，我说一定是这样。难不成你叫乔治？"

"阿狼。"阿狼答道。

"啊，真是个好名字呢。"加德纳对着两人面露喜色，"帕克先生和阿狼先生。威廉斯警官，请你护送两位进去好吗？阳光之家里已经有位巴斯特先生，可真是令人欣慰呢，不是吗？对了，赫克托·巴斯特先生是这里的干部之一，因为有他在，我们要替阿狼先生找件合身的衣服，应该不成问题。"他的视线越过镜框上方，瞥了杰克与阿狼一眼。"阳光之家的其中一个规矩，是我们相信，上帝的士兵要穿上制服，才能有更团结的战斗力。而我们的赫克托·巴斯特跟你这位阿狼先生的身材差不多高大呢，杰克·帕克先生。所以不论是你们的衣着问题，或是从纪律角度来看，我们都能替你安排妥当。真令人高兴,不是吗?"

"杰克。"阿狼的声音微弱。

"嗯?"

"我头好痛,杰克。好痛好痛。"

"你的小脑袋瓜不舒服呀,阿狼先生?"阳光·加德纳牧师步履轻移,靠近阿狼,温柔地拍拍他的手臂。阿狼揪住他的手,粗鲁地甩开,脸上反射出夸张作呕的表情。杰克知道,那是因为古龙水的味道——对阿狼敏感的嗅觉而言,那强烈的香水味,闻起来铁定跟尿骚味差不多。

"不碍事,孩子。"对于阿狼的举动,加德纳似乎不以为忤。"等会儿进到里面,巴斯特先生或另一位干部辛格先生会替你看看。弗兰克,我记得刚刚说过请你送两位进去。"

威廉斯警官的反应活像有人用针扎进他后背。他的脸红得厉害,开始挪动那体型奇特的身躯,穿过平台,走向大门。

阳光·加德纳闪烁的目光再次投向杰克。杰克发现,这男人活泼而戏剧化的举止,仅是出于某种空洞无情的自我娱乐:白衣男子的内在不但冰冷,而且疯狂。一条金链子叮叮当当滑下来,卡在加德纳的大拇指根部。杰克听见皮鞭划破空气的声响,这下,他认出加德纳那双灰色的眼珠了。

加德纳是奥斯蒙的分身。

"进去吧,年轻人。"加德纳欠身,指着大门方向。

2

"对了,帕克先生,"进到室内,加德纳发问,"我们有没有可能在哪儿见过?你看起来十分面熟,我想这一定有什么理由,你说是吗?"

"我不知道。"杰克答道,他小心谨慎地环顾阳光之家怪异的内部。一列长沙发贴着墙面排放,深蓝色布料覆盖其上,沙发脚下铺着翠绿色地毯。对面墙边摆着两张皮面大办公桌。其中一张办公桌前坐着一名满脸青春痘的少年,面无表情地瞅了杰克与阿狼一眼,便继续盯着面前的电视屏幕。电视上的传教士正严厉抨击着摇滚乐。邻桌另一名少年站起来,挑衅地直瞪着杰克。清瘦的少年一头黑发,尖细的脸形看起来精明而暴躁。他的白色高领毛衣口袋上别着一块形状类似兵籍牌的名牌,上面写着:辛格。

"可是我认为,我们一定在什么地方见过,你不觉得吗,小朋友?我向你保证,我们绝对见过——我的记性很好,只要见过的任何一张脸孔都不会忘记。来到这里之前,你还闯过什么别的祸吗,杰克?"

杰克答道:"我从来没见过你。"

房间另一头,一个体格壮硕的男孩离开蓝色沙发,立正待命。他也穿着别了名牌的白色高领毛衣,两手神经兮兮地前后晃动。他的身高起码六英尺三英寸,体重接近三百磅,两颊和额头上全是青春痘。这一位,不用说,一定是赫克托·巴斯特了。

"那好吧,说不定过一会儿我就想起来了。"阳光·葛纳登说,"巴斯特,过来这里,帮助新来的朋友办理手续好吗?"

巴斯特绷着脸,笨重地向前移动。经过阿狼时,他蓄意贴近阿狼身边,绷紧的脸色变得越发阴沉——假设阿狼当时曾睁开紧闭的眼皮,他的视线范围内将会只有巴斯特如月球表面般坑疤不平的额头,加上一双躲在凶残眉毛下的卑鄙小眼睛,正骨碌碌地瞪着他。巴斯特眼珠一转,扫向杰克,嘀咕了声:"过来。"接着一掌拍向桌面。

"帮他们注册,办好了再带他们到洗衣房领衣服。"加德纳语调平板,面向杰克的笑脸宛如夺目的金属。"杰克·帕克。"他轻声说,"我很好奇你真正的身份是什么呢,杰克·帕克。巴斯特,记得把他口袋里的东西全搜出来,一件也不能留。"

巴斯特露出狞笑。

阳光·加德纳轻飘飘地穿过房间，走向显然十分不耐烦的弗兰克·威廉斯，板着脸从外套内袋抽出一个长皮夹。杰克看着加德纳点起钞票，交入警察手中。

"注意我这边，鼻涕脸。"书桌后的人喊道，杰克赶紧回过头面向他。那少年玩着手上的铅笔，在杰克眼中，他脸上虚假的笑容是个彻底失败的伪装，掩不住他人格中与生俱来的愤恨——那是在他灵魂深处，永远熊熊燃烧的愤怒之火。"他会写字吗？"

"呃，我想不会。"杰克说。

"那你得代替他签名。"辛格将两张表格推到他面前，"在上面那条横线用正楷写出你的名字，然后下面那条横线的地方签名，打×那里。"他沉回椅背，提起笔杆抵在嘴边，歪着身子靠在椅背一角。杰克猜想，这动作准是从那个阳光·加德纳牧师身上学来的。

杰克·帕克，他端正地拼出这个名字，接着在下方随意签了个样子差不多的签名。然后是菲利普·杰克·阿狼，再加上一个潦草的签名，比先前那个更不像他原来的笔迹。

"从现在起的未来一个月，你们就是受到印第安纳州政府监护的对象，除非一个月后你们改变心意，自己决定住得更久一点。"辛格一把抓住表格，拉回自己面前。"你们将会——"

"决定？"杰克问道，"你说'自己决定'是什么意思？"

一抹红光隐隐约约在辛格脸上扩散开。他的头抽筋似的往旁边一扭，似乎在微笑。"看来你不知道，住在这里的人，超过百分之六十是自愿进来的。也许一个月后，你们会决定留下来，那不是什么不可能的事。"

杰克努力隐藏脸上的表情。

辛格的嘴角夸张地往下一撇，活像被钓钩勾到。"这地方蛮不错的，而且要是让我听到你对这地方品头论足，保证把你打到屁滚尿流——我很肯定,这里绝对是你们待过最棒的地方。我再告诉你一件事:你们别无选择。你们必须尊敬阳光之家。懂了没有?"

杰克点头。

"那他呢?他懂了没有?"

杰克抬起眼睛望望阿狼,他正缓缓眨动眼皮,用嘴呼吸。

"应该懂了。"

"那就好。你们俩睡同一个房间。每天早上五点起床,先做晨间祷告,然后去田里干活,七点再到餐厅吃早餐。吃完了回田里工作到十二点吃午饭,还有读《圣经》——每个人都要朗诵经文,所以你最好快点开始想你要读哪一段。不过不准念《雅歌》里那些下流的东西,除非你想尝尝被教训的滋味。吃完午饭后继续工作。"

他严厉地瞪着杰克。"嘿,别以为你在阳光之家的工作都是白干的。我们跟州政府之间的协议有一部分是让大家每小时都能拿到合理的工资,这工资用来支付你住在这里的开销——吃的穿的、水电暖气那些东西。这里的薪水是每小时五十分,每天工作十小时,你就赚到了五块钱——一星期下来就是三十块钱。星期天,除了阳光·加德纳的福音时间之外,就待在阳光礼拜堂里。"

辛格脸皮下的红光再次往外扩展,杰克理解地点点头,或多或少有些身不由己。

"如果最后你改邪归正,讲话像个人样了——很多人可连话都不会好好讲呢——也许就有机会加入外勤队。我们有两组外勤队,一队上街义卖鲜花、赞美歌歌谱和加德纳牧师的讲道手册,另一队要到机场工作。总而言之,我们有三十天时间改造你们这两个人渣,让你们明白,你们过去的人生过得有多龌龊病态。今天开始,这里就是你们的出发点。"

辛格的脸颊红得宛如秋天的枫叶，他站起身，装腔作势地将十指指尖撑在桌面。"口袋里的东西都交出来。现在。"

"此时此刻。"阿狼嘟囔，仿佛在背诵辛格的话。

"把口袋翻出来！"辛格厉声命令，"整个口袋都要让我看见！"

巴斯特向前挺进，站到阿狼身边。送弗兰克·威廉斯上车的加德纳牧师已经回来，再次轻飘飘地靠近杰克身边。

"我们发现，私人物品会让孩子太眷恋过去，"加德纳对杰克说，"对他们有害。这么做是非常有效的办法。"

"给我掏空你们的口袋！"辛格大吼，他的怒火已近喷发边缘。

杰克将西行旅程上塞进口袋的东西随机掏出来。一条红色手帕，这是当派拉蒙太太看见他用袖口擦鼻涕时送给他的。两小盒纸板火柴。他身上的全部财产：几张一元钞票和一小撮硬币——总数加起来是六美元四十二美分——还有阿兰布拉饭店四○七号房的钥匙。杰克用手握住三件他想保留下来的物品。"你应该也想看我的背包吧。"他说。

"废话，你这没用的小杂碎。"辛格啐骂，"我们当然要检查你那脏兮兮的背包，不过在那之前，不管你想藏什么东西，全都给我掏出来。快拿出来——马上！"

杰克心有不甘地取出斯皮迪送他的吉他拨片、一颗弹珠，还有一枚银币，一起搁在手帕上。

"只是些祈求好运的东西。"

辛格一把抄起拨弦片。"哼，这什么鬼？我是说，这什么东西？"

"弹吉他用的。"

"最好是。"辛格将拨弦片翻来覆去，用鼻子嗅了嗅。假如他敢用牙齿咬，杰克会一拳揍在他脸上。"弹吉他用的，你没唬我吧？"

"朋友送我的。"踏上旅程以来，那种孤寂漂泊的伤感倏然袭上心头。杰克想起购物中心外的斯诺波，那个用斯皮迪的眼眸凝视杰克的老人。就算通过某种杰克并不理解的方式，杰克依然明白，他就是斯皮迪的化身。斯皮迪·帕克，杰克甚至借用了他的姓氏。

"我打赌他是偷来的。"辛格这句话不是特别对着谁说的，他抛下拨弦片，让它和手帕上的弹珠与银币堆在一块。"背包给我。"杰克依言解下背包，交出去，辛格两手在背包里胡乱翻扒，脸上的憎恶与挫败逐渐加深。辛格的嫌恶来自背包中仅存的几件衣服脏污的状态，挫折感则是因为他没发现任何违禁药品。

斯皮迪，你在哪里啊？

"他没有藏东西。"辛格埋怨着，"要搜身吗？"

加德纳摇摇头。"我们来看看阿狼先生身上能清出些什么东西吧。"

巴斯特靠得更近了。辛格说："怎么？"

"他的口袋里没有东西。"杰克说。

"我要你们把口袋统统掏干净！掏干净！"辛格大叫，"全部放到桌上！"

阿狼低下头，下巴贴到胸口，闭上眼睛。

"你口袋里没什么东西吧，对不对？"杰克问他。

阿狼非常缓慢地点了一下头。

"他一定偷藏东西！这个猪头一定藏了什么东西！"辛格不断咆哮，"快点，你这大蠢猪，把东西掏出来放到桌上。"他用力拍了两次手掌，"哼，威廉斯竟然没有搜他的身！费尔柴尔德也没搜他的身！真是太荒唐了——等我搜完身，他们看起来就会像这两个猪头一样蠢。"

巴斯特仰起脸对着阿狼，低声咒骂："要是你再不赶快照着辛格的话做，我就撕烂你的脸。"

杰克轻声唤他："乖乖听话，阿狼。"

阿狼呻吟了一声，接着将口袋里紧握的右拳抽出来。他弯腰靠近桌面，拳头向前伸，张开手指。掉落在皮革桌面上的，是三根火柴棒,还有两颗被河水磨得发亮的小石子,石子表面纹理精致、色彩斑斓。当阿狼张开左手,另外两颗漂亮的小石头滚下来,和先前的小石头碰在一起。

"迷幻药!"辛格一把抓起小石头。

"别发神经了,桑尼。"加德纳说道。

"你们让我看起来像个坏蛋。"当他们踩着上楼的阶梯时,辛格对杰克说道。他的语调虽低,却饱含激烈的情绪。楼梯铺着破烂的玫瑰花纹地毯。整个阳光之家只有楼下大厅经过悉心装饰打理,其他地方全都破败不堪,疏于照料。"你们肯定会后悔,我跟你们保证——在这地方,没有人可以让桑尼·辛格看起来像个王八蛋。告诉你们两个,基本上,这里可是我当家作主!该死的杂碎!"他怒气冲冲地转向杰克,"竟敢对我耍这种花招,那头蠢猪,他妈的什么小石头!来日方长,这笔账我会记得清清楚楚。"

"我不知道原来他口袋里有东西。"杰克说。

桑尼·辛格走在杰克与阿狼一步之前,突然停下脚步。他的眼睛眯成一条缝,整张脸似乎正往内缩。辛格还没出手,杰克已经知道接下来会发生什么状况。一个大巴掌甩在杰克脸上。

"杰克?"阿狼低声问道。

"我没事。"他说。

"你们敢作弄我,我就加倍奉还,"辛格对杰克说,"要是当着加德纳牧师的面让我出糗,我的报复就再加两倍,听明白了吗?"

"嗯。"杰克说,"我明白了。我们不是应该要去领衣服吗?"

辛格转过身,继续往上走,杰克在他身后伫立半晌,看着那男孩细瘦紧绷的背影走上楼梯。你也是。他在心中自言自语,你,还有奥斯蒙。总有一天。然后他才跟上去,阿狼蹒跚尾随在后。

他们来到一个长形房间,里面堆着许多纸箱,有个修长的男孩正在柜子上翻找,替杰克和阿狼准备制服。男孩的面容乏味、毫无生气,举止宛如正在梦游。辛格暴躁不耐地等在门边。

"鞋子也要。给他们找两双合脚的鞋出来,不然我就要你整天握着锄头在田里做苦工。"辛格站在走廊上朝房里喊道,傲慢得连房里的男孩都没瞧一眼——这架势肯定又是从加德纳牧师身上学来的。

男孩终于在仓库角落挖出一双十三号的黑色系带方头皮鞋,让杰克帮着阿狼穿上。于是辛格带着两人再上一层楼,来到住宿楼层。这里赤裸裸地展现出阳光之家真正的面貌。这里是阳光之家的最顶楼,一条狭窄的通道贯穿整个楼层,少说有五十英尺长。长长的走道两边排着一扇扇窄门,门上在视线齐高处各开了一个细小的窗洞。在杰克眼中,所谓的宿舍简直就像监狱牢房。

辛格领着他们在通道上走了一小段路,停在其中一扇门前。"新来的第一天不用工作。明天开始一切纳入正轨。所以你们先进房去,读点《圣经》什么的。五点的时候我会回来带你们参加忏悔大会。到时候记得穿上制服,听到没?"

"你的意思是,接下来三小时我们都要被锁在房里?"杰克问。

"难不成要我牵着你的手陪你啊?"辛格暴怒,两颊再度涨得通红。"搞清楚,如果你们是自愿来的,我或许还让你们四处走走,认识一下这地方。不过今天你们可是被警察逮到、在州政府的管辖下转送到这里,你们只差一点点就跟监狱里的犯人没什么两样了。走运的话,一个月后会换成你们自己想留下来。总之,现在给我滚进房里,开始给我表现得像个上帝创造的人类,别像牲口一样。"他不耐烦地将钥匙插进锁孔,推开门,站到一边。"进去。我还有别的事要忙。"

"那我们的东西呢?"

辛格戏剧化地叹了口大气。"你们这两个小瘪三,难不成以为我们会有兴趣偷你们那些臭东西?"

杰克按捺着,没有回嘴。

辛格又叹了口气。"好吧,我告诉你。我们会用信封把东西装起来,上面写上你们的名字,暂时替你们保管在楼下加德纳牧师的办公室里——你们的钱也都收在那里。等你们要走那天自然会还给你们。知道了吧?快滚进去,否则我就跟牧师报告你们不听话。别当我开玩笑。"

阿狼和杰克走进狭小的寝室。辛格用力摔上门后,天花板上的灯泡自动转亮,照亮这没有窗户的小空间。房里有张双层铁床,角落有个小洗手台,还摆了张铁椅。除此之外什么也没有。之前的房客用来固定照片的胶带痕迹已经发黄,残留在白色石膏板墙面上。喀啦一声,门被锁上了。杰克和阿狼回过头,隔着门上长方形的小洞看见辛格的脸。"乖乖待着。"辛格笑了一下,旋即不见踪影。

"不行呀,杰克。"阿狼的头顶和天花板之间只剩不到一英寸空隙,"阿狼没办法待在这里。"

"你最好坐下来。"杰克说,"你要睡上铺还是下铺?"

"唔?"

"你睡下铺吧。先坐下来。我们惹上麻烦了。"

"阿狼知道,杰克。阿狼知道。这里是个坏地方,很坏很坏。不能留下来。"

"这地方为什么不好?我是说,你怎么知道?"

阿狼重重坐在下铺,新衣服掉在地板上。床上摆着两本小册子,阿狼漫不经心地拿起来。一本是《圣经》,蓝色封套看起来像是人造革。杰克从上铺往下看,发现那两本小册子的标题分别是《通往永生的捷径》与《上帝爱你》。阿狼哭丧着脸,抬头望着杰克:"阿狼就是知道。你也知道,杰克。"说完他的目光垂落在手中的小册子上,接着动手胡乱将它们翻来翻去。杰克猜想,这应该是阿狼第一次看见书本。

"那个白色的人。"阿狼的声音细小得几乎听不见。

"白色的人?"

阿狼高举其中一本书,亮了亮封底。整个封底被一张黑白照片占据,照片中人是阳光·加德纳,他双臂伸展,微风轻扬起他美丽的发梢——上帝的恩宠,永生的男人。

"就是他。"阿狼说,"他是凶手,杰克。他用鞭子杀人。这里是他的地盘。狼族统统不应该出现在他的地盘。杰克·索亚也不行。绝对不行。我们要赶快逃走,杰克。"

"我们一定会逃出去,一根毛都不会少。"杰克说,"我向你保证。不是今天,不是明天——我们得想出个办法。不过一定很快。"

躺在床上的阿狼,两条腿超出床缘一大截。"很快。"

3

很快。杰克许下承诺,阿狼也需要这个保证。阿狼吓坏了。杰克不确定阿狼是否在魔域见过奥斯蒙,但他肯定听过他的名号。奥斯蒙在狼族之间恶名昭彰的程度显然大过于摩根。然而,既然阿狼和杰克两人都已认出阳光·加德纳是奥斯蒙的分身,加德纳却还未认出他们,这显示出两种可能:要不就是加德纳在装疯卖傻,以捉弄他们为乐,否则,他这个分身就像杰克的母亲那样,与魔域深深连结,但除了潜意识最底层,平常并未意识到自己与魔域的关联。

倘若真如杰克所想,那么他和阿狼可以等到真正适当的时机再逃出去。他们还有时间,可以好好观察一番。

杰克穿上新衣服,制服布料令他瘙痒难耐。黑色方头鞋仿佛有好几磅重,紧紧贴合在他脚上。他费了好大一番功夫,才劝服阿狼换上阳光之家的制服。接着他们在各自的床上躺下。杰克听见阿狼鼾声大作,又过了一会儿,他的意识逐渐模糊。在梦中,他母亲正在某个漆黑的角落呼唤着他,"救救我。救救我"。

二十二
布道

1

傍晚五点,走廊上响起一长串单调尖锐的电子铃声。阿狼霍地坐起来,头顶猛然撞上上铺的铁框,正在打盹的杰克震了一下,吓得清醒过来。

大约过了十五秒钟铃声才结束,阿狼的尖叫却依旧持续。

他站都站不稳地瑟缩到墙角,双手抱头。

"这里是坏地方,杰克!"他尖叫,"坏地方,此时此刻!一定要出去!要出去!此时此刻!"

有人捶墙。

"叫那蠢蛋闭嘴!"

另一边响起沙哑尖细的笑声。"快点替你们的灵魂灌注点阳光吧,小鬼!从那个大家伙的声音听起来,给他点阳光准没错!"促狭刺耳的笑声再度响起,宛如可怕的尖叫声。

"坏地方,杰克!嗷呜!杰森哪!坏地方!坏地方!坏——"

走廊传来响声,每个房门全都打开了。杰克听见许多阳光之家厚重的皮鞋敲响地面的躁动。

他从上铺爬下来,强迫自己行动。现实恍然错置——杰克觉得自己没有睡着,也不曾醒来。他艰难地移动,接近阿狼,仿佛这狭小空间充满的不是空气,而他正在玉米糖浆中泅泳。

他觉得好累……好累好累。

"阿狼,"他说,"阿狼,停下来。"

"没办法呀,杰克!"阿狼啜泣着。他的手臂仍紧抱脑袋,似乎在阻止它爆炸。

"你一定要忍耐,阿狼。我们现在一定得到大厅去。"

"我没办法呀。"阿狼哽咽着说。"这里是坏地方,好臭好臭……"

走廊上有人大喊:"出来忏悔!"杰克觉得应该是赫克托·巴斯特的声音。

"出来忏悔!"另一个人接着喊,用的是同一种腔调。出来忏悔!出来忏悔!简直就像某种奇怪的美式足球队呼。

"如果你想平安无事地离开这里,一定要先保持冷静。"

"没办法呀,杰克,阿狼没办法冷静,好坏……"

房门很快就要开了,站在门后的人可能是巴斯特或桑尼·辛格……或两者皆是,而他和阿狼并没有听话"出去忏悔"。虽说阳光之家可能会容许新成员在适应期间出点小差错,杰克仍旧认为,他们必须尽其所能在最短时间内融入,才有可能争取更多脱逃的机会。有阿狼在,这一切将变得困难重重。天哪,阿狼,我真的很抱歉把你拖进这趟浑水,杰克想道,然而眼前的现实如此,如果我们不想办法驾驭它,就会换成它把我们压垮。假若我严苛地要求你,也是为了你好。他凄惨地又想了一句,但愿真是如此。

"阿狼,"杰克低声说,"还是你想让辛格再跑来打我?"

"不想,杰克,阿狼不想……"

"那你最好跟我一起到走廊上。"杰克说,"你一定要记住,你的行为跟辛格和巴斯特对待我的方式,会有很大的关系。辛格就因为你那些小石头,打了我一巴掌——"

"也会有人打他一巴掌。"阿狼的语调低沉缓和,目光却陡然变得锋利,绽放出橘光。杰克在他的双唇间看见牙齿闪过一道冷光——倒不像他笑了,而是他的牙齿突然伸长了。

"别这么想。"杰克严肃地说,"这样只会让情况越弄越糟。"

阿狼抱着头的双手垂了下来。"杰克,我不知道……"

"试试看好吗?"杰克问道,他焦急的目光再次投向门口。

"我会试一试。"阿狼泪光闪烁,低语轻颤。

2

按理说,此刻的走廊应当充满明亮的午后阳光,实际上却暗蒙蒙的。似乎是窗上安装了某种滤光装置,让走廊上的男孩能往外眺望——看一眼真正的阳光——而户外的阳光却进不了室内。阳光行进到这些高处的维多利亚式窗户内框,便再也前进不了。

走廊左右两侧各有十个房间,每扇门前各站着两个男孩,杰克与阿狼几乎是最后出现的,不过没人注意他们的迟到。辛格、巴斯特,还有另外两名少年已经找到他们开刀的对象,没空分神逐一点名。

受害者是个戴着眼镜的干瘪少年,看来大约十五岁。他用别扭的姿势立正,卡其裤褪到足踝,堆在皮鞋上。他没穿内裤。

"你玩够了没有?"辛格问道。

"我——"

"闭嘴!"与辛格和巴斯特一起的其中一名少年大叫。他们一群四人都穿着牛仔裤,不像其他人穿的是卡其裤。杰克很快便得知,这个大叫的少年名叫沃里克,至于第四个人叫凯西。

"我们要你讲话的时候,自然会问你!"沃里克斥责道,"你还在玩你的'小弟弟'吗,莫顿?"

莫顿颤抖着,沉默不语。

"快回答!"凯西厉声逼问。他是个肥胖的少年,长得有点像《爱丽丝镜中奇遇》里坏心肠的矮胖子崔斗顿。

"不了。"莫顿回答的声音细小得像蚊子叫。

"什么?大声点!"辛格叫骂。

"不了!"莫顿咕哝着。

"只要你一个星期内都不再犯,我们就把内裤还你。"辛格说话的样子好像自己正施予莫顿极大的恩惠,"现在把裤子穿上,你这变态。"

莫顿吸着鼻水,一边弯下腰,拉起卡其裤穿上。

接着,所有男孩下楼忏悔并用晚餐。

3

忏悔大会在餐厅对面的大房间里举行。忏悔室的墙面一片光秃,空空的什么都没有。焗豆和热狗令人垂涎的气味从对面飘来,杰克看见,一整天来阿狼眼底的阴霾总算消散,他的鼻头规律地动着,首度流露出感兴趣的眼神。

比起阿狼,眼前杰克更担心这场"忏悔大会"。当他双手枕在脑后,躺在上铺时,他注意到天花板的角落停着一个黑色的小东西。起初,他以为那八成是只死掉的虫子,或是它褪掉的甲壳——若是靠近点看,也许能看见黏住它的蜘蛛网。好吧,那确实是只虫子没错,不过是某种人造的"虫子"①。那是个体积娇小的老式麦克风,用螺丝拴在墙上。麦克风尾端伸出一条电线,钻进后方墙上不规则的破洞里。他们连把它藏起来都懒得费事。不过是这里提供的另一项服务罢了,孩子们。阳光·加德纳永远倾听你的需求。

发现窃听器,并在走廊上目睹莫顿受辱那幕之后,杰克有种预感,忏悔会上肯定硝烟四起,甚至充满邪恶的激烈场面。某个人——有可能是阳光·加德纳本人,但更有可能是桑尼·辛格,或赫克托·巴斯特——将会诱迫他承认,在他来到阳光之家前,

---

① "虫子"(bug)一词在英语中亦有窃听器的意思。

曾经嗑药、三更半夜闯进民宅打劫、曾在走过的马路上到处乱吐口水、在过完辛苦的一天后玩玩自己的"小弟弟"。就算他没做过任何这类事情，他们也会穷追猛打，直到他承认为止。他们会试着整垮他。杰克觉得自己还有办法忍耐着挺过去，至于阿狼会如何反应，他实在没把握。

然而，最教他匪夷所思的，是阳光之家的少年对于忏悔仪式的热切期待。

阳光之家的核心干部——那群穿着白色高领毛衣的少年——坐在靠近忏悔室前方的位置。杰克四下环顾，发现身边的人无不用迫切期盼的目光注视着敞开的大门。铁定是为了晚餐——好吧，那味道真是香得受不了，尤其在过了好几个星期有一餐没一餐、只有偶尔能吃到速食店汉堡的日子之后。紧接着阳光·加德纳风度翩翩地走进忏悔室，杰克发现男孩们脸上的期盼转变成快慰，他才明白原来终究不是那么回事。他们等的不是晚餐。十五分钟前还在走廊上光着屁股畏缩颤抖的莫顿，这时竟满脸喜悦。

男孩全都站了起来。阿狼坐着不动，鼻孔翕翕张张，既困惑又惊惶，直到杰克一把揪住他的衬衫，才将他拉起来。

"别人怎么做，你就照做，阿狼。"杰克悄悄说道。

"坐下吧，孩子们。"加德纳面带微笑，"请坐。"

他们坐下。加德纳穿着一件淡蓝色牛仔裤，上衣是亮得炫目的白色丝质衬衫，领口敞开。他凝视众人，慈祥地微笑。绝大多数男孩用崇拜的眼神回望他。杰克看见一名男孩——波浪棕色鬈发在额前形成一个长长的美人尖，下巴往内缩，精致的小手就像汤米叔叔收集的荷兰瓷那样苍白——他转过头，用手掩住讥笑的嘴角，这景象让杰克感到某种鼓舞。看来，无论阳光之家卖的是什么药，并非所有人都被洗脑了——虽然绝大多数人已深陷其中，而且就这情况看来，他们被洗脑洗得相当彻底。有个龅牙男孩几乎是用爱慕的眼神看着阳光·加德纳。

"让我们来祈祷吧。赫克托,请你带领大家好吗?"

赫克托听令照办。他的祷词快速而机械化,活像在祷告服事网①听到某个诵读困难症患者打来的电话录音。在请求上帝宽恕他们的过去,帮助他们成为更好的人,并祈求上帝在未来的日子里继续眷顾他们之后,赫克托·巴斯特草草念了一句:"奉耶稣之名祷告阿门。"然后坐下。

"谢谢你,赫克托。"加德纳这时已在一张没有扶手的椅子上坐下,他将椅背反转,跨坐其上,姿态犹如约翰·福特导演的西部片中,骑在马背上的牛仔。今晚的加德纳简直魅力四射,早上杰克所见的那股空洞枯燥、不停重复打转的神经质举止已不复见。"让我们请十二位孩子忏悔,最多不超过十二位。安迪,请你主持,好吗?"

安迪·沃里克取代了赫克托的位置,脸上的神情虔诚得可笑。

"谢谢您,加德纳牧师。"他望着少年们说道,"忏悔时间。"他说,"谁先开始?"

席间兴起一阵骚动……接着少年的手纷纷举起。两只……六只……九只手举到半空。

"洛伊·奥德斯菲。"沃里克选中他。

洛伊·奥德斯菲起立,他身材瘦高,鼻尖长了一颗大如肿瘤的青春痘,细削的手在身前交叉揉绞。"去年我从妈妈的皮包里偷了十块钱!"他用近乎尖叫的高音对大家宣布,一面伸出一只长了疥癣的脏手,用力拧了一下鼻头的青春痘。"我拿那十块钱到游乐场去,全部换成代币,然后玩了小精灵和镭射枪战,直到全部

---

① 美国商业性的宗教服务机构,让星期天不便上教堂或有其他需要的信众打电话去祷告,寻求协助或安慰。

代币统统用光！我妈妈收着那笔钱,原本是为了要付煤气费。所以后来我们家的煤气被切断,好一阵子都没有暖气。"他眨眨眼,环视众人,"结果我弟弟得了肺炎,得住进印第安纳波利斯市的医院！就因为我偷了那十块钱！

"这就是我的忏悔。"

语毕,洛伊·奥德斯菲重新坐下。

阳光·加德纳问道:"洛伊的罪可以得到赦免吗?"

男孩们异口同声:"洛伊可以被赦免。"

"在座有任何人能赦免他吗,孩子们?"

"没有人。"

"那么谁能赦免他呢?"

"上帝将通过它唯一的独子耶稣基督,施展赦免的力量。"

"你愿意向主耶稣祈祷,求它宽恕你的罪吗?"加德纳询问洛伊·奥德斯菲。

"会！一定会！"洛伊·奥德斯菲吼得全身发抖,又捏了一下鼻头的青春痘。杰克注意到,洛伊·奥德斯菲脸上挂着两行泪水。

"下一次妈妈来探望你的时候,你会不会告诉她,你知错了,你在上帝的面前,犯下了愧对她和弟弟的罪,而你对于自己的行为感到无比惭愧?"

"当然会！"

阳光·加德纳对着安迪·沃里克额首示意。

"下一位忏悔。"沃里克喊道。

直到六点钟忏悔大会结束前,整个忏悔室内除了杰克与阿狼,几乎所有男孩全都举手要求忏悔,但求能供出一些罪行,好和其他人一样。有些人偷了些微不足道的小东西,有些人则说自己偷喝酒,直到烂醉如泥。当然,少不了一些与嗑药有关的故事。

主持忏悔仪式的人是沃里克,然而男孩们一心只愿求得阳光·加德纳的认同,他们说了又说,说了又说。

加德纳简直就让他们"爱上了"自己的罪,杰克困扰地想着,他们迷恋他,渴望他的认同,我猜忏悔是他们唯一取得他认同的机会。这些可怜虫,有些人甚至情愿编造自己的罪行。

餐厅飘来的香味越来越浓郁。阿狼的胃不停大声咕噜。有一度,在某个少年声泪俱下地忏悔自己如何迷上《阁楼》杂志,贪看里面那些"人尽可夫的荡妇"的淫图艳照时,阿狼的肚子咕噜大叫了一声,杰克暗暗用手肘顶了一下阿狼。

最后一则忏悔结束后,阳光·加德纳带领大家进行一段简短悦耳的祷告,接着他站到走廊上,一身行头贵气逼人,神态不拘小节地注视着男孩们从忏悔室鱼贯而出。杰克与阿狼走过他身边时,他一把握住杰克的手腕。

"我们曾经见过。"忏悔吧,阳光·加德纳的眼神要求着。

杰克突然涌上一股坦承一切的冲动。

噢,没错,我们认识彼此。你曾用鞭子抽得我皮开肉绽呢。

"没有。"杰克说。

"不对,"加德纳说,"不对。我们一定见过。在哪里呢?加州?缅因州?还是俄克拉荷马州?"

忏悔吧。

"我们并不认识。"杰克说。

加德纳咯咯笑了起来。杰克脑中倏地闪过那画面:阳光·加德纳正抖着身子,手舞足蹈,挥甩他的皮鞭。"当人们要求彼得指认耶稣基督的时候,他也说了一样的话。"他说,"不过彼得说的是谎话。你也是。我们是在德州认识的吗,杰克?埃尔帕索?还是上辈子在耶路撒冷?在各各他,耶稣的受难之地?"

"我说了——"

"是的,是的,我知道,我知道。我们才刚刚认识。"他又咯咯笑了一阵。杰克看见,阿狼已经躲到走廊另一头,竭力远离阳光·加德纳。是因为他的气味。因为他身上那股令人窒息的古龙水味,以及在古龙水掩盖下的疯狂气味。

"我从来不会忘记任何人的长相,杰克。任何脸孔、任何地点。我一定会想起来的。"

他的目光从杰克游走向阿狼——阿狼细细哀叫一声,向后撤退——接着又移回杰克身上。

"好好享用你的晚餐,杰克。"他说,"好好享用你的晚餐,阿狼。明天,你们在阳光之家的生活才算正式开始。"

走向楼梯间的半途中,他又转头回顾。

"我不会忘记任何脸孔、任何地点,杰克。我一定会想起来的。"杰克冷冷地想道,老天,希望不要。在我逃到离这该死的地方两千英里外之前,你可千万不要想起——

一股力道凶猛地冲撞他。杰克往外飞向大厅,两只手像风车似的胡乱挥舞,想保持平衡。他的头敲在水泥地上,眼前宛如下起一阵流星雨。

等到他有力气坐起来时,看见辛格和巴斯特并肩而立奸笑着。凯西站在他们背后,圆滚滚的肚子令白色高领毛衣高高鼓起。阿狼瞪着辛格与巴斯特,那绷紧的架势令杰克紧张起来。

"阿狼,不要!"杰克叫道。

阿狼忍住气。

"别听他的,尽管来啊,傻大个。"赫克托·巴斯特挑衅着,微微一笑。"不要理他。高兴的话尽管放马过来。吃晚餐前我通常喜欢来点热身运动。"

辛格瞥了阿狼一眼,说道:"别逗那个傻蛋了,赫克托。他只是听话的草包。"他用下巴指指杰克,"那边那个才是首脑。真正需要改造的是他才对。"他弯腰睨视杰克,两手撑着膝盖,貌似亲切地对着非常幼小的儿童说话的大人。"我们会让你改头换面的,杰克·帕克先生。相信我。"

杰克故意说:"滚一边去,你这欺善怕恶的混蛋。"

辛格犹如吃了一记耳光,身子往后一缩,一阵红潮从他的领口爬上来直冲脸颊。赫克托·巴斯特发出咆哮,上前一步。

辛格抓住巴斯特的手臂,眼神仍盯着杰克不放,说道:"还不是时候。晚点再说。"

杰克爬起来。"你们给我小心一点。"他低声向两人说道。赫克托·巴斯特怒目相视,桑尼·辛格却隐约流露惧色。那一瞬间,他似乎在杰克·索亚的脸上看到某种坚强而令人生畏的气势——那是将近两个月前才搬到阿卡迪亚海滩附近小镇、从而展开西行之旅的男孩脸上从未出现过的表情。

4

杰克想象汤米叔叔会怎么形容这顿晚餐——倒不是恶评——他可能会说,这是美式农庄家常菜。全体男孩分坐在四张长餐桌上,各自交由四名干部负责打理晚餐。干部在忏悔大会结束后,已经换上干净的白色厨衣。

餐前祷告结束,菜肴依序分派上来,装满焗豆的大玻璃盆、一碟碟冒着蒸气的廉价热狗、罐头凤梨块,以及许许多多没有图样、上面只印着"印第安纳州乳制品委员会捐赠"字样的盒装牛奶,在四张大餐桌之间传来传去。

阿狼闷着头猛吃,手里握着一块面包,就用那面包当作餐具,将盘里的食物擦扫进嘴里。杰克看着他大口嚼下五根热狗、三大份硬得跟子弹一样的豆子,一想到他们没有窗户的狭小寝室,不免有点担心自己今晚可能需要一个防毒面具。但他也只是想想——他们不可能真的发给他一个防毒面具。他无奈地瞪着阿狼将第四份豆子舀进自己的碟子里。

晚餐结束,所有男孩站起来排成一列,收拾餐桌。杰克将自己的餐盘、被阿狼蹂躏过的面包块和两个牛奶盒送进厨房时，他睁大眼留神观察。印在牛奶盒上的字样让他开始思考一件事。

这地方既不是监狱，也不是少年感化院。它或许被归类为寄宿学校之类的机构，而法律上州政府必须经常派督察巡视这种地方。那么算起来，厨房想必是印第安纳州政府视察员最常关心的地方。楼上房间的窗户全都加装铁窗，罢了；但厨房的窗户呢？杰克可不这么认为。那会惹来太多疑义。

厨房将会是最适合逃脱的路径，于是杰克仔细研究一番。

这地方跟他在加州的学校自助餐厅里的厨房差不多。大型水槽与流理台、地板和墙面都贴上瓷砖。摆放餐具的橱柜与装蔬菜的箱子大小几乎相同。一台老旧履带式洗碗机贴墙摆放。有个穿着厨师服的男人，正在指挥三名少年操作这台老古董。厨师的外表面黄肌瘦，小小的脸蛋长得像老鼠，衔着一根无滤嘴的香烟，这让杰克认定此人有可能成为他的战友，毕竟他十分怀疑，阳光·加德纳会允许他任何手下抽烟。

墙上挂着一张裱框的证书，声明这间厨房符合美国联邦政府与印第安纳州政府的检验标准。

重要的是，这间厨房的毛玻璃窗外，并没有加装铁栅。

獐头鼠目的男人剥下黏在唇上的香烟，丢进某个水槽，视线投向杰克。

"你们两个，新来的，呃？"他问，"哼，你们很快就会变老鸟了。在阳光之家，菜鸟很快就变老油条了，你说是不是啊，桑尼？"

他粗鲁地对桑尼·辛格微笑。很明显，辛格不知道该如何应对这种笑容；他缺乏信心的脸上流露出困惑，就像个普通的孩子。

"鲁道夫，你应该晓得，你不该跟这里的男孩说话。"他说。

"少在那里狐假虎威，这种屁话，没人买账的时候就塞回你自己的屁眼里吧。"鲁道夫懒洋洋地瞅了辛格一眼，"我可懒得理你，听到没？"

辛格回瞪他，发抖的双唇扭曲，接着用力抿起。

他陡然转过身。"夜间礼拜！"辛格怒气冲天地大吼，"夜间礼拜！动作快，把桌子清理干净，到大厅集合！我们要迟到了！夜间礼拜！"

5

大伙儿列队走下一道窄小的阶梯，楼梯间的灰泥墙面渗着湿气，用来照明的只是几枚周围缠着电线的裸露灯泡。阿狼的眼珠不停转动，那模样令杰克不安。

走出楼梯间，地下室的景象颇令人讶异。地下室绝大部分——规模可不小——被改装成一间大而无当、现代化的教堂。楼下的温度还算宜人——不太热、也不太冷。空气也很新鲜。杰克听见空调设备细微的共鸣近在耳边。一条中央走道隔开五列靠背长椅，走道尽头的讲台上有张演讲桌，讲台布景是一面紫色绒布帐幕，帐幕前方挂着一个俭朴的木制十字架。

某处传来管风琴乐声。

男孩安静地依序入座。讲桌上的麦克风前方摆着一块大型专业滤音板。杰克曾跟母亲出入许多录音室，在母亲替电视剧配音或重新录制收音不清的台词时，通常他总是耐心地在一旁看书或做功课，等候母亲结束工作。他知道那种滤音板是为了减少杂音，并避免使用麦克风的人将口水喷在麦克风上。他觉得，一个少年中途之家的礼拜堂里竟会出现这种器材是件很奇怪的事。讲桌两端各装了一组摄影镜头，一个对准阳光·加德纳的左脸，另一个对准右脸，不过今晚这两组摄影机都没有启动。墙上挂着厚重的紫色绒布幔，右边墙上的绒布幔是完整的，左边那块布幔割开一个长方形洞口，露出一扇玻璃窗。隔着玻璃窗，杰克看见凯西躬着背坐在一个看起来相当专业的录音室主控台前方，右手边近处就是一台盘带式录音机,凯西从控制盘上抓起一副耳机,戴到头上。

杰克再往上看,天花板上有六道硬木质料的横梁,横梁制成庄严的拱形,梁与梁之间的天花板锁上白色组合板……隔音建材。这里外观像个礼拜堂,实际上却是个具有专业效率的录音室与摄影棚。杰克突然想起吉米·斯瓦格特、雷克斯·汉宝德与杰克·范·尹普。①

信众们,将你的手放在电视机上,让上帝治愈你吧!

他忍不住要放声大笑。

这时讲台左边一扇小门开启,阳光·加德纳出现在大家面前。他的衣饰从头到脚全是雪白的颜色。杰克目睹男孩们脸上出现各种表情,欢欣鼓舞,甚至是大胆直接的爱慕,而他必须再次努力压制自己狂笑的冲动。白色的身影逐渐靠近讲桌,令杰克回想起许多小时候看过的电视广告。

他觉得阳光·加德纳看起来简直就像电视上葛莱德强力保鲜膜白衣白发的广告人物。

阿狼转过头,沙哑地问:"怎么回事呀,杰克?你闻起来好像有什么事情很好笑的味道。"

杰克抿住嘴扑哧笑出来,他连忙用手遮住脸,却因笑得太用力而喷得自己满手鼻涕。

阳光·加德纳容光焕发,手指翻着讲桌上的《圣经》,显然沉醉在冥想之中。杰克看见赫克托·巴斯特虎视眈眈的眼神,焦土似的表情逐渐扩大,桑尼·辛格脸上也充满猜疑,于是急忙装出正经的模样。

玻璃窗后的小房间里,凯西正襟危坐,战战兢兢地注视加德

---

① 吉米·斯瓦格特、雷克斯·汉宝德和杰克·范·尹普三人均为美国知名的电视传道者。

纳。当加德纳在大家面前,从《圣经》前抬起那张英俊的脸,带着疯狂的眼神、恍然如梦的神情肃然一凛时,凯西按下一个按钮。巨大的录音盘带开始转动。

6

不要为作恶的心怀不平,

阳光·加德纳的嗓音低沉,音韵优雅睿智。
也不要向那行不义的
生出妒忌。
因为他们如草快被割下,
又如青菜快要枯干。
你当倚靠耶和华而行善,
住在地上——①

杰克·索亚觉得自己的心脏急转弯似的,不自然地扭动了一下。

——以它的信实为粮。
又要以耶和华为乐,
它将就你心里所求的赐给你。
当将你的事交托耶和华,
并倚靠它,
它就必成全……

----

① 以上引文出自《圣经·旧约·诗篇》第 37 篇,"地上"原文为"Territories",与"魔域"之原文"the Territories"为同一词。

当止住怒气,弃离愤怒;

不要心怀不平,以致作恶。

因为作恶的必被剪除,

唯有等候耶和华的必承受地土。

阳光·加德纳合上《圣经》。

"我的上帝,"他说道,"它将赐福于阅读它神圣话语的人。"

他低垂眼眸,注视自己双手良久。玻璃窗后的小房间里,录音带轮盘吱嘎滚动。接着加德纳再度抬高视线,蓦然间杰克脑中似乎听见他在尖声叫嚷:不是金斯兰麦酒吧?你不是特地来告诉我,你打翻了一卡车的金斯兰麦酒的吧,你这个脑袋长在屁眼上的蠢蛋?你他妈不是来告诉我这种事的吧,啊?

阳光·加德纳诚恳地面对台下的信徒,细细地打量众人的面孔。他们也仰面回望他——圆脸、尖脸、带着瘀青的脸、青春痘肆虐的脸、淘气的脸和毫不设防、青春可爱的脸。

"这些话是什么意思呢,孩子们?你们理解《诗篇》第三十七篇的意义吗?你们能体会这优雅的、美好的诗句吗?"

不。他们脸上这么写着——这些淘气与坦率、素净与甜美、坑坑疤疤与青春痘密布的脸。也不算太过分啊,最小的也不过十一二岁,已经尝过人生的艰辛困顿,知道如何在街头讨生活……告诉我吧……告诉我……

突然间,加德纳令人惊讶地对着麦克风高喊:"它告诉我们,无须担忧!"

阿狼缩了一下,低声呻吟。

"现在你们知道它的意义了,是不是?孩子们,你们都听见了,对不对?"

"对!"杰克背后有个人大叫。

"太好了!"阳光·加德纳回应着,脸上绽放光芒。"无须担忧！别杞人忧天！真是美好的诗句,是不是,孩子们？这真是非常、非常美好的话语,噢,阿门！"

"噢！……阿门！"

"这一段诗篇告诉我们,我们无须惧怕行恶之人！无须担忧！噢,是的！它告诉我们不用担心邪恶的罪人！那是杞人忧天！这一段诗篇告诉我们,只要你与上帝同行,说上帝的话语,未来尽是光明美好！你们了解了吗,孩子们？你们的耳朵都好好将它听进去了吗？"

"了解了！"

"哈利路亚！"赫克托·巴斯特高喊,忘情地笑着。

"阿门！"一个戴着夸张的大眼镜、眼神迷茫的大眼男孩尖叫回应。

阳光·加德纳娴熟自在地拿起麦克风,令杰克又联想起拉斯维加斯的秀场表演者。加德纳开始神经质地快速来回走动,不时地用他那双干净的白色皮鞋蹬着小碎步。他忽而化身为迪兹·吉莱斯皮[1],忽而又变成杰里·李·刘易斯[2],又或是斯坦·肯顿[3]、吉恩·文森特[4];他狂热地演出,企图印证上帝的神迹。

"从现在起,你们无须恐惧！啊,就从这一刻开始！你们无须再担心,有人要拿淫秽的图片展示在你面前！你们无须再忧虑,有人会用大麻烟引诱你、在你拒绝的时候讥笑你是个胆小鬼！啊,就从这一刻起！因为当你亲近上帝时,必将与它同行,是不是？"

"是！"

---

[1] 迪兹·吉莱斯皮(1917—1993),美国知名爵士乐小号乐手。
[2] 杰里·李·刘易斯(1935—),美国乡村乐歌手,也是二十世纪五十年代摇滚乐先驱之一。
[3] 斯坦·肯顿(1911—1979),美国爵士钢琴家,其所带领的大乐队对美国爵士乐有深远的影响,曾被称之为"史上最具实验性的乐队"。
[4] 吉恩·文森特(1935—1971),二十世纪五十年代美国著名摇滚乐歌手。

"我听不见你们的声音;你们说,是不是?"

"是!"教堂中的少年们众口同声,许多人激动地前后摇摆。

"如果你认同我,就高喊哈利路亚!"

"哈利路亚!"

"如果你认同我,请跟我一起大喊阿门!"

"阿门!"

大家前后摇动,杰克与阿狼无奈地跟着他们一起摇动。杰克看见,有些男孩正在痛哭流涕。

"现在,告诉我,"加德纳的态度温和而亲昵,"在阳光之家里,行恶之人有容身之地吗? 有吗? 你们说呢?"

"没有,先生!"一个苗条的龅牙男孩大声回答。

"那就对了。"阳光·加德纳再度走回讲桌。他潇洒而专业地一甩手,清开圈绕脚边的导线,精准地将麦克风安回架上。"那就对了! 此地不容许搬弄是非的骗徒存在,此地不容许行恶之人存在。跟着我说,哈利路亚。"

"哈利路亚。"男孩们回应。

"阿门。"阳光·加德纳说,"上帝说——在《以赛亚书》里,他说——假若你们倚靠上帝,你们将会展翅上腾——噢,是的! ——如同翱翔天际的老鹰,而你们的力量将增强十倍——让我再说一件事,孩子们,阳光之家便是老鹰温暖的巢穴;跟我一起大喊,阿门!"

"阿门!"

话声休止,整个教堂缄默片刻。阳光·加德纳两手抓着讲桌边缘,低着头仿佛在祷告,美丽的白发如整齐的波浪倾泻。当他再度开口,他的视线始终低垂,他低沉的嗓音萦绕盘桓,男孩们听得几乎忘记呼吸。

"但我们的敌人确实存在。"阳光·加德纳终于说道,这句话只比耳语稍微大些,麦克风却将它收得一清二楚。

男孩们轻声叹息——犹如一阵惹得落叶骚动的秋风。

赫克托·巴斯特恶狠狠地扫视整个房间,脸上的青春痘发热成深红色,像是发了热病。告诉我敌人是谁,巴斯特脸上这么写着,好啊,快告诉我,敌人在哪里,我可以当场给他点颜色瞧瞧!

加德纳抬起头。他狂热的眼眶充满了泪水。

"是的,我们的敌人确实存在。"他又说道,"印第安纳州政府曾经两度企图使我们关闭。你们可知道?那些偏激的人道主义者,光是想到我在这里、在阳光之家,教导你们如何去爱主耶稣、去爱你们的国家,他们便不能忍受。这叫他们生气。有件事情,你们想知道吗,孩子们? 你们想知道一个古老黑暗的秘密吗?"

人人向前倾身,饥渴的眼神盯着阳光·加德纳。

"我们不只能叫他们生气,"加德纳嘶哑的嗓音低低吐出他的阴谋,"我们还能叫他们伤心欲绝!"

"哈利路亚!"

"阿门!"

"阿门!"

倏地,阳光·加德纳抄起麦克风,动作快如闪电,一瞬间,他离开讲台,又重回讲台,前前后后、上上下下,偶尔轻快地连着踩了几个小碎步,恍如二十世纪一十年代在宴会上大跳糕饼舞①的舞者。他滔滔不绝,朝前方对着男孩们伸出一条手臂,然后往上伸向天空,仿佛上帝就在头顶上的天堂之中,低头倾听他的话语。

"我们令他们感到害怕,噢,是的! 他们怕得要命,因此不得不再来杯鸡尾酒,再来管大麻,再吸口古柯碱! 我们教他们吓坏了,因为就算是再怎么否认上帝、痛恨耶稣,狡猾激进的人道主义者,都闻到了我们对上帝耿直不屈的敬爱;当他们闻到时,他们同

---

① 糕饼舞,源于美国南方奴隶间的一种音乐与舞蹈类型,宴会中以糕饼犒赏表现杰出的舞者,故名之。

时也闻到了自己毛孔里散放出来的硫磺味,他们讨厌那股味道,噢!

"于是他们派来几个额外的监视者,好将秽物栽赃到我们的厨房柜台里、将蟑螂偷藏到我们的面粉中!他们散播了许多卑鄙的谣言,说阳光之家的孩子们如何受到折磨。孩子们,你们挨揍了吗?"

"没有!"众人齐声发出愤慨的怒吼,杰克张口结舌地看着莫顿和其他人同样满腔热情地呐喊着,而他肿胀的脸颊上的淤血才正开始成形。

"哼,他们竟然还从某个自认聪明的偏激的人道主义新闻节目里,派出几个同样自认聪明的新闻记者到这里来!"阳光·加德纳用一种嫌恶而纳闷的口气呐喊,"他们来到这里,然后说:'好啦,这回该轮到谁给我们诽谤一番啦?我们已经整过上百个地方了,抹黑正直的人是我们最擅长的工作,别担心我们了,只要给我们来点大麻,加上几杯鸡尾酒,然后把正确的方向指给我们看看就成。'

"然而,我们没有让他们得逞,是不是呢,孩子们?"

欢声雷动,犹如一屋子邪恶的共犯。

"他们没有看见任何人被用铁链拴在谷仓的梁上,不是吗?他们没有找到任何被绑在约束衣里的孩子,像是某些邪恶的学校理事会里的奸人传言的那样,不是吗?他们看不到任何指甲被拔掉的孩子,也没有人的头发被剃光!他们所见到的大多数情况,都是孩子们的屁股挨了几下打,这倒是千真万确的实话,噢,是的,他们的屁股挨打,我愿意当着全能的上帝面前,双臂缠上测谎器,亲自证实这件事,因为是《圣经》告诉我们,不打不成器!如果你们相信这个真理,孩子们,就高喊哈利路亚!"

"哈利路亚!"

"就连印第安纳州教育局的人,那些千方百计想要除掉我、把这地方变成恶魔横行之地的人,他们也不能不承认,说到教育的时候,州政府的方针与上帝的旨意必是相同的:一旦你省下棍子,就会宠坏孩子!

"在这里,他们只看到快乐的孩子!健康的孩子!他们见到的是虔诚地与上帝同行、说上帝的话语的孩子!噢,可否请你们跟我一起高呼,哈利路亚?"

他们当然可以。

"跟我一起大喊阿门好吗?"

当然这也没问题。

"上帝保护爱他的人,上帝不会坐视一群吸大麻的偏激人道分子剥夺这个为了疲倦的、困惑的孩子们所建立的大家庭。

"有几个喜爱造谣生事的孩子,对所谓的媒体散布了许多谎言,"加德纳说,"我看见那些谎言在电视节目上一再重复,尽管那些造谣的孩子太过胆小,不敢在屏幕上露脸,但我知道——哦,是的——我认得那些人的声音。当你喂养过一个孩子,当他在夜里哭着找妈妈,而你将他的头温柔地拥在你怀中时,我想,你一定会认得他的声音。

"那些男孩已经不在了。上帝也许会宽恕他们——但愿他宽恕他们,噢,是的——然而阳光·加德纳只是个凡人。"

他垂下头,为自己的表白表现出羞愧的模样,然而当他再度抬起头时,他的双眼仍然炽烈,射出愤怒的火光。

"阳光·加德纳不能原谅那些人。所以阳光·加德纳将他们再度送回街头、将他们推进魔域之中。在那里,他们将不得温饱;在那里,就连树木都会化身成夜行的野兽,吞噬那些坏孩子。"

众人噤若寒蝉,室内一片死寂。就连玻璃窗后的凯西也是一脸僵硬惨白。

"《圣经》说,上帝将该隐赶逐到伊甸东边挪得之地,流离飘荡①。那些被驱逐回街头的坏孩子就像那该隐一样,孩子们。在这里,你们拥有的是安全的天堂。"

他审查每个人的脸。

"倘若你软弱了……倘若你说谎……灾祸将降临你头上!地狱等待着沉沦者,就像等待着有心潜入地狱中的人一样。

"铭记在心,孩子们,

"铭记在心。

"让我们祈祷吧。"

---

① 《创世纪中》,夏娃生二子该隐与亚伯,该隐种地,亚伯牧羊,两人将自己的供物献给上帝,然而上帝只看上亚伯的供物,该隐心生妒忌,杀害亚伯,于是上帝将他放逐到伊甸园东的挪得之地。

二十三
费尔德·詹克洛

1

不出一个星期,杰克便明白,他和阿狼要逃离阳光之家,取道魔域将是唯一的办法。他愿意一试,然而他又觉得,他几乎愿意做任何事,冒任何险,只求能够避免离开阳光之家。

他会有这种感觉,其实说不上什么具体的理由。除了脑海深处隐约幽微的低喃似乎在暗示他,阳光之家里的恶劣情形,到了那边只会加倍严重。这地方说不定是所有世界中最糟糕的地方……就像苹果肉里一块溃烂之处,导致整个苹果一路烂进核心。总而言之,阳光之家本身就够糟了,除非必要,他对于这地方在魔域中的相对之处,完全没有一探究竟的欲望。

然而,魔域之中,或许会有一条生路。

阿狼、杰克,与其他和他们一样运气不够好的少年——这指的是阳光之家的大多数少年——每天必须到田里工作。年资比较深的人将那里称作"边疆农场",它位于加德纳产业的尽头,从阳光之家要走上一英里半才能抵达。到了这个季节,田里已经没什么活好干,男孩们成天只是在那里搬运石块。今年最后的作物已经在十月中收完,然而就像阳光·加德纳每天早晨在晨祷会上说的,一年四季都会有捡不完的石头。

每天早晨,杰克登上阳光之家仿佛随时会解体的农场卡车,阿狼宿醉般颓靡地坐在他身边,杰克总藉机观察研究边疆农场。此时正值中西部多雨的秋季,整个边疆农场的地面全是湿湿糊糊的黏稠泥泞,前天还有个男孩偷偷咒骂它"黏鞋精"。

要是我们就直接冲出去呢?杰克大概第四十次这么想了。要不要我就干脆对阿狼大喊一声:"冲啊!"然后我们就这么拔腿狂奔?往哪里跑呢?北边那道石墙后面的树林?到了那里,就离开加德纳的领地了。

那里可能会有围篱。

我们可以爬过去。要是我爬不过去,阿狼也可以把我丢过去。

可能是带刺的铁丝网。

那就从底下钻过去,或者——

或者要阿狼赤手空拳将铁丝网扯破。杰克并不愿这么想,但他很清楚,阿狼有足够的力气……只要他开口,阿狼一定愿意去做。那会使阿狼的手受伤;不过话说回来,待在这里,阿狼受到的伤害反而更严重。

然后呢?

"腾"开,当然了。那便是"然后"。他脑海深处的声音不断对他低语,假设他们能够离开阳光之家的领地,他们肯定会有翻身的机会。

到时候,辛格和巴斯特(杰克暗中将他们称为"恶霸双人组")将无法开着阳光之家的卡车冲向他们;在十二月严寒的冰霜冻结大地之前,将卡车开上边疆农场只会让四个轮子深陷泥地。

一切全凭脚力,单纯容易。一定要试试看。总比在阳光之家里设法进入魔域好一些。而且——

催促着他的不只是日渐萎靡的阿狼,此时的他想起莉莉便焦心如焚,当他被软禁在阳光之家、跟着大家高喊哈利路亚的同时,莉莉正孤单地留在新罕布什尔,一寸寸迈向死亡。

放手一搏吧。无论有没有魔汁。非试不可。

不过在杰克还没完全准备好之前,费尔德・詹克洛率先发难了。

正所谓英雄所见略同,可否请你跟我一起说,阿门。

2

事情发生的时候,一切都来得很快。前一刻杰克还像平常那般听着费尔德·詹克洛一贯刻薄尖酸的狗屁闲聊,下一瞬间,费尔德已急急忙忙跨过湿黏的田地,跑向石墙。在费尔德行动前,这天就和阳光之家里的任何一个平常日子同样枯燥苦闷。天色寒冷阴霾,空气挟着雨水、甚至是霜雪的气味。杰克举目望天,舒展酸痛的背脊,顺便观察桑尼·辛格是不是在附近。桑尼热衷于骚扰杰克,他的手法通常都差不多,只有些微差别,像是踩杰克一脚,或是将他推倒在楼梯上。在餐厅里,杰克手中的餐盘曾经一连三餐被打落在地——后来他才学会要将餐盘紧紧抓住,像抱着婴儿一样护在怀里。

杰克并不十分确定,为什么桑尼净搞些小动作,不干脆一次将他整垮。他猜测,也许是因为阳光·加德纳对他这新来的家伙有兴趣。他不想这么推测,这念头令他觉得可怕,却很有道理。桑尼·辛格之所以不敢乱来,是因为阳光·加德纳曾交代过他;而这又是另一个应该尽快逃出阳光之家的理由。

杰克往右看。阿狼距离他约莫二十码,头发黏在脸上,正辛苦翻动地上的石块。他身边就是那个瘦得像竹竿、有对大门牙的唐纳德·奇肯。唐纳德冲着他露出崇拜的笑脸,露出两颗壮观的门牙,像狗一样垂在外头的舌头淌下细细的口水丝。杰克赶紧别开视线。

费尔德·詹克洛在他左手边——他就是那个有美人尖、小手像荷兰瓷一样精致苍白的男孩。杰克和阿狼被关进阳光之家的头一个星期,杰克和费尔德就成了好朋友。

费尔德促狭地笑了笑。

"唐纳德对你有意思哦。"他说。

"少胡说八道。"杰克不舒服地说,觉得脸颊涌上一股热流。

"我跟你打赌,唐纳德铁定很乐意替你'吹'一下。"费尔德喊了一句,"对不对啊,唐纳德?"

唐纳德·奇肯嘎嘎叫了两下,这生锈般刺耳的叫声是他的招牌笑声,从表情看来,他完全不明白费尔德在谈些什么。

"拜托你别再说了。"杰克从头到脚难受到了极点。

唐纳德对你有意思哦。

该死,好像真是这样;杰克觉得,那个可怜的、脑袋有问题的唐纳德·奇肯可能真的爱上他了……而且或许唐纳德不是唯一一个爱上他的人。杰克发现,自己奇怪地想起那个让他搭便车时要求带他回家、最后答应让他在曾斯维尔的购物中心附近下车的人。是他先发现的,杰克心想,无论我身上出现了什么新的特质,也是那个人先发现的。

费尔德说:"你在这里人气可旺了,杰克。怎么说,我觉得就算你问的人是赫克托·巴斯特,他都会愿意帮你吹一下。"

"拜托,太恶心了。"杰克满脸通红,"我是说——"

毫无预警地,费尔德放下原本正在搬动的石块,挺起身子,迅速左右张望一下,确认没有任何干部在注意他,于是转过头对杰克说:"不过现在呢,亲爱的,"他说,"这鬼地方一点都不好玩,我真的要闪人了。"

费尔德啧啧有声地对杰克丢了几个飞吻,接着他消瘦白皙的脸上散开一朵光芒万丈、灿烂无比的笑容。下一秒,他已经迈开白鹤般细长的双腿,大步大步全速跑向边疆农场尽头的石墙。

费尔德确实逮到了干部分神的空隙——起码撑了一阵子。佩德森、沃里克与一个名叫皮博迪的男孩正在闲聊泡妞的话题。皮博迪有张马一样的长脸,是外勤队的一员,目前暂时被调回阳光之家轮值一阵子,因为赫克托·巴斯特被授予阳光之家最荣耀的任务:陪同阳光·加德纳到曼西市去。费尔德争取到一个很好的开始,直到有人惊慌地尖叫:

"嘿!嘿!有人逃走了!"

杰克替费尔德捏了把冷汗,费尔德已经冲过六排并列工作的少年,仍然没命奔跑着。虽然他所构想的计划被别人捷足先登,杰克却感到一阵胜利的兴奋,心中只期盼他能安然无恙地逃出去。跑啊!快跑啊!你这个贫嘴的杂碎!快跑,看在杰森分上!

"那是费尔德·詹克洛哎。"唐纳德·奇肯咕哝道,再度发出咳嗽似的嘎嘎笑声。

3

当晚,男孩们如常到忏悔室集合,忏悔大会却取消了。安迪·沃里克大步走进来,粗鲁地宣布今晚忏悔取消,大家在晚餐前,可以有一小时"自由交谈、联络感情"的时间。说完,又大步踱了出去。

杰克感觉到,在沃里克大摇大摆的架子底下,其实隐藏着害怕的神情。

费尔德·詹克洛没有出席。

杰克四面打量,用一种凄凉的幽默感暗暗打趣,假若这便是所谓的"自由交谈、联络感情",那他还真想看看,要是沃里克要求大家"安安静静"过一个小时会发生什么情况。从十二岁到十七岁的三十九个男孩,此时坐在偌大的忏悔室里,盯着自己的手看,搔着身上的疮疤疥癣,愁眉苦脸地啃咬指甲。他们脸上都有种共同的表情——活像犯了毒瘾。他们想要听人忏悔;尤有甚者,他们渴望向人忏悔。

没人提起费尔德·詹克洛。仿佛那个在阳光·加德纳传道时偷偷扮鬼脸,精致的手白皙得如同荷兰瓷的少年从来不曾存在过似的。杰克发现,必须极力忍耐才有可能克制自己站起来对满屋子人尖叫的冲动。他开始思考,他这辈子第一次如此认真地思考。

费尔德不在,那是因为他们杀了他。他们全是疯子。谁说疯狂的人不吸引人?看看南美洲那个疯狂小镇发生过的事吧——当那个戴着太阳眼镜的男人,要求镇民喝下紫色的果汁,他们说,好的,牧师,然后一口饮尽。①

杰克望着这些沮丧、疲惫、内向、空白的脸孔——并想象当阳光·加德纳走进忏悔室时,这些脸孔将如何激动发亮——假如他此时此刻出现在大家面前的话。

只要阳光·加德纳开口,他们也会干出同样的事。他们会喝下毒液,然后抓住我和阿狼,将毒液灌进我们的喉咙。费尔德说得没错——这群人在我脸上看见了某样东西,那是魔域赐予我的东西,而且,也许他们真的多少有点爱我……我猜,这就是让赫克托·巴斯特那么火大的原因。那个可怜虫,从来不知道爱的滋味是什么,他不习惯这种感觉。所以说,好吧,也许他们真的有些爱我……可是他们对加德纳的爱远远多过我。他们一定会下手,因为他们都疯了。

呆坐在忏悔室中,杰克沉思着费尔德可能对他说过的话……不对,费尔德的确跟他说过那些事。

他告诉杰克,当初是他的父母将他送进阳光之家的。他父母笃信基督教重生派,无论何时,只要"七百俱乐部"②节目里的任

---

① 一九七八年十一月十八日,移民自美国的人民圣殿教派信众,于圭亚那西北部他们所建立的琼斯镇,在教长吉姆·琼斯的指挥或互相胁迫下,喝下含有氰化物与镇静剂的果汁集体自杀,共计约有九百多名镇民丧生,其中包含近三百名儿童。
② "七百俱乐部",美国基督教福音电视台自一九六六年起每日播送的新闻杂志型评论节目。

何一人开始祷告，他们必定会随之跪在客厅的地板上。这两人从不了解费尔德，费尔德天生就是与他们截然不同的人种。他们认为费尔德必定是魔鬼的孩子——一个具有左派倾向、激进人道主义的畸形小孩。费尔德第四度离家出走遭到逮捕时（逮捕他的人，不用说，就是弗兰克·威廉斯），他们因而来到阳光之家——这个理所当然他们会将费尔德送去的地方——并一眼就爱上了阳光·加德纳。在这里，他们这个聪明、叛逆、惹是生非的儿子替他们带来的种种困扰，全将迎刃而解。阳光·加德纳将带领他们的儿子走上通往上帝的道路；阳光·加德纳将让费尔德体悟自己过去犯下的错误；阳光·加德纳将把费尔德从他们手上接过，并且不再让他在安德森市的街头游荡。

"他们在《主日周报》上读到关于阳光之家的报道。"费尔德告诉杰克，"然后写了张明信片给我，上面说，上帝将会惩罚说谎者与报道不实新闻的记者，让他们承受火湖的煎熬。我回信给他们——厨师鲁道夫替我把信偷渡出去。鲁道夫这家伙不错。"他停顿片刻，"你知道费尔德·詹克洛对好人的定义是什么吗，杰克？"

"不知道。"

"就是一旦收了钱，就老实替你办事的人。"费尔德挖苦地、受伤地笑了笑，"只要花两块钱，鲁道夫就愿意替你偷渡信件。所以我回信告诉他们，假如上帝真如他们所说，那我希望阳光·加德纳会记得替自己准备一件防火石棉大衣，因为他是个说谎不打草稿的伪君子。《主日周报》上报道的每一件事——那些关于约束衣或'禁闭箱'的种种传言——全都是真的，只不过他们没办法证明。那家伙是个疯子，杰克，不过他是个聪明绝顶的疯子。要是你还傻乎乎地搞不清楚状况，只会让你跟你那个天不怕地不怕的阿狼兄弟死得更难看而已。"

杰克说："那些《主日周报》的家伙，最擅长抓人家小辫子，至少我妈是这样说的。"

"当然,他吓到了,变得暴躁得不得了。你看过《叛舰喋血记》吗？他就像亨佛莱·鲍嘉在里面演的那个舰长,整整一个礼拜都神经兮兮的,直到他们出现为止。前一个星期加德纳还像个恐怖大魔头,等他们一出现,又立刻变得温文儒雅、彬彬有礼。谁晓得,他吓得屎都拉在裤子上了。也就是那个星期,他把本尼·伍德拉夫从三楼的楼梯顶踢下去,只因为他逮到本尼私藏超人漫画。本尼昏迷了三小时,一直到晚上还搞不太清楚自己叫什么名字,人在哪里。"费尔德沉默半晌。

"他知道他们要来。就像每次州政府的视察员突击检查前他都会预先知道那样。他把约束衣藏在阁楼,然后骗他们相信禁闭箱是晾干草的仓库。"

费尔德再度发出一阵讥讽而受伤的笑声。

"我家那两个老的干了什么事你知道吗,杰克？他们把我写的信影印一份寄给阳光·加德纳,然后再写信告诉我:'都是为了你好',接下来发生什么事,你猜？这回该轮到费尔德·詹克洛住进禁闭箱啦,真是多谢我爸妈的好意！"

费尔德受伤地笑了笑,第三次。

"再告诉你另一件事。他在晚祷课上说的话不是开玩笑。跟《主日周报》的记者们说过话的人全都消失了——起码是那些倒霉被他抓到的家伙。"

费尔德也一样,如今他也消失了。杰克想着,望着忏悔室另一头,阿狼忧郁地窝在座位上。他打了个寒颤,觉得自己的双手好冷、好冷。

你那个天不怕地不怕的阿狼兄弟。

阿狼身上的毛是不是又开始变多了？那么快？时间肯定还没到啊。当然月圆迟早要来——就像涨潮与退潮一样无从抵抗。

噢,对了,杰克,当我们担心坐在这里是件多危险的事情的时候,令堂不知过得如何?B级片女王、甜心莉莉最近好吗?又瘦了吗?身体不舒服吗?当你待在这诡异的监狱里逐渐生根时,她是不是终于开始感到病魔尖利的牙齿一口一口咬进她的身体?摩根是不是已经带上他的电击棒,准备好助病魔一臂之力?

耳闻关于约束衣的事情时,杰克感到震惊,至于禁闭箱呢,虽然他已亲眼见过——一个丑陋的大铁箱,摆在阳光之家的后院,活像被抛弃的诡异电冰箱——他却无法相信加德纳真的会把男孩关进那东西里。他们一边在农场上搬运石块时,费尔德费了许多口舌才渐渐使杰克相信。

"整个阳光之家都是他精心设计的大幌子。"那时候费尔德这么告诉杰克,"简直就像替自己弄了张专门坑钱的执照。整个中西部都能收听他的传道广播节目,他的电视节目更是几乎全国的有线电视和独立电视台都会播放。我们是他的傀儡观众。我们在广播上听起来很棒,在电视上表现更棒——当然,要扣掉洛伊·奥德斯菲挤青春痘的画面。凯西会帮他的忙——他是加德纳的御用节目制作人。凯西录下每天早上晨祷的声音,拍摄每天晚上晚祷的画面,然后经过剪接,把这些声音和影像组合起来,接得天衣无缝,让加德纳看起来活像比利·格雷厄姆①,而我们这群人听起来就像职棒世界大赛在扬基球场上观赏第七场比赛的观众。不过凯西的绝活可不止这些。他是这方面的天才。你注意到寝室里的窃听器了吗?那是凯西装的。所有声音都会送进他的控制室,而穿过加德纳的私人办公室是唯一进入那间控制室的通路。要有人的声音才会启动窃听器,所以他不会浪费任何一卷录音带。凡是录到任何可疑动静,他都会向阳光·加德纳报告。我听说过,凯西在加德纳的电话机上装了个蓝色盒子,让他

---

① 比利·格雷厄姆(1918—),美国当代知名基督教福音布道家,足迹遍布世界各地,至二十世纪九十年代初,估计全球不包括美国境内,已有一亿一千万人参加过他的布道大会。

可以打免费长途电话。不止这样,我他妈还知道凯西从外面的电线偷偷把有线电视接进来。你信不信伪君子牧师先生会在辛苦工作一整天,把耶稣基督推销给大众之后,回到阳光之家舒舒服服躺在椅子上,享受电影频道两片联播的电影特辑?我信。这家伙就跟每天啃麦当劳汉堡的普通美国人没什么两样,可是杰克,在印第安纳州,每个人都爱戴他,就像他们爱戴高中篮球明星那样。"

费尔德将鼻涕吸回去,脸皱了一下,歪过头,将口水吐在田里。

"你开玩笑的吧?"杰克说。

"费尔德·詹克洛从来不拿阳光之家的蠢蛋事迹开玩笑。"费尔德一脸严肃,"他很有钱,可是他一毛钱税金都不用缴,简直就像恐吓过当地的教育局——我是说,他们怕他怕得要死。教育局里有个女人,每次走出阳光之家,都像脚底抹了油似的,一脸想要对他打个驱魔手印的样子——就像我刚才说的,他似乎永远都知道教育局的人什么时候要来突击检查。那时候我们就得把整个阳光之家从头到尾打扫干净,杂碎巴斯特会把约束衣收进阁楼,然后禁闭箱里会塞满从谷仓搬过去的干草堆。教育局视察员来的时候,我们总是乖乖坐在教室里。打从你登上这艘印第安纳州的'爱之船'之后,你上过几堂课呢,杰克?"

"一堂也没有。"杰克说。

"一堂也没有!"费尔德得意地附和,跟着又是一阵挖苦而受伤的笑声——那笑声仿佛在说:你猜我八岁的时候学到什么?我发现原来我的人生都被这些狗屁倒灶的事情弄烂了,而且短时间内没有改善的迹象。或许永远都不会改善。虽然说这实在把我整惨了,但不代表它没有有趣的一面。你懂我的意思吗,小傻瓜?

4

五根粗硬的手指冷不防掐进他的颈背,把他整个人从椅子上提起来时，杰克脑子里转的就是这些事。他被扳过身子，迎上一股酸腐的鼻息，用这股臭气款待——如果你要这样形容的话——杰克的，是赫克多·巴斯特坑坑疤疤、死尸般的大脸。

"我跟牧师还在曼西市的时候，你那个老爱找茬的搞怪朋友被送进医院去了。"他一边说着，一边抓住杰克的手钳紧，一下下掐着。痛苦难耐的杰克禁不住呻吟起来，赫克托露出得意的笑脸。他这一笑，口中吐出的臭气又更浓了。"牧师是从传呼机上知道这个消息的。詹克洛的样子活像被丢进微波炉里煮了四十五分钟的章鱼。他要回阳光之家，可能要好一阵子以后了。"

这话不是对我说的，杰克这么想。他是对整个房间里的人说的。他要让大家以为，费尔德还活在世上。

"你这个无耻的骗子。"杰克说，"费尔德已经——"

赫克托·巴斯特揍了他。杰克四肢摊开趴倒在地，他身边的男孩们如受惊的鸟群四散而去。某处，唐纳德·奇肯发出粗鲁的笑声。

一阵怒吼响起。杰克抬起眼睛，摇摇头，想要甩干净昏花的视线。赫克托转身看见阿狼挺身上前保护杰克，他的上唇抽紧，头顶灯光照在他的圆框眼镜上，反射出诡异的橘色光束。

"这个傻大个终于肯跟我单挑了，"赫克托笑了起来，"嘿，好啊！我最喜欢单挑了。来啊，鼻涕脸。有种就放马过来！"

低沉的咆哮在阿狼的喉头滚动，流淌的唾沫沾满下唇，他开始往前移动。赫克托也向前迎战。人群急忙倒退散开，让出打架的空间，椅子被撞倒，四散在亚麻油布地毯上。

"怎么一回——"

门口传来桑尼·辛格的声音。用不着把话问完；他一眼便能看出是怎么回事。他微笑着掩上门，身体倚在门上，两手抱在干瘪的胸前，幸灾乐祸地隔岸观火。

杰克撇过视线大叫。

"阿狼,小心!"

"我会小心,杰克。"阿狼的声音已近乎狼嗥,"我——"

"来单挑啊,臭屁眼!"赫克托·巴斯特大吼一声,来势汹汹地挥出一记扎实的钩拳,击中阿狼的右脸,阿狼往后倒退了好几步。唐纳德·奇肯嘶嘶地发出他刺耳的笑声,杰克知道,这种笑声通常意味着丧气,而非开心。

那一记钩拳强而有力。照这种情况来看,这场架应该到这里便要画上句点。然而对赫克托·巴斯特来说,不幸的是,这是他最后一次击中对手的出拳。

赫克托信心满满地逼近阿狼,巨大的拳头抢在胸前,又出了一记钩拳。这一回,阿狼抬起手臂往前一伸,接住赫克托的拳头。

赫克托的拳头很大。阿狼的手掌更大。

阿狼一掌吞没了赫克托的拳头。

阿狼使劲一捏。

哔哔剥剥,从他的手掌传出宛如细小树枝被折断的声响。

赫克托自信的笑容开始扭曲,随后凝固在歪斜的嘴角。下一秒,他哀叫起来。

"不可以伤害牲口,你这坏蛋。"阿狼咬着牙说,"什么《圣经》这个《圣经》那个的——嗷呜!——只要你把《好农经》的六章都好好读完就会知道,你绝对……"

哔……哔……

"……绝对……"

喀!

"……绝对不可以伤害牲口!"

赫克托·巴斯特跪倒在地,满脸泪水,呼天抢地。阿狼依然握着他的拳头,赫克托的手被拉得高举在半空,他跪着的模样,仿佛正在行纳粹礼的法西斯分子。阿狼的手臂坚如磐石,脸上却没有一丝费力的表情;除了那对怒火中烧的眼眸,他的表情近乎平静无波。

鲜血开始从阿狼指尖渗出。

"阿狼,住手!够了!"

杰克飞快往旁边一看,发现大门敞开,桑尼已不见踪影。所有男孩全都离开座位,贴向墙边,竭力远离阿狼,脸上写满敬畏与恐惧。恍如真人蜡像馆的场景依旧静止在忏悔室中央:赫克托·巴斯特双膝跪地,手臂往外翻,向上高举,拳头在阿狼的掌握之中,鲜血从阿狼的指缝间汩汩流出。

几个人从门外挤进来。凯西、沃里克、桑尼·辛格,以及另外三个大块头少年。同时还有阳光·加德纳,他手中拿着一只外形类似眼镜盒的黑色盒子。

"我说够了,别打了!"杰克瞥了一眼刚进门的人群,随即冲向阿狼。"此时此刻!此时此刻!"

"好吧。"阿狼静静说道。他放开赫克托的手,那只手简直惨不忍睹,好像被揉皱的纸风车。赫克托的手指七零八落,四处歪扭,他哀号着,将受伤的手抱在胸前。

"好吧,杰克。"阿狼说。

六个人一拥而上,抓住阿狼。阿狼侧过身,松开一条被捉住的手臂,往外一推,沃里克倏地飞出去,撞在墙上。有人放声大叫。

"抓住他!"加德纳喊道,"抓住他!抓住他,看在上帝分上!"他正打开那只黑色盒子。

"阿狼,不要!"杰克尖叫,"快住手!"

阿狼继续挣扎了一会儿,接着放松下来,任由他们将他推挤到墙上。杰克看在眼底,觉得阿狼好像被小人纠缠的格列佛。而桑尼终于流露出对阿狼的恐惧。

"抓住他。"加德纳重复呐喊,一边从扁平的盒子里取出一根发亮的针筒。那惺惺作态得近乎扭捏的笑容爬上他的嘴角。"抓住他,赞美耶稣!"

"你用不着那样!"杰克说。

"杰克?"阿狼脸上突然浮现惊恐的表情,"杰克?杰克?"

加德纳走向阿狼,经过杰克时顺手推了他一把。那手劲是熟练皮鞭的人才有的力道。杰克跟跄着扑倒在莫顿身上,莫顿吓得尖叫,一溜烟逃开,好像杰克身上有传染病似的。缓缓地,阿狼再度开始挣扎——然而就算他再怎么壮,也很难抵挡六个人十二只手。或许,在他变身完成后,就不是这种情况了。

"杰克!"他哀号,"杰克!杰克!"

"按住他,赞美上帝。"加德纳咬牙切齿露出残酷的嘴脸,将针筒刺进阿狼的手臂。

阿狼全身抽紧僵硬,他的头往上一甩,凄厉长嗥。

我要杀了你,你这个烂人,杰克发狂乱想,杀了你,杀了你,杀了你。

阿狼挣扎开来,漫无目标地大肆攻击。加德纳退向后方,冷冷看着。阿狼一个膝盖顶上凯西肥凸的肚皮,凯西呕出一口大气,跌跌撞撞往后退,不久又扑上前。过了一两分钟,阿狼的气势减弱……最后变得疲软无力。

杰克爬起来,愤怒地哭着。他试着冲向那群白色高领毛衣军团——他看见他们抓住阿狼,凯西对着阿狼消沉的脸颊揍了一拳,他的鼻孔顿时涌出鲜血。

一堆手伸上来将杰克往后拉。他挣脱纠缠,转头查看,发现围绕在他身边的是那些平常与他一起在边疆农场上搬石头的男孩,他们的表情无不惊恐。

"我要把他关进禁闭箱。"等到阿狼终于支撑不住、跪在地上时,加德纳慢慢转过头,看着杰克,"除非……也许你愿意改变心意,跟我说我们什么时候认识的,帕克先生?"

杰克垂下头,瞪着自己的脚趾,不发一语。充满恨意的泪水灼烧着眼睛。

"那好,把他送进禁闭箱。"加德纳说,"等你听到他惨叫时,也许你又会回心转意了,帕克先生。"

加德纳走出忏悔室。

5

当杰克随着男孩们的队伍前去参加早祷课时,阿狼仍在禁闭箱里尖叫。阳光·加德纳的目光嘲弄地锁在杰克苍白虚脱的脸上,像是在说:何妨现在就告诉我呢,帕克先生?

阿狼,这是为了我妈妈,我妈——

当杰克遵照阳光之家的作息,跟着被分作两列的队伍,准备坐上卡车,前往边疆农场工作时,禁闭室里阿狼的尖叫声依旧持续。队伍行经禁闭箱时,杰克多么想伸手捂住耳朵,但他忍住了。那些哀号声啊,那些语无伦次的啜泣。

冷不防桑尼·辛格出现在杰克身边。

"加德纳牧师在办公室等着听你忏悔,他要你现在就过去,鼻涕脸。"他说,"他要我告诉你,只要你说出他想听的话,他会当场把那个傻大个从箱子里放出来。"桑尼的语调柔软,脸上却透出危险的气息。

禁闭箱里的阿狼疯狂捶打着内墙的铁板,咆哮着,嘶吼着,哀求人们释放他。

啊,阿狼,因为她是我妈妈啊——

"我没办法告诉他什么他想知道的事。"杰克倏地转过身,无论魔域在他身上加诸了什么样的力量,他现在用的就是这股气势面对桑尼。桑尼往后退了两大步,遭受打击的脸上掩不住害怕的表情。他被自己的脚绊到,踉跄着跌向在一旁待命的卡车边上,假使那辆车子不在那里,他早就摔在地了。

"那好。"桑尼仓促嘶哑的威胁听起来倒有点接近哀鸣,"好啊,好,随便你。"傲慢重回他尖削的脸上,"加德纳牧师还说,假如你拒绝,就要我告诉你,你那个好兄弟在禁闭箱里口口声声喊的都是谁的名字。你懂了吧?"

"我知道他叫的人是谁。"

"上车!"佩德森发出冷硬的命令,他经过两人时,几乎正眼都不瞧上一眼……不过在走过桑尼身旁时,佩德森难看的表情,好像闻到了一坨屎。

即便卡车已经轰隆隆开动,杰克还是能听见阿狼的呐喊。即便两辆卡车的消音器都只像两片又小又不中用的铁贝壳,引擎刺耳的呼号仿佛战事来袭,但阿狼的叫喊声从未淡去。杰克与阿狼之间已逐渐开始灵犀相通,就算杰克正在田里与其他少年一起工作,他始终听得见阿狼的哭喊。然而就算明白这些尖叫声只存在脑海中,对于现实依旧于事无补。

中午时分,阿狼归于平静,一瞬间杰克有个感应,他确信加德纳已下令叫人将阿狼带出禁闭箱,以免他的叫声惹来不必要的注意。费尔德出事后,加德纳势必得让阳光之家尽可能保持低调。

傍晚工作队伍从农场上返回时,禁闭箱的门敞开,里面空无一物。楼上两人共用的寝室中,阿狼正躺在下铺床上,杰克进门时,他虚弱地对杰克微笑。

"你的头还痛吗,杰克?淤血的地方看起来好一点了。嗷呜!"

"阿狼,你还好吗?"

"我一直大吼大叫,对不对?我忍不住。"

"阿狼,我对不起你。"杰克满怀歉意。阿狼的模样变得好奇怪——太苍白了,整个人好像缩了一大圈。

他快死了,杰克心想。不对,他纠正自己:打从为了逃离摩根而来到这个世界的那一刻起,阿狼便在一点一滴地死去。现在死神只是加快了他的脚步而已。太苍白了……太单薄了……可是……

杰克感到一阵恐怖的寒意。

阿狼的两手两腿并非赤裸，上面覆着一层厚厚的绒毛。两个晚上前还不是这样的，杰克十分肯定。

从上次阿狼变身结束以来，应该只过了十七天；杰克突然很想冲向窗边探看天空，寻找月亮的踪影，确认自己没有算错日子。

"还没到变身的时间，杰克。"阿狼的声音干干的，有点像甲虫脱下的外壳。这是病人的声音。"可是被关在那个又黑又臭的箱子里面，我开始变身了。嗷呜！真的。因为我好生气又好害怕。因为我一直大吼大叫。大吼大叫会让阿狼自己开始变身，如果叫得够久的话。"阿狼拨弄着自己腿上的长毛，"这会自己不见的。"

"加德纳说，如果我跟他交换条件，就放你出来，"杰克说，"可是我做不到。我想帮你，可是……阿狼……我妈妈……"

他的语句逐渐模糊，泪水在溃堤边缘。

"嘘——杰克。阿狼明白。此时此刻。"阿狼露出凄惨衰弱的微笑，握住杰克的手。

二十四
严刑逼供

1

在阳光之家的生活又过了一星期,赞美上帝。月亮渐渐圆起来了。

星期一,笑容满面的阳光·加德纳要求男孩们低下头感谢上帝,因为他拯救了他们的弟兄费尔德·詹克洛。加德纳用他灿烂的笑脸告诉大家,费尔德在帕克兰医院养伤期间,决心献身服侍上帝,于是他打了通电话给父母,告诉他们,他志愿做个为上帝传福音的人,他们当场便在长途电话上一同祷告,感谢上帝指引他的方向。当天,他的双亲就来到医院,将他接回家去了。他根本就已经死了,葬在印第安纳州某个冰冷的地底……搞不好还葬到魔域去了,这样就永远不会被州警发现。

星期二,天气太冷,雨势太大,不是个适合下田干活的日子。男孩多半被允许待在自己的房里看书或休息——除了杰克与阿狼。落在他们头上的骚扰与刁难才正要开始。阿狼在湿冷的路上搬着一袋又一袋重物,杰克被派去清理厕所。杰克心想,沃里克和凯西以为这样就能捉弄他,那么他们很显然没见识过奥特莱酒馆举世无双的男厕风景。

阳光之家的生活转眼又过了一星期,可否请你一同说声,阿门。

星期三,赫克托·巴斯特重回阳光之家,他的右手上了石膏,从手掌一路包到手肘,他松垮的大脸毫无血色,衬得青春痘更加红艳。

"医生说就算我的伤好了,这只手也废了。"赫克托说,"这笔债我一定要向你跟你那个混账兄弟讨回来,帕克。"

"难不成你另一只手也想照样来一下?"杰克嘴上反击,心里其实感到惧怕。他在巴斯特的眼眸中看到的是纯粹的复仇,是杀戮的欲望。

"我才不怕他。"赫克托说,"桑尼说,禁闭箱把他凶暴的性格都抽干了。桑尼还说,只要能够不再被关进去,他什么鸟事都肯答应。至于你嘛——"

赫克托倏地击出一拳。他的左手甚至比上了石膏的右手还不灵光,偏偏杰克被他的杀气震慑,来不及注意他的动作。杰克的嘴唇被赫克托的拳头挤成一个诡异的笑脸,冒出鲜血,摇摇晃晃往后退,贴在墙上。

一扇门打开,比利·亚当斯探头往外窥看。

"把门关上,否则就要你把拉出来的东西吃回去!"赫克托大吼,亚当斯识趣地匆匆关上门。

赫克托朝杰克的方向靠近。杰克虚弱地提起贴在墙上的身子,在胸前握紧双拳。赫克托停下脚步。

"这下你开心了吧,"赫克托说,"跟个只有一只手的人打架。"怒气染红他的脸颊。

一阵脚步声窸窸窣窣往楼梯方向传上三楼。赫克托瞅着杰克。"桑尼来了。走吧,放你一马。迟早要你好看,臭小子。你和那傻大个都是。加德纳牧师说,除非你把他要的答案招出来,否则我们爱怎么整你就怎么整你。"

赫克托露出狰狞的笑脸。

"帮我个忙,鼻涕脸。可别打小报告哦。"

2

禁闭箱把阿狼的某部分抽干了，是吧，杰克心想。从他与赫克托在走廊上狭路相逢之后，又过了六小时。很快地，要大家集合忏悔的铃声就会响起，而阿狼此时仍沉沉睡在杰克下方的床上。户外，雨声依旧淅沥沥沿着阳光之家倾泻。

阿狼被抽干的不只是凶暴的性格，杰克深知，压榨阿狼的刽子手不仅仅是禁闭箱，不仅仅是阳光之家——是这整个世界。简单地说，阿狼是因思乡而憔悴。他丧失了大部分活力。他很少微笑，杰克更是不曾听见他的笑声。当沃里克在午餐时间斥责阿狼用手指抓食物时，阿狼畏缩成一团。

一定要快呀，杰克。因为我快死了。阿狼快要死了。

赫克托说过他不怕阿狼。确实，阿狼身上已不再剩下任何值得畏惧之处，仿佛捏碎赫克托的拳头是阿狼最后一次有能力做出这种强势举动。

忏悔大会的铃声响起。

这一晚，忏悔结束、晚餐结束、晚祷结束后，杰克与阿狼回到寝室，发现两人的床铺全都湿漉漉的，发出小便的恶臭。杰克走向门口，拉开门，看见桑尼、沃里克与一个叫范赞特的大块头站在走廊上，嘻嘻哈哈笑着。

"我们好像走错房间了，鼻涕脸，"桑尼说，"因为那上面老是躺着两坨屎，我们还以为这里一定是厕所呢。"

听见桑尼的奚落，范赞特几乎笑岔了气。

杰克凝视他们良久，范赞特止住笑声。

"看什么看，臭小子？你想要我打断你的鼻梁啊？"

杰克关上门，回头看见阿狼穿着衣服，已经躺在尿湿的床上睡着。阿狼脸上的毛逐渐长出来了，但他枯槁的气色始终没有好转，他的脸皮绷紧，反射着惨白的光线。这是张病人的脸。

就让他这样吧，杰克消沉地想，如果他真的那么累，就让他继续睡吧。

不。你才不会放着他不管。你不可以让他睡在那张尿湿的床上。你不可以！

杰克拖着疲惫的身子走向阿狼，拖着半睡半醒的阿狼离开濡湿发臭的床铺，帮他脱掉身上的衣服。他们蜷缩着身子，依偎在一起，睡在地板上。

清晨四点，房门打开了，桑尼与赫克托走进来，一把拉起杰克，半推半拖地将他带到阳光·加德纳位于地下室的办公室。

加德纳跷起二郎腿，高高搁在办公桌的一角。尽管才是清晨时分，他便已穿戴整齐。他的背后挂着一张耶稣行走在加利利海面上的画像，画中耶稣的追随者对着耶稣发出崇敬的惊叹。他的右手边有扇玻璃窗，隔着那扇玻璃窗便是平常凯西发挥他影视特长的控制室。一条粗重的钥匙链勾在加德纳的腰带上，至于那一大串沉甸甸的钥匙，此时正停在加德纳掌上。他一面开口说话，一面玩弄着手上的钥匙。

"住进阳光之家那么久了，我们从来没听过你忏悔呢，杰克。"阳光·加德纳的语气中带着轻微的责难，"忏悔对你的灵魂有益。不忏悔的人无法被拯救。啊，我说的可不是天主教那种崇拜偶像、有辱上帝的告解，我指的是当着你的兄弟和救世主的面前忏悔。"

"如果对你来说都一样的话，那我私底下会自己向我的救世主忏悔①。"杰克平静地答道，尽管他觉得害怕迷惘，但还是无法按捺替加德纳怒气腾腾的表情火上添油的欲望。

---

① 在基督教的概念中，每个人都可直接向上帝祷告，不需通过神父向上帝传话，所以没有告解仪式，而天主教供奉圣像，也令基督教认为是偶像崇拜而反对之。

"没这回事!"加德纳怒斥。一阵痛楚在杰克腰间爆裂开来。他跌跪在地。

"注意你跟加德纳牧师说话的态度,鼻涕脸。"桑尼教训他,"我们这里的人全都支持他。"

"上帝会保佑你的爱与信任,桑尼。"加德纳庄重地说完,注意力回到杰克身上。

"站起来,孩子。"

杰克抓住加德纳贵重的硬木办公桌边缘,吃力地站起来。

"报上你的真实姓名。"

"杰克·帕克。"

杰克看见加德纳微微点头,他想转身,却已太迟。他的腰间又挨了一记猛攻。他惨叫一声,再次跌倒,额头上淤血才刚要散去的部位又撞上加德纳办公桌的桌缘。

"你到底从哪来的,你这无耻、说谎的、恶魔生下的小孩?"

"宾州。"

这回疼痛选中他的左腿根部爆发。他在白色地毯上打滚,膝盖贴向胸口,蜷缩成胎儿的模样。

"把他拉起来。"

桑尼与赫克托拉起杰克。

加德纳将手伸进白色外套口袋,取出一只芝宝打火机。他擦亮一朵黄色的焰光,缓缓向杰克的脸靠近。九英寸。打火机辛辣的煤油味钻进杰克的鼻孔。六英寸。此时杰克开始感觉到热气。三英寸。再往前一英寸——或者只要半英寸——这种不安的感觉就会转变成痛苦。阳光·加德纳的眼眸也跳动着朦胧的欢愉光芒,微笑的双唇颤动着。

"好啊!"赫克托灼热的鼻息闻起来像发霉的意大利辣味香肠,"好啊,快烧他!"

"我们是在哪儿认识的?"

"我从来没见过你!"杰克喘着气说。

火焰又推进一点。杰克的眼眶开始泪湿,感觉脸上的肌肤开始焦萎。他试着把头往后缩,桑尼·辛格将他推向前。

"我在哪里见过你?"加德纳厉声直问。打火机的火苗在他一双瞳孔中摇曳着,相同的焰光就像彼此的分身。"最后一次机会!"

告诉他,看在上帝分上,告诉他啊!

"就算我们真的见过,我也不记得了。"杰克上气不接下气,"可能是在加州——"

喀的一声,打火机的盖子合上。杰克松了口气,低声啜泣。

"带他回去。"加德纳说。

他们将杰克拖向门口。

"你应该明白,这么做对你没好处。"阳光·加德纳背对着他,仿佛在细细观赏那幅耶稣行走在水上的图画。"总有一天,我一定要你把答案吐出来。今晚问不到,我明晚再问,明晚问不到,我后天晚上还要继续问。你何不让自己好过点,杰克?"

杰克缄默不语。下一刻,他的手臂被抓住,往后扭到背上。杰克呻吟起来。

"快告诉他!"桑尼说。

杰克心里有一部分真的想把答案招出来,并非因为他忍受不了严刑拷打——而是因为忏悔对灵魂有益。

他还记得宫殿后方那块泥泞的空地;他还记得装在不同皮囊里的同一个男人挥着鞭子质问他的来历;他还记得自己当时这么想着:只要你别再用那对可怕的眼睛瞪着我,你想知道什么,我统统都会告诉你,真的,因为我只是个小孩,小孩就是这样,小孩什么都会说出来——

接着他又想起当时听见妈妈的声音,那强悍的语气,质疑他是否就要这么屈服在这种男人面前。

"我没办法跟你说我不知道的事。"他说。

加德纳的嘴角延伸成一个浅浅的、无情的笑容。"带他回寝室。"他说。

3

在阳光之家又过了一个星期,兄弟们、姊妹们,跟我一起赞美上帝吧。又是好长、好长的一星期。

早餐过后,男孩们将自己的餐盘送进厨房,纷纷离去,只有杰克还在流连。他深知此举要冒多大的风险,可能会换来另一顿痛扁和更多骚扰恐吓……不过这一刻,那些威胁似乎都不足挂齿。不过三个小时前,阳光·加德纳才差点用打火机把他的嘴唇都烧烂了,杰克看见那男人眼底的疯狂意图,也感受到他心底确实存在下此重手的欲望,面临过这种威胁,被人揍一顿看起来只是个微不足道的小小冒险。

鲁道夫的厨师服犹如户外十一月郁结的天空,灰扑扑的。当杰克用近乎耳语的音量叫出鲁道夫的名字时,鲁道夫转过布满血丝、嘲弄的眼珠凝视着他。鲁道夫的鼻息夹带着浓重的廉价威士忌酒气。

"你最好快点离开这地方,菜鸟。他们盯你盯得很紧。"

说点我不知道的吧。

杰克紧张地瞪着年代久远的洗碗机,蒸气腾腾的洗碗机正对着男孩丢进去的碗盘嘶声怪吼。似乎没人在注意杰克与鲁道夫,可是杰克很清楚,"似乎"这个字眼可以是做做样子而已。流言蜚语总会传出去。就是这样。在阳光之家,他们夺去你身上的财物,而四处横流的传言便取而代之成为某种人与人之间流通的财货。

"我们得离开这里,"杰克说,"我跟我那个大个子朋友。如果我们要从后门逃出去,要多少钱你才肯替我们把风?"

"你付不起的。就算你把当初进来时他们从你身上搜刮的东西全拿回来也不够付,小子。"鲁道夫答得冷硬,看着杰克的眼神却隐约带着几分仁慈。

是啊,当然——我的东西全都没了。吉他拨片、银币、弹珠、还有六块钱……全没了。被装在信封里,收在某个地方,八成在楼下加德纳的办公室里。可是——

"那我开张借据给你。"

鲁道夫笑了。"你要我信一张从住满毒虫的贼窝里开出的借据?真是笑掉人大牙。"他说,"拿来当擦屁股的卫生纸还差不多。"

杰克使出身上那股崭新的力量面对鲁道夫。他知道如何隐藏这股气势,那是他散发出的一种陌生的美丽——就某方面来说,称之为美丽并不为过——不过现在他毫不保留地展示出来,同时发现鲁道夫因而退避,一时间流露出困惑与着迷的神情。

"我不会亏待你,而且我想你也清楚。"杰克低声说,"把你的地址给我,我会把现金寄给你。你开价多少?费尔德·詹克洛说,你帮人送信是两块钱。那我付你十块钱把风,让我们出去外面透透气,这样够不够?"

"十块不干,二十块不干,一百块也不干。"鲁道夫静静说道。他凝视着杰克的眼眸中带着一抹深深的哀伤,令杰克不寒而栗。因为这眼神意味着,他和阿狼的处境有多棘手——脱困的程度可能甚至超越他的想象。"没错,我以前干过这种事。有时候收个五块钱,有时候呢,相信我,一毛钱也没收。如果是费尔德·詹克洛,我就一毛也不收。他是个好小子。这些狗娘养的东西——"

鲁道夫抬起一只被水和清洁剂泡得通红的拳头,把水朝贴了绿色瓷砖的墙上甩了甩。他看见莫顿,那个因自慰而遭羞辱的少年正盯着他看,鲁道夫一脸凶相地回瞪他,莫顿连忙转移视线。

"那为什么不帮我?"杰克绝望地问。

"因为我怕啊,老兄。"鲁道夫说。

"这是什么意思? 我来的第一天,桑尼找你麻烦的时候——"

"去他的辛格!"鲁道夫不屑地摆摆手,"我才不怕他,我也不怕那什么巴斯特,管他块头多大。我怕的人是他。"

"加德纳?"

"他是地狱里的魔鬼。"鲁道夫踌躇了一会儿,说道,"我跟你说件事,这事我从来没向别人说过。有一次他薪水发得晚,我下楼到他办公室找他。平常时候我不喜欢去那里,可是这回我没办法,一定得去……总之,我得去见那个人。我急着要钱,你懂吧?我看见他走下楼进办公室,所以知道他肯定在那里。我走到地下室,敲他办公室的门,结果门却开了,因为门没关好。后来发生什么事你知道吗,小子? 他不在里面。"

鲁道夫说这事时,音量压得很低,在洗碗机铿铿锵锵的运转声陪衬下,杰克几乎听不见他的声音。同时间,他睁大双眼,活像个重新造访恐怖梦境的小孩。

"我以为他在那什么鬼录音室里,结果也没有。他也没进教堂,因为录音室和教堂之间没有相通的门。他的办公室有另一扇门能通往外面,可是门上锁了,还从里面闩上了。所以你说,他上哪儿去了,小伙子? 他到底去了哪里?"

杰克心里知道答案,却只能面无表情地看着鲁道夫。

"我觉得他一定是地狱来的魔鬼,用了什么莫名其妙的电梯到他妈的地下总部去报告撒旦大爷了。"鲁道夫说,"不是我不想帮你,但我实在爱莫能助。就算给我金山银山都没那狗胆惹毛魔鬼加德纳。所以你快走吧。他们也许还没发现你失踪了。"

不用说,他们早就发现了。当杰克推开弹簧门走出厨房时,沃里克一个箭步跟上杰克,十指交握成一个大拳头,用力往杰克背上捶下去。杰克在空荡荡的餐厅跟跟跄跄向前冲,凯西不知从哪里倏地冒出来,伸出一脚,杰克刹车不及,被绊倒在地,推翻了一堆椅子。他爬起来,勉强吞下愤怒与耻辱的泪水。

"下次收个盘子还这样慢吞吞的话,"凯西说,"小心受伤,鼻涕脸。"

沃里克笑着接话:"就是说嘛。现在快上楼去。卡车等着要出发了。"

4

隔天清晨四点,杰克再度被摇醒,架进加德纳的办公室。

埋首《圣经》的加德纳抬起头来,一副很惊讶见到他的模样。"准备好告解了吗,杰克·帕克?"

"我没什么——"

打火机再度被请出来。火焰在距离杰克鼻头不到一英寸的地方跳舞。

"告解吧。我们曾经在什么地方见过?"火焰的舞步跳得更近了。"我一定要问到你招出来为止,杰克。到底在哪里?说啊!"

"土星!"杰克尖叫。这是他唯一能想到的答案。"水星!天王星!小行星带上的某个地方!木星的卫星!盖尼米得星①!冥王——"

这次痛楚选中他的下腹爆发,因为赫克托将手伸向他胯下,粗暴地捏了他鼠蹊部一把。剧烈沉重的痛楚令他苦不堪言。

"哈,"赫克托·巴斯特兴致高昂,笑着说,"没料到有这招吧,你这爱耍嘴皮的杂碎。"

杰克缓缓跌坐地上,抽抽噎噎。

阳光·加德纳弯下腰,他的表情不愠不火——几乎可说眉开

---

① 盖尼米得星,木星的卫星之一,即木卫三,是太阳系已知最大的卫星。

眼笑。"下一次,被带进这房里的就是你的好朋友了。"阳光·加德纳柔声说,"到时候,我可不会手下留情。好好考虑,杰克。明晚之前。"

到了明晚,杰克暗下决心,他和阿狼就不在这里了。如果进入魔域真的成为唯一的选择,那么就走那条路吧……

……要是他有办法的话。

二十五
杰克与阿狼误闯地狱

1

　　得从楼下"腾"走才行。杰克只专心思考地点问题，完全不考虑他们有没有办法"腾"。最简单的方法当然是从寝室出发，可是他和阿狼合住的那个凄惨的小房间位于三楼，距离地面高达四十英尺。杰克并不清楚印第安纳州的地理位置与地势情况和魔域之间如何对应，但他可不想冒险让他们因此摔断脖子。

　　杰克向阿狼解说他的计划。

　　"明白了吗？"

　　"明白。"阿狼有气无力地回答。

　　"那你说给我听听。"

　　"吃完早餐，我穿过忏悔室去上厕所，进去厕所里的第一间。如果没人发现我不见了，你就来找我。然后我们一起回魔域。这样对不对，杰克？"

　　"就是这样。"杰克把手放在阿狼肩上捏了捏。阿狼投来一个虚弱的微笑。杰克犹豫半晌，说道："对不起，把你拖下水了。都是我的错。"

　　"别这么说，杰克。"阿狼善良地说，"我们来试试看。也许……"希望的微光在阿狼眼角隐隐闪动。

　　"是啊。"杰克说，"也许。"

2

杰克既期待又害怕,因为过于亢奋而吃不下早餐,然而他又担心什么都不吃会启人疑窦,于是随便扒了几口尝起来像锯木屑的鸡蛋和马铃薯,甚至硬吞下一条油滋滋的培根。

天气终于放晴了。昨晚降了霜,边疆农场上的石头肯定就像嵌在硬邦邦塑胶板上的煤渣。

碗碟都已收拾妥当,送回厨房了。

当桑尼、赫克托与安迪执行他们平常的日间勤务时,他们准许其他人回忏悔室休息。

众人茫然呆坐着。佩德森手上拿着一本阳光之家新出炉的刊物:最新一期的《基督曙光》。他心不在焉地翻着,每隔一阵子便抬起头来检视男孩们。

阿狼向杰克做了个征询的表情。杰克点点头。阿狼站起来,拖着沉重的脚步穿过忏悔室。佩德森抬起视线,盯着阿狼走进对面狭长的厕所,然后才回头继续看杂志。

杰克心中默数到六十,接着强迫自己再重新默数一轮。这是他此生最漫长难挨的两分钟。他深恐桑尼与赫克托在节骨眼回到忏悔室,要求大家登上卡车,他希望能在那之前进厕所。可是佩德森并不笨,假如杰克与阿狼进厕所的时间接得太紧,佩德森肯定会起疑。

最后,杰克站起来,穿过厅堂,走向门口。这一小段路显得漫无尽头,目的地好比一座海市蜃楼,怎么也抵达不了。

佩德森抬头看。"你上哪儿去,鼻涕脸?"

"厕所。"杰克觉得自己的舌头干得不得了。他听说过人在害怕时口腔会变得干燥,但连舌头也会这么干吗?

"赫克托他们很快就会上楼了,"佩德森用下巴比了比大厅尽头,那里是条通往地下室的楼梯,也就是教堂、控制室和加德纳办公室的所在地。"你最好憋着,要撒尿等到了边疆农场再说。"

"我拉肚子,忍不住了。"杰克苦苦哀求。

最好是。难不成你和你那个傻大个朋友喜欢在开始干活前先互相玩玩对方的小弟弟,好让自己提神醒脑一下啊?给我乖乖回去坐下。

"好吧,快去快回。"佩德森一脸不悦,"别杵在那儿哀哀叫了。"

他重新埋头读起杂志。杰克横过大厅,走进厕所。

3

阿狼占错位置了——套着厚重皮鞋的大脚从门缝底下露出来,可见他走进的是整排厕所居中的那间。杰克推门进去。两人一起塞在里头,整个空间显得局促拥挤,他能闻到阿狼身上浓重的野兽气味。

"好。"杰克说,"我们来试试吧。"

"杰克,我害怕。"

杰克无力地笑了笑。"我也很怕。"

"我们要怎么——"

"我也不知道。把你的手给我。"起码这看起来是个好的开始。

阿狼把他毛茸茸的手——几乎是狼掌了——放在杰克手中;杰克感到一股奇异的力量从阿狼手心传来,进入他的身体。终究阿狼的力量并没有完全消失。它只是沉潜,就像植物萌芽的意志有时会在炎热的天气中暂时沉潜。

杰克闭上双眼。

"想着我们要回去。"他说,"用力想,阿狼,帮帮我!"

"我会帮你,"阿狼低声说,"如果我帮得上忙,我会帮忙!"

嗷呜!"

"此时此刻。"

"此时此刻!"

杰克将阿狼的手握得更紧些。消毒药水的气味扑鼻。某处汽车呼啸而过。电话铃声响起。杰克告诉自己:我正在喝下魔汁。我用我的意志喝下魔汁,此时此刻。魔汁已经进入我的口中,我闻见它的气味,恶臭如此鲜明,我尝到它的味道,我可以感受到我的喉咙对它的抗拒——

当魔汁的气味充满杰克的口腔,他们周围的世界开始动摇,朦胧不清。阿狼大叫:"杰克,有效了!"

这一叫令杰克从绝对的专注中惊醒过来,他不得不意识到这只是种伎俩,就像数着假想的羊让自己入睡一样。模糊的世界又开始变得清晰。消毒药水的气味如海水倒灌。隐约之间他听见有人不耐烦地接起电话:"你哪位? 要找谁?"

别想太多,这不是伎俩,完全不是——这是魔法。我很小的时候就会的魔法,而且斯皮迪说我还能变得出来,那个盲眼老人斯诺波也说我一定可以——魔汁就在我的意志之中——

他施展出全身力量,全神贯注……腾的过程却轻松得令人咋舌,那感觉犹如将拳头对准坚硬的岩石挥去,击中的那一刻才发现原来那只是块纸糊的装饰品,原以为这拳会打得自己关节碎裂,结果竟没感受到半点阻力。

4

杰克紧紧闭着双眼,在他的感觉中,一开始,仿佛脚底下的立足之地渐渐松动……接着完全消失无踪。

该死,我们要掉下去了,他郁闷地想着。

实际上他们并没有坠落,只是往旁边滑动了些。过了一会儿他和阿狼两脚踏实地踩在地面,不过不是厕所坚硬的瓷砖,而是泥土地上。

一股混着阴沟臭水的硫磺味涌上来,致命的臭气让杰克心凉了半截,感到大势已去。

"杰森哪!那是什么味道?"阿狼呻吟,"噢,杰森呀,那个味道,待不下去了,杰克,阿狼不能待——"

杰克的双眼倏地睁开。同时间阿狼放开杰克的手,慌乱地往前扑,他仍然闭着眼睛。杰克发现阿狼身上不合身的卡其裤和格纹衬衫已经变回了奥许考什吊带裤,就像杰克第一次见到他时的模样。约翰·列侬式的眼镜也不见了,而且——

——往右不到四英尺,便是一座断崖,阿狼正摇摇晃晃走向断崖边缘。

"阿狼!"杰克冲向阿狼,双手拦腰将他抱住。"不,阿狼!"

"杰克,这里不行,"阿狼呻吟着,"这里是火渊,魔域有好多火渊,都是摩根做出来的地方,噢,我听人家说是摩根做的,我闻得出——"

"阿狼,前面有个断崖,你会掉下去!"

阿狼睁开眼。他瞠目结舌地发现地面裂开的深渊近在脚边。断崖底下烟云弥漫,最深处,炽烈的火焰闪动,如同发红的眼睛。

"火渊,"阿狼凄惨地说,"噢,杰克,这是火渊,底下就是黑暗地心的火炉。世界正中间的黑暗地心。我们不能待在这里,杰克,最坏最邪恶的东西就在里面。"

当他与阿狼一起站在火渊边缘,低头直瞪着地狱般的光景、或称之为世界正中间的黑暗地心时,杰克第一个冰冷的念头是,原来印第安纳州与魔域间的地势并不是相对的。阳光之家没有任何一处能与这座断崖、这骇人的火渊相对应。

只往右差四英寸,杰克蓦然间察觉一件事,这个发现令他浑身冒出冷汗。就差那么一点点距离——只要再往右偏四英寸。

假如阿狼照我的话做——

假设阿狼依照杰克的计划,那他们"腾"走的出发点就会是第一间厕所。真要是那种情况,他们进入魔域的落点就会超出那短短四英寸,坠入断崖中。

他的两条腿像泄了气的气球。他再度抓住阿狼,不过这回是寻求他的支持。

阿狼虽然搀着杰克,却魂不守舍,他双眼圆睁,橘色火光在眼眸中跳动,神情尽是恐惧仓皇。"这是火渊呀,杰克。"

三年前的冬天,杰克与母亲一起到科罗拉多州度假,计划是待在维尔镇滑雪,不过其中有天气候实在过于酷寒,于是母子俩搭上观光巴士,造访塞德温特镇郊,参观了大陆矿业公司的露天开放式钼矿场。"在我看来,那简直就像人间炼狱,杰克。"当时她这么评论。当她从结了霜的巴士窗户望出去时,脸上的表情缥缈哀戚。"我希望他们把这些地方全都关闭,一个也不留。他们在放火蹂躏这个世界。那是炼狱,我真这么觉得。"

火渊深处升上一股股浓重呛人的烟柱。火渊约莫有半英里宽,它的内壁布满了看起来具有毒性的绿色金属,犹如叶脉的纹理。有条道路沿着内壁螺旋状地通往底部。杰克看见这条路上有不少人正举步维艰地往上走,也有人往下走。

这里就像座监狱,与阳光之家如出一辙,里面有被幽禁的囚犯,也有看守囚犯的狱卒。囚犯全身赤裸,身上套着挽具,像马一样拉着车——车上装的正是那些油亮翠绿的矿石。他们的脸被熏得焦黑,溃烂处发红肿胀,痛苦深深刻画在这些脸上。

看守者跟在车旁亦步亦趋,杰克惊讶地发现他们并非人类;那种长相要说是人类,怎么也说不过去。他们体型畸怪,驼背利爪,还有对又尖又长的耳朵,犹如《星际迷航》里的外星人斯波克。对啦,他们长得活像滴水簷上的怪兽造型!杰克想道。那些攀在法国大教堂上的恐怖怪兽——妈妈给我看过一本书,我原本以为我们会把整个法国教堂上的怪兽都看过一遍，不过后来我做了噩梦，还尿床，妈妈就不给我看了——这里其实是那些怪物的故乡吗？有人看过他们吗？会不会是中世纪的时候有人腾到魔域，看见这地方，误以为自己看到地狱的幻象？

然而这并非幻象。

貌似滴水檐兽的看守者手持皮鞭，在烤箱般蒸腾的热气与人力车喀啦喀啦的车轮声中，杰克听见皮鞭咻咻作响。他和阿狼站在火渊边缘观望，看见一组队伍停在螺旋山路接近顶端处，他们低垂着头，颈部凸起的筋肉得到暂时纾解，双腿疲倦不堪地颤抖着。

负责看守这支队伍的怪兽——体型歪扭的畸形人腿上裹着缠腰布，背脊上隆起的肉瘤上长着一片片不均匀的粗硬毛发——大手一挥，一连鞭打两个拉车的囚犯。怪兽高声叫骂，音调尖锐无比，宛如一根银针刺入杰克的脑袋。杰克发现看守人的皮鞭与奥斯蒙的皮鞭同样镶着铁刺，他还来不及眨眼，已经看见一个囚犯的手臂皮开肉绽，而另一个囚犯的颈背则成了鲜血淋漓的肉糜。

两人哀号着，原本佝偻的背更加弯曲了，流淌的鲜血是黯沉厚重的深黄色。看守人继续用刺耳的嗓音吼了一串听不懂的话，皮肤如坚硬铠甲般的灰色手臂来回抽动，将皮鞭甩到囚犯头上。囚犯使尽吃奶力气，总算走完最后一步，将车子拖上火渊顶端。其中一人筋疲力尽地仆倒在地，仍在向前移动的车子撞上他，车轮碾过他的背脊。杰克听见脊椎断裂的声音，宛如起跑前的枪响。

车身摇晃了一阵，终于倾覆，车里的矿石散落在火渊顶端干枯龟裂的地面。怪兽看守人大发雷霆，两个大步冲向趴在地上的囚犯，高高举起鞭子。这时，濒死的囚犯转过头，与杰克·索亚四目相接。

那是费尔德·詹克洛。

阿狼也看见了。

他们张开手紧紧抱住彼此。

然后腾回这个世界。

5

他们在一个封闭、拥挤的空间里——事实上,这是间厕所——杰克差点窒息,因为阿狼用力抱着他,几乎压断他的肋骨。他有只脚已经湿透了。怎么说呢,他想办法腾回来了,只不过回来时一脚卡在马桶里。真是好极了,这种事情就不会发生在《王者之剑》①的主角柯南头上,杰克快快不快地想。

"杰克,不好了,杰克,不好了,是火渊,这是火渊呀,不好了,杰克——"

"闭嘴!闭嘴!阿狼!我们回来了!"

"不、不、不——"

阿狼放开杰克。他缓缓睁开眼睛。

"回来了?"

"没错,此时此刻,所以快点放开我,你快把我的肋骨压断了,而且我的脚卡在这该死的马——"

厕所大门砰的一声打开,强劲的力道让门扉撞上厕所内墙,几乎震碎嵌在门板上的毛玻璃窗。

杰克和阿狼所在的厕所门被扯开。安迪·沃里克往里一看,轻蔑而愤怒地咒骂:

"你们这两个恶心的同性恋。"

---

① 《王者之剑》,一九八二年由约翰·米利厄斯与奥列佛·斯通合写,约翰·米利厄斯执导的奇幻动作电影,动作巨星阿诺德·施瓦辛格的成名作品。

他一把揪住阿狼的衬衫领口,将他往外拖。晕头转向的阿狼裤管勾到卫生纸挂架,将整个金属架从墙上扯下来,飞了出去,卫生纸卷滚过地板,散落一地。沃里克抓住阿狼,推他去撞洗手台,洗手台高度恰好击中阿狼的鼠蹊,阿狼抱着下腹,瘫倒在地。

沃里克将目标转向杰克,这时桑尼·辛格已经来到厕所门边。他伸手抓住杰克的上衣胸口。

"好啊,你这个臭玻——"桑尼的话只说到这里。打从杰克和阿狼住进阳光之家,桑尼·辛格就对捉弄杰克一事乐此不疲。这个桑尼·辛格,永远期盼自己奸诈猥琐的小人脸蛋能看起来像阳光·加德纳的脸(越快越好);这个桑尼·辛格,就是他给了杰克那个大家琅琅上口的外号"鼻涕脸";这个桑尼·辛格,要一群人在杰克和阿狼的床铺上撒尿,无疑也是他出的主意。

杰克挥出右拳,流畅强劲的动作虽然没有赫克托的钩拳华丽,倒也能直接命中桑尼的鼻梁。喀的一响。杰克感到一阵至高无上的满足感。

"好啊!"杰克大吼一声,将脚从马桶中抽出,灿烂的笑容在他脸上漾开,他望着阿狼,热切地想着,希望这种心情能传送过去:

我们不是真那么没出息,阿狼——你捏碎了一个瘪三的拳头,而我打断了另一个瘪三的鼻梁。

桑尼跌跌撞撞往后退,哀号着,鲜血从指缝间泉涌而出。

杰克走出厕所隔间,两个拳头握在胸前的模样颇有约翰·苏利文[①]的架势。"我警告过你,桑尼。现在我要教你怎么真心诚意地高喊哈利路亚。"

"赫克托!"桑尼大叫,"安迪!凯西!来人啊!"

"桑尼,你听起来很害怕。"杰克说,"不知道为什么——"

冷不防,某个重物——感觉像是一整箱木柴——击在杰克颈

---

① 约翰·苏利文(1858—1918),美国重量级徒手拳击冠军选手。

背上,他被打得向前扑倒,撞上洗手台上方的镜子。倘若那镜子是玻璃做的,杰克老早头破血流了。不过阳光之家为了防止自杀行为,早已将镜子全部改装成磨亮的不锈钢。

虽然杰克及时伸出一只手臂,稍微缓冲了撞击,不过在他转过身发现赫克托正笑嘻嘻看着他时,仍旧感到眼冒金星。赫克托·巴斯特是用裹上石膏的右臂攻击他。

当他看着赫克托时,蓦然间理解了一件事,这个理解狠狠冲击杰克。原来是你!

"痛死我了,"赫克托用左手抱着打了石膏的右手,"不过值得,鼻涕脸。"他往前走。

就是你!在魔域里欺负费尔德,把他鞭打到死的就是你!你就是那个长得像滴水檐兽的怪物,它是你的分身!

一股羞辱炙热的愤怒感横扫杰克。杰克向后移动,背抵着洗手台,两手用力抓住水槽边缘,等赫克托接近了,便死命撑起两脚朝赫克托踢去。他正中赫克托的胸口,踢得赫克托倒退着跌进敞着门的厕所隔间里。那只刚从马桶里拉出的脚在赫克托的白色高领毛衣胸膛印上一个清楚的鞋印。赫克托哗啦一声跌坐在马桶上,目瞪口呆。他手上的石膏撞上马桶,发出巨响。

其他人正要冲进来。阿狼挣扎着爬起来,披散的头发盖住脸庞。桑尼朝阿狼靠近,一手还掩着血流如注的鼻子,看来是想将阿狼踢回地上。

"好啊,你敢动他一根汗毛试试看,桑尼。"杰克轻声说道,桑尼听到,畏缩地退了一步。

杰克撑住阿狼一只手臂,帮着他站起来。仿佛做了场梦,杰克看见阿狼身上的毛发比之前更浓密了。一切的一切让他承受了太多压力,逼得他不得不变身,天哪,这一切将永无止境……永远……永远……

他和阿狼倒退着,回避众人——沃里克、凯西、佩德森、皮博迪、辛格——他们退到厕所后方。赫克托正从厕所隔间里爬出来,此时杰克又发现另一件事:他们是从第四间厕所进入魔域,而赫克托·巴斯特正从第五间厕所走出来。他们在魔域里的些微移动正好让他们回来时换了间厕所。

"他们在里面乱搞!"桑尼大叫,他闷闷的声音全是鼻音。"那头蠢猪跟那漂亮的小伙子!他们没穿裤子,被沃里克和我逮个正着!"

杰克的臀部贴上冰冷的瓷砖。无路可退了。他放开阿狼,举起拳头;神志不清的阿狼往下滑。

"来啊,"他说,"谁要先上?"

"你打算自己一个对付我们所有人?"佩德森问。

"如果有必要,我会的。"杰克说,"你们能拿我怎么办,送我去见耶稣基督吗?来啊!"

佩德森脸上闪过一丝不安,席卷凯西脸上的则是赤裸裸的恐惧。他们静止不动……真的停下来了。一股愚昧荒唐的希望陡然在杰克心中高涨。一群少年望着杰克,如同望着一条稍后就会被制伏的疯狗……只不过,在制伏它之前,总会有个倒霉的先被咬得惨兮兮。

"站到一边,孩子们。"传来一个浑厚有力的声音。少年们服从地退开,脸上纷纷浮现得救的表情。加德纳牧师出现了。加德纳牧师一定知道如何处理这种情况。

加德纳穿着深灰色长裤,浪漫华丽的拜伦式白色长袖丝缎衬衫。他走向聚拢在角落的男孩,手中握着那个装着针筒的黑色盒子。

他望着杰克,叹了口气:"你知道《圣经》是如何看待同性恋的吗,杰克?"

杰克对着他龇牙咧嘴。

加德纳感伤地点点头,仿佛杰克的反应早是意料中事。

"我说,全天下的男孩都很坏。"他说,"天经地义。"

他打开盒盖。躺在盒子里的针筒散放光泽。

"我认为,你跟你好友的所作所为,比同性相奸的罪孽还要深重。"加德纳用他富有磁性的嗓音惆怅地说下去,"你们年纪还太小,不应该随便跑去那种大人才能去的地方。"

桑尼·辛格与赫克托·巴斯特面面相觑,流露出恐惧的神情。

"我想你们会有这种恶魔的……变态的下流行为……都是我的疏忽。"他取出针筒,看了一眼,接着再取出一个小药瓶。他将盒子交给沃里克,动手注满针筒。"我从不强迫我的孩子忏悔,可是不曾忏悔的孩子就没有坚信上帝的决心,若没有坚定的信仰,那么撒旦的势力就会不断增长。所以,尽管深感遗憾,不过我想该是时候停止这种好声好气的问法了,我将以上帝之名,采取更强硬的手段。佩德森、皮博迪、沃里克、凯西,抓住他!"

这群人简直就像训练精良的猎犬,接获指令立即一拥而上。

杰克揍了皮博迪一拳,旋即被揪住,不能动弹。

"酿我打搭(让我打他)!"桑尼用他断了鼻梁的闷声大喊。他用手肘推开那群瞪大双眼的少年,仇恨在他的目光中跳动。"我祥打搭(我想打他)!"

"还不是时候。"加德纳出言制止,"也许你该有点耐心。我们应该先祷告一番,是不是,桑尼?"

"是。"桑尼的目光熊熊燃烧,"我会岛闹(祷告)一整颠(天)。"

宛如一个沉睡多时终于苏醒的人,阿狼咕哝一声,环视周遭。他看见众人压制着杰克,也看到针筒,于是上前剥开佩德森抓着杰克的手臂,仿佛那只是三岁小娃的手。他发出一声怒吼,吼声如雷贯耳。

"不!放开他!"

加德纳轻快地移动步伐,来到阿狼视线的盲点,那行云流水的身手令杰克回想起奥斯蒙在宫殿后方鞭打车夫的景象。一瞬间针头已扎进阿狼体内。阿狼转过身,像被蜜蜂蜇到似的大叫……就某个角度来看,他确实"被蜇到"了。他的大手朝针筒方向挥去,加德纳敏捷地避开。

少年们起先仍用阳光之家特有的入迷神态观赏着这一幕,这时纷纷往门口方向躲避,脸上带着戒备的表情。没人希望在高大的阿狼盛怒之下遭到波及。

"放开他!让他走……让他……"

"阿狼!"

"杰克……杰克……"

阿狼用困惑的眼神望着杰克,那对眼眸犹如万花筒,从淡褐色转成橘色,然后逐渐化成混浊的红色。他伸出毛茸茸的手臂向杰克求援,赫克多·巴斯特一个箭步走到他背后,将他击倒在地。

"阿狼!阿狼!"杰克射出充满仇恨与泪水的目光,"要是你杀了他,你这狗娘养的——"

"嘘——杰克·帕克先生。"加德纳在他耳边低语,杰克感觉针头刺进他的手臂。"安静一点吧。我们要替你的灵魂灌注点阳光。也许之后我们还能看看你怎么拉着车爬上那条螺旋山路呢。跟我一起祈祷好吗?哈利路亚。"

加德纳的语尾随着杰克逐渐模糊的意识没入黑暗中。

哈利路亚……哈利路亚……哈利路亚……

二十六
阿狼禁闭

1

杰克其实已经醒来好一阵子,只是他们尚未察觉。不过在他恢复意识之后还费了好长一段时间,才一点一滴想起自己是谁,发生了什么事——他呢,从某个角度来看,就像某个经历过一场激烈而漫长的炮战,最终于枪林弹雨中幸存下来的军人。遭到针头款待的手臂仍隐隐作痛。头疼欲裂的杰克,眼珠好像要跳出眼眶,干涸的喉咙极度渴望喝水。

他试着用左手抚摸右臂被注射的地方时,又更清醒了些。他发现自己办不到。因为他发现自己的手臂被包裹起来,绑在自己身上。他闻到帆布发霉腐朽的气味——味道如同某个阴暗无光的阁楼中挖出的陈年童子军帐篷。到了这时(虽然过去十分钟内他不断用那双几乎睁不开的眼睛笨拙地窥看)他才弄清楚自己身上穿着什么东西。精神病人专用的约束衣。

换成是费尔德的话,他老早就弄清楚了,杰克。他想道。尽管头痛欲裂,想起费尔德仍让他涣散的意志稍微集中了些。他动了一下,抽痛的脑袋与酸麻的手臂令他忍不住轻轻呻吟。

赫克托·巴斯特说:"他快醒过来了。"

阳光·加德纳说:"没这回事。我给他的剂量足够让一只鳄鱼瘫痪半天。他起码要到九点才会醒过来。可能是梦呓而已。赫克托,我要你上楼去主持今晚的忏悔大会,顺便告诉他们今天不用晚祷。我待会得去接机,今晚八成会是漫长的一夜,接机只是个开始。桑尼，你留下来帮忙处理文件。"

赫克托说："我觉得他听起来真的像是快醒了。"

加德纳说："快去办正事吧，赫克托。要皮博迪去检查一下阿狼。"

桑尼（窃笑着）："他不太喜欢关在那里头吧，对不对？"

啊，阿狼，他们又把你关进禁闭箱了，杰克哀伤地想。对不起……是我害了你……全都是我的错……

"恶魔附体的人往往憎恨我们这种提供救赎的机构。"杰克听见阳光·加德纳说，"当他们体内的魔鬼即将死亡之际，会尖叫着挣扎出来的。快去吧，赫克托。"

"是的，加德纳牧师。"

赫克托拖着脚步离去，杰克听见声响，却不敢抬起头看。

2

被塞在手工组装焊接、粗陋的禁闭箱里，阿狼犹如尚未气绝却被装进铁棺材中活埋的受害者，在自己的惨叫声中度过整整一天。他的拳头在墙上捶出血来，两脚拼命踢着上了两道门栓、形状活像荷兰铸铁锅盖的门板，直到强烈冲击的痛楚沿着两腿往上爬，令他的下腹疼痛难耐。他明白，再怎么拳打脚踢都没有用；他也清楚，就算喊破喉咙也没有人会因此放他出来。但他就是停不下来。关在狭小的空间里，是阿狼最最无法忍受的事。

阿狼的嘶喊穿过阳光之家的前庭，甚至传到较近处的农地。听见叫声的少年交换不安的视线，但也只是沉默不语。

"今天早上我在厕所看见他，他变得很凶暴。"洛伊·奥德斯菲紧张地悄悄告诉莫顿。

"他们真的像桑尼说的那样，在搞同性恋啊？"莫顿问。

禁闭箱的方向又传来一声狼嗥，所有人全往那方向望去。

"百分之百！"洛伊急促地说道，"我不算真的看到，我太矮了，不过巴士德·欧茨就站在最前面，他说那个脑袋有问题的大块头老二粗得跟阿克伦市的消防栓一样。那是他说的。"

"天哪！"莫顿发出赞叹，也许心里正想着自己没那么壮观的老二。

阿狼叫了一整天，当太阳逐渐低垂时，他总算停止叫喊。突然的肃静让少年们兴起不祥的预感。他们彼此相觑的次数更加频繁，其中蕴含的不安感更加浓烈，他们不时望向阳光之家后院光秃秃的空地正中央那座长方形铁箱。禁闭箱长六英尺、高三英尺——要不是西侧开了个方形小洞，上面钉上粗厚的铁网，否则这玩意看来十足是口铁棺材。现在里面是什么状况？人人都在猜想。甚至在忏悔大会上，这段平常每个人无不激情忘我的时刻，一切事情全遭遗忘，所有目光无不紧紧黏在忏悔室唯一的窗口，尽管那扇窗户面对的其实是与禁闭箱完全相反的方向。

禁闭箱里发生什么事了？

赫克托·巴斯特发现大家全都心不在焉，这使他大为恼火，然而他无法集中大家的注意力，因为他并不确知什么地方出了错。某种毛骨悚然的预感掳获了阳光之家少年们的心神。他们的脸庞比以往更惨白，闪烁的眼神犹如犯了瘾头的毒虫。

那里面到底怎么了？

答案再简单不过。

阿狼即将追随月亮的脚步。

当阳光爬过禁闭箱的小铁窗，逐渐升高，耀眼的光线变成饱和的红色，阿狼感觉到，一切正要开始启动。现在要追随月亮还嫌太早，她孕育的能力尚未达到周期顶峰，这将使阿狼受伤。然而这一切必然要发生，狼族所有成员尽皆如此；一旦被欺压得太深,被逼迫得太久,无论是否在对的时间,狼族终将走上这一步。阿狼已经压抑太久,完全是为了符合杰克的期望。在这个世界里,阿狼为了杰克,演出了一个伟大的英雄角色。隐约间,杰克也许会有些微感应,然而阿狼的付出之深、牺牲之大,将是杰克终其一生也无法彻底体悟的。

如今,死神已在近处等候,而他即将举步与月亮同行,追随月亮的脚步令死亡变得不再那么难以接受——几乎是神圣的、遵从天命的——于是阿狼坦然承受,他将要高兴地迈开脚步。再也无须挣扎,是多么美好的一件事。

一瞬间,阿狼的獠牙一口气全数抽长。

3

赫克托离开后,剩下的只有办公室里的环境音:椅子移动,轻轻擦刮着地板;一大串钥匙撞着阳光·加德纳的腰带,叮叮当当;档案柜的门开启,接着又关上。

"艾贝森。两百四十美元三十六美分。"

键盘敲击声。彼得·艾贝森也是外勤队的一员,就像所有其他的外勤队员,艾贝森相貌堂堂,头脑聪明,健壮的体格无可挑剔。杰克只见过他几次,他觉得艾贝森长得很像漫画上的大眼孤儿唐蒂。

"克拉克。六十二美元十七美分。"

键盘又被敲了几下。桑尼用力按下"等于"键,计算机震了一下。

"退步太多了。"桑尼批评。

"我会找他谈谈,别担心。这节骨眼上少对我啰里啰嗦,桑尼。斯洛特先生十点十五分就会抵达曼西市,这趟车程可不短。我不想迟到。"

"抱歉,加德纳牧师。"

后来加德纳又说了些话,但杰克没听进去。自从"斯洛特"这名字出现在加德纳口中后,震惊便堵住杰克的耳朵——话说回来,有一部分的他其实并不惊讶。那一部分的他早就知道,这盘棋迟早会下到这一着。杰克推断,加德纳打从一开始就起了疑心,只是他不想拿这种鸡毛蒜皮的小事烦他老大。也有可能,他不愿承认自己连对杰克逼供这种差事也办不好。但怎么说他总归还是打了电话给斯洛特——打到哪里?东岸?还是西岸?就算要为此折寿杰克也渴望知道答案——摩根人在洛杉矶,还是新罕布什尔?

你好,斯洛特先生。但愿没有打扰您。本地警察又给我送来一个新的男孩——事实上,是两个男孩。不过我只在意脑筋比较好的那个。我似乎认识他。或者说……呃,我的另一个自我认识他。他告诉我,他叫杰克·帕克,可是呢……什么?你要我形容他?好的……

气球往上升。

少对我啰里啰唆,桑尼。斯洛特先生十点十五分就会抵达曼西市……

时限就快到了。

早告诉你赶快滚蛋回家了,杰克……现在,太迟了。

所有男孩都很坏。天经地义。

杰克微微抬起头,偷窥这地下办公室的情况。加德纳与桑尼·辛格一起坐在办公桌另一头。加德纳对着桑尼念出一串串数字,每串数字后面都接着一个外勤队员的名字,按字母顺序排列;听见数字的桑尼便按下计算机,把数字加总起来。阳光·加德纳面前摆着一册账本、一个长形不锈钢档案箱和一叠凌乱的信封袋。当他举起其中一个信封,念出里面正面所写的数字时,杰克正好能看见他后方。墙上挂着一幅画,画里有两个快乐的小孩,手牵着手,雀跃地走在通往教堂的路上。画的下方写着一句标语:"我愿成为主耶稣的阳光"。

"特姆金。一百零六美元整。"信封被丢进档案箱,与其他记录完成的信封袋堆在一起。

"我猜这小子又偷偷动了手脚。"桑尼说。

"上帝知情,暂且不语。"加德纳温和地说,"特姆金这孩子没问题。先别多话,我们要在六点前完成工作。"

桑尼敲下计算机键盘。

耶稣在水上行走的画作像门一样打开,露出背后隐藏的保险柜。保险柜的门开着。

杰克察觉加德纳桌上还有几件他感兴趣的东西:那两个标明杰克·帕克与菲利普·杰克·阿狼的信封,还有他的背包。

第三样东西,是阳光·加德纳平常系在腰带上的钥匙。

杰克的目光离开钥匙,投向办公室左手边的门上——那是加德纳用来逃出去的密门,他知道。如果那里真的有条路——

"耶林。六十二美元十九美分。"

加德纳叹了口气,将这最后一个信封丢进箱子,合上账本。"看来赫克托说得没错。我想我们亲爱的好朋友杰克·帕克先生已经醒来了。"他起身绕过办公桌,走向杰克。他痴狂迷蒙的眼眸水光熠熠。加德纳将手放进口袋,取出打火机。一见到打火机,杰克恐慌的心情倏地膨胀起来。"只不过,你压根不姓帕克,我说是不是,亲爱的孩子? 你真正的姓是索亚才对吧? 哦,是的,索亚。有个对你非常感兴趣的人物,很快就会来到这儿了。到时候我们会有一大堆有趣的事情能告诉他,你说是不是?"

阳光·加德纳弹开芝宝打火机的上盖,露出被火熏黑的滚轮与油芯。

"忏悔对灵魂有益处。"他低声说道,擦亮一簇火苗。

4

砰。

"什么声音?"鲁道夫正在双层烤箱旁,他抬起头。晚餐——十五个巨大的火鸡肉派——的香气一阵阵飘散出来。

"什么声音?"乔治·欧文森问。

唐纳德·奇肯正在水槽边削马铃薯皮,嘎嘎嘎发出他的招牌笑声。

"我什么也没听到。"欧文森说。

唐纳德又笑了一阵。

鲁道夫暴躁地瞅着他:"你他妈是要把那些马铃薯削到连肉都没了才肯罢手是不是,你这白痴?"

"嘎—嘎—嘎!"

砰!

"又来了,这次你们一定也听到了吧?"

欧文森只摇了摇头。

鲁道夫开始害怕。那声音是从禁闭箱传来的——当然,按理说,他应该要认为那铁箱是用来晾干草的。不可能吧,他想,那个大块头被关进禁闭箱了——他们在讨论的那个大块头,早上和他朋友搞同性恋被抓到,已经关起来了。他那个朋友,就是昨天想贿赂他替他们把风、好逃出去的家伙。其他人说大块头在巴斯特对他开打前突然变得凶暴无比……也有人说他把巴斯特的拳头捏成了烂泥。怎么可能,这绝对是谣言,可是——

砰!

这次欧文森回头了。鲁道夫突然决定自己该去上个厕所比较好。然后他也许就会顺便一路走上三楼,去做自己的事。至少两三个小时不要出现。他感觉到某种恐怖的事正逐渐接近——

非常、非常恐怖的事。

砰—砰！

去他的火鸡肉派。

鲁道夫脱下围裙，往流理台上一丢，正好盖住为了明天的晚餐预先拿出来醒的盐渍鳕鱼。他朝厨房门口走去。

"你要去哪里？"欧文森的音调突然拔高，微微颤抖着。唐纳德·奇肯发狂似的削着马铃薯皮，将美式足球大小的马铃薯削成了高尔夫球，汗湿的头发黏在脸上。

砰—砰！砰—砰—砰！

鲁道夫没有回答欧文森，等到他走上二楼，他几乎开始拔腿狂奔。这年头在印第安纳的日子不好过，工作机会少得可怜，而阳光·加德纳总是能用现金付他薪水。

同时间，鲁道夫也开始盘算，假如他找新工作的时机尚未到来，他是不是该大喊"救我出去"了？

5

砰！

荷兰铸铁锅盖似的门板上端的铁栓断成两截。一时间，在禁闭箱体与门板之间敞开一道黑暗的缝隙。

经过片刻沉寂。接着：

砰！

门板下端的第二道锁崩裂，弯曲。

砰！

铁栓断裂。

手工焊接在禁闭箱门上的粗大铰链吱嘎作响，门开了。两只巨大、覆盖着浓密毛皮的大脚伸出来，长爪深深掘进泥地里。

阿狼走上他的道路了。

6

火苗在杰克眼前来回游走,来来去去、时近时远。阳光・加德纳的模样活像正在《深夜秀》的开场短剧里演出某个伟大科学家传记角色与舞台催眠师的合体,如保罗・穆尼之类的演员。这景象莫名逗趣——若不是他如此恐惧,杰克可能早就笑出来了。或许他待会儿真的会笑出来也说不定。

"我有几个问题,而你非答不可。"加德纳说,"当然,摩根先生可以亲自拷问——噢,不用怀疑,他要得到答案是易如反掌的事!——但我宁愿不要拿这件事让他操心。所以说吧……你有这种'迁移'的能力多久了?"

"我不明白你的意思。"

"从什么时候开始,你有能力'迁移'到魔域去?"

"你在说什么,我完全听不懂。"

火焰又逼近一步。

"那黑鬼在哪里?"

"谁?"

"那个黑鬼!黑鬼!"加德纳尖叫,"帕克!巴卡!我管你怎么叫他!他在哪里?"

"我听不懂你在说什么。"

"桑尼!安迪!"加德纳大吼,"把他的左手解开,拉出来给我。"

沃里克在杰克肩上稍微弯腰,摸索了一阵。稍后,他们便将杰克的手从他的背后解开来。他的手臂苏醒过来,涌上一阵阵酥麻刺痛。杰克试着挣扎,但一点用也没有。他们拉住他的手,往前伸。

"把他的手指扳开。"

桑尼抓住杰克的无名指和小指,沃里克抓住中指和食指,两人往反方向拉开。下一刻,加德纳的打火机火苗已经贴上他的中指与无名指间的 V 形根部。尖锐的疼痛沿着他的左臂往上蹿,似乎要顺势塞满整个身体,一阵焦香气味散放开来。那是他自己的味道。他的肉体正在燃烧的味道。

仿佛过了永恒之久,加德纳移开打火机,盖上盖子。豆大的汗珠覆上他的前额。杰克急促喘息。

"恶魔被逼出来之前,总会先尖叫一番。"他说,"哦,是啊,确实如此呢。你们说是不是啊,孩子们?"

"是的,赞美上帝。"沃里克答道。

"您说的是。"桑尼附和。

"哦,是的,我知道。我确确实实知道。我知道这两个孩子的秘密,我知道魔鬼的秘密。"加德纳咻咻笑了一阵,弯下腰,将自己的脸贴近杰克面前一英寸。浓腻的古龙水味充斥杰克的鼻腔。尽管难闻,总比闻到自己的肉被烧焦好多了。"现在,杰克,告诉我。你拥有'迁移'的能力多久了?那个黑鬼现在人在哪里?你老娘知道多少事情?你还把这些事告诉过谁?那个黑鬼又跟你说过些什么?我们就先从这些问题开始吧。"

"我不知道你在说些什么。"

加德纳露出狰狞的笑脸。

"孩子们,"他说,"该是时候替这坏孩子的灵魂灌注点阳光了。把他的左手绑回去,解开他的右手。"

阳光。加德纳再次打开打火机盖,大拇指轻轻停驻在打火机滚轮上,静候男孩们解开杰克的右手。

7

乔治·欧文森与唐纳德·奇肯仍待在厨房里。

"有人在外面。"乔治紧张地说。

唐纳德没有回答。马铃薯皮都削完了,他正站在烤箱旁取暖。他不知道接下来要干什么。他知道,正在举行中的忏悔大会就在走廊对面,而那里是他想待的地方——忏悔让他安心,而待在厨房里让他感到非常、非常紧张——但是鲁道夫没说他们可以离开。最好还是不要乱跑。

"我听到有人的声音。"乔治说。

唐纳德大笑。"嘎!嘎!嘎!"

"天哪,你那笑声让我听了想吐。"乔治说,"我床垫底下藏了一本新的《美国队长》漫画,如果你去外面瞧一瞧,我就借给你看。"

唐纳德摇摇头,再度发出一串驴子般的笑声。

乔治朝门口望去。声音。搔刮声。听起来像是这样。刮门的声音。像是想要进门的小狗。一条迷了路、无家可归的流浪狗。只不过,什么样的小狗,爪子会刮在接近七英尺高的门顶上?

乔治走到窗边往外看。黑暗中他几乎什么也看不到。禁闭箱看来不过是一块被阴影包围、更深一点的阴影。

乔治走向门口。

8

杰克尖叫得声嘶力竭,叫了许久,他觉得自己的喉咙一定会真的喊破。这时候顶着圆滚滚肥肚子的凯西也加入他们,这对他们来说是件好事,因为现在得三个人,凯西、沃里克和桑尼同时出力才能抓住杰克的手臂,将它固定在打火机的火焰上方。

这一次当加德纳移开打火机后,杰克的手上出现一个二十五分硬币大小的焦黑水泡。

加德纳挺直腰杆,走到办公桌边拿起标着"杰克·帕克"姓名的信封袋再走回来。他从袋中取出拨片。

"这是什么?"

"吉他拨片。"杰克勉强答道。他伤口的疼痛与火焰同样炽烈。

"它到了魔域里会变成什么?"

"我不明白你的意思。"

"这又是什么?"

"弹珠。你是怎么,瞎了?"

"它在魔域里是个玩具吗?"

"我不——"

"是不是镜子?"

"——知道——"

"它是不是个陀螺?旋转得很快的时候,就会消失不见?"

"——你在——"

"你知道!你明明就知道!你这个天杀的同性恋兔崽子!"

"——说什么。"

加德纳重重捆了杰克一耳光。

他取出银币,双眼喷射怒火。

"这是什么东西?"

"那是海伦阿姨送我的幸运符。"

"它到了魔域,会变成什么?"

"家乐氏玉米片。"

加德纳举起打火机。"最后一次机会,小鬼。"

"它会变成一架铁琴,还会自动演奏《疯狂节奏》。"

"再把他的右手抬起来。"加德纳下令。

杰克挣扎,但终究仍不敌众人之力。

9

烤箱里,火鸡肉派逐渐焦黑。

乔治·欧文森站在厨房门口将近五分钟了,他不断试着鼓起足够的勇气将门打开。搔扒声已经停了好一会儿。

"哼,我要让你知道没什么好怕的,胆小鬼。"乔治潇洒地说,"只要你对上帝的信仰够坚定,天底下就没有什么值得害怕的事!"

发表完他伟大的宣言,乔治用力拉开门。一个浑身蓬乱毛发的巨大身影伫立门前,黑暗的身形只见深陷的眼眶射出红色光束。在秋季多风的阴暗中,乔治的视线追逐着面前高高扬起的兽爪,看着它飕飕作响地劈下。六英尺长的爪子在厨房的照明下晕着微光。兽爪撕裂乔治·欧文森的颈项,鲜血四溅,他被劈落的头颅横飞过厨房,落地时撞上正在大笑的唐纳德,那个疯狂大笑的唐纳德。

阿狼一跃而入,四肢着地,他经过唐纳德·奇肯身边,几乎看都不看一眼,转眼已奔向走廊。

10

嗷呜!嗷呜!此时此刻!

这只是他心里的声音,杰克知道,然而这比他曾听过的任何一次呐喊都要深厚,充满威严。阿狼的叫喊犹如一把瑞士刀,在他朦胧的痛楚中划开一道清晰的痕迹。

他想着,阿狼和月亮赛跑去了。这想法糅合着哀伤与胜利的感情。

阳光·加德纳正抬头往上看,双眼眯得细细的。有一瞬间,连他看起来都活像头野兽——一头在风势中嗅到危险气息的野兽。

"牧师?"桑尼微微喘气,瞳孔放大。他正在享受这一切呢,杰克心想,要是我现在开口说话,他肯定会很失望。

"我听到声音。"加德纳说,"凯西,去检查厨房和忏悔室有什么动静。"

"是。"凯西离去。

加德纳的目光回到杰克身上。"再不久我得出发去曼西市了。"他说,"当我见到摩根先生时,希望能当场报告点新消息给他。所以你最好从实招来,杰克。替自己省点罪受吧。"

杰克瞪着加德纳,祈祷他像电钻一样疯狂的心跳没有表现在脸上,或是让他脖子上的脉搏变得更明显。假如阿狼已经从禁闭箱逃出来——

加德纳一手举着斯皮迪送给杰克的拨片,另一手举着费朗队长送的银币。"这两样是什么东西?"

"当我一腾,他们就会变成两颗乌龟蛋。"杰克说完,歇斯底里地狂笑起来。

加德纳的脸垮下来。

"把他的手绑回去。"他吩咐桑尼与安迪,"手绑起来,然后把这小杂碎的裤子脱掉。我倒想看看,用火烤烤这小杂碎的乌龟蛋,会发生什么事呢。"

11

忏悔大会让赫克托·巴斯特觉得无聊透了。这些废话他老早就听过了,听起来都像是邮购来的拙劣罪行。我从我妈的钱包里偷拿钱,我以前会在学校角落偷抽大麻,我们会把强力胶放到袋子里吸,我干了这个,我干了那个。尽是些小鬼的玩意儿,一点都不刺激,全都无法使他忘却脑子里不断嗡嗡共鸣的痛苦。赫克托想留在地下室,和其他人一起折磨那个姓索亚的臭小子。然后他们还可以拿那个大块头开刀——那个大块头,真没想到会让他把自己的右手给废了。没错,如果能够好好折腾他一番,那才叫真的大快人心。比跟这群大棒槌共处一室来得有趣太多了。

弗农·斯卡达的忏悔正让一屋子人昏昏欲睡：

"……所以我和他，我们看见钥匙就插在车上，你们懂我意思吧。然后他说：'我们把那辆车开走吧，到附近兜兜风。'可是我知道这样不对，我也跟他说了，结果他告诉我：'你什么屁也不是，只是个孬种。'所以我说：'我才不是孬种。'就这样。然后他又说：'那你证明给我看啊，你证明看看啊。''我才不要开赃车咧。'我这样回答，然后他又说……"

我的老天啊，赫克托心里直犯嘀咕。他右手的伤口开始对他发出抗议，而他的止痛药放在楼上房间里。忏悔室另一头，赫克托看见皮博迪打了个好大的呵欠，一副下巴快脱臼的模样。

"所以我们开过街角，然后他跟我说，他说——"

门突然间朝内被撞开，猛烈的力道将铰链都扯断了，门板撞上墙，弹了回来，砸在一个叫汤姆·卡西迪的男孩身上，卡西迪被压得不能动弹。有个东西跳进忏悔室——起初赫克托心想，这真是我这辈子看过最他妈大只的狗了。男孩们大叫着从椅子上跳起来……接着一切动作又冻结在原地，他们不敢置信地瞪大眼睛，看着那个灰灰黑黑的怪物直立起来，身上还挂着衬衫和卡其裤残片。

弗农·斯卡达瞠目结舌，下巴垂到胸口。

阿狼怒吼一声，炯炯目光扫视四周，众人跌跌撞撞地退避。佩德森成功地逃到了门口。阿狼耸立如巨塔，头顶几乎碰到天花板，动作如流水般迅捷顺畅。他挥动一条壮如木桩的手臂，他的爪子在佩德森背上划出一道沟口。佩德森的脊骨清晰地暴露出来——看起来活像一条血淋淋的延长线。血浆喷溅在墙上。佩德森颤巍巍跨出一大步，总算出了走廊，此后便倒地不起。

阿狼回过身……目光炯炯的双眸锁在赫克托·巴斯特身上。赫克托站起来，瞪着这头浑身是毛、两眼射出红光的怪物，突然觉得自己的两条腿好像空心的一样。他知道那怪物是谁……或者说,至少他知道,它曾经是谁。

就算无聊到死也好,赫克托情愿付出一切,也要换回方才沉闷的忏悔大会。

12

杰克又坐回椅子上,他烧伤的两手被缠在背后腰际,比先前绑得更紧——桑尼残忍地在约束衣上绑了个紧得不得了的结,接着解开杰克的卡其裤,将裤子往下拉。

"现在,"加德纳将打火机举起来,好让杰克看见,"给我仔仔细细听清楚了,杰克。我要开始问你些问题,假如你回答得不够诚实、不够好,你以后就得担心,要拿什么'家伙'去跟你男朋友幽会了。"

这话令桑尼·辛格笑得十足开怀。那股混浊、丧失半数人性的欲望重回他的眼眸。他盯着杰克的脸上透出一种畸形的贪婪。

"加德纳牧师!加德纳牧师!"大叫的是凯西,听起来十分慌张。杰克再度睁开双眼。"楼上发生怪事了!"

"别在这种时候烦我。"

"唐纳德·奇肯在厨房里笑得跟疯子一样!而且——"

"牧师叫你别烦他了,"桑尼说,"你没听见啊?"

然而凯西实在太慌了,根本停不下来:"——而且忏悔室那边听起来好像发生暴动了!每个人都在惨叫!听起来好像——"

一瞬间,杰克脑海中爆发出一句充满能量与活力的呐喊:

杰克!你在哪里?嗷呜!此时此刻!你在哪里?

"——好像一群疯狗被放出来乱咬人似的!"

这一刻加德纳才将注意力放在凯西身上,他眯细了眼,双唇紧紧抿在一起。

加德纳的办公室!在地下室!我们一起来过!

地下边是哪里,杰克?

是地下室!下楼来,阿狼!

此时此刻!

就这样。阿狼的声音已从他脑中消失。杰克听见楼上传来砰的一响,紧接着一串尖叫。

"加德纳牧师?"凯西总是红润的脸颊此时白得像张纸,"加德纳牧师,那是什么? 那是——"

"闭嘴!"加德纳怒斥,凯西像是吃了耳光似的缩了一下,脸上的肥肉晃动着。加德纳经过凯西身边,走向保险柜。他取出一把手枪,将它塞进腰带。史上第一次,阳光·加德纳牧师在人前露出惊恐与愁困的神色。

楼上隐约发出一阵东西砸碎的噪音,伴随着一声刺耳的叫喊。桑尼、沃里克、凯西三人紧张地往上瞧——那模样就像是三个躲在防空洞里的家伙,聆听着头顶上的警报声越来越响。

加德纳看着杰克。一抹微笑在他脸上浮现,他的嘴角不自然地抖动,仿佛上面黏了根细线,正由某个生疏的傀儡师操纵着。

"他会来这儿找你,对不对?"阳光·加德纳说道。他点点头,仿佛杰克已经回答了这问题。"他会来……但我想,他是进得来,出不去了。"

13

阿狼纵身一跃。赫克托·巴斯特刚好来得及将打了石膏的右手举起,挡在喉咙前方。喀嚓一响,一股碎石膏的烟雾卷上来,阿狼咬破了石膏壳——连带将里面的烂拳头也咬掉了——赫克托感到一阵刺痛。他傻愣愣地看着消失的右手。鲜血自手腕喷射而出,他的白色高领毛衣全浸在温热的血液中。

"求求你,"赫克托哀号,"求求你、求求你,不要——"

阿狼吐掉嘴里的手。他头向前一伸,速度快得像是发动攻击的毒蛇。阿狼咬断赫克托的喉咙时,赫克托只觉得喉咙上似乎有什么东西被拉了出去,随后就什么也不知道了。

14

从忏悔室夺门而出时,皮博迪踩到佩德森的血,摔得一脚跪在地上,他爬起来,沿着一楼走廊没命地狂奔,边跑还边呕吐,吐了自己一身。男孩们四处逃散,慌乱尖叫。皮博迪虽然慌,却仍记得一件事。他记得在发生"紧急情况"时,自己的职责是什么——虽说他不认为任何人会想象得到,发生的是"这种"紧急情况;他对加德纳牧师所谓紧急情况的想象,一直就是某个少年发疯了,或是拿刀砍了另一个少年这类的情况。

在新进少年进行登记手续的大厅楼上,有个小小的办公室,能够使用这办公室的人,就只有那群被阳光·加德纳称为"学员助理"的恶霸。

皮博迪将自己锁在这个房间里,拿起话筒,拨出紧急报案电话。没多久,弗兰克·威廉斯接起电话。

"我是阳光之家的皮博迪。"他说,"请你尽快带一队警察过来,人越多越好,威廉斯警官。地狱之门——"

他听见外面有人发出凄厉的哀号,还有一阵木头砸断的声响,接着是一声野兽的吼叫,一开始的哀号戛然而止。

"——地狱之门打开了。"他把话说完。

"什么地狱之门啊?"威廉斯不耐烦地说,"让我跟牧师说话。"

"我不知道牧师人在哪里,不过我想他一定会希望你过来一趟。出人命了。死了好多小孩。"

"什么?"

"总之快点带一大堆人过来。"皮博迪说,"还有一大堆枪。"

又传来一声惨叫。某个沉重的东西——可能是前廊那座老旧的抽屉柜——砰的一声,被翻倒了。

"如果有的话,最好是机关枪。"

走廊上的水晶吊灯落在地上,发出一串碎裂音。皮博迪蜷缩成一团。听起来那怪物似乎正赤手空拳把整个阳光之家拆烂。

"真要命,如果有的话,最好连原子弹都带来。"皮博迪说着,抽抽噎噎哭了起来。

"什么——"

皮博迪不等威廉斯把话说完便挂断电话。他爬到桌子底下,两手抱头。他开始热切地祷告,祈求这一切只是一场梦——他所做过最他妈可怕的噩梦。

15

阿狼在一楼沿着忏悔室与大门间的走廊狂奔,中途只停下来一会儿,推倒了抽屉柜,再轻松纵身一跳,抓住天花板上的吊灯。他像泰山似的抓着吊灯摇来荡去,直到吊灯从天花板上扯下来,小小的水钻与水晶撒得他满身都是为止。

地下边。杰克在地下边。现在……地下边是哪一边?

有个男孩一直躲在衣柜里,他不断担心怪物会扯开他的门,终于,他再也无法忍受这种不安,于是自己起来打开门,冲向楼梯。阿狼抓住他,抛出去,男孩便从走廊一头飞向另一头。他撞上关着的厨房大门,骨骼碎裂,瘫软地跌落在地。

阿狼沉浸在新鲜血液令人陶醉的气味中,他被血濡湿的毛发一绺绺凌乱纠结,垂挂在脸上身上。他试着集中精神思考,这对他来说十分困难——越来越难。他必须赶紧找到杰克,必须赶在他完全丧失思考能力之前才行。

阿狼奔回厨房,他已来过此地,他四肢着地,这样能够跑得更快更轻松……忽然间,经过一扇闭合的门扉时,他想起来了。那个狭小的地方。进到那里感觉就像钻进一座墓穴。那股味道,那股又湿又重、黏在他喉咙里的味道——

地下边。就在那扇门后面。此时此刻!

"嗷呜!"他呐喊着,然而,对躲在一、二楼的少年来说,这是一声高亢、充满胜利感的长嗥。他抬起肌肉结实、原先是两条手臂的前脚,直捶向门板。门板应声爆裂,细小的碎片撒向通往地下室的楼梯。阿狼穿过裂开的门缝,没错,就是这里,这里就是那个窄小的地方,像一道咽喉;从这条路往下走,就能到达那个他和杰克只能乖乖坐着、聆听白衣人谎言的地方。

杰克就在下面。阿狼能够闻到他的气味。

阿狼也闻到那个白衣人的味道了……还有手枪的火药味。

小心啊……

那当然。狼族知道什么叫小心谨慎。狼族骁勇善战,出手时绝不手软,那是当他们必须如此的时刻……狼族深谙小心的意义。

他全速奔驰下楼,寂静得如同一缕轻烟,眼眸迸射出艳红的光束。

16

加德纳的焦虑渐次升高;杰克觉得,他的表情看起来活像个正要踏进游乐园吓人鬼屋的游客。他的眼睛像抽筋似的不断转动,游走于杰克和控制室里的凯西身上,以及通往走廊的那道紧闭的大门之间。

不知道多久前,楼上的躁动就已平息了。

这时桑尼·辛格走向门口。"我上去看看发生——"

"回来!哪儿也不准去!"

桑尼缩了一下,仿佛加德纳赏了他一巴掌。

"怎么啦,加德纳牧师?"杰克问道,"你看起来有点紧张呢。"

桑尼用力打了他一耳光。"你最好给我注意说话的口气,鼻涕脸!否则你铁定会后悔!"

"你看起来也很紧张呢,桑尼。还有你,沃里克。还有那边的凯西——"

"叫他闭嘴!"瞬间加德纳尖叫起来,"你们什么都不会吗?难不成什么都要我亲自动手是吗?"

桑尼又打了杰克一耳光,比先前更用力。杰克的鼻血流下来,但脸上的微笑丝毫不减。阿狼已经非常接近……而且阿狼知道要小心行动。杰克开始抱着虚妄的幻想,认为他和阿狼也许有机会活着逃出去。

忽然间凯西站起来,扯掉头上的耳机,打开对讲机开关。

"加德纳牧师!我从外面的麦克风收到警车的警笛声!"

加德纳狂乱瞪凸的双眼又扫回凯西身上。

"你说什么?有几辆?还有多远?"

"听起来不少。"凯西回答,"还有一段距离,不过是往我们这边来的。我很肯定。"

加德纳的理智在这一刻断线了;杰克亲眼看着它发生。这男人茫然失措地坐着,过了半晌,接着他仔细用手背擦拭自己的嘴角。

不只是因为楼上的骚动,也不只是因为警车就快到了。因为他还知道,阿狼已经逼近了。他的直觉嗅到阿狼的气息了……而他不喜欢这种情况。阿狼,搞不好我们有机会打赢这场仗!搞不好真的有机会!

加德纳将手枪交给桑尼。"我现在没空跟警察打交道,楼上不管发生什么事,我也没空处理,"他说,"与摩根·斯洛特会面才是第一要务。我要去曼西市。桑尼,你和安迪跟我一块去。我先去车库开车,枪给你,看好杰克。等你听到我按喇叭了,再出来找我。"

"那凯西怎么办?"安迪·沃里克问得嗫嗫嚅嚅。

"好、好,随便,凯西也来。"加德纳随口答应,杰克心想,你们这些愚蠢的坏蛋,他在利用你们逃出去。多明显啊!他搞不好还会到日落大道贴张海报昭告天下他是如何利用你们逃出来的呢,偏偏你们的脑袋被蒙蔽得太彻底,连这么明显的事都看不出来。你们就这样一直呆呆坐着,等他按喇叭等上个十年吧,如果这里的食物和卫生纸够你们用那么久的话。

加德纳起身。桑尼·辛格脸上挂着崭新的荣耀感,他走到加德纳的办公桌后坐下,将枪口对准杰克。"如果他那个智障朋友出现了,"加德纳说,"尽管开枪打他。"

"他怎么可能出现?"桑尼问,"他关在禁闭箱里啊。"

"别管那么多了。"加德纳说,"那东西是魔鬼,他们两个都是,毋庸置疑、天经地义,反正只要那个傻大个一出现,就开枪打他,两个都打。"

他手指扒过那一大串钥匙,捡出其中一支。"记得,等我按喇叭。"加德纳说完,打开门,离开办公室。杰克集中精神,想听听警车的声音,不过什么也没听见。

门在阳光·加德纳身后掩上。

17

时间的单位仿佛被拉长了。

一分钟感觉像两分钟;两分钟感觉像十分钟;四分钟感觉像一整个小时。三名奉加德纳之命留下来看守杰克的"学员助理"脸上的表情活像玩官兵捉强盗时被捉到的小贼。桑尼直挺挺地坐在阳光·加德纳的办公桌后——一个他梦寐以求、终于得以享受的座位。他手中的枪口稳稳指着杰克的脸。沃里克站在通往走廊的门口。凯西坐在明亮的控制室里,头上戴着耳机,面无表情地朝向另一边正对着漆黑教堂的玻璃窗,他并不看着什么,只是专心聆听动静。

"拜托,他才不会带你们一起走呢。"杰克突然开口。他稍微被自己的声音吓了一跳。他的语调平稳,毫不畏惧。

"闭嘴,鼻涕脸。"桑尼咒骂。

"可别憋着气等他按喇叭叫你,"杰克说,"否则你可能会窒息身亡。"

"他要敢再说一句话,安迪,你就打断他的鼻子。"桑尼说。

"那就对了,"杰克说,"打我啊,安迪。开枪射我啊,桑尼。警察就快到了,加德纳也开溜了,不久警察就会逮到你们三个,围着一具身上绑着约束衣的尸体。"他停顿一下,修正自己的说法,"一具绑着约束衣、鼻子还被打断的尸体。"

"安迪,扁他。"桑尼说。

安迪·沃里克从门边走向杰克坐着的地方。杰克被绑在约束衣里,长裤与内裤被脱下,堆在脚踝上。

杰克大大方方转过脸,面向沃里克。

"来啊,安迪,"他说,"揍我啊。我不会闪。绝对让你命中。"

安迪·沃里克高举拳头,往后拉……接着却犹豫了。不确定的思绪在他的眼中闪烁。

加德纳的办公桌上放着一个电子钟。杰克瞄了一眼电子钟,再将视线转移到沃里克脸上。"已经过了四分钟,安迪。一个人进车库把车子开出来要花多少时间?尤其在他很急的时候?"

桑尼·辛格从阳光·加德纳的椅子上跳起来,绕过桌子,来势汹汹地冲向杰克。他抡起拳头,尖细猥琐的脸上写满愤怒。桑尼作势攻击杰克,却被块头更大的沃里克拦下。烦忧的神情出现在沃里克脸上,仿佛在说:这下麻烦大了。

"等一下。"沃里克说。

"我用不着听你的话！我不——"

"你们怎么不问问凯西警车现在距离多近了？"杰克问道，而沃里克的眉头皱得更深了。"他抛弃你们了，你们还不知道吗？难不成要我画图解释给你们看？这地方要毁了。他知道——他用鼻子就闻得出来！他把烂摊子留给你们收拾。从楼上的声音听起来——"

沃里克抓得并不紧，桑尼抽回手，往杰克脸上一掴。杰克的脸被打得甩向一边，他慢慢转回来。

"——这烂摊子可大了。"杰克把话说完。

"给我闭嘴，否则我杀了你。"桑尼咬牙切齿。

电子钟上的数字跳了一下。

"五分钟过去喽。"杰克说。

"桑尼，"沃里克的声音有些卡卡的，"把他身上那玩意儿解开。"

"不要！"桑尼的叫喊又生气又受伤……而且隐含着深深的恐惧。

"你应该知道牧师是怎么说的。"沃里克快速说道，"他以前说过的。电视台的人来的时候说的。他说不能给任何人看见约束衣。他们不会了解。他们——"

喀哒！对讲机开启。

"桑尼！安迪！"凯西惊慌大叫，"他们更近了！警车！天哪！我们该怎么办？"

"现在，快把他解开！"除了颧骨上两块火红的圆点，沃里克的脸色惨白至极。

"加德纳牧师也说过——"

"他妈的我才不管他说过什么！"沃里克口气一凛，这下他吐露出一个年轻孩子最害怕的事，"我们会被警察抓起来，桑尼！我们会被关进监狱!"

这时杰克自以为能听见警车的声音了,也有可能,这只是他的想象。

桑尼将受困而举棋不定的视线转向杰克。他半举着手枪,有一瞬间,杰克觉得桑尼真的会开枪打他。

已经过去六分钟了,他们虔心崇拜的教主仍未按下喇叭,向他们宣告从天而降的救星正要降临曼西市。

"要解你自己解。"桑尼老大不爽地对安迪·沃里克说,"我碰都不想碰他。他是个罪人,还是个同性恋。"

安迪·沃里克的手指在杰克身上摸索着,想要解开约束衣时,桑尼回到办公桌边。

"你最好一个字也不要说,"沃里克喘着气说,"别出声,否则我也会动手杀了你。"

右手松开。

左手松开。

两条手臂像没了骨头似的软趴趴垂到膝头。酸痛酥麻的感觉又冒出来。

沃里克剥除杰克身上的束缚。那可鄙的约束衣、皮革绑绳与帆布呈现出可怕的渍褐色,沃里克捧在手中看了一眼,眉头紧蹙,接着快步穿过房间,将它塞进阳光·加德纳的保险柜。

"把裤子穿上。"桑尼说,"你以为我们喜欢看你的东西啊?"

杰克笨拙地穿回内裤,然后抓起长裤的裤头,不小心失手又滑了下去,最后才又拉上穿好。

喀嗒! 对讲机传来声音。

"桑尼! 安迪!"凯西惊慌大吼,"我听到奇怪的声音!"

"警察进来了吗?"桑尼几乎在尖叫。沃里克正手忙脚乱地将约束衣塞进保险柜。"他们闯进大门——"

"不是! 是教堂里面! 我看不到那里的情况,可是我听到有声音——"

玻璃窗炸裂,细小的碎片四散纷飞,阿狼从漆黑的教堂跳出来,冲进控制室。

18

凯西坐在装了滑轮的椅子上,他惊叫着向后滑,播音系统将他可怕的尖叫声放大无数倍。

控制室里宛如卷起一阵碎玻璃风暴。阿狼降落在倾斜的控制台上,凶悍的眼神炯炯发光,他半爬半滑,长长的脚爪不经意地拨动控制台上的键盘与拉杆。大型盘带式录音机开始转动。

"——共产主义者!"阳光·加德纳的声音传送出来。音量控制阀被推到最底,高分贝的播音淹没了凯西的惨叫,也掩盖了沃里克的叫喊,沃里克正大叫着:"开枪射他,桑尼,射他啊,快开枪射他!"然而加德纳的话语并不孤单,凯西设置在外头的麦克风收到一大队警车响着警笛、转进阳光之家车道的声响,成为衬底的背景音效,犹如来自地狱的乐音。

"哦,他们会告诉你,看淫秽书刊没有关系!他们会告诉你,不用在意我们的国家是否立法禁止在公立学校中祷告![1]他们还会告诉你,我们的国家有十六个众议员和两个州长公开承认自己是同性恋,这件事完全不用担心!他们会告诉你——"

凯西的椅子滑到最后,停在隔开加德纳的办公室与控制室的玻璃墙边。他侧着头,有一段时间办公室里的人都能看见他惊恐突出的双眼。接着阿狼从控制台边缘跃下,他的头冲向凯西的肚

---

[1] 一九六〇年,美国一位学生的母亲玛达琳·默里·奥海尔抗议巴尔的摩的公立学校要求她儿子在上课前背诵主祷文,校方不予理会,后来她一状告上最高法院,最后于一九六二年获得胜诉,从此美国立法规定,公立学校不得强迫学生祷告或从事其他宗教行为。

皮……就这么一口气栽进去。他的下颚一张一合,就像一台高速运转的甘蔗收割机,血肉横飞,细小的肉块和鲜血喷溅在玻璃上,凯西的身体抽搐着。

"开枪啊,桑尼,快开枪打那个该死的怪物!"沃里克激动呐喊。

"我觉得,应该先射这个人。"桑尼转过头看着杰克,口气像是终于得到一个重要的结论。他点点头,咧嘴笑开。

"——日子已经来临,孩子们!哦,是的,一个神圣的日子来临了,在这个日子里,那些恶魔附身的共产主义分子、人道主义者将会发现,岩山不能作为他们的盾牌,死亡的树木不会为他们提供庇荫!他们将会发现真相,哦,跟我高喊哈利路亚,他们将会发现真相——"

阿狼低吼着、啮咬着。

阳光·加德纳依旧抨击着共产主义与人道主义,挞伐那些主张祷告仪式应当永远离开公立校园的魔鬼附身者。

外面传来警车声和车门用力摔上的声响;某个人要求另一个人小心行事,报案的孩子听起来吓坏了。

"对,要射你才对。这一切全是你这个祸害惹出来的。"

桑尼举起点四五手枪。枪口看起来宛如奥特莱隧道的洞口那样幽深巨大。

控制室与办公室之间的玻璃墙仿佛发出怒吼,往办公室的方向爆破粉碎,一个灰黑色身影随着这阵爆破出现在室内,一大块尖锐的玻璃破片割裂了他的肌肉,他的脚正在流血。那身影放声咆哮,宛如人类的呐喊,那强烈的意念贯穿杰克的脑海:

你们不可以伤害牲口!

"阿狼!"他大叫,"小心!小心,他手上有枪——"

桑尼连扣两次扳机。枪声在密闭空间中震天响。枪口对准的不是阿狼,而是杰克。然而子弹却撕裂了阿狼的肉体,因为当时他纵身一跃,挡在枪口与杰克之间。子弹贯穿而出时,杰克看见阿狼的体侧开了两个鲜血淋漓的破洞。两颗子弹粉碎阿狼的肋骨后转向,失去击中杰克的机会,他只感觉到一阵疾风擦过左颊。

"阿狼!"

阿狼柔软灵活的行动变得僵硬笨拙。他的右肩向前垮下,撞上墙壁,将鲜血溅到墙上,撞下一幅阳光·加德纳戴着圣帽的照片。

桑尼·辛格得意地大笑,他走向阿狼,又补一枪。他两手合握住枪柄,肩膀因为后坐力震了一下。厚重的硝烟凝结在枪口。阿狼用四条腿撑起身体,挣扎着,用后腿站起来。一声混着痛苦与愤怒的凄厉长嗥压过了扩音器里播放的阳光·加德纳的演讲。

桑尼朝阿狼身上开了第四枪。子弹穿过他的左臂。血滴与碎骨如细雨纷飞。

杰克!杰克!哦,杰克,好痛,我好痛——

杰克跌跌撞撞扑向加德纳的办公桌,抓起电子钟;那是他的手摸到的第一样东西。

"桑尼,小心!"沃里克大叫,"小——"阿狼扑向沃里克,他受伤的身体已经晕开一大片模糊的血污,毛发缠黏纠结。沃里克与阿狼扭打成一团,仿佛正在跳一支双人舞。

"——永远承受火湖的煎熬!因为圣经告诉我们——"

桑尼正要转身,杰克鼓足全身力气,将电子钟往桑尼头上砸下。塑料机壳喀嚓一声裂开。钟面上的电子数字开始闪烁不定。

桑尼转回头,想要举起手枪。杰克一反手,又将电子钟砸向桑尼的嘴角。桑尼的嘴唇被电子钟豁开,宛如一朵灿烂的笑容。喀的一声,他的牙齿应声断裂。他的手指扣下扳机,子弹射中他两腿间的地面。

桑尼撞上墙壁,弹了回来,咧开满嘴鲜血,冲着杰克微笑。他站稳脚步,再次举起手枪。

"该死的——"

阿狼将沃里克丢出去。沃里克的身体轻盈地凌空飞过,在桑尼扣动扳机那一刻,击中桑尼的背脊。子弹乱窜。击碎了盘带录音机的其中一碟转盘。阳光·加德纳高亢激昂的演讲画下休止符。扩音机播放出的只剩一串单调的低音频率。

阿狼气喘吁吁、摇摇晃晃地逼近桑尼。桑尼将枪口对准阿狼,开火,结果只发出一个微弱的、干干的声响。桑尼的笑脸垮下来。

"不。"他无力地自言自语,再次按下扳机,两次、三次……许多次。当阿狼的爪子伸向桑尼时,他将手枪朝阿狼身上丢,企图乘机绕到加德纳的办公桌后,慌乱中将办公桌上的东西挥得散落一地。手枪打中阿狼的脑袋弹开,而阿狼鼓起崩溃前的最后一丝力气,跃过加德纳的办公桌,追上桑尼,攫住他的手臂。

"不!"桑尼尖叫着,"不,你最好别乱来!否则就把你关回禁闭箱,我可是这里的重要人物,我……我……呀呀呀呀呀!"

阿狼揪着桑尼的手臂,扭了一下。啵的一声,就像某个太过心急的小孩扯下烤火鸡腿的声响。一转眼,桑尼的手臂落入阿狼掌中。桑尼跟跟跄跄地逃开,血液自肩膀泉涌而出。杰克看见血淋淋的白色关节。他转开视线,有种想要呕吐的感觉强烈地涌上来。

有一段时间,整个世界融化成一片灰色。

19

当杰克再次看清楚周遭的世界,阿狼正站在这曾经名为加德纳办公室的大屠杀现场中央,摇摇晃晃,他的眼眸是苍白的黄色,宛如即将熄灭的烛光。他的脸庞、手臂、两腿正逐渐产生变化——杰克看见了,他正变回原来的阿狼……于是,杰克明白这代表着什么。古老的传说中有件事情说错了,不是只有银制子弹能打倒狼人,虽然很明显地,狼人被击溃时的情况,传说仍是对的。阿狼正一点一滴变回最初的模样,他就快死了。

"阿狼,不!"杰克哭喊着,使尽吃奶的力气站起来,冲向阿狼。半途中他踩到一摊血迹,一条腿滑跪在地,他再度爬起身。"不!"

"杰克——"阿狼的声音微弱哽咽,只比哮喘大一点点……不过仍然听得清楚。

不可思议的是,阿狼竟试着对杰克露出微笑。

沃里克已经打开加德纳的密门,正迟疑地一步步倒退着走上楼梯,惊骇的双眼睁得老大。

"走啊!"杰克大喊,"你走啊,快滚开啊你!"

安迪·沃里克像只受惊的小白兔,一溜烟逃走了。

对讲机传出人声——弗兰克·威廉斯的声音——截断了原本嗡嗡作响的低频。他的声音听起来无比震惊,却又充满古怪变态的兴奋。"老天,看看这个!简直就像有人拿着切肉机到处乱砍!你们派几个人去厨房检查看看!"

"杰克——"

阿狼宛如被砍断的巨树,轰然倒地。

杰克跪下,将阿狼翻转过来。阿狼脸颊上的毛发以诡异的速度渐渐淡去,仿佛一串间隔定时摄影的连续照片。他的眼珠又变回浅浅的榛木色。在杰克眼中,阿狼看起来无比疲惫。

"杰克——"阿狼举起鲜血淋漓的手,轻抚杰克的脸颊。"打中……你了吗?他有没……"

"没有。"杰克将阿狼的头揽进自己怀里,"没有,阿狼,他没打中我,完全没有。"

"我……"阿狼睁开眼,又缓缓合上。他的笑容甜美得令人难以置信,他小心翼翼说清楚每一个字,仿佛这是全天下最重要的一句话。"我……好……保护了……我的……牲口。"

"嗯,你做得很好。"杰克的眼泪滚落脸庞。他好难受。他将阿狼疲惫、毛发蓬乱的头抱在怀中,放声哭泣。"你保护得很好,好阿狼——"

"好……好杰克。"

"阿狼,我这就上楼去……上面有警察……还有救护车……"

"不!"阿狼似乎正使出身上最后一点力气,想要撑起身体。"走吧……你快走吧……"

"没有你我不走,阿狼!"泪光之中,眼前的景物全化成层层叠叠的影像。杰克将阿狼的头抱在烫伤的手中。"我们要一起走,呜……呜……我不走——"

"阿狼……不想住在这个世界。"阿狼努力吸了口气,吸进他支离破碎的肺里。他艰难地挤出另一抹笑容。"好臭……太臭了。"

"阿狼……听着,阿狼——"

阿狼温柔地握住他的手。杰克感觉得到,阿狼手上的兽毛正逐渐融化。这种触感简直糟糕透顶。

"我爱你,杰克。"

"我也爱你,阿狼。"杰克说,"此时此刻。"

阿狼笑了。

"要回去了呀,杰克……我感觉得到。阿狼要回去了……"

突然间,杰克感到阿狼的手在自己的掌握中变得虚空。

"阿狼!"他放声尖叫。

"我要回家了……"

"阿狼,不要!"杰克觉得自己的心脏被用力拧了一下。他的心要碎了,原来,心真的会碎,他尝到那滋味了。"阿狼,你回来啊,我爱你啊!"他觉得阿狼体内生出一道光晕,感觉像是阿狼正逐渐变成一株就要飞散而去的蒲公英……或者只是一抹幻影中的微光,一场即将消失的梦境。

"……再会了……"

阿狼是一块逐渐褪淡消解的水晶。越来越淡……越来越模糊……

"阿狼!"

"……爱你,杰……"

阿狼消失了。地上只留下一摊殷红的血水,勾勒出阿狼的轮廓。

"噢,天哪,"杰克呻吟着,"噢,天哪,天哪。"

杰克抱着自己,在这破败狼藉的办公室里,他的身体止不住地摇晃,悲怆哀泣着。

二十七
重登旅程

1

时间流逝。杰克不知究竟过了多久。他抱着自己的身体,仿佛约束衣还穿在身上,他哭着,前后摇晃,怀疑阿狼是不是真的与他永别了。

他死了。是啊,他死了。你猜猜看哪,杰克,是谁害死他的?是谁呢?

某个时候那持续嗡嗡作响的低频突然爆出一阵拔尖的噪音。接着又是一串刺耳的信号杂音,下一秒,一切骚动全数平息——共鸣低频、楼上的窸窣声、停在阳光之家门口的引擎声。杰克几乎全然不察。

走吧。阿狼说快走吧。

我没办法。没办法没办法。我累了。我的所作所为全是错的,永远都会有人因我而死——

够了没有,你这个自艾自怜的混账东西!想想你母亲,杰克。

不要!我好累。别管我。

想想女王。

求求你,别再烦我了——

终于,他听见楼梯顶端的门被打开,这使他惊醒过来。他不希望在这办公室里被人发现。就让他们在外面的后院逮到他吧,但不要在这里,不要在这个自己曾经受到酷刑、挚友丧生,乌烟瘴气、血流成河的腥臭空间里。

杰克几乎像行尸走肉似的拿起那个标注"杰克·帕克"姓名的信封袋,他往袋里看,看见了拨弦片、银币、他破烂的皮夹与《兰德·麦克纳利公路地图集》。他摇摇信封袋,找到了弹珠。他把这些东西全塞进背包,背起行囊,感觉自己仿佛处在催眠状态。

脚步声落在阶梯上,缓慢而警戒。

"——该死,电灯开关在哪里——"

"——好怪的味道,像动物园——"

"——小心,孩子们——"

杰克不经意看见那只不锈钢档案箱,箱子里整整齐齐搁着一叠信封,每个信封上都印了那句标语:"我愿成为主耶稣的阳光"。

如果你现在走出去被逮到了,他们会用抢劫和杀人罪名逮捕你。

无所谓了。此刻的他,一举一动只是为了动作本身,此外没有任何更深的含义。

后院看起来空无一人。杰克穿过一道夹层门后的楼梯,登上顶端,四面环视,他几乎不敢相信自己的眼睛。前面不停传来人声、跳动的光线,偶尔还有警方对讲机发出的通话音和杂音,然而后院却空空荡荡。一点道理都没有。不过杰克猜想,是否光是阳光之家内部的惨状,就足够让他们困惑、不安……

接着有个闷闷的声音从杰克左方传来,距离不到二十英尺:"天哪!你能相信吗?"

杰克匆匆转过头。矗立在泥地当中,宛如铁器时代粗陋灵柩的,正是禁闭箱。一道手电筒光束正在里面移动。杰克看见一双鞋底露在箱口,还有个人蹲在入口,正在检查禁闭箱的门。

"你看这铰链,整个被硬拔下来。"站在门边的人大声朝禁闭箱里说,"我想不出什么样的人有力气干出这种事。这铰链是钢做的,竟然被扭成这样。"

"别管那该死的铰链了。"箱里传出回应,"这该死的东西……

他们把小孩子关在这里头,保罗!我真的这么认为!小孩子哪!这里面的墙上刻着字母……"

光束游走。

"……还有圣经上的话……"

光束又动了一下。

"……还有涂鸦。小小的涂鸦。小小的男人和女人,看起来是小孩子的画法……真要命,你觉得威廉斯知道这档事吗?"

"他铁定知道。"名为保罗的警察仍在打量扭曲变形的铰链。

保罗弯腰查看禁闭箱内部,而他的伙伴正要退出来。杰克并未刻意躲藏,就这么直接从两人后方穿过院子。他沿着车库边缘,最后走到大马路边。从这里,他能看见阳光之家前院那堆任意停放的警车。就在杰克伫立观看的同时,一辆救护车从远方驶来,警示灯灯光闪烁,警报声呜咽呜叫。

"我爱你,阿狼。"杰克喃喃自语,用手臂揩了揩眼角的泪水。他走上漆黑的道路,相信自己不出一英里就会被警车追上。然而三个小时过去,他的脚步仍未停止,显然,阳光之家里有太多事情让警方忙不过来了。

2

前方有条公路,过了下个山丘,或是再下个山丘就能走到吧。杰克看得见地平线上的公路蜿蜒成一道绽放橘黄光芒的弧线,听得见远方大型车辆飕飕驶过的声响。

他在一个遍地垃圾的小山沟停下,就着涵洞流出的细小水流清洗脸部和双手。冰冷的水差点让他的手冻僵,但至少能让他颤抖不已的双手暂时平静下来。戒备的心情不请自来地复苏过来。

杰克原地呆立了半晌,头顶上是印第安纳州漆黑的夜空,耳里听见的是大型卡车川流不息的咆哮。

风钻过树林间隙,絮絮吟唱,掀起杰克的头发。失去阿狼,他的心情万分沉重,然而即便如此,也改变不了重获自由那种无可比拟的喜悦。

一个小时后,一辆卡车遇见一个竖着大拇指、神情疲惫的男孩,于是在路肩停车。杰克爬上车。

"你要上哪儿去,小朋友?"卡车司机问道。

杰克的身体太过疲惫,心灵的哀怆又太过深刻,他甚至不愿费神抬出搭便车用的身家故事——反正那套故事连他自己都记不太清楚了。可能过一阵子自然会想起来吧,他想。

"往西走。"他说,"能走多远算多远。"

"那就到中部喽。"

"都好。"杰克说完,旋即沉沉入睡。

巨大的卡车滑过印第安纳州凄冷的黑夜,录音带正拨送出查理·丹尼斯的歌曲,汽车向西前行,追逐着自己朝伊利诺伊州方向探照而去的车灯。

二十八
杰克之梦

1

当然他仍带着阿狼同行。阿狼已经回家了，然而他壮硕忠诚的影子仍追随着杰克，跟着他换过一辆辆卡车、小货车和脏兮兮的轿车，风尘仆仆地横越伊利诺伊州的公路。他微笑的幽魂渗入杰克心底。有时，他能看见——几乎真的看见——阿狼毛茸茸的高大身影就在他身旁跳跃，奔驰过连绵的田野。自由自在的阿狼望着杰克，双眼绽放出鲜橘色光芒。当他转开视线，杰克察觉，阿狼握着他的大手早已不存在了。他深深思念着阿狼，然而想起自己曾经那么不耐烦地对待阿狼，又令他羞愧得满脸通红。那时想要抛弃阿狼的念头出现过多少次，他自己都算不清了。太可耻、太可耻了。阿狼他……杰克想了好久才想起这个字眼，阿狼他很高尚。而这高尚的生物，与这世界如此格格不入的阿狼，他牺牲了自己的性命。

我守护了牲口的安全。然而杰克·索亚再也不是他的牲口了。我守护了牲口的安全。好几次，卡车司机也好、保险推销员也好，他们在路边停下，让一个奇怪的、吸引人目光的男孩上车——他们竟然愿意让这衣衫褴褛、脏兮兮的男孩坐进车里，其中有些人甚至一辈子不曾让人搭过便车——然后不经意地发现那男孩正兀自流着眼泪。

横越伊利诺伊州的旅途上，杰克一路哀悼着阿狼。不知怎地，一进入伊利诺伊州，他就知道自己要搭便车绝对不成问题，事实上也确实如此。只要有车开过来，他看着司机的眼睛，举起大拇指，就立刻有车可搭，轻轻松松。大部分愿意载他的人甚至连听听身家故事的兴趣都没有。杰克只消用最简短的几句话说明自己为什么独自旅行便打发一切。"我要去斯普林菲尔德市找个朋友。""我要去那里把车开回家。""了解、了解。"开车的人漫应着——他们真的听见他说的话了吗？杰克无法分辨。有关阿狼的回忆在他脑中高速运转，魔域中的阿狼跳进溪里抢救他的牲口，阿狼将鼻子塞进装汉堡的盒子里，阿狼将血淋淋的生肉送进柴房门缝，阿狼冲破玻璃窗跳进控制室，阿狼用身体挡住子弹，阿狼在他怀里融化……杰克并不想一再看见这些画面，偏偏他控制不了，而回忆永远令他鼻酸。

出了丹维尔后不远，方向盘后的男人不断悄悄打量杰克，最后总算开口了："你不冷吗，小伙子？你身上那件小外套不够保暖吧？"男人个头不高，铁灰色头发，看起来五十多岁模样，脸上那带点顽皮又坚定的神情，感觉像个已经教五年级教了二十年的小学老师。

"有点。"杰克说。阳光·加德纳认为这件牛仔夹克便足够让在田里干活的男孩撑过冬天，不过此时严寒的天气正如尖针般戳进这外套里。

"后座有件外套。"男人告诉他，"拿去吧。不，你别跟我客气，那外套是你的了。别担心，我不会因此冻死的。"

"可是——"

"不用跟我争了。我说是你的就是你的。快穿上吧。"

杰克的手朝后座摸索，将一个又长又重的东西拖回自己腿上。起初这物体形象模糊，后来一个大口袋的形状浮现出来，接着是一颗棒形纽扣。这是件毛呢外套，沾满了烟草味。

"那是我的旧衣服。"男人说，"不知拿它怎么办，只好一直放在后座。去年我的孩子送了件鹅绒外套给我。总之你穿上吧。"

杰克没有脱下牛仔夹克，直接把外套穿了上去。"天哪。"他赞叹道，感觉就像被只热爱双帆牌烟草的熊抱在怀里似的。

"好极了。"男人说,"从此以后,当你站在马路上的寒风中,心里可别忘了谢谢伊利诺伊州奥格登市的迈尔斯·基格,让你的肌肤不被冻伤,让——"迈尔斯·基格似乎还有更多话要说,未竟的话语在空气中悬了半晌,微笑仍挂在基格脸上,接着,笑容收束成一抹难堪的尴尬表情,基格扭过头,瞪视前方。灰蒙蒙的晨曦中,杰克看见红晕在基格的脸上扩散开来。

你(怎么样的)肌肤?

天哪,不会吧。

你美丽的肌肤。你秀色可餐、引人遐想的肌肤……杰克将两手放进毛呢外套口袋,让外套紧紧包住自己。伊利诺伊州奥格登市的迈尔斯·基格先生,两眼笔直凝视着正前方。

"啊嗯。"基格哼了一声,简直就像漫画里跑出来的人物。

"谢谢你送我外套。"杰克说,"真的很感激。每次我穿上的时候都会在心里谢谢你的。"

"哪里,别客气。"基格说,"小事一件。"有一瞬间,他的脸看起来竟然像是阳光之家那可怜的唐纳德·奇肯。"前面有个地方,"基格的语调有些不稳,满是强装出来的镇定,"如果你愿意,我们可以一起吃顿午餐。"

"我身上一毛也不剩了。"杰克说谎。这个谎言与真相的差距是两元钱三十八分。

"这不用担心。"基格说着,打了方向灯。

他们开进一座几乎没有车辆停放的停车场,强风刮过空旷的停车场,前方有座低矮的灰色建筑,看起来犹如一节火车车厢。正中央的门上挂着一块霓虹招牌,"帝国餐厅"几个大字闪闪发光。基格在餐厅其中一扇窗前停妥,两人一起下了车。杰克发现,这外套的确十分保暖。他的胸腔与手臂宛如受到羊毛盔甲的保护。杰克朝霓虹灯闪烁的入口走去,走了几步,才发现基格没跟上来,还站在车边。杰克回过头,只比杰克高一两英寸的基格正隔着车顶凝视着他。

"我在想……"基格说。

"没关系,我很乐意把外套还给你。"杰克说。

"不,外套已经是你的了。我只是在想,我其实没有那么饿,如果我继续赶路,就能早点回到家。"

"当然。"杰克说。

"你在这里一定可以搭上别的便车,很容易的,我保证。否则我不会把你一个人丢在这里。"

"没问题。"

"等等。我说过要请你吃午餐,我说到做到。"他把手伸进长裤口袋,掏出一张钞票,越过车顶递给杰克。冰冷的风吹乱他的头发,将他的刘海压平在额头上。"拿去。"

"不,真的。"杰克说,"没关系的。其实我身上还有点钱。"

"吃顿好的吧,吃客牛排。"基格趴在车顶上,伸长了手递出钞票,像是送出救生圈,也像在伸手替自己够个救生圈。

杰克勉为其难走上前去,接过基格指尖的钞票。那是张十元钞票。"谢谢你。我真的很感激。"

"对了,把报纸也拿去吧,至少还有点东西可以打发时间。你知道,有时候可能得等上一阵子才有便车。"车门已经打开,基格弯腰从后座抓起一份折叠起来的小报。"报纸我已经看过了。"他往杰克的方向抛过去。

毛呢外套的口袋很深,足以放进整份叠好的报纸。

迈尔斯·基格在敞开的车门边站了一会儿,眯着眼凝视杰克。"希望你不介意我这么说,但我相信你的人生会很多彩多姿。"他说。

"已经够多彩多姿了。"杰克由衷地说。

汉堡肉排一份五元四十分,还附带一份炸薯条。杰克坐在柜台最边缘,摊开报纸。那则新闻在第二版——昨天,杰克在另一份印第安纳州的地方报上看见它登在头版。阳光之家血案,相关人士遭到逮捕。印第安纳州卡尤加的地方治安官厄内斯特·费尔柴尔德与警官弗兰克·威廉斯,日前在州警调查阳光·加德纳的基督教迷途少年之家六名学员丧生的惨案过程中,依滥用公款与受贿罪嫌遭到起诉。广受欢迎的福音传教士罗伯特·"阳光"·加德纳显然在警方抵达阳光之家不久前逃逸,尽管针对加德纳的缉捕令尚未签发,警方目前仍急于追寻他的下落,希望他出面回答一些问题。报上登着一张加德纳的照片,照片中的他俊美迷人,双臂伸展开来,倾泻而下的头发形成两道美丽的波浪。照片下方印着一行字:"下一个吉姆·琼斯①?"州警在警犬协助下,找到通电围篱附近一处藏尸地点,挖出五具少年尸体,大部分尸体已严重腐烂,身份难以辨识。他们或许能辨认出费尔德·詹克洛的身份,好让他的双亲为他举行一场真正的葬礼,并在埋葬他时不断怀疑自己,他们哪里做错了;他们将不断苦思,他们对主耶稣的爱,如何变成一场磨难,降临在他们聪明而叛逆的孩子身上。

汉堡肉排送上来,马马虎虎,火候不够,有些太咸,但杰克还是吃得一干二净,连一滴肉汁都不剩。就在他即将吃完之际,一个满脸胡子的卡车司机来到杰克身边。卡车司机长长的黑发胡乱塞在底特律老虎队的棒球帽里,身上的外套看起来像狼皮做的,他嘴里叼着根雪茄,问杰克道:"小鬼,你要搭便车往西走吗?我要去迪凯特。"到了那里,离斯普林菲尔德市的路程就只剩一半了。就这么简单。

---

① 吉姆·琼斯(1931—1978),原为美国一名基督教牧师,早年热心帮助穷人,反对种族歧视,后创立颇受争议的"人民圣殿教",一九七八年胁迫近千名教众服毒自尽。

2

　　当晚,杰克住进一家卡车司机告诉他的便宜旅馆,一晚只要三元钱。杰克清清楚楚地做了两个梦;也有可能当晚众多梦境如洪水般冲刷过他的卧铺,而他事后只记得这两个;或者还有可能,这两个梦其实只是一个很长的梦。睡前他锁上房门,在角落布满污渍和裂缝的水槽里小便,将背包塞在枕头下,然后握着那颗到了魔域就会变成镜子的大弹珠沉沉睡去。朦胧中他听见一丝音乐,简直就像电影配乐似的——激动热烈的咆勃爵士乐,细小的音量只够让杰克隐约辨识出主音乐器是把小号和中音萨克斯。理查德,杰克昏昏沉沉想着,明天就能见到理查德·斯洛特了,接着他滑落音阶筑成的斜坡,滑进模糊不清的意识里。

　　梦境是一片烟雾缭绕的焦土。阿狼正朝他跑来。一道道铁丝网凸出尖刺,一圈圈肆无忌惮地盘卷蔓延,阻绝在两人之间。枯萎的大地裂开许多深沟,割裂地面,阿狼轻松跳过其中一道沟壑,迎面而来又是另一道紊乱的铁丝网。

　　——小心啊,杰克大叫。

　　阿狼在跳进铁丝网前收住脚步。他挥舞一只大手,向杰克示意自己并未受伤,接着谨慎地穿过一圈圈缠绕的铁丝。

　　杰克激动地感到一股说不出的安心与快乐。阿狼没死;阿狼又能和他一起西行了。

　　阿狼总算穿过铁丝网的包围,再度朝杰克跑来。杰克与阿狼之间的路程诡异地延长成原先的两倍——灰黑的烟雾从深沟里往上蹿,几乎遮蔽了阿狼毛茸茸的高大身影。

　　——杰森!阿狼叫着,杰森!杰森!

　　——我还在这里,杰克喊回去。

　　——过不去呀,杰森!阿狼过不去!

——再试一下,杰克高喊,该死,别放弃啊!

　　阿狼在一团复杂浓密、无法穿越的铁丝网前停下脚步,烟雾中,杰克看见他四脚着地,在铁丝网前来回踱步,鼻子在地上嗅着,想要寻找缺口。他踱着步子从一边走向另一边,距离一趟比一趟拉得更远,时间一分一秒过去,阿狼脸上的神情越来越焦急。终于,阿狼站起来,用手将铁丝网向下拉开一点,对着杰克大喊——阿狼不行呀!杰森。阿狼过不去!

　　——我爱你,阿狼!杰克的呼喊穿越野火闷烧的原野。

　　——杰森!阿狼的呼喊传回来,千万小心!他们来找你了!比之前更多了。

　　——更多什么?杰克想要大叫,却叫不出来。他知道答案。

　　接着,若不是这梦里的场景一瞬间全换了,就是另一个新的梦开始了。杰克又回到阳光之家那个残破不堪的办公室里。手枪的火药味、烧焦的血肉味盘踞在空气中。辛格残缺不全的尸体散落各处,已经死去的凯西挂在破碎的玻璃窗口。杰克坐在地上,怀里抱着阿狼。他知道,阿狼就快死了。只不过,阿狼不是阿狼。

　　杰克正抱着理查德·斯洛特抽搐不已的身躯,将死的人变成理查德。在他那副正经八百的黑色胶框眼镜后方,理查德的双眼迷蒙失焦,痛苦地闪动着——噢,不,噢,不要啊,杰克惊恐地呻吟。理查德的臂膀残破,白色衬衫染满鲜血,胸膛开了个血肉模糊的大洞,断裂的骨骼凸出,森冷的白光摇曳,像一颗颗牙齿。

　　——我还不想死啊,理查德艰难地吐出每一个字,杰森,你不该……你不该……

　　——你不能死啊,杰克哀求着,不能连你都离开我啊。

　　理查德的身体在杰克怀中剧烈痉挛,清澈而缄默的眼眸迎上杰克的视线,喉头逸出两个长而飘忽的音节——杰森。理查德吐出的语音轻盈地悬浮着,几乎与这发臭的空气相称——是你杀了我。理查德悠悠吐出这句话。你害死我。他的嘴唇已失去控制,咬字不清。理查德的视线再度失焦,他躺在杰克的臂弯里,身体一瞬间变得万分沉重。生命已然离开这具躯体。杰森·德罗希安震惊地仰望上空——

3

——杰克·索亚在冰冷、陌生的床上惊跳起来。他在伊利诺伊州迪凯特市一家廉价旅社里。窗外的路灯照进房里,他在昏黄的光线中看见自己吐出的气息,仿佛要将累积了两个月的空气一口气吐干净。他十指交握,竭力忍住叫喊,他用力捏着自己的手,几乎能徒手捏碎一只胡桃。又一丝气息从他肺部深处挤压出来,凝结成一道冷雾。

理查德。

阿狼在那死亡的世界里奔跑,大声呼唤他的名字……哪个名字?杰森。

廉价旅馆中的男孩心脏猛然一紧,剧烈的跳动犹如赛马踢开面前的围栏。

二十九
寻访理查德

1

次日上午十一点,疲惫不堪的杰克·索亚在一块宽阔草坪边缘解下背包。草坪包围着远方的建筑群,干枯成褐色的草皮覆盖其上。远处,两个穿着格纹外套、头戴棒球帽的男人正沿着建筑物边缘扒扫地上的落叶。杰克左手边,塞耶中学红砖图书馆正后方是教职员专用停车场。进入塞耶中学巍峨的大门后,有条行道树罗列的宽敞车道,车道环绕着一大块方场,方场上另外还有窄小步道,纵横交错成十字形。若论及这座校园中最抢眼的建筑,便非图书馆莫属——运用了大量玻璃、金属和水泥砖的包豪斯式①建筑。

杰克看见另一条通道接上图书馆前方的侧门。这条通道长度大约占据校园宽度的三分之二,尽头的死胡同是垃圾场,再过去是道斜坡,地势攀上去之后的草地便成了这所学校的足球场。

杰克横越球场边缘,走向教室后方。等到学生全都去餐厅用餐,他便可以着手寻找理查德的房间——纳尔逊馆,五号入口。

冬季干枯的草皮在他脚下发出酥脆的声响。杰克拉紧迈尔斯·基格送他的高级毛呢外套——假如杰克看起来不像,这外套起码让他看起来有点学生的样子。他走在塞耶大楼与高年级宿

---

① 包豪斯,人们对"现代主义风格"的另一种称呼,源起德国的包豪斯工艺美术学校,其理论与学说影响深远,主张适应现代大工业生产和生活需要,讲求建筑、技术和经济效益,即"生活重于艺术"。

舍斯彭斯馆两栋建筑之间,朝方场方向走去。午餐前慵懒的人声从斯彭斯馆的窗口流泄出来。

2

杰克向前望去,发现方场上有一尊青铜像,铜像的基座高度与木匠的锯台差不多①。那铜像是名长者,微微驼背,站立着检视手中一本厚重书本的封面。塞耶的创校人吧,杰克推测。铜像的衣着是硬领衬衫、平滑的领带、长大衣,模样像是个新英格兰先验主义者,它歪斜着端详巨册的头约略指往教室方向。

走到路的尽头,杰克向右转。突然一阵骚动从头上的窗户传出来——一群少年在窗边大叫某人的名字,听起来像是:"埃瑟里奇!埃瑟里奇!"接着爆发一阵叫嚣,加上一阵硬木家具拖过木头地板的声响。"埃瑟里奇!"

杰克听见背后传来关门声,他回过头,看见一个长腿少年快步跑下斯彭斯馆的阶梯。长腿少年一头脏兮兮的金发,穿着一件花呢运动外套,系着领带,脚下是双缅因豆豆猎人鞋。他身上唯一的御寒物品只有一条蓝黄相间的围巾,在脖子上绕了好几圈,剽悍的长脸神态傲慢,怒气冲冲的模样满是高年级生自以为是的正义。杰克拉起外套的帽兜,罩住头,继续往下走。

"不准任何人乱动!"长腿男孩对着紧闭的窗户吼叫,"你们这些菜鸟,不准动!"

杰克继续往前方的建筑物移动。

"你们在搬椅子!"长腿男孩在杰克身后大喊,"我听见了!快住手!"接着杰克听见这名生气的高年级生对自己大叫。

杰克转身,心跳得好急。

---

① 约两英尺八英寸到三英尺左右。即八十到九十厘米。

"我管你是谁,现在给我回去纳尔逊馆,用跑的,快,给我尽全力跑回去。否则我就向你们的舍监报告。"

"是,学长。"杰克连忙转向,朝长腿男孩所指的方向走去。

"你起码迟到了七分钟!"埃瑟里奇斥责,杰克转为小跑步。"我说过了,用跑的!"杰克跑得更快了。

杰克走下山坡时(他但愿自己没走错方向;反正,那似乎是埃瑟里奇注视的方向),他看见一辆黑色加长轿车正要转进塞耶中学大门,沿着车道开往方场。杰克觉得,隐藏在漆黑车窗背后的,绝对不会只是某个学生家长那么单纯。

黑色加长轿车傲慢地缓缓向前推进。

不行,杰克心想,我这是自己吓自己。

然而他依旧挪不开脚步。杰克凝视着轿车开到方场尽头,停下来,引擎并未熄火。驾车的司机是个黑人,肩膀线条犹如赛跑选手般精壮,他走下车,拉开后座车门。一名陌生的白发老人吃力地爬出座位。老人身上披着乌黑的大衣,加上乌黑的领带,使得一袭洁白的衬衫看来格外显眼。老人对司机微微颔首,踩着艰难的步伐穿过方场,往塞耶大楼方向走去。他的视线从未触及杰克所在的方向。司机刻意仰起脖子观望天际,仿佛正在估量下雪的几率。杰克往后退,注视着老人走向大楼前方的台阶。司机继续审视着天空。杰克悄悄退回小径,直到建筑物遮住自己的行踪,然后转身跑开。

纳尔逊馆在方场另一边,是栋三层楼砖造建筑。一楼有两扇窗户,让杰克有机会见识到一群十来个高年级生如何享受他们的特权:有些人懒洋洋地躺在沙发上看书、围着茶几打牌,还有些人出神地盯着窗户下方一处发亮的角落——那地方想必摆了台电视。

一扇看不见的门在坡道上方砰的一声关上,杰克瞥见金发长腿的埃瑟里奇已经处理完为非作歹的一年级新生,正昂首阔步走回自己的宿舍。

杰克横过建筑物前方、走到侧边时,酷寒的强风扑袭而来。绕过转角,出现一扇窄门,上方挂着门牌(木制的,白色漆底,字体是黑色歌德体)注明:"五号入口"。一长排玻璃窗延续到建筑物的下个转角。

第三道窗口——真是让人松了口大气。因为,理查德·斯洛特端端正正坐在这扇窗里,整齐地系着领带,眼镜稳当地挂在鼻梁上,双手微微沾染墨水痕迹,读着厚厚的课本,仿佛正为了人生的幸福而努力。他侧面对着杰克,于是杰克在敲窗呼唤前,有时间好好看看亲爱的朋友久违的身影。

听见窗户的声响,理查德陡然从书页中抬起头。突如其来的声音将他吓了一跳,理查德睁大眼睛四下张望。

"理查德。"杰克轻声呼唤,唤来的是老友震惊得近乎痴傻的表情。

"开窗。"杰克夸大地咬字,好让理查德读清楚自己的唇形。

理查德起身离开书桌,惊讶中动作有些迟缓。杰克打手势要理查德将窗户往上拉。理查德走到窗边,双手放在窗框上,严厉地瞪着杰克好一会儿——他责备的目光落在杰克这蓬头垢面的不速之客身上。你到底在搞什么鬼? 终于,他拉开窗户。

"嗯,"理查德说,"一般人都是从门口出入……"

"好呀,"杰克差点笑出来,"等我跟一般人一样的时候,我大概也会从门口进去。先让开点,好吗?"

理查德后退几步,脸上表情活像在毫无防备的情况下遭到偷袭。

杰克双手一撑,跳上窗台,头先钻进窗户。"呼。"

"嗨,你好啊。"理查德说,"看到你,我想应该多少算值得高兴的事吧。再不久我就得去餐厅吃午饭了。我猜你应该可以乘机冲个澡。那时候大家都会下楼到餐厅去。"他停下来,仿佛被自己一口气说了那么多话吓一跳。

杰克明白,可能需要小心处理与理查德之间的互动。"能不能请你带点食物回来给我？我快饿昏头了。"

"好啊，"理查德说，"首先你离家出走,把包括我爸在内的一大票人搞到抓狂,然后你像个小偷一样突然闯进这里,现在还要我偷东西回来给你吃？好、好啊，那有什么问题,太棒啦。"

"我有很多话要跟你说。"杰克说。

"如果，"理查德双手搁在口袋里,微微前倾。"如果你肯今天就动身回新罕布什尔,或者,如果你愿意让我打个电话给我爸,让他来这里接你,那我就想办法替你弄些吃的回来。"

"我会把事情经过一五一十告诉你,理查德小子。什么都说。我也会跟你讨论回去的事,我保证。"

理查德点点头。"先说,你究竟跑去哪里了？"理查德躲在厚厚镜片后方的两只眼珠目光炯炯,用力眨了一下。"还有,你跟你妈这样对待我爸,你打算怎么解释？该死,杰克,我真的认为你应该回新罕布什尔去。"

"我会回去，"杰克说，"我向你保证。不过回去之前我得先把一个东西弄到手。这里哪儿可以坐下？我快累死了。"

理查德朝床铺点点头,接着——十分典型地——挥挥手指着书桌前的椅子,椅子离杰克比较近。

走廊上发出房门关上的声音。一群人嘈杂的脚步声经过理查德房门口。

"你听过一个叫阳光之家的地方吗？"杰克问道，"我在那儿待过,还有两个朋友死在那里。而且我告诉你,其中一个过世的朋友是个狼人。"

理查德脸色一沉。"哇,那可真是太巧啦,因为——"

"我真的住过阳光之家,理查德。"

"你说了算。"理查德说,"好吧。我大概半小时后回来,会带点食物给你,到时候我再告诉你住我隔壁的人是谁。不过,你该不会打算跟我说些西布鲁克岛之类的事吧?你要老实告诉我。"

"嗯,我想是吧。"杰克让迈尔斯·基格送他的外套滑下肩膀,然后叠起来,挂在椅背上。

"我很快回来。"理查德说。他一边走出去,一边不确定地对杰克挥挥手。

杰克踢掉鞋子,合上眼睛。

3

理查德口中所谓"西布鲁克岛之类的事",杰克跟他朋友一样,将这段往事记得清清楚楚。那是他们最后一次共度夏天,在西布鲁克岛上发生的事。

菲尔·索亚生前,索亚与斯洛特两家人每年都会一起外出度假。他过世后那年夏天,摩根·斯洛特与莉莉·索亚曾试图维持这个传统,于是在南卡罗来纳的西布鲁克岛替四人订下度假旅馆。两家人曾在此地度过许多最美好欢乐的夏日假期,然而这个尝试最终仍以失败收场。

两家结伴出游对两个男孩来说早已稀松平常,他们也非常习惯到西布鲁克岛这类地点度假。理查德·斯洛特和杰克·索亚蹦蹦跳跳地在度假旅馆与辽阔的沙滩上度过他们的童年时光——如今整个气氛莫名改变了。突如其来的肃穆笼罩他们的生活,古怪而别扭。

菲尔·索亚的死让未来的色彩变了调。那个夏天过后,杰克开始觉得,也许自己并不想继承父亲的位置,坐在同一张办公桌后方——对于未来的人生,他想要的更多。更多什么呢?他心底明白——这是他的人生中,少数感到清楚确定的事情之一——这股"想要更多"的强烈渴望与他的白日梦境有关。当他洞察自己这份欲望时,也意识到一些其他事情:他的挚友理查德也有能力体察这份"想要更多"的欲望,而事实上很显然地,他所追求的却是恰恰相反的方向。理查德想要的更少;理查德排斥任何超出自己预期范围的事物。

高级度假旅馆在午餐过后、晚餐的餐前酒之前,总能营造出一种悠闲无拘束的氛围,趁着这段时间,杰克与理查德两人自己四处溜达。其实他们没有走得太远——只走到附近一座树木葱郁、能够俯瞰旅馆背后的小丘上。他们脚下,旅馆游泳池水光潋滟,莉莉·卡瓦诺·索亚正轻松自在地在水中游过一圈又一圈。理查德的父亲坐在池畔一张餐桌旁,身上披着浴袍,白皙的脚上挂着夹脚拖鞋,一边大嚼总汇三明治,一边忙着拨电话,处理业务。

"这就是你想要的吗?"杰克问理查德。他四肢摊开躺在地上,理查德在一旁端正地坐着,手中捧着一本书——不令人意外——是《爱迪生的一生》。

"我想要什么?你的意思是,我长大以后想做什么吗?"理查德似乎被问得有些窘迫,"这种生活应该不错吧,我想。但我不确定自己想不想要就是了。"

"你知道自己想要什么吗,理查德?你老是说,以后想当个化学家,"杰克说,"为什么你要这么说?那有什么意义?"

"我就是想当个化学家啊。"理查德微笑。

"你应该懂我的意思吧?我是说,当个化学家的重点是什么?因为你觉得那样很有趣?还是认为自己可以发明治疗癌症的药物,然后拯救无数人的性命?"

理查德毫不掩饰地凝视杰克,他的双眼在几个月前才开始戴的近视眼镜后方看来有些变形。"没有,我没想过什么能不能治疗癌症的问题。那甚至不是重点。重点是,无论外表看来如何,整个世界确实遵照着既定的秩序运行,而且你能自己动手将它挖掘出来。"

"秩序。"

"对。你在笑什么?"

杰克笑得更开了。"你一定会觉得我疯了。我想找出点什么,能够让这一切——有钱的家伙追着高尔夫球、成天对着电话大吼——让这一切显得很病态。"

"已经看起来很病态了。"理查德的口气没有半点开玩笑的意思。

"有时候你难道不觉得,生命中存在某些大于秩序的东西?"他瞥了一眼理查德天真、带着怀疑的面孔,"难道你不希望出现一点魔法吗,理查德?"

"你知道吗,有时候我觉得你简直是唯恐天下不乱。"理查德说着,脸上微微泛起潮红,"我觉得你在拿我寻开心。跟我扯魔法那套,等于是在摧毁我信仰的法则。事实上,你摧毁的是真实。"

"也许真实不止一个。"

"如果是在《爱丽丝梦游仙境》里,那当然了!"理查德逐渐失去耐性。

他用力踱着步子,穿过树林,这时杰克才首次意识到,因为自己的白日梦境所引发的肺腑之言触怒了好友。个头较高的杰克两三步便追上理查德。"我不是在拿你开玩笑。"他说,"我只是有点好奇为什么你老说想当个化学家。"

理查德顿了一下,严肃地凝视杰克。

"别再拿这种话题让我抓狂了,"理查德说,"我希望这话题只留在这个岛上。就算我最好的朋友没发这种失心疯,光是当个美国国内少数几个神志清醒的人就够累的了。"

从此以后,每逢杰克打开话匣子,稍微流露出一点天马行空的奇想,理查德·斯洛特便会当场制止,并将它们全都归类为"西布鲁克岛那码子事"。

4

理查德从餐厅回来时,杰克已经冲过澡,头发湿漉漉地黏在头皮上,正漫不经心地翻着理查德桌上的书籍。理查德开门进来,手上晕开一大片油渍的餐巾纸里显然包着分量不少的食物,这时杰克心里正想着,假如这人桌上摆的是《魔戒》和《沃特希普荒原》①,而不是《有机化学》和《数学谜题》的话,会不会让接下来的谈话进行得顺利一点。

"今天午餐吃什么?"杰克问道。

"算你好运。喏,南方炸鸡——是这餐厅里少数不会让你为了死去的动物成为食物链一环而产生怜悯之心的菜之一。"他将那包油腻腻的餐巾纸递给杰克。四块肥厚的鸡肉发散出的香气浓郁美味得不可思议。杰克狼吞虎咽地吃下肚。

"你什么时候吃相变得那么难看?"理查德推推鼻梁上的眼镜,在床沿坐下。花呢外套底下,理查德穿着一件咖啡色V领花毛衣,毛衣下摆塞进裤腰里。

杰克局促不安了一阵子,他怀疑自己是否真有可能和一个会把毛衣整齐地扎进长裤里的人讨论关于魔域的话题。

"我上一次吃东西,"他低声说,"是昨天中午。我有点饿了,理查德,谢谢你带炸鸡回来给我。很好吃,这是我吃过最好的炸鸡。你真的是个好人,为我冒着被开除的风险。"

"你以为这是闹着玩的,是吗?"理查德扯着毛衣,蹙紧眉头。"要是有人发现你在这儿,我搞不好真的会被退学,所以不要太随

---

① 《沃特希普荒原》,作者英国人理查德·亚当斯,曾获《卫报》儿童小说奖,被亚马逊网站评为"当代最好的二十五本奇幻小说之一"。

便。我们得想个办法，让你回新罕布什尔去。"

静默持续了一段时间。杰克与理查德对望。杰克揣度着理查德，理查德则摆出坚定不移的神情。

"我知道你希望我提出合理的解释，理查德。"杰克满嘴鸡肉，"可是我先告诉你，要解释清楚非常困难。"

"你知道吗？你看起来跟以前不同了。"理查德说，"你看起来……变老了。不只这样，你变得不一样了。"

"我知道我变了。假如你从九月开始就跟我一起过到现在，你也会变得有点不一样。"杰克微笑，看着一身好学生装束、板着脸的理查德，他很清楚，自己永远无法对理查德提起他父亲。他就是办不到。若是情势所迫，那便顺其自然，但是他自己无论如何狠不下这条心，对理查德揭露这残酷的事实。

理查德始终对杰克皱着眉头，显然正等着他开口说故事。

也许是想拖延这必须尝试说服理性的理查德相信不可思议之事的时刻，杰克问道："住你隔壁的人要休学了吗？我从外面看到他床上摆着行李箱。"

"哦，对了，说来挺有趣的，"理查德说，"我说有趣是因为你碰巧提到相关的事。他是要走了没错——事实上，他已经不在这学校里了。可能会有人来拿他的东西吧，我猜。天晓得你又会替这件事编出什么荒唐故事，不过我可以告诉你，隔壁那个人叫鲁埃尔·加德纳。你说你从一个传教士那儿逃出来，那个传教士就是鲁埃尔的爸爸。"杰克呛得咳了起来，理查德不以为意地说下去，"我敢不客气地说，鲁埃尔绝对不是什么正常人，而且他要离开，八成也没人会难过。他父亲经营的地方一传出命案，他就接到一封电报，要他立刻离开塞耶。"

杰克好不容易把哽在喉头的那团鸡肉咽下去。"阳光·加德纳的儿子？那家伙有个儿子？他在这里念书？"

"他这学期才转学进来的。"理查德简短回答，"之前我就是想告诉你这件事。"

转眼间,塞耶中学对杰克来说成了险恶之地,这却是理查德所无法理解的。"那他是怎么样的人?"

"虐待狂。"理查德说,"有时候,我会听到鲁埃尔的房间传出很诡异的声音。有一次我还在后面垃圾场看到一只死猫,眼睛被挖掉,耳朵也被割了。你看到他,就会觉得他就像会干这种事的家伙。而且他身上老是有股味道,像是英国皇革那牌子的香水坏掉的味道。"理查德谨慎掂量,安静了一段时间才又开口:"你真的在阳光之家待过?"

"住了一个月。那里简直就是地狱,就算不是,也是地狱的隔壁了。"杰克深吸一口气,看着理查德。理查德依旧板着脸,但起码看来相信了一半。"你一定很难接受,我知道,可是跟我一起住进阳光之家那个朋友真的是狼人。要不是他为了救我结果死在阳光之家,现在他也会出现在这里。"

"狼人。两只手毛茸茸,每逢月圆就会变身成嗜血的怪兽是吗?"理查德沉思着,环顾这狭小的房间。

杰克静候理查德的目光回到自己身上。"你想知道我正在做的是什么事吗?你想知道为什么我要一路搭便车,横越这个国家吗?"

"你再不说我就要大叫了。"理查德说。

"我呢,"杰克说,"正在想办法救我妈的命。"他吐露实情,这句话充满他的体内,清澈得不可思议。

"你他妈要怎么救?"理查德爆发了,"你妈搞不好已经得了癌症,就像我爸一直告诉你的那样,她需要的是医生和科学……结果你却跑上街头四处流浪?你打算拿什么回去救你妈,杰克?变魔术吗?"

杰克双眼发烫泛红。"你说对了,理查德老弟。"他抬起手臂,按住自己湿润的眼眶,将脸埋进臂弯里。

"啊,嘿,冷静下来,嘿,真的……"理查德慌乱地拉着身上的毛衣,"别哭啊,杰克,快起来,拜托,我知道这是很糟的情况,我不是有意……我只是——"理查德无声地穿过房间,笨拙地拍着杰克的手臂和肩膀。

"我没事。"杰克垂下手臂,"不管在你眼里看来如何,理查德,我不是异想天开。"他坐直起来,"小时候我爸都叫我小流浪汉杰克,而我在阿卡迪亚海滩上遇到一个老黑人,他也这样叫我。"杰克相信理查德的同情心会让他打开心门;当他凝视理查德,他知道自己的判断没有出错。他的挚友正经严肃的脸上流露出温柔与担忧。

杰克开始述说他的故事。

5

在这两名少年周围,纳尔逊馆中的生活持续自己的步调,与任何寄宿学校无异,既平静又热闹,点缀着学生的尖叫笑闹。脚步声噔噔经过理查德房门,从未停留。上方的房间传来规律的撞击声,偶尔飘来一丝音乐,过了好一阵子杰克才认出那是蓝牡蛎乐队的专辑。他从自己的白日梦开始说起。接着说到了斯皮迪·帕克。他也描述了海沙形成漩涡,并发出人声对他说话的情景。最后他告诉理查德,他是如何苦吞下斯皮迪的"魔汁",然后腾进魔域。

"不过我觉得,那可能只是很烂的葡萄酒。"杰克说,"后来,魔汁全用完后,我发现我不一定要靠它才能腾。我可以靠自己的意志力。"

"好吧。"理查德不置可否地回应。

他竭力将魔域的情景描述得逼真生动:马车车辙清晰烙印的马路、女王的宫殿;种种不受时间影响、亘古鲜明的景象。费朗队长、病危的女王——从这里他讲起分身的事。奥斯蒙。全手村那一幕。也叫西方路的外岗路。他还把身上那些奇妙的小玩意展示给理查德：拨片、弹珠、银币。理查德放在手里简略地翻看几眼便交还杰克，未置一词。接着杰克描述起他在奥特莱酒馆悲惨的遭遇，理查德静静听着杰克的故事，双眼睁得老大。

说到在俄亥俄州西部，刘易斯堡70号州际公路休息区那段经历时，杰克小心翼翼避开关于摩根·斯洛特与奥列斯的摩根的情节。

终于杰克不得不提起他与阿狼如何相遇，第一次见面时他身上那身亮眼的奥许考什吊带裤，杰克感觉眼眶里的泪水重新凝聚。当他说到自己如何千方百计想把阿狼弄进车里时，忍不住还是哭了出来，令理查德吃了一惊。接着他坦承自己曾多次对阿狼感到不耐烦，此时他必须再次努力抵挡眼泪，他成功维持了一段时间——他平静地说完阿狼第一次变身那段经过，没有掉下一滴眼泪，也不曾哽咽。接着他禁不住又激动起来。愤怒驱使他滔滔不绝，直到他说到费尔德·詹克洛，他的眼眶又变得滚烫。

理查德沉默了好长一段时间。接着他站起来，从五斗柜抽屉里翻出一条干净的手帕，交给杰克。杰克大声地擤了擤鼻子。

"这就是我的遭遇。"杰克说，"大致上是这样。"

"你最近都看些什么书？看了什么电影？"

"去你的。"杰克站起身，走过房间要去拿他的背包，理查德伸出手，拉住杰克的手腕。"我不认为这些故事是你捏造出来的；我一点都不这么认为。"

"真的？"

"真的。老实说，我不知道该怎么想才好，不过我确定你不会刻意说假话骗我。"他松开手，"我相信你住过阳光之家，我相信，真的，我也相信你有个叫阿狼的朋友在那里过世了。我替你感到遗憾。可是，我就是没办法接受魔域的事，没办法相信你的朋友是个狼人。"

"所以说，你认为我是疯子。"杰克说。

"我只是觉得你有困难。不过我不会打电话给我爸，也不会现在就赶你走。今晚我的床就给你睡。如果海伍德先生跑来查房，你比较方便躲到床底下。"

理查德多少有些端起老大的架子，他两手叉腰，批判的目光扫视寝室。"你得好好休息一会儿。我相信这是问题的一部分。那可怕的地方把你累得半死不活，可能你压力太大了，才变得那么偏激。现在你需要休息。"

"的确是。"杰克承认。

理查德翻了翻白眼。"我很快就得去参加篮球队的练习，这段时间你可以躲在我房里，晚一点我会从餐厅再带点食物回来。总之，你现在最重要的两件事，就是好好休息，然后想办法回家去。"

杰克说："新罕布什尔不是我的家。"

三十
异象出现

1

从窗口望出去,杰克看见穿着大衣的少年在严寒中缩着身子,穿梭于图书馆和其他校舍间。早上曾与杰克说过话的高年级生埃瑟里奇也在校园里,围巾下摆在身后翻飞。

理查德从床边的小衣柜里取出一件花呢运动外套。"不管怎么说,我还是认为你唯一该做的事,就是尽快回新罕布什尔。我现在得去参加篮球练习,要是我缺席,等弗莱泽教练回来,他会要我罚跑操场十圈的。今天有别的教练代课,而且弗莱泽教练警告过,要是谁敢偷懒,铁定让我们吃不完兜着走。要不要我借你些干净的衣服?我起码还有件衬衫合你的尺寸——我爸从纽约寄来的,不过'布鲁克斯兄弟服饰店'寄错尺寸了。"

"拿出来看看吧。"杰克说。他的衣服又破又脏,沾满尘土而变得硬邦邦,每次注意到这件事,杰克总觉得自己好像史努比漫画里面的皮朋,那个走到哪里都全身罩着一团灰尘、惹人嫌的脏小孩。理查德将仍装在塑料袋里的白衬衫交给杰克。"太好了,谢谢。"杰克说完,拆开塑料袋,动手取下固定衬衫的别针。这件应该合穿。

"还有件夹克,你也可以试试看。"理查德说,"就挂在衣橱最里面,穿上看看吧。你还可以用我的领带。只是以防万一,万一碰巧有人进来,就说你是圣路易乡村日中学校刊社来的交换学生。我们学校每年都会来几个他们学校的学生——几个过来,几个过去,协助彼此办校园报。"他走向门口,"晚餐前我会回来看看你。"

杰克注意到，外套口袋里夹着两支圆珠笔，而且所有扣子都扣上了。

几分钟内，整座纳尔逊馆变得寂静无声。透过理查德的窗口，杰克望进图书馆宽大的窗户，看见学生在图书馆里伏案用功。外面的小路没人往来，也没人走在枯黄的草坪上。嘹亮的铃声响起，宣告第四节课开始。杰克伸展双臂，打了个呵欠。他重新尝到安稳的滋味——置身校园中，为钟声、课堂、篮球练习这些熟悉的仪式环绕。也许他能多住个一天，甚至可以用纳尔逊馆里的电话跟母亲联络，而毫无疑问，今晚他可以好好睡上一觉。

杰克走向衣柜，夹克就挂在理查德所说的位置。衣服标签还挂在一只袖子上：斯洛特从纽约寄来这件衣服，然而理查德从来不曾穿上。和衬衫一样，这件夹克的尺寸比杰克的身材小一号，肩膀太紧，不过剪裁很宽松，袖子长度正好能让衬衫袖口露出来半英寸。

杰克从衣柜里的挂钩挑出一条领带——红底，图案是蓝色船锚。杰克将领带挂上脖子，笨拙地打好领结，接着检视镜中的自己，大声笑了出来。杰克看见自己终于走到这一步了。他端详着漂亮的新夹克、领带、雪白的衬衫和自己皱巴巴的牛仔裤。他就在这里，活脱脱一个普通学生。

2

杰克发现，理查德变成了约翰·麦克菲[①]、刘易斯·托马斯[②]、斯蒂芬·杰伊·古尔德[③]的拥护者。因为觉得书名有趣，他

[①] 约翰·麦克菲(1931—)，美国普立策得奖作家，二十世纪六十年代开始兴起的新新闻主义旗手之一。
[②] 刘易斯·托马斯(1913—1993)，美国生物医学专家，重要的医学散文家、科学思想家，曾以《一个细胞的生命》拿下美国国家图书奖。
[③] 斯蒂芬·杰伊·古尔德(1941—2002)，美国古生物学家、演化生物学家、科普作家，《猫熊的大拇指》即为他的科普著作之一。

从书柜上拿起《猫熊的大拇指》,然后回到床上。

度过一段几乎不合常理的漫长等待,出去参加篮球练习的理查德还没有回来。杰克在狭小的寝室里来回踱步。他想不出有什么理由让理查德过了那么久还不回来,想象力为他编造出一幕又一幕悲惨的景象。

杰克察看手表,第五次、或第六次之后,他开始注意到,外面一个学生的影子也看不到。

无论理查德身上发生了什么事,这是发生在整个校园里的事。

这个午后死去了。而杰克觉得,理查德也死去了。也许,整个塞耶中学都死去了——他是扫把星,是死神的使者。一整天下来除了理查德带回来的几块鸡肉,他未曾进食,却不觉得饥饿。杰克麻木地坐着,心中涌上一阵凄凉。他所到之处,总是带来灾害。

3

走廊上终于又出现了脚步声。

杰克隐隐约约听见楼上噔噔噔传来贝斯和弦,接着认出这音乐还是来自那张蓝牡蛎乐队的唱片。脚步声停在门口。杰克急忙走上前去。

理查德站在门外。两个头发像玉米须、领带扯松开来的男孩经过,瞄了房里一眼,继续走向走廊深处。摇滚乐在走廊上听来更大声了。

"你一整个下午去哪里了?"杰克问。

"嗯,今天有点奇怪。"理查德说,"整个下午的课都取消了。杜弗雷先生甚至不肯让我们回内务柜放东西。更奇怪的是,每个人都非得去打篮球不可。"

"杜弗雷先生是谁?"

理查德脸上的表情活像是刚从婴儿车里跌下来。"杜弗雷先生是谁?他是校长啊。你对这所学校一点认识都没有吗?"

"是不太清楚,不过慢慢有点概念了。"杰克说,"打篮球有什么好奇怪的?"

"记不记得我跟你说过,今天弗莱泽教练找了个朋友来代课?他还说如果我们敢跷课,就要罚我们跑操场,所以我以为他的朋友应该会是艾尔·麦奎尔①那型的,你懂吧,很厉害的那种。运动从来不是塞耶中学的强项。总而言之,我以为替他代课的一定是很特别的家伙。"

"让我猜猜。这新来的家伙看起来像个跟运动完全无关的家伙。"

理查德抬起下巴,露出惊讶的表情。"对。"他说,"你说得没错。"他若有所思地看着杰克,"他烟抽个不停,头发又长又油——一点教练的样子都没有。老实说,他看起来更像大多数教练最讨厌的那种人。就连他的眼神都很奇怪,我敢打赌,他一定抽大麻。"理查德扯扯身上的毛衣,"我觉得他根本不了解任何关于篮球的知识。他甚至没有要求我们练习比赛的队形——平常热身结束后,我们都会练习队形。我们就只是随便跑跑步、投篮,听他对我们大吼。他会大笑,好像看年轻人打篮球是他这辈子看过最可笑的活动。你见过这种认为运动很可笑的教练吗?热身运动也很奇怪。他只随便说句:'好了,做做俯卧撑吧!'然后就自顾自地抽烟。他不会指挥我们,不会喊口令,大家各做各的。过了一会,他说:'好了,现在去跑步。'他的样子真的很……很没规矩。我想我明天会去向弗莱泽教练投诉他。"

---

① 艾尔·麦奎尔(1928—2001),一九六四至一九七七年间担任美国马凯特大学男子篮球队教练,他的教练生涯中训练出许多优秀选手,因此于一九九二年列名篮球名人堂。

"要是我,就不会拿这种事去向教练或校长抱怨。"杰克说。

"噢,我懂你的意思了,"理查德说,"杜弗雷先生也跟他们是一伙的,跟魔域的人是一伙的。"

"或者说,他替他们工作。"杰克说。

"你什么事都要和魔域扯上关系,你自己都没发现吗?每一件事,只要出点差错,你都这样想!真是太方便了——所有事情你都能用同一套说辞解释。疯子的脑袋就是这么回事。净是些无稽之谈,制造错误的关联。"

"还能看见别人看不见的东西。"

理查德耸耸肩,尽管动作显得满不在乎,表情却是哀伤的。"你自己说的。"

"等一下。"杰克说,"记不记得我跟你说过纽约州安哥拉大楼倒塌的事情?"

"雨翼大厦。"

"记性真好。我认为,那场意外是我造成的。"

"杰克,你真是——"

杰克自己接口:"疯了,我知道。唉,如果我们去外面看电视新闻,会不会有人质疑我的身份?"

"恐怕有这个可能。不过反正大部分人现在都在房里念书。为什么要看电视?"

因为我想看看外面发生了什么事,杰克这么想,但没说出口。一场小小的火灾、一次轻微的地震——都是他们进入这个世界的征兆。因为我,因为我们。

"我想出去透透气,理查德老弟。"杰克说完,跟着理查德走上绿色的长廊。

三十一
塞耶炼狱

1

杰克率先察觉到环境的改变；理查德出去时，这情况已发生过一次，当时他便有感觉。

蓝牡蛎乐队那首《文身吸血鬼》发出的重金属咆哮已经平息。休闲室里的电视原本播放的并非新闻，而是电视剧《豪根的英雄》①，如今只是一片沉寂。

理查德转向杰克，张开嘴正要说话。

"我不喜欢这气氛，理查德老弟。"杰克抢先一步，"这房子里的声音都不见了。太安静了。"

"哈哈。"理查德回应得轻描淡写。

"理查德，我可以问个问题吗？"

"当然可以。"

"你害怕吗？"

否认的表情写在理查德脸上，他似乎巴不得能说：不，当然不怕——每到傍晚这个时候，纳尔逊馆总是这么安静。可惜的是，说谎是理查德最不擅长的事情之一。杰克感到有些同情。

"有点。"理查德说，"我其实有点害怕。"

"那我可以再问个问题吗？"

---

① 《豪根的英雄》，美国一九六五至一九七一年间，CBS电视台以"二战"时德国战俘营为场景设定的情境喜剧。

"应该可以吧。"

"为什么我们两个人讲话都要这么小声?"

理查德盯着杰克的脸,沉默了好一会儿,才又循着绿色长廊继续往下走。

长廊上每个房间门不是敞开,便是半掩着。杰克从四号房虚掩的门缝嗅到一股异常熟悉的味道,于是蹑着手指轻轻将房门完全推开。

"这里哪个人会抽大麻?"杰克问。

"什么?"理查德的语气不太笃定。

杰克大声地吸吸鼻子。"闻到了吗?"

理查德走回来,往房间里瞧。两盏台灯都亮着。书桌上摊开一本历史教科书,另一张桌上放的是一期《重金属》漫画杂志。墙上贴着海报:西班牙的阳光海岸、魔戒中的佛洛多与山姆正跋涉穿越魔多的焦土,前往魔君索伦的城堡,还有一张是摇滚明星埃迪·范·海伦。摊开的《重金属》杂志上躺着一对耳机,流泻出细小的乐声。

"如果光是让个朋友躲在你床底下就会被开除,我很怀疑抽大麻被抓到应该不会只是打打手心吧?"杰克说。

"当然会被开除啊,废话。"理查德看着大麻的表情简直就像被下了蛊似的,杰克第一次看见如此震惊的理查德,那神态甚至比他把手指上的烧伤给理查德看时还要惊惶。

"纳尔逊馆里的人全都不见了。"杰克说。

"少荒唐了!"理查德尖声说道。

"确实很荒唐,不过事实如此。"杰克朝走廊做了个手势,"整栋楼只剩下我们两个。三十几个人同时离开宿舍,不可能一点声音也没有。他们不是走了,是消失了。"

"全都跑到魔域去了,我猜。"

"我不知道。"杰克说,"也许他们还在这里,只不过和我们在不同次元。也可能真的在魔域。搞不好跑去克里夫兰了。总之他们和我们在不同的空间里。"

"把门关上。"理查德唐突说道。杰克还来不及反应过来,理查德已经自己动手把门关上。

"你要不要把大麻熄掉——"

"我连碰都不想碰。"理查德说,"我应该要告发他们,你懂吧。我应该要把他们两个人的名字都告诉海伍德先生。"

"你真的会这么做?"杰克问。

理查德看起来很苦恼。"不……也许不会。"他回答,"但我讨厌这种事。"

"违反秩序。"杰克说。

"对。"理查德眼镜后的双眼炯炯有神地盯住杰克,那表情在告诉杰克,他说得一点都没错,正中红心;倘若杰克不喜欢他这种想法,他会勉强自己容忍异议。他继续向前走。"我想知道这里发生了什么事。"他说,"相信我,我一定会查出来的。"

对你来说,事情的真相可能比大麻还要伤身呢,理查德小子,杰克一面想着,一面追上朋友的脚步。

2

两人站在休息室里往外眺望。理查德伸手指着方场。日落前的最后一道微光中,杰克看见一群少年疏疏落落地聚在泛着青光的塞耶创校人铜像四周。

"他们在抽烟!"理查德生气地大声说,"就在那里,他们在抽烟!"

杰克当场回想起刚才在走廊上闻到的大麻味。

"他们在抽烟,是啊,"他对理查德说,"而且不是自动贩卖机里买得到的那种香烟。"

理查德生气地用指关节敲着玻璃窗。杰克看得出来,对理查德来说,诡异的无人宿舍、烟抽个不停的代课篮球教练和显然是精神失常的杰克,一时间已全数被置之脑后了。理查德义愤填膺的表情说明:一群人那副德行凑在一起,还围在创校人铜像四周抽大麻,简直就像有人要跟我争辩地球是平的、质数可以被二除尽或其他这类荒诞不经的事。

杰克心中对好友充满同情,同时也对他始终能保持这种在同学眼中可能显得极端保守而古怪的态度油然生起敬佩之情。想到面前还有更大的磨难,他禁不住开始怀疑,理查德能否承受那种冲击?

"理查德,"他问,"那群人不是塞耶的学生吧?"

"老天,你的脑袋真的坏了,杰克。他们是高年级生。每个人我都认得。戴着那顶愚蠢飞行帽的是诺灵顿,穿绿色运动裤的是巴克利。我还看到加森……利特菲尔德……围围巾那个是埃瑟里奇。"理查德说。

"你确定那是埃瑟里奇?"

"不是他会是谁!"理查德大叫。他猛然将窗闩扭开,拉开窗,上半身弯着钻向窗外冷冽的空气。

杰克将理查德拉回来。"理查德,拜托你,先听我——"

理查德不理他。他转过头,再度倾身探入冰寒的薄暮中。

"嘿!"

不要啊,不要引起他们的注意,理查德,看在老天分上——

"嘿,那边的!埃瑟里奇!诺灵顿!利特菲尔德!你们在那里干什么?"

一群人的谈天嬉笑倏地平静下来。围着埃瑟里奇围巾的人循声回过头来。他微微仰起脖子,望向窗边的两人。图书馆的光线与冬季阴郁的斜阳落在他脸上。理查德连忙伸手捂住嘴。

那人的右半边脸确实长得很像埃瑟里奇——年纪更大些的

埃瑟里奇,一个干过很多像这种寄宿学校优等生没干过的事情的埃瑟里奇,去过许多像这种寄宿学校优等生不会去的地方的埃瑟里奇。他的另外半张脸布满了丑陋扭曲的疤痕。在他肿胀糜烂的左脸上,嘴角吐出一颗特别尖利的长牙,额头下方裂开一道新月形弯缝,大概是他的眼睛吧;弯缝里的眼珠光芒闪烁,好像一颗嵌在半融化牛脂里的弹珠。

那是他的分身,杰克心中平静而肯定。那是埃瑟里奇的分身。那群人全是分身吗?利特菲尔德的分身、诺灵顿的分身、巴克利的分身,诸如此类?不可能吧,真是这样吗?

"斯洛特!"长得像埃瑟里奇的人大吼一声。他往纳尔逊馆方向摇摇晃晃前进了两步。车道上的街灯正好打在他变形的脸上。

"把窗户关起来。"理查德小声说,"快关上。我搞错了。那家伙看起来有点像埃瑟里奇,不过不是,可能是他哥哥,可能有人在他脸上泼了硫酸,而且他精神失常了,总之他不是埃瑟里奇,所以快把窗户关上,杰克,快关窗——"

窗外,那长得像埃瑟里奇的人又朝这个方向靠近一步。他笑了起来,他长得不可思议的舌头垂下,像是散开的派对彩带。

"斯洛特!"他尖叫道,"把你的旅客交出来!"

杰克与理查德猛然转过头,紧张地面面相觑。

一声长嗥撼动夜空……薄暮已经消融,现在是晚上了。

理查德直瞅着杰克,有那么一瞬间,杰克在理查德眼中看见一丝近乎恨意的情绪——像极了他父亲的眼神。为什么你非得到这里来不可,杰克?啊?为什么你非要给我带来这种麻烦?为什么要把这种西布鲁克岛的荒唐事带到我这里来?

"你要我走吗?"杰克轻声问道。

那股突然涌现的憎恨在理查德眼中盘桓了一会儿,接着被他原有的善良性格取代。

"不,"他说,一边伸手抓抓头发,分散这种焦灼。"不,你哪儿也不用去。外面有……外面有狗。有野狗,杰克,塞耶校园里有野狗!我是说……你看到它们了吗?"

"嗯,我看见了,理查德小子。"杰克轻声回答,理查德又伸手抓过头发,原本整齐的头发被抓得乱七八糟。杰克这个喜爱整洁、讲求秩序的老友,这下看起来有点像唐老鸭友善的天才发明家表亲吉罗·吉尔卢斯。

"我现在应该要打电话给博因顿,他是这里的安保人员。"理查德说,"打电话叫博因顿来,或是打给镇上的警察,或是——"

方场彼端,纠结在树林间的阴影中扬起一声长嚎——高亢、浪潮般的长嚎像极了人类的嘶吼。理查德循声望去,颤抖的嘴角犹如年迈衰弱的老人,他用哀求的眼神望着杰克。

"杰克,把窗户关上,好吗?我觉得头好烫。我可能着凉了。"

"遵命,理查德。"杰克说着,关上窗,尽力将嚎叫声阻绝在窗外。

三十二
"交出旅客！"

1

"帮我一下，理查德。"杰克咬牙说道。

"我不想移动那个柜子，杰克。"理查德用一种幼稚、教训人的口吻回答。他的两轮黑眼圈比在休息室时更明显了。"柜子不应该放在那种地方。"

方场上的呼号再度扬起。

这时床铺已经拉到门前。理查德的房间被挪动得面目全非。理查德眨着眼环视这一切。他沉默地走到床边，扯下毯子，将其中一条交给杰克，将另一条摊开来，铺在地板上。他掏出口袋里的皮夹和零钱，整整齐齐排放在五斗柜上。接着他躺在毯子正中央，将毯子两边拉进来裹住身体，然后就这么躺着，躺在地板上，眼镜也没摘，缄默的脸上挂着悲苦的表情。

室外的宁静浓稠得宛如梦境，只有远方公路上汽车疾驰而过的呼啸声偶尔带来一丝骚动。纳尔逊馆彻底沉浸在一股阴森的寂静中。

"我不想讨论外面是什么东西。"理查德说，"就是不想。"

"好吧，理查德，"杰克安抚地说，"我们不讨论。"

"晚安，杰克。"

"晚安，理查德。"

理查德有气无力地微笑，看起来疲倦至极，却没有失去他亲切的友情，这温暖了杰克的心头，却也令他一阵心疼。"我还是很高兴你来找我。"理查德说,"等到早上,我们再把全部事情讨论一遍。我相信到时候就不会这样乱糟糟的了;到时候我的烧一定退了。"

理查德往右翻身,闭上眼睛。五分钟后,尽管是躺在硬邦邦的地板上,理查德已沉沉睡去。

杰克并未入睡,好长一段时间,他望着漆黑的窗外。有时候,他会看见斯普林菲尔德大道上的车灯掠过,又有的时候,车灯与路灯似乎全消失了,仿佛整个塞耶中学滑到现实世界之外,飘浮在某个灰色地带,过了一会儿才又滑了回来。

风势正逐渐增强。杰克听见方场上树木冻结的树叶在风中窸窣作响,摇动的树枝互相撞击,像一群骷髅正在打架。风在建筑物罅隙间飞蹿,发出冰冷尖锐的嘶喊。

2

"那家伙要来了。"杰克紧张地说,时间已经过了约莫一小时。"埃瑟里奇的分身。"

"什么?"

"算了。"杰克说,"继续睡吧。你不会想看见的。"

理查德已经坐了起来。他还来不及看清楚那佝偻歪斜、正朝着纳尔逊馆走来的身影,校园本身的景象抢先一步吸引了他的目光。理查德为之震慑,不能自已。

盘爬在孟克森馆上的常春藤虽然稀疏,直到今天早上都还是淡淡的绿色,现在却彻底焦黄了。"斯洛特!把你的旅客交出来!"

霎时间,理查德全心全意只想做一件事——倒头回去睡他的大觉,直到他的感冒彻底痊愈(他醒来时觉得自己一定是感冒了,不是一时着凉或发热,是真的感冒了);是感冒与高热让他产生这种莫名其妙的幻觉。他不该打开窗户的……或者,更早的时候,他甚至不该开窗让杰克爬进房间里。想到这里,理查德立刻又对自己这念头感到羞愧不已。

3

杰克急忙往旁边瞄了理查德一眼——但理查德那面无血色、双眼凸出的模样几乎在向杰克宣示,他正一步步接近精神崩溃的边缘。

窗外的怪物个子不高。他站在结霜发白的草皮上,活像某座桥底下爬出的侏儒,长长的双手几乎垂到膝盖,指尖全是利爪。他身上穿着粗呢军大衣,左边口袋上绣着埃瑟里奇的名字。军大衣拉链没有拉上,杰克看见敞开的外套底下是件破烂的潘德顿牌衬衫。衬衫一边有块深色污痕,可能是血迹,也可能是呕吐物。他的脖子上还挂着一条皱巴巴的蓝色领带,金色绣线在领带上用大写字母绣着埃瑟里奇的名字缩写,几根草刺黏在上面,简直就像奇形怪状的领带夹。

这长得像埃瑟里奇的怪物只有半边脸看起来像个人样。他的头发沾满泥巴,衣服上黏了许多树叶。

"斯洛特!交出你的旅客!"

杰克往窗户下方又望了容貌可怕的埃瑟里奇分身一眼。他的视线旋即被对方的目光掳获,怪物的眼珠在眼窝里不停跳动,宛如被敲响的音叉般震动着,杰克经过一番挣扎,才将被锁住的视线挪开。

"理查德!"他咕哝着说,"别看他的眼睛。"

理查德没有回答;他入迷地看着貌似埃瑟里奇、体型却只有侏儒大小的怪物,脸色一片惨白。

杰克紧张地用肩膀撞了理查德一下。

"啊。"理查德冷不防抓起杰克的手,贴在自己的额头上。"我的头很烫吗?"他问。

杰克抽回手。理查德的额头并不特别烫。

"挺烫的。"杰克说谎。

"我就知道。"理查德好像放下心头一块大石,"我待会儿要去医务室,杰克。我想我得吃点抗生素。"

"把他交给我们,斯洛特!"

"我们把五斗柜搬到窗户前面吧。"杰克说。

"我们不会伤害你,斯洛特!"埃瑟里奇高声说。他露出劝慰的笑容——或者该说,他的右半边嘴角勾勒出劝慰的笑容,另外半边依旧像死尸脸上的一道裂缝。

"为什么那东西看起来那么像埃瑟里奇?"理查德的语调异常沉着,令人不安。"为什么隔着玻璃,他的声音还那么清楚? 他的脸怎么了?"他的声音绷紧了一点,又恢复些许早先的不快,问话的语气仿佛他问的是全天下最重要的问题,至少,对理查德·斯洛特是如此:"他从哪里弄来埃瑟里奇的领带,杰克?"

"我不知道。"杰克说。我们又重返西布鲁克岛喽,理查德小子,这趟旅程大概会颠簸到让你吐出来。

"把他交给我们,斯洛特,否则我们就自己进去抓他!"

貌似埃瑟里奇的怪物露出左脸唯一一颗尖利的獠牙,笑得像要吃人一样。

"把你的旅客交出来,斯洛特,他已经死了! 再不把他交出来,他都要发臭喽!"

"该死,快点帮忙搬五斗柜!"杰克咬牙说道。

"好,"理查德说,"好,听你的。等我们搬完五斗柜,我就要躺一会儿,也许我晚点再去医务室。你觉得呢,杰克? 你认为如何? 这主意好吗?"他脸上的表情哀求着杰克认同他的计划。

"待会就知道了。"杰克说,"一件一件来。先搬柜子就对了。他们可能会丢石头。"

4

没多久,睡眠再度征服理查德,睡梦中的他开始含糊地呻吟起来。梦呓已经不是个好现象了,他的眼角开始淌下泪水,又让情况显得更糟糕。

"我不能不管他,"理查德像个五岁孩童,惊慌失措地哭哭啼啼。杰克盯着理查德,他的皮肤冰冷。"我不能不管他,我想要爸爸,拜托拜托,可不可以告诉我爸爸在哪里,他跑进衣橱里了,可是我在衣橱里找不到他,我想要我爸爸,他会告诉我该怎么办,拜托——"

有颗石头击破窗户飞进来。杰克尖叫。

石头击中挡在窗前的五斗柜背面。几片碎玻璃从五斗柜左右两边的缝隙飞进房里,摔在地上,碎裂成更细小的破片。

"把你的旅客交出来,斯洛特!"

"不行。"理查德呻吟着,裹在毯子里的身体不停蠕动。

"把他交给我们!"又是一阵笑声,与刺耳的嗥叫。"我们会把他带回西布鲁克岛,理查德!那才是他该去的地方,西布鲁克岛!"

又飞来一颗石头。虽然石头撞上五斗柜弹开了,杰克仍然本能地闪了一下。野狗狂吠,咆哮不止。

"别提什么西布鲁克岛的事。"理查德梦呓着,"我爸爸在哪里?我想要他从衣橱里出来!拜托拜托,别跟我说西布鲁克岛的事,求求你们——"

杰克跪下来,放胆用力摇晃理查德,要他清醒过来,跟他说他只是在做梦,快醒醒,看在老天分上,快醒醒!

"拜托——拜托——拜托。"窗外一群人异口同声的呼喊沸腾起来,嘶哑的共鸣迥异于人类嗓音,仿佛威尔斯的小说《莫罗博士的岛》[1]中所描写的怪兽。

---

[1] 《莫罗博士的岛》,H.G.威尔斯一八九六年出版的科幻小说,曾三度改编成电影,最近一部为一九九六年的《拦截人魔岛》,由马龙·白兰度与瓦尔·基尔默主演。

"醒来,醒来,醒来!"又一阵妖怪和鸣。

狗吠再起。

石子像雨点般打进来,击落更多玻璃碎片,敲在五斗柜上,柜身随之震动。

"爸爸在衣橱里!"理查德尖叫起来,"爸爸,出来啊,求求你,出来啊,我好害怕!"

"拜托,拜托,拜托!"

"醒来,醒来,醒来!"

理查德的双手在空中挥舞。

石头纷飞,五斗柜咚咚作响。杰克心想,很快地就会有更大的石头砸进来,大到足以击破这个廉价家具,或是直截了当冲过五斗柜上方,砸向他们。

窗外的怪物用侏儒难听的嗓音叫嚣着,疯狂大笑。野狗——现在听来,似乎已聚集了一大群——尖吠长嗥。

"爸爸——!"理查德的叫声令人不寒而栗。

杰克打了他一巴掌。

理查德猛然睁开眼睛。他面无表情,无意识地瞪着杰克一段时间,仿佛梦魇吞噬了他的神志。接着他颤抖着吸了口大气,吸进肺里的空气转为叹息,悠悠吐出。

"做噩梦了。"他说,"可能是发烧的关系。好可怕。可是我不太记得梦到什么了。"他尖着嗓子急忙补上最后一句,好像唯恐杰克随时会问他梦的内容。

"理查德,我们要离开这个房间。"杰克说。

"离开房间?"理查德瞪着杰克眼神仿佛眼前的人是个疯子,"我才不干,杰克。我发烧了……起码有三十九度,搞不好有四十度。我不能——"

"你发烧的程度很轻微,理查德。"杰克平静地说,"搞不好根本没有——"

"我全身都快烧起来了!"理查德抗议。

"他们正在对我们丢石头,理查德。"

"那是幻觉,幻觉不会丢石头,杰克。"理查德的口气如同在向一个智能障碍患者解释一件再简单不过的事,"这是西布鲁克岛那码子事。这——"

又一阵石头雨冲进窗口。

"交出你的旅客,斯洛特!"

"我们走吧,理查德。"杰克扶着理查德站起来,领着他走出房门外。此时的他对理查德抱着深深的歉意——也许比不上他对阿狼的歉意……但很接近了。

"不要……我生病……发烧了……我不能……"

更多石头击中五斗柜,落在他们身后。

理查德尖叫起来,像溺水的人般伸出手,向杰克求援。

窗外,疯狂的笑声如狂风扫动。野狗长鸣,攻击彼此。

杰克看见理查德脸上血色褪尽,看见他步履飘摇,于是急忙迎上前去。他来不及伸手接住,理查德两腿一软,瘫倒在鲁埃尔·加德纳寝室门口。

5

理查德并没有昏迷太久。杰克用力掐了理查德的虎口,理查德立刻醒了过来。他不愿讨论纳尔逊馆外的情况——事实上,他甚至装作听不懂杰克在说什么。

两人谨慎地沿着走廊,走向楼梯。经过休息室时,杰克探头进去,接着吹了声口哨。"理查德,快看!"

理查德不情不愿地转过头。休闲室宛如一座废墟。椅子翻倒各处。沙发坐垫被割得破破烂烂。尽头墙上,塞耶创校人的油画肖像遭毁容——有人用蜡笔在他的白发上画了一对恶魔角,另一人在他鼻子底下加上胡须,还有个人用了指甲锉刀之类的利器在他的裤裆上刮出阴茎图案。摆放奖座的玻璃柜则早就被打破了。

杰克并不很在意理查德脸上那仿佛被下了药、不敢置信的表情。就某方面来说,与其看着熟悉且深爱的校园一点一滴侵蚀腐败,发着光的小精灵成群结队穿梭在走廊上,或飞腾的恶龙盘桓在方场上的景象,对理查德来说似乎更容易接受一点。毋庸置疑,理查德始终坚信塞耶中学是所高贵而优秀的学校,是座固若金汤的堡垒,足以与这个凡事都靠不住的世界凛然相抗……杰克沉吟着,这靠不住的世界,就连爸爸走进衣橱里,你都不能指望他还会从衣橱里走出来。

"谁干的好事?"理查德气愤地说,"肯定是那群疯子。"他自问自答,"一定是他们。"他看着杰克,一团狐疑的表情逐渐在他脸上聚拢,"他们搞不好是哥伦比亚人。"他突然说,"搞不好是哥伦比亚人干的,这八成是跟毒品有关的纠纷,杰克。你想过这点吗?"

杰克花了好大力气才忍住一肚子放声大笑的冲动。全天下八成只有理查德·斯洛特能想出这种解释方式。哥伦比亚人干的。古柯碱争夺战打到伊利诺伊州的斯普林菲尔德市来了。答案再简单不过,亲爱的华生;要解决这问题,有百分之七点五的机会。①

"太阳底下没有新鲜事。"杰克说,"我们上楼看看。"

"为什么?"

"嗯……也许我们能找到其他人。"这话连杰克自己都不太相信,不过至少算是个回答。"也许还有人躲在楼上。像我们这样

---

① 此句原文为"Elementary, my dear Watson; this problem has a seven and a half percent solution."前半句是小说中名侦探福尔摩斯常被引用的名句;后半句中的"solution"在英文中亦作"溶剂"解,在柯南·道尔的小说《四签名》描写福尔摩斯嗜用古柯碱,而"百分之七"正是他每天注射的古柯碱溶液浓度,原文在此可能是嘲讽理查德异想天开的想法,至于"百分之七点五"可能是作者故意使用接近数字或笔误。

的人。"

理查德望望杰克,再望望一片狼藉的休息室。烦扰痛苦的神情再度笼罩他的脸庞,像是在说:我其实不想看,但不知道为什么,这似乎变成这一刻我唯一想看的东西,这是种痛苦却难以压抑的冲动,就好像吃着酸涩的柠檬,或用指甲刮过黑板,或用叉子尖端刮着陶瓷洗手台。"毒品在这国家已经四处蔓延。"理查德宛如在发表一场严肃的演说,"我上星期才在《新共和杂志》上读到一篇有关毒品泛滥的报道。杰克,外面那些人可能都嗑了药!他们可能全都用了古柯碱!他们——"

"走吧,理查德。"杰克静静说道。

"我不确定自己爬不爬得动楼梯。"理查德虚弱地发着牢骚,"我烧得太厉害,爬不上去。"

"那就发挥塞耶中学的精神,努力尝试看看吧。"杰克继续领着他的朋友,走上楼去。

6

走到通往二楼的楼梯转角,喧嚣再度划破纳尔逊馆内光滑如丝缎、几乎令人窒息的寂静。

外头的狗仍在吠叫——现在听起来已不止一二十条狗在吼叫了,馆外仿佛集结了上百条野狗。教堂钟声蓦地冲破云霄。

钟声刺激狗群,它们发了狂似的在方场上来回奔跑。它们互相撕咬,在草地上翻滚——草坪已被践踏得残破凌乱——野狗所到之处,一草一木全遭利齿摧残。杰克眺望窗外,看见一条狗扑向一棵榆树。另一条狗则自己撞上塞耶创校人铜像,当它张嘴咬向坚硬的铜像时,鲜血应声喷散。

杰克感到一阵恶心,移开目光。"走吧,理查德。"他说。

理查德顺从地跟上。

7

二楼同样是一团糟。打破的窗户,翻倒的家具,私人物品东一堆西一堆,衣服丢得到处都是,许多唱片像被当成飞盘,散落满地。

三楼烟雾蒸腾,潮湿的水汽弥漫,犹如一座热带雨林。他们越是接近淋浴间,温度便升得越高,简直就像桑拿浴。爬上楼梯时迎上的那一缕稀薄雾气,到了这里已变成足以遮蔽视线的浓雾。

"待在这里。"杰克说,"等我一下。"

"好。"理查德抬高音量,好压过稀里哗啦的水声。雾水凝结在他的镜片上,但他毫无动手擦干净的意图。

杰克推开门,走进淋浴间。热气潮湿厚重。很快地,他的衣服便因雾气与汗水而濡湿。水声隆隆,响彻整个贴满瓷砖的淋浴间。二十个莲蓬头全被打开,奔流的水柱全数对准同一个方向,同时喷射在淋浴间正中央堆放的一堆运动器材上。水流缓缓渗透这堆突兀的物品,整个室内仿佛遭到浪潮冲刷。杰克脱下鞋子,尽可能躲避莲蓬头,不让自己被淋湿——打开水龙头的人无论是谁,显然只喜欢放热水——他绕了一圈,一个接一个关掉所有水龙头。这么做毫无理由,半个都没有,杰克责怪自己为什么要浪费时间做这种事,当务之急应该是动脑筋想出个离开这里的办法——离开纳尔逊馆,离开塞耶中学校园——在事态变得无可挽救之前。

毫无理由,除了一点:也许理查德不是这世上唯一一个需要在混沌中建立起秩序的人……建立秩序,并好好维护。

他回到走廊上,理查德不见了。

"理查德?"他的心脏扑通扑通狂跳起来。

没有回应。"理查德!"

古龙水的香气浓重得像摔破了香水瓶,令人喘不过气。

"理查德,你他妈的跑去哪了!"

一只手搭上杰克的肩膀。杰克失声尖叫。

8

"干吗叫成那样?"理查德说,"是我啊。"

"我只是太紧张了。"杰克无力地说。

他们在三楼的一间寝室里。寝室主人有个念起来音调有趣的名字:艾伯特·亨伯特。理查德告诉杰克,艾伯特·亨伯特是全校最胖的学生,大家都管他叫胖伯特,杰克觉得这倒不难想象,因为这房间里塞满各式各样的垃圾食物,数量惊人——这人毕生最害怕的,想必不是被踢出篮球队或是三角函数成绩不及格,而是半夜醒来找不到巧克力奶油派或花生巧克力饼干来满足口腹之欲。寝室里东西丢得到处都是。装着棉花糖的玻璃罐已经摔破,不过无所谓,反正杰克从来也不特别喜欢棉花糖。他也不理那些甘草软糖棒——胖伯特衣柜最上层摆了一整箱。箱子一面上写着一句话:生日快乐,小亲亲。爱你的妈妈。

真是疼爱自己的孩子,寄了一整箱甘草软糖棒当生日礼物的妈妈,还有寄错衣服尺寸的爸爸,杰克不敢领教地想,天晓得这两者之间有什么分别。

两人在胖伯特的房间里找到足够的食物,凑合成奇怪的一餐——瘦吉姆肉干棒、意大利辣味香肠切片,加上醋盐马铃薯片。他们即将吃完手中一袋饼干。杰克占据胖伯特的椅子,坐在窗边。理查德坐在胖伯特的床上。

"呃,你真的很紧张。"理查德摇摇头,拒绝杰克递来的最后一块饼干。"老实说,是很偏激。一定是因为你在路上流浪了好几个月的关系。等你回到家,回到妈妈身边就会好转了,杰克。"

"理查德,"杰克丢开空了的饼干袋,"我们别再浪费时间了。你的学校变成什么德行,你到底看见了没?"

理查德舔舔嘴唇。"我解释过了。"他说,"我发烧了。也许这一切都没有发生,就算有,这个世界肯定运作如常,是我的脑袋把它扭曲了、夸大了,这是其中一个可能。另一个可能的解释……嗯……是药头搞的鬼。"

理查德坐在床上的屁股往前挪了一点。

"你该不会一直都在嗑药吧,是不是,杰克?你在街头混的时候染上的?"

往昔那慧黠的光芒重新点燃了理查德的双眼。总算有个可能的解释了,有个能够把这团混乱交代清楚的解释了,他的眼神这么说,杰克跟某个贩毒的败类搅和上了,那些怪人全都是跟着他来到这里的。

"你错了。"杰克意志消沉,"理查德,我向来把你当作这世上最实事求是的人,"杰克说,"我万万没想到,在有生之年,竟会亲眼看到你——你!——把自己的聪明才智用在歪曲事实上!"

"杰克,你,你这是在狡辩,你自己心知肚明!"

"伊利诺伊州的斯普林菲尔德市,竟然会发生毒枭大战?"杰克反击,"现在是谁在鬼扯西布鲁克岛那码子事了?"

就在这一刻,一块石头粉碎了艾伯特·亨伯特寝室的窗户,玻璃碎片如骤雨般喷溅在地上。

三十三
黑暗中的理查德

1

理查德尖叫起来,抬起手臂掩着脸。玻璃碎片飞散。

"把人交出来,斯洛特!"

杰克站起来,满腔怒火熊熊燃烧。

理查德抓住他的手臂。"杰克,不要!离窗户远一点!"

"去他的,"杰克嗤之以鼻,"一群怪胎拼命对着我叫嚣,好像我是块木头似的,我受够了。"

貌似埃瑟里奇的怪物伫立在方场边缘的人行道对面,正仰面望向窗内。

"给我滚得远远的!"杰克对着他大吼。忽然间他灵光一闪。他犹豫片刻,接着高声说:"我命令你们离开此地!全部消失!我以我母亲之名、以女王之名,命令你们消失!"

貌似埃瑟里奇的怪物瑟缩了一下,仿佛有条鞭子抽在他脸上。

惊讶与痛苦的神情旋即退去,怪物扯开嘴角微笑。"她已经死了,索亚!"

他叫嚣着——然而,经历过这场西行之旅,杰克的眼光早以淬炼出敏锐的洞察力;他看得出,怪物佯装胜利的表情下,其实焦躁而惴惴不安。"劳拉女王已经死了,你老妈也死了……死在新罕布什尔……死了!发臭了!"

"给我消失!"杰克大声斥喝,他觉得那怪物又暗怒着缩了一下。

理查德来到杰克身边,苍白而心神不定。"你们两个在吼些什么?"他目不转睛盯着方场上五官扭曲的怪物,"埃瑟里奇怎么知道你妈在新罕布什尔?"

"斯洛特!"貌似埃瑟里奇的怪物对着理查德大叫,"你的领带在哪里?"

理查德脸上陡然冒出心虚的表情,他连忙伸手摸了摸敞开的领口。

"我们这次就饶过你,只要你把你的旅客交给我们,斯洛特!"怪物高声劝说,"只要你把他交给我们,一切都会恢复原状!这是你最希望的情况,不是吗?"

理查德猛盯着怪物,不住点头——杰克肯定他在点头——显然是下意识动作。痛苦缠结在他的五官之间,积聚在眼眶里的眼泪反射出水光。他渴望每件事情都能恢复原来的样貌,毋庸置疑。

"难道你不爱这个学校吗,斯洛特?"貌似埃瑟里奇的怪物对着胖伯特的窗口喊道。

"我爱,"理查德喃喃念道,硬吞下哽在喉头的哭声。"我当然爱啊。"

"你知道我们都怎么处理不爱学校的坏分子吗?快把他交给我们!我们会让他像从来没出现过一样!"

理查德缓缓转过头,他注视杰克的眼神异常空洞。

"你决定吧,理查德小子。"杰克轻声说道。

"他身上有药,理查德!"怪物继续说下去,"四五种不同的药!古柯碱、大麻膏、天使尘!他就是靠卖那些东西才有钱一路往西走!他出现在你寝室窗口的时候,身上那件大衣你记得吗?你以为他怎么有钱买那么好的东西?"

"药。"理查德的口气如同终于解开肩上的重担,"我就知道。"

"你不会真的相信吧?"杰克说,"毒品不会把你的学校变成这样,理查德。而且那些野狗——"

"把他交出来,史……"怪物的叫喊变得越来越微弱,逐渐淡去。

两人再次俯瞰时,他已经不见了。

"当时你觉得你爸爸去哪里了?"杰克轻声发问,"当你爸爸没有从衣橱里走出来时,你认为他去哪里了,理查德?"

理查德慢慢转过头,注视杰克。理查德素来理智、平静而安详的脸庞此时颤动起来,像要粉碎了一样。他的胸口起伏不定。突然,他扑倒在杰克怀里,盲目慌乱地紧抓住杰克不放。"那,那东西,那东西摸了我!"他尖声哭喊,身体在杰克臂弯里抽搐,宛如绷得太紧,即将断裂的缆线。"他摸了我,他,他摸我!而且我不知道那怪物是什么东西!"

2

滚烫的额头贴在杰克肩上,理查德一股脑将独自积郁多年的往事倾吐出来。破碎的告白断断续续,像是走样的子弹。倾听着理查德的故事时,杰克联想起自己发现父亲消失在车库里、两小时后却从街上走回来的那次经历。那不是一段愉快的往事,然而发生在理查德身上的情况却更难堪。这解释了理查德对于真实如钢铁般永不妥协的坚持——凡事只讲求完全的真实,其他一概否定。同时也说明了为什么理查德拒绝任何形式的幻想,就连科幻小说都加以拒斥……就自己和同学相处的经验,杰克知道,像理查德这类科技狂,通常也会对科幻小说抱持狂热。然而,对理查德来说却不是如此。理查德对于幻想的排斥几乎到了深恶痛绝的地步,除非是学校规定的作业,否则他绝对不会拿起任何一本小说——小时候,他曾要杰克从自己读过的小说里替他挑选三本好让他应付读书心得作业。杰克发现这任务是项艰难的挑战,他遍寻不着任何一个能够取悦理查德的故事,能够让理查德心生向往、带着理查德神游奇幻世界;而动人的故事有时会让杰克暂时脱离现实……杰克认为,那些精彩生动的故事,几乎如同他的白日梦般引人入胜,每个故事都能刻画出自己专属的魔域。然而他却从来无法替理查德激发出丝毫感动的颤栗、任何共鸣的灵光。无论是《小红马》、《赛车高手》、《麦田里的守望者》或《我是传奇》,理查德的反应永远一样——皱起眉头,眼神呆滞地闷头看了一会儿,然后又皱起眉头,最后写下一篇往往只能拿到C的沉闷报告,除非那天老师心情特别好,才会慷慨地给个B减。老在英文课只拿到C,导致理查德好几次在最终统计成绩时错失名列前茅的机会。

有一回,杰克刚读完威廉·戈尔丁的《蝇王》,全身震颤,如醍醐灌顶——他忽冷忽热,既兴奋又害怕,最重要的是,他充满了热切的渴望,就像每次读到精彩的故事时那样——他渴望故事能够不要结束,永远继续下去,就像人生一样(只不过相形之下,人生显得分外无聊,缺乏重点)。那时候他知道理查德需要交一份心得报告,于是将小说交给理查德,认定这次百分之百能够打动理查德,理查德一定会对故事中堕落而显露残暴人性的迷途少年产生反应。结果,理查德食之无味地将《蝇王》翻了一遍,就像他勉强读下之前拿到的每本小说那样,像个宿醉的病理学家记录验尸报告似的写下一篇将重点全放在船难发生经过的读书报告。你到底是怎么回事?杰克勃然大怒,你他妈到底对这些小说有什么意见,理查德?而当时的理查德只是诧异地看着杰克,显然丝毫不能理解杰克的怒火。唔,就算故事编得很好,可这世界上不会发生这种事啊,不是吗?理查德这么回答。

理查德这种彻底摒弃虚构故事的态度,使得那天的杰克在难堪的困惑中度过,而今,他觉得自己稍微能够理解了——也许这下他弄清楚的事情比他想知道的更多。在理查德眼中,或许每一本摊开的故事书,看起来都有点像敞开的衣橱门;也或许,那些印在封面上、栩栩如生却不曾真实存在的虚构角色,总能令理查德不得不想起那个早晨,那个令他受够了、永远受够了的日子。

3

　　理查德看见父亲走进主卧室的衣橱里,将折叠门在身后拉上。理查德五岁,大概吧……也可能六岁……总之还不到七岁。他等了五分钟,然后十分钟,爸爸还是没有出来,他开始有点害怕了。他唤了一声。他呼唤着……

　　爸爸,父亲没有回答,于是他又大声喊了一次;他的呼唤越来越大声,他的脚步越来越靠近衣橱,最后,十五分钟时光逝去,他父亲终究没有从衣橱里出来。理查德推开折叠门,走进衣橱,走进那幽暗的洞穴。

　　接着发生了一件事。

　　在推开一件件父亲的花呢大衣、棉衬衫、光滑的丝质西装和运动外套后,充塞橱里的布料与樟脑丸气味开始被另一种气味取代——炽热的、火焰般的味道。理查德跌跌撞撞地往前钻,大声叫着父亲的名字,他觉得衣橱里肯定失火了,他的父亲正受困其中,因为那味道简直就是火灾的气味……突然间,他惊觉脚下的木板消失了,变成黑色的泥泞。许多长着复眼的诡异黑色昆虫长脚抖动,绕着他的绒布拖鞋跳来跳去。爸爸!他尖叫起来。大衣与西装不见踪影,地面消失无踪,他脚下踩的不是松脆的白雪,而是发臭的黑色泥泞,那些四处弹跳的恶心昆虫一定是从这黑泥里孵化出来的。这里可不是《纳尼亚传奇》里的魔衣橱啊。其他尖叫声回应了理查德的叫喊——此起彼落的尖叫声,混杂着神经质的疯狂笑声。一阵阴风送来缕缕灰烟,在理查德四周聚拢,他回过头,踉跄循原路钻回去,伸长双手像盲人般向前摸索,疯狂地希望能摸到原来的大衣,再次闻到樟脑丸淡淡的辛辣气味——

冷不防,一只手握住他的手腕。

爸爸?他一面问道,一面低头察看,看见的竟不是人类的手,而是一只布满鳞片的绿色怪手,上面还有许多不停蠕动的吸盘,循着怪手往上看,延伸出一条橡皮似的长臂,没入黑暗之中,引导小理查德的视线迎上一对眼尾高吊的鲜黄眼珠。怪物的双眼正饥渴地凝视着小理查德。

小理查德失声惨叫,他挣脱怪物的掌握,胡乱扑进黑暗中……就在他的指尖再次摸到父亲的西装与运动外套时,在他听见那令人喜悦、代表正常世界的衣架叮当声响时,绿色鳞片与吸盘的冰冷触感,无声无息滑上他的颈背……转眼消失。

他守候着,全身颤抖,脸色如同放凉了一整天的骨灰般死白。他在那该死的衣橱门外又整整等了三个小时,不敢再贸然闯进衣橱,他害怕那只绿色的手,那对鲜黄的眼珠。爸爸已经死了,这念头变得越来越肯定。直到第四个小时即将结束之际,他父亲回来了,不是从衣橱里走出来,而是出现在卧房通往上楼的走廊那扇门口——那扇门就在理查德背后——从此以后,理查德否定任何形式的奇幻空想;面对幻想,他拒绝接受、处理,丝毫不愿妥协。简单地说,就是他受够了,永远地受够了。那时他跳起来,奔向父亲,奔向他挚爱的摩根·斯洛特,用力抱紧他,紧到让自己的手臂因此酸痛了一个星期。摩根将小理查德举起来,爽朗地笑着,问他为什么脸色这么苍白。小理查德浅浅一笑,告诉父亲也许是早上吃坏肚子,不过现在他觉得好多了,说完他在父亲的脸颊上啄了一下,嗅闻父亲身上混着汗水与古龙水的体味。那天稍晚,他收拾好自己全部的故事书——全套"小金书"①、"我会读书"系列

---

① "小金书",由金色书屋出版的系列童书,国内称为"金色童书"。

童书①、立体故事书,诸如此类,统统塞进一口纸箱,然后将纸箱搬进地下室,想道:"就算现在发生地震,地上裂开一个大缝把这些书全都吞掉我也不会在意。说真的,那还帮了我一个大忙呢。我可因此轻松不少,说不定还会开心地笑上一整天,甚至一整个星期呢。"当然地震并没有发生,不过理查德因为故事书从此封印在双重黑暗中——纸箱的黑暗与地下室的黑暗——而感到无比畅快。他再也不曾看它们一眼,就像他从此不再走进父亲的衣橱一样。尽管他有时会做噩梦,梦见眼睛鲜黄的怪物躲在他床底下,或是他的衣橱里,他也从来不曾想起那只绿色的、布满吸盘的怪手,一次也没想过,直到塞耶中学风云变色,而他经年未用的泪腺突然爆发,令他哭倒在他的朋友杰克·索亚的怀里。

他受够了,永远永远受够了。

4

原本杰克期望,流过眼泪、倾诉过秘密之后,理查德多多少少会恢复原本那个正常、严谨而理性的理查德。杰克并不真的在意理查德是否对他所说的事全数买账;他只期待理查德能够整顿好自己濒临崩溃的情绪,重拾他曾令人钦佩的条理,帮助杰克想出个离开的办法……远远离开塞耶中学,并在理查德变得彻底歇斯底里之前脱离他的生活。

偏偏事与愿违。当杰克试着说出自己的故事时——他想告诉理查德他也曾目击自己的父亲,菲尔·索亚,进入车库后却没有出来——理查德拒绝聆听。那段发生在衣橱里的往事,这埋藏多年的秘密总算一吐为快(多少算是抒发了点;毕竟理查德仍然顽固地认为那是场幻觉),即便如此,理查德依旧觉得自己受够

---

① "我会读书",由哈泼·柯林斯出版的系列童书。

了,永远地受够了。

隔天一早,杰克下楼到理查德房里取出自己的所有东西,还有些他认为理查德也许需要的物品——牙刷、教科书、笔记本,和一套干净的换洗衣物。他决定,他们将在胖伯特寝室里度过今天。他们要从楼上监视方场和校门。当夜晚再度降临,或许他们能设法逃脱。

5

杰克翻过艾伯特的书桌,找到一瓶儿童专用阿司匹林。他盯着药瓶看了一会儿,觉得这些橘色小药丸传达出的意义,几乎等同衣柜上层,那个"真心关爱"自己儿子的母亲,送给胖伯特当生日礼物的那一整箱甘草软糖棒。杰克摇摇罐子,倒出六颗药丸,交给理查德,理查德心不在焉地收下。"到这里来,躺下休息。"杰克说。

"不,"理查德拒绝了,烦躁愠怒的语气透露出极度不快乐。他回到窗边。

"我应该待在这里监视,这样我才能把事情详细报告给……给……给学校的理事会。"

杰克轻轻抚摸理查德的额头。摸起来不热——甚至可说是冰冷——他仍故意说道:"你烧得更厉害了,理查德。最好还是躺下来,等阿司匹林药效发作吧。"

"更糟了?"理查德如获至宝的表情显得有些可悲,"真的?"

"真的。"杰克认真地说,"快躺下休息吧。"

理查德躺下之后不出五分钟便睡着了。杰克坐在胖伯特的安乐椅上,这椅垫几乎和他的床垫一样有弹性。天光逐渐转亮,理查德苍白的脸在晨曦中反映出蜡像般的光泽。

6

　　一天也就这么逐渐过去,四点钟左右,杰克也沉沉睡去,醒来时已四下昏暗,不知自己睡了多久。他只知道自己一觉无梦,能够这么睡他心里很感激。看着理查德辗转反侧,杰克猜想他也快醒来了。他起身舒展筋骨,僵硬的背脊让他蹙起眉头。走到窗边一看,杰克不禁睁大眼睛,呆立了半晌。他第一个闪过的念头是:倘若我有办法阻止,我绝对不让理查德看到这情况。

　　噢,老天,我们一定要离开这里,事不宜迟,杰克惊慌地想着。就算不管出于什么理由,外面那群东西似乎不敢直接上门来攻击他们。

　　可是他真有必要带着理查德离开纳尔逊馆吗?他们认定他不会这么做,杰克知道——他们算准杰克不愿让理查德出去碰见他们,受到更大的刺激。

　　腾,杰克。你得腾走,你自己心里也很清楚。而且你得带着理查德一起走,因为这地方就快瓦解了。

　　不行啊。把理查德带进魔域,肯定会让他彻底崩溃的。

　　别想那么多了。你非这么做不可。这是最好的办法了——搞不好是唯一的办法——因为他们铁定料不到有这招。

　　"杰克,"理查德坐起来。他没戴眼镜的脸光溜溜的,看起来有些不自然。"杰克,结束了吗?这是一场梦吗?"

　　杰克在床沿坐下,一只手臂搭上理查德肩头。"不。"他软言抚慰,"还没结束,理查德。"

　　"我觉得我烧得更厉害了。"理查德抽离杰克的臂弯,悠悠靠近窗口,右手拇指和食指优雅地夹住眼镜一角,调整好角度,望向窗外。灼热的双眼骨碌碌转个不停。他伫立良久,接着,他做出一件完全不像他会做的举动,令杰克几乎无法相信面前的人是他认识多年的好友。理查德摘下眼镜,使劲砸在地上。其中一块镜片应声裂开。接着,他刻意踩过眼镜,两只镜片顿时粉碎成细小的玻璃碎末。

最后理查德捡起眼镜,看了一眼,毫不心疼地丢向垃圾桶,他没丢准,眼镜落在旁边地上。这一刻顽固的神情凝结在理查德脸上——像是在说:我什么都不想看了,这么一来我什么都不用再看了,我解决了这个问题。我受够了,永远地受够了。

"你看,"他平板地说,"我打破眼镜了。我还有另一副,不过半个月前在体育馆里弄坏了。没了眼镜,我跟瞎子没什么两样。"

杰克知道他说的不是实话,然而他实在太过惊讶,一时间竟答不上话。对于理查德如此激烈的行动,他丝毫想不出半点合适的反应——这太像为了避免自己发疯而刻意建造的最后防线。

"我烧得也更厉害了。"理查德说,"还有阿司匹林吗,杰克?"

杰克拉开抽屉,一言不发将药瓶递给理查德。理查德一口吞下七八颗药丸,又躺了回去。

7

夜晚逐渐加深,理查德一再承诺与杰克讨论他们所面临的局面,却又一再食言。他表示,他无法讨论关于离开的计划,完全没办法,这不是个适当的时机,因为他烧得厉害,他的身体比之前难受许多,他认为自己也许烧到了四十度,甚至是四十一度。他说他需要多睡一会儿。

"理查德,我拜托你!"杰克怒吼,"我快被你气死了!我从来没想过你会这样——"

"别发神经了。"理查德倒回艾伯特床上,"我只是生病了,杰克。你不能在我生病的时候期望我跟你讨论这些疯狂的事。"

"理查德,你希望我自己离开,丢下你不管吗?"

理查德侧着头,静静注视着杰克好一会儿,缓缓眨眼。"你不会的。"语毕,他倒头入睡。

8

九点钟左右,整座校园再度陷入神秘的死寂,或许理查德也感应到这时不会出现任何事情威胁逼迫他摇摇欲坠的理智,便苏醒过来,坐在床沿,小腿挂在床边晃荡。墙上浮现棕色斑点,他瞪着污点,直到他看见杰克走向他。

"我觉得好多了,杰克。"他迟疑地说,"但我觉得天色那么暗,跑出去不会有半点好处,况且——"

"我们今晚一定要走。"杰克不为所动,"他们等的就是我们在这里活活困死。墙上都长出霉斑了,别跟我说你没看见。"

理查德用微笑表现出盲目的宽容,这态度几乎令杰克失控抓狂。他爱理查德,但这一刻他倒十分乐意揪住理查德,把他按在长满霉斑的墙上。

这时,突然出现又长又肥的虫子,滑溜溜地钻进胖伯特房里。它们从墙上棕色的霉斑中冒出头来,仿佛是霉斑孕育出这些生命。虫子半身在墙里,半身挤出墙外,不停扭动,接着落到地上,纷纷盲目地爬向床铺。

原本杰克已在怀疑,理查德的近视其实并不比他印象中糟糕多少,或者真的比上次见面后恶化了许多。不过这下他肯定自己最初的怀疑果然是正确的。理查德看得很清楚。不管怎么说,至少墙上那一条条果冻般的怪东西理查德的的确确看见了。他一边尖叫,一边倚向杰克,满脸惊恐作呕的表情。

"有虫,杰克!啊,天哪!有虫!有虫!"

"我们只要待在房里就没事了——对不对啊,理查德?"杰克稳住理查德,他从来不知道自己有那么大力气。"我们在这里等到天亮就好了,对不对?不会有问题的,对不对?"

肥鼓鼓的蜡白虫子像生长过盛的蛆虫般成千上万地冒出来,有些摔在地上爆裂开,其余则继续扭动身子,滑过地板,慢条斯理地朝两人的方向靠近。

"虫子,天哪,我们要赶快出去,我们要——"

"谢天谢地,这小子终于开窍了。"杰克说。

他将背包挂在左手上,右手抓住理查德的手肘,拖着他走向门口。白色虫子被他们的鞋底压烂。这时更多虫子像洪水般从墙上的霉斑倾泻而下,从胖伯特寝室内的各个角落泉涌而出。有些白虫组成一道水柱,从天花板落下,蠕动着,降落在杰克头顶和肩头,杰克尽可能拨去虫子,一边忙着将尖叫失声、腿软的理查德拉出门外。

总算要上路了,杰克心想,上帝保佑,我们真的要上路了。

9

他们又来到休息室。原来,对于要如何溜出塞耶中学这事,理查德甚至比杰克还要没概念。最起码杰克知道一件事:他绝不会轻信那欺骗人的宁静,傻傻地走出任何一个纳尔逊馆的出入口。

透过休息室左侧宽大的窗口,杰克仔细朝纳尔逊馆外望去,看见一栋低矮的八角形砖造建筑。

"那是什么地方,理查德?"

"唔?"理查德盯着窗外,胶着难行的泥泞正一寸寸缓缓吞噬黑暗的方场。

"那座矮矮小小的建筑物。从这个角度可以看见一点点。"

"哦,那是站房。"

"站房是什么?"

"这名字已经没有意义了。"理查德依然不安地盯着浸泡在泥浆里的方场,"就像我们的医务室,以前叫做乳品厂,因为它曾经真的是间挤奶和装瓶的工厂。一直到一九一〇年左右才改建成医务室。这就叫传统,杰克,它非常重要。这也是我喜欢塞耶的理由。"

理查德悲哀地再看了浸泡在泥浆中的校园一眼。"总之是其中一个理由。"

"乳品厂的由来现在我知道了,那站房又是怎么回事?"

想起塞耶中学与传统,理查德的思路慢慢复苏过来。

"斯普林菲尔德市这区曾经是重要的铁路枢纽,"他说,"事实上,过去这里——"

"过去是指什么时候,理查德?"

"嗯,十九世纪八十年代。或十九世纪九十年代。你知道……"

理查德话说一半便不了了之。他那对近视眼开始在休息室内四处游移——他在找那些虫子,杰克猜想。一条也没有……起码还没出现。不过杰克已经看见墙上依稀浮现一些棕色的影子。虫子还没入侵这地方,不过很快就会赶上了。

"拜托,理查德。"杰克催促,"以前用不着别人提示,你都有办法滔滔不绝。"

理查德浅浅一笑。他将目光移回杰克身上。"十九世纪的最后二十年间,美国有三四个重要的铁路中心,斯普林菲尔德市就是其中一个。就地理位置来说,从斯普林菲尔德市到任何地方都很方便。"他抬起右手,像个学者似的伸出食指想将眼镜往上推,才发现眼镜早就不在了,他垂下手臂,样子有些难为情。"重要的铁路干道全在斯普林菲尔德市集散,从这里可以通往任何地方。而这所学校之所以存在,就是因为安德鲁·塞耶从中看见机会。他从铁路运输事业中赚了一大笔钱。大部分是运往西岸。他是第一个看出西岸在运输市场上潜力不输东岸的人。"

杰克的脑海倏地擦亮一道火光,顿时他的想法全沐浴在这光辉之中。

"西岸?"他的胃痉挛一下。那阵光芒在他脑海中揭露的崭新形体究竟是什么,杰克还无法判定,然而有个字眼突跳而出,清晰强烈得不容否定——

魔符!

"你刚刚是不是说到西岸?"

"当然说了啊,"理查德奇怪地盯着杰克,"杰克,你耳朵有问题吗?"

"没有。"杰克说。美国有三四个重要的铁路中心,斯普林菲尔德市就是其中一个……"没有,我没事。"他是第一个看见西岸运输市场潜力的人……

"呃,你刚才的表情够奇怪的。"

或者可以这么说,他是第一个看见将货物藉由铁路运往外岗的潜力的人。

杰克知道,他彻头彻尾明白,斯普林菲尔德市迄今仍是某种枢纽,搞不好依然是某种运输中心。也或许,正因如此,摩根的法术才会在这地方发挥这么大的效力。

"以前这一带的景象就是调车场、圆形火车车库、列车车棚、煤堆,还有绵延百万英里的主要干道铁轨和支线,"理查德的故事仍在继续,"铁路中心的范围遍及如今的整个塞耶中学。就算今天你在这里随便挑个地方往下挖,都还能挖到煤渣、废铁轨之类的东西。不过唯一的建筑遗迹就只剩那栋小小的建筑物了,就是站房。当然它从来都不是个真正的车站,它太小了,这点不用说,大家都看得出来。它其实是车站的办公室,让站长和铁路局长在里头做他们令人尊敬的工作。"

"你知道得还真不少,"杰克几乎是机械化地做出反应——他的脑袋还沉浸在那道暴烈的强光之中。

"这是塞耶中学历史的一部分。"理查德简单地说。

"那里现在是什么用途?"

"里面是个小型剧院,专门让话剧社制作演出的地方,不过这几年来话剧社的运作不怎么活跃。"

"你说那地方上锁了吗?"

"谁会没事把站房锁起来?"理查德反问,"除非你认为有人会有兴趣溜进去偷一九七九年制作《幻想曲》时留下的道具。"

"所以我们进得去喽?"

"我想应该可以吧。可是为什么——"

杰克指着乒乓球桌正后方的一道门:"那扇门后面是什么?"

"自动贩卖机。还有一台投币式微波炉,用来加热点心或冷冻晚餐。杰克——"

"我们走吧。"

"杰克,我觉得我又开始发烧了。"理查德虚弱地微笑,"也许我们在这里待一阵子比较好。我们今晚可以睡在沙发上——"

"看到墙上那些棕色斑点了吗?"杰克指着墙壁,面容严肃。

"我没戴眼镜,当然看不到!"

"反正墙上有斑点就是了。不出一小时,那些白色虫子就会冒出——"

"好吧。"理查德连忙答应。

10

自动贩卖机飘散着恶臭。

感觉像是贩卖机里的食物全都腐坏了。乳酪饼干、玉米片、炸猪皮,全都蒙上一层蓝色霉菌。冰淇淋融化了,黏糊的奶水从甜筒贩卖机面板汩汩渗出。

杰克拉着理查德走向窗边。他眺望窗外。从这里便能仔细观察站房。再远一点,他看见站房后方的铁丝网围墙,还有围墙外侧,那条离开塞耶校园的联外道路。

"再过几分钟我们就出去。"杰克回头低声说道。他解开闩子,将窗户往上推开。

这学校之所以会存在,就是因为安德鲁·塞耶从中看见了机会……你看见你的机会了吗,杰克?

也许他看出来了,他这么认为。

"那些人在外面吗?"理查德紧张地问。

"没有。"杰克只草草看了一眼。在也好,不在也好,其实都不重要了。

美国最大的铁路枢纽之一……在铁路运输上赚了大钱……大部分是运往西岸……他是第一个看见西岸运输潜力的人……西岸……西岸……西岸……

淤泥的潮气加上垃圾的恶臭钻进窗里。杰克一条腿跨上窗台,伸出手,想要拉着理查德一起走。"来吧。"他说。

理查德避开杰克的手,拉长了脸,露出恐惧的神情。

"杰克……我不知道……"

"这地方要垮了。"杰克说,"很快这里也会爬满虫子。我们快走吧。不然让人从窗口看见我在这里,到时我们要像两只老鼠那样偷溜出去的机会就泡汤了。"

"我一点都不懂!"理查德哀叫道,"这里到底是怎么回事,我他妈一点都搞不懂!"

"别再说了,快走吧。"杰克说,"否则我就丢下你不管,理查德。我对天发誓,我真的会这么做。我爱你,可是我妈妈命在旦夕,我会让你在这里自生自灭!"

理查德注视着杰克的脸——就算没戴眼镜——他也明白杰克不是在开玩笑。他抱住杰克的手。"天哪,我好害怕。"他低声说道。

"勇敢面对吧。"杰克拨开理查德,从窗口跳出去。下一秒,他的鞋底已经踩上泥泞的草坪。理查德跟着跳到杰克身边。

"我们要跑去站房。"杰克小声说明,"我估计这段距离大约五十码。如果门没上锁就进去,如果锁上了,就想办法尽量躲在面向纳尔逊馆这边。一旦确定没人发现我们,附近还是很安静的话,就——"

"就往围墙方向跑。"

"对。"或者我们就要腾走,不过现在没时间想那么多。"我们得利用那条联外道路。我有个感觉,只要能够离开塞耶校园,情况就会好转。只要走个四分之一英里,那时候你再回头看,一定会看见宿舍和图书馆灯火通明,就像平常那样,理查德。"

"那可真是太好了。"理查德求之不得的语气听来令人心碎。

"好,你准备好了吗?"

"应该吧。"理查德说。

"往站房跑。跑到面向这一侧的墙边就停下来别动。重心压低,用树丛作掩护。看到那些树没有?"

"看到了。"

"好……快跑!"

两人肩并肩,拔腿冲出纳尔逊馆。

11

两人的喘息在空气中凝结成洁白的雾气,脚底踩过黏糊糊的草地,才跑不到一半,教堂的钟声敲响,回音环荡,令人心惊。野狗群吠,呼应着教堂的钟声。

他们回来了,杰克探索理查德的手,发现理查德也在寻找他的手。两人的手紧紧相握。

理查德惊叫连连,试图将杰克拖向左边。他的手死命握紧杰克,杰克的手指挤在一起,几乎要麻痹。一匹精瘦的白狼,模样像是狼群的首领,从站房绕出来,正往杰克与理查德的方向奔腾。杰克发现,那白狼正是从加长轿车里走出的老人。还有一群狼和野狗追随在后……但杰克顿时便看清楚,他们并非全是野狗,有些是半变形的学生,还有些大约是男性教师。

"杜弗雷先生!"理查德大叫,用另一只手指着老人,(老天,你没戴眼镜也能看得很清楚嘛,理查德小子,杰克有点抓狂地想。)"杜弗雷先生!啊,天哪,是杜弗雷先生!杜弗雷先生!杜弗雷先生!"

于是,杰克第一次、也是唯一一次亲眼见到塞耶中学的校长——灰色头发的娇小老先生,大大的鹰钩鼻,布满体毛的干瘦身体活像在街头表演的猴子。他领着半变形的学生与野狗,四腿并用,敏捷地奔跑,头上的学士帽流苏疯狂摆动,却没有飞落的迹象。他对着杰克与理查德露出狰狞的笑脸,长长的舌头垂挂在嘴部中央,尼古丁的黄褐色渍痕清晰可见。

"杜弗雷先生!啊,天哪!亲爱的上帝啊!杜弗雷先生!杜——"

理查德更加用力地向左拉着杰克。杰克个头较高,不过理查德已慌乱得完全失去分寸。爆炸声撼动空气。污浊的秽气越来越浓。杰克还听见泥浆挤出地面,发出哔哔剥剥的声响。白狼带领的大军越来越逼近,理查德拖住杰克,拼命想拉开距离,往围墙方向跑,这么做并没有错,却也不是正确的办法,因为他们的目的地应该是站房,而非围墙。那才是正确的地点,因为那地方曾是美国最重要的铁路中心之一,因为安德鲁·塞耶从中看出西岸运输的潜力。当年安德鲁·塞耶从这地点洞悉潜能,如今,杰克·索亚也在此地看见他的机会。当然这一切全然出于直觉,然而杰克已渐渐开始相信,在整个宇宙中,直觉是他唯一能够仰仗之事。

"放了你的旅客,斯洛特!"杜弗雷口沫横飞,"放了他!他对你来说是个大麻烦!"

可是他们说的旅客是什么意思?在那最后几分钟里,杰克思索着这个问题。那时理查德像无头苍蝇似的不断拖着杰克偏离方向,杰克则忙着将理查德拉回来,冲向那群由白狼领军、奇形怪状的学生与老师军团,冲向站房。我告诉你什么叫旅客,旅客就是乘车四处漂泊的人。旅客漂泊的起点会是哪里?那还用说,当然是从站房出发……

"杰克,他会咬人!"理查德尖叫。

白狼脱出杜弗雷的形体,张开血盆大口纵身一跃,扑向两人。杰克与理查德背后袭来一阵轰然巨响,纳尔逊馆像个被剖开的罗马甜瓜,崩裂为二。

这下子,换成杰克死命握紧理查德的手,越收越紧。汽油弹焰光四射,狂躁的教堂钟声与烟火齐声撼动夜幕。

"挺住!"杰克喊道,"挺住,理查德,要走了!"

那片刻罅隙间,杰克的脑中想着:风水轮流转了,如今变成理查德是我的牲口,是我的旅客。但愿上帝帮助我们两个。

"杰克,怎么回事?"理查德尖叫着,"你在干什么?住手!快住手!住——"

理查德仍在尖叫,不过杰克已经听不见了——刹那间,带着胜利的喜悦,沉重的积郁在他脑中像一只黑色蛋壳,应声碎裂,迸出万丈光芒——光芒之外,还有那甜美纯净的空气,即便一英里外有人从田里拔出一根萝卜,你都能闻到的纯净空气。杰克突然觉得自己只要双脚一蹬,便能轻轻松松跳跃整座方场……甚至飞上天空,就像那些背上系了翅膀的男人。

哦,璀璨的光芒与清澈的空气取代了污浊的恶臭,杰克感到自己超越了黑暗的虚空;一时间,他体内的一切全都如此透彻,充满能量;一时间,一切的一切,幻化成一道道彩虹,彩虹,彩虹。

终于,杰克·索亚再度重返魔域。这回,伴随着回荡在空气中,惊悚的教堂钟声与野狗嘶吼,杰克鲁莽地穿过风云变色的塞耶校园。

而且这一回,他带着摩根·斯洛特的儿子与他同行。

过门之三·摩根在美国／奥列斯在魔域

杰克与理查德腾出塞耶中学那天早上,七点过后不久,摩根·斯洛特开着车,来到塞耶中学大门口。他在路边停下。他停车的位置有块标示牌,注明"残障车位",斯洛特冷淡地瞟了一眼,接着将手伸进口袋,取出一包古柯碱,用了一些。不多时,整个世界似乎变得更五彩缤纷,更有活力了。真是好东西。他好奇这东西在魔域里能否种植,威力会不会更强大。

加德纳亲自叫醒斯洛特,交代事发经过,当时斯洛特正睡在贝弗利山的家中,时间是凌晨两点——在斯普林菲尔德市则是午夜时分。电话里的加德纳语音颤抖,显然生怕摩根·斯洛特会大发雷霆,因为他赶到塞耶中学时,杰克·索亚才逃走不到一小时。

"那小鬼……那坏透了的小鬼……"

斯洛特并未动怒。反之,他感到异常平静。这种"早就知道会这样"的感觉,斯洛特推测,应该是来自他的另一个自我。

"冷静点。"斯洛特安慰地说,"我会尽快赶到。撑着点,宝贝。"

加德纳还来不及接话,斯洛特已挂断电话。他倒回床上,双手交握,搁在肚皮上。有一段时间,他觉得自己飘飘然地,仿佛没有重量……接着体内涌现一丝骚动。他听见皮制缰绳吱嘎作响,钢铁车轴铿锵有声,还听见车夫的吆喝咒骂。

等他重新睁开双眼时,身份已是奥列斯的摩根。

一如以往,最先闪现的感受总是纯粹的喜悦,这让古柯碱的效用变得像儿童专用阿司匹林。他的胸口变窄了,体态变得更轻盈了。动怒时,摩根·斯洛特的心跳总是从每分钟八十五下飙升到一百二十下,而奥列斯的心跳几乎从来不曾超过六十五下。摩根·斯洛特双眼视力都是一点零,而奥列斯的摩根视力比他还要锐利清晰。他能看见每分每秒如何在马车的轮轴飞转间迸裂消逝,能细察出车窗飘动的布帘上每个细小网孔。古柯碱阻塞了斯洛特的呼吸,他的嗅觉变得不太灵光;奥列斯的嗅觉敏锐到足以分辨泥土、微尘与空气的气息——就像能用鼻腔辨认出一颗颗细小的气味分子。

双人床上还留着斯洛特的庞大躯体压陷的痕迹,此时他坐在一张长椅上,华丽程度胜过劳斯莱斯曾出品的任何一辆名车座椅,他正往西方前进,前往外岗尽头一个叫外岗车站的地方,寻找一个名叫安德斯的男人。他知道这些事,也完全清楚自己身在何处,因为奥列斯仍在这里,就在他的脑袋里——奥列斯对他说话,就像做白日梦时右脑对着理性的左脑传送讯息那样,音量虽低,却无比清晰。斯洛特也曾用这种方式对奥列斯传送讯息。那几次是在奥列斯要迁移到如今被杰克定义为美国国境时发生的。当一个人迁移到他的分身体内时,那状态有点类似走火入魔,不过是良性的走火入魔。斯洛特曾经读过不少更严重的案例,尽管对这题日兴趣缺缺,他还是有他的看法;他认为,那几个被折磨得惨兮兮的可怜傻蛋,他们的意识十之八九是被另一个世界硬闯进来搭顺风车的家伙侵吞了——还有可能,其实逼疯他们的凶手,就是美国这个世界。这个可能倒是不小,因为这情况就曾发生在奥列斯身上,就在他头几次造访美国时;虽然说,当时他兴奋的程度几乎和他的恐慌不相上下。

马车猛烈震动一下——在外岗,马路就像出门时发现的宝物一样,能够踩在上头都会令人心存感激。奥列斯弹飞起来,震得他的瘸腿隐隐作痛。

"坐稳了,上帝保佑。"上方传来车夫的声音,他的皮鞭咻咻作响。"快跑啊,你们这些不中用的死马!跑!"

斯洛特微笑着享受待在这里的乐趣,就算他知道为时不长。

该知道的事他都知道了,奥列斯的声音早在他脑中将一切传达给他。马车将在天亮前抵达外岗车站——另一个世界里的塞耶中学。如果他们逗留的时间够长,也许在那里就能逮住那两个家伙;若赶不上,前面还有焦枯平原等着他们。想到理查德这时竟然和杰克那个小杂碎混在一块儿,斯洛特不由得感到受伤与愤怒,不过,若是情势逼使他做出必要的牺牲……毕竟奥列斯也失去了他的儿子,最终仍旧生存了下来。

杰克能够活到今天,理由只有一个,便是那令人憎恨的"独一本尊"这个事实——所以每当这小兔崽子腾到哪里,总能抵达相对的地点。至于斯洛特,却非得出现在奥列斯所在的地方不可,结果常常距离他的目的地数英里之外……就像现在。那回他在休息站碰上杰克算他走运,只不过杰克比他更幸运一点。

"小朋友,你的好运很快就会用光了。"奥列斯说道。马车又震了一下,他的脸皱成一团,不久又狞笑起来。假如没有意外,情况将会简单许多。

这就够了。

他合上双眼,双手抱胸。又一阵剧痛爬上他的瘸腿,只是短短一瞬间……睁开眼睛,换成斯洛特盯着自己公寓的天花板。每次都一样,总会有一瞬间,他会感觉到令人嫌恶的体重刹那间全部落回身上,心脏受惊似的猛然叠跳两下,接着加速,恢复为斯洛特的心跳。

他站起身,打电话向西海岸航空订下商务飞机的机位。七十分钟后,他已飞离洛杉矶国际机场上空。飞机突然升空,坐在陡峭的机身中,斯洛特的感受每次都一样——活像屁股上被绑了个火箭炮。飞机在中央标准时间五点一刻降落斯普林菲尔德市,同时间,魔域里的奥列斯也即将抵达外岗车站。斯洛特向赫兹租车公司租了辆轿车,于是现在的他能够来到这里。在美国国土上旅行确实有其长处。

他下了车,恰巧听见晨钟响起。他走进这个他儿子方才逃离不久的校园。

塞耶中学一如往昔,和平常任何一个日子没什么两样。教堂钟声敲击出每天早晨例行的旋律,某种传统却不太能辨认的曲调,听起来有点像是《赞美颂》却又不是。学生鱼贯与斯洛特擦肩而过,前往餐厅或去做他们的晨间运动。也许他们比平常安静了些,而且脸上均挂着某个共同的神情——苍白,还有些微迷惘,仿佛集体经历了一场相同的梦魇。

他们当然都做了场噩梦,斯洛特心想。他在纳尔逊馆门前驻足了一阵子,望着建筑物沉思。他们只是对于自己前一晚究竟过得多么不真实浑然不察,就像所有住在世界与世界之间狭小夹缝里的生物那样。斯洛特信步绕到建筑物一侧,看着一名工友清扫散落地上的玻璃碎片,宛如一颗颗冒牌钻石。隔着弯着腰的工友,斯洛特看进纳尔逊馆的休息室,看见异常沉默的胖伯特正面无表情地看着邦尼兔卡通。

斯洛特接着望向方场彼端的站房,他的思绪回到奥列斯第一次腾进这个世界的情况。他发现自己竟然有种怀念的感觉,倘若仔细思考,这实在是件奇怪的事——毕竟那回他差点丢掉性命。他们两个都差点丢了老命。不过那是五十年代中期,而今则是他本人的五十岁中期了——这改写了一切状况。

想起那时候,他正在从办公室返家途中,日头正要开始西斜,洛杉矶沐浴在朦胧的黄色与紫色雾霭中——那年头,洛杉矶尚未变成真正乌烟瘴气的城市。他在日落大道上,看着巨幅看板上佩姬·李的新专辑广告,脑中窜起一股寒意。那感觉犹如他的潜意识突然间凿开一口深井,冷泉喷涌,产生一种格格不入的离奇感,就好像……好像……

(好像精液)

……老实说,他也说不上来那像什么。只不过那股寒意很快变得温暖,逐渐在他的认知中成形,他只刚好来得及明白原来是他,奥列斯,转眼,一切全被颠覆,就像墙上的一道密门瞬间转了一百八十度——墙的一面是个书架,另一面是个抽屉柜,但两者都能与房间里的氛围切合——这下子换成奥列斯坐在一九五二年出厂、子弹形车头的福特驾驶座上,身穿咖啡色双排扣西装,系着约翰·彭斯科牌的领带。奥列斯伸手摸索胯下,不是因为不舒服,而是出于某种略带反感的好奇——当然,奥列斯从来不知道穿内裤是什么感觉。

他还记得,那时汽车险些就要开上人行道,于是摩根·斯洛特——这段时间里,他的意志退居类似潜意识的地位——接掌了开车的任务,让奥列斯轻松地跟着他上路,一面兴高采烈地对着眼见的每样事物疯狂大笑。这段往事对摩根·斯洛特来说也是愉快的;当时他那种雀跃的心情,就好像第一次将自己的新居展示给好朋友观赏,并且发现对方对这房子有同样的激赏一样。

奥列斯开进一家叫做胖小子的速食店,笨拙地翻扒摩根的钱包里那些他不熟悉的纸钞,点了一份汉堡、一客薯条,还有一杯浓浓的巧克力奶昔,这些字词轻而易举便脱口而出——从潜意识里冒出,就像井底涌上的泉水。初尝汉堡,奥列斯张嘴的第一口咬得战战兢兢……接着便狼吞虎咽地将剩下的汉堡囫囵下肚,就像阿狼大口吞下他的第一个汉堡王那样。他一手将薯条大把塞进嘴里,另一手忙不迭地转广播频道,任由音响流泻出一连串动人的音乐,咆勃爵士、佩里·科莫、大乐队,还有些早期音乐与蓝调。他灌下奶昔,接着又兴冲冲地点了更多食物。

第二个汉堡才吃到一半,他——斯洛特,同时也是奥列斯——开始感到不舒服。忽然间洋葱圈似乎变得口味太重、太过油腻;忽然间汽车废气的味道浓烈得无所不在。他的手臂突然奇痒难耐,于是连忙扯下身上的双排扣西装外套(他没注意到自己打翻了摩卡口味的第二杯奶昔,融化的冰淇淋在椅垫上横流)检查手臂。丑陋的红色肿斑长得到处都是,仍在不断扩散。他的胃里翻搅,急忙将身子探出窗外,不过就连他对着路边的垃圾桶呕吐时,他都能感觉到,奥列斯正溜出他的身体,返回自己的世界……

"需要帮忙吗,先生?"

"嗯?"沉浸在往事中的斯洛特蓦然惊醒,循声望去。一个显然是高年级生的修长金发男孩站在他面前。他打扮得像个标准的大学预科生——衬衫领口敞开,外面套着一件无可挑剔的蓝色法兰绒外套,下半身是条褪色的李维斯牛仔裤。

他拨开扎进眼里的头发,眼里也有那种茫然的、做了噩梦般的神情。"我叫埃瑟里奇,先生。我只是想问问你需不需要帮忙。你看起来……好像迷路了。"

斯洛特面露微笑。他想说——但没说出口——不,那只是你这么觉得。我好得不得了。姓索亚的那个小杂碎依然逍遥在外,不过斯洛特已经彻底掌握他的动向,这表示要将杰克手到擒来是易如反掌的事,就像在他身上系了条锁链,虽然看不见,但锁链毕竟是锁链。

"我在回想以前的事,想得出神了,没什么。"他说,"好久以前的事了。我不是什么可疑的陌生人,埃瑟里奇同学,如果你担心的是这个。我儿子也是这里的学生,他叫理查德·斯洛特。"

有一瞬间,埃瑟里奇的双眼比刚才更加茫然和困惑,像迷了路似的。接着他眼睛一亮。"哦,理查德,我认识!"他说。

"待会儿我会去跟校长会面,只不过想在之前到处看看。"

"呃,那我想应该没什么问题。"埃瑟里奇看看手表,"今天早上轮到我当值日生,所以假如你确定不需要帮忙的话……"

"当然。"

埃瑟里奇点头示意,露出一个若有似无的微笑,便转身离去。

斯洛特看着他走开,接着他低头审视自己与纳尔逊馆之间的地面,再次注意到玻璃碎片。看来,在纳尔逊馆到那栋八角形建筑间的某个地点,那两个孩子已迁移进魔域了,这假设应该十分合理——甚至比合理还要合理。如果他想,可以立刻追上去。只要走进那栋建筑——门并没有上锁——消失,然后重新出现在奥列斯的身体恰巧所在的位置。应该会在附近,事实上,甚至有可能直接来到车站看守员的面前。这回不会再天花乱坠地迁移到距离目的地几百英里外的地方了,用不着风尘仆仆驾着马车,或者更糟的情况,难堪地用上他父亲戏称为"十一号公车"的两条腿,辛辛苦苦弥补这段错位的距离。

那两个孩子非常有可能已经走远了,进入焦枯平原了。真要如此,那么焦枯平原便能让他们魂归西天。而且阳光·加德纳的分身奥斯蒙比他还擅长严刑拷打,自然会逼问出安德斯得知的一切。奥斯蒙和他那畸形的儿子。所以根本用不着大费周章迁移。

除非他想亲眼看看,并享受一下变身成奥列斯那种心旷神怡的乐趣,就算只有几秒钟也好。

当然,确认一番是免不了的。斯洛特的整个人生,便是在不断确认各种事情的历程中度过的。

他又四下打量一遍,确定埃瑟里奇没在附近徘徊,然后推开大门,走进站房。

站房飘散着阴暗的霉味,却异常令人怀念——那是陈年化妆品与帆布背景的气味。顷刻间,他短暂涌现一个疯狂的想法,认为自己做到了比迁移还要了不起的事;他觉得自己搞不好穿越了时空,回到毕业之前,那段他和菲尔·索亚都还对剧场充满热情的大学时光。

等到他的眼睛适应黑暗,他看见那些不熟悉的、几乎令人生厌的道具——一尊雅典娜石膏半身像,是爱伦坡的长诗《乌鸦》中的布景;一个奢华炫目的金色鸟笼;还有一个填满假书的书柜——这才想起,他其实身在塞耶中学的小剧院里。

他逗留了一会儿，用力吸进空气里的微尘，抬起眼睛，注视穿透狭小窗口落进来的阳光。尘埃悬浮在光束里，光波扰动，色调陡然加深，变得更辉煌，像是探照灯的金光。他来到魔域了。就这么简单，他已身在魔域。急速转换的过程中，有一瞬间，他感到一阵令他颤栗的喜悦。通常，一切会暂时停顿，接着他会感到一种侧向滑出的移动感，察觉自己从一个地方换到另一个地方。停顿的时间间隔似乎与斯洛特和奥列斯两人身体的实际距离成正比。斯洛特曾为了一个有关好莱坞明星遭到狂热忍者恐吓的拙劣剧本出差到日本，与邵氏电影公司洽谈，那一次他从日本迁移进魔域时，休止的时间拉得很长，导致他一度以为自己就要永远迷失在两个世界之间荒诞虚空的夹缝中。不过这一次，他们两人的距离如此贴近，近到让他忍不住想起，有几次，他几乎觉得

（奥列斯觉得）

那感觉像极了鱼水交欢时，双方在完全相同的一刻登上欢愉的顶峰，并在性爱的喜悦中相偕离开人世。

干涸的颜料与帆布气味被魔域中灯油燃烧的舒爽气味取代。桌上的油灯微光荡漾，飘散出袅袅薄烟。他左手边有张餐桌，盘子里的残羹剩菜已经凝固。桌上有三个盘子。

奥列斯拖着他的瘸腿向前移动，他按住盘子一角，令盘子一端翘起，就着灯火端详盘中油腻的菜渣。是谁用这盘子吃了东西？是安德斯？杰森？还是理查德……如果我的儿子还活在世上，这孩子还会有另一个名字，叫拉什顿。

拉什顿在宫殿附近的水塘里游泳时溺死了。那次野餐，奥列斯与妻子喝了不少红酒。天气很热。他们年幼的儿子正熟睡着。午后的阳光无限美好，奥列斯与妻子做完爱也睡着了，直到他听见儿子的哭声惊醒过来。睡醒的拉什顿自己下水玩耍。他已经学会一点狗爬式，刚好够他在发现自己踩不到地而惊慌失措之前，打着水游到水深超过身高的地方。奥列斯拖着瘸腿冲向水

塘,跳进池里,拼了老命游向挣扎中的儿子。都怪他的腿,若不是那条该死的瘸腿拖慢了他的速度,也许他就不会痛失爱子。等他游到儿子身边,拉什顿已经沉向水底,奥列斯赶在最后一刻抓到他的头发,拖着他游回岸边……

六周后,玛格丽特结束了自己的生命。

又过了七个月,摩根·斯洛特的儿子在洛杉矶西坞区的基督教青年会参加幼儿游泳课时,也险些灭顶。他从游泳池里被救出来时,已经全身发紫,模样恰似溺毙时的拉什顿……经过救生员努力用口对口人工呼吸抢救,理查德·斯洛特总算捡回一条小命。

上帝自有它的安排,奥列斯心想,这时一阵鼾声大响,他连忙转头察看。

外岗车站守门人安德斯躺在角落装叠货品用的木板上,外罩的裙子邋遢地掀到肚脐眼,露出底下的马裤。他身旁有个打翻的陶罐,罐里的葡萄酒流出来,浸湿他的头发。

又是一阵鼾声,接着他呻吟一下,似乎做了噩梦。

你的噩梦再怎么可怕,都比不上你即将面对的遭遇,奥列斯阴狠地想道。他靠近一步,身上的斗篷翻飞,低头睥睨安德斯的目光里没有半点仁慈。

斯洛特工于制订杀人计划,然而一次又一次,却是奥列斯迁移到他体内,扮演真正的刽子手,达成计划。杰克·索亚还是个小婴儿时,是斯洛特体内的奥列斯在摔跤节目播报员连珠炮般的播报声掩护下,溜进房里企图用枕头闷死杰克。菲尔·索亚在犹他州被暗杀那次,也是在奥列斯的监督下完成(当然他也监督了魔域亲王菲利普·索特雷的暗杀行动)。

斯洛特虽然生性嗜血,到头来,其实却拿见血的场面没辙,就像奥列斯对美国的食物与空气过敏那样。于是,每个由斯洛特精心策划的谋杀计划,全是曾经被讥笑为"瘸子摩根"的奥列斯的摩根出马搞定的。

我痛失骨肉,他的儿子却好好活着。索特雷的儿子死了,索亚的儿子却仍活着。不过这项错误还有修正的空间。迟早会纠正过来。别妄想拿到魔符,可爱的小朋友。你们即将抵达的地方,可是瘴疠之气横流、魔域里的奥特莱,而且在这两个世界的天秤两端,你们可都欠死神一次。上帝自会做出仲裁。

"就算上帝不出手,我也一定会动手。"他大声说出口。

躺在木板上的男人又哼哼一声,仿佛听见了这句话。奥列斯又向安德斯走了一步,也许原本打算一脚将他踹醒,却突然打住,侧过头,细听远方传来的声音。马蹄嗒嗒、鞍具互相碰撞,叮当作响,还有马匹粗哑的嘶吼。

奥斯蒙来了。很好。让奥斯蒙打点这里就够了——他本人对于拷问宿醉的家伙本来就没什么兴趣,更何况这家伙会吐出什么狗屁,他十之八九都预料得到。

奥列斯一瘸一拐穿过站房,走回车站门口,打开门,望着魔域的朝阳将天空晕染成粉嫩的蜜桃色。马车声是从这方向——日出的方向——传来。他放纵自己啜饮甜美的晨曦好一会儿,接着转身面向西方,这边的天空仍像刚撞出的瘀伤,一片青紫。大地幽暗⋯⋯除了乍现的曙光冲出东方地平线,拖曳出好几道彼此平行的光痕。

孩子们,你们已敲开了死神的大门,奥列斯心满意足地沉吟着⋯⋯接着又浮上另一个念头,让他觉得更加痛快:搞不好,死神早就将他们带走了呢。

"好极了。"奥列斯说完,闭上双眼。

下一刻,摩根·斯洛特睁开眼睛,他的手正握着塞耶中学小剧场的大门门把,就要踏上返回西岸的归途。

说不定还有足够时间来场怀旧之旅,他盘算着。去趟加州,看看那个叫文都岬的小地方。或许还可以先往东走——拜访一下女王——接着……

"海边的空气,"他对着雅典娜石膏像说道,"对我的健康有益。"

他掏出口袋里的小药瓶,又吸了一管古柯碱(这时已完全忽视陈年化妆品与帆布的气味了),神采奕奕地走下山坡,回到车上。

第四部　魔符

三十四
安德斯

1

杰克仍死命跑着。他赫然发现,虽然两条腿还没停下,身体却是腾空的,就像卡通人物从两千英尺高空坠落前,还有时间先错愕地扮个鬼脸。只不过杰克腾空的高度不到两千英尺。他脑袋里还有余暇——刚刚好够——察觉到,原本奔跑的地面消失了,下一秒,便整个人骤降四五英尺,奔跑的脚步倒是没有停下。落地之后他踉跄着仍继续向前跑,本来还有可能站稳,接着却换成理查德落下来,压在他身上,于是两人一起扑倒在地,翻了个大筋斗。

"小心,杰克!"理查德尖叫着——尽管他这么说,不过他显然并没有遵照自己提出的建议,因为他两眼闭得死紧。"当心那匹狼!当心杜弗雷先生!当心——"

"理查德,他们全都消失了!拜托你睁开眼睛看一下!"杰克自己都还没时间好好看看周围,不过他知道自己成功了——空气温暖芬芳,除了微风偶尔拂动,捎来暖意,这个夜晚静谧得近乎完美。

"小心啊,杰克!小心,杰克!小心!小心——"

犹如盘桓不去的恐怖回音,理查德的脑袋里还听得见纳尔逊馆外那群半人半狗的怪物齐声高喊着:醒来、醒来、醒来!拜托、拜托、拜托!

"要小心啊,杰克!"理查德哀号。他的脸埋在地上,模样活像过度狂热的穆斯林,决意求得真主阿拉的垂青。"小心!有狼!级长!还有校长!小——"

杰克生怕理查德真的发疯了,于是揪住他的领子将他拉起,用力甩了他一巴掌。

理查德顿时哑口无言。他不敢置信地瞪着杰克,杰克则看见自己手掌的形状逐渐在理查德脸颊上浮现,像块暗红色的刺青。不过好奇心转眼便取代了愧疚感,杰克急着想知道他们确切的所在地。天还没全黑,否则他不会看见理查德脸上的手印。

答案一部分来自他的内心——答案是肯定的,无须质疑……至少,就目前的情况看来的确如此。

这里是外岗,杰克。你们来到外岗了。

但在仔细思考清楚他们的处境之前,他还得先搞定理查德才行。

"你没事吧,理查德?"

理查德既惊讶又受伤地望着杰克。"你打了我,杰克。"

"我是打了你。但是当你身边的人歇斯底里的时候,就该这么处理吧。"

"我才没有歇斯底里!我从来不会歇斯底里,我这辈子——"理查德话说一半便跳起来,慌张地左顾右盼。"那匹狼呢?我们得当心那匹狼,杰克!只要我们爬过围墙,它就追不上我们了!"

刚才要是杰克没有捉住理查德,将他拖回来,理查德可能早就盲目地冲进暗处,拼命想翻过那道如今已在另一个世界的围墙了。

"那匹狼已经不在了,理查德。"

"呃?"

"我们成功了。"

"你在说什么——"

"魔域啊,理查德!我们到了魔域了!我们腾过来了!"而且我的手差点被你弄脱臼了,你这个怀疑论者。杰克揉揉酸痛的肩膀。下回如果我还要带人进魔域,我会带真正的小孩,一个还相信圣诞老人和复活节兔子的小孩。

"这太荒谬了。"理查德缓缓吐出这几个字,"世界上根本没有魔域这种地方,杰克。"

"如果没有,"杰克冷冷地说,"那为什么那匹大白狼现在没有叼着你的屁股?还有你那该死的校长呢,人在哪里?"

理查德瞪着杰克,张口想说些什么,随即又闭上。他前后打量,这时神智稍微清楚了些(至少杰克这么希望)。杰克也跟着四下张望,同时享受着温暖干净的空气。摩根和他手下那群凶神恶煞也许随时会追上来,然而这一刻实在很难不放纵自己奢侈地享受一番重回魔域所带来的纯粹而原始的愉悦。

他们在一片田野中。透着淡黄的草尖结穗累累——不是小麦,不过看样子是类似的东西,总之是某种可以吃的谷物就是了——四面八方朝向夜空伸展。柔和的晚风吹送,长草摇曳,翻滚出神秘而美丽的波浪。他们右手边是座低缓的小丘,一栋木屋坐落在小丘上,屋前架着一根灯柱,球形玻璃罩里鲜黄的火焰明亮锐利得几乎令人难以直视。杰克发现那栋木屋是八角形。灯火圈出一块圆形范围,这两名进入魔域的少年正好落在这圆圈的最外围——光轮对岸的某个形体投射出幽微银光,像是某种金属……不久杰克便了然于胸。他感觉到的不是惊奇,反而更像是原本的预期得到印证的成就感。就像两块巨大的拼图,一块属于美国,一块属于魔域,在这一刻终于密实地拼合起来。

那是铁轨。尽管在黑暗中要辨认出方向几乎是不可能的事,但杰克认为自己知道那铁轨通往何处:西方。

2

"走啊!"杰克说。

"我不想去那里。"理查德说。

"为什么?"

"太多莫名其妙的怪事了。"理查德舔了一下嘴唇,"那栋房子里搞不好也有怪东西。野狗啊,疯子啊。"他再度沾湿嘴唇,"还有虫子。"

"我说过,我们现在在魔域里,那些莫名其妙的东西全都没了——这里很安全。拜托,理查德,你闻不出来吗?"

"这世界上没有魔域这种地方。"理查德尖声嘟囔。

"看看你四周。"

"不要。"理查德的音调拔得更高,简直就是个执拗得令人气结的小孩。

杰克扯下一把穗须浓密的长草。"你看这个!"

理查德别过头。

杰克必须强逼自己,才能咽下那口想要抓住理查德把他摇醒的怒气。

他丢掉野草,在心里默数一到十,然后走上小丘。低头一看,他发现自己身上穿着类似牛仔护腿用的开裆皮裤。理查德的打扮和他差不多,脖子上围了条红色大领巾,看起来就像雷明顿①画中的人物。杰克伸手摸摸脖子,发现自己也系着条领巾。顺势往下摸索,迈尔斯·基格送他的毛呢大衣这时已变成一条类似墨西哥披肩的大毛毯。我敢打赌,我这模样铁定像是塔可钟②的广告代言人,他揣度着,兀自笑了起来。

杰克丢下理查德不管。他走上小丘时,惊慌失措的表情爬上理查德的脸庞。

"你要去哪里?"

杰克回头望望理查德,走了回来。他两手搭上理查德的肩

---

① 弗雷德里克·雷明顿(1861—1909),美国画家、雕刻家、作家,尤其擅长描绘西部风情,作品中所描绘的早期牛仔形象深植美国人心。

② 塔可钟,美国的墨西哥速食连锁店。

膀,严肃的眼神望进理查德眼眸深处。

"我们不能留在这里。"他说,"他们之中一定有人看见我们腾走。也许他们没办法马上追过来,当然也有可能随后就到。我不敢确定。我对这世界的运作逻辑了解的程度跟个五岁小孩对磁力学的认识差不了多少——不过五岁小孩起码知道,磁铁有相吸的一面和互斥的一面。而至少就现在的情况来说,我知道这么多就够了。我们不能傻傻待在这里。报告完毕。"

"这一切都是我的梦,我知道我在做梦。"

杰克对着那栋外观摇摇欲坠的木屋点点头。"你可以跟我走,也可以留下来。假如你想待在这里,等我看过那里头的状况之后,再回来找你。"

"这一切都没有发生。"没戴眼镜的理查德裸露的双眼睁得老大,呆板的眼神依稀像是蒙上一层灰。他抬头仰望魔域漆黑的天空,群星罗列的阵式奇异而陌生,他打了个冷战,不敢再看。"我发烧了。是流行性感冒。最近很多人感冒。这是发烧引起的幻觉,你是我幻觉里的一个角色,杰克。"

"有机会的话,我会请人把我的演艺协会资料卡送去给《幻觉角色风云》杂志社的人参考参考,"杰克说,"至于现在呢,不如你就先待在这里等我好吗,理查德?假如这一切都不是真的,那你根本什么都不用担心。"

杰克爬上小丘,走到一半,理查德跟了上来。

"我说过我会回去找你啊。"杰克说。

"我知道。"理查德说,"我只是觉得一起看看也好。反正是做梦嘛。"

"也好,等一下如果遇到任何人,记得闭紧嘴巴。"杰克说,"我想那里面有人——我刚才好像看到有人从窗口望着我。"

"你打算怎么办?"理查德问。

杰克微笑。"见机行事,理查德小子。"他说,"打从我一踏出新罕布什尔,一路就是这么闯荡过来的。见机行事。"

3

两人来到木屋前廊。紧张兮兮的理查德牢牢抓住杰克不放。杰克不耐烦地转过头。理查德的"堪萨斯市神爪"一下就失去新鲜感,变成老套烦人的招式了。

"怎么了?"杰克问。

"这只是个梦,"理查德说,"我可以证明。"

"怎么证明?"

"我们现在说的不是英语,杰克!我们在说某种不一样的语言,说得非常流利,可是不是英语!"

"是啊,"杰克说,"很怪,对不对?"

语毕,杰克继续登上前廊的阶梯,抛下身后张着嘴、目瞪口呆的理查德。

4

又过半晌,理查德回过神来,慌慌张张追着杰克爬上台阶。台阶木板早已松动变形,满是伤痕裂缝。方才在田野中见到那些结了穗壳的野草钻出夹缝往外生长。远远的暗处,两个男孩隐约听见催人欲睡的虫鸣——不像蟋蟀叫声那样清脆嘹亮,而是更温润甜美的声音——这里太多事物比我原来的世界要好,杰克心想。

木屋外的灯柱这时已在两人后方;影子落在他们跟前,早他们一步穿过前廊,然后向右歪折,登上台阶。门上挂着一块老旧褪色的招牌,上面的字迹一开始在杰克眼里看来简直就像用西里尔字母写的俄文一样无法理解,后来字体逐渐清晰,显现的内容倒不令人意外:车站。

杰克抬起一只手正想敲门,接着念头一转,摇了摇头。不。用不着敲门。这里可不是什么私人寓所;门牌上写的是"车站",意味着这地方就像灰狗巴士、美铁的车站,或是让人搭上"带您翱翔友善的天空"的联合航空班机的机场那样的场所。

他直接推开门。友善的灯光和毫不友善的吼叫声同时轰然而出。

"走开,你这魔鬼!"沙哑的声音嚷道,"走开,我一早就会出发!我发誓!火车在车棚里!走开!既然答应过你,我说到做到,所以现在你走吧……走开,让我一个人静一静!"

杰克皱起眉头。理查德吃惊地张大嘴。屋里很整洁,但十分老旧。木板严重变形,墙面看起来像是掀起一波波涟漪。其中一面墙上挂着一幅巨大的驿马车画像,大得几乎像艘捕鲸船。一座古老的柜台横在厅堂正中央,将厅堂一分为二,柜台表面和墙面一样皱得波浪起伏。柜台后方墙上挂着一块石板,标示着一栏"进站时间"和一栏"出站时间"。看着那块历史悠久的石板,杰克猜想,应该已经许久没有任何人在上头写字了;他觉得,如果现在有人想在上头写几个字,哪怕用的是柔软的粉笔,那块板子也会应声粉碎,崩落到同样老朽的地板上。

柜台边缘摆着一个沙漏,杰克从未见过如此巨大的沙漏——几乎和容量两夸脱的香槟酒瓶一样大,里头装满了绿色细沙。

"别烦我行不行?我答应过就一定会去!拜托你,摩根!你行行好!我已经答应你了,如果不相信,去看看车棚就知道!火车已经准备好了,我对天发誓!"

这话说得又慌又急。说话的是个体型庞大的老人,他正蜷缩在右边最深处的角落。杰克估计这老人的身高至少有六英尺三英寸——就算眼下这身形缩成一团,天花板距离他的头顶也不过四英寸左右。年纪看起来大约有七十岁,也可能是保养得很好的八十岁。雪白的胡须柔细得像婴儿的头发,从眼袋下方如瀑布般直泻胸前。他的肩膀宽阔,虽然现在垮得像经年累月被迫背着重物而弄坏了肩骨似的。他穿着一件白色褶裙,裙上缀满红色绣线,脸色蜡黄,眼角的鱼尾纹又深又长,额上的皱纹则像地表上一座又一座深谷。老人挥舞着一根粗大的拐杖,表情却害怕得要命,不构成任何威胁。

老人提到理查德父亲的名字时,杰克警觉地瞟了理查德一眼,不过目前的理查德似乎没有足够的神志留意这种小细节。

"我不是你心里想的那个人。"杰克说着,往老人的方向靠近。

"走开!"他厉声喊道,"别想骗我!魔鬼都会戴着友善的面具,我知道这种把戏!走开!我说了我会去,火车也早就备妥了!我言出必行!你快走开吧,行不行?"

杰克的背包这时已变成一个布袋,挂在他手臂上。走到柜台边时,杰克将手探进袋里摸索,拨开镜子和一些竹钱,握住他想找的东西。那是好久以前,费朗队长送给他的东西,那枚一面雕着女王肖像、一面是鹰头狮身兽的银币。他将银币往柜台上重重一拍,昏黄的灯光烘托出劳拉·德罗希安细致的轮廓——那酷似母亲的容貌又一次令杰克震慑。她们两人打从一开始就这么像吗?还是在我越思念她们的时候,心中就越强化她们的相似之处?又或者,其实是我自己无形中将她们的形象结合在一起,将她们视作同一个人?

杰克越往前靠近柜台,老人往后缩得越远,几乎像是要把自己挤进墙里,就这么穿墙而出逃离现场。他的唠叨变成一道歇斯底里的洪流。当杰克将银币拍在柜台上,摆出西部片里的坏蛋到酒吧买酒的狠样时,老人顿时噤若寒蝉。他瞪着银币,两眼越睁越大,积着唾沫的嘴角扭曲。他暴凸的双眼移向杰克脸上,这才第一次看清楚杰克。

"杰森,"老人细小的声音颤抖着。先前那虚弱的叫嚣平息了。此时的颤抖,不是因为恐惧,而是出于敬畏。"杰森!"

"不,"他说,"我叫——"他临时住口,明白当他用这奇异的语言说出口时,那个字眼将不是杰克,而是——

"杰森!"老人哭喊着跪倒在地,"杰森,您总算来了!您来了,我们都有救了,啊,我们有救了、有救了,一切都要变好了!"

"嘿,"杰克说,"嘿,说真的——"

"杰森!杰森驾到了,女王有救了,啊,一切都要变好了!"

比起刚才那种恐惧的反抗,老人突然态度剧变,流露出无限崇敬,杰克一时间反而不知该怎么应付才好,他转过头寻找理查德……结果没有半点帮助。理查德不知何时已在大门左边的地板上躺了下来,看不出是真睡还是假寐。

"该死。"杰克咕哝。

老人双膝跪地,哭哭啼啼。情势急转直下,从原本单纯的荒谬变成了彻底的滑稽可笑。杰克找到一个可以往上拉开的隔板,走进柜台后方。

"啊,忠心的仆人,快起身。"杰克不禁顽皮地纳闷耶稣基督或释迦牟尼有没有遇到过这种困扰,"快站起来吧,老家伙。"

"杰森!杰森!"泪流满面的老人低下头,雪白的头发覆盖着杰克穿着凉鞋的双脚,他开始亲吻杰克的脚——可不是蜻蜓点水那种轻吻,而是躲在干草棚里偷情时啾啾有声的激情狂吻。杰克无奈地咯咯笑起来。他费尽艰辛让两人一起逃出伊利诺伊州,来到这里,外岗的某处,长满说像小麦又不是小麦的谷物的大片田野一角,这栋随时会垮下来的车站里,这会儿理查德却躺在门边睡大觉,他面前还有个奇怪的老人亲着他的脚,胡子搔得他痒得不得了。

"平身!"杰克咯咯笑着吩咐老人。他往后退,却撞上柜台。"平身,我的忠仆!够了,快给我站起来!"

"杰森!"啾!"我们有救啦!"啾—啾!

一切都要变好了，老人的嘴唇贴上他露出凉鞋的脚趾时，杰克一边笑个不停一边胡思乱想，不知道魔域里有没有发行罗伯特·彭斯①的诗集，不过我猜他们铁定都读过——

啾—啾—啾！

噢，别再来这套了，我真的承受不起。

"平身！"他扯直嗓门大喝一声，老人这才站了起来，全身颤抖，老泪纵横，无法直视杰克的眼睛。但他宽大的肩膀总算稍微抬起来了，脸上那凄惶的表情也退去了，杰克为此宽心不少。

5

折腾了一个多小时，杰克才有办法让老人与自己顺畅地对话。否则杰克一开口想与这位负责看守车站、名叫安德斯的老人说话时，安德斯总会先冒出一大串"哦杰森殿下天哪您真是伟大"之类的叹息，这时杰克还得尽快抚平他激动的情绪……当然还得阻止他又开始亲吻起杰克的脚趾。不过话说回来，杰克挺喜欢这老人家的，也免不了对他抱着一份同情。要体会他的感受，只要想象一下，耶稣基督或释迦牟尼突然出现在自助洗车场或学校餐厅的人龙里那光景便行了。还有一件他不能不承认的事实：在杰克心中，有某部分对安德斯这种表现，其实并不感到惊讶。他仍然认为自己是"杰克"，然而，一点一滴地，他越来越觉得自己像……像另一个人。

而他已不在人世了。

这是事实，无可否认的事实。杰森已死，而奥列斯的摩根八成与杰森的死有几分关联。不过像杰森这种角色，总会有某些办

---

① 罗伯特·彭斯(1759—1796)，苏格兰诗人，年仅三十七岁便英年早逝，但短暂创作生涯中作品丰富，被推崇为苏格兰的民族诗人，有"苏格兰之子"的美称。

法能够重返阳世的,不是吗?

杰克倒不觉得这段和安德斯一来一往、想办法让他好好说话的时间浪费了,因为趁这段空当,他确定理查德并非假装,而是真的睡着了;这不能不说是个好现象,毕竟安德斯对摩根可说抱怨连连。还有一段,安德斯说到这地方是魔域边陲的最后一站——它有个用魔域语念来音韵动人的名字:外岗车站。然而出了这里,便是恐怖的蛮荒之地。

"有多蛮荒?"杰克问。

"我也不知道。"安德斯点燃烟斗。他的视线没入黑暗中,神情凄凉。"有关焦枯平原的传闻不胜枚举,每个版本都不尽相同,不过开头总是一样的:'我认识一个人,他曾经遇上一个在焦枯平原边界迷失了三天的旅人,而那迷途的旅人说……'可是,从来没有一个故事的开头是:'有一次,我在焦枯平原的边界迷路迷了三天……'你明白这两者之间的差别,是吧,杰森殿下?"

"我明白。"杰克回答。焦枯平原。光是想起这个名字,就足以让他颈背汗毛直竖,手臂上起鸡皮疙瘩。"所以说,没有人确切知道焦枯平原的情况?"

"众说纷纭,没人有确切的把握,"安德斯说,"不过只要其中有一丁点是真实的——"

"你听说过些什么?"

"那里的景象诡谲骇人,可怕到连奥列斯建造的火渊都显得见怪不怪。火球在山丘和旷野上滚动,后面拖着长长的黑尾巴——白天时看起来是黑色的,不过我也听说,那些尾巴入夜之后会发光。假如有人不小心太接近那些火球,一定会大病一场。头发掉光,全身皮肤肿胀生疮,接着开始呕吐;也许有康复的机会,不过大部分结局都是,呕吐接连不断,直到胃腔破裂、喉咙溃烂,然后……"

安德斯站起来。

"殿下！为什么您脸上出现这表情？您在窗外看见什么了吗？您在那罪该万死的铁轨上看到什么妖魔鬼怪了吗？"

安德斯恐慌地探看窗外。

辐射感染,杰克暗忖。他不知道自己说的是什么,可是他所描述的,几乎百分之百是辐射感染造成的症状。

去年杰克参加了一个自然科学研习营,他在里面学过有关核武器和暴露在放射线下所造成的后果等等相关知识——无论是有心或无意,总之杰克的母亲曾经参加反对核武器与核电厂增建的运动,因此当时杰克学得格外用心。

多么吻合！用辐射污染来解释焦枯平原的情况是多么合理的答案！随即他又想通了另一件事:西部是第一个被用来进行核弹测试的地方——军方在荒无人烟的西部放置了许多人体模型,并将计划投掷在广岛的原子弹模型悬挂在高塔上进行试爆,以此估测爆炸的实况和杀伤力。最后他们回到犹他州与内华达州,在美国仅存的真正净土上,建造地下基地,继续进行核武器测试。杰克知道,在那一大片山峦起伏、贫瘠崎岖的不毛之地上,军方拥有许多上地,而他们在那里进行测试的,可绝对不只是核武器。

假如女王驾崩了,摩根会把多少那该死的鬼东西弄进魔域里？他又已经弄了多少进来呢？这条驿马车道与铁路接轨的路线,会不会就是他运输系统的一部分？

"您的气色很糟,殿下,真的很糟。您的脸色白得像张纸似的。我发誓我没胡说！"

"我没事。"杰克悠悠答道,"坐着吧。继续说你的故事。打个火,你的烟斗快熄了。"

安德斯取下嘴里的烟斗,重新点燃,目光从杰克再度移向窗外……这时他脸上的神情已不再只是空虚绝望,还添了几分忧惧。"不过我想很快地,我就会知道那些传闻究竟有几分真实性了。"

"此话怎说?"

"我天一亮就得出发了。"安德斯说,"奥列斯的摩根的邪恶列车现在就停在车棚里,明天一早,我得载着他那一车天晓得有多可怕的鬼东西,穿越焦枯平原。"

杰克瞪着老人,他的血液直冲脑门,心脏扑通作响。

"去哪里?要去多远?到海边吗?到大水边?"

安德斯慢吞吞地点头。"哦,是的。"他说,"到大水边。而且——"他的声音往下一沉,转变成无力的低语,双眼骨碌转向漆黑的窗景,仿佛担心无名鬼怪正在窗外偷窥,窃听他的谈话。

"到了之后,摩根会来接应,然后把车上的货卸下来。"

"卸到哪里?"杰克问。

"暗黑旅店。"安德斯颤抖着,低声说出答案。

6

杰克觉得自己肚子里又蹿上一阵捧腹大笑的冲动。暗黑旅店——这简直就像一本惊悚小说的书名嘛。可是……可是……饭店正是这一切的起点,不是吗?大西洋海岸线上,新罕布什尔州的阿兰布拉花园饭店。难道说,在太平洋沿岸,也有另一间旅馆,也许又是一间叠床架屋的古老维多利亚式建筑?那注定会是他这趟奇异、漫长旅程的终点吗?在一间类似阿兰布拉、附近还有座荒芜游乐园的旅馆里?这想法尽管奇怪,却精准无比地充满莫名的说服力,甚至让他想起魔域与他的世界里,人们拥有彼此的分身这件事……

"为什么这样盯着我,殿下?"

安德斯语带微愠。杰克连忙移开目光。"不好意思,"他说,"我只是在想事情。"

他安抚地笑笑,安德斯也回以简短的一笑。

"对了,我希望你别再这么叫我了。"

"叫您什么,殿下?"

"别叫我殿下。"

"殿下?"安德斯看来满脸疑惑。他不是在复诵杰克的话,而是在要求杰克解释。杰克觉得,假如他再继续坚持下去,两人的对话就要陷入那种"什么?什么什么?"的鬼打墙窘境里了。

"算了。"杰克说道。他向前倾身,"我希望你将所知的一切原原本本告诉我。办得到吗?"

"我会尽力,殿下。"安德斯回答。

7

安德斯娓娓道来,开始时他说得很慢。他这辈子都独自住在外岗,平常不习惯说那么多话。此时在一个男孩的要求下开口,而对方在他心目中又拥有高贵的地位,甚至像个神祇般令他崇拜。一步一步,他说得越来越快,这则充满不确定的情节,却又令人激动不已的故事临近尾声时,他已是口若悬河,喷涌而出。尽管老人说话的口音很重,令杰克不断联想起罗伯特·彭斯那种混浊的苏格兰颤音,要听懂话的内容,对他来说倒不是什么大问题。

安德斯认识摩根的理由很简单,因为摩根是称霸外岗的外岗之王。他的全名"奥列斯的摩根"其实没有听起来那么神气,不过是描述了实情,意思就和他"外岗之王"这称号差不多。奥列斯是外岗极东的军事训练基地,也是那块长满野草的偌大荒地上唯一有组织的军事营地。由于摩根对奥列斯的掌控极其严密而彻底,外岗的其他区域便自然而然臣服在他的权威之下。此外,过去十五年间,不断有堕落的坏狼转而效忠摩根。起初这问题并不严重,因为投诚的坏狼为数不多(安德斯的口音老是让杰克把"坏狼"听成"灰狼")。不过最近几年他们集结的数量越来越庞大,安德斯听说,自从女王病了之后,专司畜牧的狼族有一半以上的族人受到恶魔引诱而腐败。安德斯说,听命于奥列斯的摩根的不只是狼族,还有别的物种,更可怕的物种——传说中光是看上一眼便能把人吓得魂飞魄散的恐怖生物。

杰克想起埃尔罗伊,奥特莱酒馆那可怕的怪物,不禁打了个冷战。

"这地方有名字吗?"杰克发问。

"殿下?"

"我们所在的这地方,也有名字吗?"

"不算有,殿下,但我听说过,有些人管这地方叫神忘岭。"

"神忘岭。"杰克念出这名字。虽然还很模糊,也许还有许多误差,但魔域的地理形貌终于在杰克脑中凝聚出完整的轮廓。魔域与美国国土东半部对应;外岗与美国中西部和广袤的平原(神忘岭? 伊利诺伊州? 内布拉斯加州?)对应;至于焦枯平原,则与美国西部相对应。

他凝视安德斯良久,笃直的目光让这车站守门人再度不安地扭动起来。"抱歉。"杰克说,"请继续。"

安德斯的父亲是最后一名从外岗出发、"开往东方"的驿马车驾驶员,当时安德斯便跟在父亲身边当学徒兼助手。不过那年头东方局势不稳,时有叛乱骚动;老国王遇刺,加上随后那场战争,似乎便是乱局的开端。虽然战事在劳拉女王登基后平息,然而各地动乱却如雨后春笋般渐行活跃,并逐步跨出焦枯平原那蛮荒之地,推展向东方。安德斯说,不少人坚信,西方是所有邪恶势力的肇发之地。

"我不太懂你的意思。"杰克表面上这么说,心里却知道自己其实明白。

"就是那土地的尽头。"安德斯说,"在大水边缘。正是我要去的地方……"

邪恶的发源地,在另一个世界中,正是我父亲进入这世界的起点……父亲、我、理查德,还有……摩根,那个自大妄为的屎洛特。

安德斯继续说道,外岗早已祸事临头,而半数狼族也堕落变节了——堕落到什么程度他也不十分确定,不过这位年迈的车站守门人告诉杰克,假如腐坏不能尽快停止,也许他们将因此全数灭亡。叛乱势力不但侵入外岗,如今甚至逐渐深入东方,而他听说,身处东方的女王已病入膏肓。

"那不是真的吧,殿下?"安德斯几乎带着哀求的语气问道。

杰克看着他。"我应该知道答案吗?"他反问。

"啊,当然,"安德斯说,"您不是她的儿子吗?"

一时间,整个世界仿佛安静下来。就连田野中的虫鸣都静止了。理查德也像是静止在两次沉重混浊的呼吸之间。

就连他自己的心跳都似乎静止了……也或许,真正静止下来的,其实只有他的心跳。

接着,他用无比平静的语气说:"是……我是她的儿子。此外……她确实病得很重。"

"她会死吗?"安德斯追问,这时他毫无保留地露出恳求的目光。"女王会死吗,殿下?"

杰克微微一笑,答道:"一切都还在未定之中。"

8

安德斯说,乱局萌芽的最初,奥列斯的摩根只是个名不见经传的小小边疆营长,父亲是个蓬头垢面、浑身油臭味的滑稽人物。摩根的父亲在世时人人视他为笑柄,甚至连他的死法都被传成一则笑谈。

"他喝了一整天的蜜桃酒,喝到肚子疼,结果拉肚子拉到命都没了。"

父亲的可笑形象为摩根的声望蒙上一层阴影,父亲死后,原本人们也打算继续将儿子当成笑柄看待,不过在奥列斯地区开始采用绞刑后,便再也不曾传出嘲弄摩根的笑声。等到老国王去世后的几年间,骚乱逐渐兴起,摩根的势力也随之迅速蹿升,就像天上升起一颗捎来恶兆的凶星。

当然最初这在外岗显得微不足道——安德斯表示,这空旷无垠的荒野让政治显得不值一谈。对大家来说,唯独狼族的变化会造成实质上的影响,不过既然那些变节的坏狼都迁移到"异地"去了,就连这影响也像是不痛不痒("这对我们没多大差别,殿下。"杰克坚信自己听到了这句话)。

又过了一阵子,在女王病倒的消息总算传到偏远的西边后不久,摩根从东部的火渊里集结了一群相貌畸形的奴隶送到西边;负责监督遣送工作的便是归顺摩根麾下的恶狼和一些丑陋的怪物。他们的总指挥是个带着鞭子的恶棍,偶尔身边会跟着一个骨瘦如柴、有几分阴森气味的小男孩。运送奴隶工作初期,那恶棍经常出现,在那可怕的数月间,安德斯总是躲藏在外岗车站南方五英里左右的家里,没多久恶棍失去了踪影,这让安德斯感到高兴。有传闻说摩根策动的叛变已到了箭在弦上的紧张态势,所以才将那恶棍召回东方辅佐。安德斯不确定这传闻有几分真实,也不在意;他只为了恶棍的离去觉得开心不已。

"那个人,"杰克质问,"他叫什么名字?"

"我不清楚,殿下。狼族叫他'执鞭人',奴隶就只管他叫魔鬼。我想他们说得都对。"

"他的穿着是不是很讲究?丝绒大衣,鞋面上还有扣环,是不是?"

安德斯连连点头。

"他身上是不是洒了很多香水?"

"哦、哦!是的!"

"他的鞭子尾端岔成很多细小分枝,分枝末梢还镶着铁刺?"

"是的,殿下。那是魔鬼的鞭子。而且他使起那鞭子时可厉害了,没错,就是这样。"

他说的是奥斯蒙。是阳光·加德纳。他原本在这里,替摩根打理某些事情……后来女王病了,奥斯蒙被召回宫殿,就是我第一次和奥斯蒙打交道那次。

"他的儿子,"杰克问,"看起来什么样子?"

"皮包骨。"安德斯慢慢说道,"有只眼睛像浸满了水,老是漂浮不定。我只记得这么多。他……殿下,执鞭人的儿子很少抛头露面。虽然他手上没有鞭子,但比起他的父亲,狼族似乎更怕他。他们说他很阴暗。"

"阴暗。"杰克说。

"是的。这个词是用来形容一个人很难看清楚,无论你再怎么费心去看都摸不清他的长相。当然要隐形是不可能——这是狼族说的——不过如果那个人知道怎么使这种伎俩,他就能让人看不清他的长相。大部分狼族都会这招,那个小男孩也会这招。所以说起他的长相,我只记得他瘦得像枯骨似的,一只眼睛动个不停,而且他很丑,丑得像某种邪恶阴森的病毒。"

安德斯停顿了一会儿。

"他生性残暴,喜欢折磨小东西。他曾经把它们丢在车站门廊底下,我听到全世界最凄惨的哀号……"安德斯发起抖来,"所以说,我才老是躲在屋子里。我不喜欢听见动物的惨叫声。那让我非常不舒服,的确是。"

安德斯的一言一语无不在杰克心中引发更多疑问。他尤其想仔细询问安德斯关于狼族的一切——听着这些事,令杰克思念起阿狼,沉甸甸的回忆五味杂陈。

可惜时间有限——安德斯必须一大早驾着列车驶向焦枯平原;一整队由摩根领军的疯狂弟子也许下一秒就会冲破安德斯所说的"异地",追进这里;理查德随时可能醒来,追问他们口中谈论的摩根和那个曾在纳尔逊馆与他比邻而居的"阴暗"的人是何方神圣。

"他们来到这里,"杰克整理着思绪,"带来一批奴隶,由奥斯蒙统帅——直到他被召回宫殿,或是必须到印第安纳州打理阳光之家,带领那群宗教狂热分子时——"

"殿下?"安德斯听得一头雾水。

"他们来到这里,建造了什么?"杰克心中已有确定的答案,但仍希望从安德斯口中听到。

"哦,就是那些铁轨啊。"安德斯说,"铁轨一路铺进焦枯平原里,就是我明天必须走的那条路。"他耸耸肩膀。

"不。"杰克站起来,一阵难耐的兴奋在他的胸膛炸开,宛如烈阳。脑海里好像又敲动一记响钟,再度升起那股巨大拼图完美契合的感受。

杰克脸上绽放出光芒,美丽得难以名状,安德斯见了,重重跪倒在地。理查德听见骚动,翻个身,迷迷糊糊地坐起来。

"你不用去。"杰克说,"我去。还有他。"他指指理查德。

"杰克?"一脸睡意的理查德疑惑地看着杰克,"你们在聊些什么啊?那个人为什么在闻地板?"

"殿下……您要求的,当然好……可是我不懂……"

"你留下来。"杰克说,"我们去。我们替你开火车。"

"可是殿下,理由何在?"安德斯鼓起勇气发问,仍然不敢抬头看杰克。

杰克·索亚的视线深入漆黑的远方。

"因为,"他说,"我想,铁路的尽头——或终点附近——有某样东西,是我必须拿回来的。"

过门之四·摩根逼宫

十二月十日,浑身包得像颗粽子的摩根·斯洛特坐在莉莉·索亚床边一张不舒服的小木椅上——他觉得很冷,所以穿着厚重的开司米羊毛大衣,两手深深藏在口袋里,不过他的心情比他看起来的样子好多了。莉莉就快死了。她就要离去,去那个永远回不来的地方,就算她贵为女王,卧床豪华得像座足球场也一样。

莉莉的床铺没有女王豪华,模样也半点没有女王的派头。重病摧毁了她姣好的容貌,她憔悴得皮包骨头,仿佛一下子老了二十岁。摩根恣意欣赏她眼窝周围高耸的颧骨和她那龟壳般的额头。她瘦削的身体覆盖在被单与毛毯下,看起来几乎毫无分量。摩根知道阿兰布拉饭店的人收下巨款,答应对莉莉·卡瓦诺·索亚毫不搭理,因为支付那笔贿款的人正是摩根·斯洛特本人。他们不再为莉莉的房间供应暖气。她是这整间饭店唯一的客人。除了前台职员与厨师,阿兰布拉只剩三个葡萄牙籍女侍,成天只把时间花在打扫饭店大堂这件工作上——一定是这群女侍替莉莉盖上这一大叠毛毯的。摩根自己占下了莉莉对门的套房,并命令前台职员和女侍严密监视莉莉。

摩根存心试探莉莉的反应,故意说道:"你看起来好多了,莉莉。我真的觉得你的病情有起色。"

莉莉依然躺着,只动了两片薄唇:"少在那猫哭耗子假慈悲了,斯洛特。"

"我是你最好的朋友。"摩根答道。

这下她睁开眼睛了,可惜那眼神还不够痛苦,不够令他满意。"出去。"她气若游丝,"我一见你就反胃。"

"我是在帮助你,希望你能记住。我手上有所有文件,莉莉。

你只管签名就好了。签几个名,你和你儿子这辈子都会有人照顾。"摩根端详着莉莉,他的脸上散放着满意的光辉。"对了,我找杰克的过程不怎么顺利。杰克。你最近和他联络过吗?"

"你知道我没有。"她没有哭,恰如他所希望的。

"我真心觉得这孩子现在应该在你身边陪你,你不这么认为吗?"

"要放屁到别的地方去。"莉莉说。

"我是想借用一下你的洗手间没错,如果不介意的话。"他说着,站起身来。莉莉再度闭上眼睛,忽视他的存在。"希望他没惹上什么麻烦才好,"摩根在床沿缓步走着,"在外头游荡的孩子免不了遇上些可怕的事。"莉莉依旧置之不理。"我都不敢想象会有多可怕。"他来到床尾,脚步继续往浴室移动。躺在毯子下的莉莉,模样好像一团揉皱的卫生纸。摩根走进浴室。

他两手搓了搓,轻轻掩上门,将洗手台上的两个水龙头全扭开,从他西装外套口袋里取出一个容量为两克的褐色玻璃瓶,再从他外套内袋里取出一个小盒子。盒子里装着镜子、刮胡刀片,还有一根短短的铜制吸管。玻璃瓶里装的是他所能找到的品质最精纯的古柯碱。摩根手指点了点玻璃瓶,倒出约八分之一克古柯碱在镜子上,像进行一场宗教仪式般,用刮胡刀片仔细将古柯碱炒散,拨弄药粉,将它堆成两条粗短的白线,最后,就着铜吸管将古柯碱吸进鼻子里,屏住呼吸,过了一两秒。"啊。"他的鼻管仿佛宽阔的隧道,顿时扩张开来。鼻腔深处,快感正源源不断涌现。摩根将双手放在水龙头下冲水,接着,为了让自己的鼻子舒服点,便用沾湿的食指和拇指贴上鼻孔,吸了口水气,最后,擦干脸和双手。

那可爱的火车,他放纵自己想着,我心爱的、可爱的火车,它比我的儿子还要令我感到骄傲。

摩根·斯洛特陶醉于这份骄傲的心情中。多少年来,他一直处心积虑计划着将现代科技引进魔域,而这辆珍贵的火车,在魔域与美国具有同样的形体,正是摩根第一项具体达成的建设,它将载着摩根那些有用的货品开向文都岬。文都岬!摩根微笑起来,古柯碱的威力在他的脑细胞间爆发,要是杰克·索亚那小家伙能安然无恙地走出文都岬那诡异的小镇,他肯定是这世上最走狗屎运的家伙。事实上,光是能够走到那地方,他就幸运得不得了了,因为要到文都岬,还得先经过焦枯平原。然而古柯碱的力量还提醒了摩根,就某方面来说,其实他更乐意见到杰克能够成功穿越险境,抵达危险诡怪的文都岬,他甚至希望杰克在进入暗黑旅店之后,还能活着出来。暗黑旅店可不是普普通通一砖一瓦堆砌出来的建筑,它拥有自己独特的生命……摩根会这么希望,是因为杰克也许有机会用他那肮脏的贼手,带着魔符走出暗黑旅店,如果真教他办到了……

没错,如果那美妙的情况真的实现了,这一切就真的太美妙了。

杰克·索亚将与魔符一起粉身碎骨。

至于他自己,摩根·斯洛特,他的天赋终将得到应有的报偿。这一瞬间,他看见自己敞开双臂,迎向繁星熠熠的浩瀚宇宙;迎向宛如在爱巢中缱绻缠绵的恋人般彼此交叠的不同世界;迎向所有在魔符羽翼下受到保护的世界;迎向多年前他买下阿让库尔之后便梦寐以求的一切。杰克会将这一切带来给他。美好。荣耀。

为了庆祝这一想法,摩根再次取出口袋里的玻璃瓶。这回他懒得费事,不再用镜子和刮胡刀片,而是直接将白色的药粉倒在与玻璃瓶连在一起的小汤匙上,凑近鼻孔,先是一边,然后另一边。是啊,真是太美好了。

摩根一边吸着鼻子一边走出浴室。莉莉在他眼中变得更鲜活了些,不过此时他的心情实在太好,就算眼见莉莉还活在世上,也损伤不了他的愉快。包围在凸出的骨骼中央,莉莉的眼眸明亮,却有几分奇异的空洞,她的视线追随着摩根。

"屎洛特叔叔染上新的坏习惯喽。"她调侃道。

"你都快没命了,"他说,"还有时间多管闲事?"

"那玩意用得够多,很快你也会没命的。"

面对莉莉的敌意,摩根的心情丝毫不受影响,他坐回小木椅。"看在老天分上,莉莉,别那么没见识。"他说,"现在哪个人不用古柯碱?你要不要试试?"他掏出口袋里的小玻璃瓶,拎住瓶子与汤匙的锁链左右甩动。

"滚出去。"

摩根晃着小药瓶,直往莉莉脸上逼近。

莉莉坐直身体,像一尾发动攻势的毒蛇,朝他脸上啐了口口水。

"臭婊子!"摩根后退一步,暴躁地摸索口袋里的手帕,唾液沿着脸颊往下流。

"如果那真是什么正正当当的好东西,干吗这么见不得人,还得躲到厕所里用?你用不着回答我,赶紧走就是。我不想再见到你了,屎洛特。带着你的肥屁股滚出去。"

"没人会替你送终,莉莉。"他倨傲的态度中充满冷酷的喜悦,"你会一个人死得形单影只!这个可笑的小镇会随随便便把你埋了。你儿子也会很快跟着你去!因为他根本没那本事应付接下来的凶险。从此以后,不会有人记得你们俩的名字。"他恶毒地对着她笑,长满手毛的两手握成两团肥泡泡的拳头。"还记得艾瑟·唐铎夫吗?我们那个客户?在《费朗纳根与费朗纳根》剧集里面演配角的那个?我刚在《好莱坞星报》读了一篇有关他的报道——好几个星期前的新闻了。他在自己家客厅里饮弹自尽,可惜准头不够没死成,只轰掉上颚,把自己搞成个植物人。可能还得撑好几年呢,我听说的,就这么躺着,慢慢地腐朽。"他弯下腰贴近莉莉,额头上堆出几道抬头纹。"在我看来,你和老艾瑟还真有不少共通点呢,莉莉。"

莉莉冷硬地回瞪摩根,双眼宛如脸上凹陷的两个洞窟,这一刻,她的模样像极了一手握着来复枪,一手抱着《圣经》的边疆妇女。"我儿子会回来救我,"她说,"杰克会回来救我,你要挡也挡不住。"

"是吗?我们等着看吧,"摩根答道,"走着瞧。"

三十五
焦枯平原

1

"可是,您会平安无事地回来吗,殿下?"安德斯跪在杰克面前,他白底红线的褶裙在地上披散开来。

"杰克?"理查德尖声嚷嚷,刺耳的音调显得突兀。

"你自己呢,你这边没问题吗?"杰克反问。

安德斯白发苍苍的大脑袋瓜歪向一边,吊起眼睛盯着杰克的模样好像一条困惑的大狗,仿佛杰克丢了个莫名其妙的难题给他。

"我是说,你和我们俩都会安全无事,没别的意思。"

"可是殿下……"

"杰克?"理查德再次发牢骚似的开口,"我睡着了,所以现在我应该醒来了,可是我们还在这个奇怪的地方,所以说,我还在做梦……可是我想要醒来啊,杰克,我不想再继续做这个梦了。不,我不想了。"

所以你才要砸烂那副该死的眼镜,杰克先在心里自言自语,然后才开口回应:"这不是梦,理查德小子。我们也差不多该走了。要去搭火车。"

"唔?"理查德搓搓脸,坐了起来。如果说此刻的安德斯看来像条穿着裙子的大白狗,那么理查德便活像一个刚睡醒的巨婴。

"杰森殿下。"安德斯说。杰克觉得,他几乎要哭出来了——不过是因为松了口气。"这是您的愿望吗?您真的想开着那辆魔鬼列车穿越焦枯平原吗?"安德斯问。

"没错。"杰克说。

"这里是什么地方?"理查德问,"你确定他们不会再追来了吗?"

杰克转向理查德。理查德坐在东歪西翘的污黄地板上,傻乎乎地眨着眼睛,惊骇仍像一团迷雾笼罩在他脸上。"好吧,"杰克说,"我告诉你。我们在魔域里一个叫神忘岭的地方——"

"我头好痛。"理查德说着,闭上眼睛。

"而且,"杰克往下说,"我们要驾着这位老人的火车,一路开过焦枯平原,前往暗黑旅店,或者尽可能接近那地方,看我们最远能够开到哪里。就是这样,理查德。信不信由你。只要我们越快动身,我们就能越快逃离追兵,无论正在追我们的人是谁。"

"埃瑟里奇,"理查德喃喃低语,"杜弗雷先生。"他四下环顾昏黄的站内,仿佛觉得那些追赶他们的怪物会一口气穿透墙壁全冲进来。"是因为脑瘤的关系,你也知道,"他用一种无比理智的态度说,"我头那么痛,一定是脑瘤引起的。"

"杰森殿下,"老安德斯弯腰伏地,长发披覆地板。"您真好,啊,高贵的殿下,小的身份那么低微,实在不值得您这么做,您竟愿意这样善待我,多么仁慈……"他匍匐向前,杰克发现安德斯又打算亲他的脚指头了,心里不由得紧张起来。

"而且我敢说,我的脑瘤一定更严重了。"理查德又补了一句。

"请你别这样,安德斯,"杰克往后退,"快起来,够了,拜托。"老人继续向前爬,一面絮絮叨叨地表示自己不用前往焦枯平原是件多么令他庆幸的事。"平身!"杰克大喝。

安德斯抬起头,额头上堆起一道道皱纹。"是,殿下。"他缓缓站起来。

"带着你的脑瘤一起过来吧,理查德,"杰克说,"我们得去看看,能不能搞懂怎么开动那辆该死的火车。"

2

安德斯来到长长的柜台后方,两手在抽屉里翻找着。"我相信,这列车是由魔鬼推动的,殿下。"他说,"一堆奇怪的魔鬼,全都挤在一块。他们不像活的东西,但又是活的。有了。"他找出一根杰克见过最粗最长的蜡烛,接着从柜台上一个盒子里取出一根一英尺长的软木条,用它在油灯里引了火,细细的木条烧了起来,安德斯再用那木条点燃蜡烛。最后他把那根"火柴"前后甩了甩,直到火焰熄灭,化成一缕灰烟。

"魔鬼?"杰克问。

"嗯,方方正正的怪东西——我敢说那里头一定藏着魔鬼。有时候他们会咳嗽,吐出蓝色火花!我带您去看看,杰森殿下。"

他不再说话,径自走向门口,蜡烛温暖的光线暂时抚平了他脸上的皱纹。杰克尾随他走出户外,走向甜美浩瀚的魔域深处。他回想起斯皮迪·帕克工作间墙上的那张照片,当时就算只是看着,那张照片都散发出难以言喻的力量,一瞬间他突然理解了,自己就在那照片里的风景附近。远远地,他看见一座形貌相似的山峰。走下车站的小丘,谷穗往四面八方铺展,摇荡出大块祥和的图样。理查德·斯洛特搓着额头,踌躇地跟在杰克身边。金属轨道反射出冷冽银光,在魔域的自然景致中显得突兀刺眼,径自蜿蜒,向西方伸展。

"车棚在后面,殿下。"安德斯害羞得几乎不敢回头面对车站方向。杰克又望了一眼远方的山峦。这次它看起来不那么像照片上那座山了——看起来更年轻一点——那是一座属于西方而非东方的山。

"怎么回事?他为什么叫你杰森殿下?"理查德对着他的耳朵细声细气地问道,"一副他认识你的样子。"

"一时间很难解释。"杰克说。

理查德扯扯领巾,一只手紧紧钳住杰克的上臂,又出现了"堪萨斯市神爪"的招牌动作。"学校怎么了,杰克?那些野狗又怎么了?我们在什么地方?"

"跟着来就对了。"杰克说,"你八成还在做梦。"

"对,"理查德笃定得像是吞了定心丸,"对,一定是因为这样,对不对?我还在睡梦中。因为你跟我说了一大篇什么魔域的鬼话,所以我现在梦到了。"

"对。"杰克随口应声,跟着安德斯走。老人将蜡烛像火把似的高高举起,缓步走下车站小丘背面,迈向另一栋比车站稍微大些的八角形木造建筑。两个男孩跟着老人,穿过淡黄色的长草。这里也有根灯柱,透明玻璃灯罩散放火光,杰克看见对面车棚的入口敞开,没有门扉,正对着车站的后门,两者形式相同,仿佛这两栋八边形的建筑原本彼此相连,只是从中间被利落地切了一刀,才分成两栋建筑物。银色铁轨贯穿这两扇敞开的大门。安德斯走到宽敞的车棚,转过身静候两个男孩。高举的蜡烛焰光洒在安德斯奇特的装束与长长的胡须上,令他看起来宛如精灵传奇故事里走出的角色,像个通晓法术的巫师。

"火车停在这里,打从它一来的时候就停在这里,而魔鬼会将它开出这座车站。"安德斯板起脸,面向杰克与理查德,皱纹加深许多。"这是地狱的发明,是下流污秽的东西。"两个男孩超越他跟前时,老人的头随之转动。杰克发现安德斯就连进到车棚里、站在列车旁边都觉得不高兴。"半数货物都装上车了,而且那些东西和这火车一样,臭得要命。"

杰克走近敞开的车棚大门,强迫安德斯跟他一起进去。理查德跟跄地跟上,不停揉着眼睛。铁轨上的小火车车头正对着西方。列车分成三部分:第一截是奇形怪状的车头引擎,接着一截是车厢,最后一截是没有顶篷的拖板车,上头紧紧包着一层防水布。安德斯嫌弃的臭味是从拖板车上飘散出来的。这是金属和机油的臭味,是不该出现在这里的气味,不属于魔域的气味。

理查德不浪费一分一秒,当场走向车棚一角,背贴着墙坐到地上,闭起眼睛。

"您了解这火车的运作方式吗,殿下?"安德斯低声问道。

杰克摇头否定,沿着铁轨走到车头。这就是了,安德斯口中的"魔鬼"就在这里。这群"魔鬼"其实是蓄电池,恰如杰克预想。电池一共有十六个,分成两列排放,装在一个金属容器里,整组电池的重量由列车最前端的四个车轮支撑。列车车头的造型看起来像比较精致的送货用三轮脚踏车,不过脚踏车身货厢部分替换成一间小小的驾驶室,令杰克联想起别的东西……却一时想不起是什么。

"魔鬼会跟那根直挺挺的棍子说话。"安德斯在他背后说道。

杰克两手一撑,爬进狭小的驾驶室。安德斯所说的"棍子"其实是排挡杆。这下杰克总算想起这小小的驾驶室像什么了。这列车的运作方式类似高尔夫球车。靠电池电力驱动,只有三个排挡:前进、静止、后退。大概也只有这种火车适用于魔域,摩根·斯洛特铁定是特地为了魔域而打造出这列车的。

"盒子里的魔鬼一边咳嗽,一边吐出蓝色火花,然后对那根棍子说话,棍子就会叫火车开动,殿下。"安德斯焦躁地在驾驶室旁踱步,五官皱在一起,挤出惊人的皱纹。

"原本你打算早上出发?"杰克询问安德斯。

"是的。"

"可是这火车现在就能够上路了?"

"是的,殿下。"

杰克点点头,跳下车。"车上载的是什么?"

"都是些邪恶的东西。"安德斯厌恶地说,"给坏狼用的东西。让他们带去暗黑旅店。"

假设我现在立刻出发,便能超前摩根·斯洛特一大步,杰克心想。接着他不放心地看了理查德一眼,发现他又想办法让自己睡着了。要不是因为这妄想症发作起来活像个大猪头的"理性的理查德",他可能永远不会误打误撞登上摩根这辆小火车;而若是等到杰克循别的途径抵达暗黑旅店附近,摩根就会立刻用这堆"邪恶的东西"——某种武器,铁定是——来对付他,因为如今杰克已能断定,暗黑旅店将会是他西行的终点。种种迹象似乎都在向他宣示,理查德在这趟追寻魔符之旅中的重要性,其实远超过杰克的想象,虽说此时的他和杰克一样无助而心烦。索亚之子与斯洛特之子:菲利普·索特雷之子与奥列斯的摩根之子。一时间,世界在杰克头顶旋转,他在旋转的湍流中汲出片刻灵光,洞察一项事实:无论暗黑旅店中等待杰克完成的任务是什么,理查德都会是不可或缺的角色。这时理查德大声吸了一下鼻子,下巴松开,张大了嘴,于是这短暂的灵犀便从杰克脑海中溜走了。

"我们去看看那些邪恶的东西。"他回身往列车车尾方向走去,这时才首次注意到,原来这车棚的地板区分成两部分——一个大圆占去地板大部分面积,像个巨大的餐盘。圆周与外围延伸向墙边的地板间切出一道接缝,分隔出这两块区域。杰克从未听过有调车转台的火车车库,但他能理解这种概念:地上的大圆盘能一百八十度转向。一般来说,驿马车或火车都是来自东方,只要圆盘一转,列车便能轻易掉头,开回东方。

盖在货物上的防水布用棕色粗绳扎实捆缚,绳索毛花花的,外观像是钢丝棉。杰克吃力地掀开一角,往里瞟了一眼,只见黑抹抹一片,什么也没看到。"帮我个忙。"他对安德斯说道。

老人皱着眉头往前跨了一步,用力扯开一道绳结。松开的防水布垂挂下来。杰克掀开防水布一边,看见一整排印着"机械零件"字样的木箱,占去拖板车的一半。是枪,他想道,摩根替他的恶狼军团添购了军火。拖板车的另一半是堆长方形的笨重包裹,透明塑料布一层层裹着某种外观看起来似乎很柔软的东西。杰克不清楚包裹里的内容,但他敢打赌绝不会是吐司面包之类的无害物品。他放下防水布往后退,安德斯拉起绳索,重新绑紧。

"我们今晚就动身。"杰克方才下了决定。

"可是,杰森殿下……焦枯平原……您明白——"

"我很清楚,没问题。"杰克说,"我必须想尽办法出其不意。摩根和那个统领恶狼的执鞭人一定会追上来,若是我能比等着接应这辆列车的人提早半天抵达,理查德和我就有机会全身而退。"

安德斯忧伤地点点头,那模样像是条大得离谱的狗,正在适应一件令他不开心的消息。

杰克又看了理查德一眼——他正张着嘴,坐在地上熟睡。安德斯似乎察觉了杰克的心事,也转过头望着理查德。"奥列斯的摩根有儿子吗?"杰克问。

"有的,殿下。摩根短暂的婚姻里育有一子——是男孩,命名为拉什顿。"

"后来拉什顿怎么了? 我实在想象不到。"

"他死了。"安德斯答道,"奥列斯的摩根这种人,注定不该当个父亲。"

杰克背脊发冷,想起摩根撕裂天空闯进魔域,还差点杀了阿狼全部牲口的情景。

"我们要上路了。"他说,"安德斯,可否请你帮我个忙,一起把理查德弄进车厢里,好吗?"

"殿下……"安德斯垂下头,又抬起来,神态犹如忧心忡忡的家长。"这趟前往西海岸的路程,短则两天,长则三天。您用过饭了吗? 愿不愿意和我一起吃顿晚饭?"

杰克摇头拒绝,迫不及待展开通往魔符的最后一段旅程,想不到他的肚子却突然咕噜咕噜抗议起来,提醒他自从在胖伯特的房间里吃了巧克力奶油派和饼干等零食后,他们就没再吃过东西了。"好吧,"他说道,"我想迟个半小时不会有太大差别。谢谢你,安德斯。帮我把理查德扶起来,好吗?"或许,他暗忖,终究自己不是真的那么急着想踏上焦枯平原。

两人合力拉着理查德站起来。像是《爱丽丝梦游仙境》里的睡榛鼠,理查德睁开眼睛,浅浅一笑,扭了扭又沉下身子继续睡。"吃饭了,"杰克说,"有好吃的。想吃吗,查查?"

"我在梦里从来不吃东西。"理查德用一种超现实的理性说道。他打了个呵欠,揉揉眼睛,渐渐站稳脚步,不再倚着安德斯和杰克。"不过说实话,我觉得很饿。我这个梦可真长,是不是,杰克?"他的语气里甚至带着几分自豪。

"是啊。"杰克说。

"咦,那就是我们要坐的火车吗? 看起来好像卡通。"

"对。"

"你会开那玩意儿吗,杰克? 我知道我在做梦,可是——"

"开这火车的难度就跟我小时候的玩具车一样。"杰克说,"我会开,你一定也会。"

"我可不想。"理查又恢复了先前那种畏缩任性的语调,"我根本连坐在车头里都不想,我只想回到我的房间。"

"过来吧,不如我们先吃点东西。"杰克领着理查德走出车棚,"然后我们就出发到加州去。"

于是,在这两个男孩进入焦枯平原之前,魔域为他们展现了最美好的一面。安德斯呈上香甜的面包片,显然是用长在车站外围的谷物制成,还有柔软的烤肉串、肥厚多汁的不知名蔬菜与香气鲜锐的粉红色果汁,尽管明知不是,杰克却不知怎地老是将这果汁与木瓜汁联想在一起。理查德欢欣陶醉地大嚼特嚼,不顾食物的汁液沿着嘴角流向下巴,直到杰克伸手替他擦拭。"加州,"理查德说了一句,"我早该知道的。"杰克假定他说这话是由于加州素来狂放的名声,所以没有多加追问。他更关心的是,他们俩会不会耗尽安德斯可想而知稀少的存粮；安德斯或他父亲在柜台底下建了一口小炉灶，而这老人正不断绕进柜台，为他们端出更多菜肴。玉米松糕、小牛蹄肉冻，还有看起来类似鸡爪的东西，味道尝起来像是……什么呢？乳香加没药？某种花卉？那味道在他的味蕾上扩散，杰克觉得自己的口水快滴下来了。

三人围着一张小餐桌，安坐在光线昏黄而温暖的室内。晚餐将近尾声时，安德斯几乎是怯生生地拿出一只陶罐，罐里装着半满的葡萄酒。盛情难却之下，杰克喝下一小杯红酒。

3

两小时后，杰克感到昏昏欲睡，他开始怀疑那顿丰盛的大餐会不会也是个巨大的错误。首先，他们得离开这座车站，离开神忘岭。这不是件容易的事。其次，他身边还带着一个随时会崩溃抓狂的理查德。第三点，也是最严重的一点，前面等着他们的是焦枯平原。那可比理查德要疯狂上数百倍，万万不能稍有闪神。

吃过饭后，三个人回到车棚，麻烦事便是从这里开始的。杰克知道自己十分担忧即将必须面对的情况——现在他也知道了，他的担忧有绝对正当的理由——而或许正是这份忧虑导致他的应对有些失常，欠缺考虑。杰克遭遇到的第一个困难，是在他想要拿费朗队长送给他的银币作为餐费来回报安德斯时发生的。安德斯的反应简直像被深爱的杰森殿下在背上捅了一刀。不伦不类！大逆不道！递出银币那一刻，杰克的行为比羞辱安德斯个人还要严重，简直就是亵渎了安德斯虔心膜拜的信仰。拥有超越凡俗、神圣高贵身份之人，应该要理所当然接受追随者的奉献，怎么可以付出金钱！气愤难平的安德斯气得抡起拳头砸向"住着魔鬼的盒子"。杰克知道，除了列车的电池箱，安德斯还有可能砸别的东西泄愤。杰克勉勉强强只消除了安德斯一半的怒气：比起银币,安德斯更不愿接受他的道歉。直到最后安德斯体会到杰克的心情有多么难受,他才平静下来,却也没有恢复原本虔诚恭顺的态度,杰克这才了解,也许这枚硬币的用途不在此处,而将会在别的时刻发挥效力。"你不全然是杰森殿下。"老守门人闷闷不乐,"不过女王的银币会帮助你走上命运之路。"他重重摇头,挥手道别时显得不太真心。

麻烦事还有一大部分要归功理查德。理查德原本像个幼童似的耍赖膨胀成了全然失控的惊恐。他拒绝进入火车驾驶室。在那之前他只在车棚里信步闲晃,看也不看火车一眼,心不在焉地神游着。接着他察觉杰克是认真想将他带上火车,他便吓得抓狂了——怪的是,前往加州竟是最让理查德抗拒的一点。"不要!不要!不行!"理查德对着催促他登上列车的杰克大叫,"我想回我房间!"

"他们也许就要追上来了,理查德。"杰克疲惫地劝说,"我们要尽快离开。"他伸出手抓住理查德的手臂,"反正这全是一场梦,记得吗?"

"噢,我的主人、我的殿下啊。"安德斯念着,漫无目标地在偌大的车棚里胡乱踱步,杰克知道只有这次老守门人不是在呼唤他。"我一定要回我的房间!"理查德吵闹不休。他用力闭紧眼睛,挤出痛苦的皱痕,从一边太阳穴横跨到另一边。

旧事重演,理查德简直就是另一个阿狼。杰克尝试将理查德往火车方向拉,理查德死命往后缩,活像头冥顽不灵的骡子。"我不能去那里!"他大叫着。

"你也不能待在这里。"杰克再次成效不彰地尝试将理查德拖向火车,不过这回倒真的让他往前移动了一两步。"理查德,"他说,"这太荒谬了。难不成你想一个人留在这里?你想一个人留在魔域里?"理查德摇摇头。"那就跟我一起走。是时候了。只要再过两天,我们就到加州了。"

"真是不幸。"安德斯望着两个男孩兀自嘀咕。理查德只是一个劲猛摇头,坚决反对。"我不能去那里,"他一再重复,"我不能上那辆火车,也不能去那个地方。"

"你是说加州?"

理查德闭上双眼,两片嘴唇抿得全缩进嘴里。"真要命。"杰克说,"安德斯,帮我个忙好吗?"老人露出快快不快、近乎嫌恶的表情,穿过车棚,两手撑住理查德腋下将他托起——仿佛理查德是只小型宠物犬。理查德也像小狗似的发出尖锐的叫声。安德斯将他丢在铺了垫褥的驾驶舱长凳上。"杰克!"理查德惊叫失声,深恐最终要去焦枯平原的只剩自己一个。"我在这里。"杰克正要从驾驶室另一边钻进去,"谢谢你,安德斯。"他向年老的车站守门员道谢。安德斯阴郁地点点头,退回车棚一隅。"保重。"理查德哭了起来,安德斯注视着这一幕,眼底不见丁点同情。

杰克按下启动钮,"住着魔鬼的盒子"喷出两道壮观的蓝色火花,引擎开始运转。"成了,"杰克小心将排挡杆往前推。列车移动,滑出车棚。理查德缩起两条腿,喋喋不休地发出"岂有此理"或"怎么可能"之类的牢骚——大部分听起来只是嘶嘶作响的低语——然后把脸埋在两膝之间,看起来好像想把自己缩成一团人球。杰克向安德斯挥手道别,对方也挥手回应,随后,他们驶出灯火通明的车棚,只剩下无垠的漆黑天幕披盖头顶。安德斯的身影出现在车棚出口,仿佛决心尾随着列车奔跑。时速三十英里,这部车最快大概也就这速度了,杰克心想。至于现在,车行速度不过八九英里,缓慢得令人难以忍受。西方,杰克告诉自己,西方、西方、西方。安德斯退回车棚内,长长的胡须覆盖在宽阔的胸膛上,宛如覆上一层冰霜。列车向前行进——又一阵热烈的蓝色火花向上喷发——杰克坐在铺了软垫的长凳上,回过头,望向列车迎接的风景。

"不要!"理查德突然大叫一声,杰克吓得差点跌出车外。"我不要！我不能去那里！"他的脸已经离开膝盖，不过什么也看不见——他的眼皮仍然闭得死紧，五官像被一拳揍扁似的。

"安静点。"杰克说。列车前方穗花摇曳，铁轨像把飞箭，穿过辽阔的原野。西方天际云霭飘浮，锯齿状的古老山棱依稀可见。杰克最后一次回头注视外岗车站与八角形车棚，那块小小的、光亮与温暖的绿洲，缓缓在他身后褪去。灯光照亮的车棚出口，安德斯化成一个高大的剪影，杰克最后一次挥手道别，那黑影也挥手回应。杰克重新转向前方，眺望广袤的草原上奔放无涯的里程。要是焦枯平原也是这种风景，接下来两天将会过得多么轻松写意。

当然，事情绝对不会那么简单。就算只就着幽微的月光，杰克也看得出来，长满穗包的长草不再繁茂，而是逐渐矮化稀薄——离开车站后，周围的风景便逐渐不一样了。就连草的颜色都显得不对劲，简直就像上了人工涂料，不再是美丽而自然的黄色，而是像被高热炙烤过的焦黄色——仿佛草中的生命都干涸了。现在的理查德看起来就像那草一样。有段时间他急促地连连喘气，接着又沉沉睡去，睡得辗转不安。"不能回去。"理查德在睡梦中呓语，或是杰克自以为听见他说了这样的梦话。睡着的理查德似乎缩小了一号。

整个地貌开始转变。出了神忘岭的千里沃野后，地表变得崎岖，隐约出现许多洼洞和被黑色树林盘踞的幽暗山谷。巨大的石块横陈，仿若颅骨、蛋壳或巨人的牙齿。就连地面本身的质地也改变了，变成干燥的沙地。有两次，山谷岩壁在铁轨两侧陡然隆起，杰克只看得见红色峭壁上低矮植物处处蔓生。有时他觉得自己看见动物奔窜而过，寻求掩蔽，偏偏光线太过微弱，而动物的速度太快，杰克总无法真正看清是什么动物。不过杰克心里有个令他发毛的想法，就算那动物在正午时分静止不动于罗迪欧大道中央，他大概也无法辨认那是什么物种——隐隐约约，他似乎看见那东西的头大得不成比例,这种动物最好还是别给人类撞见。

车行九十分钟后,理查德仍在频频梦呓,周遭风景却又变得更加诡异。列车穿出某个会让人幽闭恐惧症发作的山谷后,眼前的视野豁然开朗,令杰克大为吃惊——一开始,感觉像是又回到了魔域,又回到那块梦中的净土。然而转眼他察觉到,就算幽暗不清,他仍看得出那些树木无不矮小卷曲,此外,空气的味道也变得不同。也许气味的变化早在他的意识中缓缓增长,却直到他看见乌黑的旷野上那些疏落的树木盘卷起来,犹如饱受折磨的野兽时,才终于察觉到空气中那股微弱但确实存在的腐臭。腐败。地狱之火。魔域的这一块发臭了。

凋萎已久的花朵臭味弥漫大地,而这层气味底下,如同奥斯蒙的体味般,还潜伏着一股更浓重、更粗劣的恶臭。杰克心想,倘若这光景是摩根(无论是哪个摩根)一手造成,那么就某种角度而言,他可说是将死神引介到魔域中了。

这时,那些错综的洼地与峡谷已不复见;大地只是坦荡无穷尽的猩红沙漠,缓坡上零星点缀着发育不良的诡怪树木。杰克面前,铁轨像两条银色平行线,不断向前伸展,探入幽冥的血红空无;而他身后,同样的荒凉景致渐次为黑暗吞没。

看来,这片赤土上似乎空无一物。数小时来,除了那些躲藏在铁路两侧坡地上的小动物,杰克未曾目击任何体积大于它们的东西——不过有好几次,他眼角余光突然感到有东西一闪而过,杰克匆忙转头察看,却发现什么东西也没有。起初,杰克认为他们被人跟踪了。有段时间,约莫二三十分钟,杰克心里乱哄哄地想象,跟踪他们的会不会就是塞耶中学那群可怕的野狗。每次他定睛一看,就好像有东西恰巧停下来,静止不动——那东西不是躲到树后,就是钻进沙里。这下子焦枯平原可不像是空无一物或毫无生命迹象的旷野了,而是滑溜溜的,充满了潜藏的生命。杰克将排挡杆往前推(仿佛这举动会有帮助一样),恨不得这列小火车能开得再卖力些、再快一点。理查德窝在长凳角落,低声呜咽。杰克在想象中描绘那些生物的形象,它们既非人类,也非犬类,就要扑过来了,而他祈祷理查德不会突然睁开眼睛。

"不!"理查德大叫一声,并未醒来。

杰克差点跌出车外。他看见埃瑟里奇与杜弗雷校长在后面追赶。他们吐出长长的舌头,肩膀肌肉运动着,越追越近。下一秒,他发现自己看见的只是列车两旁移动的风景。塞耶中学的学生与老师穷追不舍的身影纷纷消散,像吹熄的生日蜡烛。

"不能去那里!"理查德大吼。杰克小心翼翼吸了口气。他,他们,是安全的。

焦枯平原的危险被高估了,泰半是夸张的传言而已。再有几个小时,太阳就会再度升起。杰克将手抬高到眼前查看手表,发现这趟车程原来只过了不到两小时。他张嘴打了一个大大的呵欠,懊悔自己在车站时吃下太多东西。

小事一桩吧,他心想,一切将会——

这句安德斯引用的彭斯诗句还未完成,杰克就看见了火球,摧毁了他刚才的愉快情绪。

4

一颗直径至少十英尺的火球翻滚过地平线边缘,热气嗞嗞作响,笔直朝火车方向滚来。"真他妈该死!"杰克喃喃咒骂,想起安德斯对火球的描述。假如有人太靠近那些火球,一定会大病一场……头发掉光……全身肿胀生疮……开始呕吐……呕吐接连不断,直到胃腔破裂、喉咙溃烂……杰克艰难地吞下一口口水——感觉就像吞下一大团铁钉。"求求你,上帝。"他大声祈祷。大火球对准杰克冲来,仿佛它自有意志,并且决心要将杰克·索亚和理查德·斯洛特从这世上铲除。辐射感染。杰克胃部紧缩,胯下的卵蛋仿佛也为之冻结。辐射感染。呕吐接连不断，直到胃腔破裂……

安德斯供应的美味晚餐差点就要被紧缩的胃囊挤出来了。火球仍朝火车不断滚来，火光溅射，炽烈的热流嗞嗞有声。它背后拖着一条光灿的长尾巴，所经之处，在赤红的土地上迤逦出一道活跳的金色痕迹。火球由地面跃起，像颗巨大的网球左右弹跳，往杰克左方滚滚而去，并未伤及杰克，趁着这机会，杰克才头一次看清楚那疑似跟踪者的生物。东歪西拐的火球发出的泛红金光，加上它的长尾留在地面的余焰，照亮了一群面貌畸形的野兽，显然正是跟踪者的真实身份。那是野狗，或者说它们曾经是狗、它们的祖先是狗。杰克忐忑地望了理查德一眼，确认他是否依旧熟睡。

落后在火车后方的兽群身体贴伏在地，像蛇一样。就杰克视力所及，它们的头部长得像狗，身体却只剩两条退化的后腿，既无毛发也无尾巴，看起来湿漉漉的——无毛的粉红色皮肤散发光泽，犹如刚出世的老鼠。它们咆哮着，痛恨自己被人看见。在铁路劈开的山谷两侧，杰克曾经瞥见的就是这群突变的异犬。形迹暴露的野兽嘶喊怒吼，像爬虫般纷纷四处爬开——它们也害怕火球和火球在沙漠上拖长的尾巴。这时火球迅速移动，仿佛带着怒气，滚回地平线方向，所经之处，一整排树木随之熊熊燃烧。火球的气味钻进杰克鼻孔。地狱之火。腐败堕落。

又一个火球挤出地平线，翻滚着消失在杰克左方。那臭气是失落的联结之臭、破灭的希望之臭、恶魔的欲望之臭——杰克一颗心几乎跳到嘴里，他想象着，觉得这些是火球之臭飘散而出的讯息。变种野狗呜咽低鸣，龇咧的牙齿闪烁水光，它们沉重地拖着只有两条腿的身子沙沙作响地爬过红色沙地，躲避撤离。它们的数量有多少呢？有棵燃烧的树木模样像是缩着头，想要躲进自己的树干里，树底下，两只野狗冲着杰克露出尖锐的长牙。

第三颗火球跃过辽阔的地平线，在列车远处旋转着划出一道明亮的轨迹，短暂地照亮沙漠隆起的弧形沙丘下一间破败的小屋。小屋正前方站着一个高大的男人身影，正望着杰克的方向。匆匆一瞥，那人影给予杰克的印象是魁梧、浑身毛发、强壮、敌意……

列车的缓慢，加上不明生物环伺、觊觎着接近火车的紧张感犹如芒刺在背，令杰克忐忑难安。第一颗火球替他们驱离了丑陋畸形的野狗，然而焦枯平原上的居民也许会是更棘手的问题。第三颗火球的残光轨迹消退前，杰克看见，小屋前的人影转动毛发蓬乱的巨大头颅，目光追随火车前进的方向。倘若刚才见到的诡异动物是野狗，那么人类会是什么长相？在火球余下的最后一抹火光中，杰克看见那貌似人类的生物开始奔跑，人影绕过小屋，他的背后拖着一条爬虫类的长尾。一转眼，光线褪尽，畸形的野狗、古怪的人影全都看不见了。杰克甚至不敢确定自己是否真的看到过他们。

理查德睡得很不安稳。杰克推了推排挡杆，徒劳无功地试图加快列车的速度。野狗的嚎叫逐渐远去。一边冒着冷汗，杰克抬高左腕，才知道上次看表的时间与现在不过间隔了十五分钟。他有些错愕自己竟然又打了个呵欠，再次为了吃太饱而感到懊悔。

"不！"理查德尖叫，"不行！我不能去那里！"

那里？杰克纳闷不已。"那里"是哪里？加州吗？还是某个充满威胁的险地，会让理查德摇摇欲坠的理智化为脱缰野马，再也无法收拾？

5

那一整晚，理查德睡着时，杰克独自站在排挡杆旁，望着火球遗留的光痕在红色地表忽隐忽现。火球的臭味、花朵枯萎的味道与潜藏的腐臭充塞四周。无法顺利生长的矮小树木仍零星散落大地,每隔一段时间,杰克总会听见树木掩蔽处传出变种狗或其他可怜小动物吱吱簌簌的叫声。电池箱偶尔喷发的火花划出蓝色弧线。理查德半梦半醒,包裹在一层无意识的状态中,这是他所需的,也是他所希冀的。他不再发出凄厉的叫喊——事实上他没有半点动静,只是沉陷在驾驶室一隅,浅浅地呼吸,仿佛就连呼吸都是件吃力的差事。清晨曙光就要降临,杰克半是祈求,半是恐惧。一旦太阳升起,他就能看清那些动物,而除此之外,他还会看见什么呢?

杰克不时察看理查德,发现他的脸色异常苍白,透出鬼魅般的灰色。

6

黎明稀释黑暗,新的一天来临。东方地平线拉起一条粉红色光带,很快下方又浮现另一道瑰丽红润的色带,将粉红色光晕推向天空的更高处。杰克两腿酸疼,眼睛发红,呈现与曙光几近相同的色泽。理查德平躺在狭小驾驶室的长凳上,占据全部座位,仍然用一种压抑的、几乎是不情愿的方式呼吸着。杰克没有看错——理查德的脸庞的确是枯槁的灰色。理查德的眼皮随着梦境微微颤动,杰克祈祷他不要再发出尖叫。理查德张开嘴,所幸露出来的是他的舌尖,而不是刺耳的叫喊。理查德舔舔上唇,咕哝一声,又迷茫地昏睡过去。

尽管杰克恨不得能够坐下,合上眼皮好好休息,却不敢为此打扰理查德。因为当天色越明亮,阳光会揭露更多焦枯平原的真相,杰克就越是情愿继续忍受驾驶室里逼仄的环境,让理查德继续保持不省人事的状态。理查德·斯洛特目睹焦枯平原的实况后会出现的反应,是杰克最不想看见的画面。些微的痛楚与积压多时的疲倦——若要享受这份暂时的祥和,这些是最起码必须付出的代价。

杰克半眯着眼,他所见焦枯平原的每一寸风景都像承受过极度磨难,无一幸免。在月光下,虽然树木零星生长,焦枯平原看来就像一片广大的沙漠。而直到此刻,杰克才发觉完全不是这么回事。原以为是由红砂构成的地质,其实是松软、粉末状的土壤——外观看来,假如有人踩上去,就算不会沉到膝盖,也起码会下陷到脚踝高度。那些可怜的小树正是从这贫瘠的土壤中生长出来的。正眼观看那些树木时,它们的外表与夜晚时分大抵相同,发育不良的矮小模样宛如有股强大的力量要将它们的生长方向拽回自己盘卷的根部。这已经够糟了——至少对"理性的理查德"来说够糟了。然而,倘若斜眼用眼角余光偷瞧,看见的竟是痛苦万分的生物——惨叫凝结在惊恐的脸上,枝叶是挣扎求援的手臂。只要杰克用眼角偷窥,便能看清那树脸上凄惨的细节:双眼暴凸、哀叫的大嘴、下垂的鼻梁、脸颊上刻划着深长而痛苦的皱纹。树木对着杰克咒骂、哀求、惊叫——它们无声的呼喊犹如地表上的袅袅炊烟。杰克难受地呻吟了一阵。如同这一整座焦枯平原,这些树也都受到了感染。

红色的平原朝列车周围展开,连绵数英里,鲜黄色草丛东一丛西一簇,辛辣的色调像是尿液或新鲜油漆。若非那令人作呕的颜色,那些草丛看来会像是沙漠中的绿洲,因为每一块草丛边都有一洼池水。水色乌黑,表面漂着一块块浮油。然而那池水本身看来也浓稠油腻,似乎饱含剧毒。当这些假绿洲懒洋洋地开始出现在列车行经的风景中,乍看之下杰克以为那乌黑的水塘是拥有生命的活物,就像那些杰克再也不想看见的哭树。不久他瞥见那浓稠的液体表面扰动,一块黑色的背脊顶出水面,慢慢滑动,接着冒出一张宽阔、贪婪的大嘴,对着空气干咬一口。虽然裹上一层黑水,但那生物仍隐约透出七彩斑斓的体色。我的妈呀,杰克心想,那是鱼吗?在他看来,那东西将近二十英尺长,池子要容纳它似乎还嫌太小。怪鱼长长的尾巴在水面盘了一圈,最后再度潜入那洼想必深不可测的水坑。

杰克转移目光,眺望远方地平线,一时间却有种错觉,仿佛看见一个巨大的头颅躲在地平线后方偷窥。接着他涌上一阵强烈的错置感,震撼程度和目睹刚才那类似尼斯湖水怪的生物时不相上下。看在老天分上,地平线上怎么可能冒出一颗头来?

最后他弄明白了,因为这地平线并非真正的地平线——经过整晚直到现在,他才看清楚视线尽头的景象,发现自己严重地低估了焦枯平原的规模。当太阳再次履行攀登天幕的义务,杰克总算知道,他们其实置身于一个广阔的峡谷中,围绕四周的地平线并非世界边缘,而是崎岖绵延的山棱线。也许杰克与理查德早就被人跟踪,对方只要将头缩在山棱后方,杰克便看不见他们了。他想起那个有条鳄鱼尾巴的人猿在小屋旁打转的情景。那家伙会不会其实跟了他一整晚,就等着杰克睡着?

列车呜呜长鸣,穿越这座峡谷,仿佛一瞬间失去了速度。

杰克详细察看山棱各处,只见阳光灿烂,在峭壁上洒下金光,看不出任何异状。杰克在驾驶室里转了一整圈,倦意在恐惧与紧张的排挤下化为乌有。理查德伸出一只手臂盖住眼睛,酣睡如故。任何人、任何怪物,都有可能一直亦步亦趋跟着他们,静候他们离开火车。

左方出现某个缓慢的、几乎难以察觉的动作,杰克急忙屏住呼吸。那东西感觉十分庞大、滑溜溜的……杰克仿佛看见半只鳄尾猿人爬过山脊,朝列车方向逼近,他双手放在额上挡光,试图将骚动处看仔细。山崖蒙上红土的颜色,有个影子左右滑动钻进两座巨岩的夹缝,爬上山丘。崖缝中那移动的形体可和人类沾不上半点边。那是一条巨蟒——起码杰克这么认为……它已经钻进崖缝中某个隐蔽的角落,杰克只看见它粗大的爬虫类身躯消失在岩石后方。它的皮肤凹凸不平，仿佛被火烧伤——在它消失前，杰克惊鸿一瞥，似乎还看见它体侧有许多锯齿状黑洞……杰克伸长脖子想看清楚它还会从哪里冒出来，不出几秒，却探出一条令人叹为观止的巨大毛虫，身体四分之一埋在红土里，蠕动着朝杰克爬来。它的双眼罩着一层薄膜，但长相确实是条毛虫没错。

另一只动物从一块岩石底下跳出来，沉重的头，拖着身子，直到大毛虫冲过去，杰克才发现那逃命的东西是一条变形犬。毛虫大嘴一张，像拉开信箱的投邮口，轻轻松松便吞下那可怜的野狗，像吞下一颗阿司匹林一样稀松平常。杰克清楚听见骨骼咔嚓断裂的声响，野狗的哀号随之平息。之后，就在大毛虫即将接触到火球在地上留下的黑色痕迹时，它将长长的身体钻进尘土，宛如一艘沉没的邮轮。很明显，它熟知那黑色轨迹会带来的伤害，所以这条大虫便钻进土里，绕道而行。杰克眼看着那丑陋的怪物身体完全没入红色土壤后，目光梭巡这一大片点缀着鲜黄杂草的坡地，纳闷着大虫下次不知又会从何处探出头来。

7

直到傍晚理查德醒过来之前，杰克看见了：

至少一次，他绝对没看走眼，有颗巨大的头颅躲在山崖后面偷窥；

又出现了两个致命的火球朝列车方向疾奔而过；

一具无头枯骨，起初杰克以为那遗骸是只大兔子，后来才作呕地发现是人类的婴孩，白骨森森，横陈在铁轨边，一旁紧邻着——

那婴孩浑圆发亮的颅骨，半埋在松软的土壤里。他还看见：

又一大群畸形野狗，身体的残缺比先前那些野狗更惨不忍睹，可悲地尾随在列车后方晃荡，饥饿地低吼；

三栋木屋,屋底下厚厚的红土中埋着好几根用来架高房舍的木桩,这是人类定居的证据,表示在这受到毒害、恶臭冲天的荒地里,还有人适应这样的环境生活着;

一只皮肤坚硬、没有羽毛的小鸟,它的头——还真是充满魔域风范——简直就是长了胡须的猴脸,翅膀末端长出手指;

最骇人的是(扣除那些杰克"以为"自己看见的),两只完全无以名状的动物趴在黑水塘边喝水——长长的獠牙、满脸毛发、人类的眼眸、上半身像头猪,下半身却像大型猫科动物。列车行经它们身边,杰克看见雄兽的睾丸肿胀得跟枕头一样大,垂到地上。到底是什么创造出这些怪物?核辐射,杰克这么猜想,因为除此之外别无他物有能力对自然有这么大的杀伤力。这对打从一出世就遭到核污染的怪物,正饮用着同样受污染的池水,对着经过的列车嚎叫。

我们的世界迟早也会变成这德行,杰克心想,多么壮观!

8

接下来是那些杰克"以为"他看见的东西。他的皮肤开始发烫,奇痒难耐——迈尔斯·基格送给他、进入魔域后变成墨西哥式毛披肩的大衣已被他抛在驾驶室的地板上。不到中午,他又脱下手织粗布上衣。他嘴里有种难受的味道,像是腐烂的水果加上酸涩的锈铁。他疲倦之极,眍着眼,汗水从发际滑落,刺进眼睛,恍恍惚惚地站着,神志模糊。他看见许多野狗仓促地翻过山丘;看见泛着红光的云彩分裂,一只燃烧的魔手从中探出,想抓走他和理查德。最后他终于合上眼皮,他看见奥列斯的摩根,身长十二英尺,一袭黑衣,挥动闪电劈向杰克,将他周围的地表劈开一道又一道冒着烟的裂缝。

理查德咕哝着:"不要、不要、不要。"

奥列斯的摩根的影像烟消云散,杰克睁开酸痛的眼睛。

"杰克?"理查德说。

除了火球在地上留下的黑色灼痕,火车前方仍是一片空荡荡的景象。杰克揉揉眼睛,看着理查德,无力地伸伸懒腰。"唔,"他说,"你还好吗?"

理查德躺回硬邦邦的凳子上,灰色的脸上双眼眨动。

"抱歉,我好像不该问。"杰克说。

"不,"理查德说,"我好多了,真的。"杰克紧张的感觉至少消去一大半。"头还是有点痛,不过好多了。"

"你发出很多声音,在你……呃……"杰克迟疑了半晌,不确定他的朋友能够承受多少现实。

"在我睡觉的时候。嗯,我想我八成说了不少梦话。"理查德张开嘴,还好这回杰克用不着忍受他的尖叫。"现在我知道我不是在做梦了,杰克。我还知道我没有脑瘤。"

"那你知道我们在什么地方吗?"

"火车上。那个老人的火车上。在他所说的焦枯平原上。"

"这下我可真是比惊讶还惊讶。"杰克微笑。

理查德枯槁的脸色微微泛红。

"怎么突然改变想法了?"能不能相信理查德这样的转变,杰克还不太有把握。

"呃,我早就知道这不是梦了。"理查德的脸更红了,"我想……我想该是停止抗拒现实的时候了。如果我们正在魔域里,那我们就在魔域里,不管这情况看起来有多荒谬。"他与杰克目光相接,眼眸中闪过一丝幽默,令杰克颇为讶异。"记不记得外岗车站里有个很大的沙漏?"看见杰克点头,理查德接着说,"呃,就是那时候,真的……当我看到那沙漏的时候,我就知道,这一切不是我自己幻想出来的。因为我很清楚,我没办法幻想出这些事情。不可能。总之……就是没办法。假如我要自己发明一个远古时钟,我会用上各种齿轮、大型滑轮,不可能……做得这么简陋。所以说这场景不是我自己想出来的。因此,它是真实存在的;也因此,其他的一切都是真实存在的。"

"嗯,那你现在感觉如何?"杰克问,"你睡了好久。"

"我还是觉得很累,思路不是很清楚。恐怕我的身体状况还不是很好。"

"理查德,我有个问题非问不可。你那么怕去加州,有什么理由吗?"

理查德垂下眼睛,摇摇头。

"你听说过一个叫'暗黑旅店'的地方吗?"

理查德还是摇头。他没说实话,不过杰克看得出来,他已尽可能地承受自己的极限。如果还想知道更多——因为杰克突然明白,理查德还有很多话没说出口——必须耐心等待。也许要一直等到他们抵达暗黑旅店那一刻。拉什顿的分身与杰森的分身:没错,他们两人将会一起抵达魔符的归属、魔符的囚牢。

"嗯,好吧。"他说,"你走得动吗?"

"应该吧。"

"很好,因为现在我想做一件事——既然你不会因为脑瘤死掉了,我需要你的帮忙。"

"什么事?"理查德用颤抖的手在脸上一抹。

"我想打开拖板车上的木箱,看看能不能替我们弄些武器防身。"

"我最痛恨枪。"理查德说,"你也应该要讨厌才对。世界上的人要是都没有枪,你爸爸——"

"是啊,要是猪有翅膀,它们就飞上天了。"杰克说,"有人在跟踪我们,我很确定。"

"说不定是我爸爸。"理查德充满希望地说。

杰克咕哝一声,将排挡杆退出一挡。火车明显失去动力,等到它终于静止下来,杰克将排挡杆打进空挡。"你觉得自己有办法爬下去吗?"

"当然可以。"理查德站得太快,膝盖一软,重重跌回长凳上。他的脸色似乎比先前更糟了,额头与上唇微微渗出汗水。"啊,也许不太行。"他低声说。

"慢慢来。"杰克走到他身边,一手握住理查德的手肘,另一手贴在他湿润温暖的额头上。"放轻松。"理查德闭上双眼,片刻之后,他睁开眼注视杰克,脸上流露出绝对的信赖。

"我太急了。"他说,"一直维持同样的姿势,两条腿都麻了。"

"慢慢来就好。"杰克扶着气喘吁吁的理查德站起来。

"好痛。"

"一下子就好。我需要你的协助,理查德。"

理查德试探地往前踏出一步,又痛苦地嘶嘶吐气。"痛。"他再踏出另一条腿,弯下腰,用手掌轻轻拍打大腿和小腿。杰克在一旁看着。突然理查德脸色一变,不过这回不是因为疼痛——惊愕的表情像是张印在他脸上的橡皮面具。

杰克循着他的目光望去,看见一只无毛猴脸的怪鸟滑翔过火车头。

"哦,这里有很多诡异的东西,"杰克说,"所以如果我们能在那块防水布底下找出几把枪,感觉会安心一点。"

"你觉得那些山头后面会有什么东西?"理查德问,"更多这种怪鸟?"

"不,更多的应该是人。"杰克说,"如果能将他们称之为人的话。有人在山头后面偷看我们,被我撞见两次了。"

理查德闻言,突然又慌了起来。杰克说:"我想那些不是从你学校来的人。不过有可能是同样可怕的东西——我不是想吓你,兄弟,但是焦枯平原上的风景,我见到的比你多一点。"

"焦枯平原。"理查德狐疑地念道,眯起眼睛眺望这座尘烟仆仆的红色山谷和那些颜色像尿液般的恶心草丛。"啊——那棵树——啊……"

"我知道,"杰克说,"你多少得学着忽视它们。"

"到底是什么东西可以把这里弄成这种鬼样子?"理查德问,"这太不正常了,你知道。"

"也许有一天我们会找出答案。"杰克搀扶理查德走出驾驶室,两人现在站在一块架着车轮的窄木板上。"小心别摔进土里。"他警告理查德,"不知道那有多深。我可不想费工夫把你从里面拉出来。"

理查德打了个冷战——或许他的眼角又瞥见一株痛苦呐喊的怪树。两名少年一起沿着静止的车身一侧往车尾走去,直到车头与车厢相连处。这里挂着一道狭窄的铁梯通往车厢顶。爬上去后,走过车顶,车厢末端还挂着另一道铁梯,好让他们能够爬下去,抵达第三截的拖板车。

杰克拉了拉毛花花的绳索,试着回想当时安德斯是如何轻易松开的。"应该在这里。"理查德举起一个打结的绳环,形状犹如绞刑用的套索。"杰克?"

"试试看。"

理查德力气太小,无法独力解开绳索,后来再加上杰克一臂之力,那"绞刑圈"便缓缓消失,盖在木箱上的防水布松垮下来。杰克拉开防水布,那些木箱——机械零件——露出,旋即又出现另一堆更小的箱子。上回杰克没看到这些标着镜头的小箱子。"出现了。"他说,"真希望手边有根铁锹。"他望了远方的山崖一眼,看见一棵树张开扭曲的嘴,发出无声的哭喊。那山壁后方也藏着一颗大头颅,正悄悄望着这边吗?也可能是一条大毛虫,正滑下山坡朝他爬来。"来吧,试试看能不能把木箱盖子推开。"他说。理查德听话地走近他身边。

使劲猛推木板箱的盖子六次之后,杰克感觉到上面的封箱铁钉稍微松动了些。另一侧的理查德仍在吃力推着。"没关系。"杰克对他说。理查德的脸色比之前更灰暗、更憔悴了。"这次我自己来就好。"理查德依言往后退，差点绊倒在其中一个较小的木箱上。杰克挺直腰杆，开始往防水布更深处钻。

杰克站在高大的木箱前方，咬紧牙根，双手撑住盖子一角。深吸一口气之后，死命往上推，直到全身肌肉颤抖。就在他觉得快撑不住松懈下来的前一秒，铁钉再度吱嘎作响，开始脱离木箱。杰克大叫一声："啊——！"将盖子往上推开。

木箱里排放着六把枪，枪上的油光闪闪发亮，样式是杰克从来没见过的——油亮的枪管像是接上一只变种蝴蝶，整个枪身看来半像机械、半像昆虫。他取出其中一把，凑到眼前细看，试图弄懂枪的用法。这是自动步枪，所以还需要装上弹匣。他弯下腰，用枪杆撬开其中一个标示镜头的箱子。正如他所料，这较小的木箱中装着一堆裹满厚厚一层油，包装在塑胶气泡纸里的弹匣。

"这是乌兹冲锋枪。"理查德的声音从杰克背后传来，"以色列制的机关枪。挺时髦的武器。恐怖分子的最爱。"

"你怎么知道？"杰克伸手要再拿一把枪。

"我看电视学的，不然呢？"

杰克试着组装弹匣，第一次弄反了方向，第二次便找到正确位置。下一步他找到保险，试着将它关上又推开。

"这些东西真是该死的罪恶。"理查德说。

"你也会有一把，所以别抱怨了。"杰克拿起另一个弹匣递给理查德，考虑片刻后，他将箱子里的弹匣全数取出，塞了两个进口袋，丢了两个给理查德，理查德勉强接住，最后，杰克把剩下的弹匣统统塞进他的背包。

"唔。"理查德说。

"这会是我们的保命符，我想。"杰克说。

9

一回到驾驶室,理查德马上瘫在座位上——从驾驶室爬过狭小的通道,上上下下车厢,这么来回一趟,几乎把他的精力全耗尽了。不过他还是腾出个空位让杰克坐下,并且吃力地撑着沉重的眼皮看着他的朋友再度启动列车。杰克拿起披肩,开始用它擦枪。

"你在干什么?"

"把上面的油擦掉。等我弄完,你最好也把你的枪擦一擦。"

这一天剩下的时间里,两个男孩坐在驾驶室中,汗流浃背,尽可能忽视哭号的怪树、沿途空气中的腐臭与空空如也的肚子。杰克发现理查德的嘴唇周围冒出一小簇脓疱。最后杰克拿走理查德手上的枪,替他把油擦干净,装好弹匣。汗水的咸味刺痛他干裂的嘴唇。

杰克合上双眼。也许他根本没看见山崖上偷窥他们的头颅;也许根本没有任何人在跟踪他们。他听着蓄电池的嗞嗞声,又喷出一道灿烂的蓝色火花,感觉到理查德的身体随之抖动一下。不久后他沉入梦乡,梦见了好多食物。

10

杰克正在享用一块大得像个货车轮胎的比萨,这时理查德摇摇他的肩膀,比萨瞬间烟消云散。山谷上方,暗影正逐步扩散,软化了哭树的线条。沐浴在低垂的夕阳越来越朦胧的光线中,就连那些哭树似乎都产生了几分美感。暗红色土壤闪烁着点点磷光,景物的阴影拖得老长,叠印大地。野草那恶心的鲜黄色也软化成柔和的橘色。褪散的夕照斜斜将晕红的色彩泼洒在峡谷边缘的岩石上。"我想你应该会想看看这个。"理查德憔悴地笑笑,他的嘴角长出更多小脓疱。"看起来挺特别的——我指的是天上的光谱。"

杰克担心理查德就要针对"夕阳的色泽变化"发表一篇科学性长篇大论,不过理查德或许太累,也或许病得太重,没有力气讨论任何关于物理学的话题。两个男孩沉默地望着黄昏逐渐为他们眼前的一景一物添上色彩,同时将西方天际晕染上辉煌的紫色。

"你知道这火车上还载着什么东西吗?"理查德问。

"什么东西?"杰克反问,老实说,他一点都不关心。总之不可能是什么好东西。他只祈求自己还有机会活着再看一次这么色彩丰富、这么令他感动的夕阳。

"塑料炸药。每一包都是两英磅重——在我看来是两英磅重。这些炸药足够炸掉一整座城市。只要有一把枪意外走火,或是有人故意朝它射上一枪,整列火车都会消失不见,变成地上的一个大窟窿。"

"你不出差错,我就不会出差错。"杰克解除心防,让自己沉浸在夕阳的光辉中——这景色似乎是个奇特的预兆,是一场愿望实现之梦,牵引着他重回自从踏出阿兰布拉饭店后所经历过的重重回忆。他看见母亲在小馆子里喝茶,却突然变成老态龙钟的疲惫妇人;斯皮迪·帕克坐在一棵大树下;阿狼照料他的牲口;奥特莱那可怕酒馆里的斯莫基和洛丽;阳光之家那些少年充满愤恨的脸庞——赫克托·巴斯特、桑尼·辛格,和其他人。对阿狼的思念尤其椎心刺骨,因为杰克对这片铺展在他眼前的夕阳彻底敞开了心房,领受它的召唤,虽然杰克自己也无法解释为什么。他但愿自己能握住理查德的手。接着念头一转,他告诉自己,拜托,有何不可?于是杰克的手滑过长凳,直到触摸到好友有些湿黏的、脏兮兮的手掌。他用自己的手包覆那只手。

"我的身体好不舒服,"理查德说,"这感觉和之前不一样。我的胃好难受,我整张脸都刺刺的。"

"等我们离开这里,你的身体就会好起来。"杰克告诉他。你有什么证据呢,大医生?他质疑自己,你要拿什么证明,你不是在糊弄他?他提不出任何证据。他拿自己新进发明(发现?)的想法安慰自己:进入暗黑旅店后,理查德将会是不可或缺的重要角色。他需要理查德·斯洛特,并不单是因为理查德·斯洛特能够辨认出肥料袋里装的其实是塑料炸药。

理查德曾经去过暗黑旅店吗?他是否曾经造访过魔符的所在地?杰克手里握着的那只手冰冷得宛如蜡像,他瞥了理查德一眼,理查德的呼吸很浅,看起来十分吃力。

"我不想再拿着这把枪了。"理查德将枪从大腿上推开,"这味道让我想吐。"

"好吧。"杰克用空着的另一手接过枪,搁在自己膝头。一棵枯树进入他的眼角余光,唱起暗哑的悲怆哀歌。很快,那些畸形野狗就要出来觅食了。杰克远眺左方山丘——理查德的方向——看见岩石夹缝间有个人影一闪而逝。

11

"嘿,"他不敢置信地开口。无视于他的震惊,火红的夕阳仍自顾自地替丑陋的大地增添美感。"嘿,理查德。"

"怎么了?你也生病啦?"

"我觉得我好像看到那边有人。你那边。"他又瞥了一眼陡峭的崖壁,没有看见任何动静。

"我不在乎。"理查德说。

"你最好关心一下。他们正在伺机而动,发现了吗?他们打算天一黑就攻击我们。"

理查德左眼睁开一道小缝,马马虎虎随便瞟了一眼。"我什么人影也没看到。"

"现在我也没看到。不过我很庆幸我们拿了这些枪。坐正点,保持警觉,理查德,如果你想活着离开这里的话。"

"你真是小题大作,拜托。"话虽这么说,理查德还是坐了起来,睁开两只眼睛。"我真的什么也没看见,杰克。天太黑了。可能是你的幻——"

"嘘。"杰克觉得自己又看见了另一个人影在崖顶上的两块岩石间坐下。"有两个。不知道还会不会有第三个?"

"我很怀疑那里到底有没有东西。"理查德说,"不管怎么说,为什么会有人想攻击我们?我是说,这不——"

杰克转过头,俯视前方的铁轨。一棵枯树背后有个影子动了一下。体型比野狗大,杰克记下这点。

"不妙,"杰克说,"我想前面还有另一个家伙在等着我们。"一时间,恐惧淹没杰克——面对三名攻击者,他想不出什么能够保护自己的好对策。他的内脏一阵纠结。他捧起搁在膝上的冲锋枪,无言地端详着,怀疑自己是否真有能力使用这杀人武器。这些焦枯平原上的土匪,他们也会有枪吗?

"理查德,我很遗憾,"他说,"可是这下我真的觉得要火烧屁股了,我需要你助我一臂之力。"

"我能做什么?"理查德的声音细得像蚊子叫。

"拿起枪。"杰克说着,把枪递还给他。"还有,我们还是蹲下来比较好,这样才不会变成明显的攻击目标。"

杰克跪在地上,理查德依样画葫芦,动作慢得像泡在水中。两人背后传来一声呼喊,旋即前方又传来另一声。"他们知道我们看见了。"理查德说,"可是,他们在哪里?"

这问题一瞬间便得到了答案。在深紫色的薄暮中,依稀还能看见一个人——或是某个还有点人样的东西——冲出隐蔽处,沿着山坡往下跑向火车。褴褛的破衣在他身后翻飞。他像个印第安人似的大叫,手中高举着某样东西。看样子是根有弹性的棒子,杰克还在努力弄清楚那棒子的功用,突然听见——这时听力比视力管用——某个细长的物体凌空划过他脑侧。"乖乖我的老天!他们手上有弓箭!"杰克说。

理查德哼了一声,杰克生怕他会突然呕吐在他们俩身上。

"我得开枪射他。"杰克说。

理查德的喉咙发出一串含糊的音节,听不出说了什么。

"噢,该死。"杰克推开冲锋枪的保险。他抬起头,正好看见追在火车后方的人又放了一箭。假如这箭没有射偏,他就永远看不见任何东西了,幸好这一箭只射中驾驶室一角,没有造成伤害。杰克猛抓起冲锋枪,扣下扳机。

他不知道扣下扳机后会发生什么事。杰克原以为冲锋枪会乖乖待在手里,理所当然地吐出几颗弹壳。反之,冲锋枪像头野兽似的活蹦乱跳,发出一连串噪音,震得他差点耳聋。火药灼热的焦味盘绕在他鼻尖。火车后方一身破衣的人倏地伸长双臂,不过是出于惊吓,而非中弹受伤。杰克终于回神放开扳机,不知道自己浪费了多少发子弹,也不清楚弹匣里剩下多少子弹。

"你打中了吗?打中了吗?"理查德问。

这男人此时正沿着峡谷一侧往上跑,扁平的大脚踩出啪嗒啪嗒的脚步声。后来杰克才看清楚,那不是脚——那人脚上套着一双碟子形状的东西,功用类似焦枯平原专用的滑雪板。男人正试着躲到一棵树后。

杰克两手握稳枪身,枪口往下瞄准,轻按扳机。机关枪在他手中弹跳,但比第一次情况好多了。子弹飞散成一片扇形,起码有一颗击中了目标,因为那人突然身子一歪,仿佛遭到卡车冲撞,两条腿直挺挺地伸出哭嚎的树干之外。

另一枝飞箭喀的一声射中火车,还有一箭则扎实地刺进车厢墙板。

理查德蹲在驾驶室地板上,浑身发抖,止不住地哭泣。"帮我换弹匣。"杰克从口袋里掏出一只弹匣,凑到理查德面前。他的视线搜索着峡谷中的第二名攻击者。只要再过一分钟,天色就会暗得什么都看不到了。

"我看见他了,"理查德大叫,"我看见了——就在那里!"有个人影在岩石堆中安静而仓促地移动,理查德指着那人影,而杰克将第二把冲锋枪的子弹全数瞄准那方向。当子弹用尽,理查德取过他手里的枪,交给他另一把——

"好该子,乖该子。"右前方传来说话声——距离多远却无法判断。"你停,我就停,搞吗?都接速了,这件志情。你们乖该子,巴枪该我好吗?我看你们已经撒士耗多东西啊①。"

"杰克!"理查德慌乱地警告杰克。

"把弓箭丢掉!"杰克高喊,仍然蹲伏在理查德身边。

"杰克,不行!"理查德低语。

"我丢凋了啊。"那声音仍是从前方传来。尘土中喷出一阵轻烟。"该子们,挺下来,巴枪该我,耗吗?"

"好吧,"杰克说,"你先出来,走到我能看见的地方。"

"耗。"那声音答道。

杰克将排挡杆往后拉,停住火车。"一听见我大叫,"他悄悄吩咐理查德,"就用你最快的速度把排挡杆往前推,懂吗?"

"啊,我的天。"理查德嘟囔着。

杰克确认理查德交给他的枪已经开了保险。额上一道汗水流进他的右眼。

"美似了,乖,"那声音说,"该子柯以坐起来,乖。坐起来,该子。"

---

① 此处与他们交火的人口齿不清,吐字奇怪。

醒—来,醒—来,拜—托,拜—托。

列车逐步向说话者推进。"把手放在排挡杆上,"杰克小声说,"就快到了。"

理查德将手搁在排挡杆上待命。他的手抖个不停,看起来太小、太过稚嫩,似乎就连最轻松的任务都无法完成。

老安德斯跪在歪七扭八的木头地板上,询问杰克:您会平安无事吗,殿下?

这画面突然跃进杰克脑海,栩栩如生。当时他只随口敷衍了一下,并未将这问题认真放在心上。对于一个曾经出入奥特莱酒馆、应付过斯莫基·厄普代克的男孩来说,焦枯平原又算得了什么?

比起担心理查德会把肚子里的食物全吐在他衣服上,这下子杰克更害怕自己会吓得尿湿裤子。

一阵尖锐的笑声在驾驶室一侧的黑暗中爆发,杰克连忙站起来,抬起冲锋枪,这时一个沉重的身躯砰的一声跳上火车,紧紧攀住驾驶室一侧。杰克大叫一声。理查德将排挡杆往前推,火车加速向前疾驰。

一条长满绒毛的手臂搭上驾驶室,这狂野大西部真是够了,杰克心想,那人的身躯便跟着爬了上来。理查德凄厉地惨叫,杰克也真的差点屁滚尿流。

那张脸上几乎只有牙齿——就像咧开大嘴露出毒牙的响尾蛇,直觉令人感到危险,从他又长又弯的牙齿滴落的液体,杰克也直觉认为那是毒液。除了那颗小鼻子,这朝杰克与理查德节节逼近的东西长得就像个蛇头人身的怪物。他长了蹼的一只手中握着一柄利刃。惊慌的杰克盲目地开枪乱射一阵。

怪物的身子往后倒,摇晃着,在这破碎的片刻,杰克看见那只长了蹼的手连同刀子都不复存在。怪物的身体又向前晃了回来,在杰克的衣服上印下一大块血污。杰克的理智断线,手指倒没忘记抓着枪对准怪物的胸膛，扣紧扳机。

怪物斑驳的胸口开了个血淋淋的大窟窿，毒液滴淌的牙齿紧咬成一团。杰克的手指揿住扳机不放，枪管因后坐力而上扬，不出两秒便将怪物的头颅轰得不复存在。怪物消失。只有驾驶室里那一大摊血迹与杰克衣服上的斑斑血痕能向两个男孩证明，这恐怖的对决不是一场梦境。

"小心！"理查德大喊。

"我打中他了。"杰克低语道。

"他去哪里了？"

"掉下去了。"杰克说，"他死了。"

"你把他的头轰掉了。"理查德低声问道，"你怎么办到的？"

杰克将十指举到面前，看着它们不停颤抖，沾满火药的臭味。"我只是模仿神枪手开枪的姿势。"他垂下手臂，舔了舔嘴唇。

十二个小时过去，太阳重新高挂在焦枯平原天际，两个男孩通宵未眠——整个晚上，他们就像坚守岗位的士兵，冲锋枪抱在膝上，全心留意任何最细微的动静。一想到火车上载着为数惊人的军火，杰克每隔一阵子便会举起枪，随机对准几个岬口。进入焦枯平原的第二天，整整一天，就算平原上还住着任何人类或妖魔鬼怪，他们也只是不闻不问地放任两个男孩通过。这也许意味着，疲倦的杰克想道，他们知道火车上有枪。或者也可能表示在这块接近西海岸的土地上，没人敢在太岁头上动土，擅自破坏摩根的火车。这些想法他都没有告诉理查德。理查德的双眼茫然失焦，大部分时间里，他似乎都在发着高烧。

12

这天傍晚，在辛辣的空气中，杰克开始闻到海水的气味。

三十六
杰克与理查德并肩作战

1

今晚的夕照更辽阔了——火车接近海岸时,面前的地景再度变得开阔平坦——却没有之前的动人心弦。杰克在一座受到侵蚀的山丘顶上停住火车,又一次爬到列车尾端的拖板车。他到处翻找,花了将近一小时——直到向晚的彩霞逐渐深沉,月亮在东方升起——最后他一共带回六个标着"镜头"的箱子。

"打开这些箱子,"他告诉理查德,"清点里面的弹匣。我现在任命你为弹药总管。"

"好极了。"理查德虚软地回应,"忙了老半天,我就知道没好事。"

杰克又去拖板车一趟,用枪杆撬开一个印有"机械零件"字样的木箱。正撬到一半,他听见黑暗中某处传来一阵粗哑刺耳的咆哮,伴随着一声痛苦的尖叫。

"杰克?杰克,你在后面吗?"

"我在这里!"杰克高声回答。他们简直就像两个洗衣妇在围墙里外互相大声嚷嚷,杰克觉得这实在不是明智之举,然而理查德的声音听来相当紧张。

"你会很快回来吗?"

"马上回去!"杰克高喊,使劲加快手边的动作。他们已将焦枯平原抛在身后,不过杰克还是不希望让火车停下来太久。若是能把整个箱子抱回驾驶室会简单点,可惜箱子太重。

它们不重,它们是我的冲锋枪,杰克心想,暗自窃笑了一阵。

"杰克?"理查德狂乱的音调拔高了八度。

"憋住,别吓得尿裤子了,查查。"杰克说。

"别叫我查查。"理查德说。

铁钉脱离木板,擦出尖锐的噪音,松得让杰克能够徒手拔掉它们。他抓起两把冲锋枪,正要往回走时,看见另一个箱子——大小和手提电视的外盒差不多。外层包着一块防水布。

杰克在微弱的月光下颠簸着爬过车厢顶,感受晚风吹拂在脸上。空气很干净——没有花朵枯萎的气味,没有腐烂的恶臭,只是一阵干净而湿润的晚风,带着清晰的海水咸味。

"你在干什么?"理查德一脸不悦,"杰克,我们已经有枪了!我们已经有子弹了!为什么你还要搬更多枪回来?搞不好会有怪物趁你四处游荡的时候爬上这里!"

"需要更多枪,因为冲锋枪很容易过热;"杰克说,"需要更多子弹,是因为我们可能有场硬仗要打。我也会看电视的,兄弟。"他回头又朝拖板车方向走去。他想看看那方形箱子里装了什么东西。

理查德抓住他。惊慌使得理查德的手指尖得像一对鹰爪。

"理查德,不会有事的——"

"可能会有怪物把你捉走!"

"我觉得我们已经差不多出了焦枯——"

"可能会有怪物把我捉走! 杰克,别把我一个人丢在这里!"

理查德的泪水决堤,他既没有转过头,也不以手掩面;他只是站着,五官挤在一块,眼泪泉涌而出。这一刻,理查德的脆弱赤裸得让杰克心不忍。杰克伸出手将他揽进怀里。

"如果你被抓走,被杀死了,那我怎么办?"理查德哽咽着问,"我一个人,要怎么离开这个鬼地方?"

我没有答案,杰克心想,我真的没有答案。

2

于是,理查德跟着杰克前往拖板车,进行最后一趟军火储备任务。这表示杰克得托着理查德爬上梯子,搀着他走过车厢顶,然后小心地扶着他爬下梯子,就像帮一个瘸腿的老太太过马路那样。"理性的理查德"大脑已逐渐恢复正常运作——然而他的体能却每况愈下。

尽管防锈保护油都从木板缝里渗出来了,箱子上还是大大方方地印着"水果"两字。箱子打开后,杰克觉得用"水果"这两个字来当标示也不见得不对。箱子里装满了小小的凤梨。会爆炸的那种。

"我的圣母玛利亚。"理查德低声惊叹。

"你要叫阿弥陀佛我也不反对。"杰克说,"帮我个忙。如果用衣服装,我们一人应该可以带走四五个。"

"到底为什么要准备那么多军火?"理查德质问,"难不成你打算跟一整支军队打仗?"

"差不多吧。"

3

回程时两人走在车厢顶上,理查德抬头望向天空,晕眩感如浪潮般袭来。他走得摇来晃去,杰克得拽着他才能避免他滚下车厢。他发觉天上的星象既不属于南半球,也不属于北半球。它们是全然陌生的星宿……不过那些点点繁星确实拥有自己的秩序。而或许,在这个理查德所不了解、充满惊奇的世界某处,军队同样要倚靠它们指引方向。这层体悟形成无从否认的最后一击,沉甸甸地将这整件事的真实感植入理查德心中。

杰克的呼喊将他从遥远的冥想中拉回现实:"嘿,理查德!拜托!你差点摔下去了!"

终于,他们又回到驾驶室。

杰克将排挡打入前进挡,推进加速器,奥列斯的摩根的列车宛如平原上的一支巨型探照灯,再次向前奔驰。杰克凝视着驾驶室地面:四把乌兹冲锋枪;将近二十个弹匣,每十个放成一堆;还有十颗手榴弹,手榴弹上的安全栓简直就像啤酒罐拉环。

"我们的火力还不够充足,"杰克说,"不过应该可以不用太吹毛求疵了。"

"你葫芦里到底卖的是什么药,杰克?"

杰克只是摇头。

"我猜,你一定觉我是个大猪头,对不对?"理查德问。

杰克笑开来。"我一直都这么觉得,查查。"

"别叫我查查!"

"查查——查查——查查!"

这回,这老笑话为理查德的脸庞带来短暂的笑容。不是特别灿烂的笑容,而且让理查德嘴边那圈脓疱看起来更明显了……但至少胜过什么表情都没有。

"我想再睡一会儿,你一个人没问题吗?"理查德把弹匣推到一边,在驾驶室一角安顿下来,将杰克的披肩盖在自己身上。"一直爬上爬下,又搬了那么多东西……我快累瘫了,一定是真的生病了。"

"我没问题的。"杰克说。的确,理查德需要恢复元气,因为不久后他就用得到了。

"我闻得到海水的味道。"理查德说。杰克觉得这句话中奇异地糅合着爱、憎恨、怀念与恐惧。理查德合上双眼。

杰克将加速器一路推到底。就快看到结局了——某种结局——这种感觉前所未有得强烈。

4

月落之前，焦枯平原最后一块凄惨严苛的风景也已退出视线。谷物再度出现。虽然它们不比神忘岭上的那些穗草细致，却也散发出清新与健康的气息。杰克依稀听见鸟叫声，像是海鸥的声音。在这片弥漫着细微的果实气味而海水咸味却分外鲜明的田野上，那是一声孤寂彻骨的叫喊。

午夜之后火车驶进一座树林——大多是常青树，针叶气味混合海风捎来的盐味凝固在空气中，仿佛将杰克遗留在身后的出发地与他终于抵达的这片树林紧紧连结起来。杰克与母亲从未在加州北部久留——也许是因为屎洛特经常在这里度假——不过他记得莉莉曾对他说过，门多西诺和索萨利托两地与新英格兰地区一路南下到盐匣和鳕鱼角一带的风景非常相似。西岸的制片公司若需要在新英格兰取景时，通常会直接北上，省去大老远横跨整个国家的麻烦，反正大部分观众看不出其中差别。

事情注定要这样发展。虽然说来奇怪，我正要返回那个当初被我遗弃在身后的地方。

理查德：难不成你打算跟一整支军队打仗？

他暗自庆幸理查德又睡着了，可以不用回答这个问题——起码不用现在回答。

安德斯：邪恶的东西。给坏狼用的。让他们带去暗黑旅店。

所谓邪恶的东西，是乌兹冲锋枪、塑料炸药和手榴弹。邪恶的东西全在这里。但恶狼不在。火车的车厢那一截是空的，杰克发现这个事实格外具有说服力。

你想知道的事情是这样的，理查德，不过我很高兴你还在睡，这么一来我就不用把这故事告诉你。摩根算准我会来，打算替我办场惊奇派对。只可惜从大蛋糕里跳出来的会是一群狼人，而不是脱衣舞女郎,而且按照计划,这些乌兹冲锋枪和手榴弹是用来当助兴道具的。不过呢,我们多少算是劫走他的火车,而且比他预定的发车时间早了十二个小时左右。但假如我们此行的终点站有一大群恶狼正等着迎接这辆魔域小火车——八九不离十——我们势必得竭尽所能地出其不意。

杰克举起一只手,捂住脸颊。

无论摩根的军事基地在哪里,若是能在靠近营地前停下火车,绕道而行,或许会让事情变得简单点。不只简单,也更安全些。

但这么做就等于放纵那些恶狼继续横行,理查德,你能明白这个道理吗?

他瞪着驾驶室内满满一地的弹药纳闷,不知自己是否真有能力突袭摩根的恶狼大本营。好一支游击队。看看这阵容:流浪洗碗工之王杰克·索亚,加上他患有嗜睡症的最佳战友理查德。杰克怀疑自己的脑袋是不是出了问题。八成真的坏了,他想,因为他已经打定主意——这将是场任谁都没想过的突袭……更何况,杰克已经他妈的忍受太多、太多、太多。他忍受过鞭刑,挚友阿狼为他牺牲了性命;他们摧毁理查德的学校,也摧毁了理查德大部分的理性;杰克还知道,摩根·斯洛特甚至跑去新罕布什尔骚扰他母亲。

疯了又怎样,总之,复仇的时候到了。杰克弯下腰,拿起一把装好弹匣的冲锋枪,抱在胸前。前方的铁道仍旧不断延伸,空气中的海水味越来越浓了。

5

天亮前,杰克倚着排挡杆小睡了片刻。当天空透出鱼肚白,理查德叫醒杰克。

"前面有东西。"

杰克先看了一眼理查德才往前看。他原本期望在阳光下理查德的气色会好看点,然而就算妆点上拂晓的晶莹,也遮掩不了这个事实:理查德确实病了。初来乍到的新鲜天色只是将理查德脸上的死灰变成蜡黄……他脸上还是没有半点活人的气色。

"嘿!火车!喂!你他妈的大火车!"吼叫声带着混浊的喉音,只比野兽的咆哮清楚一点。杰克又看了前方一眼。

列车正驶近一座小巧的岗哨。

岗哨口站着一个狼人——不过除却那双橘色的发亮眼珠,这狼人和杰克的阿狼没有半点相似之处。这狼人的头顶扁平得诡异,宛如被人用镰刀整齐削去颅骨上缘;整张脸像是从长长的下巴凸出来,就连此时满脸惊喜的神情都掩不住那挥之不去的粗蛮愚蠢。

狼人的衣着类似某种雇佣兵制服——或者说,在杰克的想象中,雇佣兵制服大概就是这模样。宽松的长裤底下露出一双黑色皮靴——不过靴头开了个缺口,好让狼人毛茸茸、趾甲尖长的脚指头能伸出来。

"火车!"火车抵达岗哨前的最后五十码,他又吠又吼,跳上跳下,露出粗野的笑容,像蓝调歌手凯伯·凯洛威那样频频弹着手指,一坨坨唾沫从嘴角喷溅而出。"火车!火车!天杀的火车!此时此刻!"他咧开惊人的大嘴,露出一口参差不齐的黄牙。"你他妈来得太早了,听到没有,听到没有!"

"杰克,那是什么?"惊慌的理查德指尖嵌入杰克的肩膀,不过以他过去的纪录,他的语调倒是和缓多了。

"那是恶狼。摩根的爪牙之一。"

该死,杰克,你把他的名字说出来了,你这蠢蛋!

不过没时间担心这么多了。车头已经抵达岗哨旁,很明显,狼人有意跳上火车。杰克看着他笨拙地在尘土中跳了一下,露出脚趾的皮靴发出一声巨响。他赤裸的上身挂着一副横跨胸膛的皮制子弹带,上面插着一柄短刀,但没有枪。

杰克将冲锋枪切换成单发射击模式。

"摩根?什么摩根?哪个摩根?"

"先别谈这个。"杰克说道。

杰克将全数注意力集中在同一个地方——狼人。他刻意对狼人摆出开朗和善的假笑,手中的乌兹冲锋枪保持在狼人看不见的位置。

"安德斯的火车!他妈的没错!此时此刻!"

驾驶室右侧门板底下有块宽阔的脚踏板,门板上的把手宛如一枚巨大的订书针。看起来愚蠢至极的狼人粗鲁地笑着,口水沿着嘴角流向下巴,他抓住门把,轻松地跳上踏板。

"嘿!那老头在哪里?嗷呜!老家伙人在哪——"

杰克举起枪,朝狼人的左眼送进一颗子弹。

狼人眼睛的橘色火光瞬间熄灭,就像被一阵强风吹熄的烛火。他往后跌落,像某种愚蠢的跳水姿势,全身无力地瘫倒在地。

"杰克!"理查德硬拉着杰克转过头。他脸上扭曲的表情和那狼人一样热切——差别在于理查德是出于惊恐,而非欣喜。"你说的是我爸爸吗?我爸爸跟这些事有关系吗?"

"理查德,你相信我吗?"

"相信。可是——"

"那就先忘了这件事,别想了。现在不是好时机。"

"可是——"

"快拿枪。"

"杰克——"

"理查德,快把枪拿起来!"

理查德弯腰拾起其中一把冲锋枪。"我讨厌枪。"他又说了一次。

"我知道。我自己也不太喜欢这玩意,理查德小子。不过,该是反击的时候了。"

6

　　火车正逐步开近一座高耸的木桩围墙。墙后传出各种声音：喘气声、吼叫声、有韵律的拍掌声与皮靴鞋跟随着整齐的节奏踩踏在硬泥地上的声响。还有些难以辨认的声音，不过这所有声响汇聚在一起，在杰克耳中只代表一个意义——军事操练。刚才的岗哨与这道围栅间的距离约莫半英里，再加上墙内的诸多活动，杰克怀疑有任何人听得见刚才那声枪响。至于火车，由于是电力驱动，因此几乎没有噪音。照这情势判断，这场突袭的发球权仍掌握在杰克手上。

　　木桩围墙上嵌着一组双扇门，大门掩着，铁轨钻进这道门扉下方，消失在视线之外。阳光穿透粗木桩之间的缝隙，筛出一道道光束。

　　"杰克，你最好让火车慢下来。"火车距离栅门只剩一百五十码。围墙后方传来规律的口令。杰克又想起威尔斯小说里的怪兽，不禁打了个冷颤。

　　"那可不成，查查。我们要冲破那道大门。你差不多可以准备开始喊拉拉队的欢呼了。"

　　"杰克，你疯了！"

　　"我知道。"

　　一百码。火车蓄电池嗡嗡低鸣。一道蓝色火光凌空跃起，嘶嘶飒飒。火车两侧光秃秃的土地飞快往后倒退。

　　这附近完全没有谷物，杰克心想，假如诺埃尔·考沃德①要

---

① 诺埃尔·考沃德(1899—1973)，英国剧作家、作曲家、演员、流行音乐创作者，作品甚丰，曾以《与祖国同在》一作获奥斯卡荣誉奖。

写一部以摩根·斯洛特为主角的剧本,我猜他会把戏名取作《毁世恶灵》吧。

"杰克,要是这诡异的小火车出轨怎么办?"

"是有这个可能,我猜。"杰克答道。

"那要是火车冲进大门,刚好铁轨却没了呢?"

"也总会有些垫背的,不是吗?"

五十码。

"杰克,你的脑袋真的坏了,是不是?"

"也许是吧。把你枪上的保险打开,理查德。"

理查德照办。

碰撞声……喘息……行军队伍……吱吱作响的皮革……吼叫……以及一阵令理查德畏缩的野兽尖笑声。然而杰克清清楚楚看见理查德脸上的表情,心头油然升起一股骄傲。他决心和我站在同一阵线——管他是不是什么理性的理查德,总之我知道他跟定我了。

二十五码。

尖叫……哀号……大声喝令……还有一声浑厚的爬虫类叫声——咕噜噜—呜呜呜呜!——听得杰克颈背上的汗毛都竖了起来。

"如果最后我们都没死,"杰克说,"我就请你吃冰雪皇后的暴风雪。"

"少肉麻了!"出人意表地,理查德放声大笑。这一瞬间,他病态的蜡黄脸色似乎变得有活力了些。

最后五码——组成栅门的那些剥皮木桩看起来固若金汤,真的,看起来坚固得要命;这最后一小段距离正好够杰克质疑自己是否做了个大错特错的蠢决定。

"趴下,查查!"

"不要叫我——"

火车撞上大门，驾驶室里的两个男孩，身体不由自主地往前冲。

7

大门的确十分牢固，除此之外，门后还架了两根粗壮的横梁当门闩，偏偏摩根的火车规模并不大，而且长途跋涉跑过焦枯平原后，蓄电池也都消耗得差不多了。这场冲撞肯定会造成火车出轨，两个男孩也可能因此性命不保，所幸这栅门有个致命的缺点。依照美国科技订制的新铰链显然还没到货，当车头冲击大门时，来不及汰换的老旧铁铰链应声断裂。

火车以二十五英里的时速直冲栅口，顶着与围墙分家的门板向前推进。营地里沿着围墙边盖了一座障碍训练场，而此时卡在车头的门板让火车变得像一辆铲雪车，推挤着障碍场上临时拼凑的木头跨栏，木柴四处滚动，有些被辗成断枝残桩。

车头也撞上一个正在跨栏跑道上进行锻炼的狼人。移动的门板吞噬他的双腿，扯裂他的下半身，将之卷进门缝底下。他凄厉嘶吼，开始变身，指甲迅速抽长，尖锐得像电缆维修工的墙头钉。狼人伸出利爪，攀住门板往上爬，此时栅门已被往内推进了四十英尺。惊人的是，在杰克将排挡打进空挡前，只剩上半身的狼人就已经几乎爬到门板顶端。火车停止。顶在车头的门板落下，压住那不幸的狼人，拍起一阵尘烟。列车最后一截拖板车底下，狼人的两条断腿毛发仍不断增长，还要过几分钟才会停止变化。

情势比杰克料想的乐观一点。正如所有军事组织都拥有自己的纪律一样，营地里的人显然很早起床，而且大部分士兵似乎都出门去从事某些异乎寻常的训练或是强健体魄的运动了。

"右边！"杰克对着理查德大吼。

"什么?"理查德吼回去。

杰克开口竭力嘶喊:为了惨死车轮下的汤米·伍德拜恩叔叔;为了那个遭奥斯蒙鞭打致死的无名车夫;为了费尔德·詹克洛;为了在阳光·加德纳污秽的办公室里送命的阿狼;为了母亲;然而最重要的,杰克发现,是为了同样身为他母亲的劳拉·德罗希安女王,并且为了这一切加诸于魔域的罪恶。他以杰森的身份高喊,声音雷霆万钧。

"收拾他们!"杰克·索亚/杰森·德罗希安一声怒吼,火力全开,朝左方扫射。

8

靠近杰克这边的是座阅兵场,理查德那边则是一栋长形原木建筑,外观像是罗伊·罗杰斯①主演的电影里头那种牧场工人宿舍。事实上,这建筑物是自从杰克将他带进这奇怪的世界后,他所见过最有亲切感的东西。他在电视上看过这样的地方。由中情局扶植的中南美反抗军就是在类似的环境下接受训练。只不过,这类营地通常设置在佛罗里达州,而此刻正从兵营里蜂拥而出的不是古巴人——理查德不知道他们是什么生物。

其中有些貌似中世纪油画里的恶魔或半羊人,有些则像进化未完全的人类——穴居原始人,几乎可以这么形容。其中一个冲进清晨太阳底下的怪物浑身覆着鳞片,眼皮不停眨动……在理查德·斯洛特眼中,他看起来简直就是用两条腿走路的鳄鱼。鳄鱼人在理查德面前伸长脖子,仰天长啸,那是他和杰克不久前听过的声音:咕噜噜—呜呜呜呜!他只看见那些宛如来自地狱的怪物

---

① 罗伊·罗杰斯(1911—1998),美国歌手、知名西部片演员,也是同名连锁速食餐厅创办人。

脸上涌现一阵疑惑,下一秒,杰克的冲锋枪已经发出雷霆般的巨响。

杰克这边,约莫十二个狼人正在阅兵场上操练。如同站岗的哨兵,他们多数穿着绿色军裤,皮靴头有道切口,露出脚趾,身上挂着弹药带。同样,他们头顶扁平,一脸愚劣,而且天性邪恶。

他们惊愕地看着火车隆隆冲进营地,车头还顶着一块门板,以及在错误的时间地点练习跨栏的倒霉狼人被拖得一地血肉模糊的景象。原本正在阅兵场上练习开合跳的狼人动作停在半空中,活像抽筋似的。听见杰克的叫喊,他们开始行动,可惜为时已晚。

长达五年之久,奥列斯的摩根亲自精挑细选,筛选出狼族中体魄最精实、性格最剽悍残暴,同时又对摩根充满敬畏与忠诚的成员,一手打造出这支恶狼军团,此时有一大半葬送在杰克的乌兹冲锋枪下。他们歪歪倒倒地向后跌撞,胸膛炸开,头破血流,发出困惑的怒吼与痛苦的哀号……但哀叫声并不热烈。多数狼人当场就断了气。

杰克甩开空弹匣,又抓了个弹匣塞进枪座。四只恶狼往阅兵场左方逃逸;场中央还有另外两个狼人逃过一死。这两人都受了伤,却仍不断朝杰克的方向扑来,又尖又长的脚指甲掘起草皮泥块,脸上的狼毛增长,目露凶光。狼人往车头跑来时,杰克看见他们暴凸的獠牙挤出嘴角,下巴长出粗硬的毛发。

枪身变得滚烫炙手,杰克咬紧牙关忍住痛楚,勉力压下不断被猛烈后坐力抬高的枪口,继续扫射。被击中的狼人因为子弹强劲的力道向后弹飞,身体前弯,头脚几乎碰在一块,活像杂技演员。四个逃难的狼人丝毫没有放慢脚步,一个劲奔向两分钟前还有扇门扉掩着的大门。

直到此时,刚才从营舍里涌出的怪物大军似乎才搞清楚,这两位新来的访客虽然开的是摩根的火车,却是来者不善。尽管无人发号施令,他们却自动集结成团,向火车挺进,口中喃喃有声。理查德将乌兹枪杆架在及胸高的驾驶室围栏上,一阵扫射。子弹贯穿他们的身体,逼得他们踉跄倒退。两个像人又像羊的怪物手脚并用——或说四蹄并用——仓皇地躲回营舍。理查德看着那些被子弹射中的躯体旋转、倒下,一种原始的快感一时间冲刷过理查德的脑细胞,他感到一阵晕眩。

子弹也撕裂了鳄鱼人发白的绿色肚皮,黑色的体液——脓水,不是鲜血——顿时倾注而出。他往后倒,然而鳄鱼尾似乎撑住了身体,让他弹跳起来,转而冲往理查德的方向。鳄鱼人再度发出粗哑的惊天怒吼……这次再听见,理查德觉得这可怕的叫声应该是雌兽发出的吼叫。

他扣下冲锋枪扳机。什么事也没发生。子弹用完了。

鳄鱼人重重踩着泥地,脚步沉重笨拙,却相当坚毅。"他"的眼底燃烧着愤怒的杀气……以及智能。退化的乳房在他布满鳞片的胸前跳动。

理查德垂手摸索,视线不敢离开鳄鱼人,终于摸到一颗手榴弹。

西布鲁克岛,理查德恍恍惚惚想着,杰克把这地方叫做魔域,不过它其实是西布鲁克岛。不用怕,真的不用怕,这全是一场梦。要是那怪物的爪子掐住我的喉咙,我一定会醒过来,就算不是一场梦,杰克也会保护我——我知道他一定会救我,我很确定,因为在这里,杰克就像个崇高的神祇。

他拔掉手榴弹安全栓,勉强按捺自己在慌乱中将它丢出的冲动,轻轻地低手掷出手榴弹。"杰克,快趴下!"

杰克看也不看,立刻蹲低,用驾驶室门板遮蔽身体。理查德也蹲了下来,不过在那之前,他看见一个不可思议、荒谬得可笑的画面:鳄鱼人接住手榴弹……打算将它一口吃下。

不像理查德所想的那种闷闷的爆炸声,手榴弹击出一阵尖锐巨响,直捣理查德耳膜,震得他双耳发疼。他听见哗啦一声,仿佛有人对着他这边的车厢泼了一大桶水。

他抬眼望去,发现无论是车头、车厢或拖板车上都沾上了热腾腾的内脏、黑血,还有破碎的尸块。营舍前半部被炸毁了。大部分断桩残瓦都染上了血迹。一片狼藉中,理查德看见一条毛茸茸的断腿,脚上还套着露出脚趾的靴子。

理查德注视着这一幕,看见木桩的碎片被拨开,两个半羊人挣扎着重新站起来。理查德弯腰拾起一个新弹匣,装进枪身。枪身越来越烫手,就像杰克说的一样。

来啊!理查德心里狂乱地喊着,再度扣紧扳机。

9

手榴弹爆炸后,杰克跳起来,发觉那四只逃过他两次扫射的恶狼惊恐地哀叫着,狂奔过原本是栅门的大洞。他们肩并肩往外逃,杰克要瞄准他们是轻而易举。他举起冲锋枪,又马上放下,虽然明知他们必将再次交手,说不定就在暗黑旅店,也明知这么做实在愚蠢……然而不管愚不愚蠢,他就是无法从背后暗算敌人。

这时,营舍后方传出一阵尖锐阴柔的咒骂。"滚出去!出去!我说了!给我行动!行动!"皮鞭飕飕,挥出响亮的声音。

杰克认得那鞭子的声音,也认得那说话的嗓音。最后一次听见那声音,是他身上还穿着约束衣的时候。不管到哪里,杰克绝对不会错认这声音。

——如果他那个智障朋友出现了,尽管开枪打他。

哼,那次让你得逞,今天付出代价的时刻到了——也许你自己也清楚,从你的声音里就听得出来。

"把他们抓起来!怎么搞的?你们这群饭桶!快动手啊,难道什么事都要我亲自示范吗?跟上来,跟上来!"

三个人影走出缺了一半的营舍，其中只有一个是真正的人类——奥斯蒙。他一手握着皮鞭，另一手拿着一把小型轻机枪，身上披着红色斗篷，脚踩黑色皮靴，白色宽管丝质长裤随风摆荡，上面溅满新鲜的血渍。他的左边是个满身兽毛的半羊人，穿着牛仔裤和西部牛仔靴。半羊人与杰克短暂四目相接，当下便认出彼此。他是奥特莱酒馆里的恶霸酒客，是伦道夫·斯科特，是怪兽埃尔罗伊。他冲着杰克张嘴大笑，长长的舌头像蛇般钻出来，舔着上唇。

"抓住他！"奥斯蒙对着埃尔罗伊大吼。

杰克正想抬起冲锋枪，突然感到手臂一阵沉重。奥斯蒙的出现已经够糟了，与埃尔罗伊的重逢更是雪上加霜，然而夹在他们俩中间的那个人影可说是真正的噩梦一场。那是鲁埃尔·加德纳的魔域分身；他是奥斯蒙之子，阳光·加德纳之子。那身影看起来的确像个小孩——宛如出自某个头脑聪明而残忍的幼稚园孩童笔下的诡异画作。

骨瘦如柴的身躯惨白得像凝结的牛奶，其中一条手臂末梢分岔成一条条宛如肥虫的触手，隐约令杰克联想到奥斯蒙的皮鞭。他的眼睛一高一低，其中一只眼睛像浸满了水般漂浮不定，脸颊上长满又红又肿的脓疮。

辐射线感染造成的……杰森哪，我猜奥斯蒙的儿子可能曾经太靠近那火球了……可是扣掉外伤不算……杰森哪……耶稣基督……什么样的母亲会生下这种怪物？看在整个宇宙的分上，他妈妈会是什么鬼东西？

"抓住那个冒牌货！"奥斯蒙高声咆哮，"留下摩根的儿子，但把冒牌货给我抓起来！把冒牌杰森抓起来！别窝在这里，没用的东西！他们没子弹了！"

咆哮、怒吼。杰克旋即明白，一支新的恶狼军队，加上一堆怪物大杂烩助阵，很快就会从营舍深处杀出，他们刚才八成缩着身子、低下头躲在营舍里面,逃过手榴弹的杀伤力,而他们原本也许会继续躲在营舍里的……要不是因为奥斯蒙。

"你们不应该这么早就上路闯荡的,小朋友。"埃尔罗伊说着,迈步跑向火车。他的尾巴在身后嗖嗖挥动。鲁埃尔·加德纳——或者不管他在这个世界里是什么东西——喉头涌出一阵黏稠、类似猫的低泣声,作势跟上。奥斯蒙伸出手将他硬拉回去,杰克看见,奥斯蒙的手指直接融进那怪物般的小男孩皱折不平、令人作呕的颈背里。

杰克抬起冲锋枪往埃尔罗伊脸上慌张地乱射一气,直到弹匣里的子弹用尽。半人半羊的怪物头颅飞散,然而,尽管失去头颅,埃尔罗伊的身体依旧继续向前走动了好一段距离,他的手指开始融化,转而凝聚成粗糙的羊蹄,盲目地朝杰克的头部挥打,直到最后倒下那一刻。

杰克瞪着这幕景象,惊愕得不知该做何反应——他在奥特莱酒馆时反复梦到过这场可怕的最后对决无数次,梦中他试图冲破这怪物的魔掌,仿佛穿越一片荆棘密布、覆满玻璃碎片的黝黑丛林。如今再度与这怪物相逢,竟能亲手杀了它,一时间杰克的思绪还转不过来,难以接受这个事实。感觉好像消灭了童年时的梦魇。

理查德正在尖叫——他手中的冲锋枪也咆哮不止,杰克觉得自己快要聋了。

"鲁埃尔!噢杰克噢我的老天噢杰森哪,那是鲁埃尔——"

理查德手中的冲锋枪吐出最后一阵枪火,耗尽弹药,安静下来。鲁埃尔挣脱父亲的掌控。他向前冲刺,扑向火车,呜咽低吼。他的上唇往后卷缩,露出一排又细又薄的长牙,好像万圣节扮装时戴的塑胶吸血鬼假牙。

理查德最后的子弹击中鲁埃尔的喉咙与胸口,将他一身棕色连身褶裙钉出几个大洞,在他的皮肉上扯裂几道参差不齐的深沟。浓稠的黑色污血在伤口边缘缓缓扩散,但仅此而已。鲁埃尔也曾经是个人类吧——杰克认为这不无可能。倘若如此,现在的他也已经彻头彻尾失去了人类的特质——冲锋枪对他起不了任何作用。这笨拙地跨过埃尔罗伊尸体的家伙是个魔鬼,浑身飘散着湿腐的毒蕈气味。

一阵热气贴着杰克的大腿,逐渐加温,起初仅带来些微暖意,随后却发烫起来。什么东西?简直就像口袋里装了个烧热的水壶。不过他无暇多想。战况正以鲜明的色彩在他面前起了变化。

理查德丢掉冲锋枪,跌跌撞撞地往后退,两手遮着脸。他一对惊恐的眼眸透过指缝,瞪着鲁埃尔那怪物。

"别让他抓到我,杰克!别让他抓到我……"

鲁埃尔冒着唾沫,发出黏稠的猫叫声。他用力拍了火车头一掌,那声音听起来宛如一片大鱼鳍拍打在泥地上。

杰克看见鲁埃尔的指间确实长着黄色的厚蹼。

"回来!"奥斯蒙对着儿子大叫,叫声充满忧心。"快回来,他很坏,他会伤害你,所有男孩都是坏蛋,天经地义,回来,回来!"

鲁埃尔亢奋地吼着,他撑起身体往火车上爬,理查德失去控制地开始尖叫,蜷缩进驾驶室的远端角落。

"别让他抓到我——"

越来越多狼人和诡异的怪物源源涌出,朝火车进攻。其中有个怪物头上冒出一对卷曲的公羊角,身上只穿着一件漫画人物"小阿布纳"式的马裤,他绊倒在地,被接踵而至的怪物大军践踏而过。

杰克感觉大腿上有块发烫的圆点。

鲁埃尔芦苇般的细腿此时已一脚踏上驾驶室的侧板。他唾沫横流,伸长双臂扑向杰克,蠕动不止的腿根本不是人腿,而是滑溜溜的触手。杰克举起乌兹,对他开枪。

鲁埃尔的半张脸像被砸烂的布丁喷散开,无数只小虫从剩下半张脸的缺口如瀑布般倾泻而下。

鲁埃尔仍旧节节逼近。

他长了蹼的手掌伸向杰克。

理查德的尖叫和奥斯蒙的怒吼交织重叠,合而为一。

热气宛如一块铸铁般烙印在杰克大腿上,正当鲁埃尔的手指捏住杰克的肩膀时,他突然明白了,那发热的东西——是费朗队长送给他的银币,安德斯拒绝接受的银币。

他将手伸进口袋,掌中的银币像颗烧热的矿石——杰克紧紧握拳,感到一股强大的力量灌入体内。鲁埃尔也感应到了。原本夹着口水、充满胜利感的呼号变成惊慌失措的小猫叫声。他试着后退,剩下的一只独眼狂乱转动。

杰克掏出银币。银币在他手中发出炙热的红光。那热量清晰地贴在手心——却不会伤害他。

女王的肖像如太阳般绽放光芒。

"下流卑鄙的恶徒!我以女王之名,"杰克大喝一声,"命你从地表上消失!"他张开拳头,一掌按向鲁埃尔的额头。

鲁埃尔和他父亲齐声惨叫——奥斯蒙的叫声从男中音拔尖成女高音,鲁埃尔的声音则像昆虫嗡嗡共鸣出的低音。银币陷入鲁埃尔的前额,像烧烫的火钳融进一桶凝固的奶油。一道恶心的深色汁液从鲁埃尔额头倾注而出,颜色宛如煮了太久的浓茶,流向杰克的手腕。那热辣辣的液体中有许多小虫,在杰克的皮肤上不停蠕动啃咬。尽管如此,杰克仍将按住银币的两只手指更加使劲往前推,戳进鲁埃尔的额头。

"我要将你从这世上铲除,卑劣之徒!以女王之名,以杰森之名,命你从地表上消失!"

鲁埃尔尖叫哀号,奥斯蒙跟着他尖叫哀号。怪物与恶狼大军停止进攻,成群聚集在奥斯蒙背后,迷信的脸上满是惊恐。在他们眼中,杰克仿佛化身为巨人,散放出刺眼的光辉。

鲁埃尔全身抽搐不止,冒着口水发出最后一声惨叫。他头上涌出的黑色液体转变成黄色。最后一条肥虫扭着又长又白的身体爬出银币融开的孔洞,掉落在驾驶室的地板上。杰克一脚将它踩扁,肥虫躯体爆裂,汁液在杰克脚跟下溅开。鲁埃尔湿黏的身体瘫软成一团。

这下子惨叫声改由尘土覆盖的空地传来,杰克觉得自己的脑袋说不定真的会被这伤痛与愤怒的尖叫声震裂。理查德两手抱头,像个婴儿般蜷缩成一团。

奥斯蒙抛下手中的枪与皮鞭,痛哭失声。

"噢,下贱的东西!"他对杰克挥舞双拳,"看看你干了什么好事!噢,你这肮脏的坏孩子!我恨你,恨你生生世世!噢!下流的冒牌货!我要杀了你!摩根也要你的命!噢,我亲爱的、唯一的儿子!下流东西!摩根会要你血债血偿!摩根——"

其他人低声应和,杰克不禁回想起阳光之家的少年:跟我一起高喊哈利路亚吧。一转眼,众声沉寂,因为另一种新的声音响起。

杰克顿时跌入那个他和阿狼共度的美好下午,他们肩并肩坐在小溪旁,望着牲口喝水,听着阿狼述说家族里的故事。多么惬意愉快……直到摩根出现为止。

而这一刻,摩根即将再次现身——不是腾过来,而是粗暴地扯裂天空,大摇大摆地驾到。

"摩根!是——"

"——摩根大人——"

"奥列斯之王——"

"摩根……摩根……摩根……"

撕裂声响逐步增强。狼人恭顺地伏在泥地上。奥斯蒙像在跳快步舞似的左右曳步,黑色靴子踏上皮鞭末梢的铁刺。

"坏孩子!下流的坏孩子!现在你要付出代价了!摩根驾到

了!摩根驾到了!"

奥斯蒙右方二十英尺外的空气开始模糊闪烁,恰似焚化炉上空蒸腾的热气。

杰克转过头,看见理查德缩着身子窝在凌乱的冲锋枪、弹匣和手榴弹之间,像个在战争游戏中累得睡着的小男孩。只不过杰克知道,理查德是清醒的,而且这不是场游戏,假如让理查德撞见他的父亲大摇大摆穿过两个世界的裂缝,杰克担心,理查德会因承受不住而崩溃。

杰克来到理查德身旁,张开手臂抱住他孱弱的上半身。布匹撕裂声越来越大了,突然间,他听见摩根怒气冲天地咆哮:

"火车这时候在这里干什么,你们这群蠢材?"

他听见奥斯蒙哭诉:"那肮脏的冒牌货杀了我儿子!"

"是时候了,理查德。"杰克喃喃说道,抱着理查德的手臂圈得更紧。"跳船的时刻到了。"

他闭上双眼,集中精神……两人腾走的过程中,杰克感觉一阵短暂的晕眩。

三十七
理查德记得……

1

杰克感觉他们的身体倒向一旁,向下滚动,仿佛两个世界之间接着一道短短的斜坡。悠悠忽忽,逐渐退散,直到一切在浪涛中化为空无。杰克依稀听见奥斯蒙尖声咒骂:"坏透了！天底下的男孩都坏透了！天经地义！肮脏！下流！"

有一瞬间他们悬浮在半空中。理查德大叫一声。接着杰克一边肩膀着地,理查德的头撞上他的胸膛。杰克没有睁开眼睛,只是继续躺着,手臂护着理查德,沉默地倾听,辨认空气的味道。

很安静。并非彻底死寂,但十分安静——两三只鸟儿鸣啭,格外凸显出这份宁静。

空气冰凉,带着咸味。宜人的气味……不过当然无法和魔域相提并论。就连这里——无论"这里"是什么地方——杰克都能闻到一股潜藏的臭气,像是渗进加油站停车场水泥地上的陈年汽油味。那是太多人开了太多车辆所排放的臭气,早已污染了整个大气层。杰克的嗅觉比过去更敏锐,因此,即便在这完全听不见车声的地方,都能察觉这味道。

"杰克？你没事吧？"

"没事。"杰克睁开眼睛,看看自己这话说得对不对。

率先跃入眼帘的画面令他产生一个惊悚的念头:不知为何,在他慌乱地想要赶在摩根现身前逃离之际,也许他并未成功地带着两个人腾回美国,而是莫名其妙加快了时光的转速。他们似乎仍在同一个地点，只不过这地方老了、荒废了，仿佛经过了一两个世纪。火车依然停在铁轨上，模样没有丝毫变化，其他景物就完全不是这么回事了。荒烟蔓草，那道压在阅兵场上、天晓得通往何方的铁轨，看起来老旧不堪，长满厚厚的铁锈。枕木腐朽，看起来软绵绵的，缝隙中冒出长长的野草。

他将理查德抱得更紧了些，理查德虚弱地挪了挪身体，睁开眼睛。

"这里是什么地方？"理查德左顾右盼，一面问道。附近有栋半桶形铁皮屋，坐落在原本应是恶狼营舍的位置。波浪状铁皮屋顶锈迹斑驳，是杰克和理查德放眼望去唯一能看清楚的部分，其余部分则淹没在杂乱的木桩、藤蔓与野草丛中。铁皮屋前矗立着柱子，也许上面曾经架着路牌。若是如此，那上面的告示也老早就不知消失到哪儿去了。

"我不知道。"杰克答道，一边将目光投向原本是障碍训练场的方向——如今只是一块长满野生福禄花和麒麟草的泥地——他将心底的恐惧说出口："我可能把时间加快了。"

出乎意料地，理查德笑了出来："这样的话，看到未来的世界变化不大，我倒挺高兴的。"他伸手指着铁皮屋前方的一根柱子，上面钉着一张纸，尽管经历日晒雨淋，字迹仍清楚可辨：

禁止进入，违者依法起诉！
门多西诺郡警局
加利福尼亚州警署

2

"喂，你明明知道这是什么地方，"杰克为自己的愚蠢发窘，同时又松了口大气，"那干吗还问？"

"我也是刚刚才看到的。"理查德说。杰克追着他打趣的兴致一下子化为乌有。

理查德看起来糟透了,简直就像染上某种奇怪的结核病,只不过病毒侵蚀的不是肺部,而是脑袋。这倒也不能全怪在来回魔域一趟对他的神智造成的打击——事实上他似乎已经开始慢慢适应——而是如今他除了魔域,还得知了其他真相。虽说魔域存在的这个事实摧毁了他从小到大悉心建立呵护的认知世界,但关于这点,只要给他充分时间,说不定总有一天他能接受。最要命的其实是,杰克认为,有一天发现自己的老爹原来是个超级大反派,这实在不是什么值得恭贺的人生转折。

"好啦。"杰克尽量让自己听起来高兴点——严格说,他真的有一点点高兴。能够从鲁埃尔那种恐怖怪物身边逃脱,就算是癌症末期病童多少都有几分高兴吧,他这么想。"理查德小子,我们还有承诺要守,晚上睡觉前有好多路要走,还有你看起来实在真丑。"

理查德做了个鬼脸。"称赞你有幽默感的人都应该被枪毙,杰杰。"

"咬我啊,捧油①。"

"我们要去哪里?"

"不知道,"杰克说,"总之那地方就在附近了。我感觉得到,就像有根钓钩卡在我脑袋里。"

"文都岬?"

杰克扭过头,凝视理查德良久。理查德的眼神难以捉摸。

"为什么这么问,查查?"

"那是我们要去的地方吗?"

杰克耸耸肩膀。也许是。也许不是。

---

① "朋友",杰克在逗理查德。

两人开始慢慢穿越杂草丛生的阅兵场。理查德改变了话题。"这一切都是真的吗?"他们正逐渐接近生锈的大门。绿油油的草地上方挂着一片朦胧的蓝色天幕。"这其中有任何一部分是真实的吗?"

"我们在一辆时速只有二十英里、最快三十英里的电动火车上过了好几天,"杰克说,"而且原本我们身在伊利诺伊州的斯普林菲尔德市,现在来到加州北部近靠海岸边。现在你自己说说看,这一切是不是真的。"

"对……对,可是……"

杰克伸出手。他的手腕上有许多又刺又痒的红肿咬痕。

"看这伤痕,"杰克说,"是虫咬的。从鲁埃尔·加德纳的脑袋里掉出来的虫子。"

理查德把头撇开,作呕地哼了一声。

杰克揽住理查德肩头。如果不这么做,他觉得理查德可能就要腿软倒在地上了。

杰克隔着衣服都能感觉到理查德的高烧,而他消瘦的程度也再次令杰克心惊胆战。

"抱歉,我不该跟你说这些。"等到理查德的脸色恢复一些,杰克说。"太残忍了。"

"嗯,是有一点。不过也许这是唯一能够……呃……"

"说服你的证据?"

"是啊。也许吧。"理查德用他少了眼镜保护的受伤的眼神望着杰克。这时他的嘴唇周围布满小小的烂疮,额头上也出现了不少脓疱。"杰克,有件事我非问不可,而且我希望你……呃,老实回答我。我想知道——"

噢,我知道你想问什么,理查德小子。

"再等一下,"杰克说,"过一会儿,我们会把你想问的问题和我知道的答案一口气说个明白,不过现在,有些正事得先搞定。"

"什么正事?"

杰克没有回答,径自走向那辆小火车。他驻足片刻,凝视着火车:矮胖的引擎、空车厢、拖板车。难不成是他无意间连这辆小火车一起带进加州了?他可不这么认为。带着阿狼一起腾已经不是件容易的事,拖着理查德从塞耶中学进入魔域也差点扯断他一条手臂,何况这两件差事都耗去他许多精神才完成。就他目前的记忆判断,他在腾的时候压根没想过火车——他一心只想着在理查德的老爹现身前带他远离恶狼军团的训练营。每样物体从一个世界进入另一个世界后在形态上多少会产生点改变——看来迁移的过程似乎也包括了某种转译程序。衬衫会变成中世纪的无袖背心外套;牛仔裤会变成羊毛长裤;钞票会变成一截一截的竹钱。然而这辆火车的外观却和在魔域里时一模一样。显然摩根已成功打造出某个能够进出两个世界却不会产生形变的物体。

还有呢,他们在那里穿的可是蓝色牛仔裤呢,杰克。

是啊。而且虽然奥斯蒙手上拿着他的招牌皮鞭,他还有一把小型轻机枪呢。

摩根的冲锋枪。摩根的火车。

顿时,他的背上冒出一大片鸡皮疙瘩。他好像听见安德斯在嘀嘀咕咕:真是不幸。

对,他说得没错。这档事实在太不幸了。安德斯是对的,这就好像一大堆邪恶的魔鬼齐聚一堂似的。杰克将手探进驾驶室,取出一把乌兹冲锋枪,装上新弹匣,走回理查德身边。理查德一直站在一旁,像在思考着什么事情似的四下打量。

"这地方看起来好像一座古老的生存战斗营。"他说。

"你是指为了第三次世界大战而让雇佣兵进行训练的营地?"

"嗯,类似。加州北部有好几个这种地方……有段时间这种营地接连出现,也兴盛了一阵子。不过后来因为第三次世界大战没有马上开打,人们就渐渐失去兴趣。还有些人因为非法持有枪械和毒品遭到逮捕。我……我爸告诉我的。"

杰克不置一词。

"你打算怎么处理那堆军火,杰克?"

"我想试试看能不能摧毁那辆火车。有异议吗?"

理查德耸耸肩;他的嘴角往下一撇,露出不高兴的样子。"没有。随便你。"

"如果我用乌兹冲锋枪射那堆该死的塑料炸药,你觉得会管用吗?"

"光一颗子弹可能不够。一整个弹匣可能有用。"

"我们来试试。"杰克拉开保险。

理查德抓住他的手臂。"开枪之前,我们先躲到围墙附近可能比较保险。"他说。

"好。"

在藤蔓密布的围墙边,杰克将冲锋枪对准那堆方正柔软的黄色炸药包裹扫射。他扣下扳机,乌兹冲锋枪撕裂宁静的空气。火焰在枪口神秘地悬挂了好一会儿。空荡荡的营地静谧得宛如教堂,枪声显得格外惊人刺耳。受到惊吓的鸟群振翅而飞,移师到森林里更安静的区域。理查德眉头深锁,两手捂住耳朵。防水布弹跳舞动。接着,虽然他扣着扳机的手指仍未放松,枪火却停了下来。子弹用完了。

"哈。"杰克说,"这下可好。你还有没有别的主意——"

轰然一声巨响,拖板车冒出蓝色火光。杰克看见拖板车弹跳起来,脱离铁轨,活像要飞起来似的。他勾住理查德的脖子,拉着他趴下。

接连的爆炸持续了好长一段时间。金属碎片在头顶呼啸而过,犹如一阵骤雨,叮叮咚咚落在铁皮屋顶上。偶尔击出较大的声响,像是敲响一记铜锣,尤有甚者,更大的残骸甚至击穿屋顶,凿出大洞。这时某个物体击中围墙,不偏不倚打在杰克头顶上方,击出一个比杰克两拳相加还要大的窟窿,杰克当下决定该是闪人的时候了。他抓住理查德将他往大门的方向拖。

"不对!"理查德大吼,"铁轨!"

"什么?"

"铁——"

嗖的一声,某个东西飞过两个男孩上方,他们同时缩了一下,头撞在一块。

"铁轨才对!"理查德大叫,一面用毫无血色的手揉着头。"别上马路!沿着铁轨走!"

"收到!"杰克一头雾水,但毫不质疑。反正他们得赶快开溜就对了。

两个男孩沿着生锈的铁丝网围墙下端向前爬行,犹如试图跨越无人地带的士兵。理查德稍微领先,带着杰克前往远端铁轨穿出围墙的闸口。

杰克一面爬,一面回头张望——透过稍微敞开的大门,他需要看见的和想要看见的景象已能一览无遗。火车大半个车身就像凭空蒸发似的。扭曲的金属残块,有些还能辨认,大多数则已面目全非,横陈在一个巨大浑圆的坑洞里;它们回到了美国的土地上,这里是它们被打造、被买卖的地方。杰克和理查德没有被那些满天乱飞的碎片砸死还真是福星高照,甚至连一点小擦伤都没有,简直就是不可思议。

最危急的时刻过去了。他们已经走到大门外,站了起来(如果还有余爆,他们也准备好随时闪避,拔腿开溜)。

"你把他的火车炸了,我爸爸知道一定很不爽,杰克。"理查德说。

说这话时,理查德听起来平静无比,然而当杰克转头望去,才发现他脸上挂着眼泪。

"理查德——"

"对,他一定会很不高兴的。"理查德仿佛在自言自语。

3

杰克相信,离开营地的铁轨约略通往南方,长年荒置的轨道中央杂草茂盛,高度及膝,上面布满铁锈,有些段落的铁轨变形拱起,像波浪一样。

是地震造成的,杰克畏怯难安地想道。

他们身后,塑料炸药仍接二连三传出爆炸声。每当杰克认为爆炸终于结束了,马上又会冒出一阵刺耳冗长的砰!轰轰轰轰——他觉得这听起来简直像巨人在清喉咙的声音,或一阵突来的旋风。他回头瞥了一眼,看见黑色烟雾像布幕般遮蔽了天空。他竖耳倾听,等待另一回合劈啪作响的火焰——就像所有曾在加州沿岸定居过的人,杰克怕火——最终却什么也没听见。这一带的森林看起来让人有种置身新英格兰的错觉,扶疏蓊郁,饱含湿气,俨然与下加利福尼亚地区那种淡棕色调的景致和清新干爽的空气形成鲜明的对比。整座森林满是充沛的生命力;前方的铁轨逐渐为森林深处越发浓密的树木与四处纠缠的藤蔓吞噬(我敢打赌,那些藤蔓一定有毒,杰克想着,手指下意识地搔了搔腕上的咬痕),头顶上被树荫遮蔽的天空看起来几乎像是与地上铁轨相映衬的灰蓝色小径。就连铁路上的煤渣都覆着青苔。这地方幽蔽神秘,是藏匿秘密之地。

他大步大步走着,不单为了赶在警察或消防队逮到他们之前逃离现场。这速度也能让理查德保持安静。他卖力的步伐让两人无法继续说话……或提出问题。

他们已经走了约莫两英里,杰克仍在为自己这桩扼杀对话空间的计谋沾沾自喜,突然间,理查德细细唤了一声:"嘿,杰克——"

理查德落后了一小段距离,杰克回过头,刚好看见理查德跟跟跄跄往前一倒。他的脸色白得像张纸,疮疤鲜艳得犹如胎记。

杰克接住他——差点就漏接了。理查德的体重似乎比一个纸袋重不了多少。

"噢,天哪,理查德!"

"刚刚还觉得没事,突然就……"理查德的声音仍然细得像蚊子叫,他的呼吸异常急促干燥,眼皮半睁着。杰克只看得见眼白和一小弯蓝色瞳孔。"就觉得……头昏昏的。抱歉。"

又一回滞重的爆炸声在他们身后迸裂,尾随着一阵火车残骸洒落在铁皮屋顶上的骤雨声。杰克往爆炸地点一瞥,又焦虑地朝铁轨延伸的方向望去。

"有力气靠在我身上吗?我背你走一段。"阿狼的影子,杰克心想。

"可以。"

"撑不住的话,尽管说。"

"杰克,"理查德恼怒的口吻不禁令杰克想起原来那个正经八百的理查德,心头紧紧揪了一下。"如果我撑不住,我不会说谎。"

杰克搀着理查德,让他站直。理查德摇摇晃晃,仿佛只要朝他脸上吹口气就会不支倒地。杰克转身蹲下,一脚踩在铁轨上。他将手臂放在背后,圈成马蹬形状,理查德顺势抱住杰克的颈项攀上去。杰克站起身,踩着枕木快步往前走,快得几乎像在慢跑。背着理查德几乎不算难事,不只因为理查德的体重减轻许多,还因为杰克曾经搬过大酒桶、打过零工、摘过苹果。他还在阳光·加德纳的边疆农场上搬了一个月的石头,哈利路亚。这一切境遇都将他锻炼得更强壮。这淬炼不仅仅是种单纯的、无意识的增强体能的过程,它更进一步地深入他自我意识的肌理中,坚韧他的意志。杰克隐隐约约感觉到,他这趟旅程的目的并非单纯解救母亲的生命；打从最初，他一直在努力的是达成一个更伟大的成就。他要的是建立属于自己的丰功伟业；如今他慢慢明了，这场疯狂的冒险绝对是为了要让他变得更坚强。

他真的开始慢跑起来。

"要是你让我晕船的话，"理查德说，杰克的步伐颠得他的语音断断续续。"我会直接吐在你头顶。"

"我知道我能相信你，理查德小子。"杰克一边微笑，一边喘气。

"我觉得……趴在你背上感觉蠢毙了，好像骑在一根人形弹簧高跷上一样。"

"你看起来八成就是这德行，查查。"

"不要……不要叫我查查。"理查德无力地说。杰克笑得更开朗了，他心里想着：噢，理查德，你这混蛋，给我好好地活着。

4

"我认识那个人。"理查德对着杰克的头顶耳语。

像是打瞌睡时惊醒，突如其来的一句话令杰克吓了一跳。他已经背着理查德走了十分钟，让两人又前进了一英里，然而除了铁轨与空气中的咸味，四周仍是杳无人迹的荒凉景象。

这铁轨，杰克揣测着，它的终点是我所想的那个地方吗？

"什么人？"

"那个手里拿枪和鞭子的人。我认识他。我以前常常见到他。"

"多久以前？"杰克微微喘气。

"很多年前了。我还很小的时候。"理查德说完，极不情愿地加了一句，"就是在我……我会做有关衣橱的噩梦那一阵子。"他停顿片刻，"只不过我猜那不是梦，对不对？"

"对。那不是梦,我想。"

"嗯。那个拿鞭子的人是鲁埃尔的爸爸吗?"

"你说呢?"

"是吧。"理查德郁闷地说,"肯定是。"

杰克停下脚步。

"理查德,这铁轨通往哪里?"

"你知道它通往什么地方。"理查德平静得有些诡异。

"话是没错——我想我知道。可是我希望由你告诉我。"杰克顿了一下,"我想我需要听你亲口说出来。它通往哪里?"

"到一个叫文都岬的小镇。"理查德听起来像是眼泪快要掉下来了,"那里有个大饭店。我不知道那会不会就是你要找的地方,不过八成是吧。"

"我也这么想。"杰克托着理查德的大腿,带着背上逐渐累积的酸痛,循着铁轨的方向继续迈步。这铁轨将带领他——他们两人一起——前往能够找到解救母亲的魔符之地。

5

一边走着,理查德一边继续他未完的话题。他并未单刀直入提起自己的父亲,而是慢慢兜圈子,一针一线将父亲织进这疯狂的故事。

"我以前就认识那个人,"理查德说,"应该不会错。他会来我们家,每次都是从后门进来,既不敲门,也不按门铃,有点像是……用指甲刮门。我听了总会起鸡皮疙瘩,觉得自己要吓得尿裤子了。他个子很高——嗯,大人在小孩眼中都很高,可是那个人是真的非常高——而且一头白发,大多时候都戴着墨镜,有时候是镜片会反光的那种太阳眼镜。当我在《主日周报》上面看到阳光之家的报道时,我就知道我在某个地方见过这个人。那天晚上节目开始的时候，我坐在电视机前面，我爸在楼上处理公事，后来他下楼看见电视上的报道，手上的杯子差点掉在地上。接着他就把电视转成《星际迷航》了。"

"差别只在于他来我们家找我爸的时候不叫作阳光·加德纳。他的名字……我一时想不起来了。好像是什么巴伦……还是奥尔隆……"

"奥斯蒙？"

理查德领悟过来。"就是这个名字。我从来没听过他姓什么。他每隔一两个月就会出现一次，有时候更频繁。有一个星期，他几乎每晚都来，然后就消失了，半年不见人影。每次他来，我都把自己反锁在房间里。我讨厌他身上的味道。他身上有股香味……古龙水吧，我猜，可是味道更强烈一点。像是廉价的香水味。可是在那味道底下——"

"在那味道底下他闻起来像是十年没洗澡了。"

理查德睁大眼瞪着杰克。

"他是奥斯蒙的时候，我也见过。"杰克解释道。他早就对理查德解释过这些事——至少解释过一部分——只是当时理查德完全没听进去。现在他肯放开心胸了。"在魔域版的新罕布什尔见到的，那时候我还没到印第安纳州，没见过他的分身阳光·加德纳。"

"那你一定也见过那个……那个东西。"

"鲁埃尔？"杰克摇头，"那时候他铁定是在焦枯平原，接受进一步的放射线治疗吧。"杰克想起那怪物脸上的脓疮，想起那些小虫。他看着自己手腕上又红又肿的咬痕，脊背不禁升起一阵寒意。"直到最后我才遇到鲁埃尔，至于他在美国的分身，我从来都没见过。你几岁的时候，奥斯蒙开始出入你们家？"

"一定是我四岁那年。就是那个事件……你也知道，衣橱事件……还没发生前。我还记得，那件事情发生后，我就更怕他了。"

"在衣橱里的怪物抓你的手之后。"

"对。"

"而那件事发生在你五岁那年。"

"对。"

"那一年我们都五岁。"

"对。你可以放我下来了。我可以自己走段路。"

杰克放下理查德。他们低着头,沉默地走着,不看彼此一眼。五岁那年,黑暗的衣橱中有个怪物伸出魔爪,抓了理查德一把。而当他们两人都是六岁那年

(六岁,小杰克六岁)

杰克偷听到父亲与摩根·斯洛特谈论起那个他们去过的地方,那个小杰克称之为白日梦国的地方。同一年稍晚,黑暗中也有只魔爪伸向杰克与莉莉。那魔爪不偏不倚,正是摩根·斯洛特电话中的嗓音。电话从犹他州格林里弗市打来的时候,摩根在电话里抽抽噎噎,那时摩根·斯洛特、菲尔·索亚与汤米·伍德拜恩已经一同外出了三天,为的是每年十一月固定举行的狩猎之旅——因为他们的另一位大学同学兰迪·格洛弗在犹他州的布莱辛顿有一栋豪华的狩猎别墅。通常格洛弗也会和他们相偕狩猎,不过那年他出海到加勒比海游玩去了。摩根打电话通知莉莉,菲尔中枪,显然是遭其他狩猎者误击。他和汤米·伍德拜恩临时扎了一副担架将菲尔抬出野地。而在格洛弗的吉普车后座时,菲尔一度恢复意识,摩根说,那时候菲尔交代他,务必要将他的爱转达给莉莉与杰克,十五分钟后,菲尔撒手人寰,当时摩根正疯狂飞车赶往格林里弗市最近的医院。

摩根不是杀害菲尔的凶手;假如有人要求摩根的不在场证明的话(不用说,从来没人要求过),汤米能够证明菲尔中弹的那一刻,他们三人正结伴在树林里。

但这不表示摩根不能雇别人干这档事,杰克如今这么想。这也不代表汤米叔叔这么长的日子以来不曾暗中有过一丝怀疑。若是如此,或许汤米叔叔横死的原因不光只是他阻挠了摩根控制杰克与莉莉的毒计,也可能是因为摩根已经疲于揣测这个老玻璃会不会有天偷偷暗示菲尔的遗子,其实他父亲的死因并非单纯的意外。无比的憎恶与沮丧围拢过来,啃咬着杰克的皮肤。

"我爸和你爸最后一次出去打猎之前,你已经见过那男人了吗?"杰克恶狠狠地质问。

"杰克,那时候我四岁——"

"不对,那是你六岁那年。他开始出入你们家是在你四岁那年,我爸在犹他州中枪去世那年你六岁。你的记性没有你说的那么差,理查德。我爸死前,那男人有没有去过你家?"

"就是他每晚都出现的那个星期。"理查德的声音虚软得几乎听不见,"正好在最后一次打猎前没多久。"

当然严格说来这完全不是理查德的错,然而杰克却克制不了一肚子怨气。"我爸打猎的时候意外中枪过世,汤米叔叔在洛杉矶出车祸死了,你爸身边朋友的死亡率还真他妈高啊,理查德。"

"杰克——"理查德的声音细小颤抖。

"当然我知道人死不能复生,就像泼出去的水,现在追究那么多都是废话。"杰克说,"可是当我到塞耶中学找你时,理查德,那时候你骂我是疯子。"

"杰克,你不了——"

"对,我想我确实不了解。我累了,你让我睡你的床,很好;我饿了,你带炸鸡回来给我吃,非常好。可是我最需要的,是你相信我!我知道那样也许要求太高,可是我的天啊!当我告诉你那男人的事情,原来你根本就认识他!你知道他是你爸的朋友!结果你对我说什么?'我的老朋友杰克在西布鲁克岛上晒太阳晒了太久,晒昏头喽!'你说的净是这种屁话!老天,理查德,我还以为我们的友情不止如此。"

"你还是不明白。"

"不明白什么？因为西布鲁克岛把你吓破胆了，所以你连一丁点都不愿意相信我？"杰克的语调带着疲惫的愤慨。

"不是的，我害怕的不止是这个。"

"哦，是吗？"杰克打住脚步，粗暴地瞪着理查德苍白凄惨的脸。"对'理性的理查德'来说，除了这个，还有什么好怕的？"

"我怕，"理查德的语调平静如止水，"如果我知道太多那些秘密的真相……关于奥斯蒙的事，或是衣橱里的怪物……知道得太多，我就会永远失去爱我父亲的能力了。现在我害怕的事情果然成真了。"

理查德用细瘦脏污的手指盖住脸庞，呜呜地哭了起来。

6

望着哭泣的理查德，杰克在心中咒骂自己的愚蠢不下二十遍。摩根·斯洛特再怎么为非作歹，他毕竟还是理查德·斯洛特的父亲；摩根的血脉刻在理查德的五官中、在他手指的形状里。难道他忘了这些事吗？当然没忘——只不过那个瞬间，他对理查德的失望一时蒙蔽了他。他心中逐渐增强的紧张感也在旁边推波助澜。他和魔符已经非常、非常、非常接近了，那感觉在他的神经末梢颤动，就像一匹马在沙漠中嗅到水，或是在草原上闻到远方野燎原的气味。这股紧绷的感觉像是一匹好动的野马就快挣脱缰索。

喂，这小伙子按理说是你最好的朋友，杰克——有必要时偶尔脾气大点没关系，但别伤害理查德。提醒你一声，这孩子病了，怕你没注意到。

他把手伸向理查德。理查德想推开他，杰克不理会他的抗拒,一把抱住他。他们俩就这么伫立在荒废的铁道中央,理查德的头倚在杰克肩上。

"听着,"杰克笨拙地说,"别想太多……呃……你也知道……什么都别担心,理查德。总之就是,慢慢试着适应变化,好吗?"拜托,这话听起来实在太蠢。就像先对病人宣布他得了癌症,然后再告诉他不用担心,因为我们会放盘《星球大战》的录影带,看完后心情马上就会好起来。

"我知道。"理查德挣脱杰克的怀抱。泪水洗去他脸上的尘埃,留下两行清晰的痕迹。他用手抹抹眼睛,卖力挤出笑容。他们大笑了一阵,一切又雨过天晴了。

"好了。"理查德说,"我们走吧。"

"去哪里?"

"去拿你的魔符。"理查德说,"根据你的说法推论,魔符肯定在文都岬。沿这条路走到下一个镇上就是了。走吧,杰克。我们出发吧。不过走慢点,我还有好多话没说。"

杰克丢给理查德一个好奇的表情,接着他们俩再次一同向前迈进——缓缓地。

7

建筑在记忆外围的堤防而今溃决,理查德开始允许自己回想起往昔旧事,他就像一口意外掘出的井,泉涌出许多讯息。渐渐地,杰克有个感觉,仿佛自己一直努力拼凑的那幅拼图,其实缺少了最重要的几块,他却浑然不觉。而那几块关键拼图,就掌握在理查德手上。理查德曾经到过那座生存战斗营;这是缺漏的第一块拼图。他的父亲拥有那块地方。

"你确定你说的是同一个地方吗,理查德?"杰克怀疑地问。

"我很肯定。"理查德说,"在另一个世界时,我已经觉得有点似曾相识;等到我们回到……回到这边……我就确定了。"

杰克点点头,不知道除此之外还能做什么反应。

"我们通常会先到文都岬。每次要来这地方前,我们都会先去文都岬。搭火车真是一大乐事。我是说,天底下有几个爸爸有自己的私人火车?"

"确实不多,"杰克说,"我猜钻石吉姆·布莱迪①和某些跟他同等级的人会有自己的私家火车,不过他们有没有当爸爸我就不清楚了。"

"噢,我爸还不到他们那种等级。"理查德笑了一下,杰克心想:理查德,说不定是你太天真了。

"我们总是开租来的车从洛杉矶一路开到文都岬,那里有家汽车旅馆,那是我们固定投宿的地方。就我们两个。"理查德打住话头,亲情与回忆盈满眼眶。"然后——我们会在那里停留一阵子——我们便搭爸爸的火车前往备战基地。只是一辆小小的火车。"他看着杰克,带着惊吓的表情,"就像我们搭过的那辆,我想。"

"备战基地?"

理查德似乎没有听见杰克的问题,兀自凝视着锈蚀的铁轨。这里的铁轨形状完整,杰克猜想,理查德可能是想起刚才见到的那段扭曲的铁轨。有几段铁轨卷曲得就像断掉的吉他弦。杰克猜想,这些铁轨在魔域里应该还完好如初,悉心保持在最佳状态。

"你看,这里以前是条有轨电车铁道,"理查德说,"叫门多西诺乡间红线。那是三十年代的事了,我爸告诉我的。不过这条铁路不是郡政府的财产,而是由一家私人企业经营的,后来公司破产倒闭,因为加州的情况……你也知道……"

---

① 钻石吉姆·布莱迪(1856—1917),本名詹姆斯·布柯南·布莱迪,美国金融家、慈善家。

杰克点头。在加州,几乎每户人家都有自己的汽车。"理查德,为什么你从来不告诉我这地方的事情?"

"这是其中一件我爸吩咐绝对不能告诉你的事。你们全家都知道我们偶尔会到加州北部度假,他说你们知道这些没关系,但我千万不能把火车或备战基地的事泄漏给你。他还说,假如我告诉你,菲尔会很生气,因为这是个秘密。"

理查德停顿了半响。

"因为自用车和高速公路的关系,有轨电车不得不休业停驶。"他深思了一会儿,"杰克,关于你带我去的那个地方,有件事我想说。跟那地方本身一样奇怪的是,那里完全没有挥发性有机溶剂的臭味。待在那里并不难受。"

杰克又点了一次头,并未答话。

"后来有轨电车公司抛售了整条铁路——包括祖父条款①等一切权利——卖给一家建设公司。他们也预估人口会逐渐往内陆移动。只不过后来没有如愿。"

"接着你爸就买下了那条铁路。"

"嗯,我想是的。详情我也不是很清楚。他不太会跟我提买铁路的细节……也没说过他是怎么把电车轨道换成火车铁轨的。"

这想必是项浩大的工程,杰克推断,旋即他想起那些火渊,以及奥列斯的摩根显然源源不绝的奴隶。

"我会知道铁轨换了,不过是因为我读过一本关于铁路的书,才注意到两种轨道规格上的差别。电车采用的轨距是十号,而这里用的是十六号的铁轨。"

杰克跪下观察,的确,现存的铁轨内侧有两道非常模糊的凹

---

① 祖父条款,相对于追溯法令,是代表一种允许在旧有建制下已存的事物不受新通过条例约束的特例。

痕——那是原有的电车轨道遗留的痕迹。

"他有过一辆红色小火车。"理查德出神地说,"只有一个柴油引擎车头和两节车厢。他常拿那辆火车来开玩笑,说男人和男孩之间唯一的差别是他们玩具的价码。文都岬的小丘上有座老旧的电车站,我们会把租来的车开到那里停着,改搭小火车。我还记得那车站的味道——有点老旧,但很舒服……怎么说,像是陈酿多年的阳光。爸爸的小火车就停在车站里。而且他……他会故意跟我说:'前往备战基地的旅客请尽快上车!理查德,你的车票准备好没?'还会有柠檬汁……冰镇过的茶……然后我们坐在驾驶室里……有时候他会顺便带上一些东西……补给品……放在后面……还有……还有……"

理查德困难地咽下口水,揉了揉眼睛。

"那是一段很美好的时光。"他结束话题,"只有他和我,我们两个一起共度的时光。挺酷的。"

他四下环顾,眼角积满尚未滑落的泪水。

"备战基地里有座转台可以让火车掉头。"他说,"都是好久以前的事了。好久好久以前。"

理查德发出一声突兀的抽噎。

"理查德——"

杰克想要安慰他。

理查德推开他的手,走到一旁,用手背擦去脸颊上的泪痕。

"那时候不像现在这么世故,"他试着微笑,"一切的一切都没这么世故,对不对,杰克?"

"没错。"此时杰克发现自己脸上也挂着两行眼泪。

噢,理查德。我亲爱的好友。

"没错。"理查德堆出笑容,凝视着向铁道侵入的树林,伸出脏兮兮的手背拨去眼角泪水。"那时候谁都用不着这么世故。好久以前,那时候我们都还只是小孩,我们所有人都还住在加州,没有人搬去别的地方。"

理查德注视杰克,试着露出笑脸。

"杰克,扶我一把,"他说,"我的脚感觉好像被什么该死的陷阱缠住了,我……我……"

理查德跪倒在地,垂下的头发黏在疲惫的脸上,杰克凑上前,蹲在他身边,而我已不忍再继续详述——只能说,他们俩已尽了力安慰彼此,而诸位或许能够由您自身的经验推知,任何慰藉,总难免有其不足之处。

8

"那时候围墙才刚筑好,"等到理查德稍微恢复元气,他往下说道。他们已经又走了一段路。夜鹰在高大的橡树上啼叫。海水的咸味更强烈了。"我还记得。还有那块招牌——备战基地,上面是这样写的。营地里有一座障碍超越训练场,有些绳索让人攀爬,还有些绳索让人抓着在大水塘上荡过来荡过去,有点像描述二次大战特种部队的电影里那种新兵训练营。不过利用这些设备锻炼体能的人看起来不太像海军陆战队。他们很胖,而且全都穿着同样的衣服——灰色棉上衣,胸口用小小的字体印着'备战基地'四个字,运动裤两侧有红色滚边。他们全都一个样子,好像随时都会中风或心脏病发。搞不好两种症状同时发作。有时候我们会在那里过夜。还有几次我们一住就是一整个周末。不是住在铁皮屋里;那屋子有点像是给那些付钱来健身的家伙住的宿舍。"

"我怀疑那不是他们真正的目的。"

"对,搞不好不是。说不定他们别有用意。总而言之,我们会搭起大帐篷,睡在吊床上。真是折腾人。"理查德再度流露忧愁的笑容,"而且你说对了,杰克——不是每个在营地里跑上跑下的人看起来都像是想要替自己练副好身材的商人。还有些别的人——"

"那些人怎么样?"杰克温和地问。

"那些人中有一部分——占大多数——看起来就像另一个世界里那些浑身是毛的大块头。"理查德的声音很低,杰克必须集中精神才能勉强听见。"就是……狼人。我的意思是,他们看起来有一点像普通人,但不是非常像。他们的样子……很粗犷。你知道吧?"

杰克点头。他明白。

"我记得我不太敢近距离直视他们的双眼。三不五时那些眼睛会发出奇怪的光……好像他们的脑袋瓜里头烧起来了。至于另外剩下的人……"理查德眼睛一亮,仿佛突然顿悟了什么。"他们的样子就和那个代课篮球教练差不多。就是穿着皮衣还猛抽烟那个,我跟你说过的。"

"文都岬距离这里多远,理查德?"

"确切的距离我不太清楚。我们通常一坐就是好几个小时,而且小火车的速度向来不快。可能就和人跑步的速度差不多,快不了多少。所以文都岬和备战基地之间的距离推算起来不会超过二十英里。说不定更近一些。"

"这么说来,我们大概只剩十五英里要走。距离——"

(距离魔符)

"对。没错。"

杰克仰望逐渐加深的天色。仿佛为了让这荒谬的一切看来不那么荒谬,太阳驶入云朵筑成的码头中,气温似乎骤降了十度,天空也越发阴沉——夜鹰已不再啼叫了。

9

是理查德先看到那块告示的——一块朴素的正方形木板,漆上黑色字体。它立在铁道左边,藤蔓沿着柱子往上盘卷,看来年代十分久远。不过告示牌的内容倒是挺应景:好鸟直上云霄;傻鸟死路一条。最后机会:滚回家吧。

"你可以退出,理查德。"杰克静静说道,"我自己一个人没关系。他们会放过你的,我保证。这其实不关你的事。"

"我可不这么想。"理查德说。

"是我把你拖下水的。"

"不,"理查德说,"是我爸拖我下水的。或是命运拖我下水的。或是上帝。管它元凶是谁,反正我跟它拼到底就是了。"

"好吧。"杰克说,"走。"

他们走过告示牌,杰克使出他学过点皮毛的拳脚功夫,一个回旋踢,踢落那块木板。

"帅哦,杰杰。"理查德浅浅一笑。

"谢啦,不过,别叫我杰杰。"

10

尽管虚弱的理查德疲态尽露,在接下来的一小时里,随着两人的步伐逐渐迈向铁轨尽头,深入越来越浓烈的太平洋气息中,他仍持续说了许多话。他解开密封在脑海深处多年的瓶子,倾倒出保存其中的回忆。尽管没有表现出来,杰克心中其实惊讶不已……此外还涌现一股深深的怜惜,他疼惜理查德那急切渴求一丁点父爱的孤独童年,无论理查德是不经意流露,或是刻意表现出来。

他的视线停驻在理查德苍白的面容,与他的脸颊、额头上及嘴唇周围的脓疱;他留神倾听那断断续续、几乎只剩耳语的话语——倾吐的时刻终于来临,理查德再也无须犹豫或压抑;而杰克再次暗自庆幸,摩根·斯洛特不是他的父亲。

理查德告诉杰克,铁路这一带的沿途风景他仍记忆犹新。走到一处,他们隔着树顶看见一座谷仓,上面还挂着一幅褪色的切斯特菲尔德香烟广告。

"'二十支顶级香烟保证二十回愉快的吞云吐雾',"理查德微笑着念出广告词,"不过以前站在这里就能把整个谷仓看得清清楚楚。"

他还指出一棵树顶向两边岔开的松树给杰克看。又过了十五分钟,他告诉杰克:"这座小丘背面有块大石头,形状像只青蛙。我们去看看它还在不在。"

岩石还在。杰克觉得那块石头的形状确实有点像青蛙,只要你发挥想象力。也许这样能让一个三岁小孩好过些。或是四岁。或七岁。或无论他几岁。

理查德曾经喜爱过那段铁道,也曾经认为铺了跑道、架起跨栏和绳索让人跳来跳去爬上爬下的备战基地是个正派的地方。可是他从未喜欢过文都岬这座小镇。经过几番深入挖掘,理查德连那家每次和父亲相偕造访这滨海小镇时必定投宿的汽车旅馆的名字都想起来了。金斯兰汽车旅馆……而杰克发现这名字倒不怎么令他讶异。

理查德说,金斯兰汽车旅馆和他父亲倍感兴趣的那家旅馆在同一条路上,从房间窗口望出去就能看见,但理查德讨厌那地方。那是个杂乱无章的庞然大物,种种不同形式的屋顶构成的阁楼与高塔层层相叠,三角顶、多折斜顶,甚至圆形屋顶,上方还立着奇形怪状的风信鸡转动不休。理查德说,风信鸡就连没有风的时候都转个不停——他还清楚记得自己站在房间里,望着那些形状古怪的铜制风信鸡,有新月形状、甲虫形状,还有类似中国象形文字的形状;它们高高俯瞰着下方翻腾呼号的海水,在阳光中闪烁,转了一圈又一圈、一圈又一圈。

噢,对了,医生,这下我全都想起来了,杰克心里想。

"那旅馆荒废了吗?"杰克问。

"对。等着出售。"

"叫什么名字?"

"阿让库尔。"理查德停顿片刻,接着又添上一笔儿时色彩——那是绝大多数小孩都想尘封在箱子里的颜色。"那栋旅馆是黑色的。虽然是木造,看起来却像用石头盖的。古老的黑色石头。所以我爸和他朋友替它取了个名字,叫暗黑旅店。"

11

杰克的问话稍微——不是完全——让沉溺在回忆中的理查德抽离出来。"你爸买下了那家旅馆吗? 就像他买下备战基地那样?"

理查德思索了一会儿,接着点点头。"嗯。"他说,"我猜他买下来了。过了一阵子,他第一次带我去那里的时候,门前还有块出售的告示,后来再去,那块牌子已经不见了。"

"可是你们从来没在里头住过?"

"天哪,怎么可能!"理查德打了个冷颤,"他要把我弄进去,唯一的办法大概只有在我脖子上拴条铁链……就算那样搞不好我还是抵死不从。"

"甚至连进都没进去过?"

"没有,从来没进去过,这辈子我绝对不可能进去。"

哈,理查德小子,没人教过你话别说得太早吗?

"你爸跟你一样吗? 就连他也从来没进去过?"

"就我所知,应该没有。"理查德摆出最专业的架势,食指伸向鼻梁,似乎想推推那副早就不存在的眼镜。"我也敢打赌他真的没进去过。他跟我一样怕那个地方。不过对我来说,我对那地方只有一个单纯的感觉……就是害怕。可是对我爸爸来说,好像还有些别的什么。他……"

"他怎么样?"

理查德有点不情愿地回答:"他迷上那地方了,我觉得。"

理查德停顿了一会儿,眼神迷蒙,回忆着过去。"只要我们住在文都岬的时候,他每天都会去那旅馆门口,出神地站着。我说的可不是短短几分钟那种——他可能一站就是三个小时,有时候更久。大多数时候他都是一个人,但不是每次都这样。他有些……奇怪的朋友。"

"狼族?"

"大概是吧。"理查德几乎是生气地说,"他们有些可能真的是狼人,或随便你要说他们是什么。他们穿衣服的样子看起来很不自在——他们老是在不该抓痒的正经场合拼命抓痒。还有些看起来就像那个代课篮球教练,有点冷酷卑鄙。有些我在备战基地见过的人也是那副德行。我告诉你一件事,杰克——那些家伙比我爸还怕那家旅馆。一靠近旅馆,他们整个人都缩了起来。"

"阳光·加德纳呢?他也去过吗?"

"嗯,"理查德说,"不过在文都岬的时候,他看起来更像我们在那个世界看到的……"

"奥斯蒙。"

"对。不过那些人不常出现。多半都是我爸一个人。有时候他会要汽车旅馆的餐厅替他包几个三明治,然后他就坐在人行道的长椅上,一边吃午餐,一边注视旅馆。我自己留在金斯兰汽车旅馆里,隔着大厅的窗户看着他看那旅馆。那种时候,他脸上的表情总是让我很难受。他看起来很害怕,可是又有点……有点得意扬扬的样子。"

"得意扬扬。"杰克沉吟。

"有时候他会问我要不要跟他一块去,我总是拒绝。他也只是点点头。我记得有一次他告诉我:'迟早有一天,你会明白所有事情,理查德……总有一天。'我也记得,当时我心想,要是他指的是那乌漆抹黑的旅馆,那我根本不想了解。"

"有一次,"理查德往下说,"他喝醉了,他说那旅馆里有样东西,已经在那里放了很久很久。我记得他跟我说这些话的时候我们躺在床上,那天晚上风很大,我听见海浪拍打在沙滩上,还有阿让库尔旅馆上头那些风信鸡吱吱嘎嘎转个不停的声响。那声音听起来恐怖极了。我想着那间旅馆,那里头的房间,全都空荡荡的,只有——"

"只有鬼才会住在里面。"杰克以为自己听见了脚步声,急忙回头察看。没有人;什么都没有。这条路上一直到他视线尽头都空无一人。

"对,鬼才住在里面。"理查德同意,"所以我问:'那东西很珍贵吗,爸爸?'

"'那可是全宇宙最珍贵的东西。'他这么回答我。

"然后我说:'那说不定会有小偷闯进去把它偷走。'其实我并不想——我怎么能这么说?——我并不想继续谈论这个话题,可是外面的风吹得好诡异,风信鸡转来转去吱吱嘎嘎,我不希望他睡着。

"他听完我的话开始大笑,我听见他拿起地板上的酒瓶,又替自己添了更多威士忌。

"'没有人会去偷它的,理查德,'他说,'而且要是哪个嗑了药的傻蛋闯进阿让库尔,他会看见他这辈子从没见过的东西。'他喝完酒,而且我看得出来他困了。'这世界上只有一个人能碰那东西,不过他绝对不会有接近它的机会,理查德。我向你打包票。那东西有一点特别吸引我的地方,就是它在这边一个样子,在那边也是一个样子。它永远不变——最起码就我目前所知道的,它始终如一。我想拥有它,但我甚至不会尝试去得到它,至少现在不会,说不定永远不会。我可以用它达成好多事——我可不是吹牛!——不过综观全局,我想就让它待在原地是最好的办法。'

"这时候我自己也觉得困了,不过我还是继续追问他开口闭口说不停的'那东西'到底是什么?"

"他告诉你了吗?"杰克口干舌燥。

"他说那是——"理查德停顿片刻,皱起眉头沉思。"他说那是'所有世界的轴心'。说完还大笑了一阵。接着他又说了另一个名字。不过我想你不会喜欢那种叫法。"

"怎么叫法?"

"你一定会生气的。"

"拜托,理查德,快说嘛。"

"他把它叫做……呃……叫做:'菲尔·索亚的傻念头'。"

在杰克脑海里爆发的不是愤怒,而是一阵令他晕陶陶的亢奋。就是它了,没错,那东西就是魔符。所有世界的轴心,有多少个世界呢? 只有上帝才知道。美国这个世界;魔域那个世界;可能还有魔域的魔域、魔域的魔域的魔域,永无止境,宛如理发店旋转彩柱上的色带,不停向上旋转,升往天空。一个包含了无限面的大整体,一个囊括所有世界的大宇宙——而在全部的世界里,有一样东西是永恒不变的;那是一股统合一切的能量,拥有最良善的质地,尽管它目前正幽禁在某个邪恶之地;它是魔符,是所有世界的轴心。然而它是菲尔·索亚的傻念头吗? 说不定是。菲尔的傻念头……杰克的傻念头……摩根·斯洛特的……加德纳的……当然,它还是两个女王的希望。

"分身不只是像双胞胎那样。"杰克喃喃低语。

原本理查德低着头,蹒跚地向前走,看着生锈的铁轨在脚下一步步退去。这时他抬起目光,紧张地望着杰克。

"分身不是像双胞胎那样只有两个,因为不是只有两个世界。说不定还有第三个……第四个……谁晓得有几个? 这边有个摩根·斯洛特,那边有个奥列斯的摩根,搞不好别的地方还有个艾兹瑞尔的摩根公爵什么的。可是他从来没有踏进那旅馆一步!"

"我不明白你在说些什么。"理查德认命的语气仿佛在说：不过我知道反正你会继续鬼扯下去，从莫名其妙的鬼扯变成彻彻底底的疯言疯语。快搭上列车吧，我们要前往西布鲁克岛喽！

"因为他没办法进去。也就是说，加州的摩根没办法进去——你知道为什么吗？因为奥列斯的摩根进不去。而奥列斯的摩根进不去是因为加州的摩根进不去。只要他们其中一个进不了他的世界里的暗黑旅店，那就没有一个有办法进去。你懂这意思吗？"

"不懂。"

杰克沉浸于这个发现的狂热中，根本没听见理查德答话。

"两个摩根也好，一整打摩根也好，都无所谓。两个莉莉，或是一大堆莉莉——无数个世界里就有无数个女王，理查德，你想想看！是不是很容易把人搞糊涂？无数个暗黑旅店——只不过可能它在某些世界里是暗黑游乐场……或暗黑拖车屋停车场……或是暗黑什么我也不知道。可是理查德——"

他停下来，两手抓住理查德的肩膀，炯炯有神的双眼直笔探入理查德眼底。理查德原想挣脱，然而杰克脸上散发的炽烈美感却如大军压境，压得他忘记挣扎。突然间，短暂地，理查德相信任何事都有可能；突然间，短暂地，他感到自己被治愈了。

"怎么了？"理查德低声问道。

"有些东西不会被拒于门外。有些人不会被拒于门外。因为他们……怎么说……是'独一本尊'。这是我唯一想得到的形容法。他们就和它一样——和魔符一样。'独一本尊'。我就是。我就是'独一本尊'。我曾经有过分身，可是他已经死了。不只魔域里的那个我死了，所有世界里的我全都死了，除了现在的这个我。我知道——我感觉得到。我爸也知道。我猜，就是因为这样，他才老叫我小流浪汉杰克。我在这边的时候，我就不在那边。我在那边的时候，我就不在这边。而且，理查德，你和我一样！"

理查德凝视着他，沉默无语。

"你不记得了，我和安德斯说话时你大半时间都吓得不省人事。不过他说过奥列斯的摩根曾经有过一个儿子，叫拉什顿。你知道他是什么人吗？"

"知道。"理查德微弱地答道。他的视线仍无法离开杰克的凝视。"他是我的分身。"

"没错。安德斯说，那小男孩死了。魔符是'独一本尊'，我们也是。但你爸不是。我在另一个世界见过奥列斯的摩根，他就像是你爸，但他不是你爸。他没办法进入暗黑旅店，理查德。他现在进不去。可是他知道你是'独一本尊'，就像他知道我是一样。他希望我死，而他需要你站在他那边。

"因为这么一来，等到他打定主意，觉得自己真的想要魔符的时候，他随时都可以派你去暗黑旅店取回魔符，不是吗？"

理查德开始发抖。

"别担心。"杰克的语气充满坚毅，"他用不着操心这件事了。因为我们会把魔符拿出来，但我们不会让他得到魔符。"

"杰克，我不认为自己进得去那地方。"理查德说得微弱无力，而杰克早已迈开步伐，没有听见他的话。

理查德加紧脚步追上。

12

谈话暂时歇止。正午时分来临又离去。树林变得非常安静，杰克曾经两度见到模样诡异、树干长满节瘤、树根杂乱交错的树丛生长在离铁路非常近的地方。他实在无法欣赏那些树的模样。它们看起来太熟悉了。

理查德跟跟跄跄瞪着脚底一寸寸退去的铁轨，终于不支倒地，撞伤了头，于是杰克再度将他背在背上。

"杰克,你看!"经过了仿佛永恒那么久,理查德开口了。

前方,铁轨尽头消失在一幢老车棚里。敞开的大门露出车棚的幽深,宛如虫蛀出来的漆黑洞孔。车棚(理查德也许曾在这里度过许多美好时光,如今在杰克眼中看来,只令他全身起鸡皮疙瘩)后方是条公路——101号公路,杰克这么猜。

再过去一点就是海岸线了——杰克能听见海浪拍打的声响。

"我们应该到了。"他干哑地说道。

"就快了,"理查德说,"再往下走一英里左右就到文都岬了。天哪,真希望我们不必去那里,杰克……杰克?你要去哪里?"

杰克头也不回。他离开铁轨,绕过一株相貌诡异的树(这株树的高度甚至不及灌木),朝公路方向前进。长长的野草摩挲着他破旧不堪的牛仔裤。电车车棚——摩根·斯洛特往昔的私人小火车场——内,某个东西东滑西窜,笨拙地发出碰撞声,然而杰克甚至连瞄都没瞄上一眼。

他来到公路上,跨越整个路面,走到马路边缘。

13

一九八一年近十二月中旬,一个名叫杰克·索亚的男孩,驻足于海水与陆地相接的交界线,双手插在牛仔裤口袋,眺望着平静的太平洋。他十二岁,就同样年纪的男孩来说,他美丽得异乎寻常。他有一头长长的棕发——也许太长了些——海风轻轻拨开那头长发,揭露他秀气英挺的眉毛。他兀自沉思,想着他垂危的母亲,想着他的挚友,无论是仍然陪伴他的,或是已经缺席的。他还想着那些世界里的世界,在它们各自的轨道上运转着。

我走过这么长一段距离,他想着,全身颤抖,以小流浪汉杰克·索亚的身份,从一个海岸出发,横跨大陆,到另一个海岸。泪水陡然涌进他的眼眶。他将海水的咸味深深吸进肺里。他抵达了——而魔符已近在咫尺。

"杰克!"

起初他没去理会理查德;杰克入迷地看着洒落在太平洋上的阳光,将翻卷的浪花染得金碧辉煌。他终于走到了,他成功了,他——

"杰克!"理查德用力拍他的肩膀,打断他的凝视冥想。

"唔?"

"快看!"理查德边喘气,边指着道路前方文都岬所在的方向。"看那边!"

杰克望过去。他能理解理查德的惊讶,自己心里倒是平静无波——就算真有一丝丝惊讶,也只与听到理查德说出"金斯兰汽车旅馆"这名字时相去不远。对,他不怎么讶异,但是——

能再见到自己的母亲,感觉真是他妈的好极了。

她的容颜悬挂在二十英尺的高空,那是张比杰克的任何记忆都要年轻的脸庞。那是站在事业顶峰的莉莉。她黄铜般的美丽金发闪耀着热情的光泽,向后梳成一束塔斯黛·韦尔德①式的马尾。然而她嘴角那抹满不在乎、天不怕地不怕的笑容却是全然属于莉莉·卡瓦诺的。整个电影史上,没有一个人能有她那种笑法——那是她所创造的笑容,迄今仍是她的专利。她的视线越过裸露的香肩,回眸一笑。那笑容投向杰克……投向理查德……投向湛蓝的太平洋。

那是他母亲……而他一眨眼,那脸庞产生了最细致的改变。脸颊与下巴的线条变得圆润了些,颧骨没那么高耸,发色深了一点,眼眸也更蓝了些。这一刻换成了劳拉·德罗希安的脸,杰森母亲的脸。杰克又眨了一下眼睛,那张脸变回他母亲——二十八

---

① 塔斯黛·韦尔德,二十世纪五十至八十年代美国著名演员,主演过《美国往事》、《城市英雄》等名片。

岁那年的母亲,神采奕奕地展露出她那傲视世界、"玩不起就别来了"的笑容。

那其实是块告示牌,招牌最上方写着:

第三届经典 B 级电影节
加利福尼亚州,文都岬镇
比特克剧院
十二月十日——十二月二十日
年度主打:
"B 级片女王"莉莉·卡瓦诺

"杰克,那是你妈妈。"理查德沙哑的声音带着敬畏,"这是巧合吗?不可能吧?"

杰克摇摇头。不,这不是巧合。

招牌上最吸引杰克目光的字眼,那还用说,当然是"女王"。

"走吧,"他对理查德说,"看来我们快到了。"

两个男孩并肩踏上通往文都岬的道路。

三十八
旅途尽头

1

两人继续往前走的途中,杰克仔细打量着理查德颓萎的姿态与渗着汗水的脸庞,似乎只剩一丝意志力拖着理查德向前走。他脸上又多出一些流着脓水的疱疹。

"你还好吧,理查德?"

"不太好。我觉得不太舒服,不过还走得动,杰克。你不用背我。"他郁闷地低着头,发出沉重的脚步声。杰克发现,在那奇特的铁道和奇特的小火车站拥有过许多回忆的理查德,如今目睹这般光景——生锈残破的铁轨、杂草、毒藤蔓……还有那幢摇摇欲坠的车站,往昔一切鲜明的色彩全都变得斑驳晦暗,还有不名生物在里头艰难地碰撞移动,而他心中的煎熬却是来自更深层的地方。

我的脚好像被什么该死的陷阱缠住了,理查德对他说过这句话,杰克认为自己能够理解这种感觉……却无法体会其深度。杰克能够肯定那冲击之深,势必是自己所无法承受的极限。一段儿时记忆破茧而出,在理查德体内熊熊燃烧,几乎要烧穿他的身体。荒废的铁道与破败的车站在理查德眼中看来,必定是个极大的讽刺——而越来越多被揭发的历史,在理查德逐渐苏醒的过程中,摧毁了他一直以来对父亲的认知。和杰克同样度过十二年人生的理查德,他的人生已开始被叠合,嵌入魔域的模式,然而对于这种巨变,他却几乎不曾有机会做好心理准备。

2

至于他告诉理查德那件关于魔符的事，杰克敢对天发誓，他没说谎——魔符早就知道他们要来了。就在他看见那幅登着母亲照片的电影看板前没多久，他就有这感觉了；而眼下这感觉越发急切、充满力道。仿佛数英里外，一头沉睡的巨兽苏醒，它的呻吟使大地随之颤动……也仿佛地平线上一幢摩天大楼里的每一盏灯瞬间同时亮起来，辉煌的光芒令天上的星辰相形失色……或像有人端出世上最巨大的磁石，那磁力吸引着杰克的皮带扣、口袋里的零钱、补进臼齿里的银粉，直到将杰克拖进它的核心前，那磁力绝不甘愿放手。巨兽的呻吟、突然的强光、那磁石执着的拉力——这些力量全数在杰克胸口撞击回荡。就在那里，来自文都岬的方向，有个东西渴望着杰克·索亚，发自肺腑地呼唤着杰克·索亚，然而关于那东西，杰克只知道一件事——它巨大无比。渺小之物如何能够发出如此强大的力量？它必定大如巨象，大如城池。

杰克不禁怀疑自己有没有能力掌握如此重大的宝物。一直以来，魔符被禁锢在神秘而不祥的暗黑旅店中，或许主要理由是为了避免魔符落入邪恶之手，但至少有一部分原因是出于魔符的难以掌控，无论尝试取得魔符的人用意何在。也许，杰克心中揣测，杰森是天底下唯一有资格掌握魔符的人——唯独他能在操控魔符时既不伤害自己，也不损及魔符。感应那强烈而迫切的召唤的同时，杰克只能暗自祈求在面对魔符时自己不要变得软弱。

"'你会明白的，理查德。'"理查德突然开口，杰克吓了一跳。他的嗓音低沉忧郁。"我爸这么对我说。他说我总有一天会了解。'你会明白的，理查德。'"

"嗯。"杰克忧心忡忡地望着理查德，"你现在感觉如何，理查德?"

除了嘴边那圈脓疱,理查德的额头与两侧太阳穴上出现一大片又红又肿的斑点或肿块,那模样就像一大群昆虫钻进他的皮肤,在里头活动似的。有那么一瞬间,那个早晨的画面在杰克眼前一闪而过:他钻过纳尔逊馆的一扇窗户,爬进理查德的寝室,而迎接他的理查德·斯洛特一副眼镜稳稳架在鼻梁上,毛衣下摆平整地塞进裤腰。当时那个永远正经八百、绝不动摇的男孩,会不会一去不复返?

"我还能走。"理查德说,"可是杰克,这就是他要我明白的事吗?这就是我应该要明白、要接受、还他妈的要谅解之类的鸟事吗?"

"你脸上又长出新东西了。"杰克说,"要不要休息一会儿?"

"不必。"理查德的声音仍像从堵塞的水管中发出,"我能感觉到脸上的疹子。很痒。我想我背上也长了一大片。"

"让我看看。"杰克说。理查德在路中央停下脚步,像条温顺的小狗。他合上双眼,以口呼吸。红色斑点在他额头和太阳穴上熊熊燃烧。杰克站到他背后,掀起他的外套,再翻开他污痕斑斑的蓝色衬衫。理查德背上的红疹比较小,比壁虱大不了多少,也没肿得那么厉害,范围从肩胛骨往下蔓延到臀部上方。

无精打采的理查德下意识地叹了口大气。

"你背上也长了疹子,但看起来不算太糟。"杰克说。

"谢了。"理查德吸了口气,抬起头。灰色的天空沉重得像是要垮下来。远处,崎岖的斜坡下方,翻涌的浪涛扑打在岩石上。"剩不到几英里路了,真的。"理查德说,"我走得到。"

"需要的时候我会背你。"杰克不经意地泄漏自己认定再不久理查德就需要协助的想法。

理查德摇头拒绝,不太灵光地想把衣角塞回裤子里。"有时候我觉得……我觉得我不能——"

"我们一定会一起进入暗黑旅店,理查德。"杰克一只手挽住理查德的手臂,半推着他往前走。"你和我。我们一起。进去之后会发生什么事,我现在一点概念也没有,可是我们要一起进去。谁都不能阻止我们。我要你记住这点。"

理查德回应杰克的表情掺和了恐惧与感激。杰克看见理查德斑驳不平的脸颊上又丛聚了更多即将冒出头的脓疱。他再次意识到那股强大的拉力,如同他强迫理查德前进一样,拖着他继续前行。

"你是在说我爸吧?"理查德眨了眨眼,杰克觉得他是忍着不哭——疲倦放大了理查德的情绪。

"我指的是所有事情。"杰克的答案不全然是实话,"我们继续往前走吧,伙伴。"

"但是他到底希望我明白什么?我真的不知——"理查德环视周遭,失去眼镜保护的眼皮又眨了眨。杰克知道,在理查德眼中,这世界大多只是一团模糊的画面。

"你已经比原来明白更多事了,理查德。"杰克告诉他。

理查德的嘴角挂起一抹令人不知从何安慰起的苦笑。他已经被迫理解了许多他从来不想理解的事,这时他身边的朋友倒宁愿当初自己一人大半夜摸黑逃出塞耶中学。杰克原本也许有机会让理查德保留他的纯真,然而那个时刻早已远去,倘若那个时刻真的存在过的话——终究,理查德是杰克这场任务中不能缺少的要素。杰克感觉到一只强劲的大手揪紧他的心脏:那是杰森的手,魔符的手。

"我们不能回头了。"杰克说,而理查德将步伐调整回先前的步幅。

"等我们到了文都岬,就会见到我爸,对不对?"理查德问。

杰克说:"我会照顾你的,理查德。现在你是我的牲口了。"

"什么?"

"除非你打算自己搔痒搔到暴毙,否则谁也不能伤害你。"

两人继续蹒跚向前,理查德只是对着自己嘀嘀咕咕。他的手在发炎红肿的鬓角滑动,搓了又搓。有时他会把手指伸进头发,像条狗一样抓痒,发出不太满足的呻吟。

3

在理查德掀起衣服让杰克看他背上的肿疱后不久,他们目击了第一株魔域怪树。它长在公路上靠陆地一侧,黑压压的枝叶与凹凸不平的树皮从一片质地如蜡的泛红色毒藤蔓中向外伸展。树皮上的节孔冲着两个男孩张开,也许是眼睛,也许是嘴。错综盘绕的毒藤蔓下方,欲求不满的树根搅动着,沙沙作响,看起来像是一阵风吹动了藤蔓的叶片。杰克说:"我们到马路对面去。"一面祈祷理查德没有注意到那棵树,一面还能听见身后那粗大、有弹性的树根在藤蔓里来回搅动。

那是个小男孩吗?那边那个小东西真的是个小男孩吗?也许是个特别的小男孩?

理查德抓痒的手从身体到肩膀到太阳穴到头顶,抓个不停。他脸上的第二波脓疱攻势让他的脸简直就像被恐怖电影的特效化妆改头换面似的——蛮适合在莉莉·卡瓦诺演过的老电影里轧上一脚,演个年轻妖怪。

杰克看见理查德手背上的点点红疹已密集地连起来,变得像条长长的鞭痕。

"还有力气走下去吗,理查德?"杰克问道。

理查德点头。"当然。还可以再走一段。"他眯起眼,回头望着马路对面。"那不是普通的树,对吧?我从来没见过那样的树,连在书上也没看过。那是魔域里的树吗?"

"恐怕是。"杰克回答。

"这表示我们很接近魔域了,对不对?"

"应该是吧。"

"所以前面还会有更多那种树,是不是?"

"你明明知道答案,为什么还问个不停?"杰克反问,"噢,杰森哪,我怎么会说这种蠢话。对不起,理查德——我想我只是情愿你没看见。对,我猜再过去一点会有更多这种怪树。我们小心点别太靠近它们。"

不管怎么说,杰克心想,用"再过去一点"来描述他们的目的地似乎不够精确:面前的公路是条陡直的斜坡,带着两人不断往下,每一步都像要将他们带入更深的黑暗中。在这条路上,所有风景似乎都被魔域入侵了。

"你再看看我的背好吗?"理查德问。

"当然好。"杰克掀起理查德的衣服。他当场一阵反胃,差点发出作呕声,但忍了下来。理查德整个背上满是凸起的红色疙瘩,简直要喷出火似的。"稍微严重了点。"他说。

"我就知道。真的只有一点点?"

"一点点而已。"

再过不久,杰克推测,理查德整个人就会变得像个鳄鱼皮做的皮箱——鳄鱼皮男孩,象人[①]的小孩。

前方不远,两株怪树长在一块,它们多疣的树干歪扭,互相缠卷的姿态不像在传递爱意,倒像在厮杀斗殴。两人加紧脚步通过时,杰克盯着那两棵树,觉得自己看见树干上张开的漆黑大口仿佛在对他们传递讯息,也许是飞吻,也可能是诅咒:而他知道,他确确实实听见那两株相连之树的根部互相磨蹭的声音。(男孩!有个男孩在那儿!我们的男孩在那儿呀!)

---

① 《象人》是一九八〇年由大卫·林奇导演的一部电影,讲述了一个形如大象的畸形人的遭遇。

尽管时间还不到傍晚,空气已是一片晦暗,带着粗糙的颗粒,犹如一张老旧的新闻照片。公路靠近内陆一侧,原本绿草如茵、野胡萝卜开满雅致的小白花处,已为不知名的杂草掩盖。那些既没有花蕊也没有青翠绿叶的杂草,像蛇般缠卷集结,散发出微微的柴油臭味。偶尔,阳光穿透空气阴郁的粒子,像一簇朦胧的橘色火焰。这景色使杰克回想起一张印第安纳州加里市的夜景照片——地狱般的火焰不断将毒物送上早已被污染得黑压压的天空。前方的魔符正拉扯着杰克,坚定得犹如一只揪住杰克领口的巨人之手。所有世界的核心。他会带着理查德一起进入那幢人间地狱——并且用尽全身力气背水一战——就算他得在理查德的脚踝拴上脚链他都要带他进去。而理查德势必已看穿杰克的决心,虽然一边搔着腹肋和肩膀,理查德仍拖着蹒跚的脚步跟在杰克身旁。

我一定要完成这件事,杰克一面告诉自己,一面努力忘记自己花了多大决心才勉强鼓起这份勇气。就算必须跨越无数个相异的世界,我也在所不惜。

4

又前进了三百码,一群丑恶的魔域妖树像山贼般盘踞在公路一侧。杰克从马路对面经过时,瞥了一眼盘卷的树根,发现它们缠着一副白骨,那白骨半埋在土里,体形看来是个八九岁大的男孩,身上仍套着一件黑绿相间的格子衬衫。杰克吞下一口唾液,急忙拖着身后的理查德前行,宛如拉着一只系着链条的宠物。

5

几分钟后,文都岬的景致首度展现在杰克·索亚眼前。

三十九
文都岬

1

　　文都岬地处低洼，依附在一路延伸入海的山崖边缘。小镇后方，另一片棱线崎岖的巍峨峭壁耸立，直入阴暗的云霄，犹如远古时代巨象背上的皱折。通往镇上的道路沿途是一片高耸茂密的树林，直到一幢铁皮盖成的棕色建筑物之处才改变方向，那建筑物或许是工厂，也可能是仓库，过了这里，道路为一长排仓库平淡无奇的平台屋顶遮掩。直到这条路开始往上攀爬到小镇后方的山头，往南朝旧金山方向蜿蜒时，它才会再度出现在杰克的视野中。眼下他只看见仓库屋顶像一道阶梯似的往下排列，以及围墙内的停车场，还有远远右方冰冷的灰色海水。放眼望去，目光可及的路面上没有人迹；最接近的一栋工厂背后那排小窗户里也没有半个人影。空荡荡的停车场上尘埃随风旋转。文都岬表面看起来是座荒芜的小镇，但杰克知道实则不然。摩根·斯洛特与他的爪牙——那些在魔域小火车突袭后还幸存下来的家伙——会在这里静候小流浪汉杰克与理性的理查德大驾光临。魔符的呼唤奔向杰克，催促着他向前，而他告诉自己："嘿，小伙子，该来的总算来了。"而后迈步前进。

　　很快地，杰克视线范围内的文都岬景观出现了两个新的元素。第一个是一辆凯迪拉克轿车的车尾，大约露出九英寸——杰克看见光泽闪亮的黑色烤漆和保险杆与一部分右车尾灯。杰克多么希望驾驶座上的恶狼在备战基地时就被他干掉了。他再度眺望海面。灰色海水一波波涌向岸边。他踏出下一步,工厂与仓库屋顶上方一阵缓慢的扰动吸引了他的注意力。来这里吧,魔符声声切切,焦急地催促着。文都岬似乎正在缩小,像只手掌逐渐收握成拳头。走到这里才看得见屋顶上有个阴暗而看不出颜色的风信鸡,形状是颗狼头,正诡异地前后摆动,全然无视风向。

当杰克目睹那风信鸡毫无规则地由左摆向右边,再由右向左,最后完整地转了一圈后,他便明白,这是他与暗黑旅店的初次会面——起码是一小部分的暗黑旅店。杰克清清楚楚感受到一股敌意,就像脸上被狠狠掴了一巴掌,那恶意来自仓库屋顶,来自前方的道路,来自这整座小镇尚未看见的风景。杰克感觉到,透过文都岬,魔域正逐渐渗入这世界;在这里,现实渺小得像一粒沙子。半空中的狼头风信鸡毫无意义地胡乱转动,而魔符对杰克的牵引未曾休止。过来这里吧过来这里吧现在过来吧此时此刻……随着这逐渐增强的惊人引力,杰克明白,魔符正在对他歌唱。这首歌没有语言,没有旋律,就像鲸鱼发出的频率,扬起、落下,在天空中画出一道弧线,而这首歌,除了杰克,没有其他人听得见。

魔符知道,杰克看见暗黑旅店的风信鸡了。

文都岬也许是整个美洲大陆最邪恶与危险的地方,突然间勇气大增的杰克心想,就算如此,也不能阻挠他进入阿让库尔旅馆。此刻,他的感觉就像自己已经专注地养精蓄锐整整一个月,除了休养生息与锻炼身体,没再做过其他事。他转向理查德,努力不将对他病体的担忧表现在脸上。就连理查德都不能阻止他——倘若有必要,他会抓起理查德将他丢进那该死的旅馆。他看见受尽折磨的理查德用指甲抠着身上蜂窝般的疹子,从头皮抓到太阳穴,再抓到脸颊上。

"我们要进暗黑旅店去,理查德。"他说,"我们一定要去,我知道,无论他们要用什么疯狂的手段对付我们,我都不在乎。总之我们去定了。"

"我们的麻烦遇上我们,也算是遇上一个大麻烦,彼此彼此。"理查德引用了苏斯博士①的名言——无疑是下意识地。他停顿了一会儿,"我一点信心都没有。这是真心话。我的腿根本动不了。"他毫不掩饰自己的痛苦,"我的身体到底是怎么回事,杰克?"

"我不知道,不过我知道如何阻止它。"杰克但愿自己没在说谎。

"是我爸害我变成这样的吗?"理查德凄凉地问。他用手掌试探地按了按肿胀的脸颊,接着拉出塞在裤腰里的上衣下摆,检察肚子上那一大片红疹。红疹组成一个类似俄克拉荷马州的形状,从理查德腰际往两侧扩散,再向上蔓延到脖子下方。"看起来像病毒之类的东西造成的。是我爸把病毒施在我身上的吗?"

"我想他不是故意的,理查德。"杰克说,"如果这么说你会好过点的话。"

"一点也不。"理查德说。

"一切都会落幕的。西布鲁克特快车就要开进终点站了。"

理查德陪伴在身边,杰克向前迈进——他看见凯迪拉克的车尾灯亮起,然后熄灭,终于消失在他视线之外。

这次不是出其不意的突击战了,也没有载着一火车的机关枪和弹药与一口气冲破围墙的那种惊险刺激的战术,然而,就算文都岬里的每个人都知道他们要来,杰克也绝不退缩。突然间,他觉得自己仿佛穿戴上一身盔甲,手里握着一柄神剑。文都岬里没有任何人有伤害他的能力,至少在他进入阿让库尔旅馆之前。他已经在旅途上了,"理性的理查德"陪在他身边,一切将会是完美的结局。在他又跨出三步前,他全身的肌肉随着魔符的歌声震颤

---

① 苏斯博士,本名西奥多·苏斯·盖泽尔(1904—1991),美国知名儿童文学作家、画家。

起来,比起刚才那种全副武装的骑士提剑上阵的想象,他脑海中突然浮现一个更鲜明、更适合用来描述自己的形象。这画面犹如天启,来自一部他母亲主演过的电影。杰克恍若骑在马背上,腰间佩着一把手枪,头上戴着一顶宽边帽,正准备大刀阔斧地整肃枯木峡谷。

《通往绞刑镇的最后列车》,杰克想起这部一九六〇年由莉莉·卡瓦诺、克林特·沃克与威尔·哈钦斯所主演的老电影。就这么干吧。

2

他们经过的第一栋废弃空屋旁,四五株魔域妖树挣扎着从坚硬的泥地生长出来。也许它们打从一开始就长在这里了,像蛇一样弯弯曲曲地朝路中央伸展枝叶,几乎伸到分隔线上方。也可能不是这样。杰克回想最初俯瞰这隐秘的小镇时,印象中并没有看到这些妖树。在他和理查德逐渐接近仓库途中,他不断听见树根摩擦着地面窸窸窣窣的声响。

(是我们的孩子吗?我们的孩子来了吗?)

"我们到马路对面去。"他牵起理查德肿胀不平的手,领着他横跨马路。

他们一走到对面,杰克便清楚地看见妖树朝着他们俩的方向伸长枝叶与树根。

要是树也有胃的话,说不定他们还能听见咕噜咕噜的叫声。布满树疣的树枝与蛇一般的光滑树根猛然一甩,超过马路上的黄线,接着又一甩,原先与两个男孩间的距离便拉近了一半。杰克用手肘顶了顶理查德,接着抓住他的手臂拉着他走。

(我的我的我的我的孩子呀!太棒啦!)

空气中突然充满撕裂布匹般的巨响,有一瞬间,杰克以为奥列斯的摩根又要在天上扯开一个大洞,硬闯进这世界,化身成摩根·斯洛特……摩根·斯洛特,他会带着他的冲锋枪、喷火枪或烧红的火钳来到他们面前,向他们提出一个最后的、无法拒绝的提议……结果出现的不是理查德发火的老爸,而是魔域怪树哗的一声倒下,树冠撞上马路中央,弹了一下,折断些许枝叶,往一旁滚动,像某种动物的尸体。

"我的老天,"理查德说,"它们从土里爬出来追我们了。"

杰克心里正想着一模一样的事。"它们简直就像神风特攻队。"他说,"文都岬的情势恐怕会比之前还难以掌握。"

"因为暗黑旅店?"

"对——不过也因为魔符。"他往道路前方望去,看见这斜坡再往下十码远,又有另一丛这种吃人怪树。"这里的频率或气氛或随便你要叫什么东西已经整个被搞烂了——因为在这里,一切善恶是非全都被混淆了。"

两人与前方那丛妖树越来越接近,杰克说话时视线仍紧盯着它们不放,他看见最接近的一棵妖树树冠对准他们的方向扭转过来,仿佛听见了杰克他们的谈话。

也许这整个小镇就是个大型的奥特莱酒馆,杰克沉吟着,也许他终究还是会攻克它——不过假如此刻他的面前出现一条隧道,杰克·索亚最不想干的事就是走进隧道。他完全不想见识文都岬版的怪兽埃尔罗伊。

"我好怕。"理查德在杰克身后说道,"杰克,要是有更多树像那样从土里跳出来怎么办?"

"我告诉你,"杰克说,"我观察过了。就算那些树会走路,其实也走不了多远。就连像你身体那么虚的家伙都能跑赢它们。"

他们正要绕过这条路上最后一个弯道,经过最后一幢废弃仓库往下坡走。魔符唤了一声又一声,那声音就像《杰克与魔豆》故事里巨人的竖琴琴音那样美妙。终于,杰克绕过弯道,文都岬剩下的景致在他脚下铺展开来。

是他体内杰森的那一面推动他的步伐。文都岬也许曾是个宜人的度假小镇,但好风光显然早已不复存在。而今整个文都岬镇就是一条奥特莱隧道,而他必须穿越它。龟裂的路面向前蜿蜒,深入一片烧毁的房舍中,周遭为魔域妖树所环绕——过去在那些废弃工厂工作的人们,想必也曾住在这些小小的木屋里吧。光凭还残存的一两处断垣残壁,不难推知这里曾有过什么样的遭遇。被大火焚烧得扭曲变形的车体零零落落散布在房舍附近,早已成为杂草的定居地。妖树的树根慢条斯理地在倾颓的小屋地基底下四处爬行缠卷。焦黑的砖块与木板、翻覆碎裂的浴缸、歪歪扭扭的水管散落在火舌舔过的空地上。杰克看见一片白色的东西,吸引了他的注意力,定睛一看,又急忙转开视线,那是一具被搅散的骨骸,纠缠在妖树树根里。昔日,孩童骑着脚踏车在这街上穿梭,主妇群聚在厨房里抱怨薪水和失业率,男人在自家车道上为汽车打蜡——如今,这些景象全都消逝了。一架翻倒的秋千,支架穿出杂草与石砾包围,锈蚀得像要化成铁屑似的。

混浊的天际有一道微渺的红光时现时隐。

过了由烧毁的房屋与入侵的妖树组成的两个街区,荒凉的十字路口立着早已不再发光的红绿灯。穿过十字路口,一栋焦黑的建筑侧边还贴着一张破破烂烂的海报,海报里有辆汽车撞穿一扇大窗户,车祸景象上方有句广告标语:噢,糟了!快找马可。火势蔓延到这里便停止了,然而杰克倒希望它继续延烧下去。文都岬是座堕落腐化的小镇,还不如一把火烧光它。接下来出现的是排商店街,第一栋建筑便是那贴着马可汽车美容海报的房舍。危险星球书店、同心茶馆、福蒂全天然健康食品行、霓虹村;杰克只认得出少数商店的名字,因为绝大多数招牌早就斑驳掉漆了。这些商家大门深锁,看起来和山丘上那些工厂与仓库一样遭人遗弃。从他目前所站的位置,杰克还能看见商家的窗户早已被打破,看起来宛如失去镜片的镜框、空白无神的眼睛。商店门面涂上厚厚的油彩,红色、黑色、黄色,在沉郁的天色中看起来格外醒目,像伤疤一样。商店前方遍地垃圾的街道上,有个女子一丝不挂,缓慢而别扭地摆动身体,像个风信鸡似的。她似乎饿了很久,杰克几乎能数出她身上有几根肋骨。她身体苍白、乳房下垂,头发蓬乱得像拖把,整张脸涂成鲜艳的橘色。她的头发也是橘色的。杰克停下脚步,望着那头发和脸庞都染了颜色的疯女人举起双臂,宛如打太极拳般不疾不徐地扭动上半身,左腿一伸,踢向一条苍蝇围绕的狗尸,最后她调整姿势,维持不动,活像一尊雕像,化身成整座文都岬镇的象征。最后她慢慢放下脚,骨瘦如柴的身体兜起圈子,旋转着。

过了女人身边,过了那排荒芜的商店,小镇的干道进入住宅区——至少杰克认为这地方应该是住宅区。两层楼式的娇小住宅曾是明亮的白色,如今和那些商店正面一样布满刮痕与伤疤般的油彩。一幢看来曾是民宿的独栋式建筑,一句令杰克触目惊心的话潦草地写在掉漆斑驳的外墙上:你死定了。这几个字已在墙上存在了好长一段时间。

杰森,我需要你。魔符的歌声传进杰克耳中,这呼唤既在人类的语言之上,也在人类的语言之下。

"我办不到。"理查德在他身旁嘀咕,"杰克,我知道我办不到。"

过了那一排油漆剥落、看来毫无希望的房舍后,下坡路面变得更陡了,远远地杰克只看见两辆黑色凯迪拉克的车尾,各自占据道路一侧,车头朝山脚停放,引擎仍未熄火。简直就像一张经过特效处理的照片,暗黑旅店上半部——二分之一?三分之一?——巍峨耸立在凯迪拉克汽车与那些绝望的房子后方,看起来庞大得不可思议,笼罩着逼人的不祥之气。整幢旅馆像是飘浮着,下端被最后一座山丘隆起的弧线截去。"我没办法进去。"理查德又说了一次。

"连我们有没有办法经过那些怪树旁边,我自己都不确定。"杰克说,"撑着点,理查德。"

理查德发出一阵古怪的鼻塞似的声音,杰克脑袋里绕了个圈子才意识到理查德在哭泣。他将手搭在理查德肩上。暗黑旅店掌有这镇上的风景——这点再明显不过。暗黑旅店拥有文都岬,它主宰小镇上方的空气,也控制脚下踩的土地。杰克凝视着旅馆,风信鸡旋转的方向彼此冲突,阁楼与高塔像凸起的赘疣般伸向灰暗的天空。从外观看来,阿让库尔的确像是石头砌成的——历经千年的古老岩石,黝黑得像沥青一样。其中一扇窗口突然有道光线闪过——对杰克来说,仿佛是旅馆对他眨了一下眼睛,正为了他终于驾临暗自窃喜。似乎有个模糊的身影从窗边退去。下一秒,一抹飘浮的云影映上玻璃,遮掩住窗景。

暗黑旅店中,某个角落,魔符的歌声轻扬,世上只有杰克一人听得见。

3

"我觉得它变大了。"理查德说。自从他看见暗黑旅店的轮廓飘浮在最后一个山头,他就忘了要抓痒。泪水爬过他脸颊上肿胀的脓疱,杰克发现,理查德的眼眶已完全被凸起的红疹所包围——现在理查德用不着刻意挤眼皮也能眯起眼睛了。"我知道不可能,可是这旅馆以前没这么大,杰克。我很肯定。"

"现在,没什么事情是不可能的了。"杰克的回应几乎是多余的——他们老早老早就跨过那条所谓"不可能"的界限。阿让库尔旅馆如此巨大、威风赫赫,与这小镇相比,显得大得不成比例。

暗黑旅店建筑风格铺张而华丽,塔顶沟槽上装满了转台与铜制风信仪,圆润的穹顶与繁复折叠的屋顶本该将它塑造成一座梦幻美好的乐园,却反而让它看来像一场凶恶的梦魇。暗黑旅店俨然是座讽刺迪斯尼乐园的黑暗城堡,在那里,唐老鸭勒死自己的侄儿休伊、杜威和路易,嗑了药的米老鼠开枪打死米妮。

"我好害怕。"理查德说;而魔符正唱着:杰森,快过来吧。

"跟紧点就是了,老兄,我们一定可以轻轻松松穿越这片树林的。"

杰森,快过来吧!

杰克向前跨步,前方的树丛随之骚动,沙沙作响。

理查德惊恐得向后缩——杰克突然想起,现在的理查德几乎和瞎子差不多,没了眼镜,眼皮也肿得快睁不开。他将手往后一探,拉住理查德往前走,同时惊觉理查德的手腕竟变得如此单薄。

理查德的步伐摇摇晃晃。他枯瘦的手腕在杰克手中发烫。"无论如何,千万别放慢脚步,"杰克说,"我们只管从它们旁边走过就对了。"

"我办不到。"理查德哭哭啼啼。

"要不要我背你过去?我是认真的,理查德。我是说,原本场面可能更棘手。我猜,要不是我们之前干掉那么多他的爪牙,说不定现在这里每隔五十英尺就有一个站哨的卫兵。"

"如果你背我,就跑不快了,我会拖累你。"

还说不想拖累我,不然你以为你现在拖拖拉拉的是在干什么? 这句话闪过杰克脑海,但他仍说:"我替你挡在它们中间。紧紧跟着我,然后我叫你跑的时候就尽全力快跑,理查德,等我数到三,听懂了吗?一……二……三!"

他拽着理查德的手臂用力冲刺。理查德绊了一下,喘着气,勉强维持住平衡才没有扑倒。树脚的尘土如喷泉般涌动,粉碎的泥块掀起一场动乱,一群看似巨大甲虫的生物混在其中四处爬行,亮得像鞋油一样。不怀好意的树群边,一只咖啡色鸟儿飞出草丛,一条树根像柔软的象鼻从尘土中窜出,抓住半空中的小鸟。

另一条树根左右蛇行,企图攻击杰克左脚脚踝,差一点就抓到了,所幸长度不够。树干上的洞口失望得尖叫怒吼。

(可爱吗?是可爱的孩子吗?)

杰克咬紧牙关,巴不得能拉着理查德·斯洛特飞上天。树冠开始低下头,左右摇摆。这时所有纵横交错的树根颤动着,滑溜溜地往路中央伸展,仿佛拥有自己的意志。理查德步履蹒跚,他转过头,视线越过杰克望向那些张牙舞爪的妖树,步伐不禁慢了下来。

"快跑啊!"杰克大喝,揪住理查德的手臂。那些红色肿块的触感简直就像埋在皮肤下的滚烫石砾。眼看着一大堆嘶嘶作响的树根生龙活虎地不断朝路中央爬来,杰克硬是使劲将理查德拖走。

一条树根咻咻作响,凌空飞来,缠上理查德的手臂,同一时刻,杰克伸出手臂抱住理查德的腰。

"耶稣基督!"理查德大叫,"杰森哪!它抓到我了!它抓到我了!它抓到我了啦!"

慌乱中杰克看见树根的末梢竟像一条虫的头部,挺立起来瞪着杰克。它在半空中懒洋洋地晃动,接着又在理查德滚烫的手臂上缠了一圈。其他树根越过马路,也向两人滑行过来。

杰克使尽吃奶的力气拖住理查德,好不容易将他拖回了六英尺。缠在理查德手臂上的树根越收越紧。杰克双臂锁住理查德腰际,毫不留情地死命往后拉。理查德发出一声凄厉的惨叫。一瞬间,杰克生怕理查德肩膀脱臼,然而他脑袋里的声音却对他大喊:用力拉!他将脚跟蹬进土里,更卖力地往后拖。

这时缠在理查德手上的树根断成两截,他们差点倒进一团蠕动的树根里。杰克跟跟跄跄退了好几步,才好不容易稳住重心没有摔倒。他弯着腰,让理查德和自己尽量远离马路。他们保持这种姿态,在曾经听过的撕裂声响劈里啪啦的环绕中,闯过最后三株包围上来的妖树。这下子,杰克用不着吩咐理查德,理查德也会没命狂奔了。

最接近的一棵树怒吼着,将自己扯离土壤,发出一声砰然巨响,在理查德身后距离不过三四英尺处倒下。其他妖树也纷纷挣扎着离开地面,摔击在后方的路面上,它们的树根挥舞着,宛如狂乱纷飞的头发。

"你救了我的命。"理查德说完又哭了起来。这泪水的成分中虚弱大过惊慌与恐惧。

"从现在起,让我背着你走。"杰克喘着气说,一边弯下腰,帮助理查德爬到他背上。

4

"我早就该对你坦白了。"理查德滚烫的脸颊贴在杰克脖子上,热气咻咻的低语传进他耳里。"希望你不要恨我,但如果你真的因此生气,我也不会怪你,真的,我不会埋怨。我很清楚,我早就该告诉你的。"理查德轻得像是身体里什么都不剩,只剩一具躯壳。

"坦白什么?"杰克调整姿势,将背上的理查德安顿好在中间,那种自己背的只是一具空皮囊的忧虑再度涌现心头。

"那个来我家和爸爸见面的男人……还有备战基地……还有衣橱的事。"理查德似乎失去重量的身体偎在杰克背上,颤抖着。"我早就该说了。可是我就连对自己都不敢说。"他的鼻息和他的皮肤一样炙热,激动地钻进杰克耳中。

杰克想道,是魔符把他害成这样的。下一秒他又纠正自己,不,是暗黑旅店把他害成这样的。

两人与妖树搏斗期间,原本停在下个山丘边缘的两辆凯迪拉克已在某个时刻悄悄消失,而暗黑旅店依旧挺立,随着杰克每一个向前的步伐变得越发庞大。暗黑旅店的另一名受害者,那个瘦巴巴的裸女仍在商店街前跳着她疯狂的慢舞。混沌的天空中那渺小的红光闪闪烁烁,忽明忽灭。时间在这里丧失意义,既没有早晨也没有下午,更没有夜晚——这里是时间的焦枯平原。从外观看来,阿让库尔旅馆确实像是石头盖的,尽管杰克知道并非如此——建筑的木料似乎自行钙化,变得更加厚实乌黑,从里到外透出一股黑气。那些奇形怪状的风信鸡,狼形、乌鸦形、蛇形,还有杰克无法辨认的环状设计,它们任意转动,与风向矛盾。有些窗户冲着杰克闪动警示的光芒,当然也可能只是玻璃反映了天上的红光。他迄今仍看不见山脚与阿让库尔旅馆的下半截,非得等到他们过了书店、茶行,还有其他逃过祝融荼毒的商店,才有可能看清楚阿让库尔的全貌。至于摩根·斯洛特,他在哪里?

而且,照这么看来,那一大群列队欢迎杰克驾到的摩根大军在哪里?杰克勾着理查德两条竹竿腿的手臂禁不住收得更紧,他又一次听见魔符的呼喊,并且再次感受到那个更强悍、更有力量的自我在体内膨胀。

"不要因为这样就讨厌我……"理查德的话尾越来越微弱。

杰森,过来吧过来吧!

杰克抱紧了理查德细瘦的大腿,背着他走过曾经房舍林立的焦土。将这些断垣残壁当成自家专属自助餐馆的魔域妖树絮絮叨叨,骚动不已,但此时它们已距离太远,不足以令杰克心烦了。

脏乱空旷的街道中央,女人意识到杰克正要往山坡下前进,于是开始慢慢旋转身体。她操演着一套复杂的动作,然而当她垂下双手,收回一条向外伸出的腿,动也不动伫立在一条死狗旁边,凝视杰克走下山坡时,那仿佛在打太极拳的气氛便烟消云散。一时间,这个骨瘦如柴、脸庞与刺猬般的头发全染成鲜艳橘色的女人活像一座海市蜃楼,虚幻得没有半点真实感。接着她扭着奇怪的姿势横过街道,冲进一家没有名字的商店。杰克不自觉地笑了。

"你真的要背着我走那么远?"理查德喘着气问,而杰克答道:"现在的我没有办不到的事。"

假如那个幽禁在暗黑旅店里高声歌唱的宝物此时向他提出要求,他也会将理查德一路背回伊利诺伊州。杰克再次感受到体内那股不断成熟具体的决心,他心想,这地方太暗了,因为所有的世界统统挤在这里了,挤得像张三度曝光的照片。

5

还没看见,杰克就能感觉到文都岬的居民了。他们不会攻击他——自从那个疯女人溜进商店里之后,杰克便能断然肯定这点。他们全盯着他看。他们躲在门廊底下,躲在窗户后方或是空荡荡的房间后头,他们偷窥着杰克,也许是出于恐惧,也许是愤怒,也许是某种杰克不能明白的沮丧。

理查德可能昏过去了,也可能睡着了,他呼吸灼热,小口小口地喘着气。

杰克绕过狗的尸体,顺势往危险星球书店的破窗里看。最先映入眼帘的是散落各处的书籍,上面摊着许多用过的针筒,凌乱地覆在书店的地板上。墙面上,高大的书架张着嘴打呵欠似的空无一物。这时阴暗的书店深处有个影子动了一下,接着冒出两个苍白的人影。两个男人浑身赤裸,满脸胡须,身上青筋暴起,像一条条绳索。四只眼睛滴溜溜直瞅着杰克。其中一个男人只有一条手臂,勃起的苍白阳具晃动着,露出牙齿笑着。我一定是看错了,杰克这么告诉自己。那个人的另一只手呢? 他偷偷往后又看了一眼。这次只看见瘦巴巴的白皙四肢缠在一起。

杰克不再往其他商店的窗户里看,然而当他经过时,倒有不少视线追随着他移动。

不久,他经过那排两层楼的住宅。"你死定了"四个字大刺刺地横在一面墙上。他绝对不会往窗户里看,他对自己发誓,不能看。

一张橘色的脸顶着一头橘色乱发,在一楼的一扇窗口内左右摆动。

"宝贝,"下一幢房子里传来一个女人的低语,"我的心肝宝贝杰森。"这次他忍不住看了。你死定了。她就站在一扇破掉的小窗户里,玩弄着一条拴住她两边乳头的铁链,侧着脸对他微笑。杰克凝视她空虚的眼眸,那女人垂下手臂,踌躇不定地离开窗边,穿着乳头的铁链松垮地垂在胸前。

幽暗的房间深处、窗棂之间、门廊缝隙底下,一双双眼睛紧盯着杰克不放。

暗黑旅店的轮廓仍旧阴森飘摇,但已不在杰克正前方。这条路一定在某个地方不知不觉改换了方向,因为此时旅馆已转移到杰克视野的左前方。那幢屋子真的像刚才看来那么威赫逼人吗?杰克属于杰森的那面,杰森本人,在他体内猛然勃发,他眼中的暗黑旅店,尽管巍峨依旧,却不再像山头一样高大难攀。

过来吧,我需要你,魔符在歌唱。你没想错,它只是只装腔作势的纸老虎。

爬上最后一座小山丘,杰克暂停脚步,向下俯瞰。他们就在那里,没错,全都在那里。暗黑旅店也在那里,完完整整的暗黑旅店。小镇的干道往下延伸向海滩,白色沙滩上露出许多大石头,就像残缺不全的褪色牙齿。阿让库尔旅馆在他左方稍后,侧面对着海洋,隔着一道石头砌的防波堤。旅馆前方,十二辆黑色加长形轿车一字排开,有些蒙尘脏污,有些光亮得像镜子。众多豪华轿车的引擎运转着,排出白色废气,凝聚成低空的云层。打扮得像是联邦探员、全套黑色西装的守卫沿着围墙来回巡逻,将他们的手抬到眼睛上方。杰克看见其中一名守卫眼前射出两道红光，还没意识到那群守卫拿的是望远镜，就已本能地闪开，躲向路边的小屋旁。

刚才那一小段时间，他看起来铁定就像一个路标，直挺挺地立在山丘上。警觉到一时的轻率差点就让自己被抓到，杰克肩膀倚在屋舍灰扑扑的老朽木板墙上，冒着冷汗直喘气。杰克挺了一下，调整理查德的位置，让他更舒服些。

总而言之，现在他知道自己必须从靠海那侧接近暗黑旅店，这表示，他必须在不被察觉的情况下横跨海滩。

他再次挺直身体，从墙脚偷窥山脚下的情形。摩根·斯洛特残存的军团成员有些坐在车里，有些像蚂蚁似的随机散布在高大漆黑的围墙前面。一时间，杰克有些错乱地回想起第一次亲眼看到女王宫殿的经验。那画面如此精确。当时也是一样的情形，他站在山坡上，望着拥挤的人群随意来去。如今那地方会是何种光景？那天——现在回想起来，简直就像史前时代的事了，多么遥远——宫殿前人潮熙攘，却充满无比的祥和与秩序。这一切如今应该都走样了，杰克心知肚明。奥斯蒙会镇守在那幢宛如一顶大帐篷的宫殿前方，而那些还有胆子进入宫殿的人，将会低着头，行色匆匆。那女王呢？她现在怎么样？杰克禁不住忧心起来。他无法控制自己不要想起雪白的亚麻床单上，那张熟悉得令他惊惶的脸庞。

下一秒，杰克的心跳陡然冻结，宫殿前的景象、女王的病容，一下全都跌回杰克记忆的抽屉里。阳光·加德纳堂而皇之闯进杰克的视线，手里握着一个手提式扩音器。一阵海风拉下他一绺白发，遮在他的太阳眼镜上。有那么一瞬间，杰克确信自己闻到他身上那股混着恶心体臭的甜腻古龙水气味。至少有五秒钟时间，杰克忘了呼吸，傻傻呆立在龟裂朽坏的木板墙边，遥望山脚下那个疯狂的男人对着穿西装的守卫发号施令，他踮起脚尖转来转去,指着某个杰克看不见的东西,做出不满意的手势。

杰克的呼吸恢复过来。

"嘿,我们遇上了一个挺有趣的麻烦,理查德。"杰克说,"我们待会儿要去的旅馆能够随它高兴就膨胀成两倍大的样子,而且那里还有个天底下最神经质的疯子。"

理查德突然含糊咕哝了一句,听起来只是嘶嘶一声,让原以为他睡着了的杰克吃了一惊。

"什么?"

"上吧,"理查德气若游丝,"搞定它,杰杰。"

杰克开怀大笑。下一分钟,他已踏着谨慎的步伐走下斜坡,经过成排木屋后方,穿过长长的马尾草丛,前往海滩。

四十
重遇斯皮迪

1

来到山脚下,杰克在草丛里趴下,匍匐前进,背着理查德就像曾经背着他不离身的背包一样。直到他爬到发黄的草丛与马路相接的边缘,他肚皮贴着地面,又往前挪了一英寸,偷看草丛外的情况。他正前方的马路对面就是海滩。受到海水侵蚀的高大岩块凸起在灰扑扑的沙滩上,同样灰暗的海水翻卷出浪花,一波波推送到岸边。杰克的目光循着道路朝左方探去。从阿让库尔旅馆再过去一些,傍海小路靠陆地这边有栋残破的长形建筑物,模样像是一块切下来的结婚蛋糕。建筑物上挂着一块木头招牌,招牌破了个大洞,上面印着七个大字:"金斯兰汽车旅馆"。这家汽车旅馆,杰克没有忘记,这里是摩根·斯洛特在他着迷于观赏暗黑旅店期间总会带着儿子一起投宿的旅馆。阳光·加德纳的身影仿佛路上一道移动的白光,他显然正怒气冲冲地责骂着几个黑衣人,挥手朝着山顶比划。后来,其中一个黑衣人跨过马路,左右搜索,杰克这才明白:他们不知道我已经来到这里了。加德纳又激动地做了另一个手势,一辆轿车驶离旅馆前方,亦步亦趋地跟上先前走开的黑衣人。那人一走到人行道上便解开外套纽扣,从枪套里抽出手枪。

其他轿车里,驾驶座上的人全都转过头,盯着山顶。杰克暗地庆幸自己的好运——只要晚个五分钟下山,一只带着枪的恶狼就会提早替他终结这趟求取魔符的旅程。

从这个角度,杰克只能看见旅馆的最高两层楼以及奢华繁复的屋顶上那些疯狂乱转的风信鸡。由于视线平贴着地面,看起来防波堤似乎将暗黑旅店右侧的沙滩一分为二。

来吧!来吧!魔符的语言不是语言,已几乎变成了急切的肢体动作。

拿枪的人已经走到看不见的地方,车里的人仍然注视着那个男人沿着山坡爬上文都岬的方向。阳光·加德纳举起扩音器大吼:"把他揪出来!我要你们把他揪出来!"有个人正要举起望远镜往杰克躲藏的草丛边看过来时,加德纳的扩音器突然对准他喊道:"你!你这猪头!检查另外一边……把那个坏孩子给我揪出来,没错,那个天底下最坏、最坏的小鬼,坏到骨子里……"他的声音渐渐淡去,这时另一个黑衣人快步穿过马路,走到对面人行道,手里也握着一把枪。

杰克发现,现在是最好的时机了——没有人注意靠海滩的小路。"抓紧我。"他悄声叮嘱动也不动的理查德,"该我们出场了。"他缩起双腿,知道也许草丛的高度不足以掩护理查德的背。弯着腰,杰克冲出草丛,登上海滩小路。

几秒钟后,杰克·索亚已卧倒在粗糙的沙粒上。他蹬着两条腿匍匐前进,理查德的手紧紧扣住他的肩膀。杰克左摇右摆地横越沙滩,直到他爬到距离最近的第一个大岩块背后才停下来;他就这么倒卧着,将头枕在手上,沉重地喘着气,他背上的理查德轻得像片叶子。他们距离海水不到二十英尺了,浪头一波波推涌上沙滩。杰克仍听得见阳光·加德纳破口大骂手下没用、蠢材云云,他抓狂的咒骂声顺着小镇干道从山坡上传下来。而魔符催促着他,要求他继续前进,前进,前进……

理查德从杰克背上滚下来。

"你还好吗?"

理查德抬起枯瘦的手臂,大拇指抵住颧骨,四指按着额头。

"还可以吧。看到我爸了吗?"

杰克摇头。"还没。"

"可是他在这里。"

"我想是。他一定在。"杰克想起金斯兰汽车旅馆,脑中浮现它残败的外观以及那块破掉的木头招牌。摩根·斯洛特一定躲在那家六七年前就经常投宿的汽车旅馆里。一想到摩根·斯洛特近在咫尺,杰克心中立刻升起一阵怒火,仿佛光是知道摩根在那里便足以教他生气。

"喂,别担心他。"理查德的声音单薄得像纸片,"我的意思是,别担心我会担心他。在我心里,他已经死了,杰克。"

杰克盯着他的朋友,感觉到一种从未有过的焦虑:理查德该不会真的疯了吧?他铁定烧坏脑袋了。山坡上,阳光·加德纳透过扩音器咆哮:"散开!"

"你觉得——"

这时杰克听见另一个声音,一个隐藏在加德纳愤怒的号令下的低语。这声音似曾相识,杰克先是认出那种音色与韵律,才真正想起这是谁的声音。认出这人独特的嗓音,让杰克感到不可思议得安心——简直就像从这一刻起,他可以不用再费神发愁,所有困难都会有人替他搞定——就算一时还想不起这声音的主人叫什么名字。

"杰克·索亚。"那声音又唤了一次,"过来这里,好孩子。"

是斯皮迪·帕克的声音。

"真的。"理查德闭起肿胀的双眼,他看起来像具被海潮推上岸边的浮尸。

我真的当我爸已经死了,这是理查德想要表达的意思,然而杰克的心神已经不在他朋友的疯言疯语上了。"过来这里,杰克。"斯皮迪又叫了一次。杰克发现这声音来自海滩上最大的一堆岩块后方,三块巨大陡直的岩石,距离海水只有几英尺。高潮线就在这堆岩块往前约四分之一处。

"斯皮迪。"杰克低语。

"宾果。"声音回应他,"过来这边,但是别让那些坏蛋看见了,办得到吗?把你朋友一起带来。"

理查德依旧仰躺在沙滩上,双手掩面。"我们走吧,理查德,"杰克对他低声耳语,"我们得再往前走一小段。斯皮迪来了。"

"斯皮迪?"理查德低声反问,声音细得杰克几乎听不见。

"一个朋友。看到那边的岩石了吗?"他托着理查德芦苇般的脖子,让他抬起头。"他在岩石后面。他会帮助我们,理查德。我们有帮手了。"

"我看不清楚。"理查德嘟囔,"而且我真的好累……"

"爬到我背上吧。"他翻过身,几乎是整个人趴在沙滩上。理查德的手臂搭上他的肩膀,无力地扣住。

杰克躲在岩块旁向外窥视。海滩小路上,阳光·加德纳一边走向金斯兰汽车旅馆,一边用手扒着头发。暗黑旅店又猛然出现了。魔符扯直了嗓门卖力呼唤杰克·索亚。加德纳在汽车旅馆门口徘徊了一会儿,两手抓着头发,摇摇头,突然又转过身更急躁地走回那一长排黑色轿车。他举起扩音器:"每隔十五分钟回报一次!"加德纳高声命令,"侦察兵——就连一只虫子动了都要跟我报告!我说了算!别当我开玩笑!"

加德纳走开了;其他人的视线全锁定在他身上。正是时机。杰克拔腿冲出躲藏的岩块背面,紧抓着理查德的手臂,穿越沙滩。他的鞋底踢起潮湿的海沙。那三块柱子般彼此相连的巨岩,在他和斯皮迪说话时看起来是那么接近,现在却像远在半英里外——没有掩护的这一段路仿佛永远走不完。简直就像他往前跑,岩石就跟着往后退似的。杰克一直以为自己会听见枪声。在他倒下那一刻,他会先感觉到子弹贯穿他的身体,还是会先听见枪响?终于那三块岩石在他的视线中逐渐放大,他抵达了,他扑倒在沙滩上,胸口贴地,滑进能够掩护他们的岩石背后。

"斯皮迪!"他几乎要不顾一切大笑出声。然而,一见到倚在三块岩石中央、身旁摆着一条彩色小毯子的斯皮迪,他的笑意瞬间哽在喉头,再也发不出声音——也将他心头的希望之火浇熄了一半。

2

斯皮迪·帕克的惨状比理查德更令人触目惊心,严重太多了。他满脸疮痕,伤口流出汁液,虚弱地朝杰克微微颔首示意,杰克觉得斯皮迪简直是在向杰克确认他的处境有多绝望。斯皮迪只穿着一条棕色短裤,全身溃烂得体无完肤,活像得了麻风病。

"现在,我要你静下心来,小流浪汉杰克。"斯皮迪的低语嘶哑破碎,"有很多事你得好好听清楚,所以把耳朵掏干净。"

"你还好吗?"杰克问道,"我是说……天哪,斯皮迪……有什么我能帮你的吗?"

他轻轻将理查德放在沙滩上。

"就照我刚才说的,仔细把我的话听清楚。别浪费精神担心斯皮迪。就像你看见的,我现在确实不太好受,不过只要你的行动正确,我很快就会好转。是你好朋友的爸爸让我受这种苦的——他也让他自己的孩子吃了一样的苦头。老屎洛特可不希望他儿子进那家旅馆。不过你得带他进去,孩子。你们只有一条路可以选,而且非走不可。"

说话时,斯皮迪的身影像是交替着浮现又消失,自从阿狼死后,杰克从来没有一刻像现在这么想尖叫或哀号;他觉得眼睛刺痛,知道自己想哭。"我明白,斯皮迪,"他说,"我已经想通了。"

"你是个好孩子。"斯皮迪说。他的头往后仰,仔细打量着杰克。"你是被选中的人。命运之路将这份重大责任交付在你身上,它选中了你,该由你来完成这项任务。"

"我妈妈好不好,斯皮迪?"杰克问,"求求你告诉我。她还活着,对不对?"

"很快你就可以打电话给她,亲口问问她好不好。"斯皮迪答道,"但你得先把那东西拿到手,杰克。因为要是你失败了,她必死无疑。劳拉女王也是,她也会跟着没命。"斯皮迪皱着眉头撑起身子,挺直腰杆。"我告诉你。大多数朝臣都放弃她了——都当她已经死了。"他露出嫌恶的表情,"他们全都屈服在摩根的淫威下。因为他们知道,如果他们拒绝效忠,摩根就会剥了他们的皮。但劳拉还没死,她还有一口气在。可是在魔域的边陲,像奥斯蒙那种人面兽心的家伙和他的爪牙已经开始四处散播谣言,告诉大家女王已经死了。如果她死了,小流浪汉,如果她真的死了……"他长满烂疮的脸打量着杰克,"两边的世界都会陷入无边的黑暗中。黑色的恐怖。你当然可以打电话给你妈妈,但是在那之前,你得先拿到魔符。你必须拿回它。它是我们最后的希望。"

杰克不需要追问这番话的意义。

"我很高兴你能体会,孩子。"斯皮迪闭上双眼,将背倚在岩石上。

片刻之后,他的眼睛缓缓睁开。"命运。这一切都是关乎命运。比你所能想象的还要多更多的命运和生命。听过拉什顿这名字吗?经过这么多风风雨雨,我想你应该已经有所耳闻。"

杰克点头。

"当初你妈妈大老远把你带去阿兰布拉饭店,就是为了那么多的命运,小流浪汉杰克。我只是坐在那里等着,等待你出现。是魔符引领你一路来到这里,孩子。杰森。我相信你也听过这名字。"

"那是我。"杰克说。

"那么就去取下魔符吧。我带了这东西来给你,多少有点帮助。"他虚弱地举起身上的毯子,杰克这才看清楚,那其实是张橡胶皮。

杰克从斯皮迪焦黑的手上接过那捆橡胶皮,"可是,我要怎么进去暗黑旅店呢?"他问,"我没办法靠近围墙,我也没办法带着理查德一起游过去。"

"把它吹起来。"斯皮迪的眼皮又合上了。

杰克摊开那块橡胶皮。那是个充气橡皮艇,外形像匹没有腿的马。

"认得她吗?"斯皮迪病弱的声音因为忆及往事而开朗了些,"之前有一次,你帮着我一起把她抬起来,我还向你介绍过它们的名字。"

杰克陡然回想起他去找斯皮迪那天,那段记忆此时在他脑中仿佛只剩黑白画面,当时他在一栋圆形建筑物里找到斯皮迪,发现他正在修理旋转木马。如果你能帮我把她抬回原来的地方,我想她不会介意让你吃点豆腐。事到如今,连这句话也像有了更深的含意。杰克心中缺漏的世界拼图又补上一块。"银仙子。"他叫出口。

斯皮迪对他眨了一下眼睛,杰克心头又涌上那股令他发毛的感觉,他的整个人生就像一桩设计得缜密周全的计谋,每个步骤都是为了有天要将他带到这里来。"你的朋友没事吧?"

"应该吧。"杰克担忧地看着理查德,他的身体已经侧向一边,双眼紧闭,气若游丝。

"既然你这么认为,就快把银仙子吹起来。无论如何,你都必须带着你的朋友一起进入暗黑旅店。这件事他也有份。"

在两人谈话时,斯皮迪的病况似乎变得更严重了——现在他的皮肤变成骨灰一样的灰色。在杰克将吹管放进嘴里前,他问:"难道没有什么我能为你做的事吗,斯皮迪?"

"当然有。去文都岬的药房替我买罐小护士软膏。"斯皮迪摇摇头,"要怎么帮助老斯皮迪·帕克,你心底明白,孩子。取回魔符。这就是我所要的帮助。"

杰克对着吹管用力吹气。

3

很快地,杰克吹好这匹四英尺长、背部宽得不成比例的橡皮马,将栓子塞回马尾侧边的吹气口。

"我不确定有没有办法让理查德坐上这东西。"这不是抱怨,杰克只是把心里的思绪化成语言。

"他会遵从你的指示,流浪汉杰克。你只要坐在他身后,牢牢扶稳他。他只需要这些。"

事实上,理查德已经自己窝进岩堆角落,张着嘴呼吸。他的呼吸平缓而规律,是睡着了还是醒着,杰克看不出来。

"好吧。"杰克说,"那后面会有码头之类的东西吗?"

"比码头还要理想,杰克。等你一过防波堤,就会看到许多木桩——暗黑旅店有一部分建在水上。其中一根木桩上架着把梯子。想办法带着理查德爬上梯子,然后你们就到了暗黑旅店背后的大露台。你会看见一扇大窗——当作门用的那种落地窗,知道吗?打开其中一扇落地玻璃门,你就能进到餐厅。"他努力挤出笑容,"一旦进去餐厅,我想,你就能靠自己的力量找到魔符了。别害怕她,孩子。她一直都在等你——她会像条温驯的猎犬乖乖把自己交到你手里。"

"但是要怎么阻止那些追兵呢?"

"呸,他们进不了暗黑旅店。"杰克这个蠢问题引发的反感,印在斯皮迪脸上的每一道皱纹里。

"我知道,我是说在水上的时候。为什么他们不开艘船来追我们什么的?"

这下斯皮迪露出一个痛苦但真诚的微笑。"你自然会明白,流浪汉杰克。老屎洛特和他那些走狗最好离海水远远的,嘿嘿。你就甭担心这个了——只要记得我告诉你的话,赶紧动身,听懂了吗?"

"明白。"杰克慢慢移向岩堆边缘,察看马路和旅馆附近的情况。他都已经安然无恙地设法穿过马路,而且来到斯皮迪身旁了,他当然可以拖着理查德再走个几英尺到海边去,然后把他弄上橡皮艇。要是运气再好一点,他应该可以一路划向木桩而不被发现——此时加德纳和他那些拿着望远镜的手下全都把注意力放在山丘上和小镇方向。

杰克趴在高大的岩块边缘偷窥。黑色轿车依然停在暗黑旅店门口。杰克把头又伸出去一两英寸,检查街上的情形。他正巧看见一个黑衣人走出金斯兰汽车旅馆大门——杰克发现,那人努力避开视线,不敢看暗黑旅店。

一阵又长又尖锐的哨音响起,犹如女人的尖叫声。

"快行动吧!"斯皮迪沙哑地低语。

杰克抬起头,看见在哨声中有个黑衣人直指向他的方向。那男人的黑发在肩上飘飞——乌黑的头发、西装、太阳眼镜,他的模样活像个死亡天使。

"把他找出来!找出来!"加德纳怒斥,"开枪打死他!谁能够提着他的人头来见我,我就赏他一千块!"

杰克缩回岩石背后。半秒钟后,一颗子弹击中中间的石柱,射击声在击中之后才传了过来。现在我可知道了,杰克猛抓住理查德的手臂,将他拖向橡皮艇时一边想道,你会先中枪倒地,然后才听到枪声。

"你该走了,"虚弱的斯皮迪上气不接下气,"再过半分钟,这里就会变成一片枪林弹雨。尽可能利用防波堤作掩护,乘机切进去。拿回魔符,杰克。"

另一颗子弹射进他们小小碉堡前方的沙地，杰克惶恐地看了斯皮迪一眼，接着开始推动橡皮艇。理查德坐在橡皮艇前端，杰克发现他还有一丝意识，知道要用两手抓住，心里多少有几分高兴。斯皮迪抬起右手示意，既是道别也是祝福。杰克跪在沙滩上，用力一推，橡皮艇几乎到了水边。山坡上又传来一串刺耳的哨音。他站起来。橡皮艇接触到海水时，杰克奔跑的脚步仍未停止，他继续跑着，直到海水淹上腰部，才挣扎着爬上去。

杰克稳稳地划向防波堤。直到划过防波堤终端，他们来到毫无遮蔽的开阔海面。他开始卖力划水。

4

杰克专心地划着，坚决不去担心摩根的手下会不会在他一离开后就杀了斯皮迪。他必须抵达木桩下，没别的选择。一颗子弹射进他左方六英尺的海面，激起一阵小小的水花。他又听见一记枪响，击中防波堤，发出砰的一声。杰克使尽全身力气继续往前划。

过了不知多久时间，他从橡皮艇侧面翻下水，游到橡皮艇后方，推着橡皮艇可以让前进的速度再快一些。一股几乎感觉不到的洋流轻轻推送，帮助他更接近目的地。终于他开始看见木桩，浑圆的外表看起来相当坚固，粗壮得像电线杆一样。杰克将下巴抬离水面，看见巨大的旅店从宽广的黑色露台上方浮现出来。他回头望向右后方，斯皮迪不曾移动。还是他动了？斯皮迪的手臂看起来有点不一样。说不定——

破败屋舍后方长满杂草的下坡路上掀起一阵骚动。杰克抬高视线，发现四名黑衣人正冲下山坡，往海滩跑来。一道海浪拍在橡皮艇上，晃得他几乎抓不住橡皮艇。理查德咕哝一声。两名黑衣人伸手指着他们，彼此交谈。

又一阵海浪扫来,橡皮艇剧烈摇晃,差点连同杰克·索亚一起被推回岸边。

海浪,杰克想道,哪里来的浪头?

等到橡皮艇随着退去的浪潮降回原本的海平面上,杰克伸长脖子眺望橡皮艇前方。他看见某种生物灰色的背影正要沉进水里。那背影太大了,不可能是普通的鱼。是鲨鱼吗?杰克担心起自己泡在水里翻翻踢踢的双腿,他将头潜进水中,生怕自己会撞见一支带着利齿的长形雪茄向他冲来。

他没看见自己想象的画面,但眼前的景象同样为他带来巨大的冲击。

橡皮艇划到这里,海水已经相当深了,水中场景活像个五花八门的水族箱,尽管这水族箱里的居民全是些大得不成比例、难以形容的生物。它们全都是怪物。杰克双腿之下,是一座装满尺寸失控、丑陋得不可思议的生物的动物园。自从橡皮艇划到水深足以容纳这群生物的地方后,它们一定早就在杰克下方游来游去。那条引起山坡上的狼人骚动的巨大生物此时就在十英尺深的水面下泅泳,体长相当于南下的运输火车。杰克注视着那怪物,它开始往上游,覆盖在它眼球上的薄膜眨了一下。它巨大的嘴犹如一个幽深的洞穴,嘴边拖着长长的胡须——那张嘴简直就像一扇电梯门,杰克心想。这怪物与杰克擦身而过,利用它游过时带动的水流将杰克推向更靠近暗黑旅店的方向,它仰起头,湿漉漉的脸蛋伸出水面,毛茸茸的轮廓貌似尼安德特人①。

老屎洛特和他那群走狗最好离海水远远的,斯皮迪这么告诉他,说完还笑了两声。

无论将魔符封印在暗黑旅店里的力量来自何方,一定也是这

---

① 尼安德特人,距今大约二十万至三十万年前生活在欧洲、近东和中亚地区的古人类。

股力量将这些怪物部署在文都岬外海，确保不该接近暗黑旅店的人离得远远的；斯皮迪早就知道这点了。水中的巨型生物小心翼翼推送着橡皮筏，引导杰克与理查德逐渐接近木桩，然而它们的身体激起的浪花却让杰克无法好好看清岸上的情况。

他乘着一道浪头撑起身体，看见阳光·加德纳站在黑色围墙边，风势将他的白发吹向后脑勺，手里的来复枪瞄准杰克的脑袋。橡皮筏又随着海浪退去下降；弹头窜过前方的海水，像只蜜蜂飞过一样吱吱作响；接着才听到枪响。接着加德纳又开了第二枪，一条十英尺长、长着宽大背鳍的怪鱼忽然跃出水面，直立在半空中，挡住了子弹。下一瞬间，怪鱼一翻身，又潜回海面下。杰克看见它的体侧被射穿一个大洞。又一个浪头涌上，杰克发现加德纳正奔跑着离开沙滩，显然要前往金斯兰汽车旅馆。大怪鱼仍在鼓动浪潮，将橡皮筏推送到露台底下的木桩。

5

一抵达暗黑旅店背侧宽阔的露台下方，杰克便忙着在阴暗中寻找斯皮迪说过的梯子。木桩排成四列，上面长满海草与青苔，还有许多寄生的藤壶。假如那道梯子在这些木桩植进海里时就跟着一起架设，时至今日想必不堪使用了——最起码，要在厚厚的海草底下找出那把梯子不会是件容易的事。多了这些海草，那些木桩的直径比原来的样子大了不少。杰克伸出手臂用腋下扣住橡皮艇末端边缘，利用橡皮马尾让自己翻回橡皮艇里。他一边发抖，一边解开湿透的衬衫——这是他和理查德一起进入焦枯平原之前，理查德送给他的那件至少小了一号的白衬衫——丢在橡皮艇角落。他的鞋子早就掉在海里了，他剥下同样湿答答的袜子，将它们和衬衫堆在一起。理查德软趴趴地跪坐在橡皮艇前端，闭着眼睛，也不出声。

"我们要找一架梯子。"杰克说。

理查德微微点头,动作小得难以察觉。

"你有力气爬上梯子吗,理查德?"

"也许吧。"理查德回答。

"嗯,梯子应该就在附近。八成就架在其中一根木桩上。"

杰克两手并用,将橡皮艇划向第一排的两根木桩之间。魔符的呼唤接连不断,强烈得几乎足以将他挟带出橡皮艇,直接登陆在露台上。他们正飘荡在第一排与第二排木桩之间,已经进入露台下方阳光照射不到的暗处;这里和外面一样,小小的红色光点时而亮起,闪烁着,又忽而熄灭。杰克默默点算:这些木桩共有四排,每排五根,所以说,找到梯子的几率是二十分之一。

"他们没有开枪打我们。"理查德平板地说,那口气就和"面包卖完了"这句话没什么两样。

"我们有了些帮手。"他看着垂头丧气的理查德,除非在他身上通电,否则理查德绝对不可能有力气爬上梯子。

"我们快撞上木桩了,"杰克说,"身体往前靠,把橡皮艇撑开,好吗?"

"什么?"

"尽量维持橡皮艇的方向,不要撞上木桩。"杰克解释,"拜托,理查德。我需要你帮忙。"

理查德似乎听进去了。他撑开左眼皮,将右手搭在橡皮艇边缘上。橡皮艇漂向木桩时,他便伸出左手,推开木桩。接着木桩上发出叭的一声,像是湿润的嘴唇正咂着嘴。

理查德猛然抽回手,呻吟了一下。

"怎么回事?"杰克问道,但理查德用不着回答——他们两个都看见了,木桩上爬满了类似蛞蝓的生物。它们原本都闭着眼睛与嘴巴,被理查德这么一碰,它们开始挪动位置,牙齿格格作响。杰克将手伸进水里,划开橡皮艇,让船头绕过木桩。

"噢,天哪。"理查德说。蛞蝓似的生物没有嘴唇的小小嘴里长了好多牙齿。"天哪,我受不了——"

"这由不得你,理查德,"杰克劝他,"刚才斯皮迪在海滩上说的话,难道你没听见吗?而且他现在说不定已经死了,理查德,如果他真的死了,也是为了要让我知道,你非得跟我一起进去暗黑旅店不可。"

理查德再次合上眼皮。

"不管我们得弄死多少条这种鼻涕似的虫子才能爬上梯子,总之我要你爬上去,理查德。就是这样,没得商量。"

"你去吃屎吧。"理查德说,"你用不着这样对我说话,我已经受够你那副高高在上的跩样。我知道不管怎么样我都得爬上那个梯子。我大概已经发烧到四十度,不过我知道我要爬上去,只是不知道我受不受得了。他妈的去死吧你。"理查德闭着眼睛说完这整段话,接着花了好大力气,才让自己再度睁开眼睛。"神经病。"

"我需要你。"杰克说。

"疯子。我会爬上去的,你这混蛋东西。"

"既然你都这么说了,我最好赶快找到梯子。"杰克说着,努力将橡皮艇推向下一排木桩,然后终于看见了。

6

他们要找的梯子就挂在最后两排木桩之间,末端距离水面还有四英尺。梯子正上方隐约看得见一个长方形开口,看来是扇通往露台的活门。黑暗中,梯子的形影朦朦胧胧,仿佛那只是梯子的鬼魂。

杰克谨慎地将橡皮艇划过下一道木桩,确定他们不会与木桩擦撞。成千上万条蛞蝓似的小生物冲着两人龇牙咧嘴。没多久,马头形橡皮艇前端滑进梯子下方,这时杰克伸出手便能抓住梯子最末端的横木。"好了。"他说。他将脱下来的衬衫一只袖子系在横木上,另一只袖子用来绑住橡皮艇马尾。这么一来就能让橡皮艇留在原地——假如他们还有机会走出暗黑旅店的话。杰克突然感到口干舌燥。魔符的歌声又响起了,呼唤着他。他小心地站起来,将身体靠在梯子上。"你先,"他说,"这梯子不好爬,我会在下面扶你。"

"用不着你帮我。"理查德起身的时候差点扑倒,害两人摔出橡皮艇。

"慢慢来。"

"少多管闲事。"理查德紧紧抿着嘴唇,伸出双臂稳住自己的身体。他似乎不敢喘气。理查德慢慢跨出步伐。

"很好。"

"混蛋。"理查德左脚向前挪动,抬起右手,右脚跟着往前跨了一步。现在他两手都能够到梯子了,两眼眯成细线。"看到没?"

"好。"杰克对着理查德两手一摊,证明自己不会伸手去扶理查德,教他难堪。

理查德伸出两手拉住梯子,他的脚一滑,橡皮艇被往后推,他的身子悬在那里,脚下勉强靠着因为杰克的衬衫绑着才没跑走的橡皮艇。

"救命!"

"用你的腿拉回来。"

理查德依言照办,重新站了起来,吃力地喘气。

"就让我帮你一次,好吗?"

"好吧。"

杰克跟在理查德身后在橡皮艇上移动,他小心翼翼地站起来。理查德两手紧抓着最后一级横木,全身发抖。杰克伸手托住理查德干瘦的臀部。"我会试着把你撑上去。脚不要乱踢——试着用手的力量把身体拉上去,直到你的膝盖可以跪在梯子上。先把你的手往上放一格。"理查德睁开一只眼睛,将手搭了上去。
"准备好了?"
"走。"
橡皮艇向前滑,但杰克将理查德抬得够高,他的膝盖抬上最后一级横木。接着杰克抓住梯子侧边,用手臂和腿的力量稳住小艇。理查德咕哝着,努力让另一边膝盖攀上木梯。不久,另一边膝盖也上去了。又过不久,理查德·斯洛特终于站上了木梯。
"没办法再上去了,"他说,"我觉得我快掉下去了。杰克,我很不舒服。"
"再往上爬一点点,一点点就好,拜托。接下来我就能帮你一把了。"
理查德有气无力地将手搭上梯子的横木。杰克往露台上看,发现这道梯子起码有三十英尺长。"现在,把脚踩上去,帮帮忙,理查德。"
理查德慢吞吞地踩上一条腿,然后另一脚跟上,爬上木梯倒数第二级。
杰克伸手抓住理查德脚踩的横木旁边,将自己往上拉。橡皮艇滑出去,画了个半弧形,杰克敏捷地将膝盖一缩,两腿及时登上木梯最下一级。因为系着杰克的衬衫,橡皮艇又滑了回来,像拴着链子的狗乖乖回到原地。
才往上爬了三分之一,杰克便得一手揽住理查德的腰,以免他不支跌进漆黑的海水里。
终于,露台的活门终于在杰克头顶的黑色木板中浮现出来。他将理查德揽在自己身上——意识模糊的理查德头倚在杰克胸口——现在的他只用左手抱着理查德并抓住梯子,他伸出右手试着推动活门。如果这扇门被钉死了怎么办?还好门轻松地就被推开,砰的一声,摔在露台上。杰克左手紧紧圈住理查德腋下,拖着他爬出黑暗,穿过活门,登上露台。

过门之五·最后挣扎

金斯兰汽车旅馆已闲置了六年之久,屋子里弥漫着废弃空屋里那种发黄报纸的霉味。起初,这味道令摩根感到无比心烦。摩根的外婆在他很小的时候就过世了——她卧床四年才过世,但总算还是让她上了天堂——在外婆慢慢死去的那些日子里,她身上的气味就像这空屋一样。在这个理应是他人生最巅峰的胜利时刻,摩根不想要这种气味,也不想要这段回忆。

不过现在已经无所谓了。就连杰克提早抵达备战基地,那场令人气得跳脚的突袭对他造成的惨重损失也觉得无所谓了。当时的愤怒与不悦已被一种紧绷狂热的亢奋所取代。摩根此时正在当年他和理查德经常一起造访的汽车旅馆房间里,低着头、双眼发亮、嘴角扭曲,兴奋地来回踱步。有时他将双手搁在背后,有时用拳头击打另一只手掌,有时他拍打自己光秃秃的脑袋。不过大半时候,他就像大学时代那样,将两手紧握成两只小小的拳头,藏在掌心的指甲深深陷进肉里。他的胃里时而酸楚,时而空虚。

事情已经到了紧要关头了。

不,不对。概念没错,但用错词了。

事情总算全都到位了。

这时候理查德应该已经死了。我儿子死了。肯定是。他活着穿越焦枯平原——勉强撑过来了——但绝对无法活着离开阿让库尔。他死了。不要再抱着虚妄的希望。是杰克·索亚害死他的,我要活生生挖出他的双眼,作为害死我儿子的代价。

"我也是。我也是害死他的凶手。"摩根喃喃自语,伫立了半晌。

他突然想起父亲。

他的家乡在俄亥俄州，摩根的父亲戈登·斯洛特是个虔诚的路德派牧师——童年时代的摩根千方百计想逃离这严厉而可怕的男人。最后让他逃进了耶鲁。高中二年级开始，他便全心全意将目标放在耶鲁大学，尽管他从未承认，但那个深埋在他意识底层、推动他的最大动力无非是他认定像耶鲁那样的地方，是他那个粗俗迷信的乡巴佬父亲没有勇气涉足的殿堂。假如他父亲胆敢踏进耶鲁校园一步，他一定会出事。至于会出什么事，还是个高中生的摩根也说不上来……他心里只有一个模糊的概念，那情况可能就和《绿野仙踪》里的多萝茜将水泼到坏女巫身上造成的结果差不多。而事后证实这感觉的确称得上先知先觉：摩根的父亲果真不曾踏进耶鲁校园一步。打从摩根入学第一天起，戈登·斯洛特施加在儿子身上的权威便逐步衰弱——所有寒窗苦读的努力，便全都值得了。

　　如今，当他握着双拳伫立，指甲深陷进柔软的掌心里时，父亲的声音却在脑海中响起：一个人倘若失去自己的骨肉，就算他得到整个世界，又有什么好处？

　　一时间，那股发黄的霉味——废弃旅馆的气味、外婆的气味、死亡的气味——充塞他的鼻腔、哽住他的呼吸，似乎要置他于死地，摩根·斯洛特／奥列斯的摩根感到恐惧。

　　又有什么好处——

　　《好农经》曾经明示，一个男人不得将自己的亲生骨肉置于任何一种险境。就算得到整个世界——

　　有什么好处——

　　那样的男人罪该万死、罪该万死、罪该万死。

　　——却必须牺牲儿子的性命，又有什么用处？

　　涂在墙上的灰泥发臭了。墙面背后的黑暗中，陈年涂料风化成粉末，飘散出干松的气味。疯子。大街上都是疯子。

　　对一个男人来说，这有什么好处？

死去的儿子。一个死在那个世界,一个死在这个世界。

有什么好处?

你儿子已经死了,摩根。肯定死了。死在海里了,死在那些木桩底下,正在那里漂啊漂的,或是死在——肯定死了!——海面上了。无法忍受。无法——

对一个男人来说,这有什么好——

答案冷不防跳进他的脑海。

"好处就是我得到了整个世界!"摩根在朽坏的房间里大喊。他大笑起来,又开始踱着步子。"得到整个世界,就是好处!老天在上,拥有世界就够了!"

摩根笑着,脚下的步伐越来越快,一转眼,鲜血开始从他收紧的指缝间缓缓渗出。

约莫十分钟后,一辆车在汽车旅馆大门外停下。摩根走到窗边,看见阳光·加德纳从凯迪拉克里夺门而出。

不出几秒钟,加德纳的两个拳头拼命敲着摩根的房门,像个闹脾气的三岁小孩在地上又捶又打。摩根发现这男人已彻底失去理智,不禁纳闷这是件好事,还是恶兆。

"摩根!"加德纳高声嚷嚷,"替我开门,摩根大人!我有消息要报告!"

你要报告的事,我全都从望远镜里看见了。继续敲门吧,再敲一会儿,加德纳,等我先决定好这件事。你疯成这样,是个好现象,还是恶兆呢?

好现象。摩根作出判断。在印第安纳州时,加德纳脚底抹油像个龟孙子似的溜了,没有善尽拔除杰克这个后患的责任。不过现在疯狂的丧子之痛让他再次值得信赖。假如摩根需要一支神风特攻队,那么阳光·加德纳就会是第一个登上战斗机的自杀队员。

"替我开门啊,大人!有消息!有消——"

摩根打开门。尽管他的内心兴奋难耐,脸上的表情却平静得有几分诡异。

"放松。"他说,"放轻松点,老兄。小心中风。"

"他们进去旅馆了……海滩……他们在海滩上的时候我们开枪打他们……那些蠢材没打中……在海里的时候我以为……我以为我们能解决他们……后来深海怪物跑上来了……我都已经瞄准他了……我已经他妈的瞄准那该死的坏孩子……后来,后来……那些水怪……它们……它们……"

"慢点。"摩根安抚道。他掩上门,从上衣内袋取出一个随身威士忌酒壶,递给加德纳。加德纳胡乱扭开瓶盖,猛灌了两大口。摩根静候着。他的面容仁慈、宁静,然而额头正中央的血管正不停抽动,他的拳头松开又握紧、松开又握紧。

他们已经进入暗黑旅店了,没错。摩根早就看到那艘画着马头、拖着条橡皮马尾的可笑橡皮艇摇摇晃晃出海去了。

"我儿子,"他问加德纳,"杰克把他放进橡皮艇时,他还活着吗?你的手下有没有告诉你?"

加德纳摇摇头——但他的眼神透露出心底的想法。"没有人敢肯定,摩根大人。有人说看到他还会动,有人说死了。"

无所谓了。就算当时他还没死,现在也已经没命了。只要吸进一口暗黑旅店里的空气,他的肺就会爆裂。

威士忌染红了加德纳的脸颊,令他的眼眶泛起泪光。他没有交还酒壶,还紧紧握在手里。摩根并不介意。现在的他不需要酒精,也不需要古柯碱。他处在一种自然亢奋状态,就像六十年代邋遢的嬉皮形容的那样。

"重来一遍。"摩根说,"有条有理地交代清楚。"

其实加德纳需要告诉摩根的只有一件事,是在他第一次慌张破碎的报告里遗漏的事:那老黑鬼现身了,人正在沙滩上。但这件事就算不说,摩根十之八九也猜得到。尽管如此,他还是让加德纳把话说完。加德纳怒气冲天的模样令摩根感到欣慰。

加德纳说话时,摩根最后一次掂掂心中的天平,将自己的儿子从天平上摘除那一刻,他心底不免遗憾地抽了一下。

究竟有什么好处?得到世界就是最大的好处,拥有世界就足够了……或者,我们还能说,得到的不会只是"一个"世界。先从眼前这两个下手,等到它们都被榨干了,再来玩玩其他世界。只要我高兴,我可以统治所有的世界——我可以扮演上帝,统领全宇宙。

魔符啊魔符。魔符是——

一把钥匙?

不,才不是呢。

魔符不是一把钥匙,而是一扇门,一扇横阻在他与命运之间、上了锁的门。他无意开启那扇门;他只想摧毁那扇门——彻底地、永远地摧毁它,让那扇门永远无法再关上,没有人能锁住它。

等到魔符被摧毁,全部的世界就会变成他的世界了。

"加德纳!"他唤了一声,又开始神经质地来回踱步。

加德纳疑惑地看着摩根。

"这对一个男人来说,有什么好处?"摩根兴奋爽朗地问道。

"摩根大人?我不明白——"

摩根在加德纳面前停下脚步,灼热的双眸神采奕奕。他脸上卷起一阵涟漪,那张脸变成了奥列斯的摩根,然后又变回摩根·斯洛特。

"好处就是,我将拥有整个世界,"摩根两手搭上奥斯蒙的肩头。过了一秒,摩根的手离开他的肩膀后,奥斯蒙又变回加德纳。"得到整个世界,就是好处!拥有世界就够了!"

"大人,你可能没弄清楚,"加德纳盯着摩根的表情,仿佛认为面前这个男人已经失去理智,"他们已经进去了。进去那东西所在的地方了。我们开枪打他们,可是那些怪物……深海里的怪物……它们浮上来保护他,就像《好农经》里记载的那样……万一现在他们真的在里面……"加德纳的尾音提高,恨意与哀恸在奥斯蒙眼中沸腾。

"我心里有数。"摩根安慰地说。他的表情和语调再度平静下来,然而他握紧拳头的手指动了又动,鲜血滴下,落在发霉的地毯上。"他们进去了,可是我儿子不会再出来了。你失去了儿子,加德纳,现在我也失去我的亲生骨肉了。"

"那个索亚!"加德纳咆哮,"杰克·索亚!杰森!那个——"

加德纳嘴里恶毒的骂声狂飙,像洪水泄堤般持续了五分钟。他用两种不同的语言诅咒杰克,他的嗓音夹带着悲恸与失控的怒火。摩根在一旁静静站着,任他发泄。

加德纳打住话头,一面喘气,一面又猛喝一口酒,这时摩根说:

"没错!现在听好,加德纳——你在听吗?"

"我正听着,摩根大人。"

加德纳/奥斯蒙凄楚的双眼专注得发亮。

"我儿子永远不可能走出暗黑旅店了,我也不认为杰克有那个能耐活着出来。极有可能他体内杰森的那一面还不够强,不足以应付暗黑旅店里那东西。那东西八成会把他搞死,或者逼疯他,或者把他送到好几百个世界以外的地方。但是话说回来,他还是有可能出来,加德纳。相信我,这不无可能。"

"他是天底下最下贱、最下贱的婊子生出的小杂碎。"加德纳嘀嘀咕咕,握着酒壶的拳头逐渐收紧……越来越紧……他的手指几乎在钢制酒壶上挤出压痕。

"你刚才说那个老黑鬼在沙滩上?"

"是的。"

"帕克。"摩根说,同一时刻,奥斯蒙说:"巴卡。"

"死了没?"摩根冷淡地问道。

"不知道。应该死了。要不要我派人把他带回来?"

"不必!"摩根尖锐地拒绝,"用不着——反正我们正要去那老黑鬼附近,不是吗,加德纳?"

"我们要去?"

摩根开始狞笑。

"是啊。你……和我……我们所有人。假设杰克从暗黑旅店出来,他一定会先去那里。他可不会自己拍拍屁股,把老战友丢在沙滩上吧,你说是不是?"

这下加德纳也跟着奸笑起来。"是。"他附和,"您说得是。"

摩根这才第一次意识到闷在掌心的疼痛。他张开拳头,若有所思地凝视着半月形伤口汩汩流出的鲜血。他脸上的笑意丝毫不减。相反地,还更灿烂了。

加德纳庄严地凝视着摩根。摩根感到自己体内充满力量。他将血迹斑斑的手掌探向胸前,握住那把能招来闪电的小钥匙。

"拥有整个世界,这就是我将得到的好处。"他喃喃自语,"跟我一起喊声哈利路亚吧。"

他狞笑的嘴角咧得更开了。他狰狞的笑容露出一口黄牙,犹如一匹凶狠的恶狼——一匹不再年轻,但老奸巨猾、顽强难缠的恶狼。

"走吧,加德纳,"他说,"我们到海滩上去。"

四十一
暗黑旅店

1

理查德·斯洛特一息尚存,然而,当杰克将他抱起来时,他已彻底失去意识。

现在谁是牲口?阿狼的声音出现在杰克心底,小心呀,杰克!嗷呜!小——

来我这里!快过来我这里!这是魔符充满力量、无声的歌曲,到我这里来吧,把牲口带来吧,一切都会没事一切都会没事——

"——一切都会变好的。"杰克回应。

他抬起步伐向前走,差一点点又踩进活门的洞里,这简直就像参与一场怪异的绞刑,杰克疯狂地想着。他的心跳剧烈得自己都能清楚听见,有一瞬间,他以为自己会直接呕吐在拍打着木桩的灰色海水里。他好不容易镇定下来,用脚合上活门。此刻,周遭只剩下风信鸡的声响——神秘的怪异风信鸡在半空中鼓噪不休。

杰克转过身,面向阿让库尔旅馆。

他看见,自己身在一个架高的阳台上。曾经,二三十年代打扮入时的名流就在这里,悠闲地坐在阳伞下,趁着晚餐前啜饮鸡尾酒,比如金利奇或赛德卡,也许手边端着一本埃德加·华莱士①或埃勒里·奎因②最新的小说,或者只是眺望着卡维纳斯岛

---

① 埃德加·华莱士(1875—1932),英国新闻工作者、小说家、剧作家,一生著作丰富,写下一百七十五部小说,二十四部剧本与无数散见于各大报纸杂志的文章,好莱坞电影《金刚》的故事为其最后遗作。

② 埃勒里·奎因,美国知名侦探作家,是丹尼尔·内森与曼福德·勒波夫斯基这对表兄弟共同的笔名,他们的许多著名畅销推理小说,主角亦命名为埃勒里·奎因,使得此一名声不但成为美国知名的推理作家,同时也是知名的侦探英雄。

如梦似幻的朦胧轮廓——仿佛一头巨鲸蓝灰色的背影。绅士的西装雪白,仕女的衣裳是柔和的粉彩。

往日风华,也许曾经有过吧。

时至今日,建造露台的木板早已歪曲变形、裂痕处处。杰克不知原先这露台被漆成什么颜色,因为如今它只是一片漆黑,就像这整家旅馆一样——他想象着,这颜色就和他母亲肺里的致命肿瘤一模一样。

前方二十英尺就是斯皮迪向他提过的落地玻璃门,在那段逝去的旧日时光中,宾客曾经门里门外川流不息,然而此时的玻璃门久经浪花拍打,玻璃上海沫残留,看起来像是瞎掉的眼珠。

其中一扇窗上写着:

最后一次警告:滚回家去。

浪潮声。棱角嶙峋的屋顶上,风信鸡飞快旋转的金属摩擦声。海水咸咸的气味。洒在地上的饮料气味——多年前那些时髦光鲜的名流如今容颜老去,或早已香消玉殒。旅店本身的臭气。杰克再次注视玻璃门,上面的文字改变了,他却不觉惊讶。

她早就升天了,杰克,你又何苦替自己找麻烦?

(现在,谁是牲口?)

"换你变成牲口了,理查德。"杰克说,"可是你并不孤单。"

理查德在杰克臂弯里抗议似的哼了一声。"走吧。"杰克迈开步伐,"我估计,再走一英里路吧。"

2

随着杰克踏向阿让库尔的每一个步伐,玻璃门逐渐放大,仿佛暗黑旅店正打量着杰克,而那眼神中带着难以察觉却轻蔑的惊讶。

小男孩,你真的觉得自己有能耐闯进这旅馆里,还有办法全

身而退吗?你真的以为可以把自己当成杰森吗?

不久前在半空中出现过的红色光点,在残留着海水渍痕的玻璃门上闪烁旋转。过了一段时间,那些光点逐渐成形。杰克惊奇地注视着点点光晕,他们顺着玻璃往下滑,滑向一片片玻璃门上的铜制门把,最后凝聚在门把上。门把开始发光,像是铁匠手中正在锻造的铸铁。

来啊,小男孩。握住门把。试试看。

杰克六岁那年,将自己的手指放在电炉上,然后打开开关,转到"高温"的位置。他只是好奇炉子多快会热起来。下一秒,他抽回手指,痛得哇哇大叫,手上已经烫出一块水泡。菲尔·索亚急忙赶过来察看,还质问杰克怎么会异想天开到拿自己的手放在炉子上烧。

杰克伫立在露台上,怀里抱着理查德,瞪着那些发光的门把。

握住它啊,小男孩。记不记得你是怎么烫到手的?你以为有很多时间可以把手收回去——"真要命,"你心想,"那东西就算过了一分钟也都还没开始发红呢。"——不过它立刻就发烫了,不是吗?现在呢?你觉得这些门把摸起来会是什么感觉,杰克?

越来越多红色小光点像水滴一样滑下玻璃,凝聚在门把上。门把开始变得像煅烧到白热化的金属。假设他摸了其中任何一个门把,那门把将会陷进他的手掌,烧焦他的掌心,滚沸他的血液。那肯定是他经验里的任何痛苦都无法比拟的。

他抱着理查德静静等候片刻,期望再次听见魔符的呼唤,或是他体内属于杰森那面浮现出来。结果听见的却是母亲的声音。

你永远都要别人督促才会行动吗,杰克?拜托,我的大英雄——当初你都能一个人踏上旅程,如今只要有心,你当然能继续往前走。难道什么事都要别人替你张罗好吗?

"好啦,妈妈。"杰克浅浅笑着,然而嗓音却因恐惧而止不住地颤抖。"不过我跟你说,我希望有人先帮我准备好烫伤药。"

他伸出手,握住其中一个发红的门把。

门把并不烫手;一切只是幻象,是虚惊一场。那触感是温暖的,仅此而已。杰克转动门把那一瞬间,其他门把上的红光也随之熄灭。门扉推进室内,魔符的歌声再次传来,杰克全身的汗毛都竖直起来:

做得很好!杰森!来吧!来我这里!

抱着理查德,杰克踏进暗黑旅店的餐厅。

3

一跨过门槛,杰克感觉到一股力量——某种无生命的力量,类似死人的手——企图将他推回门外。杰克奋力抵抗,很快地,那种被挤迫的感觉便平息了。

室内并没有想象中阴暗——然而水渍斑斑的玻璃却让室内光线显得苍白、失去色彩,杰克讨厌这种感觉。他觉得自己仿佛走进一片迷雾,什么也看不清楚。室内的墙壁散发出倾颓朽坏的气味,墙上的灰泥在漫长过程中消蚀成一团污浊的浓雾:这气味混合了虚空的岁月与酸腐的阴暗。然而这座旅馆里有的不止这些,杰克知道,也因之恐惧。

这地方可不是空无一物。

最终,隐藏在这暗黑旅店里的会是什么,杰克并不清楚——不过他知道,摩根绝对没有那狗胆踏进这里一步,而且他猜想,换作任何人都一样。沉重滞闷的空气充塞他的胸腔,仿佛吸入慢性的致命毒气。他感觉到诡异的楼层、歪斜的通道、密室、死巷压迫在自己上方,如同面对一堵背后隐藏着无数复杂密窖的高墙。这地方充满了疯狂、四处横流的死亡,还有喧闹不休的各种非理性。杰克脑中也许没有切合的字眼来形容这一切,但他切切实实感觉到了,分毫不差……他知道那些是什么样的东西,正如同他深知整个大宇宙里任何魔符都无法为他摒挡这一切。他感觉到,自己进入了一场奇异而有着未知结局的舞蹈仪式……

他只能依靠自己。

冷不防杰克感到颈背一阵瘙痒,杰克伸手一拂,那东西却溜向旁边。臂弯里的理查德呻吟起来。

原来是只悬吊在丝线上的黑色蜘蛛。杰克抬起头,蜘蛛网结在天花板的吊扇上,在两片硬木风扇片间乱糟糟地结成一团。蜘蛛的身体胀鼓。杰克看见它的眼睛。他不记得自己曾看过任何蜘蛛的眼睛。杰克绕过悬在半空的蜘蛛,走向餐桌。蜘蛛也随之改变方向,跟着杰克。

"下流的小贼!"蜘蛛冷不防开始尖声咒骂。

杰克吓得尖叫,惊慌地抱紧理查德,像触电似的。他的叫声回荡在高耸空旷的餐室。头顶阴暗中的某处,传来一阵空心的金属碰撞声,接着是一阵笑声。

"下流的小贼!下流的小贼!"蜘蛛一边骂着,倏地爬回结在弯曲天花板下的蜘蛛网。

杰克的心脏扑通狂跳,他穿过餐厅,将理查德安置在其中一张餐桌上。理查德又发出一声极其微弱的呻吟。就算隔着衣服,杰克仍感觉到布料下凹凸起伏的肿块。

"我得离开你一下下,兄弟。"杰克说。

声音从半空中的暗处传来:"……我会…我会替你……好好照顾他……你这个下流的……下流的小贼……"接着是一阵阴冷奸邪的细碎笑声。

杰克让理查德躺下的那张桌子底下搁着一堆亚麻桌布。最上层的两三块桌布已经发霉,变得黏糊糊的,翻到中间,杰克才找到一张勉强算得上干净的布。他摊开桌布,盖在理查德身上,只让他露出脸来。他转身准备走开。

风扇阴暗的角落,被蜘蛛丝缠裹的苍蝇与黄蜂发出腐臭,蜘蛛尖细的语音再度响起:"……我会替你好好照顾他,肮脏的小贼……"

杰克冷静地抬起头,却看不见蜘蛛的踪影。他能想象那对冰冷的小眼珠,然而一切也仅止于想象。一幅令他毛骨悚然、备感煎熬的画面袭击他:那蜘蛛跳到理查德脸上,撑开松软的嘴唇,钻进他嘴里,一面不停哼着"下流的小贼、下流的小贼、下流的小贼……"

他原想连理查德的脸也盖上,后来却发现自己无法做出这种事:如果连脸都盖住,会让理查德看起来活像一具死尸——简直就像对死神发出请帖。

他走回理查德身边,呆站着,举棋不定。他知道自己这种优柔寡断的态度势必会让旅馆中的邪恶力量称心如意——那是企图阻止他取得魔符的邪恶势力,无论那股力量的内容是什么。

他将手伸进口袋,掏出那颗深绿色大弹珠。在另一个世界里,这颗弹珠会变成一面神奇的小镜子。并没有任何理由让杰克有必要相信这颗弹珠拥有抵抗恶灵的特殊力量,但是,这颗弹珠来自魔域……扣除焦枯平原不谈,魔域是个本质善良的地方。杰克揣度,这种天生固有的善良,想必拥有与邪恶相抗的力量。

他将弹珠放在理查德掌心,替他合上手指,让他握着。理查德握住了,可是等到杰克放开手,理查德的手又稍微松开了些。

高处传来蜘蛛猥琐的笑声。

杰克伏下身子靠近理查德,试着忽略他身上那股疾病的气味——多像这旅馆里的味道——轻轻说道:"好好拿着弹珠,理查德。握紧它,查查。"

"不要叫……查查。"理查德含糊地抗议,但仍虚弱地握住弹珠。

"谢谢,理查德小子。"杰克轻轻在理查德脸颊上一吻,转身走向餐室彼端紧闭的双扇门。这里和阿兰布拉没什么两样,他想道,从餐厅那边可以通往花园,从这边可以通往靠海的露台。两边各自都有双扇门,通向旅馆其他地方。

他穿过餐室时,再次感觉到那种来自死者之手的推力——这股推力源自旅馆本身,企图将杰克推出门外。

别理它,杰克想道,继续往前进。

这么一想,那推力似乎刹那间便瓦解了。

我们自有其他办法,杰克靠近双扇门时,他听见门扉对他低语。又一次,杰克听到那模糊的空心金属碰撞声。

你在为了斯洛特担惊受怕,门扉再次对着杰克低语;只不过这次说话的不止是它——杰克这时听见的是整座旅馆发出的声音。你担心斯洛特,还有恶狼、半人半羊的怪物,还有冒牌篮球教练;你担心机关枪、塑料炸药和魔法小钥匙。小朋友,这里的我们才不担心那些事,它们对我们来说压根不值一提。摩根·斯洛特在我们眼中不过是只小蚂蚁,他还有二十年好活,不过外头的二十年还比不上在这里吸上一口气的时间。暗黑旅店里的我们只在意一样东西,那东西就是魔符——所有世界的轴心。今天你竟敢闯进来,还想抢走属于我们的东西;我再告诉你一次;对付你这种肮脏的小贼,我们自有办法。如果你再不死心,下场保证有得你受——我们会让你体会,什么叫切肤之痛。

4

杰克推开双扇门的其中一扇,然后另一扇。门脚经年未用的轮轨再次转动,轮子辗过沟槽,发出刺耳的吱嘎声。

门后是道黝黑的长廊。从这里可以通往大厅,杰克心想,而且,假如这地方的布局真的和阿兰布拉相仿,我可以再从主楼梯往上一层。

他知道上到二楼就能找到舞会的大厅。而找到舞厅,他就能找到此行所追寻的东西。

杰克回头一望,理查德还安然躺在桌上,于是走进长廊。他将门在身后掩上。

他在漆黑长廊中缓缓挺进,破烂脏污的运动鞋在腐朽的地毯上擦出细微的声响。

往前走了一点点,杰克看见另一道双扇门,上面画着几只小鸟。

距离较近处是几个会议厅:金州厅正对着淘金者厅。再往前更靠近那扇画着小鸟的双扇门大约五步距离是门多西诺厅。(桃花心木的门扉上,靠近下方的一块镶板上刻着:你老娘尖叫惨死!)长廊最尽头——看起来遥远得不可思议!——蒙着一层薄薄的光雾。大厅就在那里了。

喀哒。

杰克猛然转过头,看见石壁长廊内其中一扇尖顶门上方,有个影子一闪而过。

(石壁?)(尖顶门?)

杰克不安地眨眨眼睛。这道长廊的墙面是长条红木镶板,而且因为近海,已开始受潮腐烂。不是石壁。而且金州厅、淘金者厅、门多西诺厅的门都只是普通的长方形门,压根不是什么尖顶门。然而刚才那一刹那,他看见的却像是精雕细琢的教堂式尖顶拱门,而拱门下方的门扉则是利用绞盘升降的铁栅。铁栅最底端是一根根如同饿兽獠牙的尖钉。铁栅降下堵住开口时,那些尖钉便会与地板上的凹洞紧密嵌合起来。

才没有什么石壁长廊呢,杰克。睁大眼睛看清楚。那些只是普通的门而已。三年前你和妈妈还有汤米叔叔去参观伦敦铁塔时看过那样的门。你只是有点害怕过头了,根本没什么……

然而他胃窝底那股讨人厌的感觉仍然挥之不去。

真的有石壁和尖顶门。我腾过去了——大概一秒钟吧,我到魔域里了。

喀哒。

杰克猛一回身,脸颊与额头冒出斗大汗珠,颈背汗毛直竖。

他又看见了——其中一个房间里闪过一道金属光泽。他看见带着邪气的黑色巨石,粗糙的表面布满点点青苔。潮湿烂糊的巨石壁缝有许多软绵绵的恶心小虫钻进钻出。石壁上,每隔十五至二十英尺便钉着一道烛台,烛台上的火炬不知多久前便早已燃烧殆尽。

喀哒。

这回他眼皮连眨都没眨一下。世界就在他眼前向旁边滑动,一阵阵波纹就像隔着清澈的流水看着事物。长廊墙面又变成发黑的红木镶板,不再是巨大的岩石。门变回普通的门,没有什么尖钉铁栅。两个原本被一层薄得像丝袜的薄膜隔开的世界,如今开始彼此叠合。

此外,杰克恍恍惚惚感觉到,他内在属于杰森的那面也开始和属于杰克的那面互相交叠——结合了杰克与杰森的第三个他正开始浮现。

我不太确定这两者结合之后会产生什么,但我希望他是坚强的——因为那些门后隐藏着一些什么……每一扇门后都是。

杰克重新拾回步伐,沿着长廊走向大厅。

喀哒。

这一次,世界没有在他面前变化;门还是门,没有任何改变。

不过,就在那后面,就在门后面——

这时他听见上头画着鸟儿的那道双扇门背后传出声响——那扇门上画的景致是块沼泽,沼泽上的天空漆着几个字:"苍鹭酒吧"。门后的声音是某个巨大、生锈的机械突然启动的声响。杰克转身

(杰森转身)

面向那道缓缓敞开的门

（面向那道缓缓升起的栅门）

他将手伸进

（他将手伸进缠在腰带上的）

牛仔裤口袋

（布袋）

握住那枚好久以前，斯皮迪送给他的吉他拨片。

（握住那只鲨鱼牙齿）

他静静等候，不知道什么东西会从苍鹭酒吧里走出来，整座旅馆的墙面对他呢喃着：要收拾你这种肮脏的小贼，我们自有办法。你早该趁着还有机会的时候逃走……

……因为现在，你的大限到了。

5

喀嘟……砰！

喀嘟……砰！

喀嘟……砰！

金属碰撞声响巨大沉滞。那声音传递出一种残酷而非人的气息，那比任何人类发出的声音都叫杰克感到害怕。

带着笨拙的韵律，它僵硬地向前移动：

喀嘟……砰！

喀嘟……砰！

声音静止了好久。杰克等待着，身体紧紧靠在距离门右边几英尺外的墙上，全身神经紧绷得几乎嗡嗡作响。好长好长一段时间，没有发生任何事。杰克开始希望，那铿锵作响的东西已经跌入某个世界夹缝中的活门，回到它原来所属的地方。他也渐渐意识到自己长时间刻意保持不动的紧张姿势在背上造成的疼痛。

他的身体向下一垮。

接着,传出一声爆裂巨响,一只盔甲拳头冲破那扇门上斑驳的蓝色天空,拳头的指节处凸出两英寸长的尖钉。杰克缩进墙角,紧张地喘气。

于是,无助的杰克腾入魔域。

6

铁栅里立着一副生锈发黑的甲胄。圆柱形头盔只开着一道不到一英寸宽、黑幽幽的眼缝,头盔顶上有一簇红色羽饰,许多白色蛆虫在羽饰间蠕动穿梭。杰森发现,那些白色虫子和出现在胖伯特寝室、然后蔓延至整个塞耶中学的虫子并无二致。头盔底下接着一块领巾状铠甲,垂挂在生锈武士肩上的造型像一块女用披肩。上臂与前臂都是厚重的臂铠,中间以厚重的铁甲护肘相接。所有甲胄全披覆着一层累积经年的锈垢脏污,当武士移动时,铁甲护肘便发出尖锐的噪音,像是任性孩童吵闹的尖叫声。

铁拳上全是令人触目惊心的尖钉。

杰森贴着墙紧盯着那武士,无法别开视线,他发烫的口腔干燥无比,他的眼球仿佛正随着心跳一阵阵肿胀起来。

武士右手握着一柄战锤——生锈的战锤看起来有三十英磅重,在寂静中透露出杀意。

还有栅门啊,别忘了你们之间还有一道栅门——

这时候,尽管附近没有任何人,栅门的绞盘却开始转动,一截截像杰克前臂般长的铁链开始缠上转轴,栅门缓缓升了上去。

7

击破门板的铁拳已经缩了回去,遗留的破洞改变了门上所画的田园风光。突然间,战锤猛然击破门扉,门上画的两只正要飞向天空的苍鹭中,有一只硬生生被抹灭。杰克急忙抬手遮脸,阻挡飞散的门片。战锤收了回去。片刻沉寂。这短暂的瞬间几乎让杰克开始重新考虑要不要逃走。接着带尖钉的铁拳再度击出门板。铁拳左摇右扭,将门上的洞越捣越大,然后又收回去。下一秒,战锤从一片河岸边的芦苇丛中央捶了出来,右边门扉有一大半随之被击落,倒在地毯上。

这时杰克已能看见苍鹭酒吧里那个笨重的铁甲身影。这身形和杰森在那幽黑城堡里面对的甲胄武士并不相同;杰森看见的武士头盔近乎圆柱形,顶上还有红色羽饰。这个头盔的形状像是精心打造出的鸟首,靠近耳朵的部位还伸出两支长角。两个世界的武士所持的战锤是相同的,此外,两个世界的武士同时扔掉手上的战锤,仿佛出于满怀轻蔑——面对这样一个弱小的对手,谁还用得上战锤这东西?

跑啊!杰克,快跑!

这就对了,旅馆低语着,跑吧!下流的小贼最擅长逃跑了!跑啊!快跑啊!

他不会就这么逃走。他也许会没命,但他不会当个逃兵——因为那狡猾猥琐的声音说得没错,逃跑是低劣的贼人才会做的事。

可是我不是小偷,杰克坚强地告诉自己,那东西可能会杀了我,可是我不会逃走。因为我不是小偷。

"我才不逃!"杰克对着武士的鸟首头盔大吼,"我不是小偷!听见了没有!我来拿走属于我的东西,我不是小偷!"

鸟首头盔的气孔发出一阵来自喉咙深处的尖吼。武士抢起铁拳挥来,一拳击上摇摇欲坠的左边门片,另一拳击中右边,毁灭了原来门上那片乡间景致。门轴应声断裂……门板倒向杰克的那一刻,他看见画在门上的苍鹭仍旧亟欲展翅而飞,就像迪士尼的卡通一样,它明亮的眼眸里闪动着惊恐。

铁甲武士像个机械杀手般朝杰克逼近,他的步伐像要粉碎地板似的重重踩在地上。他超过七英尺高,当他过门而出时,头盔上的角刮过门框,那痕迹看起来很像引号。

快跑啊!有个声音在他脑中紧张地尖叫。

逃吧,小贼。旅馆低语着。

不,杰克答道。他瞪着逐步进逼的武士,口袋里的手紧紧握着拨片。带有尖钉的臂铠往上伸向鸟首头盔,掀开面罩。杰克倒抽一口大气。

头盔里空无一物。

这时,武士的手转而伸向杰克。

8

带有尖钉的臂铠伸向圆柱形头盔,抓住头盔两侧。头盔缓缓卸除,露出一张青灰色的脸。这枯槁的面容看起来至少有三百岁。他的头颅一侧像被重击过,碎裂的颅骨像破掉的蛋壳刺穿皮肤,伤口周围有一圈黏糊糊的黑色液体,杰森猜想那东西八成是已经腐烂的脑浆。他并没有呼吸,然而发红的眼眶里那对直瞅着杰森的眼珠闪烁着可怕贪婪的光芒。他咧嘴冷笑,露出一口尖锐的利牙,杰森感到一阵恐惧,仿佛那利牙就要将他撕成碎片。

他摇摇晃晃向前移动……然而,这不是周围唯一的声音。

杰森往左看,望向城堡的

(旅馆的)

正厅

(大厅)

看见另一个武士,这个武士头上戴的是较浅的、碗形的头盔,像是中世纪鼎盛期十字军的头盔。在他背后还有第三个……然后是第四个武士。他们沿着长廊缓缓走来,一副副古代甲胄里如今保护的是某种吃人恶鬼。

冷不防,铁甲抓住杰森的肩头。尖钉刺进他的肩膀与手臂。温热的鲜血泉涌而出,那张青灰色的老脸随之露出狰狞的笑容。铁甲护肘发出刺耳的噪音,武士将杰森拉近自己身边。

9

杰克痛苦地惨叫——铁甲武士拳头上那生锈变钝的铁刺此时正在他的体内,他立时彻底明白了,这一切都是真的,而且再过不久,这东西就会杀了他。

他整个人被拉向那头盔黑暗空洞的开口——

这副甲胄真的是空的吗?

杰克在黑暗的头盔中看见两个模糊的红色光点……仿佛是对眼睛。铁甲手臂将他越提越高,他感到彻骨的寒冷,像是无数个冬天全都集合在一起,化成一个至寒的冬季……而那道冰冻的寒流正从中空的头盔吹送出来。

我真的会死,我妈妈也会跟着死掉,还有摩根。斯洛特就要得逞了,他会杀了我,他会

(用他的尖牙把我碎尸万段)

把我冻死——

杰克!斯皮迪高喊。

(杰森!巴卡高喊。)

拨片,孩子!快拿出拨片!否则就来不及了!看在杰森分上,快拿出拨片!

杰克握住拨片。它就像那枚银币一样滚滚发烫,原本令人麻木的冰冷突然被一阵激流般的胜利感取代。杰克从口袋取出拨片,被铁刺紧咬着的肌肉一动,令杰克痛得大叫,但他没有失去胸

口那股胜利感——那是魔域甜美和煦的暖意,是彩虹带来的清澈愉悦。

拨片又变回普通的拨片,它躺在他指间,又厚又沉的三角形象牙拨片,上面用纤细的金线镶着奇异的图案——这一刻,杰克

(与杰森)

看见金线的图形慢慢转变,勾勒出一个轮廓——那是劳拉·德罗希安的脸。

(莉莉·卡瓦诺·索亚的脸)

10

"以女王之名,你这邪恶卑鄙的东西!"两人同声高喊——然而这只是同一人口中发出的叫喊,杰克/杰森。"我命令你从这世上消失!以女王之名、以女王之子杰森之名,立刻从这世上消失!"

杰森将拨片挥向盔甲里那张苍白瘦削得像吸血鬼的脸;同一瞬间,他的眼睛眨也没眨,便向一旁滑动,滑进杰克体内,看见拨片飞进一个冰冷黑暗的空洞。另一瞬间杰森看见,当拨片的尖角刺进那皱纹深刻的额头正中央,那张吸血鬼似的脸上两颗发红的眼珠不敢置信地暴凸出来。接着那对变得模糊的眼珠爆裂,冒着蒸气的脑浆流向他的手背、手腕,黑色汁液里爬满了啮咬不停的小虫。

11

杰克被用力地抛向墙壁,一头撞上去。尽管脑袋与被刺伤的上臂与肩膀抽痛不已,他仍紧紧握着拨片。

那副盔甲铿铿锵锵发出声响,像是锡罐拼凑出的吓人玩意。

杰克看见它越胀越大,于是抬起一只手遮住眼睛。

铁甲自行崩解了。它的残骸并未四处飞射,只是默默散落一地——杰克心想,如果不是像现在这样,缩在一间发臭的旅馆走廊上,还有鲜血不断淌进他的腋窝时亲眼目睹这一幕,而是在某部电影里看见这场景的话,他大概会忍俊不禁。那个像极了鸟头的头盔跌落地上,发出沉闷的碰撞声。原本用来阻挡敌人刀剑刺伤喉咙的护颈甲,笔直地落进一圈圈有网孔的铁甲,叮当作响。胸甲像钢制的弧形书挡一样坠落地面。护胫甲随之瓦解。金属残块像阵雨般打在发霉的地毯上,终于在地上积成一堆废铁。

杰克撑着墙壁勉强站起来,睁大眼睛瞪着盔甲残骸,仿佛担心那些碎片会突然飞起,重新组合起来。老实说,他真的很担心会发生这种事。直到确定没有任何事情会发生后,他转向左边,前往大厅……结果竟看见另外三个铁甲武士缓缓朝他走来。其中一个手上握着一块长满霉菌的旗帜,那是杰克认得的标志:摩根的黑色座车在外岗路上驱车赶往女王宫殿时,前导旗手拿的就是这样的旗帜。那是摩根的标志——不过杰克隐约了解,这些铁甲武士并非摩根的手下;他们拿这旗帜当成某种变态的玩笑,用来讥嘲面前这个满脸恐惧的不速之客,因为这个擅闯旅馆的小鬼正打算偷走他们珍贵的宝物,而那宝物是他们唯一存在的理由。

"别再来啦。"杰克沙哑地呻吟。拨片在他指间颤抖。拨片起了点变化;在被用来收拾从苍鹭酒吧走出的铁甲武士后,拨片似乎受到损伤。原本是新鲜奶油色的象牙质地此时已明显发黄,而且出现两道纵横交叉的裂缝。

铁甲武士仍一步步坚定地接近杰克。其中一个缓缓举起一柄长剑,剑尖分岔成两头,看来十分骇人。

"别再来啦。"杰克呻吟着,"老天啊,拜托你,别闹了,我好累,受不了了,求求你,别再来啦,不要——"

流浪汉杰克,小流浪汉杰克——

"斯皮迪,我真的没办法了!"他尖叫。泪水洗去他脸上的灰尘。铁甲武士就像装配线上的钢铁零件,不屈不挠地向前推进。在那冰冷空洞的甲胄中,杰克听见严寒的阴风呼啸。

——你会来到加州,就是为了将魔符带走。

"求求你,斯皮迪,别再逼我了!"

他们的手伸向他——像机器人般的黑色金属面罩、生锈的护胫、盔甲,上面布满点点霉斑与青苔。

你一定要全力一搏,小流浪汉杰克,斯皮迪疲惫地低语,语毕,他的声音散去,留下杰克一个人面对这险境。

四十二
杰克与魔符

1

你犯了个错——当杰克·索亚站在苍鹭酒吧外，望着那些铁甲武士如大军压阵向他逼来时，一个幽灵般的声音突然在他脑中开口说话。他的脑海里像是睁开一只眼睛，他看见一个愤怒的男人——一个比发育较早的男孩大不了多少的男人——在西部小镇的街上，神气威武地走向摄影机，扣上一个枪套，然后再一个，两条枪套皮带交叉在他的肚皮上。你犯了个大错——你早该把艾利斯家的两兄弟都杀掉！

2

在母亲所主演过的电影中，一九六〇年拍摄、一九六一年发行的《通往绞刑镇的最后列车》是杰克心目中最棒的作品。这部电影由华纳兄弟公司出品，其中的主要角色——如同那个时期华纳制作的大多数低成本电影——均由华纳制作的电视剧固定班底担纲。其中包括主演电视剧《初生之犊》的杰克·凯利（在电影里饰演一个个性温和的赌徒），与主演电视剧《波旁街》的安德鲁·杜根（他在电影里演的是个邪恶牧场大亨）。至于在电视中饰演一个名叫夏恩·博迪角色的克林特·沃克，则在这部电影中饰演拉尔夫·艾利斯（最后一次出动打击犯罪的退休警长）。电影里有个心地善良、乐于助人的艳舞女郎，原本计划由英格·史蒂文斯担纲,偏偏史蒂文斯小姐却染上支气管炎,于是这角色便落到莉莉·卡瓦诺头上。这类角色对莉莉来说简直是家常便饭,驾轻就熟。有一次,莉莉与菲尔以为杰克已经熟睡,两人在楼下客厅里谈天,杰克赤着脚走进浴室想装杯水喝,他听见母亲说了句令他无比震撼的话……震撼到令杰克毕生无法忘怀。"每个我演过的女人都晓得怎么在床上扭动腰肢,却没一个知道该怎么动嘴皮子。"她这么告诉菲尔。

在华纳兄弟另一出电视剧《甜蜜脚》里挑大梁的威尔·哈钦斯,也在这部电影里轧了一脚。《通往绞刑镇的最后列车》会成为杰克心目中的最爱,最主要的理由就是因为哈钦斯扮演的角色。此刻,当杰克望着铁甲武士在阴暗的长廊上逼近,正是哈钦斯所扮演的那个角色——在电影里叫安迪·艾利斯——出现在杰克几乎要被疲惫压垮的脑海中。

宽银幕上的哈钦斯大吼着:"来啊!放马过来啊!我才不怕你!你犯了一个大错!你早该把艾利斯家的两兄弟都杀掉!"

威尔·哈钦斯在影史上并没有特别杰出的表现,然而在那一刻,他成功了——至少在杰克眼中是如此——他的表演展现出最真实精彩的一瞬间。他演活了一个明知自己正步向死神,却仍然不顾一切从容赴死的年轻人。尽管内心充满恐惧,他踏在大街上的步伐却没有半点不情愿。

铁甲武士踏着机器人般左摇右晃的步伐,他们之间的距离越拉越近。看这德行,他们的背上应该插着发条才对吧,杰克心想。

他转身迎向他们,泛黄的拨片夹在右手拇指与食指间,仿佛正准备弹奏一曲。

武士的脚下似乎踌躇起来,仿佛感觉到杰克无所畏惧的气势。就连旅馆本身也似乎突然变得犹豫不定,又像霎时间察觉自己对敌人太过掉以轻心;地板吱吱作响,某处,一连串的门接二连三砰然关上,屋顶上的风信鸡也暂时停止转动。

铁甲武士再度向前挺进。此时,他们并肩而行,宛如一道由各式铠甲组成的铜墙铁壁。一个武士手里擎着刺猬般的铁球,另一个握着战锤,走在中间的武士则握着一柄双叉长剑。

杰克突然抬起脚步迎上前。他目光炯炯,拨片举在胸前。他的脸上绽放出属于杰森的锋芒。他

往一侧滑动

瞬间进入了魔域,化身杰森。原本是拨片的鲨鱼牙齿,火红得犹如烈焰。当他朝那三名武士走去时,其中一名武士脱去头盔,露出另一张苍老惨白的脸——这张脸的下巴肥厚,颈部下垂的老肉仿佛融化的蜡烛。他将手中的头盔对着杰森掷来。杰森轻易闪过

接着

重新回到

杰克体内,此时一副头盔击中他身后的木板墙,落在地上。站在他面前的,是一副无头铁甲。

你以为这样就吓唬得了我?杰克嗤之以鼻,你这招我早就见识过了,吓不倒我的,我才不怕你。我一定会拿到魔符,我说了算。

这一次,他不只感觉到暗黑旅店正在倾听他的心声;整座旅馆似乎朝他的四面八方退缩远离,楼上,分别守护五个房间的武士已经消亡,五扇窗户爆裂,声响如同枪击。杰克再度逼近铁甲武士。

头顶上某个角落传来魔符清澈甜美的胜利歌声:

杰森!来我这里!

"来啊!"杰克对着铁甲武士吼叫,接着开始大笑。他控制不了。他的笑声从来不曾如此充满劲道,充满感染力,也从来不曾感觉如此之好——这笑声就像一道涌泉,或是河流深处涌上的河水。"放马过来啊!我才不怕你们!管你们是什么鬼圆桌武士还

是方桌武士,你们应该乖乖待在那张桌子旁边的!你们犯了个大错!"

杰克笑得更大声了,但内心反而更加坚决,他大步冲向正中央的无头铁甲武士。

"你早该把艾利斯家的两兄弟都杀掉!"他大喝一声,斯皮迪的吉他拨片穿过无头武士颈部上方冷冽的空气,铁甲武士立时散落瓦解。

3

阿兰布拉饭店的寝室里,莉莉·卡瓦诺·索亚突然间从她埋首阅读的书中抬起头来。她以为自己听到有人的声音——不对,那是杰克的声音!——从空荡荡的走廊上远远传来;说不定还更远些,是从大厅传上来的。她睁大眼睛侧耳倾听,紧咬着嘴唇,心跳不停加速……接下来却什么动静也没了。她的杰克依旧不在,病魔仍在她体内蚕食鲸吞,而距离她下次服下那大得难以吞咽的棕色药丸、稍微减轻痛苦的时间,还有足足一个半小时。

最近,她越来越常出现那样的念头,想要干脆一口气把所有药丸统统吞下算了。这么一来就不只是稍微舒缓痛苦而已;那将会让所有折磨一了百了。人们都说你是不治之症,不过,难不成你真相信这种鬼话,癌症先生——要不要一口气吞下两打这种药丸试试?怎么样?你有胆量跟我玩玩吗?

唯一阻止她这么做的理由只有一个:杰克。她多么渴望再见他一面,渴望到出现幻觉,以为自己听见了他的声音……而且不只是什么老套的喊着她名字的呼唤,而是听见杰克正念着她以前某部电影里的台词。

"你这疯老太婆,莉莉。"她沙哑着声音自言自语,用颤抖的手指点燃一根泰瑞登香烟,抽了两口又捻熄。这些日子以来,只要抽超过两口烟就会让她咳得像五脏六腑都要裂开。"疯老太婆。"她重拾书本,却再也读不下去,因为泪水正滚滚而下,而她的胸口好痛、好痛,她巴不得将药丸一举吞尽,然而在那之前,她仍祈求再见他一面,她要再看一次亲爱的儿子英挺清秀的前额,还有那对炯炯有神的双眼。

回来吧,杰克,她心里呼喊着,求求你快点回来啊,否则,下次我们俩要说话,就得靠灵应板了。求求你,杰克,求你回来吧。

她合上双眼,试着入睡。

4

握着铁球的武士摇摇晃晃又支撑了一段时间,露出他空洞的内在,接着也爆裂开来。另一个武士仍高举战锤……不久,也颓软地散落在地。杰克在一堆破铜烂铁中伫立半晌,他的笑声仍未停歇,直到他看清手中的拨片。

拨片此时已经苍黄不堪,上面的裂痕也变得更深了。

不用在意,流浪汉杰克。继续你的任务。我猜附近应该还有更多那种到处乱跑的麦斯威尔咖啡罐,不过就算他们出现,你也能把他们撂倒,对吧?

"有必要的话,我会的。"杰克大声自言自语。

杰克踢开一块护胫、一副头盔和一块护胸甲。他大步走向大厅中央,他的运动鞋踩得地毯吱嘎有声。他走到大厅,约略环视一番。

杰克!到我这里来!杰森!到我这里来!魔符大声唱着。

杰克拾级而上。半途中,他看见楼梯转折处的平台上,最后一名铁甲武士正俯视着他。那武士高大魁梧,身长超过十一英尺,身上的铠甲和羽饰颜色漆黑,头盔眼缝透射出虎视眈眈的红光。

铠甲的掌中握着一柄巨矛。

一时间,杰克的脚步冻结在阶梯上,不久,他再度拾级而上。

5

最难缠的总是最后才登场,杰克心想。他的步伐稳健地往上走,走向黑黝黝的铁甲武士时,他

再度

滑动

穿越世界

进入杰森。面前的武士仍是一身乌黑的铠甲,但模样已截然不同;这武士的护面甲已向上拉开,露出一张几乎完全被焦黑干涸的疤疤淹没的脸孔。杰森看得出那是什么样的疤痕。这家伙铁定曾经和焦枯平原上滚动的火球有过相当近距离的接触。

阶梯上还有许多其他形影川流在杰克身旁,他看不清那些形体。他的手指拂过栏杆,手中触摸的已不是西印度群岛桃花心木,而是产自魔域的铁杉。

杰森!来我这里! 魔符高歌着,一时间,所有彼此区隔的现实之间,藩篱似乎全都溃散了,杰森并没有腾,而是在坠落不止的过程中穿越重重现实,宛如在古老的高塔中失足坠楼,冲破腐朽的楼板,跌下一层又一层。他毫不恐惧。接着又突然想到,说不定自己永远回不来了——他也许会就这么一路穿过层层串连的现实,永无止境地坠落,或是迷失其中,像闯进一座浩瀚无垠的森林——不过他随即甩开这个想法。这整段历程对杰森

(和杰克)

来说,不过是须臾之间,比起他在楼梯上抬起脚、踏上下一级

台阶的时间还要短暂。他会回来的。他是只有"独一本尊"的人。他坚信这样的人不可能迷失,因为在每个世界里,都有专属他的位置。而我并非同时存在所有世界中,杰森

(杰克)

想道,这才是最重要的一点,这才是我和其他人的差别;我正在穿透每一个世界,说不定速度快得让人看不见,身后只留下类似拍手声或超音速的音爆声。

千千万万个世界中,大多数世界里的暗黑旅店是一片焦黑的废墟——其中一个世界里,浪涛汹涌的海洋呈现一种死寂、病态的绿色,天空看起来也是类似的惨状。在另一个世界,他看见一种大得像篷车的生物收着翅膀像鹰一样垂直俯冲,抓住一只类似绵羊的生物,叼着血淋淋的后腿又飞回空中。

腾……腾……腾……世界在他的眼前飞掠而过,就像邮轮上赌客手中翻飞的纸牌。

他又回到原来的暗黑旅店,前方的阶梯上有六个不同版本的铁甲武士,但他们的内在是相同的。这里有个黑色帐篷,里面满是腐臭的帆布气味。帐篷有多处破损,阳光穿透进来,照亮了里面的尘埃——在这个世界中,当杰克/杰森爬上阶梯时,他又腾……又腾……又腾走了……

这个世界中,整个海面都着了火,这里的旅馆和文都岬差不多,但它已半沉入海里。有一瞬间,他好像在电梯舱里,武士穿过上方的活门跳下来对付他。他又在一个有条大蛇守护的斜坡顶端,它长而多肉的身躯覆满发亮的黑色鳞甲。

什么时候我才能到达尽头?什么时候才能停止穿越一层又一层楼面,什么时候才能闯进黑暗中?

杰克!杰森!魔符呼唤着,那声音来自所有的世界。来我这里!

杰克迎上前去,那感觉,就像回家一样。

6

　　他发现,自己想得没错;他只不过往上多爬了一级楼梯。现实再度回归,黑武士——他的黑武士,杰克·索亚的黑武士——站在楼梯转角,挡住去路。武士扬起长矛。

　　杰克心里害怕,脚步却没停下,他将斯皮迪送他的拨片举在身体前方。

　　"我可不想把时间浪费在你身上,"杰克说,"你最好快点滚——"

　　黑武士将长矛用力往下一挥,来势汹汹。杰克连忙闪到旁边。长矛刺中杰克原先站立之处,原先的台阶碎成片片,落入无尽黑暗中。

　　黑武士使劲一拧,抽回长矛。杰克又往上登了两级,拨片仍夹在他拇指和食指之间……突然间,拨片崩裂,发黄的象牙碎末像破碎的蛋壳,雨一般飘落在他的运动鞋上。杰克愣愣地望着那些碎片。

　　致命的笑声轰然响起。

　　这个幽灵灼热的视线透过盔甲的细缝落在杰克微仰的脸上,仿佛在他的鼻子上留下一道水平的血丝。

　　狂笑再起——那不是杰克耳里听见的声音,因为他知道,这漆黑的铁甲武士和其他武士一样,只是一具盔甲拼凑成的空壳,里头住着尚未死绝的幽灵罢了;这笑声是在他脑中响起的。你输了,小男孩——你真的以为用那个小东西就能打发我?

　　长矛再度咻咻地从对角线戳刺而来,杰克将眼神别开,不去注视盔甲中的红光,身子伏低,这才及时避过攻击。他感觉到矛尖擦过头发上方,随后砸断了四英尺多长的楼梯扶栏,碎片也落入底下的空无之中。

武士走向他时,身上的盔甲发出金属刮擦声,然后将长矛往回,准备再次往前刺出。

杰克,你不需要魔汁就能来去自如,你也不需要魔法就能制伏这个咖啡罐拼成的家伙!

长矛又刺过来了,杰克吸了口气,后退避开,但肩上被刺到的伤口周围发出剧痛。长矛从他胸前掠过,将桃花心木扶栏像牙签一样击碎。杰克伸出左手扶住断掉的扶栏,但碎木戳进指甲缝里,一时痛彻心扉。他再用右手扶稳,这才没有坠下楼梯。

你所需的力量就在自己体内,杰克!到现在你还不明白吗?

有段时间,杰克只是站在原地,喘着气。接着,他重新迈开脚步,仰头瞪着前方的乌黑铁甲,继续登上阶梯。

"你最好让开。"

武士的头盔再次抬起,形成奇怪的敬礼姿势——不好意思,小朋友……你确定是在跟我说话吗?接着,他举起长矛,再度挥向杰克。

也许是为恐惧所蒙蔽,杰克直到这一刻才发觉,铁甲武士扬矛攻击的动作有多缓慢,每次出击的轨迹和攻击点都能预测得一清二楚。可能是因为铠甲的关节都生锈了,他心想。总而言之,一时间杰克的头脑清醒过来,现在他能轻轻松松闪过矛尖,钻向前方,贴近铁甲武士身边。

他踮起脚尖,伸长手臂,双手抓住那黑色头盔。金属头盔传来一种令人作呕的热度——就像触摸发着高烧的坚硬皮肤。

"从这世界消失!"杰克的声调低沉平静,几乎像是在聊天。"以女王之名,我命令你消失。"

头盔里的红光像南瓜灯笼里的蜡烛倏地熄灭,突然间,整个头盔的重量——至少十五英磅重——全都落进杰克手里,因为头盔下再也没有其他支撑物:头盔下方的整副铠甲都已经瓦解了。

"你早该把艾利斯家的两兄弟都杀掉,"杰克说完,将空空的头盔随手扔在楼梯转角。头盔落在地上,发出砰然巨响,像个玩具似的滚远。整座暗黑旅店似乎也随之颤栗。

杰克转向宽敞的二楼走廊,到了这里,终于出现了光线,干净而清澈,就像他看见男人飞翔在天空时的明朗光线。走廊尽头又是一道双扇门,门掩着,不过两道门间与上下方门缝透出充足的光线,证明门后势必异常明亮。

他极度渴望亲眼看看那道光,还有发出光线的光源;他千里跋涉,穿越无尽痛苦的黑暗,为的就是目睹这一切。

门扉沉重,上面镶着精致的漩涡装饰。只见那门上镌着金字:魔境舞厅。

"嘿,妈妈。"步入那道光辉时,杰克·索亚用梦呓般的轻软声音说。幸福的感觉充盈胸口——就像一道彩虹、彩虹、彩虹。"嘿,妈妈,我抵达终点了,我真的觉得我走到终点了。"

接着,杰克心存敬畏,轻轻伸出两手握住门把,向前一压,门扉敞开,原本门缝透出的细窄光线开阔成一片光带,杰克下巴轻扬,澄澈的光辉落在他充满惊奇的脸上。

7

杰克解决掉最后一个镇守魔符的铁甲武士那一刻,阳光·加德纳恰巧望向海滩方向。他听见一阵沉闷的声响,仿佛一颗小型炸弹在阿让库尔旅馆内某处爆炸了。同时间,旅馆二楼所有窗户射出亮眼的光线,而屋顶所有的风信鸡——各种形状的风信鸡,弯月形、星形、像小行星的和卷曲怪异的弓箭形的——一瞬间全数静止下来。

加德纳的一身装束活像洛杉矶特警队的队员。他的白色衬衫外套了件臃肿的黑色防弹背心,一边肩膀上的帆布背带上挂着一套无线电对讲机。加德纳走动时,对讲机粗肥的天线便随着他的身体前后摆动。他的肩上挂着一柄大得几乎能与高射炮相媲美的韦瑟比.360猎枪,就连罗伯特·鲁瓦克[①]看了都要羡慕得流口水。六年前,情势使得加德纳不得不抛弃原来的来复枪后,他便买下这把枪。此时这把枪的斑马皮质枪盒就收在一辆黑色凯迪拉克的后车厢里,和他儿子的尸体放在一起。

"摩根!"

摩根头也没回。沙滩上冒出一丛倾斜的岩石,宛如黑色毒牙,摩根站在这丛岩石左后方。岩石背面二十英尺处,距离海水不过五英尺远,斯皮迪·帕克,也就是巴卡,正瘫在沙滩上。在魔域里,巴卡曾下令对奥列斯的摩根施以黥刑——摩根白皙肥硕的大腿内侧有一块青紫色文身,那文身在魔域中是象征叛徒的标记。这黥刑本该刺在摩根脸上,当时还是劳拉女王亲自出面干预,才改刺在大腿内侧,这标记才得以几乎随时都能用衣服遮掩。女王出面说情时,摩根——无论哪一个——并没因此多爱她一点……然而,对于从中作梗的巴卡的恨意,却高涨到蚀骨难平之境。

如今巴卡/帕克俯趴在沙滩上,整个头颅满是溃烂的脓疮,耳中流出的鲜血已显得毫无生气。

摩根倒宁可相信帕克还活着,仍然承受着煎熬,偏偏在他和加德纳来到这丛岩石后方之后,他最后一次看见帕克背上的呼吸起伏已是五分钟前的事。

加德纳叫他的时候,摩根没有回头,正是因为他沉迷于端详这倒卧沙滩上的老仇家,看到出了神。人们都错了,谁说复仇的滋味并不甜美?

"摩根!"加德纳又叫了一声。

[①] 罗伯特·鲁瓦克(1915—1965),美国著名作家与探险家,曾长期于非洲进行探险与打猎。著有经典童书《爷爷与我》。

这次摩根回头了,他皱着眉头:"嗯?怎么了?"

"快看!暗黑旅店屋顶!"

摩根留意到,屋顶上林林总总的风信鸡——那些无论风势平静或激烈,全都按相同速度旋转的各式破败铜器——一时间全部静止下来。同时,他们脚下的地面掀起一阵波动,不久又回归沉寂,感觉就像冬眠中的地底巨兽突然翻了个身。若非看见加德纳那圆睁的发红双眼,摩根差点要以为那只是自己一时的幻觉。我猜,这会儿你肯定巴不得自己没有离开印第安纳,加德纳,摩根心想,印第安纳州的人不常遇上地震,对吧?

阿让库尔的窗内,再度充满寂静无声的光芒。

"那是怎么回事,摩根?"加德纳沙哑地问道。摩根发现,丧子之痛在加德纳心中点燃的狂热怒火首度缓和下来,他开始担忧自己的安危。这情况令摩根生厌,不过倘若有必要,他随时可以煽风点火,让那把火再次熊熊燃烧。只不过现在这节骨眼上,摩根可不想为了其他事情浪费精力;他要全心投入夺取杰克·索亚的世界——全部的世界。

加德纳的对讲机响起:

"红队长四号呼叫阳光!听到请回答!"

"我是阳光,红队长四号。"加德纳按下开关,"什么事?"

不出半响,加德纳从对讲机一连接到四通亢奋含糊的报告,但内容没有什么是他和摩根不知道的:窗内的闪光、风信鸡的静止、感觉到地面晃动,或甚至可能是地震的前震——加德纳吃力地接听每个回报,结束时回以"完毕!"有时则是"重复"或"收到"。摩根觉得自己宛如在一部大型灾难片中扮演某个重要角色。

但如果这能让加德纳镇定下来,摩根倒没什么意见。这么一来,摩根便省下一件事,用不着回答加德纳的问题了……想到这点,他猜想说不定加德纳其实并不想知道答案,所以才抓着对讲机毫无意义地说个没完。

镇守魔符的武士要不就是死了,不然就是溃散了。所以屋顶上的风信鸡会停止转动,暗黑旅店的窗口会射出光线。杰克没有拿到魔符……或者说,他还没有到手。假如他真的拿到了,整个文都岬会真的天翻地覆。到了这一刻,摩根认定杰克一定能够取得魔符……那是早就注定的事。不过话说回来,这也吓不倒摩根。

摩根抬起手,摸摸挂在脖子上的小钥匙。

终于,加德纳用尽所有的"收到"和"完毕",他将对讲机重新背回肩上,一双惊恐的眼睛睁得老大,望着摩根。在他还来不及开口说话前,摩根温柔地将两手搭在加德纳肩上。倘若除了自己那个命丧九泉的可怜儿子之外,摩根还会对任何人产生关爱之情的话,他对面前这男人,倒有几分关爱——不消说,这是种扭曲的情感。无论是奥列斯的摩根与奥斯蒙之间,或是摩根·斯洛特与罗伯特·"阳光"·加德纳之间,怎么说也一起并肩作战了好多个年头。

加德纳肩上那把步枪,就是在犹他州射杀菲尔·索亚的同一把枪。

"听着,加德纳,"他平静地说,"胜算在我们手里。"

"你确定?"加德纳小声反问,"我觉得他已经把镇守魔符的武士干掉了,摩根。我知道这听起来很疯,可是我真的觉得——"他停下来,嘴角虚弱地颤抖,唾沫覆上嘴唇,闪烁着水光。

"我们会打赢这一仗的。"摩根的语调同样沉静笃定,他是认真的。冥冥之中一切早就注定好了,摩根打从心底这么感觉。他已耐着性子等待了好多年,为的就是这一天。杰克将会带着魔符走出暗黑旅店。魔符拥有无边的力量……不过,它也是脆弱易碎之物。

他凝视着那把附挂着望远镜、威力强大到足以射杀犀牛的猎枪,然后伸手摸摸挂在脖子上那把能带来闪电的小钥匙。

"等到那家伙走出暗黑旅店,我们早就准备好充足火力对付他了。"摩根说完,又补了句,"不管哪边的世界都是。胆子大点,加德纳。跟紧我就对了。"

加德纳颤抖的嘴唇稍微稳定了些。"摩根,我当然会——"

"别忘了,是谁杀了你儿子。"摩根轻轻提醒他。

鲁埃尔·加德纳六岁时就患有癫痫症,当杰克把刻有女王头像的发烫银币按进奥斯蒙儿子脑中的同时,在70号州际公路上,鲁埃尔也在一辆凯迪拉克中死于癫痫发作,他是在从伊利诺伊州前往加州途中,在父亲怀中抽搐而死的。

加德纳的双眼再次暴凸。

"别忘了。"摩根轻声重复。

"坏透了。"加德纳絮絮念着,"全天下的男孩都坏。天经地义。那个男孩尤其坏。"

"没错!"摩根赞同地说,"保持这个想法!我们一定能阻止他,不过,首先我们必须确保一件事,只能让他从旅馆大门出来,不能再让他走水路。"

摩根领着加德纳走向方才他观察帕克的岩石后方。摩根发现,苍蝇——得了白化症的肥大苍蝇——已开始群聚在那老黑鬼的尸体周围。假如这世上有专门发行给苍蝇看的娱乐杂志,摩根很乐意花钱买下最大的版面,让他们好好介绍帕克现在这德行。来吧,全都过来吧。苍蝇将会在帕克逐渐腐坏的肉体上产卵,这个曾令他的分身忍受黥刑之苦的家伙身上不久便会钻出无数小蛆虫。这景象多么令人痛快。

摩根伸手指向露台。

"橡皮艇就在那里。"他说,"那东西做成一匹马的形状,天晓得是为什么。总之那东西就藏在阴影里,我知道。你的枪法一向很准,加德纳,如果你看到那东西了,就对它开个几枪,把那该死的东西给我弄沉了。"

加德纳解下肩上的猎枪,就着枪上的望远镜望出去。枪口缓慢地左右梭巡了好长一段时间。

"我看见了,"加德纳得意扬扬地说完,扣下扳机。枪声的回响穿越水面,最后渐渐消失。击发时他的枪管往上抬起又落下,然后再来一次。

"解决了。"加德纳垂下枪管。他重新找回了勇气,此刻挂在他脸上的笑容,与他完成犹他州那场任务之后的表情如出一辙。"那东西现在只是一块漂在水上的破橡皮了。你要用望远镜确认一下吗?"他将猎枪递给摩根。

"不用了。"斯洛特说,"你说打中就打中了。这下他就没办法再走水路离开了,而且我们知道他会从什么方向出来。我想,他会带着多年来一直阻挠我们的东西走出暗黑旅店。"

加德纳注视摩根,双眼炯炯有神。

"摩根大人,我建议我们往那边移动。"加德纳指着围墙内侧老朽的木板道。方才他在那里待了好几个小时,观察着旅馆,一面困惑着舞厅里的东西究竟是什么。

"好——"

就在这时,他们脚下的地面开始隆隆作响,上下起伏——沉睡的地底巨兽苏醒过来了,它正伸着懒腰,放声怒吼。

同一时间,阿让库尔旅馆的每扇窗户一齐绽射出令人目眩的白色光线——像是千万颗太阳汇聚在一起的强光。窗户顿时向外爆裂,碎玻璃宛如一阵钻石雨,四散纷飞。

"别忘了你的儿子是怎么死的,跟着我!"摩根大吼。他有预感,清晰而无可否认的预感,无论如何,胜利终究是属于他的。

两人开始跑上海滩上的木板道。

8

杰克心中又惊又喜,一步一步踏过舞池的硬木地板。他仰起头,眼底闪烁着光芒。他的脸沐浴在一道包罗所有色彩的清澈白光中——那是旭日的色彩、夕阳的色彩、彩虹的色彩。魔符飘浮在他头上的半空中,缓缓旋转着。

魔符的外形就像颗水晶球,周长约莫三英尺——四射的光芒令人难以看清它的实际大小。它的表面似乎刻着优雅的线条,宛如地球的经纬线……有何不可?杰克心想。他仍因极度敬畏与惊叹而晕陶陶的。这东西本身就是个包含整个世界——所有世界——的小宇宙。尤有甚者,它是所有世界的核心。

魔符歌唱着,旋转着,闪闪发亮。

杰克站在魔符下方,浸淫在魔符洁净而温暖、发自善意的力量中;他站在一场梦境里,感受那股力量灌注到体内,就像清新的春雨,唤醒潜藏在千万颗种子中的生命力。他感到一阵狂喜像火箭冲过脑际,杰克·索亚放声大笑,举起双手覆在仰望的脸上。

"到我身边来吧!"他高喊道,

接着身段一软,

(穿越?横跨?)

进入

杰森。

"到我身边来吧!"他用魔域中甜美流畅的清澈嗓音喊道——他大笑着高喊,然而两行清泪却滑下脸庞。他明白,这趟追寻是由另一人发起,如今也应当由另一个人来终结;于是他放开自己

重新

回到

杰克·索亚体内。

半空中,魔符颤抖着缓缓旋转,放射出净白的光芒与热力,以及纯粹的善意。

"到我这里来吧!"

半空中的魔符开始缓缓降落。

9

　　于是，在经历漫长时间、艰辛的冒险、黑暗与绝望的煎熬，得到朋友，然后又失去朋友后；在经历多少个辛劳工作的白天与睡在潮湿草堆的夜晚后；在面对来自黑暗的恶魔——在经历了这一切的一切之后，魔符就这么来到杰克·索亚身旁。

　　他凝视着缓缓降落的魔符，心中没有半点胆怯。他体内的杰森真的存在吗？劳拉女王的儿子早就遇害了；他不过是个幽魂，而他的名字在魔域之人的口中，就像美国人口中的上帝。然而，杰克依旧认定杰森存在。杰克这趟追寻魔符的旅程，是场注定该由杰森完成的任务，让杰森在这短暂的一刻，重新活过来一次——就某方面来说，杰克确实曾经有过分身。倘使杰森就像那些藏匿在盔甲里的武士，只是一缕幽魂，那么，在他指尖碰触到那颗发亮旋转的符球时，或许他也会就此消散无踪；杰克将会令他再死一次。

　　无须挂虑，杰克，有个温暖而清澈的声音对着杰克轻声低语。

　　它降下来了。它是颗水晶球，是一个世界，是全部的世界——它是辉煌，是温暖，是至善，是重返人间的圣洁。它必须同时也永远是如此圣洁，并脆弱无比。

　　魔符降落时，许多个世界环绕着他的脑袋旋转。那情景并不像冲破一层又一层互相重叠的现实，而是目睹一整个包纳万千现实的宇宙，层层相叠，就像一件（真实存在的事物）

　　锁子甲。

　　你即将要接下的，是包含所有世界的宇宙，是充满良善的宇宙，杰克——这是他父亲的声音。别弄掉了，孩子。看在杰森的分上，拿好它。

世界之外还有无数个世界,层层推衍,有些繁华美好,有些如地狱般可怕,而有那么一瞬间,所有这些世界全都浸沐在这颗镂刻着细致的银线、放射出温暖洁白光芒的水晶球下。它从半空中缓缓飘下,飘向杰克·索亚伸长且不停颤抖的手指上。

"到我身边来吧!"魔符的歌声传来时,他再度高喊,"来吧!"

此刻,魔符飘浮在他指尖上方三英尺高,洒下它疗愈人心的柔软光辉,缓缓降落;距离剩下两英尺、一英尺。它踟蹰了一会儿,轴心微微倾斜,慢慢旋转着,杰克能够清楚看见魔符表面那幻化莫测的壮观陆地、海洋与冰山。它酝酿着……终于,一寸寸向下滑进杰克伸长的手中。

四十三
善恶有报

1

莉莉·卡瓦纳,在她仿佛听见儿子的声音后,便昏昏沉沉睡去。她睡得极不安稳,这时陡然惊醒过来。数周以来,她蜡黄的脸上首度浮现血色。她的眼眸盈满希望。

"杰森?"她抽了口气,接着蹙起眉头;她刚才喊的不是儿子的名字。不过在这场令她惊醒过来的梦境中,她确实有个名叫杰森的儿子,而且,在那场梦里,她自己也有另一个名字。不用说,这一定是服了药才造成的,药力将她的梦推向一场极端的幻境。

"杰克?"她又试着唤了一声,"杰克,你在哪里?"

没有人回应……然而她感觉到他了,她知道,他还好好活在世上。这么漫长的时间以来——约莫有半年了吧——她第一次打从心底感到愉快。

"杰克。"她抓起香烟。她望着手里的烟,沉吟半晌,接着用力将它丢出去。香烟飞向房间另一头,落进壁炉里一堆她晚些打算烧掉的东西上头。"这八成是我这辈子第二次也是最后一次戒烟了,杰克,"她自言自语,"撑下去,孩子。妈妈爱你。"

她发现,自己毫无来由地,像个傻瓜似的绽开满脸笑容。

2

唐纳德·奇肯,在阿狼挣脱禁闭箱的那晚,正好被分派到厨房做杂役。那晚,他在阳光之家里幸存下来——至于另外一个和他一起在厨房干杂役的男孩乔治·欧文森,可就没那么幸运了。如今唐纳德住在印第安纳州曼西市,另外一所传统的孤儿院里。跟阳光之家大多数男孩们不同的是,唐纳德打从一开始就是一个真正的孤儿;加德纳必须收容几个这样的孩子,才能符合州政府的要求。

这时候的唐纳德正在楼上昏暗的走廊里拖着地,他突然抬起头来,一双糊涂的眼睛睁得老大。孤儿院外,原本正对着十二月荒芜的田地洒下细雪的浓云蓦然在西方的天际拨开一道裂口,一束阳光透射而下。

"你没说错,我真的爱上他了!"唐纳德胜利地大叫。唐纳德这话是对弗德·詹克洛说的,尽管这个脑壳里装了太多玩具而容不下其他的孩子早已忘记了那男孩的名字。"他很漂亮,我真的很爱他!"

唐纳德傻乎乎地大笑起来,唯有此刻,就连他刺耳的笑声都显得美好。孤儿院里有些人走到房门口,好奇地瞅着唐纳德。他的脸庞浸沐在那一束稍纵即逝的澄澈光线之中,而这一晚,孤儿院里将会有个男孩悄悄地告诉他的好友,那一瞬间的唐纳德·奇肯看起来宛如耶稣降世。

短暂的瞬间消逝了。乌云涌动,抹去那块奇异的光亮裂口,到了傍晚,雪势不断增强,转为入冬以来第一场暴风雪。唐纳德明白——是那短暂的一瞬间,让他明白了——那种爱与胜利的感受真义何在。然而他将永远不会忘却这种感觉。

3

将杰克与阿狼送进阳光之家的费尔柴尔德法官已不再拥有执法人员的头衔,此外,一旦终审结束后,他就得入狱服刑去了。

毫无疑问,监狱将会是他终其余生之所,可能再也没机会活着走出监狱大门了,而苦牢里的日子想必不会太好过,毕竟他年事已高,健康状况也不太好。要不是他们发现了那些该死的尸体……

在这样的处境下,他仍始终努力保持乐观心情。然而这天,他在自家书房里,用随身携带的折叠小刀剔指甲时,一阵强烈的沮丧感却突然淹没了他。他猛然抽开正偎在指甲边的小刀,沉思端详许久,接着,他将刀尖伸进右边鼻孔。他握着刀柄,让刀尖在鼻孔里停了一会儿,喃喃自语道:"操你妈的狗屁。有何不可?"他使劲一推,将六英寸的刀柄送进鼻腔,直直顶进脑门。

4

斯莫基·厄普代克坐在奥特莱酒馆的雅座上,正忙着在德州仪器公司出品的计算机上敲敲按按,整理各种账单收据,就和他第一次与杰克见面时一样。差别在于现在的时间已近傍晚,而洛丽正忙着招呼早到的客人。点唱机正播放着《宁要一瓶面前的酒(也不要动什么脑袋瓜手术)》。

一切都和平常没什么两样。突然间,斯莫基猛然坐直身子,头上的小纸帽抖了一下,向前滚落。他揪紧上衣的左胸口,感觉心窝突然传来一阵剧痛,仿佛被银钉凿进心口。上帝自有安排,阿狼会这么说吧。

就在同时,烧烤炉发出砰然巨响,炸飞到半空中,撞上雪山啤酒的广告灯箱,将灯箱从天花板上扯下来,掉在地上,撞得粉碎。吧台后方顿时弥漫出浓浓的瓦斯味。洛丽失声尖叫。

点唱机里的唱盘越转越快:四十五转、七十八转、一百五十转、四百转!最后从略带滑稽的女性哭腔变成疯狂的花栗鼠叫声,一转眼,点唱机的玻璃罩冲飞开来,彩色玻璃碎片喷溅各处。

斯莫基低头注视计算机,看见红色视窗上浮现两个闪烁不停的字眼：

魔符—魔符—魔符—魔符

他的眼球炸裂。

"洛丽，快关瓦斯！"有个客人大喊。他离开椅子，就地蹲了下来，转向斯莫基，"斯莫基，叫她——"男人看见斯莫基·厄普代克的眼眶只剩两个血肉模糊的凹洞，鲜血直流，不禁大声惨叫。

下一刻，整个奥特莱酒馆炸飞到半空中，从狗镇与艾尔米拉镇派出的消防车还来不及赶到，奥特莱镇中心已大半陷入一片火海中。

所幸损失并不惨重，孩子们，我们一齐喊声阿门吧。

5

塞耶中学如今已回复正常运作轨道（校园里发生的那阵骚乱不过是段短暂插曲，残存在众人脑中的，仅剩一连串模糊且彼此相连的梦境），这天的最后一节课刚开始。印第安纳州的绵绵细雪来到伊利诺伊州，成为一阵冰冷的毛毛雨。课堂里，学生端坐着沉思冥想，或者神游四方。

教堂钟声突然敲响，声声刺耳。学生抬起头来。他们无不睁大双眼。整个塞耶中学校园里，那些褪色的梦境蓦然间重新染上鲜艳的色彩。

6

埃瑟里奇坐在高等数学课的教室里，心不在焉地望着黑板前方洋洋洒洒写下一串对数算式的亨金斯老师，一面用手掌上上下下磨蹭自己充满热血的坚硬下体。他满脑子想的都是待会就要见面的那个大学城的可爱女服务生。她平常总是穿着吊袜带，而非普通的连身裤袜,而且他们上床时,她也挺乐意保留腿上的丝袜。然而这一刻,埃瑟里奇转过头,瞪着窗外,忘了自己勃起的下体,也忘了女服务生和她那套着光滑丝袜的长腿——突然间,毫无来由地,埃瑟里奇想起斯洛特。理查德·斯洛特,那个拘谨得要命又神经兮兮的小家伙,按理说应该被学校里的人当成软脚虾的,却不知怎么逃过这种待遇。他想着斯洛特,纳闷他现在过得如何。四天前,斯洛特无缘无故离开学校,从此下落不明,而这时埃瑟里奇竟莫名涌上一种感觉,他猜想,也许斯洛特情况不妙了也说不定。

教堂的钟声突然不按牌理出牌地响起时,杜弗雷坐在校长室里,正在与乔治·哈特菲尔德怒气冲天——而且家财万贯——的父亲讨论乔治因作弊而遭开除的问题。钟声平息后,杜弗雷校长发现自己双手双膝着地,灰色头发垂到眼睛前方,一条长舌吐挂在嘴边。乔治的父亲站在门边——事实上是吓得缩到门边——双眼圆睁,下巴惊讶得合不拢,困惑与恐惧使他忘了原先的怒气。杜弗雷校长在毛皮地毯周围爬来爬去,像条狗似的汪汪吠个不停。

钟声敲响那一刻,胖伯特恰巧替自己弄来一份零食。他往窗外望了一会儿,皱着眉头;当一个人努力要回想某件事,眼看就快想出来,却怎么也想不起来时,脸上的表情约略就是他现在这德行。他耸耸肩,继续拆开手上那包墨西哥玉米片——最近他妈妈才刚寄来一整箱。他睁大双眼。他看见——只是短短一瞬间,不过这一瞬间也够长了——玉米片的袋子里装满不停蠕动、肥鼓鼓的白色蛆虫。

胖伯特昏死过去。

醒过来后,胖伯特鼓足勇气才敢再次往袋子里看,结果袋子里的玉米片好端端的,刚才不过是幻觉罢了。废话嘛!除了玉米片还会有什么呢!即便只是虚惊一场,这一瞬间的幻觉无形中仍在他未来的人生中发挥了影响力。每当胖伯特拆开一包新的薯片,或棒棒糖,或牛肉干,脑中总会浮现那幕蛆虫缠结的画面。直到春天来时,胖伯特的体重已经减轻三十五英磅,还加入塞耶中学网球校队,也交了女朋友。他开心极了。这辈子第一次,他感到自己也许有机会从母亲那令人窒息的溺爱中逃离。

7

钟声响起那一刻,众人无不四下张望。有些人放声大笑,有些人蹙起眉头,还有些人不禁潸然泪下。某处,两条狗一齐高声呼嗥,这倒是奇怪的现象,毕竟塞耶中学向来不容许狗进入校园的。

钟声敲出的并非原本电脑设定的曲调——事后警卫长怏怏不快地证实了这点。这周的校园报上有人打趣道,八成有人想过圣诞节想疯了,才忍不住对教堂钟声动了手脚。

那天,钟声敲奏出的旋律,曲名是《幸福的日子再度来临》。

8

约莫十二个月前,尽管她早就认定自己年纪已经大到不可能再次生育,然而阿狼的母亲这回变身,月事却没有跟着来潮。三个月前,她产下三子——两名女婴和一名男婴。生产过程十分艰难,而她有个儿子将不久人世的预感又时时压在心口。她知道,那个孩子已经去了"异地",去尽保护牲口的责任,而"异地"将会是他的葬身之地,她再也见不到他了。这比起分娩的痛苦更难承受,教她流下更多眼泪。

然而,如今她与新生的三名稚子一同在满月下安详入睡;这一刻,他们一家人安安稳稳,离牲口远远的。她翻过身,脸上带着微笑,将男孩拉近自己身边,用舌头替他清理身子。睡梦中的婴孩伸出手臂,环抱母亲毛茸茸的颈项,将自己的脸颊用力贴紧她柔软的胸膛,他们一齐微笑;睡梦中的狼人涌现一则人类的想法:上帝的行事尽善尽美。在这个万物皆芬芳的美好世界里,月光洒落,姊妹依偎在身边,母子相拥入眠。

9

俄亥俄州戈斯林镇上(这里距离阿曼达镇不远,大约在哥伦布市南方三十英里处),有个名叫巴迪·帕金斯的男人正在薄暮中清理鸡舍。他脸上挂着一块粗纱布口罩遮住口鼻,以免自己被鸡粪扬起的白色粉尘呛死。鸡舍里臭气冲天,熏得他头昏脑涨。鸡舍屋顶太矮,高个子的他背也开始发疼。仔细想想,他觉得这真不是件人干的苦差事。虽说他有三个儿子,但每逢鸡舍需要扫除的时刻,他们全都该死地躲得不见人影。唯一一件值得庆幸的事,是他总算快要清扫完毕了——

那孩子!耶稣基督啊!那个孩子!

他冷不防想起那自称路易斯·费朗的小男孩,一阵清澈而令人震慑的爱怜伴随着泉涌而出。那个说要去鹿眼湖投靠海伦·沃恩阿姨的男孩;那个在巴迪问他是否离家出走时,转头面向巴迪,令巴迪震慑于他面容的真挚善良与惊人美貌的男孩——那种美让巴迪联想起风暴尽头升起的彩虹,以及兢兢业业挥汗劳动一整天后的晚霞。

他倒抽一口气,倏地站直身体,头顶不小心撞上鸡舍屋顶的横梁,痛得他眼泪差点掉下来……不过脸上倒是堆满狂热的笑容。噢,上帝啊,那孩子办到了,他办到了。巴迪·帕金斯这么想道，尽管那男孩究竟"办到了"什么，他一点概念也没有。总之，他的心神就像突然经历一场纯粹的冒险，全然为那甜蜜而强劲的感受掳获。打从他十二岁读过《金银岛》和十四岁那年第一次触摸女孩的乳房后，便不曾如此亢奋，如此激动，如此满怀温暖的喜悦。他大笑起来。他丢开手中的铲子，鸡舍里傻乎乎的母鸡全都吃惊地瞪着踩在鸡粪堆里的巴迪·帕金斯，蒙着口罩的嘴角笑得合不拢，弹着指头手舞足蹈。

"他成功了！"巴迪·帕金斯对着鸡群大叫大笑，"我的老天，他成功了，终究还是让他办到了，他到了要去的地方，拿到要拿的东西了！"

稍后，他几乎认定——只是几乎，不是百分之百笃定——自己八成是被鸡屎臭熏得昏头了。不完全因为这样，该死，不是这样。那时，他觉得自己得到某个天启，然而是什么样的启示，这会儿却一丁点也想不起来了……他猜想，他的情形就像高中时英文老师在课堂上提过的那个英国诗人：那家伙抽了一大管鸦片后，恍惚之间写起以中国妓院为故事背景的诗作……只不过等他清醒过来，便没办法继续完成作品了①。

就像那样，巴迪心想，不过冥冥中他又知道其实不是那样；而尽管他记不得究竟是什么原因使他如此高兴，巴迪·帕金斯和唐纳德·奇肯一样，将永远不会忘记这股喜悦降临的方式，是如此突如其来，却又令人欣喜若狂——他永远不会忘记那甜美强烈、犹如完成伟大冒险的感觉；不会忘记那看见包含彩虹中所有颜色的美丽洁白的一瞬间。

---

① 此处所指应是英国诗人柯勒律治（1772—1834）在吸食鸦片后，于幻象梦境中来到蒙古，见到元朝皇帝忽必烈的仙娜度宫，苏醒后就梦中所见情景写下的长诗《忽必烈汗》。

10

阳光之家出事后才关闭一星期，就已成为当地孩童口耳相传的鬼屋。房地产中介商竖在阳光之家门口那块"出售"的牌子虽然才立了九天，看起来却像摆了一整年之久，若是算上那些在边疆农场尽头的石墙脚下挖出的尸骨，这倒不是什么令人惊奇的事了。此外，中介商已将价钱向下修正过一次，目前正考虑要降得更低一些。

不过等到这件事情发生后，中介商也用不着考虑降价问题了。当第一道新雪开始从卡尤加铅灰色的天空落下（当杰克·索亚在两千英里外触摸到魔符之时），厨房后方的瓦斯槽爆炸了。上星期东印第安纳州瓦斯公司的工人才来过，将瓦斯槽里的瓦斯全都吸回他车上的油罐，而且他敢对天发誓，阳光之家的瓦斯槽里一滴不剩，你甚至可以爬进去点上一支烟；但不管怎么说，它还是爆炸了——恰恰与奥特莱酒馆的窗户爆裂、碎玻璃飞到街上的时间一样，分秒不差。（飞到街上的除了碎玻璃，还有些穿着牛仔衬衫和皮靴的老主顾……）

一转眼，阳光之家在烈焰之中夷为平地。

可否请你跟我一起高喊哈利路亚？

11

所有的世界里，某件事情改变了，就像一头庞大的巨兽，稍微改变了姿势，重新安顿下来……然而，在文都岬这个小镇上，那头巨兽沉睡在土壤中；它的美梦被人惊扰，正气愤地怒吼。根据加州技术学院地震研究所的报告，接下来的七十九秒钟，巨兽并未再度入睡。

大地震开始了。

四十四
地震

1

　　要过了一会儿,杰克才会开始意识到,包围着他的阿让库尔旅馆正一片片崩毁,但他并不惊讶。他正遨游在奇异的感觉中。就某种意义上来说,他并不在阿让库尔旅馆里,也不在文都岬里,不在门多西诺郡,不在加州,不在美国,不在魔域或其他世界里;同时间,他又确实存在于这所有地方,存在无数个世界里。他不单只是存在于所有世界里的某个地点,而该说,在所有的世界中,杰克无所不在,因为他就是那千千万万个世界本身。魔符的存在似乎比他父亲相信的更不可度量;魔符不只是所有世界的轴心,更是所有世界本身——魔符是全部的世界,还是世界与世界之间的罅隙。

　　他经历的一切,即使是西藏的得道高僧也摸不着头脑。杰克·索亚无所不在;杰克·索亚就是万事万物。在这条由无数个世界串连成的锁链上,千万个世界之外,某块约略与非洲相对应的大陆中央,有一片微不足道的小小草地因干旱而枯槁,杰克便随着那片草地死去了。在另一个世界里,一对蟠龙在云端缱绻,它们激烈的吐息遇上冰冷的空气,凝结成雨,降落大地。杰克就是那龙王,杰克就是那龙后;杰克是龙王的精子,是龙后的卵子。亿万个宇宙之外,三块尘埃正在星际中漫游。杰克就是那尘埃,杰克就是星际间的银河。众多银河就像纸卷围着杰克舒展开来,命运在其上缀满音符,在宇宙中从散拍爵士乐到葬礼挽歌无所不奏的自动钢琴上演奏出来。他是亿万张床下的亿万只猫咪;他是秘鲁的一只火腿,也是俄亥俄州的巴迪·帕金斯正在清扫的鸡舍中一只母鸡孵着的鸡蛋;他是风干变成粉末的鸡屎,被吸进巴迪·帕金斯的鼻腔;他是颤动的毛絮,即将害得巴迪·帕金斯打喷嚏;他就是那个喷嚏;他是喷嚏中的细菌,细菌中的原子,是原子中的超光速粒子①,正逆着时光前行,朝向大爆炸前进,那一切创造的起源。

他死在魔域的矿坑之中。

他就像埃瑟里奇领带上的感冒病毒。

他奔跑在远方吹来的风里。

他是……

噢,他是……

他就是上帝。他是上帝,或者说,他是近似上帝的某种伟大存在。

不!杰克惊恐地呐喊,不!我不想当上帝!求求你!求求你,我不想当什么上帝,我只想救我妈妈一命!

突然,无数景象瞬间终结。眼前只剩一道逐渐暗淡缩减的白色光芒,他又回到了魔境舞厅,时间只过了几秒,魔符仍然握在他的掌心。

2

旅馆外,地面开始跳动摇晃,波浪扫上滩头,仿佛想了一下,才又退下,露出海底的沙子,毫无遮蔽的沙上有鱼在挣扎跳动,其中一些长相十分奇怪,活像长了眼睛凝胶。

旅馆后方的岬角表面上是沉积岩,但任何一位地质学家只消

---

① 超光速粒子,理论物理学中的假想物质基本粒子,其速度可超越光速。

看上一眼,就能立刻告诉你那是新形成的地层,文都岬高地其实是由泥土构成。如今在震动下便往四面八方晃动瓦解。这时仿佛喘口气般停了一刹那,接着便形成山崩。如雨般的土堆滑落,土方中甚至有大如轮胎的砾石。

摩根的恶狼军团在杰克与理查德对备战基地的袭击中已经有大批伤亡,而地震一来,他们在近乎迷信的恐惧下奔走呼号,又损失过半。他们有些腾回原来的世界,有些四处奔逃,大部分则是被隆起裂开的地壳吞没。三个穿着摩托车帮派夹克的狼兵抢了部车,但才刚发动就被震倒了。

其余的在大街上奔走叫号,同时开始变形。那个跳舞的疯女人却不慌不忙,把长发拢成一束,向一个狼兵做出献花的姿态。

"嘿!"她尖叫着,脸上挂着安详的微笑。"一束鲜花!给你的!"

那个狼兵一口咬掉了她的头,然后就头也不回地跑了。

3

杰克凝神端详手中的东西,就像个小孩屏住呼吸,看着从森林中跑出的小动物正吃着自己手上的东西。

它在他的掌心绽放光芒,苍白的光芒逐渐扩大。

就像我的心跳一样,他心想。

它看起来像是玻璃,拿在手中却感觉有些微弹性。他轻轻一压,它也微微往内收缩。而从他双掌施压处,左边由内放射出深蓝色,右边则放射出深红色。杰克露出微笑……但微笑又立刻退去。

你可能已经杀了成千上万人——火灾、洪水,还有天知道什么狗屁倒灶的事。还记得纽约州安哥拉镇的大厦吧,就在你——

你错了,杰克,魔符的低喃传进他心里,他顿时明白何以魔符在他手中能伸缩自如。魔符是有生命的,何须怀疑。别弄错了,杰克:要相信;要真诚;要忍受;这一刻,千万不能动摇。

他感到无比平静——直达灵魂深处。

彩虹、彩虹、彩虹,杰克心想。

4

木板道下方的海滩上,加德纳惊恐地趴倒在地上。他的手指扒进松软的沙滩里,哀泣着。

摩根像个醉汉似的摇摇晃晃走向加德纳,扯下他肩膀上的对讲机。

"出来!"他对着对讲机大吼,吼完才发现自己忘了按住通话钮。他又吼了一次。"出来!到我这边!这没什么,只是特效而已!到我这边!在沙滩上围一圈!过来的有赏!不然就会死在火渊里或是焦枯平原上!过来这里!这里没事!过来,这里没有东西会掉到你身上!过来这里,该死!"

他将对讲机丢到一旁。机身摔裂开来,许多有着长须的甲虫爬了出来。

他弯下腰,一把将满脸鼻涕眼泪的加德纳揪起来。"站起来,加德纳。"摩根说。

5

理查德所躺的桌子震得他摔倒在地,神志模糊的理查德惨叫了一声。杰克听见理查德的叫声,使他从沉浸于魔符的神游中抽离出来。

他觉得阿让库尔旅馆就像一艘在狂风中呻吟的船。他四下张望,看到木板翘起,露出底下浮着微尘的亮光。白色的虫子在魔符发出的光芒中急速狂奔。

"我来了,理查德!"杰克大叫,快步跑过这层楼。地震让他摔倒在地,他连忙将手中的发光球体举高,知道这东西十分脆弱——若是受到重击,魔符会粉碎的。要是魔符碎了,就只有上帝知道接下来该怎么办了。他单膝跪着,随即又被震得坐回地上,然后再蹒跚地站起来。

理查德的尖叫声再度从下方传来。

"理查德!我来了!"

头上一阵叮叮当当,杰克抬起头,看见大吊灯摇摇欲坠,速度越来越快。接着,灯的链子从天花板脱落,掉到地上,像个装满玻璃的炸弹。

杰克大步转向出口,像喝醉的水手般摸墙而行。

来到大厅,他先是撞上一侧墙壁,然后又甩向另一侧。每当他被甩向墙面,便将拿着魔符的手伸长远离身体,他的手就像夹着一块烧得白热的煤。

你绝对不可能走下这道楼梯的。

不行,我非下去不可。

他来到楼梯转角,这里曾是他迎战铁甲武士的地方。这世界再次被用力抬高,杰克跌跌撞撞,看见武士的头盔在下方的地板上疯狂滚向远处。

杰克继续往下看,楼梯已被严重扭曲成波浪状,他只觉得头晕想吐。有级阶梯往上翘起,露出一个扭曲的黑洞。

"杰克!"

"来了,理查德!"

你绝对不可能走下这道楼梯的。门都没有,小朋友。

不行,我非下去不可。

手里紧握着珍贵易碎的魔符,杰克瞪着脚下那段阶梯,那看起来简直就像在龙卷风中被吹袭的魔毯。

楼梯循着黑武士的头盔落地的路线倾倒,杰克放声尖叫,用右手将魔符紧抱胸前,以免撞地破碎。

6

地震已持续了五十秒。短短的五十秒钟——然而地震的幸存者将会告诉你,当灾难临头,时针分针所指出的客观时间早已失去意义。一九六四年洛杉矶大地震时,一个电视记者问一个曾在震中附近的生还者,"你知道震了多久吗?"

"地震还没结束。"生还者平静地答道。

地震开始之后六十二秒,文都岬几乎全数的高地都屈服于命运的震荡,夷为平地,只有几块岩石和一支烟囱还兀自矗立着。

7

沙滩上,摩根·斯洛特和阳光·加德纳搀扶着彼此,一副即将翩翩起舞的模样。加德纳已经解下了肩上的猎枪。几个因恐惧与狂怒而眼珠暴凸的狼人也加入他们。还有更多恶狼正要赶来。这些恶狼不是已经变身完成,就是正在变身中,他们的衣服已绷得破烂,一片片垂挂在身上。摩根看见一名恶狼扑向地面,开始啃咬起震动的地面,仿佛躁动不安的地面是他的敌人。

摩根冷眼看着这场混乱。有辆侧边漆着"野孩子"字样的小货车从文都岬广场上冲出来,那辆原是用来卖冰淇淋的车冲过对街人行道,转向冲下滩头,结果这辆用来撞死汤米·伍德拜恩的"野孩子"掉进地面裂开的罅隙,先是发出一阵火花,然后油箱爆炸开来。看着这一幕,摩根想起父亲布道时所说的地狱之火,同时,地缝缓缓合拢。

"先别轻举妄动,"他对加德纳喊道,"我猜这旅馆就要垮了,那小家伙会被压成一摊肉泥,不过万一他还是出来了,你就开枪打他,管它地震不地震的。"

"如果那东西破了,我们会知道吗?"加德纳尖声问道。

摩根·斯洛特笑得像只埋伏在竹丛中的野猪。

"我们自然会知道的。"他说,"到那时候,太阳会变成黑色。"

七十四秒钟。

8

杰克的左手扶着断落的栏杆,右手把符球紧抱胸前,那球的经线与纬线却像电灯泡的灯丝一般通红地发着光,足下一滑,杰克几乎跌倒。

掉下去了!斯皮迪!我要掉——

七十九秒钟。

停止了。

一瞬间,一切就这么静止下来。

地震停止了,却还依然余波荡漾。杰克脑中觉得大地还像果冻一般,震个不停。

他稳住自己,在楼梯中间喘着气,满头大汗,把符球紧贴胸口,侧耳倾听,四周一片寂然。

某处,传来有个重物——也许是一座梳妆台,或是衣柜——倒下的声音。

"杰克!求求你!我觉得我快死了!"理查德呻吟着,绝望的语调听起来像极了即将灭顶的溺水者。

"理查德!我来了!"

杰克赶紧跑下歪七扭八的楼梯,有些梯级已经不见,他只得跳跃而过,跳跃时一手扶着栏杆,一手将魔符抱在胸前。

旅馆仍在持续崩解。玻璃碎裂,叮当作响。某间厕所里的马桶突然稀里哗啦冲起水来,冲了一遍又一遍。

大厅里的红木柜台已经拦腰折断,双扇门虚掩着,阳光从门缝中透进来,破地毯上尘灰飞扬,似在抗议阳光的潜入。

总算拨云见日了,杰克心想,阳光在外面闪耀。接着他又想道:我们要走出那扇大门了,理查德。你跟我。

从苍鹭酒吧通往餐厅的走廊宛如《阴阳魔界》中的场景,地面倾斜一侧,有时东歪,有时西倒,有时又隆起犹如双峰骆驼,魔符就像盏手电筒,照着他的路。

进了餐厅,但见理查德倒在地上一堆凌乱的桌布之间,鼻孔冒着鲜血。近前一看,见到有些红疹已经破裂,白色的虫子爬满脸颊,再一端详,他的鼻孔中也有白虫缓缓爬出。

理查德虚弱地断断续续尖叫着。这是极度痛苦中的垂死之人临终前发出的哀鸣。

他的衬衫上也有许多蛆虫蠕动着。

杰克踉跄地越过扭曲变形的地板走向他……天花板上的蜘蛛吐着毒液,慢慢垂下。

"下流的小贼!"蜘蛛用单调低沉的声音发出哀鸣。"噢,你这下流的小贼,把它放回去,把它放回去!"

杰克不假思索地举起魔符。魔符绽放出清澈白净的光芒——彩虹之火——蜘蛛立刻皱缩焦黑。顷刻间,它就像个冒着烟的煤块做的摆锤在空中缓缓摆荡。

没时间赞叹,理查德就快没命了。

杰克跪在他身边,替他盖上桌布,仿佛那是张被单。

"总算给我弄到手了,查查。"他轻声低语,并试着忽略在理查德身上钻进钻出的虫子。他举起魔符,考虑了一会儿,接着将魔符放在理查德的额头上。理查德发出凄惨的哀号,扭动着想要躲开。杰克伸出一只手按住理查德枯瘦的胸膛——这不是多难的差事。在魔符的光芒之下,虫子纷纷被炸干并发出恶臭。

现在呢?一定还有什么别的事情要做吧?可是要怎么做呢?

他转头环视四周,恰巧看见那颗他留给理查德的绿色弹珠——那在另一个世界会变成镜子的弹珠。当他看过去,那弹珠仿佛出于自身意志滚动了六英尺远,然后停了下来。真的,它自己滚动了。它会滚动因为它是弹珠,而那就是弹珠该做的事。弹珠是圆的。魔符也是。

焦急的杰克脑中灵光一闪。

抱着理查德,杰克将魔符在理查德身上缓缓滚动。魔符滚过理查德的胸口后,理查德不再挣扎。杰克猜想他八成昏过去了,他往理查德的脸上瞥了一眼,才发现他猜错了。理查德正用种奇妙的表情看着他……

……而且他脸上的疱疹消失了!那些坚硬的红色肿块也淡去了!

"理查德!"他大叫,笑得像个疯狂的乡巴佬。"嘿,理查德,你看!"

他小心翼翼将魔符放在理查德的肚皮上,用手掌按着,轻轻滚动。魔符绽放清澈的光芒,唱出清亮无语的健康与疗愈之歌。来到理查德的下半身,杰克将理查德的瘦腿并拢,将魔符顺着两腿之间往下滚至脚踝。魔符的光芒是深邃的蓝色……幽暗的红色……黄色……六月牧草地般的绿色。

最终又变成白色。

"杰克,"理查德轻声问道,"我们走这一趟,就是为了这东西?"

"没错。"

"它好漂亮。"理查德犹豫了一秒,"可以让我拿拿看吗?"

有一瞬间,杰克宛如《圣诞颂歌》中的吝啬主角斯克罗奇,将魔符拉回贴近自己身边。不行!万一给你打破了怎么办!更何况这东西可是我的!我为它跋涉过整个国家!我为了它和铁甲武士决斗!谁都别想碰它!门都没有!它是我的!我的!我——

他手中的魔符忽然变得冰冷,刹那间,那球变成黑色,白光不见了,在它的中心,可以看到暗黑旅店。

你想变成新的阿让库尔?魔符低语道,小男孩也可以变成一座旅馆……只要他想。

接着是母亲的声音,清晰无比:如果你不愿意分享,杰克,如果你无法冒险把自己交给朋友,那你就留在那儿吧。如果你不愿冒着风险分享获得的奖赏,那也不用麻烦你回来找我了。如果你不愿分享,那就让我死吧,我不想付出这么大的代价,只为了多活些日子。

魔符突然间变得沉重无比,宛如一具尸体。杰克举起它,将它放在理查德手里。他的手毫无血色,瘦得像具骷髅……然而理查德却轻轻松松捧着魔符,杰克这才知道,那沉重的感觉只是他的幻想,是他扭曲病态的贪欲。当魔符再次发出白光,杰克感到体内的黑暗远去了。他想通了,原来一个东西是否属于你,得看你愿不愿与人共享而定。

理查德笑了,那笑容让他的脸看起来很美。杰克见理查德笑过这么多次,但这次的笑容中有股他从未见过的平和。在魔符白净的疗愈之光中,他看见理查德的脸虽然仍是憔悴枯槁的病容,但已能看出痊愈的迹象。理查德将魔符抱在胸前,仿佛那是个婴儿,并用闪亮的眼神对着杰克微笑。

"假如这东西就是西布鲁克特快车,"他说,"我大概会掏腰包买张季票。如果我们能活着出去的话。"

"好些了吗?"

理查德的微笑灿烂得犹如魔符的光芒。"好太多了。"他说,"扶我起来吧,杰克。"

杰克伸手要扶理查德的肩膀,理查德却将魔符递回给他。

"先把这拿回去吧。"他说,"我还很虚弱。而且它想回到你身边,我感觉得到。"

杰克接过魔符,搀着理查德站起来。理查德用手臂钩住杰克的脖子。

"你真的……查查?"

"真的。"理查德说,"没问题的。不过我猜旅馆后面的海路已经不能走了,杰克。刚才大地震的时候,我好像听到后面的甲板塌掉的声音。"

"我们要大大方方从正门出去。"杰克说,"就算上帝在窗边放了架梯子直通海滩,我们还是要从正门出去。我们不要偷偷摸摸逃出去,要像贵宾那样大摇大摆走出去,我可是付出了好大的代价,你说呢?"

理查德掌心向上,伸出瘦骨嶙峋的手,痊愈中的伤疤仍历历在目。

"我想我们该这么做。"他说,"来吧,杰克。"

杰克与理查德击掌,接着,理查德一手环着杰克的脖子,两人向大厅前进。

前往大厅途中,理查德看着死寂的铁甲碎片。"那是什么鬼东西啊?"

"咖啡罐,"杰克微笑,"麦斯威尔的空罐子。"

"杰克,你在鬼扯些什——"

"没什么。"杰克微笑道,他感觉很好,但全身神经依旧紧绷。地震已经停了……但事情还没结束,摩根会在门外等着他们。还有加德纳。

别想那么多了。事情该怎么样就让它怎么样吧。

他们来到大厅,理查德惊讶地四下看着楼梯、断掉的柜台和散落一地的旗杆与奖杯。

"哇,"理查德说,"这整个地方都垮了。"

杰克带着理查德来到双扇门前,看着理查德近乎贪婪地渴求着透进门缝的少许阳光。

"你真的准备好了,理查德?"

"真的。"

"我们要面对的可是你爸啊。"

"不,他不是。我爸爸已经死了。外面那个只是……你是怎么说的?分身?"

"嗯。"

理查德点点头。魔符不在他身边,他的脸上再次显露出病容。"是的。"

"接下来还有一场大战。"

"嗯,我会尽我所能。"

"我爱你,理查德。"

理查德露出病恹恹的微笑。"我也爱你,杰克。不过,在我承受不住之前,我们赶快行动吧。"

9

起先,摩根满心以为一切都在他掌控之下——当然,所谓的一切指的是整个大局,不过更重要的是,他的自持。斯洛特对此深信不疑,直到看见自己的亲生儿子手臂环在杰克·索亚颈上,头倚着杰克·索亚的肩膀,两人一起走出暗黑旅店;显然仍旧病弱,但显然他还活着。

原本摩根也以为,自己终于能够将菲尔·索亚的小杂种置于股掌之间——早先是他的怒火导致错失手刃杰克的机会,第一次是在女王的宫殿里,第二次是在中西部平原。老天,竟然让那小东西毫发无伤地穿越俄亥俄州——而俄亥俄州与另一个摩根的地盘奥列斯之间,不过是一眨眼的距离。偏偏他的愤怒令他举止失常,于是眼看着快要到手的肥羊就这么溜了。后来他强压下这怒火——可是这一刻,怒火再次不受控制地熊熊燃起。

他的儿子还活着。他深爱的儿子,原本将要从他手中接下所有世界和宇宙的主宰,现在却靠在杰克的身上。

不只这样。杰克手中那闪亮得如同星辰的东西,就是魔符!就算相隔了那么远的距离,摩根也感觉得到——仿佛地球的重力突然加强,将他往下拉,感觉心脏变得沉重,仿佛时间加快了,肉体变得干枯,双眼所见只是一片暗淡。

"好刺眼!"加德纳在他的身边哀叫。

地震余生的狼兵这会儿都掩面不敢正视,甚至忍不住开始呕吐。

摩根把两只拇指插进耳孔,吐出舌头,对杰克挥着手指。片刻之后,他的上排牙如闸门般落下,夹到了舌头,但他根本没有注意到。他一把揪住加德纳的衣服。

加德纳的脸上满是恐惧,他整个人看起来恍恍惚惚。"他们出来了,他拿到那东西了,摩根……大人……我们应该快点逃走,我们一定得逃走——"

"开枪打他!"摩根冲着加德纳的脸咆哮,"开枪打他啊,他杀了你儿子!开枪打他,还有那个该死的魔符!对准他的手臂,让他摔碎魔符!

"他杀了你儿子!替你的骨肉报仇!开枪打他!开枪打烂那东西!他老爸也是你打死的,现在轮到他了!"

"鲁埃尔。"加德纳喃喃说道,"没错。他杀了鲁埃尔。他是这世界上最下流的贱货生出来的烂杂种。天下的男孩都一样坏。天经地义。可是他……他……"

他转身面向暗黑旅店,将猎枪举向肩头。杰克和理查德已经走到阶梯底部,准备走向木板道。在猎枪的望远镜里,两个男孩大得像拖车屋一样。

"快开枪啊!"摩根怒吼着,"开枪打他! 开枪打那东西!"他继续疯狂喊叫。

猎枪瞄准了杰克抱着符球的胸膛,打碎了它会怎么样呢?太阳会变暗?加德纳决定,在那之前,他要先让杰克的胸膛开花。

"你死定了!"加德纳低声说,他开始扣紧扳机。

10

理查德用尽力气抬起头,双眼因反射的阳光而眯起。

他看到两个人。其中一个将头微微抬起,另一个似乎正手舞足蹈。理查德发现了。他发现了……而杰克正看向错误的方向。杰克正看向斯皮迪倒卧之处。

"杰克! 小心!"理查德高呼。

杰克吃了一惊,转过头。"什么——"

事情发生得很快。杰克差点错失了时机。理查德看到一切,却无法向杰克解释。阳光再次从猎枪望远镜反射而来,光芒这次也照到了魔符。魔符也将光芒反射回猎枪的望远镜。

魔符不但将阳光反射回去,还强化了许多倍,反射回去的厚厚光束就像星战电影中的死光枪,虽然只有短短一秒钟,却在理查德的视网膜上引起长达一小时的影响,先是白色,然后从绿色变成蓝色,又变回阳光的柠檬黄。

11

"你死定了!"加德纳才说着,魔符强烈的反光就使猎枪望远镜的透镜爆裂,炙热的熔融玻璃回弹到加德纳的右眼。弹匣中的子弹也爆炸了,飞散的金属切掉加德纳的右半边脸庞,其他破片如雨般四处纷飞,竟奇迹似的没有伤到摩根。旁边的三个狼人目睹了一切,其中两个立刻拔脚就逃,剩下的一个当场死亡,仰躺的他仍睁眼望着天空,猎枪的扳机垂直插在他眼中。

"什么?"摩根张开满是鲜血的嘴巴大吼,"什么?这是什么?"

现在的加德纳看起来就像卡通里的土狼。他那把走火的猎枪掉在一旁,摩根看到他的左手五指全炸烂了。

加德纳小心翼翼地用右手拉出衬衣,从腰带底下抽出一把带鞘的匕首。他按下一个按钮,七英寸长的锐利刀锋立刻弹出。

"坏孩子,"他喃喃自语,"坏孩子!"他的音调拔高,"所有的男孩都坏透了!坏透了!天经地义!天经地义!"他跑向通往阿让库尔的步道,杰克和理查德还站在那儿。他的声调持续提高,直到声音分岔破裂为止。

"坏透了!邪恶的东西!坏透了!邪恶的东西!邪恶的东西——"

摩根站了一会,握住颈间挂着的钥匙,仿佛藉着这动作也控制住了他的惊慌和纷乱的思绪。

他一定会去找那个老黑鬼。我要在那里解决他。

"坏——"加德纳继续尖叫,持着那把屠刀继续奔跑。

摩根转身奔下海滩,隐约意识到所有狼人都跑光了,一个也不剩。无所谓了。

他会亲手解决杰克·索亚——还有魔符——用不着别人帮忙。

四十五
滩头对决

1

阳光·加德纳脸上流着血,疯狂地奔向杰克。在文都岬多年未见的阳光下,整个小镇变成一片废墟,倒塌的房舍像歪斜的书本靠着书架,在杰克身后,阿让库尔也随着灰飞烟灭。杰克也同时注意到摩根溜下滩头,向着斯皮迪,或者也可说是巴卡的尸体跑去。

"他手上有刀,杰克。"理查德低声说道,"你打算怎么办?"

"我还能怎么办?"杰克反问——这是他所能说出最好,也是最诚实的答案。他完全不知道该如何打败这疯子,但他却很确定,自己一定能够打倒他。"你早该把艾利斯家的两兄弟都杀掉!"杰克告诉自己。

加德纳的脸上与受了伤的左手流着血,他剩下的半边脸上犹如戴着红色面具,废掉的左手在沙地上留下一道血迹。他们之间的距离越来越近。透过魔符,杰克心中感到一阵急迫,摩根是不是已经到滩头下方了?

"魔鬼!天经地义!魔鬼!"加德纳大声叫嚷。

"腾!"理查德大喊一声——

杰克

往旁边跨出一步

就像在暗黑旅店里一样

接着,他发现自己身在魔域炙热的阳光下,面对着奥斯蒙,刚才的那股自信,这时全都消失了。这里在魔域中一切全都一样,也都各不相同。他不用看,就知道自己身后的东西比阿让库尔更糟——他从来没看过暗黑旅店在魔域中的分身城堡外观,但他突然就知道了,穿越重重巨大的前门,一条舌头正伸向他。而这时,奥斯蒙在城堡外逼着他与理查德进去。

奥斯蒙的右眼戴着眼罩,左手戴着一只脏污的手套,那条分岔的长鞭滑下他的肩头。"是的,"他发出嘶嘶声说,"这个男孩,费朗队长的儿子。"杰克将魔符防卫地置于腹前。奥斯蒙的鞭子滑过地面。"如果失去这世界,得到一个玻璃球又有什么好处呢?"鞭头看似就要扬起,"没有!什么都没有!"奥斯蒙身上的真实气味,腐败、脏污、溃烂的气味顿时爆发出来。他疯狂瘦削的脸庞皱起,仿佛有道闪电埋在皮肤底下。他露出苍白的笑容,将卷起的鞭子扬过肩头。

奥斯蒙鞭梢一挥,击向杰克,发出破空声。杰克后退一步,但退得不够远,心头顿时一阵惊惶。

理查德抓住他的肩头腾了回来,而那鞭子发出的可怕笑声也瞬间消失在空气中。

刀子!他听见斯皮迪的声音。

杰克抗拒本能地再次踏进鞭子所在的世界。理查德的手离开了他的肩膀,斯皮迪的声音也消失了。杰克用左手抓住发光的魔符置于腹前,再伸出右手,结果抓住一只只剩骨头的手腕。

加德纳发出咯咯笑声。

"杰克!"理查德在他身后叫道。

杰克再次回到这世界,在清澈的阳光下,加德纳的刀子奋力刺向他,那张半毁的脸离他只剩几英寸之遥,一股垃圾与动物腐尸的气味笼罩着他们。"什么都没有,"加德纳说,"你可以和我一起说哈利路亚吗?"他的刀子再次逼近杰克。

"杰克!"理查德又叫了一声。

你知道加德纳做了什么吗?斯皮迪的声音说道,知道吗?

杰克笔直看入加德纳疯狂的眼睛。是的。

理查德冲上前来,猛踢加德纳的脚踝,然后高举虚弱的拳头。

"你杀了我爸。"杰克说。

加德纳仅剩的一只眼睛闪着亮光。"你杀了我儿子,你这小杂碎!"

"摩根·斯洛特要你杀我爸,你就照办。"

加德纳的刀又推进了两英寸,一颗黄色的硬块和血泡从他空洞的右眼窝冒了出来。

杰克放声尖叫——半是因为恐惧与愤怒,半是由于父亲死去后深藏在他心中的无助感——同时伸手将加德纳持刀的手推开。他再次尖叫,加德纳已没有手指的左手努力靠近杰克所抱的魔符。

他的脸孔逼向杰克。

"哈利路亚。"他轻声说。

杰克用尽全力,将加德纳持刀的手压了下去,刀子终于脱手,他再将魔符当作武器逼近加德纳。理查德大叫,你在干什么?加德纳一面退避,一面蹲下来要捡起刀子。杰克将魔符贴近他的皮肤,他往后跳开。

魔符擦过他身上的地方,皮肤顿时焦黑,然后像流脓一般脱离骨骸。杰克后退一步,加德纳跪倒在地。不出一会儿,他的领子上就只剩一个光秃秃的骷髅了。

总算把你给了结了,杰克心想,干净利落。

2

"太好了,"杰克感到全身充满疯狂的自信,"我们去找他吧,理查德——"

他看向理查德,发现他的朋友再次濒临崩溃。他坐在沙上,两眼半闭,眼神迟钝。

"我看你还是先坐下休息一会儿。"杰克说。

理查德摇摇头。"我跟你去,杰克。西布鲁克岛……跟到最后。"

"可是我得去杀了他。"杰克说,"我是说,如果我办得到。"

理查德固执地摇摇头,"他不是我爸爸。跟你说过了,我爸爸早就死了。要是你丢下我,我就是走不动也要爬着跟你去。"

杰克望向那堆岩石,他看不见摩根,但他知道摩根就在那里。如果斯皮迪还活着,摩根一定会进一步折磨他。

杰克试着露出微笑,却失败了。"我想这东西还是你替我拿着。"他又犹豫了一会儿,然后不太情愿地将魔符交给理查德。"我背你,不过你得替我拿着这个。别弄掉了,理查德。如果你弄掉了——"

斯皮迪是怎么说的?

"如果弄掉了,一切就全完了。"

"我会拿好的。"

杰克将魔符交到理查德手上,再一次,理查德碰到魔符后又好转了点……但只是一点。他的脸还是一片惨白,在魔符的白光笼罩下,他的脸犹如警局摄影师闪光灯下的死尸面孔。

是暗黑旅店,是它在毒害他。

但也不是暗黑旅店,不完全是。是摩根,毒害他的就是摩根。

杰克转过身,发现自己甚至不愿让魔符片刻离开视线。他蹲下来,让理查德趴上来。他一手拿着魔符,另一手抱住杰克的脖子,杰克则抓住理查德的大腿。

他轻得像片叶子。他也有癌症,这一生都是,摩根·斯洛特就是邪恶的辐射源,理查德就在他的落尘下逐渐死去。

他开始走向斯皮迪倒下的岩石背后,魔符的光与热就在他背上。

3

他背着理查德来到岩石左侧,心中仍旧充满疯狂的自信。一条穿着棕色羊毛裤的腿(杰克同时模糊地瞥见一只棕色尼龙袜)突然从最旁边那块岩石后伸出来。

狗屎!杰克心里咒骂,他一直在这里等你,你这个白痴!

理查德叫了出来。杰克想把他抬高一点,却做不到。

摩根将他绊倒,就像在学校操场上捉弄低年级生一样容易。

"哎呀!"杰克向前摔倒时,理查德喊道。他隐约意识到全身重量向左倾,但魔符却有一股力量向右平衡。

"小心,理查德!"杰克大叫。

理查德从杰克头顶上滚落,睁大的双眼满是沮丧。他脖子上青筋凸起,像钢琴绷紧的弦。往下跌落时,他举起手,将魔符捧得高高的。这一带沙滩并非细致的海沙,而是粗糙锐利的细小岩屑与贝壳碎片混合而成。理查德撞上一块被地震推挤突出的岩块。一时间,理查德看来就像将头埋在沙堆里的鸵鸟。换作别的情况下——这绝对是令人喷饭的爆笑场面,值得摄影留念,标题下作:"理性的理查德沙滩搏命疯狂演出"!然而眼前的情况一点也不好笑。理查德的手指缓缓松开……魔符沿着海滩的缓坡向下滚落三英尺才停下来,静静映着天空与云朵,但不是在表面,而是它散发着光彩的内部。

"理查德!"杰克又大叫一声。

摩根就在他身后不远处,但杰克一时间忘了他的存在。他的自信就在那条腿突然伸出、让他像个幼儿园小孩在游乐场上被人捉弄时完全消失,而理查德……理查德他……

"理——"

理查德滚了一圈,杰克看见,理查德疲惫可怜的脸上满是鲜血,一片头皮像三角帆似的挂在脸上,一缕带血的头发像海草般贴在眼前。

"它摔破了吗?"理查德尖叫起来,"杰克,我跌倒的时候是不是把它摔破了?"

"没事,理查德——它——"

理查德瞪着杰克身后,满是血丝的双眼凸出。"杰克!杰克,小心——!"

某个感觉起来像是皮制砖块的东西——其实是摩根·斯洛特的古奇皮鞋——踢进杰克两腿之间,正中他的胯下。杰克向前扑倒,感受到有生以来最大的痛楚,这种肉体上的痛苦远远超出他的想象,甚至连叫都叫不出来。

"它没摔坏,"摩根说,"倒是你,看起来不太好呢,杰克小宝贝。一点都不好。"

摩根·斯洛特缓缓靠近杰克,他走得慢条斯理,因为他正在享受这滋味。事实上,杰克从未与奥列斯的摩根正式见面,他只是杰克在马车窗口瞥见的一个苍白脸庞,只是安德斯眼中的一个魅影。

直到现在,我才算真正见过奥列斯的摩根,杰克心想。

现在魔符距离他十英尺之遥;在黑色沙滩上散发着光辉。

奥列斯的摩根披着一袭深蓝色大氅,裤子和摩根·斯洛特一样是棕色羊毛裤,足蹬黑色皮靴,脖子上挂着一个坠子,仔细一看,那坠子的造型有个尖角,看来像是闪电的图案。

"你的样子糟透了,孩子。"奥列斯的摩根走向杰克。杰克缩起两条腿,抱着胯下呻吟着。摩根弯下腰,两手撑在大腿上,就像下车检查被自己撞伤的小动物般打量着杰克。"一点都不好。"

摩根腰杆弯得更低,更贴近杰克。

"你曾经是个问题人物,"奥列斯的摩根贴得更近了,"替我惹了不少麻烦。不过到头来——"

"我觉得我快死了。"杰克气若游丝。

"还早呢。噢,我知道那是什么感觉,不过相信我,你还没那么快死。再过五分钟,你才会知道什么叫死亡的滋味。"

"不……真的……我伤得很重……是内伤,"杰克呻吟,"靠近一点……我想告诉……我……求求……"

摩根的黑色眼珠在苍白的脸上炯炯发光,他凑得比先前更近,几乎要把脸贴在杰克脸上。杰克的双腿因为痛楚而向上蜷缩,然后突然猛力踢出,有一瞬间,那感觉就像有把生锈的钝刀插进他胯下,然后再往上插进胃里。但他的凉鞋踢中摩根脸庞的声音以及踢裂他的嘴唇及鼻梁时的快感,远远胜过他感受到的痛苦。

奥列斯的摩根往后坐倒,因痛苦与惊讶而怒吼。他的大氅翻开,看起来就像蝙蝠的双翼。

杰克重新站起来,看到那座黑色城堡——它在这里看起来比阿让库尔大多了——然后瞄到失去意识(或是已经死去)的巴卡。他冲向静静停在沙滩上、闪闪发光的魔符,奔跑的同时,他

腾

回美国国土。

"臭杂种!"摩根·斯洛特大吼,"你这下贱的臭杂种!我的脸,你弄伤了我的脸!"

杰克嗅到一阵臭氧味,同时听到嗞嗞响,一道蓝色电弧落在魔符附近的沙滩上,附近的沙砾几乎全都熔成了玻璃。

接着,他拾回魔符——胯下那股折磨人的抽痛顿时消散无踪。他举起手中的水晶球,转向摩根。

摩根·斯洛特一手抚着脸颊,嘴唇淌血——杰克暗自希望刚才踢掉了几颗摩根的牙齿。而摩根的另一只手则摆出和杰克几乎相同的姿势,拿着那个刚才放出蓝色电弧、像是钥匙的东西。

杰克闪向一旁,双臂伸直,魔符内部的色彩宛如彩虹制造机。

它仿佛知道摩根就在附近,隐隐发出嗡嗡声——杰克不是听到——而是透过手中的震颤感觉到的。接着魔符从内部发出一道笔直的白光如箭般射向摩根,摩根赶紧闪开,再次拿起钥匙对准杰克的头。

他抹掉下唇的血污。"竟敢弄伤我,你这该死的臭小鬼。"他说,"这下可别以为那颗玻璃球帮得了你。看你们两个谁比较长命!"

"那为什么你怕它?"杰克反唇相讥,又将魔符向前一挥。

斯洛特往旁边一闪,仿佛魔符也能放出闪电。他不知道魔符有什么本事,杰克突然明白,他压根一点都不了解魔符,他只是想要这东西而已。

"现在就给我放手。"摩根说,"快放手,你这小杂种。否则我立刻就把你的头扭断。放手。"

"你害怕了。"杰克说,"现在魔符就在你面前,你却没胆过来拿。"

"我没有必要过去。"摩根说,"你这该死的冒牌货。放手啊,让我亲眼看着你将它摔破,小杰克。"

"过来拿啊,屎洛特。"陡然间杰克怒急攻心。小杰克。只有他的母亲能够这样叫他;他痛恨从摩根口中听见这三个字。"我又不是暗黑旅店,屎洛特。我只不过是个小孩。从小孩手上拿走一颗玻璃球,你连这点小事都办不到?"杰克看得出来,只要他一直这么握着魔符,他和摩根的僵持局面就会这样继续下去。一道如同被安德斯形容为"魔鬼"的深蓝色闪电在魔符中心一闪即逝,接着又出现一道同样的闪电。杰克仍能感觉到这颗玻璃球中心发出的嗡鸣声。魔符注定要落入他手中——这是杰克理应得到的。如今杰克心想,打从他一出世,魔符便知道他的存在,而且从那之后,便始终等待着他,等待着杰克·索亚将它解放。杰克·索亚是魔符唯一的依归。"过来啊,有种何不试试看!"杰克奚落他。

摩根再次将钥匙对着他,发出咆哮。鲜血从他脸颊滴落,有一刻,摩根看起来面露困惑,像只牛棚中既疲倦又愤怒的公牛,杰克却仍精神奕奕地面对他。接着,杰克向躺在旁边沙滩上的理查德瞥了一眼,脸上露出笑容。理查德的脸上满是血迹,头发也因此到处缠结。

"你这杂种——"他开口大吼,杰克这一转头就犯了个错,一道蓝黄相间的闪电朝他直奔而来,打在他身边的沙中。

他转向摩根,对方又发出一道闪电击在他脚边。杰克往后跳,这道闪电将他脚边的沙砾熔成黄色液状物,又几乎立刻凝固成玻璃。

"你儿子就快死了。"杰克说。

"你老妈才快死了。"摩根吼回去,"把那该死的东西放下,否则我就扭断你的脖子。立刻放手。"

"来拿啊!"

摩根·斯洛特嘶吼着,表情狰狞,露出一排血迹斑斑的牙齿。"我就来帮你收尸!"他拿着钥匙对着杰克的头挥舞。摩根目露凶光,将钥匙高高举起,对着天空。一连串闪电似乎就从摩根的拳头中不断释出。天色顿时变暗,魔符与摩根·斯洛特的脸在黑暗中突然浮现。杰克看到摩根的脸因为魔符的亮光而浮现,顿时明白自己在对方眼中一定也一样。于是他举起魔符向摩根挥舞,想让他丢下钥匙或激怒他,但杰克一时间也没有这个能耐——杰克知道,他还没看到摩根·斯洛特的能力极限。厚重的雪花从黑暗的天空飘落,摩根消失在雪幕之中,杰克只听见他阴冷的笑声。

4

她挣扎着从床上起来,走到窗口,望着十二月死寂的滩头,这时只有步道上的一盏路灯发出亮光。一只海鸥出现在窗口,那海鸥的嘴脸让她想到了摩根·斯洛特。

莉莉退后一步,然后走到窗前,她感到一阵莫名的愤怒。海鸥不应该长得像摩根·斯洛特,海鸥也不该侵犯她的地盘……这是不对的。她敲打着冰冷的玻璃,但那海鸥只拍了拍翅膀,并未飞走,她似乎听到心中有个声音,如同收音机一样清:它叫着:

杰克就要死了,莉莉……杰克就要死……

那海鸥低头向前敲着玻璃,从容不迫的模样,宛如爱伦·坡那首诗中的乌鸦。

就要死……

"不!"她对着那只鸟尖叫,"给我滚开,斯洛特!"这次她不只敲敲玻璃,而是一拳打穿,海鸥后退一步,呱呱叫着,差点跌落窗台。一股冷风从玻璃破孔中灌了进来。

莉莉手上淌着血——不,不只是淌血,她的血流个不停。她的手上割了两道口子,她把手上的玻璃碎屑挑出来,将手按在睡衣前襟。

"你想都别想,猪头!"她对着海鸥大叫,同时不禁流下泪来。"别去烦他!别去烦他!别去烦他!"

她的睡衣上全是血,冷风从她打破的窗洞中吹进来。她看到窗外天空中飘下第一片雪花,随即融入街灯的白色光芒中。

5

"小心喽,小杰克。"

一个轻柔的声音,来自左方。

杰克高举起魔符,身体转向声音来处。魔符像探照灯似的射出一道盈满细雪的光束。

除此之外什么也没有。黑暗……飘雪……海的声音。

"搞错方向了,小杰克。"

他急忙转向右边,脚底在结冰的雪地里滑了一下。他接近了,比刚才接近了。

杰克高举魔符:"过来拿啊,屎洛特!"

"你插翅难飞了,杰克。我随时能够取你性命。"

在他背后……更近了点。可是就算杰克将发光的魔符高高举起,仍然看不见半点摩根的踪影。飞雪粗暴地扑打在他脸上。他吸进雪片,冻得咳了起来。

摩根的吃吃窃笑声陡然出现在他面前。

杰克本能往后退,险些踢上斯皮迪而绊倒。

"哈哈,小杰克!"

黑暗中突然探出一只手拧了杰克左耳一把。杰克瞪大眼睛,心脏狂跳,转向左边,脚步一个不稳,一条腿跪倒在地。

理查德的呻吟声就在附近。

在他头上,一连串雷电冲破黑暗,摩根不知从哪里出的手。

"拿它丢我啊!"摩根现身对他挑衅。他在风雪中舞着,他用右手打着响指,左手摇着那把钥匙。"你怎么不拿它丢我?就当练习嘛,杰克!怎么样,杰克?试一下嘛!把球丢出来,说不定能赢个大玩偶哦!"

杰克发现自己的手已经将魔符往后拉到右肩上,显然正打算照摩根说的将它扔出去。他在用激将法,他想让你紧张,让你乱了阵脚,让你把魔符丢出去,让你——

摩根退回黑暗中,雪花飞舞着。

杰克紧张地转了一圈,摩根却连个影子都没有。也许他已经走了。也许——

"怎么回事呀,小杰克?"

不,他还在。在某个地方。在左边。

"你心爱的老爸死掉的时候,我哈哈大笑呢,小杰克。我当着他的面大笑。直到他要断气那一刹那,我觉得啊——"

话声颤抖起来,消失了一会儿。又出现了,在右边。杰克朝那方向转过头,还摸不太清楚情况,全身神经越绷越紧。

"——我的心就像小鸟一样飞了起来呢。就像这样,杰克宝贝。"

一颗石头从黑暗中飞出——瞄准的不是杰克,而是他手中的魔符。杰克闪过。他模模糊糊瞥见摩根一眼。然后又不见了。

过了一会儿……摩根又出现了,还开始扯起另一个话题。

"我还操了你老妈哦,杰克。"调侃的声音从杰克背后传来。一只又肥又热的手捏了杰克屁股一把。

杰克转过身,这次差点踩到理查德。泪水——热辣、痛苦、愤恨的泪水——钻出他的眼角。他痛恨泪水,但眼泪就这么不争气地冒了出来。冷风有如狂龙怒吼。魔汁就在你的意志里,斯皮迪说过,但在哪里在哪里在哪里啊?

"不准你说我妈坏话!"

"操了好多遍哪。"斯洛特洋洋得意。

又跑到右边去了。一个肥大的身影在黑暗中闪现。

"是她求我操她的,杰克!"

后面!很接近!

杰克猛一转身,将魔符举高。魔符放出一道白色的光芒。摩根往后一跳,跳出光线的范围之外,不过在那之前,杰克看见摩根脸上闪过一丝痛苦与愠怒。魔符的光线已碰触到摩根,弄伤了他。

别听他那些废话——他是个大骗子,你明明知道。可是他怎么能说出这种话?他怎么能这样?

"烧到我的胡子了,杰克。"摩根笑着说。有些喘不过气,但这还不够,远远不够。杰克喘得像条夏天的狗,双眼在黑暗的风雪中狂乱地寻找摩根。"我拿了魔符可不会回头用它对付你的,杰克。我想一下。刚刚说什么来着？哦，对了，你妈……"

突然有块石头从黑暗中飞出，打中杰克的太阳穴。他一转身，但摩根又已消失，敏捷地退回黑暗中。

"她那双长腿夹住我，到最后我还得唉唉叫着求她放我一马哪！"摩根的声音出现在杰克背后，往右移动。"哦哦哦哦哦哦哦！"

别中了他的奸计别让他打乱你的阵脚别——

但他实在忍无可忍。那张下流的脏嘴侮辱的可是他母亲！他母亲哪！

"给我住嘴！住嘴！"

这会儿摩根来到他面前——近到杰克理应可以将他看得清清楚楚，但只看到一个闪烁的影像，就像夜里在水中看到的影像。又一颗石头飞出来，击中杰克的后脑。他向前踉跄了几步，差点绊到理查德而跌倒——雪很快积成厚厚一层，理查德的身形几乎要看不见了。

杰克看见了天上的星星……顿时明白了这是怎么回事。

摩根在两个世界里腾来腾去！腾挪……移动……再腾回来！

杰克绕着圆圈，仿佛面对的是一百个而非一个敌人。黑暗中又击出一道蓝绿色的闪电，杰克举着魔符迎上去，想将闪电反射回摩根身上。太迟了。闪电已经消失。

那为什么他腾进魔域的时候我就看不见他？

答案突然灵光一闪……而魔符仿佛在回应他的思绪，也闪出耀眼的白光。

我看不见、也感应不到他在魔域里，是因为那边的我不存在！杰森死了……我是独一本尊！所以摩根腾过去时海滩上只有奥列斯的摩根和已经死去或垂死的巴卡——理查德也不在那里，因为奥列斯的摩根唯一的儿子拉什顿很久之前也已经死了，所以理查德也是独一本尊！所以上次我腾过去，魔符跟着过去，理查德

却没有！摩根现在正忙着腾过去……移动……再腾回来……打算要这样把我唬住。

"哟呼！杰克小宝贝！"

左边。

"在这里！"

右边。

杰克不再听声音的来源，他看进魔符里面，等着下一个强拍出现，这将是他一生中最重要的强拍。

后面。这次他会从后面来。

魔符再次亮起，形成雪地中的一盏明灯。

杰克环顾四周……同时腾入魔域，进入明亮的阳光下。奥列斯的摩根活生生地就在那里，而且更加丑恶。一时间他还不知道杰克已经揭穿他的把戏，拖着瘸腿绕着一块地方打转，如果腾回美国，那块地方应该就是杰克背后的位置。摩根脸上露出龌龊的笑容，斗篷在身后飘动。他的左腿拖在地上，杰克看见周围的沙地全是那瘸腿拖出的痕迹。从刚才起摩根就一直在他身边反复绕着那个圈子，用满嘴关于莉莉的肮脏谎言刺激杰克，向他扔石子，在两个世界间腾来腾去。

杰克使尽全力大喝一声：

"我看见你了！"

摩根四下张望，看到杰克时表情万分震惊，一手紧紧握着那支银棒。

"看见了！"杰克再吼一声，"再来一回合，你说怎么样，屎洛特？"

奥列斯的摩根拿着银棒轻轻一弹，方才震惊痴呆的表情转眼又开始露出狡诈的性格——那种能够在瞬间洞察全盘情势的奸巧嘴脸。他眯细眼睛。看见奥列斯的摩根眯起眼睛对着银棒，宛如在瞄准枪靶的当下，杰克差点腾回美国，就像跳向一辆疾行中的大卡车那样害自己送了命。所幸在他真的腾回美国的前一刻，方才那道让他顿悟摩根其实正在两个世界间腾来腾去的灵光又一次拯救了他——杰克已经明白敌人的伎俩了。他按兵不动，再度等待那神秘的强拍。有一瞬间杰克·索亚屏住呼吸，想到假若摩根不是那么高调猖狂，也许他早就可以一偿宿愿，手刃杰克·索亚于无形了。

而情况正如同杰克所预料的，摩根的身影突然从魔域消失。杰克猛吸一口气，斯皮迪（应该说是巴卡）的身体一动不动地倒卧在不远处。那记重拍又来了，杰克吐了口气，腾回美国。

文都岬海滩上出现了一道新的玻璃砂，星星点点地反射着魔符散发的白色光束。

"这回失手了，是吧？"黑暗中透出摩根·斯洛特的低语。大雪倾泻在杰克身上，冷风冻僵了他的身子、喉咙和额头。一个车身远处，摩根的脸浮现在他面前，额头堆起皱纹，淌血的嘴张开。他在风雪中举起钥匙对着杰克，咖啡色西装的袖子上，雪粉堆起一道小小的山脊。杰克看见一道从他左鼻孔流出的黑色血迹，充血的眼睛在黑暗中闪闪发亮。

6

理查德·斯洛特悠悠睁开双眼。他全身上下无不感到寒冷。最初他以为自己已经死了，心里倒没有什么特别的情绪。他一定是在哪里摔倒了，也许是从塞耶中学运动场看台背后那段陡峭的楼梯滚下去了。这下他死透了冰冷了再也没有任何鸟事会发生在他身上了。他终于有一刻感受到令人晕眩的解脱感。

他的头提供了一波波鲜明的痛感，感觉到温暖的血液流出手掌——不管这两样感官证据在此刻是否受到理查德欢迎，都显示了理查德·斯洛特还未死亡。此刻他只是个因为受伤而痛苦的生物,感觉头好像被切成两半。他摸不清楚自己身在何方。天气很冷。他花了好长一段时间才让视线聚焦,发现自己躺在雪中。冬天来了。天上飘下越来越多雪花,堆积在他身上。接着他听见父亲的声音,回到了现实世界。

理查德一手抚着头顶,缓缓抬起头望向父亲声音的方向。

杰克·索亚手里握着魔符——魔符完好无缺。刚才他以为自己死去时的解脱感再次回到身上。虽然没有眼镜,但杰克不屈不挠的身影仍旧深深打动了理查德。杰克看起来就像……就像个英雄。他就像个外表脏乱、狂野不羁的英雄,也许不适合出现在大部分场景中,但毫无疑问仍是个英雄。

理查德看到,杰克现在就只是原来的杰克。原来他身上那有如电影明星般的不凡特质已经消失。

他父亲露出贪婪的微笑。不过这个已经不是他父亲。他父亲很久以前就被掏空——被他对菲尔·索亚的嫉妒以及永无止境的贪婪野心给掏空了。

"我们可以永远这样僵持下去,"杰克说,"我永远不会把魔符交给你,你也永远没办法用你那小玩意摧毁它。你死心吧。"

他父亲手上的钥匙尖端缓缓移动然后垂下,与那张贪得无厌的脸庞同时笔直地对着他。

"第一步我就先拿理查德杀鸡儆猴,"他父亲说,"难道说,你真愿意看着最好的朋友被烤成一大块培根?是吗?你愿意吗?当然了,要我拿同样的方法对付他身边那个老黑鬼,我也十分乐意。"

杰克与斯洛特的目光短暂相会。爸爸的话不是开玩笑的,理查德心知肚明。倘若杰克不肯屈服,爸爸真的会杀了他。他也会杀了那个老黑人斯皮迪·帕克。

"别听他的,"他艰难地喘息,"解决他,杰克。叫他滚蛋。"

这时杰克的眼神让理查德大惊失色。

"快点放下魔符吧。"他听见父亲的叫嚣。

理查德惊恐地看着杰克把手一摊,让魔符随之滚落。

7

"杰克,不要!"

杰克没有回头看理查德。一个人如果不能舍弃,就不能真正拥有一样东西。这道理不是学校里学得到的,而是他在路上经过一番历练体悟出来的。他从詹克洛和阿狼身上知道了什么才是值得珍惜的东西;如今,理查德也为了正义而不惜与父亲势不两立。

"停止杀戮吧。"在这加州海滩上,黄昏的雪地中,经过一连四天的恐怖遭遇之后,他在筋疲力尽下所做出的明智抉择,他似乎又看到安德斯匍匐在地,对杰克/杰森恭敬礼拜的情景。

魔符在海滩上发着光,边上的积雪开始融化,滴滴水珠凝在球上形成一道道彩虹,霎时间,杰克心中十分舒泰,充满喜悦。

"不要再牺牲任何人的生命了。尽管动手毁掉魔符吧,如果你有本事的话。"他说,"我为你感到遗憾。"

摩根大可就地捡起一块石头,丢向这不堪一击的玻璃球,但他没有这样做,他拿起那把钥匙对准了它。

那把小小的马口铁钥匙发出蓝色光芒,直射在魔符上,包围着它,然后变成一个灼热的太阳,一时间,迸发出万千光彩,随后又暗淡下来。

魔符把钥匙射出的火光全部吞噬了。

黑暗再度降临,杰克颓然坐倒在地,没想到竟是坐在斯皮迪的腿上,斯皮迪发出一声呻吟,翻动身躯。

接下来,周遭一切静止不动,时间仿佛停滞了两秒钟……接着,从魔符内喷发出汹涌的火光,杰克睁大双眼。

(你会瞎掉的!杰克!)

一瞬间,魔域中的文都岬如同白昼,仿佛所有世界的主宰开了闪光灯拍了张照,杰克看到阿让库尔几近半塌,原本的高地被夷为平地,理查德在他身后,斯皮迪俯卧着,但脸转向侧边,他正露出微笑。

而摩根被自己钥匙反射回来的火光笼罩——刚才被吞进魔符的火光,被放大千倍后反射回他身上。

两个世界之间出现了一个洞,就像那个通往奥特莱的隧道。杰克看到摩根华丽的棕色外衣开始燃烧,他苍白瘦削的手上仍旧紧抓着那把钥匙,被吸向那个小孔。接着他的眼睛开始燃烧,但他的眼睛还睁着……而且还有知觉。

当他通过那个洞,杰克看见他开始变化——看到他的大氅像蝙蝠翅膀似的在火焰中翻飞,看到他的皮靴和头发都在燃烧,那把钥匙变成一支小小的电击棒。

看见……阳光!

8

天光再度出现。杰克脑海深处还听得到摩根·斯洛特的垂死哀鸣。

"杰克?"理查德抱着头,迷迷糊糊地坐起来。"杰克,发生什么事了?我以为我从运动场看台上摔下去了。"

斯皮迪的身躯在雪地上抽动一下,接着撑起身子,姿势仿佛做伏卧撑的女孩,他望向杰克。他的眼神充满疲惫,但脸上的伤已经消失。

"干得好啊,杰克。"他说着,面露微笑。"好极了——"然后再次扑倒。

彩虹,杰克恍惚地想着。他站起身,又跌了回去。冰冷的霜雪覆盖在他脸上,融化之后仿佛泪水。他先跪起来,然后站直身子,他看见,雪地上摩根站过的地方,散落着大大小小燃烧后剩下的碎片。

"彩虹!"杰克·索亚高喊,他将双手伸向天空,又哭又笑。"彩虹!彩虹!"

他走向魔符,捡起来,脸上的泪水仍不断扑簌落下。

他拿着魔符走向曾经是拉什顿的理查德·斯洛特;以及斯皮迪·帕克。

他治愈了他们。

彩虹!彩虹!彩虹!

四十六
另一趟旅程

1

他治愈了理查德和斯皮迪,却怎么也记不得是怎么办到的,半点细节都回想不起来——有一段时间,魔符在他手中迸射出强光并发出嗡嗡声,他只依稀记得,最后强光流泻出来,理查德和斯皮迪浸浴在那片光芒之中。这就是他仅能记得的片段。

最后,魔符中的光芒淡去,淡去……然后消失。

想到母亲,杰克不禁嚎啕大哭起来。

斯皮迪蹒跚地穿过开始融化的雪地来到杰克身边,一手环着他的肩膀。

"它回去了。流浪汉杰克。"斯皮迪说。他露出微笑,但神情看来比杰克还要累上一倍。斯皮迪被治愈了……但还是不太舒服。这个世界正在扼杀他。杰克隐约想着,至少正在扼杀某一部分的斯皮迪·帕克。魔符治愈了他……但他仍逐步迈向死亡。

"你为了它付出,"斯皮迪说,"就要相信它也会为了你付出。别担心。过来这里,杰克。过来你朋友这里。"

杰克走过去。理查德躺在融雪中沉睡。那块头皮掀开的可怕伤口已经消失,原来头皮割裂处已长出新肉,只是那道疤痕上以后恐怕不会再长出毛发了。

"拉住他的手。"

"为什么?要干吗?"

"我们要腾。"

杰克对斯皮迪投以疑惑的表情,然而斯皮迪没多作解释。他只是点点头,像是在说:你没听错,我就是这个意思。

也好,杰克心想,反正我都信他那么久了——

他伸出一只手,握住理查德。斯皮迪握住杰克的另一只手。

他们勉强将手握住,然后三人就腾过去了。

2

在这片到处都是奥列斯的摩根踩出足迹的黑色沙滩上,对于站在身边的这位矍铄健壮的老人,杰克有个直觉。

杰克带着些许不安,凝视着身边这个看来像是斯皮迪·帕克的弟弟的陌生人。

"斯皮迪——呃,我是说,巴卡先生——你是什么——"

"你们两个需要好好休息一番。"巴卡说,"你当然得休息,至于另外一个,比你还需要休息。没有人能够想象他刚才有多接近死亡……我想他也不会承认的,甚至对他自己都是!"

"是啊,"杰克说,"你说得没错。"

"在这里休息对他比较好。"巴卡说着,就抱起理查德,朝远离古堡的方向走去。杰克在后勉力跟上,但还是渐渐落后,很快地就双腿无力,拼命喘着气。看看手中所持的魔符,已经呆滞无光。他的头仍因最后这场激战而剧痛——这是惊吓的滞留效应吧,他想。

"为什么……哪里……"他只能吐出这几个字来。他把魔符抱在胸前,它已逐渐变得漆黑无光。

"再一小段,"巴卡说,"他跟你朋友总不想留在他待过的地方吧?"

即使现在他真的累坏了,杰克仍摇了摇头。

巴卡回头一望,悲伤地看着杰克。

"他玷污了这里，"巴卡说，"也玷污了你的世界，杰克。对我来说，两边都不是休息的好地方。"

他抱着理查德，继续前行。

3

又走了四十码，他停了下来，这里的沙子颜色变浅了些——还不是白色，而是浅灰色。巴卡将理查德轻轻放下，杰克瘫倒在他身旁。沙滩很温暖，也没有下雪。

巴卡在杰克身边坐下，两腿交叠。

"现在先好好睡上一觉。"他说，"直到明天你醒来之前，不会有任何人来烦你。你看看四周。"

巴卡挥手比向文都岬在美国内的方向，杰克先是看到那座黑色城堡，它有一侧已经坍塌，仿佛城堡内曾发生过一场大爆炸。现在它看起来平淡无奇，原有的恐怖已燃烧殆尽，妖异的氛围也已远扬。现在剩下的，只有一堆堆石头而已。

杰克望向远方，看到地震对那里的影响已大为减弱，房舍也无甚损毁。他看见几栋似乎是用漂流木搭建的小屋倒塌了，有些破烂的马车，那可能就是也可能不是美国境内那些凯迪拉克，此外还看到地上散落着几具毛茸茸的尸体。

"活下来的已经全都跑了，"巴卡说，"他们都知道发生了什么事，也知道奥列斯已经死了。他们不会再来找你麻烦。原本这里的邪恶也消失了。你知道吗？感觉得到吗？"

"嗯，"杰克嗫嗫嚅嚅，"可是……巴卡先生……你不会……不会离……"

"离开你们？我会。很快就走。你就跟你的好朋友留在这里狠狠睡它一觉，不过我走之前，有些话得先跟你说。花不了太多时间，所以我要你抬起头来，至少听我把话说完。"

杰克稍微使劲抬起头，并把眼睛——嗯，几乎——睁了开来。巴卡点点头。

"等你们醒来后，就往东走……但不要腾！先在这里待一阵子，留在魔域里。你们的世界你们那边的世界里会有大批人马——救援大队、媒体记者，天晓得还有些什么。不过不到雪融，他们是弄不清底细的——"

"为什么你一定要走？"

"现在我得到处看看，杰克。这里还有很多残局等着我收拾。摩根死亡的消息已经往东传出去了，传得很快。我现在已经落在后面，得赶紧追上超前。我想先去趟外岗，然后再往东，赶在某些坏蛋闻风逃往其他世界之前才行。"他的目光远远投向海面，他的眼睛又灰又冷，如同燧石。"账单到期的时候，总是要付的。摩根虽然死了，但他可留下不少烂账。"

"在这个世界里，你的职责和警察差不多，对不对？"

巴卡点点头。"在这里，我可以算是你们那边的大法官和典狱大臣的综合体。"他将温暖的大手放在杰克头上，"到了那边，我只是个四处流浪的家伙，打打零工，弹弹吉他。信不信由你，有时候我倒更喜欢那样的生活呢。"

他再次微笑，这一次，笑的人是斯皮迪。

"而且你这一路上可遇到那家伙不少次呢，杰克。没骗你，一次又一次，从这地方到那地方。有时候在购物中心，有时候说不定是在公园里。"

他对杰克眨眨眼。

"可是斯皮迪的情况……不太好，"杰克说，"无论他身上出了什么问题，那是魔符帮不了的事。"

"斯皮迪老了。"巴卡说，"他和我同样年纪，但你们的世界让他比我还老。不过他跟我一样，还有个几年好活。可能还有好长一段时间呢。无须挂虑，杰克。"

"你保证?"杰克问。

巴卡的笑容漾开来。"我向你打包票。"

杰克疲惫地回了巴卡一个笑容。

"记得,和你的朋友往东走。你们得翻过一些小山丘,起码走上个五英里,然后你们就安全了——这段路不算太辛苦。走完这段路,去找棵大树——你们这辈子看过最高最大的树。找到那棵大树后,杰克,握住理查德的手,然后腾回去。到时你们会回到一棵巨大的红杉木底下,杉木的树干中间开了个隧道,好让道路通过。那条路是17号公路,顺着走下去,会到加州北部一个叫斯托利维尔的小镇郊区。走到镇上,你们会看见一个加油站。"

"然后呢?"

巴卡耸耸肩膀。"然后我就不清楚了。说不上来。说不定,杰克,你会遇上某个人,某个你认识的人。"

"可是我们要怎么去——"

"嘘,"巴卡制止他,一手按在杰克额头上,就像很小很小的时候——

(摇篮里的宝贝乖乖睡,爸爸出门去打猎,啦——啦,睡吧,杰克,一切都会好好的。)

妈妈摸着他的头那样。"你问的问题够多了。我想,你跟理查德现在都安全了。"

杰克躺下。他将无光的魔符揣在臂弯里,两张眼皮像系上铅块一样沉重。

"你一直表现得很勇敢、很真诚,杰克。"巴卡平静的嗓音透出庄严,"但愿你是我的亲生儿子……我很钦佩你的勇气和信仰。而且,各个世界里的许多人都欠了你好大一份情。我想或多或少,他们都感觉得到你为他们所做的事。"

杰克勉强挤出一丝笑容。

"留下来一会儿。"他好不容易说出口。

"好吧。"巴卡说,"我会陪你到睡着为止。无须挂虑,杰克。这里不会有任何事情伤害你。"

"我妈总是说——"

他还来不及将话说完,睡意已将他带入梦乡。

4

第二天,理论上来说他是醒着,但睡意却持续纠缠着他——如果这与睡眠无关,那这就是意识用一种自我保护机制让一切事物速度变慢,宛如身在梦中。森林里地面满是斑驳光影,他和理查德恍恍惚惚站在世上最高的树下,这棵树大到十个成人也无法合抱。这棵树高耸入天,即使在这全是参天巨木的森林里仍然鹤立鸡群,是魔域中勃勃生气的直接证据。

无须挂虑,巴卡说过,但当时他却说自己会像《爱丽丝漫游仙境》里的柴郡猫一样无声无息地消失。杰克抬起头看向树梢,他不太了解这是什么意思,只觉得精神虚弱到了极点,这棵树的壮丽景象也只在他心中燃起一抹微弱的火光。杰克一手撑在光滑的树皮上,我杀了杀我爸的凶手。他自言自语,另一手抓着外表黑暗、了无生气的魔符。理查德也仰头望向他们头顶如摩天大楼高的树梢。摩根死了,加德纳也是,海滩上的雪也该融了。但不是所有东西都消失了。杰克觉得整个海滩上的雪全都塞在脑子里,他想道——感觉起来,那好像已经是一千年前的事了——终于拿到了魔符,他应该要被胜利与兴奋感淹没才对,然而他却只有微乎其微的感觉。他的脑子里全是积雪,除了巴卡的指示之外,没办法想得更远。他明白,是这些巨树在支撑着他。

"拉着我的手。"他对理查德说。

"可是我们要怎么回家?"理查德不解。

"无须挂虑。"他这么说着,接着握住理查德的手。杰克·索亚不需要巨树的扶持。杰克·索亚曾经跨越焦枯平原,征服暗黑旅店,杰克·索亚勇敢而真诚。随着脑中的积雪崩落,杰克·索亚不再是那个十二岁男孩了。他毫不费力地腾回原来的世界,不管有什么障碍,理查德永远追随在他左右。

5

这里的森林没有那么浩瀚辽阔;他们回到了美国。头上的枝桠显然低矮得多,这些树的大小明显比魔域中巴卡指示他们前往的树林小多了。对于这种尺寸上的缩水,杰克在见到眼前的二线柏油路前就有过经验了。听到汽车引擎声的瞬间,他立刻意识到自己已经回到二十世纪的现代世界,立刻拉着理查德往后退。一辆雷诺轿车与他们疾速擦身而过,穿过这棵红木底部凿出的隧道(这棵树的尺寸只略高过它在魔域分身的一半)。但从新罕布什尔来的这辆车上至少有一个大人和两个小孩没有看到这棵红木。后座的女人和两个小孩转身瞠目结舌地看着杰克和理查德,张大的嘴变成小小的黑洞。他们看到两个男孩如鬼魅般无中生有地出现在马路边,就像柯克舰长和史波克从企业号上被光束传送过来一样①。

"你有力气再走一段路吗?"

"没问题。"理查德答道。

杰克踏上17号公路,穿过树底的大洞。

这一切可能全是做梦,他想。他可能还在魔域里的海滩上,理查德在他身边昏迷不醒,巴卡慈祥地凝视着他们。我妈总是说……我妈总是说……

---

① 《星际迷航》中的人物和设置。

6

虽然北加州这天是个晴朗的好日子,但他们俩却像走在浓雾中。杰克领着理查德走出红木森林,步下斜坡,穿过十二月的干枯草地。

……任何电影里,最重要的人往往是摄影师……

他的身体需要更多睡眠。他的头脑需要度假。

……苦艾酒常常毁了一杯马丁尼……

理查德默默跟在后头,一路沉思。他实在走得太慢,杰克只得不时停在路边等他跟上。前方半英里处可以看到一个小镇,应该就是斯托利维尔。几栋矮小平房坐落道路两边,其中一栋有个招牌写着"古董"。过了这几栋屋子,十字路口上空悬着交通灯,杰克看到了加油站外写着"汽车"的招牌一角。理查德步履艰难地走着,头已经快垂到胸口。当理查德走近,杰克终于发现他的朋友正在哭泣。

杰克伸手揽住理查德的肩膀。"有件事我想让你知道。"他开口。

"什么事?"理查德脸上挂着泪珠。

"我爱你。"杰克说。

理查德的视线移回路面,杰克的手停在他朋友的肩上。过了一会儿,理查德抬起眼来——笔直地望向杰克——并点点头。就像莉莉·卡瓦诺·索亚曾对儿子说过的:杰克,有些时候,有些心里话是不用说出口的。

"我们走对路了,理查德。"杰克说。他等理查德抹了抹眼睛。"我想,会有人在加油站和我们碰面。"

"该不会是希特勒吧?"理查德用掌根轻压双眼。等他准备好了,两个男孩便一起走向斯托利维尔镇。

7

　　有辆凯迪拉克停在加油站的建筑阴影中——是辆敞篷爱都，车身后方还有状似回力镖的电视天线。它大得像台拖车屋，黑得宛如死亡。

　　"噢，杰克，糟了。"理查德呻吟着，抓住杰克的肩膀。他双眼圆睁，嘴唇不停颤抖。

　　杰克感到肾上腺素急速分泌，但没有让他觉得变得比较强壮。他只觉得疲惫，真是够了！够了！够了！

　　抱着早已不再发光、宛如廉价商店卖的水晶球般的魔符，杰克走下小丘，前往加油站。

　　"杰克！"理查德在他身后虚弱地尖叫，"你是哪根筋不对劲？那是他们！那车子跟在塞耶校园里的一样！跟文都岬的一样！"

　　"是巴卡要我们来的。"杰克说。

　　"你脑袋坏了，杰杰。"理查德小声嘀咕。

　　"我知道。不过这次不会有事。相信我。还有，别叫我杰杰。"

　　凯迪拉克车门打开，一条穿着褪色丹宁布裤、肌肉壮硕的腿伸了出来。当他看到驾驶员的黑色工作靴头开了口、露出长而带毛的脚趾时，不安立刻变成恐惧。

　　理查德像只小田鼠般缩在杰克身边。

　　那是狼人，不错——那人还没转过身杰克就知道了。他身高将近七英尺，头发长而蓬乱，看起来不太干净，纠结的头发垂到领口，里面还夹着几茎牛蒡草。然后这大个子转过身来，杰克看见他眼中的橘色光芒——转瞬间，恐惧又变成喜悦。

　　杰克朝他飞奔而去，加油站员工大感惊奇，杂货店门口的闲人也望着他们。杰克头发飞散，破鞋吧嗒吧嗒踩着路面，脸上绽开一抹傻笑，眼睛发出像魔符般的光彩。

那匹狼穿着奥许考什连身裤,戴着类似约翰·列侬的无框眼镜;他也露开大大的欢迎笑容。

"阿狼!"杰克·索亚放声尖叫,"阿狼,你还活着!你还活着!"

距离狼人还有五英尺,杰克已经等不及地跳起来扑向他。狼人高兴地笑着,轻轻松松接住杰克。

"杰克·索亚!嗷呜!瞧瞧你!就跟巴卡说的一样!这个地方臭得跟沼泽里的大便一样,我在这里,你也在这里!杰克和他的朋友都在这里!嗷呜!好呀!太棒啦!嗷呜!"

是他身上的味道让杰克发现他不是阿狼,也是这味道让杰克发现他与阿狼有某种关系……非常亲密的关系。

"我认识你的胞弟。"杰克仍倚在狼人毛茸茸的强壮臂弯里。他这才抬头看清他的长相。他的五官比阿狼更成熟、更有智慧,但同样和善。

"我弟弟阿狼。"狼人放下杰克。他伸出手,用一只手指碰了碰魔符,脸上满是敬畏。当他碰到魔符时,魔符内出现一道亮光,然后像颗彗星般消失在魔符深处。

他深吸一口气,望着杰克露出笑容,杰克也回他一笑。

理查德走上前,惊奇中带着谨慎地看着他们两个。

"魔域里的狼族有好有坏——"杰克开口。

"有很多很多好狼。"狼人插嘴。

他冲着理查德伸出手。理查德先是退缩了一下,才与他握手。

"这位是我的阿狼的哥哥。"杰克骄傲地说。他清清喉咙,不太清楚该如何表达这份感受。狼人知道吊唁是什么意思吗?

"我很爱你的弟弟。"杰克说,"他救了我一命。除了你面前这位理查德,阿狼是我这辈子最要好的朋友。我很遗憾他不在世上了。"

"他现在在月亮里了。"阿狼的哥哥说,"他会回来的。所有事物都会离去,杰克·索亚,就像月亮一样。所有事物都会回来,也像月亮一样。我们走吧,我想赶快离开这个臭地方。"

理查德满头雾水,但杰克明白他的意思——加油站里满是碳氢化合物燃烧过后又热又油的气味,浓得就像件棕色的布幕。

狼人走向凯迪拉,像个轿车司机一样打开后座车门——杰克心想,也许这就是他现在扮演的角色。

"杰克?"理查德一脸害怕。

"没事的。"杰克说。

"可是我们要去哪——"

"去见我妈妈吧,我猜。"杰克说,"我们要横越整个国家,前往新罕布什尔的阿卡迪亚海滩。头等舱。我们出发吧,理查德。"

他们走向车子。宽阔后座的另一头是个破旧的吉他盒。杰克又兴奋起来。

"斯皮迪!"杰克转向阿狼的哥哥,"斯皮迪会跟我们一起回去吗?"

"我不认识什么叫斯皮迪的人。"狼人说,"以前有个叔叔名字跟他有点像,不过后来他的脚受伤了——嗷呜!——连跟上牲口走路都没办法。"

杰克指指琴盒。

"那东西是哪里来的?"

狼人笑了,露出许多大牙齿,"巴卡的,"他说,"他留给你的。我差点忘了。"

他从后口袋拿出一张非常旧的明信片,正面是一座旋转木马,其中有好些木马非常眼熟——埃拉·斯皮德与银仙子也在里面——但画面前景中的女士还穿着裙撑,男孩穿着灯笼裤,男士戴着圆顶毡帽,留着八字胡。明信片经历长久岁月后已经起了毛边。

他翻到反面,顶端印着"阿卡迪亚海滩游乐场,一八九四年七月四日"。

是斯皮迪——不是巴卡——在下方留了两句话,他的字写得不太好,用铅笔写的,笔芯也没削尖。

干得很漂亮,杰克。箱子里的东西需要的话尽管用——剩下的好好保管,或者丢掉。

杰克把明信片放进后口袋,爬进凯迪拉克的后座,滑过豪华的坐垫。吉他盒上有个锁扣坏了,他打开其他三个。

理查德跟在杰克后头。"我的老天!"他低声惊呼。

整个吉他盒里塞满了面额二十元的钞票。

8

阿狼的哥哥带着他们回家。有一阵子,杰克对于这个秋天经历的一切,开始觉得有点模糊。他和理查德坐在凯迪拉克后座,阿狼的哥哥不断往东往东再往东走。他还认得路,有时他会放"清水乐队"的录音带,《穿越丛林》看来是他最喜欢的歌,每次音量总要调到几乎震破耳膜。或者,他会不断按着座位旁的窗户升降钮,听着窗外风声的音调变化,完全沉迷其中。

往东,往东,再往东——每天清晨开进日出中,夜晚降临时开进每一片神秘的深蓝色暮霭。先是听着清水乐队约翰·福格蒂的歌声,然后是风声,然后约翰·福格蒂,然后风声。

他们会停下来在斯塔吉速食店、汉堡王或肯德基吃点东西。到了后来,杰克和理查德点套餐,狼哥则点家庭号,自己吃完那桶二十一块炸鸡。从他的咀嚼声听起来,应该是连骨头也吃下去了,这让杰克想起了那次阿狼吃爆米花的事。那是在哪里?曼西市。曼西市郊区——六片联映电影院里。就在他们被捉进阳光之家前没多久。他露出微笑……接着又觉得像有支箭钻进心窝。他望向窗外,这样理查德才不会看见他的泪光。

第二天晚上他们停在科罗拉多州朱尔斯堡,狼哥从后车箱搬出组合式烤肉架做了顿丰盛的野餐。他们在积雪的原野上就着星光用餐,身上穿着用吉他盒里的钞票买来的毛皮大衣。天上流星如雨,狼哥在雪地上像孩子般跳起舞来。

"我喜欢这家伙。"理查德若有所思地说。

"我也是。真希望你有机会认识他弟弟。"

"我也希望。"理查德开始收拾残肴垃圾。他接下来的话让杰克大为困惑。"我开始忘记很多事情了,杰克。"

"什么意思?"

"字面上的意思。这次的经历,每走一英里,我能回想起来的细节就更少一点。一切都变得模模糊糊。可是我觉得……我觉得这是我想要的。说实话,你真的认为你妈妈平安无事吗?"

杰克已经试着打电话回阿兰布拉三次。总是没人接。他不太担心。没事的。但愿如此。等到他回去,她一定还在。病着……但还活着。希望是这样。

"嗯。"

"那她为什么不接电话?"

"摩根一定对电话动了手脚。"杰克回答,"我敢打赌,他一定也对阿兰布拉饭店里的人干了什么事。她应该没事。她还在生病……可是还好好活着。她还在。我感觉得到。"

"那如果说这东西真的把她治好了——"理查德做个鬼脸,然后身子一缩。

"你们还会……我的意思是,你觉得她还会让我……呃,让我跟你们在一起吗?"

"不会吧。"杰克帮着理查德收拾,"我猜她大概会想把你送去孤儿院,或是关进监狱。少胡思乱想,理查德,你当然可以继续跟我们待在一起。"

"可是……我爸爸干了那些事……"

"你爸爸是你爸爸,理查德,"杰克回答得干脆,"不是你。"

"那你不会老拿这件事情来损我吧?"

"假如你想忘记,我就不会。"

"我想忘记,杰克。我真的想。"

狼哥走过来。

"准备好了吗？嗷呜!"

"全都准备好了。"杰克说,"听着,狼哥,等下可以放我在夏延市买的斯科特·汉密尔顿的录音带吗?"

"当然好呀,杰克。然后再放清水乐队怎么样?"

"《穿越丛林》,对吧?"

"好歌,杰克！好带劲！嗷呜!"

"说得没错,狼哥。"他对着理查德促狭地翻翻白眼,理查德也还他一个眼色,笑逐颜开。

翌日,他们穿越内布拉斯加与爱荷华两州,再隔一日,他们赶路的行程经过了令人心伤的阳光之家废墟。杰克认为,狼哥是刻意带他们经过这里,也许,他想看看自己弟弟的葬身之所。他把清水乐队的带子放进去,开到最大声,然而杰克依然觉得,自己听见狼哥的啜泣声。

时间过得飞快,旅程第五天日落时分,他们进入新英格兰。

四十七
旅途终点

1

对杰克来说,从加州到新英格兰的这段漫漫长路,似乎被浓缩为一个下午与一个黄昏。一个感觉有数日之长的下午,和一个宛如一辈子那么长的黄昏。当杰克看向仪表板上的钟,以为才过一小时,不料已经过了三个小时。他心想,现在跟刚才还是同一天吗?车上正播放着《穿越丛林》,狼哥摇着头,不住地微笑,一面寻找正确的路。从后车窗可以看到晚霞的万种风情,自红而蓝而紫,在落日余晖中,杰克回想着旅途中的一切细节,狼哥陶醉在喧闹的乐声中,看着时间飞逝。杰克靠在后座椅垫上,睁眼时不是微明就是薄暗,不是日光便是星光。有件事是杰克特别注意到了,那就是一进入新英格兰,魔符又发起光来了,时间似乎回到了常轨。睡眠中,时间偷偷溜走,一旦醒来,在嘈杂的乐声中,忽而科罗拉多,忽而伊利诺伊州。狼哥专心开车,他看到理查德在车厢的小灯下看书,那本书是《布鲁卡的脑》①,唯有理查德对时间一点也不含糊。杰克睡醒了,浸淫在音乐与夜色中,陷入沉思。直到目前,一切堪称顺利,任务就快完成,只差到新罕布什尔的这段路了。

他们过了五天,或者这只是个漫长的梦境?不论如何,有理

---

① 《布鲁卡的脑》,由卡尔·萨根所著,涉及广泛的科学领域,也阐述了科学知识的本质及科学技术所带来的社会后果。

查德伴着他,理查德是他的兄弟。

第五天日落时分,魔符恢复发光,杰克也恢复了时间意识。在杰克心目中,经过奥特莱该是第六天的事,他会告诉狼哥怎么走,然后把那隧道和酒馆指给理查德看。可是他又不愿再次见到奥特莱这个地方。狼哥飞也似的开着车,带着他们上了95号州际公路,一会儿就到了康涅狄格州,阿卡迪亚海滩离此只有几州了。循着新英格兰海岸,杰克计算起里程,也计算起时间。

2

十二月二十一日下午五时十五分,杰克西行之后的三个月,一辆黑色凯迪拉克轿车,开进新罕布什尔州阿卡迪亚海滩的阿兰布拉饭店铺着卵石的车道,花园中的枯枝正在跟寒风搏斗,西方天际,晚霞从红转橙,再淡入成黄色……然后是蓝色……再变为紫色。

轿车驶进卵石车道,来到双扇大门前停住,门后是一片黑暗。头灯熄灭之后,车身便笼罩在阴影中。车后的橘色停车灯还亮着,排气管排出白色废气。

这是一天的终了,西方天际展示着异彩。

就是这里。

此时此刻。

3

汽车后座还有些微光,那是魔符发出来的,微弱得就像只萤火虫。

理查德缓缓将脸转过来对着杰克,他看起来紧张而又疲乏,双手紧抱着那本卡尔·萨根的书。

理查德的魔符,杰克想着,露出微笑。

"杰克,你希望我——"

"不必了,"杰克说,"等我叫你就好。"

他打开右边的后车门,下了车,回头望向理查德。理查德蜷缩在后座角落,抱着书,看起来怪可怜的。

杰克不假思索地折回来,轻轻吻了理查德的脸颊。理查德伸手勾住杰克的脖子,用力地拥抱了好一会儿。最后他放开手。两人都没有说话。

4

杰克上了通往大厅的石阶,却不进门,往右一转,循着车道边缘走下去,那儿有道铁栏杆围着,从那里下去,山岩顺势下降直到滩头。右侧远方,耸立天际的是阿卡迪亚游乐场的云霄飞车。

杰克面向东方,海风正强,把他前额的头发吹向后方。

他用双手擎起魔符,似乎在向大海行他的献礼。

5

一九八一年十二月二十一日,一个名叫杰克·索亚的男孩驻足于浪花与陆地相接的滩口附近,怀中抱着一个珍贵的宝物,眺望夜里平静的大西洋。这天,他就要十三岁了,虽然他毫不自觉,但他美丽得异乎寻常。他有一头长长的棕发——也许太长了些——海风轻轻拨开那头长发,露出他秀气英挺的眉毛。他兀自沉思,想着他的母亲,想着这幢饭店里他们共享的那间套房。楼上的她会为他点亮一盏灯吗?他情愿相信答案是肯定的。

杰克转过身,他的眼睛在魔符的光辉中闪闪发亮。

6

莉莉瘦得皮包骨似的手颤抖着在墙面摸索，寻找电灯开关。好不容易摸到了，她打开电灯。任何人在这一刻见到她，都会不忍心地别过头去。上个星期以来，癌症变本加厉，她只剩下一副皮包着的骨头。病魔似乎意识到有什么事在酝酿着，有一天总要摊牌。她眼眶外的棕色变成了黑色，身上也不再丰腴，手臂的肌肉松弛，如今体重只剩七十八英磅。大腿后侧也出现纹路。

不但如此，上个星期她还染上了肺炎。

身体这么糟，是很容易染上呼吸器官疾病的，当然，身体好的人也未尝不会得肺炎，但她无疑不是这种人。她房间里的电暖器早已停止运转，停了多久已无法计算，时间对她来说一如坐在凯迪拉克里的杰克，变得十分难以捉摸，她仿佛记得暖气是在那一夜她用拳击破玻璃窗、赶跑那貌似摩根的海鸥时停掉的。

自从那时起，阿兰布拉饭店就像一座冰窖，她要葬身此地的冷宫了。

假使阿兰布拉饭店会变成这德行是摩根一手促成的，那么他还真是干得又狠又彻底。所有人都消失了。全都不见了。再也没有女侍在大厅里推着她们吱吱嘎嘎的推车，也没有吹着口哨的工友。没有说话拐弯抹角的前台职员。摩根把那些人都塞进口袋里，带回家去了。

四天前就没人送餐给她了，她设法从房间走到电梯口，还随身带了把椅子，以便随时休息，还可兼作手杖。但这四十英尺距离，她足足走了四十分钟。

按了电梯的按钮，根本没有响动，连按钮的小灯都不亮了。

"去你妈的！"莉莉哑着嗓子咒骂，试着再走二十英尺到楼梯口。

"喂!"她朝楼下喊道,她对着楼梯口叫喊,还是没有回音。她咳得厉害,扶着椅背直不起腰来。

就算听不见她的叫喊,至少也该有人听见她咳嗽连连吧?

没人理她。

她又叫了第二次、第三次,又猛咳一阵,然后转身走回走廊,现在,回程看起来有如内布拉斯加州的公路交流道一样远。她没胆量走下楼梯。她铁定没力气再爬上来的。楼下根本没有人;大厅里没有,羊鞍餐厅里没有,咖啡厅里没有,到处都没有。电话也不通了。最起码,她房间里的电话不通了,而且整个饭店里都没听到任何电话铃声。算了,不值得。这赌注太大,她可不想活活冻死在饭店大厅。

"杰克啊,"她喃喃自语,"你到底在哪——"

咳嗽又来了,这一次咳得凶了,她倒向一边,昏了过去,把椅子也拖倒了。她在地上直挺挺地躺了一个钟头,肺炎就是这样染上的。

她终于回到了自己的房间里,接着就一直发着高烧,她听见自己粗重的呼吸声,觉得自己的肺里像个水族箱。她挺了下来,因为她的心里坚持着那疯狂的念头:杰克正在归途上。

7

最后一次昏睡恍如落入沙漏中的漩涡,胸腔中咻咻不已。

不知是什么使她忽然醒来,她在黑暗中循着墙壁摸到电灯开关,开灯以后,下得床来,就没有余力再做什么了。虽然中途倒下去两次,但她终于站了起来,扶住椅背,挣扎着挨向窗口。

B级电影天后,莉莉·卡瓦诺,已经不再。她被癌症啃噬着,高烧销尽了她的体力。

她来到窗边,望向外头。

她望见有个人的身影——还有个发亮的圆球。

"杰克!"她试着叫喊,却只能发出沙哑的低音。她想挥手,却招来一阵晕眩。

她气喘吁吁,抓住窗缘。

"杰克!"

突然,那人手中球体的光芒往上射出,照亮了他的面庞,这是杰克,那是杰克的脸没错,是杰克,噢,感谢老天,真的是杰克,杰克终于回来了。

那身影拔腿狂奔起来。

杰克!

她原本深陷死寂的双目瞬间炯然有光,泪珠顺着蜡黄的脸颊流下。

8

"妈妈!"

杰克狂奔过大厅,看见老式的电话接线盘一片焦黑,仿佛这里刚经历过一场电线走火的意外,不过杰克旋即便将这景象置诸脑后。他已经看见她了;她的样子糟糕透顶——她映在窗户上的剪影干瘦得简直就像个稻草人。

"妈妈!"

他跑上楼梯,起初一步两阶,后来变成一步三阶,手中的魔符射出一阵粉红色光束,转眼又暗淡下来。

"妈妈!"

他沿着走廊冲向他们的套房,杰克脚步飞腾,直到这一刻,他终于听见了她的声音——不再是铿锵的号角或轻快的笑声,而是垂死前的哀鸣。

"杰克?"

"妈妈！"

他冲进房里。

9

在楼下的车上,理查德·斯洛特紧张地仰望上面的窗户,他在这里干什么？杰克在这里干什么？理查德的眼睛好痛。他在向晚的昏黄天色中向上仰望,弯腰侧身倚着车门,忽然看到一阵耀眼的白光,透过楼上窗口,照得饭店门前一片光亮。理查德将脸埋进膝盖间,开始呻吟。

10

一进房间,杰克见到整个屋子凌乱不堪,简直像个小孩的房间,床上空荡荡地没有人影。终于,杰克发现莉莉倒在窗前的地上,他心头一凉,本来要说的话哽在喉头,借着魔符再度发出的强光,屋里被照耀得如同白昼。莉莉低喊着:"杰克？"杰克答道:"妈妈！"莉莉的长发拖在污秽的地毯上,苍白的手乱扒着,瘦得像只兽爪。噢,妈妈,我的天！杰克飞奔过整个房间。

他闻到浓厚的病人气息,死神已随侍在侧。杰克不是医生,对于莉莉的病况也一无所知,不过他知道一件事——母亲的死期不远了,她的生命正从许多看不见的小缝隙逐渐流失,而她所剩的时间不多了。她叫了他的名字两次,仿佛她仅存的力气只够说出这寥寥几字。杰克早已不禁泪流满面,他将手搁在她意识模糊的额头,并且将魔符安置在她身边的地板上。

她的额头滚烫,头发像是沾满沙子。"妈妈,妈妈,"杰克唤着,将两手伸进她身子底下。他仍旧不忍直视她的脸。隔着薄薄的睡袍,杰克觉得她的臀部烫得像烤炉的门。他的另一只手臂感觉到她的左肩脉搏同样滚烫。他抱起她,好像抱着一堆衣服,她的手令杰克哀叹一声。莉莉的手臂无力地下垂。

(理查德)

杰克想到,在文都岬背着理查德下山时,他虽然在发烧,身上长着疹子,但情况还是比母亲现在好多了。他知道妈妈的体质已经太差,而她仅存的一口气,还在用来喊着他的名字。

她叫了他的名字,他紧抓住这念头。她还能挣扎着来到窗口,叫了他的名字,这是不可能的事,你简直无法想象她就要死去。她瘦成那样,一只手臂伸向前方,就像即将被刀砍下的枯枝……连结婚戒指都从手指上松脱了。他抑制不住地痛哭起来,"没事了,妈妈。"他说,"没事了,全都解决了,没事了。"

他的手臂感到母亲的身体一阵震动,仿佛在回应他说的话。

他小心翼翼地将她安放在床上,她毫无重量地滚向一边,长发从脸上垂向一侧。杰克单膝跪在床上,俯身向着母亲。

11

曾经,在这趟旅程的最初,他看到母亲坐在店里喝茶,一副苍老的模样,他立刻回想起莉莉·卡瓦诺·索亚从前那烟视媚行、仿佛永远不老的容颜——金黄灿亮的秀发,刀锋般的锐利笑容,脸上满不在乎的神情。这幅电影看板上的形象,让杰克重新获得了力量。

躺在床上的女人和电影看板上的女明星几乎判若两人。泪水一时间模糊了杰克的视线。"噢,不要、不要、不要。"他伸出手轻抚她蜡黄的脸颊。

她病得像是连抬起手的力气都没有。他紧握住她干枯而无血色的手。"求求你求求你求求你不要——"他甚至无法允许自己说出那个字。

现在,他知道了眼前这瘦小的女人刚才做出了多大的努力。她不断期盼着,知道他终将归来。她对他的信心以及知道他何时归来,也一定与魔符的力量有关。

"我在这里啊,妈妈。"他低声轻唤,涕泪直流,毫不犹豫地用衣袖擦着鼻子。

然后他发现自己全身正不住颤抖。

"我把它带回来了。"他感到一阵绝对的光荣,一股纯粹的成就感。"我把魔符带回来了。"

他将她的手轻轻放在床单上。

在椅子旁边的地上,魔符持续发出亮光,只是那光芒昏暗迷蒙。他曾将魔符在理查德身上从头到脚滚过一遍,如此治愈了他;也用一样的方法救了斯皮迪。但这次不一样。

他不可能把魔符打破,即使这么做可以救母亲一命——至少他知道这点。

现在,魔符内部慢慢充满白色云雾。杰克将手放在魔符上,魔符顿时绽放出炫目的大片光芒。

杰克回到床边,魔符的光芒依然照耀在四壁与天花板上,使得床上剔透明亮。

杰克拿起魔符时,觉得它不再像玻璃那么坚硬,而是柔软如温热的塑料,它在渐渐变化。

杰克把变化中的魔符放在母亲掌中。它知道它的任务;它是为了这一刻才被创造出来的。

他不知道接下来会怎么样,光芒四射?发出药味?创造出宇宙的大爆炸?

什么事也没发生。他的母亲依然动也不动,奄奄一息。

"天哪,"杰克禁不住哭喊,"求求你——妈妈——求求你——"

他的声音哽住了。魔符的直缝突然无声无息地裂开,光慢慢从缝中溢出,流满他母亲的手掌,在云雾缭绕的魔符中心,更多光芒流泻出来。

窗外突然传来嘈杂的乐声,那是鸟儿在欢腾庆贺的生之歌。

12

杰克屏住呼吸,看着魔符中的光芒流溢满床,云雾般的光泽随之涌出,他看到母亲的眼皮微微悸动。"妈妈,"他低语着,"噢……"

暗金色的光从魔符的开口流出,飘向他母亲的手臂上方,她灰黄干枯的脸庞微微皱了一下。

杰克不自觉地吸了口气。

(什么?)

(音乐?)

这从魔符内涌出的暗金色云雾笼罩住他母亲的身体,形成一层半透明的薄膜。杰克看见它飘向莉莉的胸膛,飘向她枯瘦的双腿。随着暗金色云雾,一种神奇的香味也从魔符的裂缝中飘出,一种似甜非甜的气味,花香与土地的气味。一种生之气味,杰克想道,虽然他从未参与过生产过程,但在将这气味吸进肺里时,他觉得,杰克·索亚在这一刻诞生了——而在他的想象中,魔符的这道裂缝就像是产道(他当然没有真正看过产道,而且对此生理结构只有些许不完整的知识)。杰克笔直看进膨胀的魔符上面的这道裂缝。

现在他才首次注意到,窗外的鸟鸣与这现象合成了灿烂的乐章。

(音乐?怎么会……?)

一枚彩色小球飞过他眼前,在魔符裂开的缝隙间闪烁几次,然后深深潜入魔符内部。杰克眨了眨眼,但见氤氲环绕,小球在大球中翻滚,球上的海洋、陆地隐约可辨,杰克自身好像也进入这个须弥世界,小如微尘。接着又有第三、第四颗,以至无数的圆球,参与了这个运作。

莉莉动了动右手,发出呻吟。

杰克不顾一切地哭了起来。她会活下来。他老早就知道了。一切就像斯皮迪说过的,魔符正在将生命力重新灌入母亲被病魔摧残得不成人形的病体,杀死那个想要杀死他母亲的魔鬼。翻松的土壤、茉莉花和木槿花的香气在他的鼻腔中缠卷。一滴泪珠沿着鼻梁滚落,在魔符斑斓旋转的光晕中闪闪发亮,宛如钻石。他看到一道星河掠过魔符的裂缝,虚空的黑暗中出现一道金黄的阳光。魔符中似乎充盈着乐音,盈满了整个房间与外面的整个世界。他看到一个女人的面孔,陌生人的面孔,许多孩子的面孔,其他女人的面孔……泪水滑下脸庞,他又看到母亲的脸,那自信慧黠、拥有数十部作品的B级片女王的脸孔。他觉得自己就快爆炸了。他的感官往外延伸,吐纳着光芒。他看到母亲的眼皮睁开,虽然只有短短两秒,但他知道她活过来了。

此刻他就像窗外的鸟儿,就像魔符内的无数世界般充满活力,他听到伸缩号与小号声,他听到萨克斯,接着还加入了青蛙与海龟以及鸽子的合唱。他又听到狼人在月亮里唱出的歌声、水花拍打船头以及鱼儿跃起拍打湖面的声音,而这些汇集成一曲恢宏的交响乐。

莉莉睁大双眼,露出不知自己身在何处的惊讶表情,直挺挺地瞪着杰克。那是新生儿初次来到这个世界的表情。接着她猛地吸了口气——魔符中汇集成河的无数世界,与倾斜的无数银河和宇宙,顿时升起涌出裂缝。它们形成一道彩虹般的川流,流进她的口鼻……沉淀下来,在她灰败的皮肤下隐约可见,宛如点点露珠,然后融入体内。有那么一瞬间,他母亲全身笼罩着光辉——

——有那么一瞬间,他的母亲就是魔符。

所有病容瞬间从她脸上退去。这里说的不像电影那样快转,而是一转眼,刹那间完成一切。她本来还病得很重……突然间就好了。她的脸颊浮现出玫瑰般的健康色泽。原本纤细稀疏的发丝,转眼变成满头丰厚滑顺的蜂蜜色秀发。

她抬起视线,端详杰克的脸,正好迎上杰克凝视的眼神。

"噢……噢……我的上帝……"莉莉低喃。

彩虹的光辉一点一点淡去——但她健康依旧。

"妈妈?"他弯下腰,手上碰到某种仿佛玻璃纸的东西,那是魔符的外壳。他推开床头几上的许多药罐,将魔符放下。有些瓶子应声摔碎,有些只是滚到别的地方,都无所谓,反正她再也不需要那些药丸了。他以敬畏之姿,轻轻将魔符放下,他怀疑——不,是确定——它很快就会消失。

母亲绽放出笑容。那是一抹甜美的、满足的、隐约带点惊喜的笑容——你好,大千世界!我又回来了!你没想到吧?

"杰克,你回来了。"她终于说出口。她揉揉眼睛,想要确认这不是幻象。

"是啊。"他说。他试着微笑,那是一抹美好的笑容,尽管泪水仍兀自流个不停。"我回来了。"

"我觉得……好多了,杰克。"

"真的?"他笑着,用手掌抹了抹濡湿的眼眶。"太好了,妈妈。"

她的眼底闪耀着光芒。

"抱抱我,杰克。"

新罕布什尔海岸边,有幢人去楼空的度假饭店,有个名叫杰克·索亚的十三岁男孩,他正在四楼某个房间里,弯下腰,闭上双眼,用力抱紧他母亲,嘴角挂着微笑。他知道,往昔的平凡日子已经回来了。学校、朋友、游戏、音乐,那种有学可上的日子、夜里能钻进松爽床单里的日子、那种十三岁男孩该有的普通日子,终于回到他身边了。魔符将这一切归还给他。而等到他想起,回头要寻找魔符时,魔符已经不见踪影了。

尾声

偌大的白色寝宫中,魔域女王,劳拉·德罗希安,在一群心焦如焚的宫女环伺之下,悠悠地睁开双眼。

句点

　　故事到此为止。这是一个小男孩的故事,再讲下去,就会变成一个男人的故事了。写一部关于成人的小说,作家知道自己该在哪里停笔——有情人终成眷属,这是通常该有的结局。不过写一个少年的故事,作家必须尽力在最适当的地方画下句点。

　　这故事中大部分的角色至今还活着,而且活得兴旺、幸福。 也许终有一日,他们会值得我们续写这个故事,看看他们后来变成什么模样。 因此现在最好明智地闭上嘴,以免透露得太多。

——马克·吐温《汤姆·索亚历险记》